U0466857

木凸 *Mutu* ....

时代出版传媒股份有限公司
安徽文艺出版社

作者简介

陆天明，中国作家协会主席团成员、中国电视剧编剧工作委员会名誉会长、国家一级编剧、中国电视艺术家协会会员、中国戏剧家协会会员。祖籍江苏南通，生于昆明，长在上海。曾在新疆建设兵团劳动工作十二年。定居北京后，长期供职于中央电视台中国电视剧制作中心。曾获中国百佳电视艺术工作者、全国最佳编剧称号；2003年获中国电视艺术家协会颁发的金鹰突出成就奖；2011年由中国广播电视协会和中国电视艺术家协会授予二十年突出贡献编剧称号。享受国务院特殊津贴。主要作品有：长篇小说和长篇电视连续剧《桑那高地的太阳》《泥日》《木凸》《苍天在上》《大雪无痕》《省委书记》《高纬度战栗》《黑雀群》《命运》，电影《走出地平线》，话剧《扬帆万里》《第十七棵黑杨》等。多部作品曾多次获多种国家级大奖。

木凸

陆天明 经典作品集
Lu Tianming Jingdian Zuopin Ji

陆天明 著

时代出版传媒股份有限公司
安徽文艺出版社

图书在版编目(CIP)数据

木凸/陆天明著.—合肥:安徽文艺出版社,2015.4(2016.8重印)
(陆天明经典作品集)
ISBN 978-7-5396-5197-2

Ⅰ.①木… Ⅱ.①陆… Ⅲ.①长篇小说-中国-当代 Ⅳ.①I247.5

中国版本图书馆 CIP 数据核字(2014)第 272852 号

出 版 人：朱寒冬　　　　　　　扉页题字：陆天明
策划统筹：朱寒冬　岑　杰　　　特约组稿：上海之冠文化
责任编辑：沈喜阳　　　　　　　装帧设计：丁　明

出版发行：时代出版传媒股份有限公司　www.press-mart.com
　　　　　安徽文艺出版社　www.awpub.com
地　　址：合肥市翡翠路 1118 号　邮政编码：230071
营 销 部：(0551)63533889
印　　制：安徽新华印刷股份有限公司　(0551)65859551

开本：710×1010　1/16　印张：28.25　字数：520 千字
版次：2015 年 4 月第 1 版　2016 年 8 月第 2 次印刷
定价：40.00 元

(如发现印装质量问题,影响阅读,请与出版社联系调换)

版权所有,侵权必究

剖开这些文字,会有血流出来(总序)

陆天明

做作家,是幼时的梦想。没人教过我做这样的梦,也没人唆使我去做这样的梦,但,真的,七八岁时,就向往当一个作家。现在想想,确有一点莫名其妙。但也真的就这么背着做作家的冲动和梦想,一直活了过来。到什么时候才认真想过,怎么才算是一个称职的作家?好像至今也没腾出一块正经的时间来做这样的考量和盘算。没有去盘算,大概的原因可能是因了一直认为自己在作家圈里就算是个称职的家伙吧。现在想想,也确有点可笑:凭什么你就把自己这么个长得有点疙里疙瘩的"大土豆"放进了"称职"这个筐筐里去了呢?我并非不知道这二三十年中国文坛上新潮风起,异议并列,大小圈子各施拳脚,勇争前茅。但我总在想,做文学无非三点:一,走自己的路,让别人说去。最后必定还是要由历史和人民来断是非、黑白、优劣的。二,活着是为了要思想。这是十九世纪法国文学理论家泰纳的一句名言。我始终奉为写作生涯的金科玉律。三,每每剖开自己写过的文字,里头都应有血流出来。这其实是改过了爱默生的一句名言放在自己书桌上的。他的原话是:"剖开这些字,会有血流出来,那是有血管的活体。"是的,无论怎样，把文字和文学做成"有血管的活体"，做成一个有"思想"的生灵，坚持发出自己独到的声音和见解，绝不屈服于各种诱惑和嘲弄，或胁迫。

现在，安徽文艺出版社要把我几十年来写下的长篇小说择其"精要"汇成一个集子，惶恐、感激之余，只能请诸位读者朋友试试，在这些文字里到底能剖出鲜红、灼热的血来吗？

序

冯亦代

我一向不认识陆天明,直到去年中国作家协会开第五次全国代表大会,才在小组会场里见到他,还名字与本人对不起号来。

但在文学作品上,我却早已有缘识荆,那是前两年读到他写的《苍天在上》。那几个突出的人物,特别是年轻而犯了错误的黄江北,无不在大叫"苍天在上",而苍天则若有意若无意地在回应他们的呼唤。作者以使读者惊奇的故事,道出了苍天的无奈与逡巡,从而道出了与权势比,苍天不是想象中的一碧如洗,相反却显得十分苍白。

朋友们告诉我:作者宁愿冒小说无缘问世及犯错误的危险,写了文学上的几个禁区。有人哂笑作者活得不耐烦了,以卵击石,自投网罗,但作者在原则上坚不让步,可以牺牲一切名利,只求作品能在荧屏上显示和刊物上出现。这种为了抨击社会阴暗面而写出真实、穷究根源的大无畏精神,是值得每个以写作为职责的人效法和深思的。

作者之所以能如此我行我素,不向社会的丑恶势力低头,我以为端在于他有浓厚的历史感。一个人可以生活得庸庸碌碌,逆来顺受,无所事事,浑浑噩噩,混过一生;但如果他把自己放在历史范畴里来考虑,他就会目明心亮,显隐烛微,找到发生事物在历史中所处地位,从而亮出他一己的感受,而助历史的车轮以一臂之力。我想陆天明就是这样一个人物。他没有功利性的患得患失,一经明确了自己的历史责任,就会为这一历史责任竭尽全力,去完成这一历史赋予他的任务。他认为这是天经地义的事情,不能讨价还价,因此在他的作品里便显示出一种人生的沉重感,决不能轻飘飘地度过一生。大而言之,就只是八个字:"天下兴亡,匹夫有责。"这个"责"字,是一个人在历史中所占的位置,正投陆天明满腔热情之所好,不能随意取舍,一旦拥有了这个"责",他便无由脱卸了。

《木凸》可说是陆天明的第三部力作,据熟知他的朋友传来消息,这是作者以五个年头的岁月,三易其稿,换来的些许满足(因为陆天明是永远不会满意的)。这也可以说他历史感的沉重,逼着他永远不能有一己的满足感;因为这个使命原来就不是一个人可以担当起来的。不过他既然勇于承担了,他就不能有些许的满足感,否则他就不能使他的努力垂于永久。这是历史的必然,也就是他作品的魅力所在,更是值得我们欣赏的。

我惯于对一些读过的书说三道四,有的说中了,得到读者的同意,有的却是差之毫厘,失之千里,只能算是白说。对于《木凸》这部小说,我以为是新旧思想的白刃战,是中国历史中特有的篇章,不过是缩小到谭家花园有关人物娓娓道来的故事而已。可是这一场战争显示在一连串的问题里:生活在谭家花园的谭姓男人为什么都不能活过五十二岁,到时都得一命呜呼,谭宗三做了谭家花园的继承人而和老管家经易门二人之间说不清道不明的恩恩怨怨又是为了什么?谭宗三先生同黄克莹小姐的恋爱故事又和经易门有什么关系?谭家花园新旧力量通过谭宗三的豫丰公司和以经易门为代表的守旧派之间的明争暗夺所为何来?"木凸"是什么?仅是一种声音吗?为什么要发出那一连串相等于"木凸"的声音?谭宗三在虎坊桥十字路口被人重重地撞了一下,这个人又是谁?为什么要提这个汉子就像一百多年前只见于楔子中的叶廷眷大人,他和谭家又有什么关系?如果解答了这些问题,可以使读者更了然于这个故事,抑或更为迷糊?能说这些问题是作者大弄玄虚,要使读者堕入到陷阱中去吗?还是这些陷阱只是陆天明调弄读者的障眼法?……

就是那么些问题,要用三十多万字来猜吗?有位朋友曾经对我说:陆天明是个故事篓子,可以把他的故事从古到今,南北东西,画出人世百态的离奇旖旎。在他的笔下,他是把生活中的故事当作历史的一部分来着笔的,他就有那份虔诚。

作者在《木凸》中所用的语言,也有其特色,好有一比,如同傍晚时学校放学,附近的街道里就会从风里飘过一批十六七岁女中学生的上海腔,叽里咕噜,你知道她们在抢着说话,但传过来的"吴侬软语",就无法明白她们在说些什么,就像是一大捧珍珠散落在玉盘里,一种亲切柔和既不能会意又不能忘却的声音,其中蕴藏着某种涵义。这也就是作者的功力和魅力!

故事是多方面的,而叙述故事的手法也是多方面的。如果请一位文学理论家来做鉴定,他也许会说从传统的现实主义到魔幻现实主义,到现代派性心理、意识派、荒诞派、神秘性……你能举出的文学格局,都能在这部"并非历史小说"而又有些像是历史小说中找到。陆天明是当代一支大手笔,笔底流出的是他无限的热情,可以融化一切,读者千万不要同他擦肩而过留下交臂失之的悔恨。

这是我为这部小说写的不像而作为像"序"的文字,请作者和读者海涵。我自己则已将陆天明作为我书评生涯有限余年重点追踪研究的个案了。

1997年"七七事变"60周年初稿

8月5日完成于北戴河海滨

第一部分

1

同治十三年九月二十一日凌晨四点。或者五点。上海县县署衙门里一片黑静。真正是鸟不叫,树不动。五进三门琉璃瓦。四十九盏铜铸莲花座球形玻璃罩煤油灯或者刚刚点上,或者刚刚熄灭。四十九株桶栽月桂和四十九顶一水红沈绣荷芰绿呢官轿或者刚刚安排停当,或者还在喊喊嚓嚓窸窸窣窣。知县大人叶廷眷的生身母亲叶老夫人从广州坐船到上海来做七十大寿,今朝一早到公馆路码头。叶大人要去接船。理该要去。当然要去。不能不去。不仅自己要去,还命多年体弱多病、向来足不出户的大太太随轿同行。一个时辰前,各位随行的师爷书吏差役在内务总管侄少爷的调派之下,在外院大方青砖铺就的大空场上整备停当,一律成雁行队列,垂手低头恭候两厢。队伍里当然还包括叶老夫人每次来上海定归要用,用起来觉得也还算顺手的那十几个贴身丫头梳头娘姨。此时此刻,她们一个个捧定了梳妆匣、烟灯、茶具、冰桶、痰桶,捧定了那只法国总领事白莱尼蒙马浪先生送的镀银彩绘搪瓷马桶,只等侄少爷一声令下,便鸣金开道,鱼贯而行。但没料想,等了又等,一等再等,侄少爷就是不下令,也不见叶大人书房里有任何动静。再这样等下去,只怕就要耽误今朝的大事了。但就是没有人敢上前去催问。那位侄少爷也只敢在叔父大人的书房门外逡巡再三，不敢去敲门。他知道此刻叔父大人仍在书房里，而且是独自一人。他也知道书房的门紧闭着。叔父大人一动也不动地躺在那把使用多年早已油红暗亮了的藤榻里，依然大睁双眼，半挺上身，僵直了脖颈，直盯着那扇暗地里直通侧厅后花园的小边门，发呆。脸色青白。气息粗重。两手冰凉，且上下战栗。同时又喃喃呢呢地不知在嘀咕些什么。万般无奈，侄少爷只得商请账房主簿程敬吾程老先生前去探问。未料想敬吾先生在这种情况下也不敢稍有造次，只是连连嗫嚅退避婉拒，真正让侄少爷身上的焦躁之汗一遍又一遍地把内衣和腰带统统濡透，急得他直想昏倒。

于是，在场的所有的人都觉得，一定是出事了。

出什么事？

不知道。

……

所幸，这一时刻前后一共只持续了一个并不太长的片断。而后，书房门突然哐的一声响了。而后，大人他阴沉起脸，紧低着头，大步踏出房间，快速钻进那顶最大的官轿，赶往公馆路码头。而后，阖府上下便忙于祝寿。用上海本地话来说，就是"闹猛得一塌里糊涂"。史料载，老太太生辰的正日子是九月廿五。但从廿三日起，"衙门里已形热闹"，是日晚知宾；翌日预祝；廿五日正寿；廿六日谢客；廿七日才告圆满。前后一共热闹了五天。前来拜寿的人，除本地绅董、同僚熟友、本衙门师爷书吏隶役外，还有上海道沈秉成，制造局总理冯峻光，道员赵瑞芬、吴大廷，总兵蔡金章等。因叶大人做过两任南汇知县，南汇的官绅书差等来拜寿尽孝心的就有五十多人。五天中，共用"烧烤三席，燕席十席，鱼翅席二十一席，另送同乡二十席，中等鱼翅席五席，次等鱼翅席十三席，海参席十二席。用酒十八坛，用面上等的三百八十二碗，中等的四百零三碗，等外的二千零五十碗。共印请帖六百张，谢寿帖五百张，领谢帖四百张，另备八十页的梅红簿，作为送礼的登记簿"。甚至连"县监狱里的犯人也领到了赏面和赏肉"。老太太还逾格恩赐,另加了每桌一千文的中桌十席半赏给这些"天涯沦落人"。至于一班跟随杂役,送礼、叩喜的都有答赏,没吃上正式寿酒的,还有折吃可拿,每人至少一二千文……(详见一九三六年五月中华书局印行的《旧账簿中所见六十年前的上海》,作者吴静山)。如此的喧嚣热闹,自然会让很多人忘了九月二十一日那天一清早所发生的那一点反常。但偏偏有这么四位始终不忘,不仅不忘,还一口咬定九月二十一日叶家的的确确出了大事。而且还不是一般的大事,绝对有关叶家生死荣辱。如此固执的四位是:侄少爷,程主簿,大太太,第四位我们暂且按下不表,只说他是个陌生人,一个陌生的大男人。这男子跟叶家任何一个人都没来往过,但又跟叶家的每一个人都有着密不可分的关系。

从此以后,这四位便心事重重,甚至可以说是度日如年。他们不敢在叶大人面前有所声张。因为叶廷眷本人后来好像一直有意在回避这档子事,再不提这档事,更没就那天的那一点"反常"向任何人做过任何一点解释。同时,这四位也不能跟其他人去说什么。因为叶家后来的确也没发生什么特别了不得的事。比如,大人后来生过疝气,查旧账簿可知,为此支出过一千零八十文钱,买过一批瓣香庐药房的"疝气丸"。但后来肯定是治好了的,因为账簿上也就再没出现过同样的开支记录。再后来二太太病故。这当然是令人非常痛心的,更不能说是件"小事"。大人非常喜欢他的每一位太太。但大人先后娶过五房太太。五分之一的震痛五分之一的失落,总还不能说关乎"荣辱存亡"吧。特别要提到的是,大人在上海县任上满任后,不仅没像其他为官的那样遭遇了或隐退或候补,从此门可罗雀的尴尬伤心场面,反而升任道员,并荣加二品衔。据说这以后"他似还曾做过招商局总办,惜未得有确证"。等等等等。等等等等。

公平地说,叶廷眷这一生跟绝大多数中国人的一生相比,应算是优渥超绝的。即使跟绝大多数为官的比,也算得一帆风顺的了。那么,作为今人的我们,不禁要问,一百二十多年前的那一天,也就是同治十三年九月二十一日清晨,在上海县县衙门里,在这位"叶大人"身上到底发生了一桩什么样的惊天动地的大事?

2

几十年过去了。没人回答。

3

能不能写这样一个家族——这个家族里所有的男性成员,没有一个能活过五十二岁的。这种迹象的显示起码已经有四五代人了。甚至还要久远。于是不能不恐慌。不能不焦虑。再想想这个家族里的女人。各种各样的女人。她们一旦得知后,对自家男人的这个"命"会做出什么样的反应?还有那些将要进入这个家族,但一时还没进入这个家族的女人又会怎样动作?比如那个年轻的黄克莹。

4

但我不想写家族史。

5

祖籍江苏常熟的谭家,当年靠三艘一百二三十尺长的沙船把全部家当从天津搬到上海,便把谭公馆建在贝当路、麦琪路、钜籁达路、蒲石路一带。后来的有一天,向来脾气随和、从不走极端的谭先生突然间整整三个月足不出户地把自己关在三楼写字间里,不见任何人。甚至连夫人筱尚香也不见。必须说明的是,谭先生的写字间里,也有一张藤榻。那张藤榻用的时间也很久远了,也早已油红暗亮。也有一只镀金嵌接的台式自鸣钟,同样地安坐在那么一个用象牙雕出的西洋裸女手掌心里。那脂玉般的乳白,已远不止焦黄。牙黄。斑痕累累。暗度陈仓。夫人筱尚香强忍住凄惶,一次又一次地把管事房总管经易门叫到自己房间里,要他和盘托出事情的底细。经大总管惶恐。他真的无可奉告。他不是不愿讲,实在是讲不出来。不知道。

"侬哪能会勿晓得?侬勿晓得,还有啥人晓得?谭家的事体,瞒天瞒地,不瞒侬经家人。侬是不肯讲,是哦?!难道我筱尚香在侬眼睛骨里就那么勿值铜钿?!"二十八岁的夫人有气无力地靠在绣花枕头上,伤心。摇头。一遍又一遍地淌着那清长而又真诚的眼泪水,唏嘘。埋怨。恳求。

此刻的经易门,的确无话可说。三十三岁的他只得低下头。十分难过。十分战栗。夫人的话一点都没说错。经家三代人在谭府当总管,整整辅佐了谭家三代人。他本人虽说正式从父亲经老先生手里接过总管的职务还只有两三个月的时间,但他从小就跟着父亲在谭家走动,十六岁起就被谭先生的父亲谭老先生相中,被安排在管事房相帮着操办谭家的大小一应事项。多少年来,的的确确正如夫人所言,谭家的事瞒天瞒地不瞒经家人。谭先生的事,从来没有他经易门不知道的。经家人和谭家人的这种关系,在上海滩上是出了名的。这也是经家的自豪。与此同时,经家的几代人都像守护自己的眼珠一样,守护着跟谭家的这种关系,从不许家族内的任何一个人在这一点上出半点差错,有半点含糊。但这一次,经易门真战栗了。他真解释不了这几个月来谭先生到底为什么会这么变态。如果他当时知道当年上海县县衙门里所发生的那档子事,他就可以对夫人讲,人有时是可能会发生一种让别人弄不清楚其原委的"精神变态"的。不必硬要问个为什么。也许事过境迁,一切太平如旧。可惜他当时并不知道上海当年还有这么一个叫叶廷眷的贵人。更不知道那一天清晨曾有过的"反常"。于是他无法为夫人解脱那沉重的疑虑。他深深地意识到自己已经严重失职。此时此刻在他心里,的的确确除了无边无际的内疚自责以外，就只有那无际无边的自责和内疚了。他只有强作沉着镇定，以竭力稳定住被疑虑惊惧之风切切实实笼罩了的整个谭家大宅，并带人日夜守候在谭先生的书房门前，以应对新的不测和谭先生可能发出的某种紧急召唤。

到那一天，后半夜，书房里总算传出干哑的声音，叫经易门。九十个日夜在门外已经守候得精疲力竭的经易门，瞬间振作，马上对几位同样在门外守候了如许日夜的医生护士做了个断然的手势，让他们把一些输血输液或输氧的必用品先推进房间。谭先生这一向以来，身体相当不好。不是一般的不好，而是相当不好。便血。便起来就嘶嘶地往外喷。鲜红鲜红。求遍了海上名医，都没止住。在这种情况下，他还把自己关在房间里三月有余。经易门当然要准备医生护士。甚至还准备了两名七级钳工。实在不行，就强行开锁进门。但医生护士一进门，却被谭先生统统赶了出来。而且不容经易门作任何辩解。经易门当然不敢擅作，只得迁就。安排了医生护士相继退出，他先四下里瞟瞥一圈，没发现有血迹，心里稍稍安顿下来；再看谭先生的脸色，除了那点原有的虚肿黄白，倒也没有新添多少应有的委顿，甚至都没在那张藤榻上躺着，而是站在那里对经易门说，要他连夜坐船到苏北盛桥镇去请三叔谭宗三回上海。

经易门不免一疙愣。他不用回头去看窗外的天色，只要听一听那在树丛楼群间狂嘶滥吼的风声，也知道此刻哪是坐船渡江过海的时候？况且三个钟头前，经易门就已经接到管事房抄收到的有关风暴潮的正式警报。那时候，外滩气象台就已经升起了那只专做风暴警示的灰色竹壳空心球。吴淞口外三岬水里的浪头已经有一两丈高。谭家存放在吴淞口煤场上的两座煤山已经被涌上岸来的潮水吞吃得一干二净，只剩一点黄泥底子。而哈同花园张家花园黄家花园……里所有的枇杷树、玉兰树、香樟树、苦楝树、红栲树、赤楠树、黄杨树、米槠树和一盆盆已经侍弄了三百年之久的老桩盆景，还有那些所谓的法国梧桐、加拿大白杨和德国冬青统统前俯后仰，肆意呻吟或者咔咔嚓嚓折断。赵主教路因此关上了所有的百叶窗。制造局路因此平地涌出三尺半潮水。马桶盖因此成群结队地漂出每一个弄堂口。肇家浜两厢所有的小弄堂里所有的晾衣裳竹竿因此统统跌下来,七荤八素地戳进每一只冒着蓝色火苗的煤球炉。而城隍庙木头架子搭的九曲桥上因此爬满了湿答答的绿毛乌龟。所有的铜吊因此都在喷射灼人的热气。嘶嘶响。

"外头风不小……我已经让郑船长把东兴号开到十六铺码头等着侬了。侬看侬能走哦?"谭先生声音嘶哑低沉,脸色青白,站在那只油红暗亮的藤榻前,一动也不动地看着窗外灰蒙蒙的云团,问。谭家有自备的铁壳轮船东兴号。有自备的船长郑复观。

这种天气,按规矩,设计排水量即使有一千七百吨之巨的东兴号也是开不得船的。只要一松开缆绳,船肯定就会失控,肯定就会横冲直撞;其实,就是不松开缆绳,它也要横冲直撞。但是,经易门还是一语不发地走了。不仅仅是因为多少年来经家人在谭家人面前,惯于不说一个"不"字;也不仅仅因为几个月前,经老先生临终前曾对经易门留下过这样一句话:谭家,我就交把你了。而后老先生强撑着坐起,取过那管出自制笔名家周虎臣之手的狼毫"臣心如水",哆哆嗦嗦地在一张熟宣上,用他那一手极为出色的瘦金体楷书,给儿子写下了最后四个字:"人境壶天",便喘个不休。

老人家留这样的四个字,到底深藏什么用意,他本人没做任何解释。经家的两代人之间习惯了不做任何"解释"。下一代人习惯了照上一代人吩咐的去做。从不要求"解释"。经易门当然也不例外,没去求个详解。但细品之下,他觉得自己对这四个字的含义似乎已经有所领悟。只是讲不清。讲不清这里所包含的经家三代人在谭家门里所历经的全部荣耀和辛酸,讲不清老人家在此刻所要表达的一种怎样的自重和期盼。这种自重是老人家从来也不敢明白表达的,可又总想有所表达,尤其在自己即将撒手西去之际又特别想有所表达,可又依然不敢明确表达的。经易门觉得自己能明白、能理解,也能懂得这里边种种的无奈、种种的炽烈委婉固执和种种唯经家人独具的、必备的缠绵、精细、坚韧……于是隔天他就用重金聘请九华堂老先生装裱了这幅字,再用红木镜框把它挂到自己居室的中堂。每每到深夜，当他独自面对这幅清秀劲厉老到谨严的字条时，便总是一次又一次地感到自己是那么的稚嫩。年少无知。总能觉出身前身后一股股阴冷的风在飕飕。窗外檐下一双双厚底朝靴似有似无地在响动。

为了谭家，此时此刻，他经易门心里当然只有一个回答："我一定去。"

于是訇然一声巨响迸出，拦腰袭来的一股巨浪把东兴号铁火轮船长室的那扇铁舱门从铜的门框上辣辣地撕裂了下来。

6

东兴号铁壳小火轮在风浪中好不容易靠上盛桥镇木堡港码头。几十分钟后，老茶房倪志和急急忙忙跑到大有大茶馆店楼上，向谭宗三通报，上海方面经大总管经易门先生有急事求见。人已经在楼下等着了。这时候，谭宗三刚把那位黄克莹女士请到这家新开张的茶馆店楼上雅座间里吃早茶。真是第一次请。刚把板凳坐热。第一客蟹黄小笼包刚刚送上来。头遍盖碗茶刚刚小啜了两口。场面上的拘谨刚刚得到一点舒展。那几句早就在心里盘算了又盘算的话刚要说出口，倪志和这老不死的脚步声，就在楼梯板上咯噔噔咯噔噔地响起来了。扫兴。实在扫兴。

谭宗三只得放下筷子，满心不悦地狠狠斜瞪了老倪一眼，拿起餐巾在嘴角两边分别轻按了一下，躬身对黄克莹小心翼翼地道了声"对不起"，便沉下脸，撩起门楣上那条满地荷绿一水青绸布门帘，悻悻地快步走了出去。门帘布用力甩过来，刮到老倪眼角上，老倪都没敢哼一声。老倪是谭宗三从上海带到苏北来的，为人虽然不算聪明能干，但毕竟在谭家门里有年头了，谭家的事多少还是知道一点。他知道，三十出头却一直还单身过着的"三先生"，轻易不约女人进酒楼茶馆，今朝不仅例外，而且特别看重跟黄"小姐"的这个约会。"三先生"历来非常讨厌这位经大总管经易门。

今朝偏偏又是这位经大总管来冲了"三先生"这个兴会,偏偏又是他老倪夹在中间当传话筒。真是"酒盅里拌黄瓜,一点都兜勿转了"!

"三先生"和经总管之间的关系居然会搞得这么僵,对这一点,不光老倪想不通,谭家门里上上下下都没有一个人能想得通。"三先生"到英国留过学,平常待人蛮有风度、气度,蛮宽容的。特别对一帮子下人,从来不喜欢搭啥臭架子,脸上总归笑眯眯,从不跟你计较什么。但非常奇怪,他就是容不得"经易门"这三个字。有人甚至这么说,他就是因为竭力反对经易门接任谭家总管一职未成,才愤愤然离开上海,到苏北来"求一个眼门前清静"的。

经易门怎么得罪"三先生"了?

经易门怎么可能、怎么敢去得罪"三先生"?

经家三代人对谭家的忠心,这是有目共睹、有口皆碑的啊。

经易门自己心里也不是滋味。他只是弄不清自己到底做错了什么,竟使这位"三先生"三老板如此记恨自己。说起来,自己跟"三先生"还是同年生的人。生日比谭宗三还略大几个月。从小就受命伺候这位"三先生",陪他读小学,读中学。背书包。撑洋伞。拎饭盒。做作业。甚至替他去受罚。立壁角、关夜学。而多少年来,他真切地感受到,谭宗三从来也不是一个不讲情义的人。在很长一段时间里,他俩曾经好得像亲兄弟一样。后来到底发生了啥,使得他们之间的关系突然恶变成这样……他说不清楚。一想到这种似乎是无法逆转的恶变,他常常彻夜难眠,常常心尖抽痛,透不过气。有人分析过,是不是因为谭宗三去了趟英国,眼界变了,好人坏人颠倒看了?但事情好像也不是这样的。从英国回来好长一段时间,他跟经易门仍然好得像亲兄弟一样。后来……后来好像也没发生什么特别了不得的事嘛,日子好像过得也蛮正常嘛……两个人的关系怎么就突然恶变了呢?

假如像经总管这样忠心耿耿的人都不讨好,那到底还要怎么做人呢?在谭家门做生活的人,心里都纷纷这样嘀咕。不知所措。这些人多年来都是把经家人当作范本在努力着。多年的事实也在告诉他们,只要做得像经家人,谭家人就会看好你,最起码,也会给你一只"饭碗"捧捧。现在如果连经易门都不讨好了,那……他们该怎么办?在谭家的这生活还怎么往下做?还做得下去吗?

其实,就是谭宗三自己,也讲不清自己在最近的这一年多时间里,到底为啥突然那么讨厌起经易门来。

理智层面的种种印象告诉他,经易门在同龄人中间,是绝对难得的好伙伴。绝对聪明。绝对能干。绝对忠诚本分。那年到唐家桥鱼塘去钓鱼,只要谭宗三不钓起第一条,非常会钓鱼的经易门,钓竿上就是有一百条鱼在咬钩,他也不会起竿。那天钓到天黑。穿了双白皮鞋的谭宗三只钓到四条小的。经易门却实实足足钓到十几条大的。一路上谭宗三闷闷不乐,甚至都不想回去了。他生怕父亲谭老先生因此笑话他。但回到公馆,来到谭老先生面前,翻开竹筏编的鱼篓,他吃惊了。他篓里的那四条小的跑到经易门篓里去了。而经易门篓里那十几条大的,却跑到了他篓里来了。几乎所有在场的人都不相信这个"结果"。于是经易门诚恳地向谭老先生诉说今天的鱼真的很难钓。宗三阿哥今天真的很能干。看见宗三阿哥一条接一条,连着钓起了那么多,他真的非常眼热,佩服。

"这鱼老新鲜的。我拎到厨房间去,让大师傅氽汤给大家吃。"而后,经易门拎起两只鱼篓,光着一双脚,悄悄走了。

这就是幼时的经易门。"难得。实在难得……"谭老先生常常这样感喟之至。

我为啥还要讨厌他呢?

世界上的事情往往这样,总是说不大清楚。有人说,说不清的原因,是因为没想清楚。那么,想不清的原因,又是什么呢?

二十多分钟后,谭宗三回到楼上雅座间。雅座间里已经空了。黄克莹走了。她那只总是随身拎来拎去的珠串子小手包也带走了。花梨木的桌椅茶几当间,只有倪志和一个人在那里闷声不响地收拾着各色茶盏和点心碟子。

谭宗三急问:"黄小姐人呢?"

"走……走了……"

"啥人叫她走的?"

老倪疙愣着,半天没回答上来。嘴笨口拙的他,一时间想不出一个好的理由,既能安抚肯定要暴怒起来的三老板,又能保护经总管。因为正是这位经总管让他把黄克莹"请"走的。刚才经易门一踏进大有天的门,就找到老倪,说,等"三先生"一下楼,侬赶快去把"三先生"身边那只姓黄的"小骚货"给我弄走。一面讲一面还往老倪手里塞了两块银洋。其实,就是当场不给这两块银洋,老倪也会尽心尽力去做的。因为经验告诉所有那些为经易门做过事的人,只要你尽心尽力,经易门是绝对亏不了你的。早晚必有回报。而且绝对报得让你喜出望外。更何况老倪本来就从心眼里看不起这个黄"小姐",早就觉得她不是只正路子。侬想啊,单身一个女人,一塌刮子只有廿三四岁,居然已经有了个六七岁的"拖油瓶",还要在"三先生"面前充啥"小姐"。扯那!看她穿的翡翠蓝旗袍,开衩开得那么高,恨不得把两只雪白粉嫩的腿根根和一副从东洋进口的克罗米吊袜带统统露出来才得过。不就是牙科诊所的一个护士嘛,搞啥名堂经!还想有朝一日一顶花轿把侬抬进谭家门三叩九拜真做百年夫妻?黄六,拎拎清!人家不过就是跟侬白相相。装啥榫头呢?侬就是把旗袍衩开到奶奶头上,也没有用的!老倪冷笑。

但,那天出乎老倪意料,"三先生"居然没有"暴怒",在楼下听经易门说了些什么,回到楼上,关于黄小姐的去向,居然只急问了一声,便再没追问;而后,心事重重神色不定地在临街靠窗那把太师椅上稍稍又坐了一会儿,木奁奁地端起盖碗索索地吃了一口凉茶,扔出几张钞票,让老倪去结账,转身就跟经先生一起坐东兴轮回上海去了。

凌晨,我被一阵轻微的,但又清晰而又清长的小解声惊醒。我以为自己在做梦。后来知道不是;忙从床上坐起,在灰暗的晨霭里稍稍定了定神,才听出那声音是从隔壁后楼房间里传过来的。前后房之间只隔着一层薄薄的板壁。后楼房间空关了好长一段时间。昨天下午,突然搬进来一个二十多岁的单身女人,随身只带着一个六七岁的小女孩和一个很大的藤条箱。下车时,人稍微摇晃了一下,还有意无意地抬起头来向上看了看。当时,屋顶和树梢之间的那块天空虽然不算特别蓝,但阳光还是比较温暖的。我当时闻声"正在城头观风景",便欣然接受了她那好奇而又善意的一瞥。同时又是很恬静很明亮的一瞥。我无法判断她的身高,但从她坦然的神情中却真切地感受到了她不隐含的疲累和隐含着的阴郁。于是我非常想下楼去帮她拎一下行李,更想知道她究竟住哪个房间,只是有点不大好意思,才没有下楼。后来她母女俩就住进了隔壁房间。让我听到许多的窸窸窣窣、磕磕碰碰的声响,并且响了好大一阵。后来不响了。复归安静。安静得就像一只很小很小的老鼠钻进了一只很大很大的牛皮风箱。这种特别的安静,搅得我不得不再度侧耳倾听。寻觅。寻寻觅觅。直到天黑时分。我猜度,此刻的这小解声,可能就……就发自她?猛然间,我极度地心慌起来。

7

东兴号千难万险地穿越吴淞口外浓雾弥漫浊浪排空的三岬水水域到达上海,已然是第二天凌晨。雪俦(谭先生)居然亲自带了两辆黑壳子老福特车,冒着声色不减的狂风暴雨,到码头上来接宗三。一见宗三,他眼圈就红了,紧拉住宗三的手不放。回到公馆,直接上楼,进写字间,关门;未曾开口,眼圈又红了好一阵,从身前那只玉白茶碟里拿起一块本色的毛巾手绢,先揩了揩眼镜片,又去揩了揩眼角,最后细细地擦干净每一根手指头和每一片手掌心,这才从那只被谭家世代所看重的铁柳木写字台抽屉里,小心翼翼地捧出一只用蓝花土布包着的小包袱。这种蓝花土布,源自奉贤青浦乡下,本是那一带种田女人用来做围腰和包头的,今天居然出现在谭家,出现在这个陈设着全套瑞典皇室专用水晶嵌银办公用具的写字台里,真的让谭宗三稍稍感到有一点目瞪口呆。

布包里包的是谭家族谱。一共两本。每本也就十六七页。其中一本的布封套和大部分的内页在经严重蚀蛀以后,再经裱缮高手精心修补,现被装在一只楠木雕制的封盒里。这只木质封盒被雕装成一本打开的《圣经》。盒子里衬以金黄的丝绒布垫,并长年地置放一块河南束城上王府庄出产的防蛀香饼。同时在盒子里被保存着的,还有一把很老式很生锈很暗淡的铁柄放大镜,据说是东印度公司一个叫皮尔逊(它的拼法好像是Pearson)的船医送给太曾祖谭过庭的。过庭公是上海滩上最早涉足西药生意的几个人中的一个。当时他的供货人就是这个皮尔逊。据说这个皮先生还是英国望族出身,长得特别强壮但又特别随和,从不喜形于色。过庭公一直不明白,这位英格兰贵族后裔为什么总是喜欢穿一双很旧的皮靴,还喜欢在很白很挺括的衬衣领子里系一根什么也不是的深色粗布"布片"(肯定不是领带)。据说过庭公送给这位合伙人的,是一只成化官窑古瓶"美人霁"。该瓶硕大,胎体规整精细轻薄;釉质莹润如脂,红色雅淳纯正;是成化器物中极少见的,可谓弥足珍贵。当时就值十几两黄金,或一百多担大米。要放到现在,就更难说了。

谭雪俦跟谭宗三谈的就是关于"谭家所有的男人都活不过五十二岁"这件事。他说,我要死了。顶多还有十几天可活。一只脚已经伸进棺材。再好的医生再好的救命药,对我都不起作用了。讲到这里,雪俦的眼圈实实在在红润了。

"Absolutely ridiculous(荒唐透顶)!"宗三很不耐烦地从那把深棕色的擦漆橡木雕花椅里站了起来,下意识地挥动了一下右手,苦笑着摇了摇头。经易门只告诉他"谭先生"病危。要是知道找他回来只是为了要谈什么"谭家男人活不过五十二岁"这桩事,他根本就不会回来。"雪俦啊雪俦,侬再怎么讲,也是圣约翰出身的人。怎么……怎么会变得像小弄堂里那种不识字的'宁波好婆',相信这种不三不四的闲话……"

"不是不三不四的闲话!"雪俦战栗。

"再过十几天,侬就要过五十二岁生日了!"

"我活不过这十几天的……"

"阎罗王给侬打过电话了?!"

"真的！我真的要死了。这一向,我天天在屙血。"

"请医生看呀。"

"看过的。统统都请来过。同仁、广慈、仁济、德文、大华、红十字会总医院,连老底子在新民普爱堂医院、利亚看护医院,包括天主堂街上那个法国陆军医院里挂牌看过门诊的医生,都请过……就是查不出原因来。"

"查不出,就证明侬没有毛病嘛!"

"可我……明明是在屙血……一天不停……真是一天不停啊……"

"吃止血药!"

"只要能找得来的止血药,不管是中国的外国的,统统吃过了。"

"我帮侬去找两个医生。包侬好。"

"宗三啊,不要再浪费辰光了。我有更加要紧的话,要跟侬讲……"

"现在顶重要的就是治病!"

"没有用的。没有用的。"雪俦无助般地瞪大了虚泛而空洞的眼睛,而后就索索地开启楠木封盒,从中拿出那两本烟熏般黄褐色的族谱刻本。刻本里记着,谭先生的曾曾祖德麟公,四十八岁殁于赴皖上任途中。曾祖石谦公四十九岁殁于莫名枪伤。祖父于厘公五十岁殁于意外大火。父亲景琦公五十一岁零十个月殁于干咽不食症。叔公谭话公则殁于三十二岁。大伯父谭向公殁于四十二岁。二叔谭定公十二岁死于黄热。堂兄谭地廿二岁死于绑匪撕票。最可惜的是那位聪明绝顶的堂弟谭年,十五岁在江苏全省会考中拔得头筹,官费保送日本国东京都大学,两年后竟死在一次化学实验所引发的爆炸之中。还有那位跟着女戏子私奔了的堂弟谭渊、去湖州盘货的四哥谭刚、学画画在峨眉山写生失踪的堂哥谭桐……都是在五十二岁前一去不返,迄今杳无音讯,连尸骨也无处寻找。至于另一些因种种原因或死在襁褓之中、或死于咿呀学语之时的男性继承人,就更罗列不清了。

"这也不能说明,我们谭家男人一定要死在五十二岁之前啊。"谭宗三还是不信。

"宗三,你平心静气地听我讲。我没有必要跟侬夸大其词,更没有必要故弄这个玄虚,唯恐谭家不乱。实际上,阿爸景琦公在临死前,就已经跟我交代了这情况……"

"那侬为啥不早告诉我?"

"不是我不讲。阿爸有过交代,不到万不得已,不能告诉任何人。一旦张扬出去,人心惶惶,这局面难以收拾……另外,我也奢想,万一我能挺过'五十二岁'这一关呢?几十年来,我非常注意养生。这一点,侬是清楚的。我在这方面下了非常大的功夫。吃素、进补、节欲、练八段锦、元生功。而一向以来,我的身体的确也是非常好的。我一直以为自己能过得了这一关。可是……几个月前,感觉上突然不行了……身体好像突然被抽空了……没有任何依靠了……"

"心理作用。"

"不要再自欺欺人了。事情是明摆的。明摆的,的的确确的,有一股力道,在不让我们谭家的男人活过五十二岁。侬讲,我们谭家的男人到底做错了啥事?这股力道到底为啥要跟我谭家的男人过不去?为啥?为啥?到底为啥……"

"侬讲为啥?"

"不晓得啊……"已然虚软到极点的雪俦长叹着,手扶床架子,摇摇晃晃地坐了下来。

"侬没有派人去查查这里的原因?"

"怎么查?侬说怎么查?现在不管侬相信还是不相信,也不管到底是啥在冥冥之中作弄我们谭家,最要紧的是,万一我真的熬不过去,这个谭家……这个谭家怎么办?总要有人来当这个家、做这个主。我晓得侬一直不愿意做这个当家人。可是谭家现在只有侬了……"

"不要讲了!"

宗三心里一阵闷痛,急急地叫了一声。雪俦只好收住话头,不再讲下去。炖在铜炭小风炉上的药罐子在嘶嘶作响。十分钟后,经易门急急把谭宗三请到楼下大客厅里,交给他两封从南通、无锡发来的加急电报。电报称:在南通郡庙附近一家笺纸店里做老板的堂伯谭越新和在无锡监狱里做狱医的五叔谭韬,突然暴病身亡,各享年五十一岁。宗三看完电报,足足有一顿饭工夫,呆坐在那把织锦缎面子花梨木框架的全包旧沙发里,一句话也说不出来。经易门在一旁低声询问:"这两份电报谭先生还没有看过。侬看,要不要送过去请谭先生再过一下目?"

"侬想催他早点死?"谭宗三毫不客气地抢白,搞得经易门相当难堪,当即脸红耳赤,低下头。

"上个月,谭先生让我在宝丰拆借了一笔款,这个月月底就要到期。最近账上头寸有点兜不转。是不是……想办法从南京方面调剂一点过来……常熟和苏州方面也有两笔生意等着用头寸……"稍稍沉默了一会儿,经易门又询问道。

"生意上的事,我现在不管。将来也不会管。侬少来烦我!"

"谭先生关照,从现在开始,谭家门里大大小小所有的事,全部要听你三叔的……"

"全部都听我的?"

"全部都听侬的。"

"我讲的每一句话都算数?"

"侬讲的每一句话都算数。"

"真的?"

"真的。"

"那么我讲,生意上的事我不管。侬听不听?!"

"……"

"为啥不响?侬到底是听,还是不听?"

"……"

"侬讲呀!"

"……"

这时候,账房间的簿计员程宝霖捧着一摞古籍图书,在大客厅外,焦急地等着谭宗三出来接见。讲起这位程簿计的身世,就要说到三个多月前的某一天发生在谭先生身上的某一档子事了。那天,刚吃过早饭,谭先生突然显得十分烦躁,说,外头来人了。几个茶房赶紧出去看,没有。谭先生定定心,回到书房,刚刚坐下来就又说,外头肯定来人了。大家再赶紧楼上楼下花园里外一通穷寻,还是没有。但谭先生一口咬定,有。还说这个人一进谭家大门就讲这个花园里有蛇,有壁虎,还有一窝好蟋蟀。他要捉蛇捉壁虎,还要捉这窝好蟋蟀。拦也拦不住,直往里走。还说要寻一批青花坛子。于是乎一楼,二楼,前楼,后楼,前花园,后花园,东西厢房,南北游廊,走起来熟门熟路,一点都不打疙楞。

这件事听起来的确相当奇怪。

你说谭家花园里有蛇有蟋蟀,这不稀奇。谭家花园前身是上海县知县叶廷眷的公馆叶家花园。花草树丛假山石洞几十年,还有几幢老房子八九十年没有翻修过,湮没在荒草一角。这种地方要说是没有蛇没有壁虎,或者说没有蟋蟀,反倒是奇怪了。但要说到什么"青花坛子",而且是"一批",实在没名堂。

谭家门里当然有瓷器。不但有,而且还多。不但多,而且还名贵。中国人就是有这种通病,一旦钞票赚足了,房子造够了,妻妾讨够了,儿子生够了,官衔买够了,剩下来最想做的事,一就是花钱附庸风雅,结交文人骚客,男女优伶;再一个就是白相"老祖宗"——收藏古董。古话说"腰缠万贯下扬州"。为啥偏要去扬州?古时候的扬州的的确确是一块优价古董荟萃之地。谭家自然也不能免俗。更何况谭老老先生当年以布衣入值乾清宫南书房,在内廷供奉任上让皇上外放,先去了安徽,又去了福建。后来还去过别的一些地方。去的地方越多,家里收藏的"老祖宗"自然也就越多。

但是,不管谭家的古董有多少,从谭老老先生开始,到后来的谭老先生,到现在的谭先生,在瓷器方面,他们从来就只好两种古瓷:一种,明神宗时的吴十九瓷;第二种,前清雍正年间出的"胭脂水"瓷。吴十九瓷古朴浑拙。粉红的"胭脂水"则娇嫩欲滴。谭府一向最忌青花瓷,连碰都不碰，更不要说收藏。只嫌它清冷。不吉气。连日常家用的一应茶具餐具烟具，他们都只用粉彩斗彩的五福莲座出水云龙。就是带一点青花的，起码也要是釉里红那种的。这一点，上海滩上所有玩瓷器的都清楚。怎么可能还会有这样的人，特地到谭家门里来寻什么"青花坛子"？除非他五迷三倒纯粹一个神经病。

但谭先生坚持说，他看到过这个人。还跟他说了话。这个人个头虽然不高，穿着固然黯旧，但举止谈吐无一不显示出他内心的清朗和精细。后来，他索性把这个人的样子画了下来，让大家依样去寻找。画挂在门房间。三天没有反应。到第四天头上，这位程宝霖先生从南通天生港结账回来，看到了画上的这个人，不觉呀的一声暗暗惊叫，忙回到自己家里，从阁楼上翻出一部涵芬楼刻本《北窗吟稿》；拍去函套上的灰尘，拿青蓝细布用心包好，悄悄送到谭先生跟前。这位程先生是当年叶知县身边那位账房主簿程敬吾的后嗣。他手中当然会留下一些跟叶大人和程主簿有关的人文资料。这部积满灰尘的《北窗吟稿》即是其中之一。里头收集的都是叶大人官宦生涯的"即兴创作"。诸如《感念紫气东来推窗遥望》《拜会某国某领事路遇小雨》《悬牌放告闻听鼓乐绕梁有感君子之道黯然而小人之道日彰五十韵》等等等等。但难得的是，这部《吟稿》卷首刻印着那位叶大人头戴花翎、身穿朝服、佩戴朝珠，端坐中堂的一幅"绣像"。

拿叶大人的"尊像"和谭先生靠记忆画出的那汉子像一比照，简直叫人不敢相信，这二者竟如此相像。甚至可以这么说，让七八十年前的叶廷眷大人摘去顶戴花翎，脱去朝服朝靴，再让他换上半新旧的二尺半短打衫裤，活脱脱就是眼门前谭先生画的这条汉子了。

这怎么可能？叶廷眷至少也已死了有五六十年了。

他是心有不甘，又转世来微服私访了？不不不不……绝对不可能……

还是存心来找谭家的后代索讨先前的房租地契的？不不不不。更加不可能。

捧着涵芬楼那套刻本的程先生，当时差一点吓晕在地。

谭先生听说后，当即也呆定在他那张铁柳木大案桌旁了。

于是一阵穿堂风刮过。真是一阵相当厉害的穿堂风。

而谭家人一定会告诉你，这一向谭家接二连三出地各种各样的怪事。比如花园东南角上那一大片竹林突然开花枯黄。比如铸铁的路灯柱突然生锈剥落。比如打蜡地板缝里突然爬出成群结队的白蚂蚁。比如西花厅的天花板突然塌下来一大块。比如太太小姐房里的棕绷床，三天之内棕绳啪嗒啪嗒全部断光。特别是谭先生写字间里的那张"铁柳木"写字台。这张大写字台是谭家一宝。它是曾曾祖德麟公三十岁那年从闽南带回来的。铁柳木，又叫"海柳"，或"海底木"。它是南方一种高大乔木，只长在闷热的海岸线上，那浅海的海底，常年地不见天日。每每在退潮以后它才会露出自己成片的粗壮和成片的翠绿。它木质细腻，色泽茶黑。光润如玉，坚硬如钢。寿命能到一千年以上。最好的铁柳木，出在福建东山岛古雷头海底。每每天气要剧变，那一片海水就先期混浊翻腾起来，伴随一阵阵低沉的轰鸣声，不断冒出一串串很大很大的气泡，并有云层低低覆盖。很怪异。也很可怕。谭家的这张写字台就是采用吉雷头海底的铁柳本做的。平时看它，精神十足，明光光纤尘不染；只但说要变天，它便先期暗淡下来，台面上同时隐隐浮起一层极微薄均匀的雾气，并渗出一粒粒极细小莹洁的水珠。据说贴近了细听，还能听到一阵阵完全属于某种袖珍版的轰鸣声。随着天色转晴，它又会完好如初，明亮如镜。这样的反复，屡试不爽，真是神奇得很。于是有人曾想用霞飞路（淮海路）上两幢花园洋房来换取。谭家人当然不答应。可是，最近几个月以来，它真的失灵了。不管天气怎么变，它都不变。外头即便在落大雨，它台面上依旧是干巴巴、灰兮兮。真是呆掉了。完完全全呆掉了。

木凸

8

事实上,叶廷眷在离任的一年多前就已经觉察出在他辖下的这个用青砖砌就的上海县县城里,就有好几个大户人家的男性继承人都活不过五十二岁去。那些人家自己反而一点觉察都没有。叶廷眷也是在为新修的县志作序,去"适园""择是居""藕香斋"等藏书楼查阅披览许多上海籍名流名士年谱,兼及这些人家的家谱时,意外发现的。后来就留心。到那年的九月,居然又相继在三官堂、牛场、杨行、朱家角、六分荡、周漕港等乡镇发现了这种迹象。这一回已不限是大户人家了。比如说有一户的户主,只是做本帮菜的大师傅。在他的小店里,红烧甩水过桥面只卖到二十文一碗。去四五个人吃一顿火鸡面,每人再弄二两白玫瑰酒咂咂,总算账也不出二角钱。要一桌五角钱的和菜,就能吃到走油蹄膀醋熘黄鱼。他真是大不懂了,连这样本分的小户人家,男人都活不过五十二岁,这深层究竟蕴含着什么又意味着什么?是因为他这"地方父母官"的罪孽未清所致?还是说明将有一场大的瘟疫将临?他惶惶。他下令在泥城桥周围五六华里的地面上点起无数堆大火。捂出无数堆浓烟冲天,慢慢地覆盖、披靡,慢慢地游荡、渗透,致使圣贰壹教堂的本堂神甫法国人蒙马罗尼也惶惶,让人赶紧关上教堂里所有的彩色玻璃窗。有人看见他紧锁眉头,穿一身黑长外袍,呆立在北侧堂的第四扇花窗跟前,直至天明。圣贰壹教堂所有的染色花窗都是有讲头的。北侧第四扇花窗纪念的是已故美国圣公会教师费婉仪女士。

9

吃过早饭,我又一次看见了黄克莹。她光脚趿着一双皮面软底拖鞋,穿一身真丝的素色双绲边绣花睡衣睡裤，下楼倒垃圾。听见那从容而又清脆的鞋底皮声响，我心跳得越发厉害，却没那勇气公然走出门去跟她打照面，只是从门缝里偷看了两眼。因此在那样的匆忙中，无法判断她到底长得怎么样。一般？还是不一般？但最让我意外的（也最让我高兴的是），她不像我想象的那么"大"。也许因为她个子稍稍矮了一点，皮肤稍稍白了一点，加上拿畚箕的手稍稍小了一点，而那件贴身的睡衣既没把她胸部的那点娇小隆突全部掩去，也保留了她后背的那点清瘦和挺秀。所以，初看上去，她根本不像是已经有过孩子的人。同时我也不愿说她更像一个刚出大学校门的女学生。后来的日子里，我才知道，她那一双单薄的脚，苍白得几乎没有一点血色，任何时候都显得那么的轻软和无奈。而在此以前，我却只注意到她眼神的炽烈和恳切，还发现右脸颊上方隐隐长着两粒浅灰色的痣。

10

一九三七年十月二十八日下午三点二十七分，我进入上海。这一刻我记得特别清楚。至死也不会忘记。那天三轮车踏到弄堂口，我特地回过头来看了一眼盛太和南货店店堂里的那只大自鸣钟。大钟挂在店堂后身的板壁上。这板壁肯定不是用好木头做的。了不起，是榆木。也可能只是松木。大钟旁边，一平排戳着几根生锈的洋钉。洋钉上挂一只半透明的牛角鞋拔。一本老式的流水账簿。一只洋铁皮罐头。罐头里歪歪斜斜地插着不少根吃水烟用的纸捻子。还有些乱七八糟的东西就看不清了。但我想，一张当年的月份牌和一群忙忙叨叨的苍蝇，总归是少不了的。同时还有一股我从小就熟悉的咸鲞鱼的味道，暗暗地从店堂里散出。同时夹杂着另一股味道，那是阴雨天从煤球炉、龙头细布短裤和发霉的木头屑子和酱油瓶瓶盖和腻嗒嗒的楷台布上散发出来的。仔细闻，还能闻出鱿鱼干炖肉的味道。本帮菜的特点就是重酱油重糖。清炒塌棵菜。它们使每一个在南方度过自己青少年时代的人都能回想起那一生都无法摆脱的后弄堂小过道。夹竹桃篱笆墙。老虎灶门前漫散的碎煤堆。竹器店后身一口冰冰凉的水井。满树淡紫。那是桐花。是大朵的和肥厚的。在春风中慵懒得仿佛前弄堂口那位男人刚娶了的北平的中年女子。总是穿着长长的花布睡裤。总好像没有睡醒似的。还有那既陡又窄的木扶梯和嘎吱嘎吱作响的小阁楼。坐在小板凳上剥青蚕豆。我必须听到蚕豆一粒粒落到蓝边瓷碗里的声音。的笃。的笃。

11

他们告诉我,我被山西吉安矿产和宁波长泰航运两家公司的驻申营业处同时录取了。两家营业处合租一间前楼房间。合用一个账房先生。合受一位老板娘管辖。合雇一个练习生。这个年轻的倒霉蛋,就是我。一个十九岁的童男子。

12

这两家"营业处"一直到民国三十七年(公历一九四八年)年底前,都没舍得装电话。因此,一旦有需要,全凭我年轻的两条腿和一身酸臭的汗。有时就老老脸皮借用对过弄堂一家人家的电话。风里雨里,只靠一把浸透了桐油的旧布伞。唯一的安慰,那家人家是唱歌剧的。那部电话机是玉柄镀金刻花的。电话机上总温柔地覆盖着一块绣着一朵小蝴蝶兰的白手绢。一个用石膏板装饰起来的半圆形大客厅。一架白色的三角钢琴。一棵盆栽的罗汉松,长得蛮高蛮高,黑绿黑绿。也就是在这个半圆形大客厅后边那座宽大平实的木质螺旋形楼梯上,我第一次看到了高跟皮鞋。也就是说在倒数过去五十年前的某一天,或者四十九年前的某一天。

她的高贵她的矜持。她那种用银色的皮革(牛皮?羊皮?蛇皮?鹿皮?鳄鱼皮?漆皮?或者是进口的马口铁皮或不锈钢螺纹钢钢坯?)做成的辉煌和惊悸。还有那金属般透明的高音区和奥芬巴赫坠落地狱后所经历的全部悲切。当时我刚到上海还不满二十天,的确被震呆了。背脊上止不住地要升起一阵阵战栗。因此我一直想问一个问题,一直在等着一场狂暴,一直在期望云层边缘能垂挂下来一根……两根……或三根细长灰黑的龙卷云,让它们扭动、啸叫、狞笑,掳掠过从白垩纪时代就开始隆起的冲积大平原,搜寻那地平线上每一棵孤独耸立的老树、每一茎嫩红的芦笋和每一艘被扔弃在江岸大堤内侧的破船;也让我自己在腥黄色的雨幕里跌倒,长时间地浸没在冰冷的泥坑里哭泣。我要把每一片同样浸透了桐油的帆篷,都从它们那用美国花旗松制作的桅杆上撕扯下来,然后把赤裸的自己高高地悬挂在那桅杆顶上,经历一百年之久的风暴扑袭……

然后,船就开走了。然后,钢就红了。然后,那无数个用枯黑的绒毛编织起来的鸟窝同时被吹到了半空中,优雅地飘荡着。

但我知道,她不是黄克莹。

13

那天,楼下敲门声一响,黄克莹马上从那只真皮旧沙发上跳了起来,就像是火烧脚后跟。一分钟里,穿上旗袍,换去拖鞋,梳整齐蓬乱的头发,赶快把留声机唱头从嘎啦啦嘎啦啦发涩的转盘上拿下来。她不想让来客知道她一关起房门就特别喜欢听老生唱段和黑人爵士乐。盛桥镇这两年时兴女人听戏,也听唱片。但不兴单身女人把自己关在房里听男人唱戏、唱歌;特别是像黄克莹这样生过小孩、又重新过起单身日子的女人,更不行。独自一人这么做,不行;跟别人混在一起,更不行。假如这么做了,让他(她)们发觉自己"衣衫不整地关在房间里听男人唱戏",镇上几乎所有的人都会认定你是个"白相女人""烂污女人"。一旦落一个这样的名声,好不容易在这个镇上觅到的这只"饭碗头",就一定会被敲掉。

收拾整齐。稍稍稳定住心绪。再放出几分必要的温雅从容在脸上,而后再仔细掂量一番,发现手里还少了一样东西:书。盛桥镇这几十年有一点进步,喜欢看到女人手上除了拿针线,有时还能拿一两本书。于是回转身去,拿一本文昌书房出版的《老残游记》,随手翻到一百二十六页或者八十六页,才款款往楼下走去。(其实,你说,这种书有啥看头?!都是为男人而写、写给男人看的。包括后来那些专靠出卖自己女人隐私来营生的"女作家"。值得吗?喷!)结识谭宗三以后,她每每跟他提到自己住的地方,总这么说:我住的那幢楼。其实,这幢"楼"是牙科诊所的老板陈筱和的。再说,它根本也算不上是"楼",只不过是长江边上某个小镇街里那种常见的老式街面房子。俗称"本地房子"是也。虽然也是一楼一底两层,但这所谓的"两层",你站在楼下,拿一根不太长的晾衣服竹竿,就可以敲到它二楼的玻璃窗。排门板上全是虫蛀的洞洞眼。瓦楞沟里长满了厚厚的青苔,和一些高矮不齐的狗尾巴草。陈筱和在这儿开牙科诊所,同时又在跑单帮,做西药生意。楼下本来只能容一个人踽踽通过的过道,就是他的西药"仓库"。因为潮湿,墙皮早就在脱落。地砖早就断裂。黄克莹跟陈筱和说过多少次,让他另外寻个地方去存放他的那些西药。再找两个泥水匠来修补修补墙皮和地砖。再不修补,这里就成了老鼠窝和蟑螂窝了。谁还愿意到这儿来请你镶牙齿?那位陈老板却总是色迷迷地盯着她那并不饱满的胸部,笑嘻嘻地答道:"勿要急。勿要急。总归要修的。肯定要修的。"每每听到他这种皮笑肉不笑的回答,黄克莹就想扑过去狠狠地咬他一口,再踢他两脚。可她并不敢真的咬,也不敢真的踢。正因为想咬,又不敢咬(不止想咬这只老色鬼一个人);想踢,又不能踢(也不止想踢这只老啬嗇鬼一个人),在这个紧邻海边的小镇上,恐怕没有一个人会想得到,这位外表年轻娇小玲珑文弱的女子,一回到自己这间后楼小房间里,关紧门,拉好窗帘,会经常像个武夫似的,浑身上下脱得只剩一条三角短裤一件汗衫背心,攥紧两只小拳头,跟随老黑人唱片公司三十年前出的一张爵士乐唱片上的节奏,在那里咬牙切齿地抖动自己一条雪白的腿；或者四肢八叉地横躺在大木床上，闭上眼睛哼哼。假如这里的墙壁不是用薄薄的木板钉的，不是只糊了一层薄薄的月份牌道林纸，而是用一尺厚的城墙砖砌的，或者像吴淞口炮台司令长官的小别墅那样是用钢筋水泥做的，能够把她的声音牢牢地封死在这个小房间里，那么，她早就跟着唱片上那位著名的布鲁斯黑人歌手 Charley Pation，嘶哑着喉咙，拼命喊叫起来了：

哦，洪水卷过来了，家园在沦丧，
看啊，洪水卷过来了，飞机在空中轰响，
五十个孩子和大人
被卷进了巨浪
……

她太想喊叫了，太想脱光了自己，在床上打滚。

14

是的。关起门来，她既吃香烟，又吃老酒，还喜欢偷看几本黄色的连环图画。喜欢冷笑。

15

不管黄克莹是怎么地聪明过人，或机敏过人，今天她也想不到，这时在楼下敲她门的，竟会是谭家的两位太太。准确点说，是谭雪俦的两位姨太太。三姨太和四姨太。她从未见过她俩，只是听说过。所以，当这两位上海滩上相当有名气的姨太太用一种相当平淡的口气向她亮出自己的身份以后,她一下子惊呆了。面孔一下涨红了。手一下哆嗦了。脑子一下空白了。木掉了。后来就有点手忙脚乱。不晓得该拿什么来招待这两位来意"肯定不善"的贵客。(其实二位还没向她说明来意。只不过,一向多疑和自卑的她,暗自在做这样的猜想罢了。)小房间里没有一件真正拿得出手的茶具。没有一点真正拿得出手的好茶叶。也没有一样能让这样等量级的客人稍稍看得过去的小点心。一切的一切,都摆不上台面……倒是有一点现成的水磨糯米粉,原先是为女儿准备的,可以现搓一点汤团,再到后街南货店里买半斤酒酿,烧开水,敲两只鸡蛋在里面,放点桂花,放点白糖,做两碗桂花白糖酒酿汤团。假如是一般的客人,这样也蛮可以了。但是,今天,不行。哦,她们毕竟是谭家来的人。是谭家的太太。不行……不行!!

"勿用客气哉。下船的辰光,我伲已经在船上吃过点心哉。"说话的是那位四姨太。不算丰润,也算丰润。糯声糯腔地带出一种别有风情的脆劲;并且在贵妇人应有的潇洒自得中,又本能地流露出一种对那些生活状态不如自己的同性所特有的宽容和随和。她们常常特别愿意对这样的同性表示自己真诚的同情和怜悯。而黄克莹最忍受不了的正是这种来自同性的宽容或怜悯。凭啥?是的……凭啥嘛!但此刻她又偏偏无法制止自己身上那一阵阵涌出的战栗和本能的紧张。两位姨太太年纪都不算大。大概也就二十四五岁吧。说不定还没有我大哩!

紧搜寻慢搜寻。还算好,碗橱里还留了两只青橄榄。还有一对粉彩盖碗,原是为谭宗三买的;想着他总有一天要上门来看望,总得有一点看得过去的器具应付这"历史性"场面。刚开始准备。现在正好先用来应付这二位。它们虽然根本算不上是名瓷,但看上去还算整齐、顺眼。这样,泡两碗青橄榄茶,再洗出三只象牙白金边贴花碟子,装上一小把凤眼瓜子,五六块南通脆饼,十几根自家做的黑芝麻糖,惴惴不安的黄克莹总算慢慢平静,慢慢恢复了往常的从容,暗自琢磨起眼前这两位"不速之客"的真实来意了。

那天黄克莹答应经易门,立即带女儿离开盛桥镇,今生今世永远不来

"纠缠"谭宗三；并且承诺，也不蹽到上海去"纠缠"。为此，经易门是给了钱的。黄克莹稍稍迟疑了一下，也就收了。（一大笔。经易门这家伙在关键时刻，出手总是那么漂亮、大方。为了谭家的今朝和明朝，他绝对肯下血本。所以同行中人都讲他"会做场面""撑得牢台面"。用北方话说就是，他娘的，这家伙是个玩意儿。）黄克莹收钱的时候，的确下决心要兑现自己的诺言，离谭宗三而去。她离去，绝不是因为钱。假如只为了钱，她就不离开谭宗三了。上海滩上智商再低的女人也明白，"谭宗三"这三个字本身就等于一笔大"钱"。此"钱"之大，要远远超过经易门手里所可能拥有，并可能给出的不知多少倍。十倍二十倍。甚至一百倍二百倍。或更多。这恐怕也是上海滩上任何一个智商再低的女人也会懂的基本常识。而更重要的一点是，谭宗三喜欢黄克莹。非常喜欢。不止是喜欢，而且还是"依恋"。依恋的程度已经达到一个三十三岁的独身男人对一个二十三四岁的单身女人所可能达到的最高临界点。不能再高。再高，神经就要出毛病。因此说，目前的谭宗三已经在黄克莹完全的把握之中。假如黄克莹真想要谭宗三这条"大鱼"，那么，他绝对就是她的了。这说法，是一点都不过分的。对这一点，黄克莹自己也是非常清楚的。

但她还是下决心放弃。

要黄克莹下决心放弃谭宗三，就像当初要她决定接受谭宗三一样，都是一件相当不容易的事。很长一段时间，她简直不知道该怎么对付这个"冤家"才好。但又不是湿手抓干面粉，也不是冷鸡窝抱热蛋；更不是嫩豆腐落在灰堆里，也不是李香君血溅桃花扇杜十娘怒沉百宝箱。统统不是。

那么，是什么？

16

还算年轻的黄克莹已经上过男人好几次大当。因此，二十三四岁的她才会单身带着个孩子。因此她对男人,特别是对再找个男人托付终身,已经完全绝望。因此,她才会离开那曾久久都离不开的上海,到盛桥镇这样的小角落里,将将就就地委屈在陈筱和那种人屋檐底下,"讨一口饭吃"。后来遇到谭宗三。那天她坐小船去小张岛。小张岛在盛桥镇木堡港口外不远。方圆两平方公里。岛上主要的建筑物是监狱。高大厚重。(远东最大的两个监狱,国立第八模范监狱和省立第三女子监狱都设在这里。)主要的人群是剃光了头的男犯和穿着清一色蓝黑衣裳的女犯。黄克莹那位从未谋过面的远房姑夫,就在岛上任那个"三女监"的总典狱长。在姑妈为她举行的那次小型聚会上,他是最活宝的一个,也是唯一的一位单身男子。可以看得出所有到场的人都十分喜欢他,女眷们就更不用提了。即便是男客,也个个都愿意跟他在一起。镇长萨重冰那位貌似年轻的太太,几乎每隔三分钟就要尖声尖气地叫一声:"宗三,侬又死到啥地方去了呀?又不想理睬我了,是哦?"他却故意远远地躲着她,而后快快地走过去为她续上半杯加过薄荷汁的绿豆汤。(夏天她只喝绿豆汤。)在众多喜欢辩嘴的男客中,他常常一声不响地微笑着斜靠在那把藤编的大圈椅里,悠闲地托着他那个尖削而又富有校角的下巴,把胳膊肘支在宽平的椅子扶手上,轻轻晃动着那双意大利的侬尔思名牌皮鞋,听别人反驳。他那样真诚,那样专心,眼中闪烁着的绝对是那样一种心悦诚服的光芒。但不知道在哪一时刻,他会突然跳起,低声对周围这些朋友道一声:"对不起",而后匆匆离去,到某一位女眷身边,提醒她,该给宝源昌银楼的薛老板回个电话了;或者吩咐久在一旁伺候着的那个老妈子,该去看看还在炉子上煨着的莲子薏米百合羹了。或者不跳起,只是稍稍回过头,给仍在假装生气的萨太太,投去一个无奈的温和的微笑。他很少跟黄克莹周旋。但让黄克莹心跳的是,他会不时向她投来极专注的一瞥。可以说是极迅疾而又"深沉"。眉尖耸起,全神贯注,放出全部的探询,闪电般击来,往往又极其灼热。那目光有时在她脸部、眼睛,有时在她肩头、在她依然如少女一般含蓄却又尖实的胸部,甚至会在她那一段脚踝上留驻。这段脚踝隐露在那双最老式却又最时髦的漆皮皮鞋之上(借姑妈的),又显现在那件最时新却又最典雅的嵌丝蓝地隐青占绒绣花旗袍之下（借姑妈的）；并顺着脚踝慢慢溜到那一片圆润而轻薄的脚面上，再一次颤颤地滞留住。于是他目光里生出一种少见的惶惑。（哦，有一度，她是那样地喜欢这种惶惑，并被它深深打动。）透露由于无法自制而共生的羞涩（哦，如果没有这种羞涩，也许她就不会一而再再而三地盼着它来光顾自己了），有她无法理解的惊奇（哦，像我这样一个坎坷女子，穿着这样一身借来的装束，有什么可让您惊奇的？但是，不管怎么样，能让他这样的人物惊奇，她的确感到自豪，也感到少有的满足）。当然，那目光里也有她隐隐为之害怕隐隐为之心动隐隐为之回味的某种贪婪和渴求。姑妈总是寻各种借口把他带到她面前来。但是他每每的只要一走近她，总是显得那么木讷，不自在；总是在不尴不尬地搭讪了几句后，很快就找个借口走开了；走到那扇红木雕的罩落背后，假装去点烟或倒茶。其实他平时不吃香烟。这种场合，根本也用不着他自己去倒茶。点着的烟、倒满的茶，他根本也不去享用，只是为了让自己镇静下来，而后再一次转过身来，向着她的脚踝和脚面投来极为专注而又热辣的一瞥。为什么只是……只是……脚呢？
……

17

但即便这样，在相当长的一段时间里她对他还是保持着极度的警戒和距离。她不想再上当。上当的滋味轻易淡忘不了。后来终于相互走近。应该说，谭宗三那显赫的家世和独特的身份，对黄克莹还是有一定的诱惑力的。但实事求是地讲，起关键作用的，还是他内心的寂寞。也就是说，她发现，他内心寂寞。她不懂。意外。比如小张岛的那次聚会，很快他就悄悄地走了。她发现，实际上他并不喜欢那样的热闹。他不像别人那样，喜欢穿一套耀眼的白西装和戴一条紫红色的领带出场。他很少出场。在后来更多的聚会里，他甚至不出场。他说他只有两种爱好，一是住旅馆(必须是小旅馆。必须是见不到任何熟人的小旅馆)。每过十天半月,他总要找一个这样背静干净的小旅馆住两天。让自己彻底清静清静,放松放松。另一种爱好就是喜欢结交军界朋友。或者说,他只愿意和军界的人来往,他喜欢听军鼓敲击。听他们粗野无聊的谈话。喜欢看军人笨拙整齐而又隆重的步伐。比如德国军靴上的闪光。在黑白默片中长时间走动。在盛桥镇,他只有三个真正的朋友。一个是镇长萨重冰。一个是木堡港小学校长陆蠢。再一个便是那个省立女监的典狱长宋邦寅。这三人都有从军行伍的身世。今年都和他一样,三十三岁。他在小张岛上特意为他们这"四友"建了个俱乐部。这是四套各带一个卧室客厅盥洗室的客房,还带一个留宿男女宾客用的特别间。各取名为"太仓""十芴""恒臣""莫毫"。在四套客房的中间,建有一个带玻璃顶棚的大起居室,取名为"一石一竹馆"。确有奇石一尊秀竹一丛。四个黄杨木墩上安有四个硕大的青花盘龙缸。缸里养莲。每个大缸旁边都安放两把日式的矮脚沙发。一个藤编茶几。一只捷克的水晶刻花烟碟。两套荷兰的彩釉淑女金边茶具。起居室的正中央少不了还得安放一张用红木特制的麻将桌和四把高背软垫仿明古椅。而最撼人心魄的,则是挂在正墙上那幅郑板桥四轴通景屏墨竹。画于乾隆二十六年。画有成竹一十五竿,解箨抽梢的淡竹四竿,另有碎小竹两竿。通幅宽八尺,高六尺有余。可谓郑板桥墨竹画中罕见的巨制。令人叹为观止的是,画上有郑板桥"六分半书"长篇题跋一百九十二字,分行书于画的中间下部竹竿之间的空白处,布白参差落拓有致,与画完全融为一体。更必须一提的是,画上有郑板桥的印章七方,几乎囊括了郑老先生生前所喜爱的印章中的精华。它们居然同时钤盖在同一幅画上。它所具有的文物价值,即便不懂文物的人,也要为之战栗。没人说得清楚,谭宗三为觅得此画究竟花了多少钱。谭宗三说,有朝一日他要在盛桥待不住了,画就留给这三位朋友。请他们用它在盛桥建个不大不小的造船厂,以志留念。萨重冰说,这你就小看我们三个了。我们比起你老兄来,是穷。但再穷,也不至于要靠卖你老兄的画来建厂。这话说过的数月后,他们三位果然合力盘下木堡港一家小船厂,计划将它翻新扩大。并执意要用宗三的字"永吴"来命名船厂。但不知为何,这"永吴船厂"始终也没如期落成。也许是那几位老友故意的吧,要留下那一座座空荡荡的大棚、留下那一部部早已锈蚀在轨道上的老式锯木机、再留下一坨坨铁锚舵片和干涸的船坞和空船壳来证明些什么表达些什么申诉些什么。

黄克莹早已过了那种把男女情事只当诗来做的阶段。她渴望。期待。力。力的交换。力的成熟。强大的沉默和炽烈的稳重。能揉碎。又轻柔。托起。在上海的时候,她常常独自到兰心戏院去看那种黑白默片。兰心戏院晚上演戏。白天放黑白默片。有时有钢琴伴奏。那闪烁的光影中有无数灰尘粒子飘浮。象征军鼓的强烈的切分音。她为德国军人整齐的步伐所激动。她知道观众席中最多不超过六个人。然后是字幕:"GO Forward! Go Forward!"一二一。一二一。走出戏院她吃一碗油豆腐线粉汤。她要摊主往汤里放许多许多辣伙。抓一大把葱花。嘶嘶啦啦地用力吸进并嚼碎那煮不烂的大肠。有两次她明知道谭宗三在她卧室门外站着,硬就是装着不知道,不去开门。他居然会在门外进退两难地站下去;一直等到天黑,才从门缝里塞进一张纸条,而后,悄悄地走开。起初,她以为他在女人面前的这种生涩是故意做给她看的。后来有一次,他深吸一口气,鼓足勇气来摸她的手,被她用力甩开。他竟然惊慌失措地一连造地说了七八个"对不起",呆住了。后来就走开了。而且还真生气。很长时间(足有半个多月吧)不理她。见了她,也很冷淡。后来,她主动到他住的那家旅馆里去找他。事先也没通知他。一敲门。门一开。给他一个绝大的意外。他居然高兴得不知所措,当场把一壶新泡的龙井全泼洒到青砖地上。

她终于觉出,他是真喜欢她。真想跟她好,真动心,(为什么?她直截了当、一次又一次地追问,你为什么要喜欢我?怎么会喜欢我的?)虽然一时还摸不透他心里除了她以外,到底还有没有其他女人,但这时,黄克莹已经决定走近他。并肯定:对自己来说这是一个千载难逢的机会。

18

后来发觉,自己又错了。

19

她不明白,他究竟想要在她身上得到什么。又能给她什么。十年前,他走路就慢,十年后的某一天,他走得更慢更从容。走出牙科诊所。抬头看看天,天上没有雨,也没有太阳。只得笑笑。后来就在那把翠绿色的真皮沙发里躺了下来。十年后的今天,真皮沙发更加陈旧,也更加柔软。他又一次把自己深深地陷在沙发里,等待那一串硬底皮鞋声的出现。谁的皮鞋?当然是她。黄克莹。

谭宗三在盛桥镇上开了个旅馆。为此买了一大片房子,高低错落有致,还买了几十棵大树。很浓的树影交错着从房顶上坠落,落到地上再延伸,变得细长细长。黄克莹既然决定实行战略上"走近谭宗三"的方针,就义无反顾地接受了谭宗三的邀请,搬进这旅馆。他忙前忙后,专门开了个西偏院,让她和她的妮妮(六岁的女儿)住个独门独户。西偏院的正房后窗正对大正街。大正街是新开出来的街道。那时还没几家像样的店铺商号。倒是有一片大空场。中央立着根极高的杉木旗杆。经常有浪迹江湖的杂耍班子来这场地上大喊大叫地演出"三上吊"一类惨不忍睹的节目。谭宗三发觉后,要替她换地方。黄克莹摇摇头说,不必了。她喜欢看无人使用的空场。那时晚霞很红。她也喜欢看有人使用的空场。那时的晚霞也很红。况且还有几只野狗。况且她还想看"三上吊"。所谓"三上吊",就是把一个六七岁或七八岁的女孩用一根又粗又长的牛皮绳吊起来,吊到半空,然后用力扯动牛皮绳,让女孩忽左忽右地大幅度晃荡。如果以为牛皮绳是系在女孩腰里的,那你就太缺乏想象力了。牛皮绳是系在女孩头发上的。全部的重力全吃在女孩那一点幼嫩的头发和头皮上。女孩一边晃动,一边还得做各种各样的动作让看客们消遣,比如十字绞花,青蛇吐信,或者马踏飞燕,天女散花。最后,再表演脱衣裳穿衣裳。在底下扯动绳索的总是一男一女两个大人。扯一下,男的叫:"我是她爷(爹)!"再扯一下,女的叫:"我是她娘!"再扯一下,半空中的女孩双手合十,盘膝闭目,做童子拜观音状,叫:"给钞票的才是我真爷娘!"那是对在场的看客说的,恳求大家伙掏钱。但此时场子上却鸦雀无声,只听牛皮绳在旗杆顶的大铁环里嘎吱嘎吱尖响。风在小女孩的头皮上呼啸。杂耍班其他那些男人和女人则全部仰起头,做出一副十分油滑的样子,扯直嗓门陪叫:"对,给我阿囝钞票的是真爷娘!"演这"三上吊"的诀窍全在梳头上。要把每一根头发都梳直了在牛皮绳上吃上力,就出不了事。万一梳偏了,一大块一大块的头皮就可能会被撕裂下来,小女孩就会带着满头满脸的鲜血,往下掉,掉在旗杆底下那厚厚一层灰土里。噗的一声,溅出一大团尘雾。全场的人因此惊叫,久久不息,同时向后退,别转头,每人都噱动喉管底部那口浓痰闷闷地咕哝一声"作孽"。只有班头抓一把香灰,大步走过去,用力捂在仍然在旧旧突突冒血的小脑壳上,吩咐准备下一个节目。

　　住进独门独户的小院,黄克莹却依然保持着在上海住亭子间的习惯,未曾进门先脱鞋。把鞋脱放在门口一大块长方形的毛毛刺刺的棕鞋擦上。妮妮的鞋子也脱在那儿。一大一小两双鞋总并排摆放得整整齐齐。后来她发觉,总好像有人动她那双鞋。挺整齐的,变成不太整齐了。当然,一开始,这一点点变动并没引起她多大的注意,更不会产生什么怀疑。那段时间,她对他真正是非常敬重,感激。他待她是那样的温和,细腻,慷慨,举手投足之间无不流露着一种让她十分感喟钦羡的大家子气,又体现着一股与众不同、特别清新的书卷气。后来她发觉他总是起得很早。(他就住在隔壁小院里。)有时天刚蒙蒙亮,就听得到他的动静。起初,她感奋他的勤快(她喜欢睡懒觉)。后来在他的带动下,竟然也能早早地醒了,想象自己跟他一起在多雾的河边散步的情趣。或者，肩贴得很近。或者，心跳得很紧。她想象他雪白的衬衫上那两颗用牛骨特制的袖扣。仿照英伦三岛上的古老家族设置一种族徽。那是三片孤立的风帆，既看不见大海，也看不见沉重的船身。她睁着眼想象他缓慢启动嘴唇的温润和喘息，移动阴影的轻佻和持重，并在初升的太阳里飘摇。这时，忽然间她听到门外有明确的窸窣声。小院里这时不可能进来别人。大早。连最高的那一枝树梢都还沉浸在浓重的晨雾中。我喜欢把这一刻如此柔曼而又玄秘的晨雾称作"青君"。况且别人没有开这院门的钥匙。只有他。已经到了房门口。她的心一紧，忙从床上坐起，并夹起两腿。如果他敲门，怎么办？如果他要进来，怎么办？如果妮妮睡得太死，根本听不见他从她床前通过的脚步声，怎么办？我为什么要把她挪到另一张床上让她单独睡呢？难道我从搬进这小院里来的那一天起，就有意地让自己处在这"孤单"中期待？她觉得自己完全喘不过气来了。两腿完全酥软了。不由自主地把薄薄的被子紧搂在胸前，一绺绺细碎的汗珠从颈窝里渗出。两眼直勾勾地盯着黝黯的门缝。不知道他在门外做什么。大约站了有几秒钟时间，他匆匆离去。无声无息，仿佛一阵初夏的雨，只能从对面人家屋顶上忽然暗下来的那一片朦胧中才能细细地觉出。接下来又是一片不堪忍受的寂静。她轻轻抄起枕巾，擦去脸庞上的汗珠。

第二天……第三天……她都被同样的一阵脚步声唤醒。同样的等待开始被更多的疑问替代。后来的几天她睡着了。姑夫（宋典狱长）接到去南京司法部述职的命令。姑妈照例要陪同前往。姑妈让她去帮着做点针线活，比如改几件黑丝绒的斗篷，赶两双缎子鞋面。还有姑夫的全部行头都要重新喷上楝树叶泡的水熨烫一遍。他喜欢挺括。喜欢闻这种楝树叶味道。他说克莹身上就天生有这种味道。但她抬起自己的手臂，拼命闻也没闻出什么。姑妈笑道，不要相信男人的这种花功道地。什么楝树叶烂树叶。女人身上啥味道他们都好闻。说得她脸大红，赶紧弯下身子去取烙铁。做完当天的事，已经很晚。姑妈和姑夫都要留她。她本可以留下。她也喜欢听姑夫在牌桌上讲许多粗俗的笑话。但她还是执意走了。她要回去等那个几乎每天清早都会出现在她房门外的"脚步声"。唯一的激动。唯一的等待。唯一能在等待中使她激动起来的想象。她觉得,也许就在今天或明天,"三先生"不犹豫了,真的推开门了,大步向她躺着的那张床走来……抱起……抱起什么……哦,什么……那是"青君"……如果她不回去,他来了,看见门上挂着锁,一定会很失望。她不愿让他失望,也不愿失去一次期待的机会。于是毅然冒着斜斜的细雨和陡陡的浊浪,把女儿裹在用防雨绸做成的厚厚的披风里,上了姑夫特派给她用的快艇。但那天实在是太累了,等一觉睡醒,天已大亮,雾已散去,居然没听到脚步声;她只得埋怨自己,呆呆地站在房门口看月洞门上潮湿的青苔绿痕和远处集市上移动的幡杆。这时她再次发现有人动过她的鞋子。好像仓促中来不及放好,有一只便歪倒在了妮妮的小鞋上。她这时能想到的依然只是他没有勇气敲门。他的胆怯。他迂夫子般纯真。她叹一口气。当晚,她不敢再睡着,几乎一过半夜就赶紧醒来。她一定要等一个明白。所以当"青君"刚一出现,她就只裹着那一身粉底缎隐花衬里睡袍,光着脚轻轻走到门边,站住;悄悄虚开一条很小的门缝,只要能看清门外二尺方圆一块范围里所发生的事,就可以了。后来,那脚步声毫无疑问是从他住的小院移来。依然那么迟疑。在痛恨自己。但又无法遏制。终于在她门口站住。一秒。两秒。三秒钟。发出了一点什么响声。很轻很轻。她抑住千般心慌万般意乱,抱紧了自己那上下都在战栗的身子,慢慢弯下腰,屏息静气地凑近门缝去看,凭着暗淡的天光,她看到他慢慢弯下腰,从地上抓起一样什么东西,不断地亲吻着,喘息着,以至揉搓着,长叹着……再仔细看时,才看出,他手里拿着的亲吻着的揉搓着的,竟然就是她放在门外棕鞋擦上的那双已经穿得很旧了的硬底皮鞋。

哦,天哪……

木凸

20

　　这是为什么。为什么？我曾多次通过各种各样的暗示,向你表示,你可以进我的房间,可以在我床沿上坐下,我甚至允许你轻轻拉住我的手,讲点什么。我想听你讲,讲一切你感兴趣的事。即便没有话题也无关紧要。重要的是,我只想听到你的声音。声音。而不是内容。我暗示过,我会接受你的邀请,跟你去下馆子,听评弹,看绍兴戏。我会跟你到那用木头架子搭起来的南码头上去。那儿偏僻。旁边有一个坍塌的炮台。有半人深的野草。野草淹没了古道。哪怕手拉着手。哪怕在没有带伞的小雨中。哪怕傍晚的乌云从海的那边涌来。哪怕轰轰作响的碎浪高高耸起最后又层层地扑湿你我的鞋脚。狂风张扬,把我推进海里。只要让我再回头看一眼小岛上那孤高的灯塔,我也就无悔终生。我希望你就是那个灯塔。我所有这些暗示都做得那么明确,可以说,任何一个成年的男子,任何一个真想跟女人交往的男人,都能懂得的。要晓得,我不能做得更袒露了。我总还要保留一点一个女人应该保留的面子。为啥不走进门来呢？不是只剩下最后一步了吗？为啥要站在门外跟那一双鞋子说悄悄话？我不是一定要你承诺让我做谭家的太太才能接受你。那是十八岁的我。也许在二十二岁时,我还是这么幼稚。但现在我不这么想了。早就不这样想了。做不做谭家太太,我都可以接受你。我甚至并不想进你们谭家的门。我不想接受一种尴尬。我不希望我在你身边的地位由你以外的一帮什么人来认定。我只要这样一个略有点羞涩、略有点惶惑但又内里坚定的男人,能让我紧紧抱着他的后腰,让我把冰凉而又时时发烫的脸颊贴牢在他后背上,不管他走到哪里都能把我带到哪里。是不是他正式的太太又何妨？只要给我十年这样的日子,让我把妮妮带大。我愿把我的额头在祖宗的祭桌前磕出鲜血。我保证在第十年的最后一天,自动地离开你,走到最近的一个尼姑庵里陪伴青灯黄卷,不再妨碍任何人。十年不行,三年。三年,妮妮就九岁了。她应该能懂得姆妈做个女人实在不容易。这个世界上只要有一个人说我一声,黄克莹,侬这一辈子活得实在是不容易啊。我就知足了。三年不行。一年?一个月?或者一天一夜?只为从来没有过自己的日子的我,过上这样的一天、一夜、一刻。行不行?!! 哦,上帝。

在死去活来地犹豫了整整一天一夜之后,黄克莹决定,如果再看到他在亲她的鞋子,就冲出去,拉住他,把一切要说的全说在当面。面子?啧。这种时候还讲什么面子。我伲勿晓得啥叫"面子"!

后来她果然冲出去了。她以为,自己这样地向他伸出双手,这样艰难地向他微笑喘息踟蹰战栗愧疚颠踬唏嘘……他还能做出别的什么选择呢?要知道,现在已然向你敞开的不止是一只早已穿旧了的皮鞋,而是整个儿的我,是整个的一腔热血,一个女人,一个只有期待而不论结果的战场,一次根本就不想计较输赢的博弈,一种只渴求燃烧而不指望大雨倾盆的反复。她艰难地咽了口唾沫,刚气喘吁吁地说了声"侬勿要……",就看到一只旧皮鞋从他手里通的一声掉了下来。(另一只依然紧抓在他手里。)他整个地呆住了。脸色一下变得十分地灰白。浑身僵硬颤抖。眼神委顿而愧疚。而后突然低下头,忙扔下手里的那只鞋,转过身一声不响地走了。急急地。佝偻着。快速地捯动他那瘦长而有弹性的腿。走了。当天就没再看见他。到晚上才听说,事发后,他立即去了上海。还病了一场。

……

等了一个星期,他都没有回来。黄克莹就搬回牙科诊所去住了。搬走的时候,她又犹豫了很长时间,想,要不要把那双被谭宗三亲过的旧皮鞋留给他。最后的决定是:不留。

21

黄克莹自然想不到,谭家的两位姨太太今朝特地过江来找她,只为一桩事体,那就是要她继续"纠缠"谭宗三。而且愿意出钱让她搬回上海去就近"纠缠"。只要能缠住谭宗三,她们就会在外滩的汇丰银行里,在她、也在她女儿的名下,各存上一笔数目不会小的款子,保证她母女俩从今以后不愁吃,不愁穿。基本富足。

"为啥?"黄克莹问。

"先不要问为啥。先讲,到底能不能帮我姐妹俩这个忙。"两位中小的那位,即四姨太抢白道。这两位姨太太是同胞姐妹。同胞姐妹一担挑,同时嫁给了谭先生做姨太太。姐姐做三姨太。妹妹做的是四姨太。

黄克莹心里对这位四姨太,早就有点看不顺眼了。装腔作势。像煞有介事。泡给她的那杯青橄榄茶,她根本不吃。只是有一搭没一搭地用她那一根尖尖细细并涂满红指甲油的手指头,去玩弄那只在茶汤水里忽悠悠飘浮着的橄榄。还不时溅出许多汤汁到台面上。最后又把那只橄榄也拨拉出来了。对此,她不仅没表示一点歉意,还索性用力一弹,把这只略微有点干瘪的青橄榄扑落落弹到了地上。俗话讲,打狗还要看看主人。侬这样做,算啥名堂?看不起我这点待客的礼数?觉得我寒酸相,做不出排场,不把我放在眼里?就算是这样,也不该做得那么露骨、那么没教养嘛。侬以为侬是个啥东西?不就是个姨太太吗?啧。黄克莹心里想,要按照我过去的脾气,老早就拿起这杯茶,泼到侬那张雪白粉嫩的脸上去了。但是……今朝这事情毕竟牵涉到谭宗三……要重新去和他打交道。重新见到他……是的……是的……在谭宗三匆匆跟经易门回上海以后,黄克莹忽然发现,并且一再地意识到,自己真的还是非常想念这个不争气的"冤家"的,非常非常想再见一见他。

22

我第一次见到谭宗三,是在通海地区军管会深夜做出立即就地枪毙"伪县长"谭宗三这个决定后的第二天。当时,通海军管会得到情报,逃窜青龙姜灶吕泗东台等地一带海上的兵渣残匪,合谋要通力劫狱,救走被通海军管会俘获、并关押在通州市城关镇看守所里的谭宗三。早听说他们这合谋了。但原先不怕,因为原先通州城有一个团的驻军。还有个直属上海警备区管辖的舟桥营,驻城外文峰塔附近,离城只有三四里路。万一有什么动静,一个招呼,二十分钟内肯定赶到。料他们也不敢轻举妄动。但现在不行了。前些日子,舟桥营由中央军委下令,划归华东海军,奉命开赴宁波集训,整建制地改为舰艇大队,肯定回不来了。而那个陆军团的大部分人马,前不久也紧急奉调到盐阜曹家集一带,参加一次大规模的突发的剿匪战斗。营区内走得只剩了一个没有任何重武器的特务连,即便算上团部那一点留守人员,显然也不是那些"亡命徒"的对手。谭宗三是通海地区解放后抓获并在押的第一个反动政府县级首脑人物。如果被劫走,那政治影响就太恶劣了。所以,通海军管会才做出宁可立即就地处决,也不能让他被劫走的决定。决定的同时,他们急电华东军管会请求批准。我就是华东军管会派专车连夜送往通州,全权处置此事的。

23

正因为此人是该地区解放后被抓获的第一个县级首脑人物,总部设在上海的华东军管会对于如何处置他,持十分慎重的态度。华东首长在进入上海前就了解到,谭氏家族在上海工商界极具影响力;而且还得知,一九四八年,这个已经当了伪县长的谭宗三,居然在县政府大院里,塑了个屈原像,还塑了个闻一多像。据说还跟县中、县师范、县澄衷分校的一些闹事师生"过往甚密",曾被南京政府下令革职查办。据说毛人凤手下的人本来是要过问他这档子事的。也是因为他这个"家族"背景,上海南京等地有人出来为他疏通,才使此事查而不办。他也没吃到更大的苦头,只是被发落回上海赋闲而已。但后来兵荒马乱的,他怎么搞的又去了通海地区?有一种说法是,他在上海实在待腻了,忽然想吃通海地区著名的"老白酒"和"醉河虾",于是就去了。还据说被俘后,他提出的唯一的要求,只是希望能关押在盛桥镇木堡港口外小张岛上那个早已被我军延伸射击的炮火轰了个稀巴烂的"国立第八模范监狱",让通海地区军管会负责司法行政方面的同志,实实地哭笑不得。

24

华东首长面授给我的任务是,如果以上情况属实,要会同通海地区军管方面,千方百计找到一个两全之策,既能留住此公,又能让通州平民百姓免遭那帮流窜海上的"亡命徒"为此公而盲动所造成的"刀光血影"之灾。

吉普车一路上因机械故障油路堵塞和水箱漏水轮胎爆炸,再加上阴雨,泥泞,不断抛锚。用摇杆发动。本来五六小时的路程,整整走了十七八个小时。急得从来不跟司机翻脸、也轻易不说过头话的我,说了好几次这样的话:"找到你这样的人一起出来执行任务,就算我倒霉!"我的确着急。因为通海的同志很可能见我们迟迟不到,抢先把谭宗三处决了。非常时期,什么事情都可能发生。

车终于开进通海军管会大门。司机已经累得连拉手闸的力气都没有了。我带着浑身的泥汤水,跳下车就问快步迎上前来的通海的同志:"谭宗三毙了没有?"他们反问:"阿要毙?"我再问:"到底毙了没有?"他们继续反问:"到底要不要毙?"我继续问:"到底是毙了,还是没毙?"他们愣了一下:"华……华东首长的意见呢……"我一下涨红了脸,跺着脚大声问:"先不要问华东首长的意见。快告诉我,你们到底毙了谭宗三没有?"

他们说,还没毙。不是说无论如何……也要等你到了再说吗……

我一下松了口气,对他们吃力地挥了挥手说道,好了好了。没毙就好。马上带他来见我……我同时想起,真该泡一杯滚烫的新茶吃吃了。再找一个有盆汤的澡堂舒舒服服地泡它一两个小时。

25

现如今已经说不清楚经公馆(如果也能这样称呼它的话)当年所在的确切位置了。可能在当时还被人称之为辣菲德路的复兴中路上,也可能在宝庆路跟复兴路交界的善钟路(常熟路)上,也可能在跟复兴路平行的蒲石路(长乐路)上,或者就在这之间那条不算长的赵主教路(五原路)上。那里的清静,远不止下雨前那一点沉闷。临街一幢不带花园的英国乡村别墅式小洋房。山字形的铁皮屋顶高高耸起。粗犷的木框架被油漆成古老的铁锈色,醒目地裸露在精致的清水红砖墙面上。那是十世纪时英国王子艾尔弗雷德大帝所拥有的捕鲸船队的颜色。他同时也喜欢把这样一种厚重的颜色涂饰在金属盾牌上和木制舵轮上。如果再加上门前那两棵几乎已遮去半条马路的法国梧桐和它们那些数不尽的叶片,即便在没有雨和雾的早晨,你也会像当年的俞平伯先生那样有感无感地写下这样的文字:

"如果不是为了你,它们为什么还要花花花花地翻动?"

好一个"花花花花"。真是"诗"。

识货的人看得出,这是一幢质量相当不错的房子。但识货的人同样也诧异,能买得起这种房子的人,居然在装修上如此吝啬,如此不讲排场,

木凸

连窗帘都是买最便宜的印花细布回来自家缝制,并永远保持一种半新不旧的样子。包括家具。依然是当年从常熟乡下运来的那几十件。几乎所有的藤椅都经多次补修,潦白的新皮掺和在红熟的老皮中间,酷像沧桑老人脸上陡起的白癜风斑块。只有楼下一间小客厅例外,因为逢年过节,谭先生铁定要亲自到经府来看望尚健在的经老夫人和经老老夫人,到时候,彼夫人和其他几位至亲朋友,也会跟着一起来。说说话。搓几圈麻将。热闹一阵。小客厅里特为摆了一套从毛全泰木器店买进的西式红木家具。价钱虽然辣手,但东西的确是好东西,是行家嘴里那种所谓的"七担重""老山木"。但除此以外,楼里每一个角落,的的确确,任何时候都显得似旧非旧。

26

经易门并不是住不起带花园的小洋房,更不是装修不起。可以这样讲,只要他愿意,不要说一幢两幢带花园的小洋房,就是整条由花园洋房组成的大弄堂,他也买得起。包括弄堂里每一扇黑铁门。铁门里每一座花园。花园里每一棵珍贵的热带亚热带树种和喷水池边上每一座希腊式大理石雕像。甚至包括每一幢小洋房里的每一个大脚的"张妈"和小脚的"李妈",他都可以统统买下来,而且根本不需要为此东奔西跑到处托人磕头烧香去拆头寸。

27

有一年,楼里曾进过一架钢琴。那时经老夫人还算年轻。琴是老式的德国琴。带雕花的前撑架。黑色面板上刻着一圈像马蹄莲似的花饰浮雕。这种花饰在任何一个教堂正墙的门楣上都可看得到,也叫"迎春棒"。调音师说,这琴的音质怎么那么好,有金属般的亮度。穿透力也老强的。经老夫人说,那当然了,你不看看我花了啥等样的工夫,几乎兜遍了上海滩上所有的琴行!但经老先生得知后,立即下令把琴退掉。理由很简单,谭家还没买钢琴,我们经家怎么可以先买?琴退了。第二年,谭家买了。也是德国货。而且是三角钢琴。琴凳上蒙着墨绿色的丝绒套子。乐谱架骨雕般雪白。黄铜螺丝锃亮。经老夫人赶紧去问,现在总可以买了哦?经老先生说,谭家刚买,侬急啥?一记闷煞。第三年,行市突变,几十家琴行相继涨价。价钱要比头一年涨两三成。据说到下半年可能要涨四成左右。老夫人实在忍不住,又去找老先生。老先生长叹一声,指着老夫人的鼻子说,侬是真不懂,还是假不懂?我不让侬买琴,难道只是因为一点钞票问题?侬不想想,经家能够有今朝,靠啥?全靠谭家。谭家是我经家的一只"老巢""总根"。没有谭家就不会有我们经家的今朝,明朝,后朝。老阿爸临死前,千叮嘱万叮嘱,叮嘱我们不管到啥辰光,心里一定要摆得平拎得清,千重要万重要,首先一定要护牢这只"案"、这条"根"。一定要夹起尾巴过日子。永远不可以跟谭家争高低。永远不可以眼热谭家有的一切。不可以谭家住花园洋房,经家也要去住花园洋房;谭家买钢琴,经家也一定追着去买钢琴。假如那样,天长日久,一定要出大事情的!一定不会有好报应的。

28

　　从此以后,经家小楼里再没响起过钢琴声。从没出现过抽纱的挑花窗帘布。木框架上的咖啡色油漆永远保持着一种似旧非旧的成色。八仙桌上永远摆着一把乐源昌铜锡店卖出来的老式锡茶壶。壶盖上永远系着一小串用天台金刚子(菩提子)做成的念珠。珠串上还坠着一只用罗布泊玛瑙刻出来的"玉核桃"。

29

那天，夫人赵忆萱觉出，下班回家的经易门，神色相当反常。按过去的习惯，不管时间多晚，一进家门，放下皮包，接过忆萱亲自送过来的滚烫的毛巾把和刚泡开的新茶热茶，转身就要去看他种在凉棚下的最心爱的两大棵桶栽桂花了。他对待这两棵桂花，真好像是一个痴心的父亲对待自己永远也看不够的宝贝女儿一样。一天不见，心里就不得过。他常说："可惜我没有女儿。我要是有个女儿，一定让她取名叫'桂珍'。"每每听易门这样说，忆萱心里总是十分地歉疚，为自己始终没能为易门生一个女儿，而且再也不能为他生女儿而歉疚、抱憾。有时甚至十分地痛心疾首。但那天经易门进得家来，却破天荒地没去看望那两棵桂花。神情尚且有点发呆，皮包一直不离手；热茶和热毛巾把送到面前，都好像没知觉似的。只是在忆萱暗示般地提醒了一声之后，才仿佛意识到每日里还有这样一门"必做的功课"未做，便慌慌地接过茶杯和毛巾把，敷衍两下，就转身上楼去了。

赵忆萱搞不懂了，拿着茶杯和毛巾，在楼梯口看着经易门的背影，半天都没能从种种不安的臆测和猜度中脱身。奇怪。真正是奇怪。经易门从来不这样惊慌失措的。他这人最大的本事就是遇事不慌。坚定不移。这个特点几乎是天生的。你很难看到他创新一个什么想法，甚至都很少从他嘴里听到什么陌生的新鲜的名词术语。他对这些东西不感兴趣。不能说他天生就反感这些东西。他实在是没时间去玩弄它们。也付不起这个代价。十九岁那年，谭老先生就把谭家东西两大管事房之一的西管事房交给他主理。二十六岁那年，已主政谭家的谭先生又责成他协助父亲、因眼疾加重而不便管账的经老先生，副理东管事房。谭家门里姓谭的不姓谭的男女老少有几十上百口，谭家门外直接间接相关的店铺厂家有好几十家。这一切，都需要他这个二十多岁的人刀刀见血丝丝入扣地运作安排。一点不能差错。差错一点都没法交代。对于他,一个想法或某种做法,新不新,并不要紧,关键在实用、管用。自小就有的严格训练,加上天赋本能,使他对那些在实际操作中被证明是行之有效的思想和点子,极敏感极能心领神会。记得也特别牢。执行起来特别坚定。即便身处绝境也轻易不谈放弃,轻易不做妥协,更轻易地不让自己的情绪发生任何一点可让人觉察的波动。故而,三十三岁的他,无论是外表,还是内心,竟都显得那么老成、平静。让长者感到那么可信、可靠。如果一件事发展到了居然能让他发慌的程度,那肯定已经烂到不可收拾的地步。什么事?忆萱想到这里,一口凉气丝丝地涌进心尖,腿脚也禁不住一阵阵发软,毛巾和茶杯差一点从手里滑脱。

第二部分

30

　　事情是昨天发生的。昨天经易门去为谭先生抓药,随身还带了一包特地托人从浦东乡下取来的灶心土和两斤柿饼。这是忆萱为谭先生寻来的一个偏方,说是把柿饼用浸湿了的绵纸包起来,拌在炒热了的灶心土里,继续炒到绵纸微微发黄,取出柿子,每天午后服一只,连服一个月,可望止血。贡献秘方的那位老先生还说,《黄帝内经》和《金匮要略》里都讲到,阳络伤则外溢,血外溢则衄血;阴络伤则内溢,血内溢则后血。谭先生属"后血",当是"阴络伤",所以得午后服药。午后阳气渐消,阴气渐生。此时服药,同气相求,药力直达病所,可收事半功倍之效果,也应了"以阴引阳"之义。经易门特别信服中医。他总觉得,谭先生的病完全是让那些只晓得"头痛医头,脚痛医脚"的西医们耽误的。

　　谭府内有自备的"药房"。中药房是早先的车库改的。一平排三间。谭雪俦的父亲、谭宗三的大哥、谭老先生谭景琦,一生酷爱汽车。酷爱外国名牌轿车。他在谭家花园里起码盖了五六处这样的车库。去哪个洋行谈生意,谈到后来,很可能一笔生意也没谈成功,却把对方一辆什么二手车买了回来,还高兴得不行。谭老先生欢喜汽车,却有个毛病,不管什么名牌货,弄回来,他都要把它们重新油漆一遍,都要漆上他喜欢的那种深栗壳色。稍稍再带一点红。他要它们跟他厅堂房间里所有家具的颜色一致起来。家具的颜色,他也只欢喜偏红的栗壳色。这是一种产自国内云南省扎诺伍雨林里的红木颜色。不是出产在泰国森林里的那种红木。他嫌泰国的颜色太暗太老。油漆时,他亲自动手。不用喷枪。用最老式的漆刷子刷。乐趣就在这每一刷子的挥动之中,在每一刷子按捺下去、拖带开去之际,颜色被颜色覆盖,颜色被颜色更替,在覆盖更替改造和被改造的同时,听得出那一阵阵极细腻极黏稠的吱吱呢呢纠缠绞和混同……这时他会从心底生出一种无法言喻的彻心彻肺的通畅和舒坦……他自认为这方面的技术已经不次于江南造船厂的八级油漆工。有一次,他一位在上海做房地产生意的犹太朋友要回美国去打一场遗产官司,把一辆非常名贵的一九○八年产的福特T型"老爷"车寄放在他这儿。讲好只是寄放。他却忍不住把人家这辆车也漆成了偏红的栗壳色。他虽然一再告诫自己,这车只是"寄放",自己无权去改变它;也一再提醒自己,这车极为名贵,往它身上乱涂乱抹,最终要付出极昂贵的代价,而且还会严重伤害朋友间的情谊;有一度他索性用一大块细帆布把整辆车都盖了起来,让自己"眼不见为净"。但最终还是没能管住自己。熬到最后一天,他还是把人家这部车给漆成了栗壳色,并准备好了一篇很长的劝诫词,希望这位朋友能从根本上接受他为他所做的这种"改善"。他反复试读了好几遍,自觉起码有三处,或三处以上,是被自己的说辞打动了的,并挚诚地流下过热泪。第二天,那位犹太朋友只等轮船一靠码头,就迫不及待地来到谭家花园,直奔车库去看望他久违了的"小宝贝";一推门,看到"小宝贝"竟被涂抹成了那般可怜模样,没等谭老先生开口宣读那篇用中英两种文本写就的劝诫词,就哇哇大叫着一头晕倒在车库的水门汀地上了。

　　自建中药房的设想,产生在谭老先生再度报病危的那天早晨。头天夜里,老先生已报过一次病危。为此,雪俦一夜没能睡好。一早再度传来病危警报,雪俦便从床上翻身跳起,红肿着双眼,只喝了半小盅独参汤,在浓雾弥漫中,又急急驱车赶往医院。刚进楼门,只见平日宽敞幽静的楼道,此刻忙成了一片。戴着修女帽的白俄护士小姐和戴着金丝边眼镜的德国医生来回穿梭,到处都闪耀着刚从慕尼黑进口的新式医疗器械的冷光。每一扇标上了红十字的门都在无声地晃动。大大小小的安瓿(ampoule)纷纷被击断。血库已经告急。最终他被告知抢救没能奏效。

他被允许去瞻仰父亲。父亲躺在雪白的床单下,显得异常地瘦小。颧骨一下突得很高。半夜里回光返照,父亲留下一句话。这句话是用派克金笔写在一张由朵云轩专门为谭家特制的信笺上的。一共只有九个字:"不要跟侬三叔客气了。""三叔",指谭宗三。谭宗三是谭雪俦的祖父于厘公第五个小妾所生的最小的一个儿子。论年龄,要比雪俦小十七八岁,但论辈分和排行,则是名正言顺的"三叔"。所谓的"不要客气",是指头天晚上父亲要他接任谭家的当家人时,他婉言推辞过,希望由"三叔"谭宗三来当此任。"不要客气",就是要他在这件事情上不要再谦让推拒。

说实在的,怎么安排谭宗三,一直是谭家门里一桩伤透脑筋的事。无论从辈分上讲,还是从情理上讲,谭景琦之后,的确应该由这位"三少爷""三公子""三爷叔""三老板"来当家。这也是于厘公临终时亲口交代过的。他希望景琦之后,谭家能交到宗三手里。谭家门里的人都知道,老人最宠爱,也最放心不下的,就是谭宗三。老人拉着长子景琦的手,一再关照,不论在什么时候都不要疏远了、更不要怠慢了这位"小阿弟"。景琦在这一点上确实是尽了心,也尽了力。做长兄,更是"慈母严父"。在相当长的一段时间里,竭尽一切努力来教育训练这位小阿弟,希望他从各个方面都具备条件,从他手里把谭家接过去,以告慰老父在天之灵。但这位三弟实在是扶不起的刘阿斗。他不是不聪明,也不是不能干,但就是不上路。所谓不上路,倒也不是走歪道。比如吃喝嫖赌坑蒙拐骗之类的,倒是一点也不沾,甚至连应该沾的女人都不沾。但……就是不对劲。说不上来什么地方不对劲。但归根结底就是一句话,把偌大一个谭家家业交到他手里,实在叫人不放心。

无奈,雪俦就没有再推让。虽然觉得有点委屈了"三叔",但为谭家着想,也只能这样了。正式当家后的第一个礼拜,他就不顾所有人的反对,立即把父亲最好的几间汽车库改做了中药房。并且调集了一大笔钞票,请几位大学教授建立了一个谭氏生成养元研究所。他觉得,对于他来说,最要紧的事情,就是尽最大的努力,去找到一种办法,一种药方,让谭家门里的男人活过五十二岁。做不到这一点,谭家赚再多钞票,又有啥用呢?谭家的事业越发达,钞票赚得越多,谭家男人心里就越痛苦,就越没有勇气、没有兴趣把要做的事业继续做下去。事实上,从祖父于厘公开始,当家人做起事来,已经不像先辈们那样有一股冲劲了。谭家的事业也逐渐地在萎缩。"五十二岁"这个阴影,越来越重地压在每一个谭家当家人心上;不趁早解决,总有一天会把谭家彻底压垮。当然,从孝义上来讲,他的确不应该动先父最喜欢的车库。他完全可以出钱另外买地皮来盖药房。同样一句话:只要他愿意,甚至都可以把上海滩上最有名的瓣香庐、五洲、唐拾义等药房买下来,甚至还可以把杭州赫赫有名的胡庆余堂买下来。但是,他不,偏偏看中了父亲留下来的那些车库,偏偏要拿它们"开刀"。根本一个意思,就是要破一破这"留下来"三个字里的晦气。他还根据经易门的提议,把老楼里所有房门的朝向统统都改了一个过,把所有的墙壁统统都粉刷了一个过,把所有房间里的摆设统统都调换一个过,把花园里每一条为先人所走熟的甬道统统都毁弃了重新铺上草皮,而后另砌新道;甚至把所有正对着大门长的大树、正对着房门砌的烟囱统统移走。统统改动。最后,还忍痛换下大客厅里由曾曾祖德麟公亲笔写的两个斗方大字"静慧",另请南翔镇上一个百岁长寿老人写了"一之"两字挂上……

　　宽恕我吧。宽恕我吧,仁慈而多难的先人……

　　但看来,他所有的这些努力(当然还远不止上面提及的这些),好像并没有能攘除那必然要降临的灾难……一切的迹象仍然明白无误地显示,他仍然不可避免地要步先人的后尘而倒在"五十二岁"这道鬼门关前。

昨天,经易门走到离药房还有十来步的地方,抬头一看,不觉大吃一惊。药房被十几二十个穿着白大褂的军人包围。一部分军人已经把谭家药房里原先的那些药工、药剂师和中医师隔离起来,对他们挨个登记造册,查询;另一部分军人则从军车上往下搬成套的医学化验器具,并把它们安顿到花园里的一个大帐篷里。还有一部分军人,不仅穿着白大褂,还戴着加大加厚的口罩和胶皮的防护手套,拿着各种型号的吸管、镊子、工兵铲,背着成箱的试管烧杯和空盒,进入谭家花园各个角落提取待验样品。毫不例外,他们从经易门身上搜走了那包灶心土,并把那两斤柿饼也列入了待验物品的名单之中。事后他才知道,在同一时刻,他们严密封锁了谭家院子里所有的通道口,命令谭家各色人等,交出他(她)们房间、箱柜抽屉上的钥匙,并在原地待命,不得随意走动。随后就开始了空前细密的地毯式"大搜查"。逐寸逐尺地进行翻检。尤其让谭家人不能容忍的是,他们还搜身,即使是女眷的房间和玉体,也照样一个都不放过。当然,这是由一部分女医生(军人)来做。但这丝毫没有减免了各位老太太少奶奶小姐丫头们在心灵肉体上同时经受到的震惊和屈辱。要知道当场有好几位女眷都愤怒地并发了精神性痉挛症,并不同程度地产生了可怕的重听重视幻听幻视和某些自虐症状(如揪自己的头发、掐自己的大腿、抠破自己的脸皮等等)。他们提取谭家门里所有人的血液样品和粪便样品,当然必不可少地,也取了尿样。还准备在谭家花园里钻孔,提取地下水的样品。后来又开来一辆装有 X 光设备的大轿子车,为谭家门里所有的人透视心肺。这越发使那些女眷们无法忍受。因为在车里操作 X 光机的没有一个是女的。这的确也难怪,在当时,即使找遍全上海,也找不出一个女的 X 光机操作专员。于是,全体女眷互相围抱在一起,举行了二十分钟象征性的抗议。最后达成四项协议:一、让女眷们亲自观看 X 光机屏幕,以证实,这机器透过内衣所看到的,只能是人的骨头架子和一些内脏的阴影,绝不会给任何一个好色之徒提供任何闻香掠艳的可能;二、在女眷接受透视时,派女眷中的同人(她们议定由许家两姐妹)在屏幕旁监管,以防操作员使出"其他伎俩",窃取不该由他们得到的"画面";三、所有不相干的人员,一律回避,不得靠近X光车("禁戒线"划在十五米以外),同时在X光机两侧加设既高又宽的屏蔽板,并用黑红两色的布帘把X光车所有的窗户都遮起来,以防有人从车窗外偷窥;四、女眷接受透视时,允许其在现有贴身内衣外,再加穿一件厚绒线衫。这样,本来只需一个小时便可结束的女眷透视检查,就整整延续了五小时又四十八分。

事后得知,所有这些军方人员都是谭宗三邀来的。这次突击检查,也是应他的请求而组织的。他想通过这样一场突击检查寻找到雪俦的病源,并设法消除它。他宁可相信谭家面临的这场劫难只是医学范畴里的一个难题。但他错了。大检查的结果告诉他,谭家花园里任何一个人、任何一件物品身上所带的任何一种病源菌和病源毒,都跟谭雪俦突发的这场危症没有任何一点关系。核查了中药房自建立以来为谭雪俦所开出的所有的药方(绝大多数是保健养生方),结论是:它们无害。对药房工作人员进行严格的政治甄别结果,所得的结论也是:并非真的有益,但确实无害。遍访外头那些大医院里曾经替谭雪俦看过毛病的医生,也没问出个所以然来。都说不清谭先生到底为什么会突然大出血。他的消化系统没毛病。他的呼吸系统也没毛病。他的心脏一直跳得非常有力非常有节律。他的血压、血色素、血糖、血沉、转氨酶、血小板的指标一直在正常值的上下限之内浮动。没有结石。从不便秘。很少喝酒。也不抽烟。清早起来总要喝一杯淡盐水。晚饭总要吃一碗加一点枸杞的麦片粥。中饭板定的,一荤一素一汤,再加一汤匙老陈醋。精确测定的三两半米饭、二千四百卡路里的热量和六华里的散步,绝对不允许有一丝一毫的出入。唯一的嗜好是,上半天下半天各泡一杯清茶。这清茶也不是随便从外头茶叶店里买来的。经易门到安徽黄山为谭雪俦包了一块茶园,还专门雇了几个茶工为雪俦种茶做茶。雪俦只吃这块茶园里产的清茶。谭宗三当然不会放过那块茶园的那几个茶工,同时又派人去抽查了待运的每一担茶叶。但查下来,结论还是那两个字:无害。

他真搞不懂了。

同时,他又要管事房的人向各地和上海谭家有血缘关系的谭姓人家发电报,要他们急告本家依然存活着的男人的最大年龄数,有没有超过五十二岁的。第二天中午,他所要的调查报告如期送到。报告称:各地还活着的谭家男人当中,真是没有超过五十二岁的。

他呆掉了。

31

经易门顺从地交出灶心土和两斤柿饼,看到院子里一片乱糟糟的景象,犹豫了一会儿,便恭敬地走上前去,向那群军人声明自己是谭家门里的总管,愿意协助他们对谭家进行全面检查。一个被谭宗三请来临时负责此次行动的虹口警备司令部少校军医(大概是北方人),露出一丝神秘古怪的微笑,眯起眼睛,打量了经易门一会儿,操着生硬的上海话,说道:"侬就是鼎鼎有名的经大总管啊。好好好。请到那儿等着编号。抽血验大小便。""我……我想……我可以帮你们一点儿忙……"经易门则用生硬的北方话再次请求。"不用。我看您老还是乖乖地一边儿待着去的好。"少校军医有点不耐烦了。而且他还不许经易门进自己的写字间"待着去",非让经易门跟那一班账房先生茶房仆役司机花工丫环老妈子一起在外头太阳地里站着。十几分钟后,经易门得知,现场并不是没有谭家管事房的人在帮忙。谭宗三委派东管事房一个叫顾雨乡的年轻账房先生协助那帮子军人检查谭家。"这……这实在有点不像话了嘛。经先生是总管。假使真的需要有人出来协助军方办事,也应该由他牵这个头。顾雨乡……顾雨乡这只野路子算啥东西?!三老板也太不给经先生面子了!"院子里,太阳底下,那一帮子谭家的账房先生茶房仆役司机花工丫环老妈子纷纷愤愤不平。窃窃私语声蜂起。

经易门此时脸色苍白。他当然不会去应和这种"嘈杂"。并且为了让军方人士明白,他不仅没有参与制造这一点正在谭家花园里生成的"骚乱",而且论他的身份地位和修养水平,他根本也瞧不上这种不会起任何实际作用的"骚乱"。于是他有意微闭双眼,挺直身躯,倒背起双手,独自站在一棵玉兰树下,跟那一大群正在对他表示极大同情的人,始终保持着大约五六米,甚至七八米的距离。

32

抽完血,验完大小便,到了下班的时间,谭家(谭宗三)没有按历来的规矩,派小汽车送他回家。一直到这时候,经易门还保持着表面的平静。但他心里已然觉出,大厦将倾。

33

走到大门口。大门口挤了一大堆人。说是要换工牌号。在谭家做生活的人,都领有一块工牌号,凭工牌出入大门。登记造册。这原是经易门立下的规矩。但一小时前,进驻谭家的医疗分队奉"三先生"之命,从即刻起,更换新工牌号。这绝对又是个"新花招"。分明是要向所有的人表示,他经易门在谭家已彻底不算数了。好嘛。蛮好嘛……经易门竭力控制住自己潮动起来的心绪,去队尾排队等候。此举在既长又弯的队伍里立刻引发了一阵更强烈的怜悯和不满。人们纷纷让出自己占先的位置,真心诚意地让经易门先办手续。经易门当然不愿在这种情况下领众人的这份情。因为这很可能会造成一种严重的误会:他经易门据此在向军方、向"三先生"示威,显示自己内心的不服和不满。于是他拼命暗示那些动了真情的下属,不要这样做。千万不要再这样做了。但渐渐狂热起来的下人们却越做越认真,叫喊声也越来越响,不少人甚至上前来拉经易门,有的还此起彼伏地向发放工牌号的军人小组大叫:"让经先生先领!让经先生先领!"叫声惊动了正在别处忙碌的军人。他们大步赶来。美式的军用皮靴声整齐而响亮。经易门实在忍耐不住了,终于变声作色涨红脸,不仅用力推了离他最近的一个小丫头一把,而且还揪住一位平时最听他话的老账房先生的领口,对众人大喊:"识相点。请大家识相点!不许再吵了!"

小丫头跌跌撞撞一下摔倒在地。老账房先生被揪得一口气憋住,嘴唇皮发紫。经易门自己则浑身僵直。张口结舌。面对这样一个局面,众人才开始平静。

34

三轮车载着经易门,绕辣菲德路吕班路上的法国花园,整整转了三大圈。三次都看见马路对过的克莱门公寓那一片(六个?八个?)褚红色的尖顶。三次踏过经家门口,经易门都没有叫停。他没有心思回家,但又不能不回家。大厦将倾。大厦将倾啊。最近,谭宗三召开谭氏集团公司董事会,事先不仅没有跟他商量,正式开会时又不通知他参加;连召集东西两管事房全体管事议事,都不请他。硬档梆子。明摆着是在甩掉我经易门么!消息一经核实,不仅经易门为之骇异(想不到这位同龄人下手这么快,这么狠),整个谭府上下也被震惊。谭府因此乱成一团。账房先生自动封存账册。管事遇事不敢发布指令。走廊里再也听不到脚步声。耳房里再也听不到交头接耳私语声。连邮差送来汇单都没人去盖章签收,不知道收下钞票该到谁那儿去认账。煎药的因此煎穿了药罐头。斩肉的因此斩掉了手指头。花匠因此错把郁金香当成了马兰头。奶妈喂错了囡囡头。老妈子则抱错了大小姐房间里的鸭绒枕头。整个谭府立时三刻就像一条失控的大船,只见有上下翻飞的鸥掠乌在船后相随,却不见船头在浪尖上高高邀游。而让经易门最伤痛的还是,谭先生谭雪俦此时此刻的态度。他原以为,不管怎样,谭先生是一定会出面为他说一句公道话的,竭力在"三先生"面前挽留他。但看样子,好像是没有……

35

经易门冤枉谭雪俦了。谭雪俦曾排了全力为经易门争取过。他十分虚弱地在床上扭动。喘息。打着重重的嗝噎。问谭宗三,哪能(怎么)可以这样……哪能(怎么)可以这样?

谭宗三手拿一根中短长度的白色藤条(认真地缠进了好几股彩色的细皮条),身穿一套麂皮猎装(散发着极浓重的来苏尔和福尔马林气味),脚蹬一双翻毛长筒皮靴(带一个笨重的大方头),一面用那根柔韧的藤条轻轻拍打大理石壁炉架上那座象牙裸女,借此保持自己应有的镇定;一面却忍不住四下里睃视,流露出他那种永远无法抑制的好奇心。

谭府几经搬迁,曾经的一个原址是明弘治嘉靖年间上海名士陆深的一座"别业","颇有竹树泉石之胜"。当地人叫它"四季别墅"。多年来,后堂东西两棵大柱上一直留着一副前代名家张电亲笔题赠的楹联:"步玉登金,十八人中唐学士;升堂入室,三千门下鲁诸生。"雪俦当家后,非常属意这副楹联,想尽办法把它们搬进了他房间,当宝贝那样供着。而谭宗三却一直希望他把这副楹联处理掉(不少人喜欢到广东路江西路上的老古董店里淘这种旧货),另挂两幅欧洲的画。比如恩斯特·凯尔希纳(Emst Kirchner)的人物或木刻,或者索性挂两幅保尔·塞尚(Paul Cezann)的静物风景。这位年轻的三叔非常喜欢这两位画家的画,尤其喜欢凯尔希纳一九一三年画的布板油画《街头五女子》。女人们(有钱的阔太太?沧桑的老妓?)裹一身带狐皮领的大氅,僵尸般地戳立在街边,呆呆地审视橱窗里那昂贵的皮货。她们的外形被故意夸张,画得很瘦,很变形,像鸟爪,又像是钉在地上的枯桩,表情阴冷粗鲁,暗绿的基调反衬着她们脸色的苍白。背景上则挤满了乱糟糟的人群。每个角落都显示出前世的堕落,又都隐现着今世的邪恶。

谭宗三后来便把他那敏感的手指尖停放在裸女冰凉的脚面上,轻轻地摩挲、悉心地体会她脚面上的那种冰凉和滑润。

36

为挽留住经易门,这几天里,谭雪俦已不止一次把谭宗三请到自己病床跟前长谈。这一次又谈了整整三个钟头。据说谈到最后,谭宗三用力抽了那座裸女雕像一藤条,愤然离去。依然只丢下一句话:留我就不留经易门;留经易门就不留我。谭雪俦向着谭宗三的背影,拼足全身最后一点力气叫了声:宗三啊宗三,做人做事总归要讲点道理,讲点良心啊!我们谭家人不可以这样对待经家人的!罪过啊……作孽!随着这一声拼力的嘶喊,又有半盆鲜血从他后身哗哗地喷射了出来。

37

太阳从大库房背后那棵串香槐老树顶上慢慢西斜。

38

血。鲜红的血。热辣辣的血。清水一样的血。三月桃花般的血。焦血。

39

这一夜,经易门自然睡不着。吃晚饭时,只勉强吃了一小碗皮蛋肉末粥。一根鲜黄的香蕉也只咬了两口。第二天,在楼上莫名其妙地转了半天,下意识中,总以为(总盼着)谭家会派人来向他解释刚发生的这一切"误会"。但一直等到下午,连一个电话也没有。后来来了个人,是盛桥镇的茶房老倪,报告了两位姨太太偷着过江去找黄克莹的事。经易门一听又激动了,立即让忆萱拿衣服来,要去谭家花园向谭先生和"三先生"报告。忆萱劝他不要去。忆萱的意思是,谭家已经把我们当作一件穿得不想再穿的旧衣裳那样,损了出来。假使说真还有点志气,我们就不要再管他谭家的事了。也不能再管了。忆萱还没把话讲完,他就火冒三丈,脸涨得通通红,跳起来,逼冲过去,连声斥问,啥人没有志气? 啥人没有志气? 忆萱再不作声。他嗝噎了一下,也觉得自己未免有些失态,便长喘了几口气,苦笑着摇了摇头,回自己房间去了。而后,听见忆萱在门外低声啜泣。再过一会儿,啜泣声消失。楼里十分地安静下来。又过了一会儿,忆萱出门,把儿子经十六也带走了。楼里更加安静,甚至静得可怕。一直到该操心晚饭了,忆萱还没回来。经易门越发烦躁不安,就叫了辆三轮车,说是要到崇善里去。

　　崇善里在闸北。有一条臭河浜。有一幢老式的弄堂房子。这是谭家、也是经家的"老窠"。当年,经老老先生跟谭老老先生从乡下到上海来学生意,就住在崇善里。谭老老先生和谭老老夫人在崇善里落脚的时间不长,没住几天,就被上海总商会的一个朋友接走了,但年轻的经老老先生和更加年轻的经老老夫人却一直在崇善里住了下来。一直住到有一天,谭老老先生对经老老先生说,我帮侬在公共租界里顶一套公寓房。一切费用全归我出。侬搬出来吧。这样,在朋友中间,我脸上也好看点。经老老先生却不肯搬。又过了一些年,经家积的钱也买得起小洋房了,经老老先生还是不肯搬出崇善里。而且扬言:只要经家不离开上海,不离开谭家,经家的后代就不许搬出崇善里。为什么? 老人家觉得谭家是从崇善里开始发起来的。崇善里是谭家的一块风水宝地。一条龙脉。经家人有责任为谭家守牢这条"龙脉",报答谭家的恩情。经易门小时候不懂事,说道:"啥龙脉? 一条臭河浜!"就为这句话,老人家冲过来,甩开大巴掌,咣咣咣咣，一连四五个耳光，直打得这个唯一的嫡亲孙子鼻子耳朵牙齿一起流血。还逼他在谭家祖宗牌位前跪了三天三夜。从此以后，老人家就常说："能够为谭家守牢这条龙脉的，才是我经家真子孙。"

一直等到谭老先生病重。抬进医院。四个氧气瓶围上来。身上插进八根管子。脑子还清楚，知道这一次进得来，出不去。他赶快派人四处去为经家买房子。地段要幽静。房子要像样。独门独户整幢小楼。只要合适，价钱再高也不怕。最后定的就是辣菲德路这幢英国乡村别墅式小洋楼。然后把经易门和他的父亲经老先生叫到病榻前，说了两件事：一、我把雪俦和谭家都托给你父子两个；二、你们要看得起我，就请搬到辣菲德路去住。谭经两家相交几十年，现在，我要跟你们分手了。这幢房子就算我送给你们的分手礼。我只能为你们做这点事了。经家父子俩当时真想跪下来，抱牢谭老先生大哭一场。经家父子当场答应了谭老先生的请求。但实际上，他们没有搬。想来想去，还是觉得不应该离开崇善里。后来谭老先生就死了。有一晚上，突然开过来两辆大卡车（老式道奇），还有十几辆老虎塌车。领头的一辆道奇车驾驶室里坐着身上还带着重孝、刚做了谭家当家人的谭雪俦。在谭雪俦指挥下，一大帮脚夫扛夫不问三七二十一，也不顾经老先生的阻拦，就把经家从崇善里搬到了辣菲德路。谭雪俦歉疚地对经老先生说，阿爸临咽气前，交代我一定要这样做。我也没有别的办法。只有对不住侬了。否则，将来我到阎罗王面前，真没办法向我阿爸交代。经家虽然搬进了辣菲德路新居，但并没有卖掉崇善里的老宅。不仅没有卖，相反地，还花了老大一笔钱，把它彻底翻修了一遍。说是"翻修"，其实是完全按照老样子，再造了一个。所有的柱子都漆了黑漆。所有的房门上都挂一幅大红底子五彩丝绣绸帷帘。每一幅帷帘中央，又都用黑丝线绣上一个极醒目、极庄重的魏碑体大字："谭"。又请来最有名的莆田石匠，用最好的泰山石为谭、经两家的祖宗，刻了两个跟真人一样高大的石像，供奉在老宅堂屋中央的一个高台上。这两个石人都古装打扮。一个身着二品朝服。一个分明布衣穿戴。着朝服的慈眉善目，手捧朝笏，仰视皇天，虽潜龙勿亢，犹志在纲维。布衣打扮的，低眉垂目，躬身作揖,真正是至柔而动,至静方德。经易门还物色了一对洁身自好、一辈子吃素、无儿无女无任何牵挂的老夫妻来看守这幢老宅,命他俩逐日地撞钟击鼓念经,敬礼膜拜,日逐地叫这老宅香火缭绕钟磬不断。

那天三轮车踏进崇善里,天色已全暗。弄堂不算短,弯弯曲曲,还叉出不少支岔。两旁一式的本地房子,低矮老旧。从排门板板缝里漏出的灯光,比较昏黄。崇善里几十年不变,一直到解放后许久,才有城建队来挖去路面上的石卵子,统统铺上水门汀(水泥)。同时又越来越闹猛拥挤。不断有人搬出去(身份地位经济状况发生变化的人),但搬进来的人更多。各种各样的小店也开进来。细细一看,真是大饼摊头老虎灶。烟纸店后头伸出夹竹桃。空场上,听评书。油煎臭豆腐干味道实在好。前楼阿公跑单帮。后楼阿娘全日全夜叉完麻将还要轧姘头。

快要走到老宅门口,经易门觉出,老宅里出事了。因为石库门式的大黑门前汹汹地聚起了一大帮人,神色况且一律都那么惊惶,三三两两地在嗡嗡议论。急忙下车去推开老宅的门,便看到那一对老夫妻张皇失措地站在头道天井里,正一筹莫展着。一见经易门,如获大赦般扑了过来,仓皇得一句话也说不出来,只是指着后院的方向,对经易门连连跺脚。经易门正迨抬腿进二道门,却听见一阵又一阵碎摧了瓷器家伙的乒哩乓啷声从二道门里传出。经易门急趋上前,只见忆萱脸色青白,高挽袖管,从后院的一间间房间里搬出种种瓷的玻璃的珐琅的料器的器件,用力往那铺在天井中央的大方青砖上砸。还有那个并不怎么聪明的儿子也在起劲地为她做着"帮凶"。看样子他们已经忙了好大一会儿工夫了。天井里到处都躺着他们两忙碌的成果——碎碴片。凭着依稀的暮色和各房窗棂间透出的电灯光,可以细辨出,已然变成碎片了的,有那对青花云龙捧寿福字掸瓶、乾坤六合双龙戏珠瓶,还有那只松竹梅盘节酒尊、巴山楚水飞狮罐、有那口暗姜芽海水花坛和甜白酒盅,还有那套黄地闪青驾凤穿宝盘、紫金地闪黄梅花盆、素镶堆花香炉……最叫经易门心痛的是那一盆料器蟠桃树和那个浮梁吴十九的牡丹瓯。这牡丹瓯,外面烧上了穿花莲托、八宝荷花、鱼耍娃娃、贯龙篆遍地真言字、折枝四季西番莲宝相花,里边还烧上了海水如意、云边香草人物故事、竹叶灵芝寿意。而这位吴十九先生和雕竹濮仲谦、螺钢姜千里、铜炉张鸣岐、紫砂时大彬等人均为当时齐名海内外的工艺圣手。他们的东西,不说是件件价值连城,也可说只只都能拿来换地换房子换股票的。当然,经易门绝对不会用它们去做这种败家的事。因为这里的每一件东西都蕴含着经家,特别是谭家三代人的心血。

三代人的心血啊。

再一看,那一个个挂在房门上的谭字绣绸门帘也全部被她娘两个扯了下来。他们还往那两个石人身上泼黑漆。谭老老先生用过的那个红白木雕花床架子被抬出来掼在天井里。而谭老老夫人用过的那只马桶箱,在用碌砖拼命砸过以后,也被掼在了旁边的阴沟里。

哦……

夫人,哦,忆萱,你疯了吗? 真的疯了吗?! 你觉得谭家对不起我经易门,也不能这样做啊。经易门心里一阵痉挛,浊血和热痰顿时都涌了上来,当即一个踉跄,两眼一黑金星四溅,双膝一软,便晕倒在地;醒过来后挣出的第一句话就是:"忆萱,你这样做,不是要逼我去死吗?!"

然后,经易门居然打了赵忆萱。

40

当天晚上,经易门把全家老小全部召齐到他房间里,说了下面一段话:"今天忆萱和十六做出这种事,实在让我无法向两家的祖宗交代,也没有办法向谭先生交代。现在只有一条路好走。要么我离开这个家,要么她离开这个家。只有这样,才好向谭家有所交代。这桩事,由忆萱自己决定。由她来选。到底是我走,还是她走。"

经易门话音刚一落地,全家老小就哭作一团,号叫着一起跪下来为夫人求情。只有身材颀长而又精瘦干黑的赵忆萱紧握双拳。呆立不动。脸色铁青。浑身战栗。鼻翼急促地歙动,眼前呈现的却只有一片空白。

41

　　住在四川北路的日本人阿部,讨厌一大清早就有人来揿他家的门铃,特别是在今朝这种雨夹雪的天气里,他更不希望有人一早来打扰。这种阴冷的天气,又潮湿,他需要花更长的时间用力去注视小花园里那一棵海棠树。看雨水雪水从正在泛青的树皮上慢慢往下蠕动。想象所有的花骨朵肥糯糯地膨胀。树叶花花花花。这是他自定养生功的最重要的一节。一般人只知道他靠出租虹口一带的弄堂房子过日子,其实不然。在中国这几十年,他真正用心所在是收集古董。阿部心里的"中国古董",分两类。一是普通意义上的古董,也就是一般玩家所喜好的瓶炉青铜红木玉石陶瓷碑版字画,等等;另一类,则是阿部所认定的中国古董中真正的精粹——养生之道,是阴阳五行六淫八纲三焦四诊十二经络终日乾乾为汝逐于大明之上为汝人于遥冥之门善集造化而颉超圣凡、是六千零四十单八卷佛经三十又三章《中庸》五千余言《道德经》都说不到穷处极处了处的大道反复。他仔细地分辨过,这个中国,从明毅宗朱由检之后,经二百六十七年大清皇统,甲午甲申两次海战,所剩下还真正值点钱的,也就这两种"古董"了。阿部特别赞赏当年出任中国海关总税务司一要职的英人赫德在上海一次宴谈中,对中国军界耆老严几道说的一番话。这个严几道十五岁就应募为海军生,是中国最早一所海军学校的学员;后在建威舰上实习,遍航台澎星马吕宋文莱,当然还有日本国。后又被派往英国海军大学深造;归国后,合肥李文忠(鸿章)为治海军在天津特设制造局,他便去那儿做了主督课,前后达二十余年。用这位老先生自己的话说,"(海)军中将校,大率非同砚席,即吾生徒"。自是一个很了不得的角色。赫德与此公的那番谈话,就是从中国海军谈起的。甲午海战失败之后,中国国内同声气责备海军无能,甚嚣尘上。赫德认为,此事,不能"徒苛于海军","海军之于人国,犹树之有花,必其根干支条,坚实繁茂,而与风日水土有相得之宜而后花见焉；由花而实，树之年寿亦经弥长"。故而对于海军"当于根本求之，徒苛于海军，未见其益也"。他曾把这一段话一式两份抄呈东京军部海军大臣、南京国防部海军部长，仅供参考。三个月后，东京方面很客气地给了个回函，虽说只是寥寥数言，但确实表示了某种程度的谢意；而寄往南京方面去的，却一直石沉大海，杳无音信。

　　阿部自己玩中国古董，但最看不起的却正是汉族人中玩古董的那一类。他最为这个号称"泱泱大国"的大陆板块担忧的也是这一点：玩事儿的太多。自以为洒脱从容，其实，完全是致众人于疏理"根本"！几十年后，早已回到日本的阿部在东京帝国大学图书资料馆报刊室的有关缩影资料片上看到自称进入"新时期"的中国再度兴起收藏热古董热时，年逾九旬的他，居然一阵心绞痛几乎不支，只得忙挣扎着移步至窗前，定睛注视楼前那棵支干如铁、嫩苞如蚁的山梨树。意守住五心，气归入丹田，走涌泉而汇百会，通督任二脉，默念《性命圭旨》中的"陀罗门启真如出，圆觉海中光慧日；灵山会上说真言，满舌莲花万丈佛"，渐渐懈怠了自己，方复归平和。

42

　　那天来打扰阿部的"早课"的，正是赵忆萱。她来租房子。在不声不响反省了两天多以后，她咬了咬牙齿，决定：搬；带着那个不被经易门看重的"傻"儿子，搬出经家。一行行眼泪拼命朝肚子里咽。她终于悟到，再不搬，自己真的要疯了。其实，那天即便是经易门正手反手请她一连吃了好几记耳光，又一巴掌把她推倒在青砖地上，不分青红皂白朝她小肚皮后背大腿后脑勺上接连踢了五六脚七八脚，完全失去控制地朝她喊道："滚。侬给我滚！经家没有侬这种疯女人！"她还没有把这一切当真。她还没有觉出她和经易门的这场"恩爱夫妻"已经做到头了。她仍然觉得，十几年相濡以沫，就算她今天错到底了，她也是为了经家，为了他经易门。她是在为他叫屈鸣不平啊。她没存半点私心,更没有半点坏意。她觉得只要经易门事后稍稍冷静下来想一想,就能明白过来的。只要明白了这一点,他是一定会原谅她的。难道十几年做牛做马地伺候他经家一家老小所付出的一切,还不够抵消这一次的"错"?况且她还为他生了一个小囡。况且她自以为还是非常了解经易门的。经易门历来是能宽以待人的。他经过大世面,亲手料理过那么多人和事,不是一个不允许身边的人做错事体的人。对于这一点,上自上海滩那些工商、金融、交通、军警、政界的巨子,下到谭经两家的仆佣差役,都有极好的口碑。这些年,她亲身经历的一切,似乎也都向她证明了这一点。

但这一次她错了。一错到底。错就错在她还是低估了经家人对谭家的忠诚,低估了经家人对谭家人的依赖,低估了作为经家嫡传的经易门性格深处那种顽固的自私和不被任何人觉察的软弱。

经易门一度曾想宽恕赵忆萱的。那是看到她被自己击倒后,捂着头曲着身,一声不响躺在青砖地上,随他怎么踢也不反抗,踢到最后一脚时,心软了;喘了一会儿(他真踢累了),伸手去扶忆萱。(正是这一扶,让忆萱产生了幻想,以为整个局面还有挽回的可能。)后来,经易门甚至还相帮忆萱收拾遍地狼藉的天井,帮着去重新挂每间房门上的"谭"字门帘,帮着用煤油细细地拭去两尊石像上的黑漆,最后还关照在一旁被吓呆了的儿子经十六,陪侬姆妈回去吧。忆萱要上车了,他还特地走过去,用自己那块雪白的手绢细心地为她擦去额头上隐隐渗出来的一点血丝,掸了掸她裤子后边沾着的一点青苔灰土,还替她整理了一下略显蓬乱的鬓发……当时忆萱愧疚得无地自容,感动得心尖直颤,鼻腔发酸。但她哪里晓得,就在悉心地为她做这一切的时候,经易门已经从"对她过意不去"的状态中完全恢复了过来。随后他独自一人在全然黑下来了的天井里,阴沉地盘算了好大一会儿。盘算的结果还是:不。这次绝对不能原谅她赵忆萱。

上海滩上所有的熟人都晓得,赵忆萱自从嫁进我经家门,历来是以贤惠顺从任劳任怨出名的。他们还晓得,她平时只听我一个人的。没有人会相信,不经我"点拨",她自己会做出今天这种伤害谭家的火爆事。假使我今天原谅了她,就等于向众人证明这件事的幕后策划人就是我。假如这一两天内,谭先生为我的去留问题,去找"三先生"做"最后"的争取。那么,我此时要只顾夫妻情分而放过了她赵忆萱,就等于授柄于谭宗三,狠狠地打了谭先生一记,整个局面就肯定不能再挽回了。

谭家有今天,不易。

经家能有今天,也不易啊。

赵忆萱啊赵忆萱,侬就不要怪我经易门翻脸不认人了!只能怪侬自己做事太欠考虑。侬应该晓得,我经易门在谭家撑的是大半片天;而在经家撑的是整片天。无论是那个"大半片天",还是这个"整片天",都不能没有我经易门啊。

赵忆萱连按两遍门铃,仍不见有人出来应答,雨中夹带的雪片却已紧密浩大了起来。这真叫"小庭花落无人扫,疏香满地东风老"。被经易门打青了的左脸颊,此刻还在隐隐作痛。平心而论,十几年来,在此以前,经易门的确还没有打过她。同样平心而论,十几年来,经易门确算得上是一个相当值得她钦佩的男人、丈夫。有时候她甚至希望他回到家里发发火,摔几只瓶子,敲几块玻璃,哪怕打她一顿,把憋在心里的那点气发泄出来。她知道他心里憋着气。每每从谭家下班回来,她经常看到他,面色发黑,嘴唇皮发青;快步走进自己房间,摘下小吕宋礼帽,却久久也不挂到衣帽钩上,只是用自己的额头不断地去碰撞那硬木的穿衣镜雕花外框,直至碰出血,让一小股红色慢慢流下来封住眼皮。他觉得这样做,心里比较舒服,能平肝火。十几年来,她非常感激也非常感动他的这点自制力。她知道一般的男人做不到。但这一次,经易门不仅打了她,竟然还真的要休掉她,并且正式通知了三江律师事务所的冯主任来办理离婚手续。赵忆萱心碎,心痛,半片身子都痛麻了,整整想了一夜,枕头全部被眼泪水泡湿。最后想通了。为经易门想,他必须这样做,否则,他真的难以向谭家交代,他也算不上是个真正的经家人。但以后谁来为易门准备早饭……吃早饭时他板定要用她腌的臭虾酱下饭……吃老酒时他板定要用她腌的黄泥螺和毛脚蟛蜞过酒……她习惯了听他嚼蟛蜞脚时发出的嘎吱嘎吱声。以后啥人来帮他烫脚?啥人能够在他风湿痛发作的时候成半夜地为他捏背敲腿?再想到经易门有个改不了的老习惯:在跟她行房事前,总要她扮作其他女人[他事先总会准备几套酷似那个女子经常要穿的衣裳,包括一些奇出怪样的内衣内裤,到这时候拿出来逼忆萱穿上;还逼她用那个女子的腔调讲话、学那女子的姿势,在他面前走来走去;还要她一边走一边轻轻地喊:"我是×××(或××)(×××或××即是当天要她所学的那个女子的名字。)"],有时还要她脱光了,轻轻地喊:"我是×××(或××)。"这一切,她都忍受了。因为这么些年来她清楚,平时烟酒不沾,连影戏都很少出去看一场的经易门,实在是只有这一点点"嗜好",而且让她放心的是,真到了那些女人面前,他其实又是非常正经,甚至可以说是非常腼腆的。在他的写字间里,从来不聘女管事或女账房先生。他不允许。有事招呼女佣,也总是一本正经,三语两言就把对方打发了,从来不会嬉皮笑脸,更不要说动手动脚。有一件事最能说明这问题。忆萱早就觉出,易门暗中喜欢稍稍年轻一点,又稍稍胖一点的女人。马路对过福开森锅炉厂的老板娘就是这样一个女人。这位老板娘上下三轮车总喜欢把旗袍撩得高高的,露出藕节似一段肥白的小腿;上身那件荷绿色的勾花毛领开衫,总难以裹住她棉胎似丰软又厚实高突的胸部。而且走起路来,常常连鞋襻也不扣。真能把人引得遐想联翩。有一向,连着几个夜里,易门都逼忆萱反复学这个小老板娘一面上三轮车,一面懒洋洋地反转手去扣旗袍纽扣的浪荡样子。但一旦真的从这位小老板娘身边擦肩走过,经易门却又连看都不屑于看她一眼。这个"不屑于",是真发自内心的,不是假装出来的,更不是那种自虐状态下的强制。当然,非常了解经易门的赵忆萱早就觉察出,这一刹那,经易门的神情不是一点都没有变化。这时,他会突然变得非常紧张,眼神越发锐利,同样瘦高的肩背会变得更加耸突;走过去两三步后,他还会突然停住,定定地不动声色地(但绝不回头张望)呆站个一两秒钟。"他为什么要直不愣登地呆这一两秒钟?"赵忆萱讲不清。恐怕连经易门自己也讲不清。

但有一点是讲得清楚的：经易门从没让忆萱为他学过谭家的女人。任何一个女人，不管她姓谭还是不姓谭，只要她是谭家门里的，甚至不在谭家门里，但只要是跟谭家有那么一点点亲戚关系的，他都没有让忆萱学过。从来没有过。

那天在通海地区拘留所的提审室里，趁吃中午饭的空隙时间，我问过谭宗三，当年你为什么一定要那么固执地除去经易门？

当时谭宗三正默默地用着他那份十分简单的"狱饭"，显然没想到我会在这种场合向他提出这样一个问题，便放下那把手工敲打出来的铜皮小勺，稍稍地愣了一下，并下意识地掏出一块不太干净的手帕，在自己那两个依然尖尖薄薄的嘴角上习惯性地按拭了两下，疑询地反问："起诉书里……我的罪行……又……又加上了这一条？"我笑道："没有。起诉书里没这一条。"

他轻轻地"呵"了一下，又拿起那把做得相当粗糙的小勺子，低头默坐了一会儿。很显然，我的提问骤然间在他心里勾起了一些相当复杂的回忆。相当复杂的心绪。而后他苦笑着问道："这段历史……政府也要追查？""别紧张。我只是随便问问。跟政府不搭界。完全不搭界。"我笑着给他倒了一杯水。白开水。他立即折了折上身，并伸出手，很得体地做了一个优雅的谦让动作，以表示自己的感激和礼貌。

哦哦，谭家的三少爷。"三先生"。你这个英国的"留学生"。真是什么时候都丢不开你这"绅士"习气。

又是一小段令人稍有些尴尬的沉默。也许现场的气氛向他证实，我的确在等着他的回答。需要这个回答。于是他再一次放下那把铜勺，眉间淡淡地掠过了一丝自嘲的微笑，轻轻地答道："其实……理由很简单……我就是……就是……一直非常怕这个姓经的家伙……"

"你……你怕他？笑话。"

"不。不是笑话。"他突然抬起头，用他那种特有的真挚，很诚恳地补充道。

43

那天,送走许家两姐妹,黄克莹一回到自己的房间里,"通""通"两声,迫不及待地踢掉脚上的高跟皮鞋(皮鞋到底飞到哪个角落里去了,也全然不顾),一把抱起因为已在一旁被"怠慢"了好几个钟头而撅着小嘴在生闷气的女儿,滚到大床上,哈哈哈哈地疯了很长一段时间。她真的大兴奋了,换一种几十年后风行上海的口头语来讲,就是:"勿要太开心哦!"她完全没有想到,只不过短短几天,事情的变幅会有这么大。变速这么快。整件事一下子变得对自己那么有利,好像冥冥之中有人专门为她做好了铺垫,在帮她撑顺风船。

"真的要走运了?"她紧紧搂住女儿,不知该去问谁,该向谁去追讨答案;却又禁不住自己的心在一阵阵痉挛。一阵阵酸涩。

44

四姨太许同梅对黄克莹说,侬跟我们谭家这位小叔子要好,不是一天两天了。是哦?不要赖。我手里捏着一大把证据哩。要不要我从头讲起?你们两是在小张岛侬那位远房姑妈家认得的。对哦?那天侬姑妈借口姑夫觅着几块"鸡血黄",备了几桌酒菜,专门派小汽艇,把镇上的一帮"狐朋狗友"请到公馆里赏石。侬姑妈的拿手好戏是"酒馋虾"。炝好的河虾,原只原样,像用青玉雕出来的一样碧净端庄。她知道我们谭家这位小叔子喜欢吃,还是吃这种醉虾的一把好手。把一只蘸过一点姜末醋汁、又稍稍撒过一点点胡椒粉的馋虾擸到嘴巴里,轻轻一抿,再用舌头尖轻轻一剔,肉和壳就分离了开来。壳吐到筷子尖上,往一只粉彩五寸空盘子上一放,不用整理,仍旧是一只虾。原只原样。活鲜鲜的好像还会蹦跳。那天,侬姑夫还把一双"察刮里全新"的军用长筒皮靴送给了阿拉这位三叔。侬这位远房姑夫喜欢这种小东西。啥奥地利的骨柄小刀啦。啥老毛子的铜茶炊啦。啥印度的放咖喱粉的水晶小瓶啦。马达加斯加的椰子壳啦。从英国老皇帝的王宫里偷出来的鎏金堆花油画镜框啦。清季大内哪位太监用过的铜边老花眼镜啦。以至于南通城里的名妓柳翠杨用过的痰盂罐啦,等等等等。我没有讲错哦?据说,这双皮靴是意大利警督托尼先生来参观侬姑夫的这座监牢时,送把侬姑夫的。同时还送了一部小型的电影放映机。那天吃过饭,就用这部放映机给参加"派对"的客人放了一部百老汇的歌舞片。是叫"雨中俄亥俄",还是叫"雾中俄亥俄",我有点记不大清楚了。不去管它是雨还是雾,反正有个"俄亥俄"。对哦?反正那天的聚会,赏石是假,为了把侬介绍给盛桥镇木堡港几位大好佬是真。再讲得仔细一点,把侬介绍给那几位大好佬是假,想把侬介绍给我这位三叔谭宗三,才是侬那位姑妈那天挖空心思的真正用意。"三先生"还没家室,侬呢,正巧刚刚离过婚。真是天造地设的一对。侬姑妈的如意算盘打得真是再称心也没有了。

　　许同梅站起来,踩着那嘎吱嘎吱作响的旧地板,在小小的房间里转了一圈,又继续说下去。那天聚会过后,我那位小叔子就把侬和侬的女儿请到他开的那家小旅馆里去住了。这样住了大概有一个多月的时间,侬又突然搬回了牙科诊所。这里的原因,真叫我们这些局外人搞不灵清。他待侬老好的。从来也没有吃过侬"豆腐"。一天三顿饭,他都让饭师傅做好了送到侬房间里。还专门雇了个娘姨来帮侬带侬的这位小千金。他不收侬房钱,不收侬饭钱。他专门派人到上海为侬女儿买玩具。有一次侬女儿发高烧,他发电报,让我的男人谭雪俦专门派艘船来把侬女儿送到上海看急诊。侬晓得这一个来回,要用掉谭家多少钞票?他心痛哦?不。他一心只想讨好侬。用多少钞票也不在乎。在这种情况下,侬居然不领情,犟头倔脑地一定要搬出来。的确叫我伲弄不灵清。侬搬走以后,他几次到诊所来请侬回去。后来他看出侬的那位老板好像对侬也蛮有意思,他真像打翻了十八只醋坛,急得团团转,一心只想买下这家诊所。那样就能把侬从那位老板手里"买"回来。但那位老板存心跟他作对,不想把侬让给他。谈了几次,都没谈成这笔生意。是哦?

三姨太许同兰在一旁轻轻叹着气笑道,黄小姐啊黄小姐,我看侬也不是漂亮得来让人张不开眼睛的嘛。哪能会把一个男人迷到这个地步?侬到底有啥诀窍?讲讲看嘛。

黄克莹脸红了红,依然保持着应有的沉默,只是折身去替两位的茶碗里又续了点开水,而后略略地扭动了一下身子,调整了一下坐姿,让自己坐得更舒服一些,以便更能持久地去做出一副专心状和虔诚状,奉陪眼前这两位正"未有穷期"的阔太太。

但没料想这两位突然收住了话头,不讲了;只是唏嘘着改用一种让黄克莹捉摸不透的眼光,闪闪烁烁地盯着她,好像含着几分泪光。三姨太还移过身来,温情地握住她的手,轻轻地,但绝对是赞赏般地揉捏着,叫黄克莹好不是滋味,但又不便立即抽出,让对方难堪。稍稍过了一会儿,见那两位还在唏嘘不已,她只得开口了:两位太太到底有啥要紧事体,请赶快讲,那边诊所里还在等我去开门哩。

也谈不上啥要紧事体。我伲两个从小离开自己家,在别人眼皮底下过日子,蛮能体会黄太太眼门前的这点甘苦。假使,黄太太愿意跟阿拉这位三叔相好下去,我伲姐妹俩愿意相帮。三姨太说道。

哎呀,这话从啥地方讲起啦?黄克莹立刻站起身满口否认。堂堂的谭家三叔,是我这样的落魄女人高攀的?假使我现在还是个黄花闺女,凭我箱子底下藏着的那张中学文凭,凭我天生从娘肚皮里带来的那点灵秀(对不起,我有点不谦虚了),也许我还会去做那样的梦、敲那样的门、跨那样的门槛。但我已经不是了。我有过男人……我有了女儿……请两位太太不要拿我这种苦命女人寻开心。这样做既不开心,也并不能证明你们这种有钱人家的太太真有多少高明。老实讲,假使我黄克莹贪你们谭家点啥,当初也就不会从宗"三先生"的那家小旅馆里搬出来了。不是我瞎吹,当时只要我点一点头,我想要啥,都能从宗"三先生"那里要到。但我没有点头也没有要。我这种女人虽然穷,但不卖身。不会,也不想让人家当白相棍（玩物）捏在手里随便白相。黄克莹越说越激动。两只丰满白皙的小手在身前用力地扭结在一起,而并不算十分圆阔的胸部却同时在激烈起伏。说到后来就说不下去了。尖小的牙齿痛苦地咬住颜色暗淡的嘴唇,眼眶里即刻间便充满了晶莹的泪水。

这时,许同梅也激动起来。阿拉怎么会是为了让谭家的男人白相侬才来找侬的?侬把我姐妹俩看作啥等样的人了?我伲也是女人!我伲也是穷出身!她连连喊着,不谈了不谈了,拿起自己那只雪白的小皮包,转身就向门外走去。这时,三姨太许同兰却依然纹丝不动地坐着。也许是她们事先就约好,一个唱红脸,一个唱白脸。或者这姐妹俩天生就如此地默契。总之,等同梅快要走到房门口,同兰起身开口了。小妹,也难怪人家黄小姐多心。这桩事就是放到我身上,我也会猜疑的。黄小姐,侬消消气,坐下来吃口茶。听我讲几句。阿拉两个人来,真的没有别的用意。为来为去就是为了阿拉谭家那位小爷叔。侬一定也听到点风声了,侬离开他以后,他真正是坐立不安,好像魂灵头都落掉了。日子都没有办法过下去了。(侬也讲得太过分哉。克莹冷冷地插了一句。)真的真的。同梅甩着她那只小白皮包,扑过来再一次握住黄克莹的手,把她从床沿边上拉起来,热烈地叫道,谭家花园里的人从来没有看见过这位小爷叔这样喜欢过一个女人。真的就像落掉魂灵头一样。过去,他不是当家人。他的日子怎么过,对我伲关系不大。现在不行了。他要当家了。谭家全部要指望他了。我伲当然希望他能够定下心来一门心思管好谭家的这份产业。啥人能让他吃这颗定心丸?只有侬呀,黄小姐。真的。讲一句不大好听的话,我伲看中侬,还就因为侬不是黄花闺女。假使侬真的只是一只没有开过身的小肉鸽,叽叽咕咕只会靠在男人肩胛头上发发嗲,只晓得拖牢男人整天去泡跳舞厅咖啡馆,就算那位小爷叔欢喜侬,我伲姐妹俩也不会寻上门来帮你们搭这个桥。可能还要想尽办法斩断你俩的这点关系哩。侬年纪轻轻,但活得不容易。侬真正尝过做女人的滋味。侬晓得日子怎么过就会发,怎么过就要败。只有侬这样的女人跟宗三在一道,我伲才放心,我伲这些把自己一生一世都交把了谭家的女人,现在只能指望啥人?只有指望他这位小爷叔了。

说到这里,同兰的眼圈真的红了。

黄克莹慢慢地在床沿上坐了下来,做出一副既同情而又为难的样子,看着许家两姐妹。但是她根本不信这二位刚讲的那番似乎发自肺腑的话。直觉告诉她,这两姐妹绝不会是为了谭家、为了谭宗三今后的前程才来找她的。要是这样,这两位姨太太今朝就不会穿这一身紫颜色的衣裤、戴这样一副黑地掐金珐琅手镯,又戴了那样一副木变石耳环。同样的直觉也告诉她,谭家肯定出了什么大事。非常非常大的事。要不然,谭宗三也不会匆匆离开盛桥,匆忙得连一声必要的招呼都没跟她打就走了。这在其他情况下,简直是不可想象的。不是因为出了大事,这两位谭家姨太太哪会放下架子,求到她门上来?做梦也不像嘛。所以这里面肯定有一点什么特别的"暗道机关"。不然为啥一定要来"利用"我去"勾引"谭宗三呢?(出色的直觉,使她非常准确地选择了"利用"和"勾引"这两个概念。)谜。一团暂时(也许会是永远)不可破解的迷雾,在阴冷二月的傍晚,既浓重而又缓慢地漂浮在弯曲的河面上。

但不管怎么样,回上海,继续跟谭宗三交往,的确太诱惑她了。况且许家姐妹还当场拍出了相当大的一笔钞票,赔偿她退职、搬家和重新安家的过程中所受到的"损失",还答应为她在上海重新找个"饭碗",甚至说,已经为她在上海租好了房子。今后租房的费用,她俩也全包。如果再加上前不久经易门给的那一笔,这次她真的有不少"进账"。

既然如此,为啥不去?!即使是只为了弄清谭家到底出了什么事、谭宗三这个人到底是个什么样的人,也值得动这么一动。也许有点冒险。但是,一辈子在这么个布满咸鱼味的盛桥镇木堡港小街上,在这么一个破旧的牙科诊所里,整天没精打采地跟病家说"漱漱口,再漱漱口",以至于"漱"完自己的三十七岁四十七岁五十七岁……平静倒是平静,保险也的确十分保险,但这还是我黄克莹吗?

当然,最重要的还是她真的非常非常想念谭宗三。非常非常想再看到他,听到他。听到看到闻到那个至今仍让她无法理解但又无法忘怀、从来就没有真正接近过但又无法让自己下决心不再去接近的谭宗三。

45

那场不大不小的雨夹雪,由西向东,顺着繁忙的沪宁路,从嘉定宝山的南翔桃浦大场庙行泗塘一线,进入上海市区的普陀闸北,在虹口杨浦的上空持续不断地落到晚边响,使得无数家木板阳台的木板台阶上都结起了一层又一层可能在十二个小时之内都融化不掉的冰壳子;然后才越浦江,过高桥,簇拥着一大堆依然绵长冰冷的乌云,向长兴崇明岛方向迤逦而去。赵忆萱和儿子经十六,就在这样的雨夹雪之中,各撑一把钢骨黑布洋伞,在阿部家门口坚持到晚边响,也没能受到阿部的"接见"。

(故事讲到这里,我想着重地申明一点,我无意铺陈一个多么完整的故事。我寻找过完整。总是走不到底。迎面而来的总是零碎的单体,间断的闪光,和沉默中的牺牲,比如西部荒原,比如在灰蓝色的大海上游弋的捕鲸船队,比如在马背上转场的哈萨克家族所刻下的无痕轨迹,浑厚的唱经声越过徐家汇一片红色屋顶和白洋淀枣木橹把咔嚓折裂……也许我们只能拥有我们各自所看到的那一根地平线。但是难道它不也经常在被无端地切割,中断,弥漫,虚化。并且还要挣脱各种蜃景的纠缠吗?)

照例说,阿部是应该接待来租房的忆萱母子的。阿部早上起来只吃一碗掺过牛奶的麦片粥,然后就等着人上门来租房子。他每个月都在《时事新报》《大晚报》和后来的《越剧日报》上登一则租房启事,出租这幢祖父留在上海的日式小洋房。说起来真叫人不相信,十几年来几乎天天有人来看房子,但他从来没有租出过一间。他总是非常客气地让每一个诚心诚意来租房子的人最后都非常失望地走开。因为他根本就不想出租房子。他之所以反复登广告,月月发启事,天天装模作样地接待每一个来看房子的人,只是想借此掩饰他真实的身份:大古董商。大古董贩子。大古董收藏家。这一点他做得很成功,甚至都瞒过了那一大批跟他过从甚密的日侨。

租房启事上写着,每天上午九点至十一点看房,过时不候。阿部只让来租房的人看两间房。一间便是楼下的客厅。一间是二楼他自己的卧室。所谓的客厅,墙皮剥落殆尽。他那卧室更是充满了一股扑鼻的霉味。他故意不开灯,让你觉得走进的是几百年前留下的一个"地堡",而你正在参与发掘这地堡里一个因地震而沦陷海底的全毛地毯库房。沦陷的年代至迟为元天历三年。

一过十一点,这个略显得有点荒废的小院子便骤然冷清起来。不管谁来,他都不会再开门。接下来,他要用午餐。他重视午餐。特别讲究用餐时必须进入某种境界。如果说用早点时因为没时间让他进入那种他所向往的境界,中午这一顿便绝不肯马虎。他总是要驱车到八仙桥一家四川女老板开的饭店里用午餐。那里常年为他准备了一个雅座间。他当然不会在弄堂口叫车。上车前也不会换掉身上那件旧的短呢大衣。只有下车时,他才是真正的阿部。穿一身黑礼服的阿部。

当然也不能怪阿部。今天是星期四。他在任何一期的租房启事上都注明,星期四不接待租房者。因为这一天他要"采气",练功。从寅时开始便跏趺在那个黄缎子蒲团上,目不转睛地注视窗前的那棵海棠树。这是他多年来习练中国气功的最大所得。他觉得没有比不远不近地注视一棵熟知的或陌生的树,更能让人身心浑元的了。无论它年幼或苍老,都直接生长在天地日月之间,但又不是天地日月。自生自长自管疾烈俯仰默不作声落地生根无象无碍。定定地注视一棵树(这"定"太重要了。《北斗本命延生经》中注道:"定乃人道之要路,登真之门径。定者止也,正也;不知止,不守正,则灾必及身也。"),注视树上的一根枝干,枝干上的一支梢条,梢条上的一片翻动着的树叶。看着它翻动,由着自己思潮奔涌,不加任何制约和导引,去想象去感受此刻能想象感受到的一切。然后再去注视树和树后的天空。它们一起挺拔,一起慢慢转亮,好像一小块幽暗的玻璃或一大团刚出炉门的金属熔液。树能给你的是任何别的实在或虚在所给不到,也给不够的那种坦然泰然那种自然信然。块垒炯然。然后屏息静气地沿着树干慢慢移动你的视线,直至根部。那儿总有一个层面,无论上界的风雨有多狂烈,它总是贞定不动的。在这儿停留住你的气息,把刚才注视树梢摇动时产生的全部意念全都排除净尽。空。中。呼……吸……呼……吸……默念这四个字。全神贯注。每星期四的清晨。或每一天的傍晚。

昨晚他就在铁门上挂好了一块小木牌。木牌上写明"今日无房可看。明日请早"。他熟知中国人一般不强人所难。也不善坚持己念。他们中的大多数都缺乏这样做所必需的自信和力量。大多数人看看小木牌,叹口气就会走的。也有骂声"操那"的,那就已经算是相当有个性的了。他完全想不到这么一个干瘦细长的女人,皮肤还黝黑的女子,居然那么倔强,在这样的雨夹雪天气里,从上午一直站到了下午。几近惊心动魄。

从那天以后,阿部再也无法摆脱这个女人的影子。不管他做什么,拿起筷子,脱掉鞋子,倒出半瓶硫酸,或者走进厕所,或者推开所有门窗或者把自己关在三楼顶层的那间小库房里,同时在四面墙上给自己放映六部黑白电影(他收藏了近六十架欧美各个时代各种型号的老式家用八至十六毫米电影放映机和近六百部在中国已成绝版的黑白配乐默片),也无法驱散她。怎么回事?阿部之贺。这样一个干瘪的"支那"女人,还带着一个十五六岁儿子,怎么就招得你如此心神不定?就因为她仿佛刻在一块旧木板上,直定定的眼睛中没有埋怨,没有自责,没有空白,没有退却?就因为她绝对地女性化,却又绝不故意显示自己是个女人?当你从八仙桥吃完中饭回来,看到她母子两个依然在昏昏蒙蒙的阴霾下,在纷纷扬扬的大雪中,在你那个早已锈蚀了的铁门外,几乎原地纹丝没动地等着你。你看到下了就化、化了又下的雨夹雪终于把他俩的鞋底冻在了人行道上。你看到他俩板板六十四地站着,母亲虽然没有搂住儿子,但他俩相依而立的姿势,使你想起了那年的佛罗伦萨,一座正在翻修的古罗马小教堂,那座曾强烈震撼过你的雕像。那也是母子俩。在那陈旧和辉煌同样举世无双的马棚里。那时的你还只是北海道一个美术专科学校二年级的学生。即便到这时,你对这个黑女人的固执,仍然感到不舒服,因为你历来就不喜欢女人执着。你再次冷漠地打发了她和她的儿子。当她恳切地对你说,我不知道明天还能不能脱得开身来见你。你很不礼貌地打断了她的话说,那是你自己的事,我管不着。这种当面开销的粗野,发生在你身上还是罕见的。她又说了不少恳求的话。你还是那一句冷冰冰的话:"明朝请早!"你能把上海话说得十分地道。于是她走了。没再求你。没有埋怨。也没有自责。上身还是那么僵直。也许由于站立的时间太长,一条腿有点发麻,她走起路来显得不太方便。只是快走到弄堂口了,才又回过头来看了你一眼。依然没有埋怨。没有自责。只是有一点不明白。只是好像在无声地问了一句:为什么。她知道不会有人回答她。她一生都习惯于没有人来回答她向这世界发出的疑问。她认可。她像刻在一块旧木板上的雕像,直定定地看着你,一个寄居在她的国度里的异国人。她冻红了的手背被融进了雪片的雨水濡湿,却依然紧握住硕壮的儿子。这使得从小就失去了母亲,从来也没有被一个女人这么紧握过的你,突然心疼得要发颤。

　　一个刻在旧木板上的女人。你曾想到过希望过,可从来没有收集到过得到过。你隐隐地躁动过,可从来也没有清醒地意识到过。你从来没有追求过那种丰腴、滑润、娇娆。因为你觉得这些东西关上灯闭上眼睛,都要消失。而真正不会空白的只能是一个刻在旧木板上的女人。曾挂在第聂伯河边一个旧商人家的神龛里,被阿尔卑斯山脚下一家小啤酒店的油灯熏黑在十九世纪的阁楼上,藏进德川三代家大将军的军用皮背囊,有一个穿厚跟笨头皮靴的胖水手反复擦拭……

　　哦,关掉。关掉。关掉。把所有的放映机都关掉。你现在只想一件事,她明天一清早还会来吗?

　　但第二天她没来。第三天也没来。第四天仍旧没有来。又过了一些日子,在八仙桥吃中饭,你在当天一份《申报》的社会新闻版右下角上,偶然看到一则消息：

> 谭宗三一手遮天总管被撤　经易门三代忠良转眼遭谪
> 经夫人赵忆萱昨晚自尽身亡

同时还配发了一张经夫人模模糊糊的玉照。阿部用放大镜再三仔细辨认,总算辨认出这位经夫人就是那个干瘦细长且又皮肤黝黑的她。他这时才得知,她姓赵,名忆萱,居然是上海滩赫赫有名的谭家花园总管经易门的夫人。

46

筱秀官跌跌撞撞,冲进雪俦房间,整整憋了十几分钟,才一边呜咽着,一边把那张刊有忆萱死讯的老《申报》哆哆嗦嗦地放到了雪俦面前。谭雪俦拿起报纸,看了一遍又一遍。薄薄的一片报纸,顿时变得千钧般沉重,从他汗湿了的手掌心里訇然坠下。他两眼一黑,摇摇晃晃向前扑倒,嘴里嗫嚅着,快……快替我把宗……宗三叫……叫……叫来;身下哗哗地又喷出了半盆。

哦,是的是的。

人都说,在这个世界上再没有像赵忆萱那么好的女人了。丈夫瘦,她比丈夫还瘦。丈夫的皮肤黑,她比丈夫更黑。丈夫平素少言寡语,她更是一段木疙瘩,可以连着几天都闷声不出响。如果说在这个世界上,只有一个人自己不姓谭却真心真意地在为谭家活着,这个人只能是经易门;那么在这个世界上自己不姓经却真正只为经易门活着的就肯定是她赵忆萱了。嫁给经易门这些年,不知为什么,她不仅长相越长越像经易门,连说话走路做事的神气也越来越像经易门。有时候她漫不经心地往经易门身后一站,亲戚朋友都会惊呼,这不是活脱脱一个经易门的影子在喘气吗?!

47

大闹崇善里后,一辈子做事都没出过大格的赵忆萱,知道自己错了。但那时她还没一点轻生的意思。儿子经十六还没成人。经易门又不太喜欢这个儿子。她得活下去,守护儿子,等待他成人。所以说,要不是后来的几天里连着出了几桩揪心的大事,赵忆萱是绝对不会想到去死的。

这几桩事里,头一桩就是,谭宗三在谭家花园里彻底大换班,搜罗了几个他大学里的老同学,又在离谭家花园不远的地方,用高出市场价好几成的价钱,买了一幢带花园的小洋房,做办公场所。装电话。挂邮箱。竖天线。请女秘。装备专车。还用宗三的号"豫丰"来命名这个小楼。在新闻发布会上竟然就敢这么说:这是新谭氏集团公司的"豫丰号旗舰"。高举起香槟酒杯,万岁。万岁。万万岁。并公然称谭宗三为"我们的三司令"。"三司令到——""三三三三三!"并通知各银行钱庄银楼,今后,谭家发出的票据,只有加盖了"豫丰"印戳的,才算有效。谭家在各地的分号办事机构,以及生意上的大小户头,也相继接获通知,今后有事直接找"豫丰楼"接洽。原先的联络渠道,即日起失效。

而这几个老大学生,除开那个叫张大然的还算是做过一点生意、赚过几张钞票,其他几个根本就没有操作过这方面的事嘛。连自己的日子都混得不那么得法,跑舞厅泡歌女倒都是老手。哼几句王盘声的《碧落黄泉》还可以。还是爵士乐女歌星比莉·荷莉戴的崇拜者。(这个女歌星吃了一辈子白粉,打了一辈子吗啡。)而且,这几个人都残疾,只有一条胳膊。靠他们来经营谭氏集团?

太过分了吧!

让忆萱更加想不通的是,到了这步田地,经易门自己一天比一天黑瘦下去(一顿只吃一小碗饭,或一小碗火腿玉兰片汤。后来连这一点干的或稀的也吃不下去),居然不去找谭先生去申辩,居然还在为谭家操心。

当然,经易门也不是一点措施都没采取。有一天他找六位在谭家做事的本家兄弟来商讨对策。这几个本家兄弟,都长得有点瘦有点黑,个个沉默阴郁;很难从他们的外貌上准确读出他们的年龄,也很难从他们面部表情上来捉摸他们内心的瞬间变化。因为他们的表情总是很淡漠。他们的手臂都比一般人的长,背却稍有点驼,举止总显得有点迟钝、说起话来还有点口吃,鞋脚长大还稍稍有点内八字、眼神时而专注时而又显得憨直愚鲁……这一切都很容易使你误认为坐在自己面前的只是几个来自常熟乡下贩蚕豆的农夫,只不过腰里少系了一条土布围裙而已。但如果你因此真的以为他们愚笨憨直,而在与他们办交涉中放松了应有的戒备,那最后吃亏的就准是您老兄自己了。要知道这几个人无一不是办事的行家里手,而且个个都是强手、硬手,也就是说个个都极顽固。死心眼。

他们一律都五十五岁。都是经老先生当年从老家带到上海来的。是他多年来的亲信和最得力的助手。应该说也是他留给易门的一笔最重要的"遗产"。忆萱给他们每人上了一杯龙井,并吩咐娘姨用一只带棉套子的大钢精锅,到"大世界"跟前那爿"小绍兴"鸡粥摊头上去买鸡粥。这六位本家兄弟就喜欢吃这位"小绍兴"做的鸡粥。打发娘姨去买鸡粥,她自己则赶往云南路"老正兴"买两斤"白斩"、两斤"口条"、两斤"干煸"、两斤"卤烧"。再一人两斤花雕。这就是他们兄弟七人吃得蛮开心的一顿中饭了。历来如此。

但是今朝这顿中饭,他们会吃得开心吗?

出门时,她有点头晕。

六个本家兄弟吃过鸡粥,接过忆萱递过来的热毛巾把,适适意意地揩了把热水脸。片刻工夫,房间里响起一阵嘶嘶啦啦用力嚗牙花的声音。这是各位继揩脸之后又在清理牙缝。而后便此起彼伏地咳嗽。端起茶碗咕噜噜漱口,纷纷对着硬木茶几跟前那只高脚铜痰盂罐弯下腰,哗啦啦吐掉;再用热毛巾把揩干净嘴角,这才真正安静下来。但依然谁也不看谁,只是低头不响。

"吃好了哦?"经易门手里捏着那块白手绢。今天他额角头上真出汗了。

"吃好了吃好了。吃得老适意的。"六位异口同声。但接着仍然是沉默。几乎又沉默了两三支烟的工夫。六个人像六根黑柱子似地戳在仿古的硬木椅子上。其间其中的某一位好像是要说点什么，但在犹豫了一下之后，还是闭上了嘴低下了头。

为啥只是闷头吃茶，一句话都不讲？忆萱一直在隔壁房间里听着。手里捏牢一根绣花针。透不过气。忍不住要叫的时候，就戳自己一针。难道这几位本家兄弟也都是势利眼，看到大势已去，便顾不得易门，只知噤口自保？！

几位本家兄弟为啥不开口？当然是怕。怕啥？怕两个人。第一，当然是怕"三先生"这位新执政。万一自己把不牢分寸，今朝在易门面前哪句话没说得当，传到"三先生"耳朵里，被敲掉饭碗头。五十五岁了嘛，最怕就是突然被人敲掉饭碗，失去养老的保障。再下来，他们怕眼前这位比他们年轻得多的"大兄弟"经易门。经易门多疑。你一句话讲错，一笔账做错，他会追问十个二十个为什么。他会排列出二十种可能，二十个理由，来追究你为什么要做错。等他把每一种可能、每一个理由都排除了，他才会重新把应有的信任赋予你。在这样的折磨下，即便到最后，他宣布你清白，你也不怎么相信自己是真清白的了。你从此以后会十分地小心，总觉得这世界上最不可信任的就是你自己。他倒不是存心要折磨你。在没有排除各种可能性之前，你可以看到，他也非常紧张、非常不安，有时他内心的苦痛甚至更甚于你。他同样不容许自己出错。你是他安排（接纳）到谭家门里来的。他历来认为，你的错就是他的错，他的痛苦。前年，这六位本家兄弟中的一位介绍一个年轻的亲戚到账房间当练习生。有人告发这年轻人，早上拎着几只热水瓶到茶炉间里去泡开水，曾多次无缘无故地跟三小姐房里那位也是来泡开水的小大姐搭讪。吃她"豆腐"。想帮她拿热水瓶。问她脚上那双新袜子多少钞票买的啥地方买的。怎么会那么好看。能不能抬起脚来让他再仔细看一看。吓得这位小大姐把手里三只热水瓶和茶炉间墙脚跟前一排八只正在煨中药的小泥风炉统统打碎。就为这么件事，经易门派人一直查了这个年轻人整整九个月。甚至查出这个小伙子的母亲年轻时在崇明南门港小学教书，曾跟一个大龄男生之间也有过的那么一点"传闻"。这位母亲要比那个男学生大十多岁。得知经先生要派人去崇明调查此事，年轻人哭着跪倒在经易门面前，求经先生不要派人到南门港去。南门港拢共就屁股月大那点地方，当年的情况是，上海飞过去一只苍蝇也会引起一阵轰动，不要说突然间去几位头戴礼帽、身穿制服、挟着皮包、操一口洋泾浜官话、一张嘴就是："怎么回子事啊？你们都给我讲讲清楚"的谭家专查人员。这样一来，他母亲就没办法在南门港再待下去了。小伙子愿意交代自己跟那位小大姐"不清不白"的全部"罪行"，包括他母亲年轻时的"风流孽债"。侬怎么处罚我都可以，只求经先生给我姆妈留一点面子留一条活路。经易门不答应。他激动。他面色灰白，无法按捺。他一次又一次拿出白手绢来揩汗。他劝诫这位年轻人不要多虑。有事就要查清。查清了，就好了。含含糊糊过日子，精神负担更重。更难过。我并没有歪心。只是要查查清楚而已。这样，侬放心，我放心，大家都放心。于是专查人员出发。于是第二天传过来消息：当天夜里，那位母亲就把自己吊死在南门港售票处的小阁楼上。那个练习生得知此消息的一个小时后，便在离闸北旱桥三十七米远的地方愤然卧轨自杀。当然，这些年，在经易门手下做事的人，自杀的并不多，总的平均数是两年一个，或三年两个。比较多的，只是受不了他的那种严格，被送到上海精神病防治所看门诊。一部红车子把你送进大红的铁门或木门里，三个或四个穿灰蓝色短打衣裤的男护士把你套进一件灰色的麻布紧身衣里，手和脚立即被真牛皮做的皮带收紧。这种皮带特别宽。每一个人只要被它们收紧过一次，就会对它们的柔韧和油腻、紧迫和坚定执着产生终生难忘的印象。（仔细闻，你还能在它身上闻到各式各样的人味和千篇一律的牛味。）而经易门自己的面色也因此越来越灰白，灰黑。

六位本家兄弟小心谨慎、兜着大圈子、一句没一句地絮叨。他们后来才得知那天经易门请他们来是要他们帮他寻找"三先生"这么"记恨"他的原因。忆萱最害怕他们把原因找到她儿子头上。但这六位本家兄弟经过一番艰难的长考和试探,最后偏偏把原因找到经十六头上去了。他们认为,"三先生"之所以不再信用经家人,原因就这么一条:经易门唯一的儿子不聪明,太没有灵气。他们扳着手指头说道,我们也要为谭家想想,假使经家的下一代这么不争气,将来根本不可能接替经易门来管理宏大繁复的谭家,谭宗三当然得从现在起,就把谭家的管理权从经家人手里一点一点地撤出来。没有远虑者,必有近忧啊!

说得有理。有理。

实际上赵忆萱自己也相信这一点。儿子经十六的确没有他父亲、祖父和爷爷的那种精明气、能干气。每每想到自己既没能为易门生一个漂漂亮亮的女儿,又没能生一个能像他父亲那样精明强干的儿子,最终又影响(摧毁)了经家在谭家的地位、前程,她心里的确就跟刀搅的一样。的确愧疚至极。她觉得自己能做的就是让出位置来。带着儿子,走开。她觉得,经易门要她走是应该的。她应该为后人为新人腾出位置。虽然她不舍得走。她喜欢这幢老式的外国小洋楼。她喜欢这里的潮湿阴暗幽静,还有那绝对的宽敞。她喜欢用一个上午的时间来揩拭。每天都揩一遍。耐心地用篾片或竹签细细刮去任何一个凹裆里的油腻浮灰。每三天把所有的桌布统统换洗一遍。她喜欢穿件宽宽松松的淡花印花布衣裳,一个人在干干净净安安静静的楼里慢慢地走来走去。或者坐一个钟头。两个钟头。对自己说,这是我的家。每每想到这一点,她心里对经易门总有说不尽的感激。总有说不出的温暖。总想哭。实际上她也总是要让自己慢慢地感动一番,慢慢地流一会儿眼泪。再痛痛快快地抽两支骆驼牌香烟。老惬意的。老轻松的。而后,自嘲地笑笑,长出一口气,站起来督促娘姨去做晚饭。

割断这一切,当然会十分艰难。但为了报答经家,报答易门,我可以付出任何代价。我又黑又瘦。我能做到这一点。不让经易门为难。应该说,即便这时候她还没有想到要自杀。不。不。不。她带儿子去找日本人阿部租房子,就证明她还是下决心要好好活下去的。

最后希望的绝灭是在那天的中午。

48

经易门喜欢下宁波菜馆,喜欢吃白煮蹄膀、雪菜蟮段、苔菜拖黄鱼、柱候大肠羹和芋艿泡饭。最后再来一客家乡炒年糕。四只宁波汤团。

49

但,万万没有想到,中午时分,从"豫丰楼"里传出一种说法:谭雪俦先生之所以便血不止,完全是因为经易门所致。

这,完全是"莫须有"嘛!完全是"风波亭"嘛!完全是新一轮的"朱皇帝"冤杀新一轮的"李善长"嘛!(明初,朱元璋登基当了皇上,便开始大兴冤狱诛杀功臣,仅"李善长"一案,被株连处死的就达三万余人。)完全是欲加之罪,何患无辞嘛!看来这世道真的没有公理可讲了。公理不存,又遑论人心?!哦,星移斗转,不见血溅黄道;苍狗白云,俱是鸡肋伯伦。去也罢,留也罢,活也罢,死也罢,还有什么可留恋的?哦,鲜血啊,你哀哀地流。窸窣地流。你流得汩汩。渗透簟席棕垫。渗透楼板渗透谭家花园这一块由二百万年前九江三河簇拥下的泥沙堆叠成的冲积扇平板。还有那干草、虫蚁、船板、盐缸、日曼和麦芽糖。

这时,忆萱才开始想到一个字:"死"。

吃过中午饭,律师受经易门之托,来跟她谈离婚条件。她说我只想再跟易门最后长谈一次。别的,一无所求。只要他愿意再跟我见一面,再谈一次,我马上在离婚书上签字。

经易门同意见面,但得附加一个条件:谈话时,必须要请谭家人到场。他一定要让谭家人亲眼看一看,不管到什么地步,他经易门都不会背着谭家人去做任何对不起谭家的事情,他更没有在背后怂恿这位赵忆萱去大闹崇善里。这一点必须要在谭家人面前讲清,分明。

她咬牙同意了他这个条件。她想,谭家人到场也好。这样,说不定我还可以当面为经易门向谭先生说说情……一想到他们经家人今朝居然也会产生这种去留问题,她心里就泛起一阵酸酸涩涩的绞痛(一直到这一刻,她还把自己看作是"经家人")。但到约定的那一刻,经易门却又不来见面。因为谭家的老太太们突然也得到消息,得知三姨太四姨太趁谭先生病危,跟黄克莹、还跟别的一些不三不四的人勾搭在一道,要合伙做啥生意。老太太们马上去报告老老太太们。都急得不得了。谭家还没有沦落到连两个姨太太都养不活、非要靠她们自己出去跟一些不三不四的人(特别是跟那种不三不四的女人混在一道)赚饭钱的地步。真是一点面子都不要了。自己的面子不要,连谭家的面子也不要了!谭家前世作了什么孽啊,居然讨进这样的女人?!老太太们恨不得马上冲进这两个女人房间里去好好教训她俩一顿。但老老太太们明白,她们老了,别说是动手,就是动嘴,她们中也没一个说得过那两个年轻的姨太太。冲进去,很可能被说瘪了出来。灰溜溜没个下场。于是想来想去,还是觉得只有让经易门去办这桩事体最放心。经易门当然不会推辞。此刻,能得到老太太们的信任,他万分感动。使他对经家的前途又有了一点信心。更加觉得不能轻易地放过了大闹崇善里的赵忆萱。他再次从箱子里翻出那一套纯毛藏青制服。强打精神,多吃半碗鸡粥,通知赵忆萱,见不见面已无关紧要。赶快在离婚书上签字。有啥话,签了字再讲。而后,就急急忙忙乘车去找许家两姐妹。赵忆萱那天只好独自坐在约定的那个小花园尽头,一家扬州菜馆两羊居雅座间里。这里"盘樽清洁,座头雅致。夹道榆柳,春藏莺簧,夏发蝉噪,秋冬寒鸦数点,不乏胜景几何……"默默望着窗外被几十年后的上海人称作浙江路九江路的繁华喧嚣地段。虽然又黑又瘦的经易门这一刻心里再次燃起了希望之光,但这个同样又黑又瘦的女人此刻却觉得经家气数已尽,她赵忆萱也走到尽头了,再活下去,真没有一点意思了。

默坐了两个小时,她向店家要来文房四宝,想给易门留几句最后的话。在细细地舔饱舔匀了那支特制"湖江一品"狼毫笔尖之后,却又久久落不下笔去。是啊。还写什么呢?还有什么可写呢?做了这么多年的经夫人,她居然想不起一点自己到底做过点啥、讲过点啥。霎时间,头脑里一片空白。晕了起来。眼前一片模糊。一片灰蒙蒙。雾沌沌。想呕。再想,还有儿子……这便是我唯一的了?儿子怎么办?经易门不喜欢这个儿子。曾多次把儿子送回乡下老家。儿子的确不太争气,长得呆里呆气,从小就只对各种各样的旧货感兴趣;只喜欢收集各种各样的旧货,只喜欢坐在一丛丛碧绿生青的麦田里看一只只金龟虫,发呆。随便怎么劝,怎么打,也改不过来。为儿子的这点怪毛病,忆萱背地里不知落过多少眼泪。为此,经易门一直把他放在苏北乡下的一个亲戚家寄养。但以后怎么办?总不能让他就此做一辈子乡下小孩啊。

阿部……她忽然想到这个个子不算矮的东洋人。想到那天,他注视自己、注视十六时那眼神里叫人难堪的炽烈和专注。把儿子托付给他。可能吗?她迟疑地一抖颤。一滴墨汁便从笔尖挣出,啪的一声滴落到金黄色的熟宣信笺上,慢慢洇染开,居然成了一只缩头蹲伏在枯荷残梗上的墨蛙。

50

我问谭宗三,谭雪俦的便血真的跟经易门有关?

他说,后来查清,这完全是不实之词。

我问,当时你就是凭这一点,才辞退经易门的?

他说,不。不……我辞退经易门跟这个说法毫无关系。

我再问,你当时是否知道自己辞退经易门,会促成赵忆萱自杀?

他缓慢地摇了摇头。但神色中,多少带出一点歉疚和张皇。

我问,那你当时到底为什么死活要辞退经易门?

他说,说起来也许你不会相信,这正是几十年来,我一直也在想搞清的谜团。

我说,这是你自己干的事,你说不清?

……

没有回答。

那你后来怎么又离开上海,跑到通海地区来当了这么个伪县长?我再问。

……

还是没有回答。

在押人犯居然敢不回答政府提审人员的问题,这在人民政府治下,是难以想象的,也是绝对不允许的。但那天,谭宗三的确没回答。现在回想起来,他保持沉默后,便显得有一点发呆,而后突然地把上身挺得很直,而后便茫然地转过头去,久久地去注视铁窗外那久久也不得停歇的小雨小雪。窸窸窣。滴滴答。

51

谭宗三在同济的同窗好友周存伯那天料到谭宗三近日内会来找他,便赶快到弄堂口五福奎茶叶店里赊了二两太平猴魁,又向二楼俞家借了一盆南天竹盆景,并请人仿五代杨凝式的草书,写了幅立轴挂上。立轴上借用了清末沪上"雕梨镌枣"最见成效的江阴人缪艺风的一句话:"冷淡生活胜于征歌选舞多矣。"一位叫张大然的老同学一进门,冲过去就要撕它,还撒着京腔韵白,挖苦存伯:"呀呀呸!尔等岂是冷淡生活的人?不要给我挂羊头卖狗肉了吧!"

周存伯还搬出一大包已然写了六年还没最后"杀青"、恐怕永远也"杀"不了"青"的《中国城市建设史》手稿,连同前几年搜集的一箱资料,十几块"秦砖汉瓦"赝品和几具贵州傩戏木壳面具,一一铺排开,摆出一副依然"苦心做学问"的架势,只等宗三上门。周存伯大学毕业后跑遍大半中国，北上津门，南下广州，西南到过昆明，还在香港折腾一年多，前后转过十来个公司，两年前才回上海，在杨树浦一家专门做渔船锚具灯具的小厂改行搞销售，算是扎牢了脚跟。除了这位周存伯，谭宗三在大学里还有几位知己。一个叫陈实，出了大学校门，至少跟四个女人结过婚；现在在《大沪晚报》做夜班编辑。第五个老婆是金城银行董事室秘书。在董事长面前相当吃得开。因而忙。用陈实自己的话说，"一个礼拜只回来两趟，还不一定都能留下来跟我过夜。我这守活寡的，真叫苦哇"。但从各种迹象看，他暂时还没有离第五次婚的打算。个中缘由，据老同学们分析，恐怕跟金城银行实际控制着《大沪晚报》一半以上的股票有直接关系。还有一个就是上面提到过的张大然了。张兄读大三时就觉得全体老师中已没一个能教得了他。决意退学。先在本校实验室混了两年，以后到中央商场做红白家具生意。先是帮老板跑外勤。也就是说，有人打电话来要卖旧家具，他上门去看货论价。生意谈成，他拿一成六回扣。假如卖主是他找来的，拿二成四回扣。后来一成六的变成了二成一，二成四的变成了三成二。没过几年就存下不小一笔钞票，跳出来自己在霞飞路善钟路路口也开了一爿红木家具店。这爿店有两点与众不同：一、不是一百年前的旧家具不过手；二、没发誓这辈子永不结婚的人，不雇用。因此，店里所有的店员，从管账的到看库房的，全部是光棍。而且全部是四十岁以上的老光棍。他张大然在这里头要算是最年轻的了。他认为这种男人（因为经历了种种心灵创伤而下决心不再成家不再接触女人的男人），一旦受雇，做事往往特别专心，也特别细致。大然自己虽然也没有结婚，却一直跟房东太太几位千金中的某一位，过从甚密。这位宝贝女儿，芳龄二八，失学在家。张大然在苏州河边恒丰烟草公司后头一幢石库门房子里，还特地为她租了一间带客厅的厢房，做约会用的"秘窟"。至于张大然，也三十出头。从各方面的条件来看，已足以在上海娶一个会计师或私人开业医生家小姐的他，为什么至今还不正式成家，老同学们的分析是，原因只可能是一个：还不甘心让自己这辈子就此窝在某位会计师或开业医生家里做"戆女婿"。当然更别说去做这种只拥有两三间出租房的"房太太"的女婿。这叫留住青山只待东风。总之一句话,算来算去,还是目前这样合算:花较少的一份钱,养一个没有任何名分、不必负任何责任的"小妾"。

还有一位,复姓鲰荛,名半年。他哥哥是谭宗三张大然等人的同班同学。他们一家都生慢性腰子病。他哥哥病故。病故前,托宗三等人"在尽可能的情况下,请分神关照关照我这位天赋极好的兄弟"。于是他们又常和鲰荛来往。时间一长,关系胜似同窗。鲰荛家住虹口。父亲在复旦当教授。他得"慢腰"时,高中还没有毕业,后来就一直休学在家。自学外语。据说已经学会的有六七国,正在学的有五六国,准备要学的还有三四国。弄堂里的人真搞不懂他,学那么多种外国话,做啥?这位鲰荛老弟,跟张大然一样,从十九岁起就认定,全上海,乃至全中国都没有一个人能做得了他老师。狂不狂?狂。岂但是狂,而且是狂到家了。但人家有本钱狂。你不能不让他狂。那么多种外语,他全部是自学的。你行吗?上海滩上,现在是个人都会来两句"哈罗""也司""雪堂""吞迪福"。但又有几个是真拿得起《字林西报》或《密勒氏评论报》的?而人家鲰荛半年,二十岁那年就为上海商务印书馆做过英文校对,校过的最厚的一本书是原版《牛津现当代英语袖珍词典》。全书八百九十六页。廿八个印张。拿到的校对费,付了半年的药费,还为他同样病休在家的妹妹,从旧货商店买了一支货真价实的德国黑管。

谭宗三找这几位老同学,只有一个目的,请他们帮他从经易门手里把谭家接管过来。同时也要他们帮他查清所谓"谭家男人活不过五十二岁"这个"谜"。

(几天前,他曾把他们请到国际饭店十四层楼一个法式大菜间里谈过一次。谈的也是这两件事。那天的聚会,是他们毕业十年后的第一次见面,当场还发生了一件相当"有趣"的事。他们很准时地按宗三约定的时间走进巍峨的玻璃大门,感慨万千,说笑寒暄,真的是要相拥而泣。在相互一打量后,突然……肃静了。他们突然发现,十年后再聚,他们中的每一位——除了谭宗三,都成了独臂人,都失去了一条胳臂。命运怎么那么相似……啊……当时的确一片寂静。压抑得气都喘不过来。一片惊愕。也一片凄惶。连国际饭店前厅里的那些"仆欧"们也都不免一愣——今天怎么会有这么多一条胳膊的先生,西装笔挺地聚到这里来吃法式大菜?!)

那天,这几位对谭宗三说,他们要回去考虑考虑再给答复。今天谭宗三来听回音。

十分钟后,大然、半年和陈实到齐。

"到底肯不肯帮忙。给一句痛快话。"谭宗三斜靠在丰伯家的那只旧沙发上,拉长了声音问。他身后立着存伯父亲留下来的几只书橱。书橱已经很有些年头了,洋松烤板质地,做工也粗糙。倒是横七竖八插满了中西各式版本的书。他喜欢周家的这几个书橱。质朴。实在。也非常欣赏自己的这几位老同学,欣赏他们善于把种种精深的冷静和理智隐含在浅表的浮躁和趋俗之中。欣赏他们有时由沉默寡言表现出来的精力过剩,能给你一种更可靠的安全感。更欣赏他们只要开口,就能一针见血的锐利。欣赏他们的苍白。欣赏他们那一头名士般的长发和此时此刻一身中式布裤褂打扮。

"帮忙嘛……当然没有问题。不过……侬也晓得……阿拉每个人手里都有一点自己的生意……"这是张大然的声音。

"侬不就是那爿家具店嘛。关掉。"

"关掉?侬讲得简单!侬晓得这爿店每年要给我多少进账?"依然是大然。声音显然已提高了两三度。

"多少进账?五十万?够哦?我'夯旁嘟'(全部)补给侬。"

"补给他五十万?赚煞伊!"一直还没开过口的陈实冷不丁斜了大然一眼。他显然认为大然"五十万"这个价,开高了。有点"乘人之危"。

但谭宗三不在乎。此时他着急的只是赶快接管谭家。赶快摆脱经易门。他还明确表示,此"政策"同样适用于其他各位。只要发生了损失的,报个数来,统赔。统赔后只有一个要求,不许再心挂两头。要完完全全、彻彻底底效力于谭家。

几个人中最年轻的鳅荛在椅子上稍有点不安地扭动了一下身体,迟疑地问道:"为啥要撤开那个大名鼎鼎的总管经易门先生?听说这位老兄相当能干。对你们谭家相当忠诚,为啥还要用我们去取代他?"

"不要跟我谈这位经易门。"谭宗三语气立即变得生硬,"我已经停了他的生意了。"

"停他的生意?为啥?古有明训,三军易得,一将难求。"鳅荛觉得更不可思议了。

"为啥为啥。侬哪有那么多为啥?请侬来是为我做事,不是为经易门做事。问那么多为啥做啥?"谭宗三已经显得很不耐烦了。这一向,几乎所有的亲戚朋友熟人都想方设法到他面前来打听(逼问)为啥一定要撤换经易门。不少人甚至愤愤不平。由于他总在回避,对这种追问总表现得极为不耐烦,态度一反往常,使局外人都觉得他在"蓄意隐瞒"什么。于是种种猜疑蜂起。甚至有人编出这样的荒唐话,说经易门是谭宗三父亲的"私生子"。谭宗三怕这位私生的兄弟有朝一日坐大,跟他争夺遗产,才不顾一切地要把他及早赶出谭门,以"防患于未然"。等等等等。使谭宗三烦不胜烦。

但,鳅荛还想追问。存伯马上站起来,拉住他,轻轻对他说了句什么,鳅荛才不做声了。周存伯对鳅荛说的那句话,是从柏格森那本著名的 Time and Free Well 里引出来的。那句话是:"不要多问。还是静观万象去吧。"

几分钟后,这几位终于答应进入谭家,帮谭宗三接管谭氏产业。只有陈实吞吞吐吐地又问了一句:"宗三,侬在盛桥不是还有几位好朋友吗?那几位,都是名字后头带'长',屁股后头挂枪,用钞票不必算账、放个屁都有人捧场的……最起码身躯完整都有左臂右膀……比我伲这几个要啥没啥的'残疾人'有噱头得多……"

"好了好了,不要搞了!那是两回事。"张大然忙向陈实递去一个很严厉的眼色,并推了他一把,并斩钉截铁地喊道,"就这样吧就这样吧。成交。"大然早有志于进入谭家这块天地施展自己。既然赔偿问题已得到超值解决,当然不愿再夜长梦多,节外生枝。而这四人中,有此"野心"的另一人,便是周存伯。这位存伯兄和他们几位还不太一样。他更坎坷,他从出生的那一天起,就独臂了。

52

独臂人。

(我在出娘胎时就不老实,先伸出来的是一只皱皱巴巴的小手和一条皱皱巴巴的小胳膊。大概是想先摸摸外头这世界的底牌,再作其他打算。但没想到这一"摸",差一点没要了我亲娘和我自己这两条命。由于这只小手和小胳膊的作梗,连着折腾两天两夜,我亲娘也没能把我身体的其他部分挣出体外。到最后我亲娘连哼哼的力气都没有了。接生婆实在没办法,干脆拿起一把生了锈的大剪刀,咔嚓咔嚓,把我那条孤零零耷拉在外头、已经变得冰冷青紫了的小细胳膊剪断了。这才顺出我来。看我像一团血淋淋的小肉鼠,完全死过去;这才用一块破布包一包,随手往墙跟前一扔。这一扔一墩不要紧,却把我憋在心里几百年的一口气墩了出来,我这才哇的一声拼命嘶喊。后虽经接生婆慌不迭抬起,但无论如何,胳膊是永远地只剩下这一根了。)

53

那天我知道黄克莹又要去会谭宗三。我侧着身,站在楼梯口,像一条斜贴在门框上的阴影那样,悄悄打量着她。暮春季节。上海马路上穿裙子的女人还不多。而黄克莹每逢要去会谭宗三,必定要换上那条深色曳地长裙。(这的确让我不免要想起五代著名词家牛峤的两句词:"吴王宫里色偏深,一簇纤条万篓金。")换上一双白回力球鞋。一件宽宽大大的灰色开司米套衫。她会提前几分钟在淮海路茂名路路口的国泰电影院门口等着他。他们常常要到离这儿不远的"红房子"或"小天鹅"去吃点心。一面吃,一面听新新公司"XHHC"玻璃电台播出的滑稽戏。谭宗三喜欢听滑稽戏,更喜欢看滑稽戏。不太喜欢看滑稽戏的她,陪他一起笑。他笑起来前俯后仰。她微红脸,总还要抿着一点嘴。她喜欢看他因为她的早到而猛然间流露出来的那副惊喜样。这种惊喜,她知道不是装的。是压抑不住的。他的这种"惊喜",就像一种电击,常使她的心怦怦乱跳,而且教她感动。她感动的是,他居然能为她如此"惊喜"。她常常怀念这种"乱跳"。期盼这种"乱跳"。跟别的男人在一起,她不会产生这么强烈的"乱跳"。她还喜欢闻他从衬衫领口里悠悠散发出来的那股气息。有时这股气息叫她头晕。她会强忍不住地想靠过去,接近他一点,再接近他一点,以至完全消解了自己,求得彻底的融入。当然她会及时清醒,把握适度,并为自己一时的迷乱而表现出某种羞涩。她知道他很喜欢看她"羞涩"。这时的他会表现得特别的大度、沉稳,但又掩饰不住内心的某种骄傲;骄傲之余又会产生一种不安。因为自己能惹起她如此一份羞涩而骄傲;但又看到她为此不安而不安。这时他会问:"你……你还要点什么不要?"这时的她会赶紧恢复平静,然后笑一声娇嗔道:"你已经问过我好几遍了。还要问?!"他便歉然地一笑,说:"哦,对不起。"

哦,是的。这样的傍晚。这样的清凉。走在拉都路东正教大教堂巍峨的阴影里头。一起感受肃穆和圣洁,一起感受蓝色的大圆顶和大圆顶背后灿烂辉煌的火烧云。感受三轮车上响起一阵清脆的铃铛声。这样一种由由衷产生的由衷……

54

但今天黄克莹在换裙子时,却显得有点心烦意乱。无论如何也搭不上身后那个搭扣。那双回力球鞋,前天就洗净晾出,并仔细上过白粉,居然到今天还没有干。还在鞋帮上发现了一块不小的遗漏,没擦到白粉。小镜子呢?妮妮,侬把我新买的那甲小圆镜又拖到啥地方去了?还有那两只"乌龟壳"呢?她愤怒。她把五斗橱全翻乱,并把那只专门用来存放内衣内裤和文胸的抽屉(她居然有那么多精美的内衣内裤和各式各样的文胸)一下全倒在大床上。许家两姐妹非要她在见谭宗三时使用那种"乌龟壳"似的"硬壳文胸"。她俩坚定地认为,黄克莹的胸围不够标准。必须有所补正。她俩亲自为她缝制这种"乌龟壳"。亲自来量她胸围尺寸。强迫她解开外衣。当时羞恼得她真想一把推开她俩,再狠狠地踢她们几脚。不要以为我不会踢人。更不要以为蛇不上墙,兔子不咬人,骆驼头上不长角。

55

应该说,回上海后,一切事情都如预谋的那样正常。谭宗三并没有觉出个中有什么"阴谋"。他从来没有问过她,你怎么突然回上海来了、怎么那么巧就找到我了、你不做工靠什么过日子、你怎么知道每礼拜四的下午我板定有空,又怎么知道在所有的西菜中,我只对那道不加奶油的俄式"红菜汤"情有独钟。一定还要再掰一块罗宋面包蘸蘸。而在盛桥,我俩并没有一道吃过西菜。盛桥镇上也没有一家正正式式的西餐馆……等等等等。不。他什么都没有问。也不想问。每次会面,他依然显得那样的兴奋,缱绻悱恻;总不待分手,就抢先提出下一次的见面时间。即便当时没预定,第二天下午(一般在三点半左右)也总会来电话补约。他总好像看不够她。有一次居然还欣然一笑道,你这次回上海后长高了。居然还拉着她跟他比身高。一只手握得那么紧。胳臂贴着胳臂。肩头挨着肩头。以至全部的体温和心跳都传达,都感觉。

56

但黄克莹说不清从什么时候起，一想到要去见谭宗三，便会莫名其妙地烦恼；又从什么时候起，一见谭宗三，还会"内疚"。她是个聪明人，又是个过来人，当然懂得许家两姐妹所要她做的，无非就是"诱饵"那一类的东西。高价"诱饵"。她原想，管它什么诱二诱三，只要自己最后能得到谭宗三就可以了。但一旦实行起来便发觉，作为别人钓钩上的"诱饵"去见谭宗三，那滋味，实在跟不做"诱饵"时大相径庭。而最让她忍受不了的是，每次约会回来，必须要向她俩详尽报告经过情况（这是在盛桥付钱时就讲妥的）。特别是那位四姨太，追问得格外详细，恨不得连当天谭宗三为她点什么菜要什么酒戴什么领带穿什么袜子鞋子，怎么请她坐怎么对她笑……统统都要问个底朝天。特别不能忍受的是，每次都要问，今朝他碰过侬摸过侬哦？提出过要跟侬去旅馆里开房间哦？分手时给过侬多少钞票什么样的金银首饰？等等等等，有一次，黄克莹实在忍无可忍，便咬牙起身反诘：

"谭太太，能不能稍微客气点？侬真把我当成长三堂子半开门了？不要拿错酱油瓶哦！"

"哎哎哎哎……黄小姐，侬哪能可以这样讲话？我们是有约在先，而且……而且，为了侬这点辛苦和尴尬，我们也是预付了钞票的。"许同梅没料到黄克莹会这么跟她顶嘴。立即摆出一副"老板娘"的姿势，侧转身，一边反驳，一边还白了黄克莹一眼。

"钞票……"对方一提到"钞票"，黄克莹真有点上火了，真想立即从抽屉里扔出那一大沓钞票，请这位滚蛋。我黄克莹是"穷"，但不缺你这点钞票。我黄克莹是个"弱女子"，但离了你二位，照样能在上海养活我自己和我的女儿。说不定活得还更自在！不过……赶走这两位不难，但赶走她俩以后，我真的就能活得更自在？真的能叫自己从此抬起头松口气？恐怕未必……黄克莹在激愤的战栗中，一次又一次地犹豫。最叫她担心的是，最近一次会面时，不知道为什么，谭宗三的神情已不像前两次那样明朗，爽快。好像有所觉察似的。提出下一次见面的时间，也好像有点勉强。这可不是件小事。在没有搞清他发生这些微细变化的真实原因前，她的确不能再给自己增加麻烦，再去得罪谭家门里的任何一个人，再给自己增加"敌人"。于是她忍了又忍，忍了又忍，缓和下气色，慢慢地坐下，强扮出一丝笑容，说："不过嘛……谭太太，侬也不能拼命追问那种问题……侬总要留点面子让我自己去做人。我伲毕竟都是女人……"

"女人？女人又怎么了？我的黄家大小姐，我伲预付侬钞票，不是为了跟侬来讨论女人到底应该怎么做人的。我伲付侬这笔钞票，就是要搞清楚我谭家这位'三先生'是不是已经摸过侬碰过侬跟侬开过房间完完全全离不开侬了，就是要侬向我伲提供这方面的情况。不要白板搭煞假天真了。你我都是过来人，应该懂得这道理：天上不会平白无故落大饼的！不管侬是男人，还是女人！"许同梅居然越说越气愤，越说越收束不住，一时间指手画脚，而且滔滔不绝。幸亏三姨太许同兰赶紧站起来打圆场，温热地拉着黄克莹同样气冰凉了的小手，绵绵地说道："好了好了。都是自家姐妹，讲得那么难听做啥嘛。一点面子和身份都不要了？两个人都给我消消气。不许再讲下去哉。"

后来黄克莹细细地回味，在三姨太当时从容向她悠来劝诫的一瞥中，真还蕴藉许多的疼爱和怂惠，叫那一刻被四姨太数落得几乎已无地自容的她，心尖实实地涌起一丝酸涩的热辣和熨帖。

57

黄克莹许多的不安和敏感，有一点是准确的，那就是：谭宗三对她和许家两姐妹之间的那一点"阴谋诡计"，的确有所"觉察"了；应该说，远不止是一点"觉察"，而是"全般知情""了然在心"。

谭宗三是怎么知道的？

经易门向他报告的。而且是早就向他报告了的。在黄克莹跟踪到上海跟他第一次见面之前，经易门就详细警告了他。经易门早就派人暗中在监视两个姨太太。这个"早"，应该说早到两位答应嫁给谭雪俦的那一天。也就是说，从那天起，经易门就安排人开始监视这姐妹俩。从一开始，经易门就料定这姐妹俩不会是"好东西"。按经易门的观点，一个好女人，好东西，是绝对不肯姐妹俩同时嫁给一个男人，不会愿意跟同一个男人睡觉的。

谭宗三既然早知道了，为什么还要和黄克莹来往？还要装出一副"情深似海"的样子，跟黄克莹玩一场老猫白相小老鼠的游戏？不是。谭宗三不是一个不会作假的人。但在这件事上，他的确没作假。每一次他都真心地约会黄克莹。说实话，谭宗三根本就没把这三个女人之间的这点"谋划"当一回事。他觉得，这不就是两位姨太太看见雪俦病重了，为自己今后的生计想，想在谭家花园之外做一点生意、赚一点外快、为自己多找一条生路，才撮弄了黄克莹来牵制他这个新继位的谭家当家人，以便到某个关键时刻，能为她俩刮一点"枕头风"。铺个"下台阶"。架设个"应声筒"。纯粹是女人的一点"小玩闹""小心眼儿"嘛。

谭宗三历来认为，女人耍小心眼，是很正常的一件事，应看作"女人"这一题文中"应有之义"。中国，千百年来，所有的大心眼，都轮不到女人耍，也不让她们耍。也就这么一点"余兴"留给了她们。如果连这都不让她们耍，中国女人真一点活头都没有了。那的确也未免有点太残忍了。就算让这两位姨太太计谋得逞，到谭家花园以外的地方去开成了两爿小店小厂（她们能开成多大规模？）又能怎么样？况且是她们在这场"计谋"中，把黄克莹又送到了他跟前。这段日子以来，他想念黄克莹。真的很想她。现在她又回到了他眼前，看她跟两位姨太太搅在一作堆，一本正经跟他玩点小心眼儿，着实也相当有趣哩。有什么不好呢？啧！

让谭宗三感到意外、吃惊，又勾起他深度不安的，仍是那个经易门。经易门找他报告此事的那一天，正是谭宗三在谭家门里，召集全体有关人员,正式宣布免去经易门总管一职的日子。那是一个忧心忡忡的日子,估计可能会引发混乱。周存伯张大然他们事先设想了几种方案,以防经易门和经家班子人当天可能制造出某种大震荡大风波大崩溃……"豫丰楼"秘书班子奉命廿四小时值班。各写字间电灯通宵长明。甚至还报备了警备司令部地方治安八处和市警察局经济保安六处,请他们必要时做必要的出动。同样要特别说明的是,谭宗三长这么大还没独立处理过这一类突发事件。所以当他看到经易门黑着脸大步踏进门槛来时,真的很紧张,本能地做出的第一个反应,竟然是去抓电话。想报警。待了一会儿,看到经易门的憔悴,经易门的黑瘦,惶惶地苦笑和拘谨地入座,才明白,自己的反应确实"过分",才放下电话,等着这位"前总管"做慷慨激昂的"申辩"。但意外的是,经易门只字未提自己的"委屈",只报告那三个女人的事。报告完,不动声色地礼节性地问了声,还有啥别的事体吗?见谭宗三无甚吩咐,便又说了声,那我走了。而后转过身,果不其然就照直走了。用经家人那种特有的走路方式,一肩高一肩低地僵直地踽踽走去。左手手心里依然紧攥着那块雪白的男用手绢。

他到底没为自己、为经家的三代人作任何一点辩解、申诉、哀求和排遣。居然能如此。好你个"经易门"!!

后来经易门发现谭宗三继续在和黄克莹来往,又来找谭宗三。(那天正是赵忆萱出事的日子。)经易门这一次显得异常地顽强。硬就是坐着不走。反复申述,在谭家目前这个非常时期,如果不有效地遏制许家两姐妹的越规举动,继续让她俩无节制地和黄克莹来往,将造成难以设想的后果。一穴溃,而大堤崩。后患无穷……后患无穷啊……他失色地连连念叨。前俯着上身,尖耸起双肩,两眼直勾勾看着谭宗三,乌黑的眼圈越发显得乌黑,尖突的颧骨也越发显得尖突。本来稀少的头发,这几天越发稀疏了。过一会儿,他又非常恳切地对谭宗三说,黄克莹还有位表哥在上海。据查,她跟这位表哥之间,也曾有过点不干不净的事。如果需要,我可以负责进一步核实。这一天,因为赵忆萱出事,谭宗三的心情本来就很不好。经易门说了这半天话,又一句不提自己这位可怜的夫人,连一点

(哪怕半点)应有的恍惚和沉闷都看不出来。(唯一能看出一点变化来的,就是把白手绢换成纯黑色的了。)谭宗三更不愿听他往下说。不知趣的经易门偏偏又拿黄克莹跟她表哥的那点"臭"事来刺激谭宗三,使谭宗三心烦意乱至极,更加讨厌他,于是暴跳起来,大声叫喊:经易门,啥人在谭家门里当家?是侬?还是我?经易门吓呆了,忙喃喃,当然是侬三叔……侬三叔……谭宗三冷笑道,在侬面前,我讲话算数吗?经易门忙答,当然算数当然算数。谭宗三接过经易门的话头,立即拍案而起,叫道,好,既然算数,我现在请侬滚出去!侬滚哦?!

滚?滚?滚?滚……

经易门完完全全呆住了。他张口结舌。一动不动。脸色灰白。经家三代人在谭家门里什么时候受过这样的侮辱!三代人啊!!今朝……今朝……突然间,他像一架关节僵直的机器人,嘎嘎生响地抖颤着伸展开身子,脸色由灰白陡然涨成肝紫,窄而高突的额头就像冷库里一面光净的水泥墙,霎时间凝出一大片豆粒大的汗珠;同时慢慢抬起手,向谭宗三伸去,眼睛辣辣地冒光。在一旁守候多时的周存伯张大然以为他要跟谭宗三拼命,刚想上前拦阻。经易门却用力拨开抢先介入的张大然,跟跟跄跄向谭宗三颠蹀了一步,那手颓然落下,脸色再度发灰,而后……而后……他突然双膝一软,扑通一声,便跪在了谭宗三面前,喃喃道,我经家人是为了啥?我经家人是为了啥?到底是为了啥?为了啥……

第三部分

58

　　他终于还是说出了心底那一点多年陈旧的委屈。虽然没能大声。只是呢喃。

59

　　当经易门扑通一下这么跪在跟自己同龄的谭宗三面前时,很自然地,所有在场的人都镇住了。没有经历过,也想象不出这个场面。更想不到的是,反应最强烈的恰恰是被跪的谭宗三。霎时间内,他的心像脱了轨的火车冲进摆满了吃食百货摊的广场,连续的碰撞爆炸溅落飞舞飘散。腿脚酥软了。五脏六腑往上翻。胸闷得一点气都透不过来。脸色跟着就发青发灰。脑子里轰轰地涌起通红滚烫的糊状东西。手自动地去找支撑物。身子自然也就颤颤地依靠在就近的那张桌子边上了。完全是一派最典型的虚脱症状。头,当然很晕,并且睁不开眼睛。

　　"宗三……"存伯吓坏了,便慌慌地叫出。

谭宗三听到存伯这一声喊叫,心里明白,但睁不开眼。也说不出话。头依然晕得厉害。当务之急是别在众人面前倒下,不能让更多的人发现自己突然异常了。他知道这症状会很快过去。过去以后,一切又会正常。正常得就像是从来也没有过什么不正常,也不可能不正常似的。关键是要熬过这几分钟。于是他挣扎着用极低哑又极严厉的声调说了句:"不要叫。"而后借周存伯手上的一股力,腰间慢慢一努,终于背转过身去。给所有在场人的印象,似乎只是不忍心去看跪下的经易门而已。

一个漫长的片刻过后,那梦魇般突然降临的爆发渐渐平息。脑子也清静下来。重要的是,眼睛能睁开了。于是他竭力控制住那随后便肯定要到来的对自己的厌恶和失望,长长地舒了一口气。

60

我想起那满树的桃花。当然还有麦田。还有那种真正意义上的"青团"。那是将正在灌浆的青麦粒轻轻搓下,蒸熟,捏成团,嚼得满嘴生香,再粘在牙缝里;那是一种轻飘飘而又糯沓沓的香味。再张开双臂,走进那湿漉漉的油菜田。油菜田边上,就长着那两棵并不高大的桃树……

每次这样发作后,谭宗三都会一动不动地躺在藤榻上,用整个晚上的时间来责备自己。从回想"桃花"开始。回想他和经易门最初的那些愉快和不愉快。所有的。

那年他十二岁。(十三岁差三个月?)父亲带他一道回乡下上坟。住在大娘娘(大姑姑)小娘娘(小姑姑)家。大娘娘小娘娘都嫁给了县城里的生意人。大娘娘的男人在县城南市梢开了一爿木行。木行门前必有条大河。河里淌满了滑溜溜的木排。木行后身必有个木场。木场上木头堆放得像迷宫里的城堡。大娘娘小娘娘实在太喜欢这个长得清秀而又聪明的小侄子,便提出要留他再多住一段日子,并为他在县中办妥了借读手续。谭宗三自己也愿意留下来再住些日子。他喜欢麦田。麦田里有长得几乎跟他一般高的麦子,代表一片湿润。麦田里还总能听到一声声低微而悠远的鹁鸪鸟叫,代表遥远的起伏和空旷的轻淡。他还喜欢长时间地在县城那些老旧的街筒子里转悠,长时间地站在邮政局门口那个老旧的铸铁邮筒边上,看雨水慢慢侵蚀翘裂。县城里发信的人少。他能在很长的时间里,等那几个很少的人,看他们怎么往邮筒里小心翼翼地投进他们给远方的寄托。从寄信人雨中弯曲的背影上,他想象这些信絮叨而平淡。想象它们将去上海、伦敦、马德里。想象大娘娘小娘娘过去也是这样啪哒啪哒踩着雨水,走过光滑而并不规则的石卵子街面,到这里来给分布在全中国和全世界的谭家人发信。而后他寻找街角肉铺里的刀斧声。注视大团大团的蒸汽从糕团店的屋檐下阵雾般向上扑腾。偶尔地,也会悄悄地想念一下上海。为此他根本不去那个已答应他去借读的县中上课。因此大娘娘指着他鼻子说,侬要不去上课,就给我回上海!他跺着脚说,我要去上课,就不留在侬这里了!情况立即汇报到上海。谭老先生立即下令派人去把这"孽畜"给我弄回来。便派去了经易门。准确点说,不是"派"的,是经易门主动请缨的。他说,"三叔"(小时候他这样称呼谭宗三)难得去一趟乡下,马上把他叫回来,他会不开心。他说由他去陪陪"三叔",或许能让"三叔"一方面开开心心在乡下过完这个春天,一方面又不荒废了学业,让乡下的"大姑婆""小姑婆"省心,让上海的谭家人放心。那时候的经易门也只有十二三岁,但讲出话来,跟大人一样。他从小就有这个特点。八九岁时,他就习惯独自一人背着双手,在房间里踱来踱去想各种各样的问题。独自一人打棋谱。叫谭老先生和谭老老先生欢喜得不行。

　　谭宗三后来多次说过,他"怕"这位同龄人。这感觉的产生,大概就是从这一次开始的。但是说实在的,经易门那次并没有给谭宗三带去任何责备和规劝。他那么一个懂事的人,怎么会那么做?到大娘娘家后,他只是替宗三整理书包。熨烫校服。补做作业。第二天一早,毕恭毕敬地站在谭宗三的房门前,等候他起床。谭宗三当然照旧不去上课。经易门也没跟他执拗,由他去了老街。中午时分,谭宗三转悠回家吃饭,四处不见经易门,进了堂屋,才见他毕恭毕敬地跪在家主牌位桌前的青砖地上,身下连个草蒲团都没垫。头上还顶了一根"家法"棍。谭宗三高兴了,转身问大娘娘,哈哈,这个乖巧鬼也会做错事的?他做错啥事了?大娘娘说,他啥也没做错。谭宗三问,他什么都没做错,侬为啥要罚他下跪?大娘娘说,我没罚他,是他自己在罚自己。谭宗三大惑,问,他有神经病,自己罚自己?大娘娘说,他说他没有做好谭家老先生要他做的事。谭宗三问,老先生要他做啥事了?大娘娘说,老先生要他来管好侬,让侬天天去读书。谭宗三一听,不高兴了,上前踢踢经易门,说,我的事,侬不要管。侬也管不了。不要这么一本三正经。起来起来,吃饭去。但经易门只当没听见似的,不动。谭宗三火了,说,侬不要敬酒不吃吃罚酒。我的事要侬管?经易门还是不动。谭宗三无奈,只得说,好好好好,侬喜欢跪就跪,跪到天黑,跪到老死,跪出侬魂灵头来,也不管我啥事!说着,自管自去吃饭了。他以为经易门再跪一会儿,忍不住了,自会起来的,下午便自管自又去县政府后身的大草塘边看鱼鹰捉鱼。但没想到,经易门这家伙真一跪不起。到谭宗三晚上回家找饭吃时还跪着。已经连着三顿饭没吃的他,脸色开始不断灰白。家法棍在头上直晃动。谭宗三看着,又心疼又气恼,冲过去叫喊,侬这到底是跟啥人过不去?经易门晃动着仍是不做声。谭宗三一气之下,甩手便进了自己的房间,连晚饭都没吃便蒙上被子装睡。只听外头一片窸窣。大娘娘全家的人都围着经易门在轻轻地劝说,还给他端来泡饭皮蛋酱乳腐咸瓜条。经易门却只是闭目嘤嘤啜泣,只是不说话,也不肯吃,更不肯起身。又过了一会儿,大娘娘家那个十四岁的大女儿开始陪着抽泣起来。再过一会儿,那个十一岁的小女儿也开始陪着抽泣。又一会儿,那个三十六岁的女佣在一旁撩起围裙开始不断擦眼泪擤鼻涕。这时大娘娘那个二十二岁的儿子再也忍不住了,便走进房,弯下腰,小心翼翼地对谭宗三说,他是为侬受罚的。侬是不是……去劝劝他……哪怕劝他吃一口薄汤汤的泡饭粥也好……他已经为侬跪了十几个钟头了啊!为我?为我?啥人要他为我?!谭宗三猛地掀开被子,叫喊着从床上跳起来,冲到经易门身边,用力推了他一把叫道,啥人叫侬管我的事的?我要侬管?要侬管?这一推不要紧,已经连续跪了十几个钟头,又连着几顿粒米滴水未进的经易门,头一晕,便咚的一声倒在铁板一样生硬的青砖地上,并磕倒在铁梨木的条案腿上。立时三刻,那鲜血就从磕破的口子里涌出。他那半个瘦脸马上被血糊满。大娘娘一声尖叫,带起了在场所有女人一片尖叫。从未见过这么多鲜血的谭宗三,便一下给吓蒙了,竟冲上去抱住经易门的头,拿双手捂住血口子,哭着大叫,去请医生呀。快去请医生呀。经易门居然从谭宗三怀里挣脱出,匍匐着,连连东倒西歪地(实在支持不住了)给谭宗三一边磕头,一边哭求,三叔……三叔……我求求侬了……侬是我祖宗。侬一定要好好去读书……我求求侬了……求求侬了……

那声音的惨历。那眼泪的真诚。那血的尖锐。那苍白的洞染。的确地震海啸般袭来。谭宗三不由自主地也扑通一声跪了下来,想伸出双手去制止疯子一般继续在磕头的经易门,但被血黏糊住的双手,竟然让他感到腥腥的张扬不开,更不敢有稍微的动弹。由于离经易门非常近,他不得不看着那血继续腥腥地往下流。不得不看清,在被血糊住后,他的眼睛又如何地绝望地睁开。哀求。血流到嘴里,又被那急切哀求的气口嘶嘶喷出。然后又越过上嘴唇,喷溅到另一半脸上。那半边曾经是非常清净的,但现在却分明有红的细线和红的小虫在蠕动……当经易门再一次努力睁开被血糊住的眼睛来向他哀求时,他头一晕,眼前一黑,便人事不省了……

61

第二天,谭宗三就去上学了。他没有勇气再对抗经易门的"下跪"。他终于发现自己实际上是一个非常非常软弱的人。他痛恨这种发现。但又不能不发现。以后,经易门多次向他下跪。用下跪来求他遵守谭家的规矩。后来又发生过一起"桃花事件"。从那以后便彻底改变了他对经易门的看法(如果原来有什么既定的看法的话),也从根本上改变了他们之间的关系。

"桃花事件"发生在两年后的一个春天。那年一开春,谭宗三一反往常,不仅主动提出愿意替父回乡上坟。而且还再三保证在乡下期间,按部就班去县中上课,决不耽误一天学业。谭老先生真不敢相信自己的耳朵。但事实毕竟是事实。谭老先生随即把宗三叫进书房,翻开《龙文鞭影》,从"诲尔童蒙"讲起,一连讲了两个小时。宗三那天也怪了,居然笔直地坐了两小时,听得十分地仔细、认真。高兴得谭老先生一回到夫人房中,就连连拊掌道,皇天不负我谭家人……皇天不负我谭家人啊……马上吩咐热水伺候,洗澡;又陪夫人去佛堂做晚课,而后高高兴兴地换了睡衣,准备舒舒服服睡一个安稳觉。没想老妈子来敲门,说,经老先生带着儿子经易门,有急事求见,在小客厅等着哩。谭老先生一听,不高兴了。他最讨厌别人这时候拿什么"急事"来打扰。他讲究起居规律。重视睡前平静。他认为一次好的睡眠,胜过十瓶艾罗补脑汁和十瓶赫力维他。而睡前的平静,则是保证获取好睡眠的基本条件。这是他从美国一本叫《全体阐微》(奥士哥著)的医书里看到的。他跟经家父子宣传过这些主张。他俩也是表示过赞同的。今天晚上是怎么了?

经老先生是被经易门急急忙忙地拖来的。傍晚时分经易门才得知老先生答应谭宗三"独自""替父回乡上坟",而且已经派人替他买好明天一早的船票(那时候谭家还没有自备的小火轮常年地来往于南京武昌芜湖镇江)。他着急。因为他非常清楚,谭宗三此次主动请缨去乡下,真正的目的根本不是代父尽"孝","追思祖宗"。纯粹为了一个女人 县中里一位教唱歌的女教员。

"哪个女人?县中里那个教唱歌的?瞎三话四!"谭老先生在睡衣外加了件缎子绲边的睡袍,耸了耸他很寿相的长眉梢,驳斥。这个"女教员"他认识。非但认识,而且还可以说"熟识"。头两年回乡跟县碾米厂谈生意,不止一次请她吃过饭、跳过舞。县政府办的舞会。在府学小礼堂的楼上。很精巧的一个小厅。四周有一圈朱漆木栏杆。栏杆后头放有一张张小型的八仙桌。八仙桌上点着一支支蜡烛。玻璃果盘里放着广柑、玫瑰香葡萄、花生牛轧糖。本县新研制出品的高粱饴糖则是必供的特产。当然还有"糊绿"（本县名茶）。叫来伴舞的还有县"绍兴大班"挂头牌二牌的花旦、青衣、刀马旦或别的什么"旦"。但实际上，她们并不会跳华尔兹，也不会跳狐步探戈。只会在一旁捂着嘴傻笑。或抱着你的胳膊瞎转圈。县里那几位上了年纪的科长就喜欢这样让她们瞎抱着瞎转圈。谭老先生（那时他还不老。也就四十岁左右吧。）能跳非常好的狐步和探戈。有两双非常好的意大利皮鞋。但他更多的时间却总是跟她在一起做"烛光座谈"。包括后来的几天，他请她到街里"最有历史的""末上青酒家""座谈"。"'末上青'。好。这三个字源出《花间集》唐乾符元年进士牛峤、牛僧孺之孙的'解冻风来末上青'。雅致。非常雅致。"每次去吃饭，他每次都要这么文绉绉地向她诠释一遍这店名。她每次都默默地听着，默默微笑。或者就动用她那根纤细的手指，蘸了茶水，在雅座间大理石面的餐桌上，默写同一首词的后两句："无端袅娜临官路，舞送行人过一生。"他俯身看罢，接着连声赞扬："好。好一个'舞送行人过一生'。雅致。非常雅致。"但后来他再没有邀请她"座谈"，因为突然间得到确切消息，她执意要嫁给县天主教堂的一个神父。把一个不大不小的县城闹得沸沸扬扬。众说纷纭。真可谓骤然间风起萍末。后来到底嫁了还是没嫁，不得而知。他也没打听。不想再打听。一想到居然死活要嫁给一个白白胖胖的神父，谭老先生心里就不舒服。（特别让谭老先生不舒服的是，这位神父的年龄居然比他还要大。）但不管后来到底是嫁了还是没嫁，有一点他觉得是绝对有把握的，她绝不可能和他的儿子"搅和"在一起。不说其他，只说年龄，（他没有问过她的年龄，但估计来看，再年轻也有二十四五。）而宗三当时"一塌刮子"才十四五岁。搞啥搞嘛！

　　但经易门坚持说，他没有瞎三话四。这两年，宗三回乡下，都是他陪的。而且从头陪到底。从去陪到回。真正是"全程陪同"。真正是没有谁能比他更了解宗三的底细了。但谭老先生还是不信。于是经易门只得对父亲说，有几句话我只能单独跟老先生讲，只好委屈侬，到外头稍等一会儿。经老先生当时非常尴尬，被儿子"请"出门，居然还当着谭老先生的面。这还了得?！他立刻唬下脸,刚要训斥,却被谭老先生制止。谭老先生一直很赏识经易门的"少年老成"。他甚至常在人前感叹,可惜我谭家没生出这样的儿子。对待经易门,他往往优渥有加。于是他朝经老先生挥了挥手,打发他到外头去"吃香烟"。

　　看着父亲悻悻地走出小客厅,经易门内心自是不无歉疚。但他很快驱散了由此而产生的瞬间的恍惚,马上走过去,关严门,这才回到座位上,对谭老先生说,老先生,我只讲一桩事,侬就可以断定,三叔跟这个女人关系已经有多深了。有一次,大概是去年的这个时候,这个女教员送过一张照片给侬。是唔?

　　"瞎三话四!"老先生长长的眉梢又一次耸起。但这一次,脸却立时红涨。

　　女教员的确送过一张照片给这位四十岁的老先生。这件事办得真的很隐秘。首先,是她主动提出要送一张照片给他"做纪念"。而且,当时在场的也只有他们两人,别无他人。照片又是密封在一个牛皮纸信封里,送过来的。肯定没有被任何人拆封过。后来听说她一定要嫁给那个神父,他便把它翻找出来,立即撕得很碎,并扔进火塘里烧掉。全过程真的是天知地知你知我知。怎么可能泄露?特别是怎么可能让经易门知道?这……太不可思议了。简直不可思议。

　　"老先生,今天晚上我居然都不怕得罪我阿爸,连他也请了出去,侬就可以放心,我绝对会帮侬保守这桩秘密的。我知道这种事不好到外面去瞎讲的。我也知道这桩事肯定是那女人不正经,想吃牢侬老先生,将来敲侬一记竹杠。侬恐怕还不晓得,这张照片一开始那女人是交给三叔带过来的……"

　　"我讲过了。没有啥照片!"谭老先生再次涨红了脸叫道。

　　"……照片交到三叔手里,他还嘻嘻哈哈地让我看。他本来要按那女人的吩咐亲手交给侬。是我劝他,不要面对面地交。因为……那样……我想你们两个将来都会蛮尴尬的……"说到这里,经易门略略地停顿了一下。打量一下老先生的反应。这时,老先生他不再反驳,但也不顺应,只是瞪出一对疑虑的眼睛，捉摸着这个小小年纪的经易门，此刻真实用意究竟何在。

"……牛皮纸信封是我帮他重新又封起来的。信封上收件人姓名，是我仿照那女人留在照片背后的笔迹描上去的。也是我交给大娘娘家的那个张妈，让她一定亲手交到侬手里，并对侬讲，这是学堂里一位女先生送过来的。阿是有这样的事？"

沉默。

"我也搞不懂，这女人既然要跟老先生侬亲近，为啥又偏偏把这种见不得人的事做在三叔当面。真是老恶毒的……"

"不要再跟我谈她！"谭老先生闷闷地呵斥。

经易门立即很识相地停止叙述，保持了几分钟的缄默后，才轻轻说道：

"她经常叫三叔到她房间里去。只要她一叫，三叔就去。"

"侬为啥不早讲？"

"我本来以为侬不会再让他去乡下了。这桩事也就到此了结了。"

"侬马上叫人去把这小赤佬的船票给我退了。"

"退船票，总要讲个理由……"

"讲啥理由？没有啥理由好讲。退！"

"三叔的脾气，侬也不是不晓得。吵起来，拆天拆地。"

"这次，我让他吵。看他怎么吵！"

"万一他要把照片的事吵出来……"

"那……侬讲怎么办？"

"老先生只要再多买一张船票，让我跟三叔一道去，就可以了。我保证善了这桩事，让老先生放心满意。"

谭老先生不做声了，又沉吟了好大一会儿，这才让经易门把经老先生叫进来，让他立即派人连夜想办法去搞船票，再搞一张明天一早的船票。

62

其实，无论是作为过来人的谭老先生，还是作为新发笋尖的经易门，都把那位女教员和谭宗三之间的关系想"龌龊"了。谭宗三喜欢这位女教员，首先是因为她比县中和县城里所有的女教员都多一件束腰的短呢大衣，多一双短筒的马靴。他从来没有看见过穿短筒马靴的女人。束腰短呢大衣在上海看见过，而且不少。但在这县城里确实没有。在这里待了一两个月，眼睛里过来过去，都是穿灰布棉袍和靛蓝土布褂子的，骤然间看到一个"束腰短呢大衣"，外加一双短统马靴，他真的感到很亲切。很振奋。后来问清，她是县中的音乐教员。这一点对鼓舞推动他天天去县中跟班就读，应该说是起了相当作用。但不是唯一的。进了县中，他又看到，有好些教员都像她一样，也曾在上海读过书，教过书，（虽然不一定拥有短呢大衣。）至于在南京、苏州、无锡、常熟等地奋斗过，后因各种各样不同的原因无奈地（被迫地）迁徙回此地谋生的，那就更多了。拿他们和自己家人，和自己家在上海的那些朋友们比，他们并非不优秀。他开始同情这些由于各种各样偶然的不偶然的复杂的和简单的原因而不得不留在这偏僻的县城里谋生的教员。利用课余时间跟他们来往。他们也没真把他当作本校的学生看待。在他面前一点都不摆"先生"架子。他们之间便真正接近起来。其中自然也包括了她。

对于她，他看见她经常独自在学校操场旁边的小河边徜徉。那里有烟霭般的晨雾。有遍地的芦笋，踩在短筒的小马靴下，一定会吱吱作响。他看见她常常望着低洼的地平线发呆。那里常常只有一些云团，两三座低矮的茅屋。一两棵老树。有时空旷得什么也没有。更多的早晨他看见她高高地举起一只手，连手、连半边身子，再连那半边脸都紧贴在一棵老杨树上。闭起眼睛，一动不动地站着。那种显现万般痛苦的无奈。一站就是半个小时或四十分钟。后来他才知道，她这是在"练功"，是跟城郊道观里的一位老道士学的。但在当时(以至搞清楚原因后的很长一段时间),在灰暗的晨雾中,看到她那么的无依无靠,那么的孤独。他的确于心不忍。他总觉得她是在向"上苍"作某种哀求。她所谓的"练功",只是一种托词。她需要帮助。她值得怜悯。他曾勇敢地走过去,告诫她,下小雨了,该回去了。后来她常常当着那位白胖胖的神父的面,笑着跟他回忆道,你当时那口气真像个贴心的"小丈夫"。他红起脸这样辩解:当时真的落雨了嘛。

至于照片的事,说起来更无聊。她一开始应诺和"谭老先生"来往,真的只是因为觉得不便拒绝。看起来老先生挺热心,也挺有趣。当然她也有一点"功利小人"的动机:想到自己这么一个年轻弱女子,要在这么一个县城里坚持谋生下去,并非易事。有这么一个来自大上海的关系,兴许在某一天的某一时刻,能用来为自己解救万一也难说。后来,"解困"的事尚未发生,却渐渐觉出,"老先生"其实并不真有趣。后来又觉出,他的热心也有点叫人受不了。因为他总想管束她,教导她。在相当长的一段时间里,她之所以还是忍受了,首先是看在"小宗三"的面子上。这时她和"小宗三"已有所来往。她很喜欢这个内心比较纤细敏感,又略有点腼腆的富家子弟。再说"老先生"对她也没什么非礼的举止。再说,他的确很会点菜。谈吐也不俗。出手又不吝啬。作为朋友,的确是交得的。但也就到此为止。她的的确确再没打算允诺他别的。不可能。至于送照片,这更是一个大的误解。在谭老先生和经易门看来,女人给人送照片,似乎就是"答应跟人睡觉"的前兆。其实大谬不然。他俩少有在谭家门外接触女人的经验。而谭家门里的女人原先就生在长在跟谭家大致相似的"人文境圈"里,又经同一模式调教,自小习惯按同一模式来表达自己的喜怒哀乐。久久地,她们又误导谭家多数的男人,比如像谭老先生和经易门那样的,以为天下女人都如此。这些年,他们虽然也知道外头的女人,尤其是年轻的女孩,变化大。但的确体会不到这变化之宏巨精细和广博深刻。他们不知道,当时不只是在上海,就是在许多中小城镇,尤其江南一带,二十岁左右的女孩都时兴模仿好莱坞明星,给人送"签名照片"。

有点零花钱,就喜欢进照相馆。没事的时候,就在家练习签名。一种斜行的字体。有的还能把自己地道的中文名字签出英文字母的味道,真进入了"胜境"或"化境"。这样的爱好她也有。照片添印几十张。赠送几十人。这次有一点不同,她特地精心安排让谭宗三送照片。用意就在想让"老先生"明白,这只是一次朋友间的问候。绝非恋人间传递信物。否则怎么可能交由你儿子经办?你怎么不仔细想想?!

谭宗三对照片几乎没产生任何异样的感觉。只是经易门拿过去一看,心却怦怦乱跳。呆想了几秒钟。确定当务之急,要维护老先生的声誉,不能让第三个人再看到这照片,再知晓这件事。他马上说,这件事你就别管了,怎么加包装、怎么送给老先生,统统交给我来办。谭宗三正不愿做这种杂务事,就随手把照片交给经易门。经易门收下照片,又特意问了一句,侬让其他人看过这照片哦?谭宗三说,我神经病,拿别人的照片出去"卖样"(招摇)?经易门忙说,这就好,这就好。

隔几天,谭宗三收到发自县中的一封信。发信的不是这位女教员。发信人告诉他,她被送进医院抢救了,因为"失恋"。事情是:那个"本堂神父"迫于各方面的压力,决定跟她中断这段恋情。她觉得已没必要再在这县里待下去,便愤然递交了辞职书,准备离去。出行前,大概由于想不通,连着几个晚上没得好好休息,神志已恍惚;上船时,不小心一脚踩空,掉进江里。经捞出,慌慌地用土办法做一番初步处理,急送县里条件最好的正德医院。这是一家二十年前由一个叫马轩仁的德国传教士办的教会医院。它的名誉院长一职,恰恰由那位本堂神父担着。而需救治的恰恰又是这么一位病家。院方考虑到,万一救治不好,别有用心的人会说是他们故意不治,引出许多麻烦。于是,迟疑半天,居然任由她躺在急救间外的走廊里,关起门慎重商量了一小时零九分钟(这期间,他们急电请示了教区主教,又派人去县府面示,还特地找到那位本堂神父协商)。这才决定给予收治。由于耽误了时间,大脑受到不可挽回的损伤。虽说把命保住了,但神志却再恢复不到以前那样清敏。据说总要这么迟钝下去了。于是学校里的许多同仁、同学,纷纷联合起来,要求医院给予赔偿。他们想，不管最后能拿到多少赔偿金，对于她今后必然会变得十分艰难的生活，总是一点保障、一个安慰。院方居然迟迟不给答复。县府方面也持多一事不如少一事的态度，迟迟不出头主持公道。校园里于是越加沸扬，已有五六天没法上课了。但发信的人并没有说邀促谭宗三立即赶去参与其事。谭宗三却执意要去。

适谭宗三经易门赶到，局面很令人意外地（僵硬地）平静了下来。事情是这样的：县里为避免事态进一步扩大，在一个晚上突然派人把女教员秘密接走。藏在哪里，至今查找不到。县里也不承认是他们"带"走了并又"藏"起了女教员。两天后，几个闹事最积极的学生的家长突然来到学校，连说带逼带"绑架"，把这几个学生一一搞回乡里。嗓门最响的几个教员也顿时哑巴了。人们茫然、气愤。气愤的不是医院居然会出医疗事故。问题在于出了事故，总不能把医院和有关方面的面子看得比病人的后半生更要紧。但道理归道理。人们还是只能沉默。学生和教员又回到教室里。但没人讲课，也没人听课。一片安静。大家从窗户里远远地看着那位女教员空关的宿舍。看看她被"带"走前晾在走廊里铁丝上的那件束腰短呢大衣和那双短筒马靴。还有一双只有到夏天了才会使用的木拖板。似乎在等待什么。

第二天或第三天，一大早，人们突然发现，有人在这位女教员的住处，不论屋里屋外，放满了桃花。一枝一枝的，从地上铺到床上。真是忽然间一片孤霞。一层醉云。似青廓落英。满目红尘。消息传出，先是住校的学生、然后是不住校的，再后来县城里县城外的各色人等把"现场"围了个水泄不通纷纷纭纭。人们依然不说话，只是去四乡摘来桃花往女教员房前房后摆放。不多时，附近三乡五邻的桃园居然全被攀折一空。而且还有向周边外乡扩大的趋势。让人特别恼火的是，有人居然把那件束腰短呢大衣和短筒马靴连同一大把桃花放到了教堂的神龛面前。还有些不怀好意的，趁机砸开女教员的门锁，取了女教员的内衣，裹上桃花，捆绑在一些店家的招牌上起哄。招惹得一些地痞二流子纷纷出动。一些有身份的学生家长也开始向县教育局县党部及学校方面郑重提出交涉。县政府急了。一方面派军警包围了现场，收集起所有的桃花木拖板，连同短呢大衣短筒马靴和那些条中长花布衬裤，都被堆放在学校储藏室门外小操场上，浇上制皂作坊用剩的下脚油，点火，焚烧，让风猎猎吹响。同时他们又认定这件事是县中学生起的头。并和那位女教员有关。他们要校董们立即查个水落石出。控制住局面。两头受气的校董们便去提问那个女教员。被"禁闭"在某位校董私家花园里的女教员正被严重的失眠和头痛症折磨得衰弱不堪。她拼命解释，后来的事根本与她无关，也不可能有关。但校董们还是咬定了要她提供有关线索。真让头痛欲裂的她，欲哭无泪。到第四天大早，萎靡不振的她果然交出了一份名单，还怯怯地声明，如果觉得不满意，还可以拟出第二份或第三份。只希望能立刻替她到药房里买几片阿司匹林止住头痛。于是，当天下午，列入第一份名单的学生全部被张榜开除。更多的人惶惶、震惊。特别是那些平日里唱歌不及格，又年年拖欠学杂费的学生和他们的家长更是惶惶不安。

谭宗三这时坐不住了。第一束桃花是他送的。整个事情是他挑起的，是他把短呢大衣和短筒马靴加上一束桃花送到神龛前的。他觉得他有责任站出来说明真相，承担责任，以免更多的学生遭无故开除。这时他并不知道那位女教员已基本丧失了自制力。他还想去责问她，为什么要把事情都推诿到那些无辜的学生身上。但经易门不让他去。经易门说，侬替侬阿爸想过没有。谭宗三说，想啥想？我一人做事一人当，跟阿爸啥关系？经易门说，侬阿爸在县里刚投资搞了两个新式碾米厂。眼红他的人不少。包括县里一些头头脑脑的人都想"捉他一记扳头"（找一个岔子），从碾米厂里榨出点好处。侬这样做，不是正好趁了他们的心，送一记扳头让他们捉，让他们敲侬阿爸竹杠吗？谭宗三说，我已经讲过了，我跟我阿爸，桥归桥路归路，根本不搭界。从我身上根本捉不着我阿爸的扳头。经易门吃惊地站起，连声问，哪能捉不着？哪能会捉不着？宗三啊宗三，不是我要讲侬，侬真该醒醒了。

好，我醒醒。谭宗三冷笑着，继续向门口走去。经易门大叫一声三叔、我的三叔……扑通一声再一次跪倒在谭宗三面前。侬不能为了这样一个女人就毁了侬自己毁了这个谭家。三代人啊。侬还只有十五岁。侬的日子还早了呀。侬这样做，叫我怎么去向老先生交代？他膝行着趋前，一把拉住谭宗三，连连喊道，侬讲这女人有啥好？有啥好？有啥好？连神父都不肯要她呀。她哪一点值得侬拿自己的一辈子来跟她做交换？三叔啊三叔……侬听我一句……喊到这里，他突然又向前一扑，对着高高的硬木做的门槛，通通通地连连磕起响头来。七八下之后，开始流血。又磕七八下，血开始糊住他眼睑和颧面，同时也染红那平滑的门槛。大娘娘家的人都吓坏了，都拥过去劝他。他只是不听，只是叫道，三叔……三叔……谭家有今朝不容易啊。侬听我一句……侬听我一句……侬一定要听我一句……

谭宗三。最后没能跨出那门槛去。

他没勇气跨过那血……

那嘶喊……

那与他同一年来到这世上的一片浓稠的"阴影"……

还有自己的软弱。

当天下午，他便坐船回上海了。一路上，他脸冲着里厢，一直木木地躺着。经易门用灰布条裹住额头上的伤口，一直恳切地守坐在他身旁。还特地叫船上的茶房为谭宗三沏来一壶冰片茉莉。他就端着那壶冰片茉莉，守候在谭宗三床位前，等着谭宗三消气，等着跟他作充分的善后交谈。但整整七个半小时的航程里，谭宗三始终没转过脸来，没跟他说一句话。后来的日子里，他们之间便少有知心贴己的话可说。发展到最后，打照面时，只要能绕道走的，谭宗三一定绕道走；不能绕道的，就只当没看见，一低头，照直地走过，也不肯轻易招呼经易门。

63

软弱。世界上最可恨、最难救治的痼疾，便是这"我们自己的软弱"。

从那次离开以后,谭宗三再没去过乡下。虽然他后来得知,那些因他而无故被开除的学生,在一些人有力的斡旋下,在这一年秋天,又逐一地被招进邻县的初师(初等师范)就读。那位女教员休养数月后,智能也获得一定程度的恢复,基本上能自理生活,由县教育公所提供了一个文印收发的职位,做了一段日子,凑齐一份盘缠,便回四川的外婆家继续将养。那位原本就是震旦医科毕业,后来才改学神学的神父,索性辞去神职,去了六十里外一个叫乐丰的大镇,做了那里一家教会医院的院长,并很快娶了镇上一户酱园坊的"老姑娘"。那"老姑娘"果然"厚积又厚发",到年底便为他生了一对白白胖胖的双胞胎。他就此在永丰镇长待下去了。面对这一切皆大欢喜的变化,谭宗三虽然也渐渐淡忘了那县中操场边细雨蒙蒙的桃树和那件灰旧的束腰短呢大衣,但他依然不安。最使他不安的是,说不清从什么时候(十七岁?十八岁?)开始,自己不管做什么,在做以前总要掂量掂量,这样做,经易门会不会高兴会不会同意。他觉得太奇怪了。太不可思议了。经易门算个啥?他不同意又怎么样?他不高兴又能怎么样?!! 我还要受他管,看他的脸色行事?笑话!真是笑话!! 他毅然决然地向房门口走去。也真的走出了房门。但未等走到楼梯口,他的步幅便会减小,步频便会减慢,他心里一定会再次翻腾起来。然后停下脚步。犹豫。如果楼下传来走路声,他一定会觉得是经易门来了。而且越听越像越像越听。人就定在那儿了。脸色马上涨得通红。心跳也骤然加快。脑子里会翻出一连串的顾虑:我这样做,阿爸会高兴哦?大娘舅小娘舅会高兴哦?雪俦会高兴哦?经老先生呢,他会高兴哦?家里的事情已经够乱的了,我为什么还要惹他们不高兴呢?为什么还要得罪这些人呢?再说阿娘这几天身体也不好,为三姐的婚事,又在跟别人怄气,脚背肿得跟高庄馒头一样,连吃了十四五帖中药,也不见起色……等等等等。可能发生的和根本不可能发生的,统统搅在一道。一定要这样折腾过十几分钟,才会慢慢平息。等到平息,人便委顿,心境便沮丧,已经打不起一点精神再去做任何事情了。已经什么也不想做了。

到后来,即使跟一般账房先生(到学校就是跟老师同学)说话,自己居然也控制不住地总要先打量一下对方的脸色。总想知道,自己说的这句话,会不会惹得对方不高兴或不愿意。总要千方百计搞清,对方到底在哪一点上不高兴,不满意?

哪一点?

哪两点?

哪三点……

天哪,这到底是怎么回事?怎么回事?到底是怎么回事!!

64

十八岁以后,按常规,他被允许在另一种意义上去接近异性了。大人们也公然当着他的面谈论女人。他既想听,也想实践着去接近。但稍加尝试,马上发现一个尴尬,居然不敢接近那种论出身教养跟谭家比较匹配、在长辈眼睛里看来也值得他去接近的异性,尤其不敢接近那种比较有头脑的"小姑娘",假如是既有头脑又会耍点心计的,他不仅不敢接近,而且还对之感到反感。一走到这样的"小姑娘"身边,他就紧张。没法应对她们的伶牙俐齿,受不了她们各种各样用心良苦的小计谋小圈套小脾气小矫情小傲慢……但他又想接近她们。因为当时能跨进谭家大门,进入得了他视界的,也只有这样一些女孩。比如医生的女儿,经理的女儿,房产主的女儿,著名票友的女儿……有一个女孩的祖父是沪上著名的清客。据说家里收藏有被称之为天下第一奠的张之洞写的"奠幛"。李鸿章死时,按例,同样身为朝廷重臣的张之洞,本该送一对挽联,说一点笼而统之、大而括之,既颂扬死者生平、又寄托活人哀思的总结性的话。但张没这么做,只在白布上大书一个"奠"字嵌于幛中。送去了。这便是天下第一幅"奠幛"的来历。"奠幛"从此得以盛行。张当时为什么不肯写挽联,只写个"奠"字送去?这里有他的为难和精细之处。细说起来还有一段小故事。据说当年李张二人在外交上分属两派,一主战,一主和,长时间以来颇有些龃龉。主和的李合肥曾调侃过主战的张南皮，说："香涛做官数十年，犹是书生之见耳。"张之洞听到了，心里自然不舒服，便愤然答道："少荃议和二三次，遂以前辈自居乎？"这两句，词意绝不相让，对仗却极为工整，又有大清朝后半部内忧外患史做其背景，言犹未尽，意也未尽。一时在官场内外，广为流传，被誉为当朝佳联，千古绝对。两人的关系既是如此的复杂和微妙，对于李的死，我们可想而知，张的心情应该也是复杂而又微妙的。真可谓褒之不甘，贬之不忍。这挽联怎么落笔才是呢？罢罢罢。还是只写一个"奠"字吧。什么都有了。什么也都回避了。真不愧是久在官场一南皮啊，老到，圆滑，且聪明过人。明知不可为而为之。并为得如此恰当，得体。但李家为什么没收藏好这幅极可珍惜的"奠幛"，居然让它流落到了什么清客手里？实在也是一件说不清道不明真假难辨的事。

　　这位孙女不愧是她祖父的嫡传，知道的事情那么多，嘴又厉害。只要见面，叽叽聒聒只听到她一人的声音，几乎不容谭宗三有半点置喙之机会。从杨小楼饮场喜欢用什么样的茶壶，到亚马孙河密林里的红种人吊在鼻子上的银圈有多重；从梅兰芳初编《嫦娥奔月》绝对是在银行家冯幼伟家客厅两张合并在一起的大桌子上首演的，到清末太监李莲英所戴蓝亮顶子上的一颗蓝宝石价值四万六千二百二十七两七钱银子……她全知道。谭宗三真是想不通，既然侬全知道，为什么还要找我这个不知道呢？（他觉得，全知道的女人应找一个更知道的男人，才对称。）但又不便提出叫对方难堪。只能捺着性子听着。又不忍心细看此时她那显得特别生动而又特别张扬的脸。也怕她看出他的被动和勉强。眼睛只得慢慢往下出溜。但……把眼睛停在哪儿呢？胸部肯定不行。肚子？更不行。腿？不行不行。膝盖？倒是可以，但惜未免有点单调。于是就只好落到了脚面上。没想到这一落，却落出了谭宗三大半生的一点辛酸和无奈。从此后，只要面对那种他觉得无法摆脱、有时又不想摆脱的异性，就把视线落在对方的脚上。脚，没有表情。不必顾虑对方此刻对他是满意还是不满意。高兴还是不高兴。你可以大胆地看它。它不会嗔怪，不会马上拉长了脸白你一眼,更不会表示一种假惺惺的惊喜。苍白的饱学、迟涩的洒脱和欲擒故纵式的期待。它就是它,完全女性的、柔美的、娇小的、圆润的、顺从的。只待在它该待的地方。一种被淡淡的晨雾笼罩着的静默。一条微微荡漾的小河。如果有好几位像这个"孙女"似的小姑娘互相约齐了,结伴来找他(经常发生这样的情况),他就显得更紧张。他总是跟她们说不了几句话,就要找个借口躲开。他实在受不了自己那种过度的紧张。但每每地又走不远。即便走开一会儿,也会忍不住偷偷走近来,撩开一点厚重的帷帘,从那阴暗的缝隙里觑视。觑视她们的脚。大概就是从那时候起他学会了,并开始喜欢注视女孩们的脚。要知道蜷缩在那样的角落里,不用抬头,这是桩很方便又"惬意"的事。

65

在英国留学期间,曾有几位也在英伦三岛读学位的华裔女子来主动接近他。他也曾喜欢上了其中一位读社会学硕士的。他觉得她不矫情。起码不抽烟。不像那几个女孩似的,在他的小公寓房里脱了鞋,光着干瘦的脚板(不知道为什么,一看见那些"脚板""干瘦干瘦"的,他从心理上就不能认可她们是真正的女人),端着咖啡杯,在地毯上大步走来走去横劈巴掌竖挥拳,大声嚷嚷世界的走向和人类的末日,大骂股票行情不是东西,或痛斥导师"性变态",或认定中国压根儿就是个猪圈,绝子绝孙才重回那王八窝,同时又不断撅起或宽大或棕黑色的嘴角,向垂落在耳鬓旁的那一绺头发吹气。而这一位却不这样。有时不声不响地还能给做个番茄鸡蛋汤或法式柚汁小牛肉什么的。焖一小锅米饭,又白又糯,软硬适中。然后微笑着说一声,请用餐。他觉得她最可爱的地方是,不管碰她什么地方,哪怕是手背肩膀之类的,她都会叫痒,四处乱躲,最后肯定笑倒在地。最后便怯怯地坐在某一个角落里很羞地看着你。但跟她最后又是怎么告吹的,更多的详情已记不清了。往事对于谭宗三总是一副过于沉重的负担。但有两件事,他还是记得的。一件是,她曾在一篇虽还没写完,却在留学生中传看得十分厉害的小说中,奚落一些没有文化教养的男人"一嘴大蒜味"。可有一次,却看到她自己神情十分坦然地就着大蒜吃"意大利馅儿饼"。当时他真的非常非常想不通,既然你也那么爱吃,为什么还要奚落别人?自己是孙子,就能在小说里装"爷爷"?

谭宗三没写过小说。但他总觉得小说里不能少了真诚。从那以后,他便很少看小说。甚至不看。

还有一件事是她很偶然地露出来的。寒假里,他和她去曼彻斯特。很冷很冷坐一条铁舱面的运货船。雾很大。河的名字忘记了。一些码头非常陈旧,也生锈。帆布也有补过的。水手长的大胡子沾着烈性酒和洋葱头屑,骚臭骚臭。这是一条宽底扁平的铁壳驳船。一路上,水浪总波波地越过低矮的舷栏,漫到他们的脚边。每每到这时,她总要闷闷地哼一下,扭动一下身子,再很紧张地看他一眼,然后就向他跟前再挤过来一点。(当她扭动身子时,他能充分感觉到她的全部存在。这种感觉真是美妙得无法再重复。)后来她就把两只冰凉的小手完全放进了他大手掌里,大半个身子也斜斜地依靠在他怀里。后来简直就是坐在他腿上了。他不敢动。他怕动了,会让她误以为他有什么"企图"。他直觉她蓬松的头发撩拨得他下巴生痒。又不敢低头去看,更不敢去扶正她那颗小小的扁扁的脑袋。(她说她是啥地方人?啥地方的姑娘,后脑勺总是扁平的?忘了。)每过五分钟,她总要问一句你冷吗?再问一句,Do you feel cold? 他忙着点头。只要他一点头,她就往他怀抱的更深处再挤一挤。这时,他真的觉得她身上没有一处不在散发着那样一股绝妙的气息。就像那年走进县中操场边那块高高的麦田和麦田边上的那块绿绿的油菜田,然后又带着满身满手,还有满脸的油菜花粉,走近那棵盛开的桃树。他知道自己心跳得厉害。到了极限。他忽然希望就这么相依相偎着,任由这艘老旧的平底驳船波波地摇晃下去,然后出海……然后走深蓝色的大西洋,驰往遥远的开普敦……或者干脆不要设定最后的目的地。或者干脆找个合适的地方,打开舱底阀门,沉下去。就这样相依相偎着一起沉下去……他正想把自己的这个"打算"告诉她时,船突然震动了一下,就停靠在一个莫名其妙的小码头上。这儿离曼彻斯特还不算太远。上来了三四位年龄跟他差不多大的中国留学生。全是男的。戴着黑呢礼帽。黑呢大衣。全都提着一色的牛皮箱子。箱子的四角都包着黄澄澄的铜皮。他们一上船,她马上直起身。他敏感地问,你认识?她马上又躺了下来。并合上他的大衣衣襟,遮住自己的脸。显然不想让他们看见她。他于是再问,你认识他们?她只是哼了哼。还是不答。并在大衣里头扭动了一下。过了好大一会儿,才递出一句说,全都是些挺没意思的东西。他觉得这里有名堂,便赶紧问,你怎么知道他们有意思没意思?她说我当然知道。他接着问,要真正了解一个人……不是那么容易的吧……这回她的反应快,在大衣里立即轻轻地哼了一声(冷笑?)并用力扭了一下身子,说道,了解一个人是不容易,但了解一个男人还不容易?只要跟他谈一次恋爱就行。听她甩出这么一句,他当时一下真呆掉了,虽然觉得还有话要追问,一时间居然什么也问不出来了。有几秒钟时间,看看那几位男留学生的背影,再看看依然躺在他怀里的她,脑子里像一盆糨糊似的一片灰白。随后升起的第一个念头却是,刚才亏得没真的跟她"一起沉下去",否则真是要后悔得连外婆家也不认得了。一身冷汗。随后便感到,她真重,压得自己腿都发麻了。然后又闻到她头发上的油汗气味。开始无聊地猜测她到底有多长时间没洗头了。一直到雾更浓,天色更昏黑,她似也感觉出他的冷漠来了,便悄悄从他的大衣里钻了出来,又悄悄地坐到了一边的木桶上。不说话。他也不知再说什么好,只觉得完全麻木胀热的腿一点点松懈。虽然还走动不了,但他还是强撑着站了起来,慢慢往下风头挪去,挪到离她三五步的地方。就保持这么一个距离,一直坚持到曼彻斯特港。而曼彻斯特留给他的总的印象是,众多小咖啡店老板脸上,都有一只硕大的酒糟鼻。店外的小街大都用卵石铺砌。即便在青灰色的冬天,那路面也总是湿答答的。而女人们在这季节里,大都裹着厚厚的羊毛披巾,脚下的皮鞋,大都安有一个特别厚的鞋底。她们走起路来,腰板大都挺得笔直。

66

那天许家两姐妹又来找黄克莹了。当时我正在阳台上晾我那套领子都已经磨毛了的黑哔叽中山装。她俩是坐三轮车来的。而且没有像往常那样,下车后让车等着。我以为这一次她俩可能要在黄克莹那里多待些时间,就没有像往常那样,赶紧晾完衣服,回到自己的房间里,虚开一点门缝,听她们谈话。我并不是要听她们到底讲了点啥。我只想听听黄克莹的声音。那平静的、自信的、有节制的声音。"是哦?""真的?""妮妮,过来。不要捣乱。"听她从容不迫地在房间里走来走去,为她们倒茶递果盘。听她划自来火,为她们点烟(她从不肯用打火机)。有时她还会走到过道里来冲热水瓶。捅煤球炉。加煤球。再压上块铁板。这时,我宁肯赶快躲到门背后,放弃看她一眼的机会,而只去听她做这一切琐事时发出的声音。轻巧的,有条不紊的。哗……嚓嚓嚓……卜落卜落……咣当。完事。绝不会多一下,也不肯凑凑合合少一下。总是恰到好处。恰到好处。哦,这就是黄克莹。我无限感慨地抱住自己的头,坐在门背后的地板上,等待着从她那儿再度发出声音。

67

但没料到,许家两姐妹进房间不到十分钟,那里先是传出一阵激烈的争吵声。而后黄克莹尖叫了一下,(怎么可能?)接着便听得一阵哭声,而后四姨太许同梅气呼呼地冲出石库门。同兰气喘吁吁地挥舞着同梅的坤包追出,在黑漆大门口连声叫喊,同梅,同梅……

许同梅还是连头也不回地走了。

68

那天许家姐妹是来"兴师问罪"的。黄克莹在这段时间里,一次也没去约会过谭宗三,也不向她们报告任何情况。拿了钞票,居然不做事,为啥?

为啥?我不想再替你们做了。黄克莹低头回答。

不想再帮我伲做了?为啥?

没有啥为啥……就这样……黄克莹断然再答。

就这样?那么简单?许同梅已经有点熬不得了。

这有啥复杂的?我做不下去了。黄克莹好像有点不大想再多说,便借口去拿热水瓶,起身向另一边走去。许同梅当然不想放过她,一定要她讲讲清楚,于是跟着也站了起来,想走过去拦住她。许同兰立即递过个眼色,要她稳住,别动;而后,先手探过身,拿过热水瓶,把几只茶杯一一续满,盖上盖;再拿过抹布,把溅出的点点水迹,一一擦净。这才做出有一搭没一搭的样子,走过去拉住黄克莹的手轻轻地拍着,说,到底出啥事了?跟姐姐我讲讲。

真的没有啥。我就是不想再这样做下去了。

我姐妹俩有啥待错侬了?同梅急切地插嘴道。

没有没有。真的没有。黄克莹忙从同兰手掌心里抽回自己的手。

好了好了。今朝我跟同梅来,不是跟侬讨债来的。交关(很)长一段辰光没有看到侬了。老想侬的。来看看侬。许同兰一边说,一边又想去拉黄克莹的手。黄克莹却偏偏有点不领情,一边说谢谢,一边抽出手,并忙背转身去,有意躲开许同兰,给许同兰一个下不了台。许同梅见此情景,实在忍不住了,便哼了一声,撇撇嘴说道,不要两斤放在三斤里翘,敬酒不吃吃罚酒。这两句话,音量虽不重,但分量重。黄克莹许同兰都是聪明人,怎么会听不出这话的分量?两个人同时都疙愣了一下。特别是许同兰,更加着急。最近从"豫丰楼"里传出消息,谭宗三又跟他那几个"大学同窗"统统搞僵、闹翻。"豫丰楼"小班子几近瘫痪。刚刚新修起来的锅炉房,也已经有好几天不冒烟了。那几位整天穿着高跟鞋、涂着红嘴唇、怪里怪气的女秘书,也没有那么趾高气扬目中无人了,甚至都看不见她们从那新油漆的大铁门里进进出出了。应该说,许家姐妹等了多少年(?)的关键时刻就要到来了。是的是的。多少年。她们来到这上海。这上海……这个上海啊……这时候,她们急需全部的内部情况。全部的真实情况。越详细越好。她们还有下一步计划。马上就要兜底穿的"下一步"。可这个黄克莹却说她不想帮忙了。想滑脚?还没有听见汽笛响,就想撤跳板?当然不能允许。千钧一发之际,再到啥地方去找一个能这么接近谭宗三、能直接进入他内心的人?就是找得到,时间也不允许了。再说,许同兰也不舍得黄克莹走。这段日子,双方虽然不能说接触很多,但许同兰却真的感到已经有点离不开黄克莹。她说不清楚这个黄克莹身上到底什么地方散发着那么一种让人离不开而又舍不下的东西。黄克莹比自己还稍稍小个一二岁。她没有任何值得在上海滩上炫耀的身份地位。一间不带厨房不带卫生设备的石库门房子还是她们为她租的。作为女人,她生活得既不完善,也不完美。没有丈夫,却"拖"着一个五六岁的小囡。必须活下去,却至今还没一个靠得住的职业。想松一口气,却必须时时受他(她)人约束和牵制。难道正是她所有这些自己没有经历过的"坎坷"在吸引着自己?许同兰似乎也不同意这样的结论。因为要论"坎坷",许同兰怕也不次于这位"黄小姐"。只是各自经历的坎坷不同罢了。各自的眼泪水滴在了不同的辛酸处罢了……特别要谨慎的是,这位黄克莹不是一般吃侬、求侬,因此样样都能依侬的那种女人。她是吃侬而不求侬、求侬而不会样样都依侬。有时候面皮薄但心底硬,有时候面皮厚心底又软,叫侬无法捉摸得透。但不管怎么样,对待她,在任何时候都不能凶声凶气恶言恶语。这一点她是随便怎么样也受不了的。

　　许同兰担心的事果然发生了。黄克莹愣了一会儿,直瞪瞪地反问许同梅,侬讲啥?同梅不等同兰上前拦阻,就冷笑着从坤包里摸出粉饼盒,转过身去,一边对着盒子里的小圆镜补妆,一边答道,我讲啥?两斤不要放在三斤里翘哉。拿了人家的钞票嘛,就要帮人家做事体,就没有啥价钱再好讲。侬不觉得现在再来讨价还价,已经太晚点了?啊?没有等许同梅最后那个"啊"字啊出口,只听黄克莹疯了似的尖叫一声"啊——"那声音的凄厉高亢漫长,不仅憋红了她全部的脸颊,而且还仿佛要震破玻璃窗似的,让楼上楼下四邻八坊都吃了一惊;紧接着又连连短促地叫了几声"啊……啊……啊……"把妮妮吓哭了,把许氏两姐妹也吓呆了。她完全失控,弯下腰,呼呼地喘,眼睛里冒着干热的光,而后冲到碗橱背后,摸出菜刀,哐的一声,把砧板上的两双筷子一剁两半,飞溅老高,再劈里啪啦落了一地;而后转过身,恶狠狠地看着许同梅。许同兰腿一软,眼泪也被吓了出来,叫一声,克莹,侬不要这样……我害怕……忙扑过去一把抱住黄克莹,一边哭,一边连连求情。

许同梅看到黄克莹完全失控,最后又拿起了刀,便赶紧退到房门口。她本来可以就此蹿出去,但她怕同兰一个人吃不住"疯"了的黄克莹,也怕失控状态下的黄克莹误伤了小妮妮。所以在房门口又等了一会儿,等局面稍稍得到平息,见妮妮哭着扑过去抱住了黄克莹的腿,黄克莹也瘫软了下来,同兰又趁机从黄克莹手里取下了那把方头菜刀,她这才转身冲出楼去。

69

黄克莹忍无可忍。但不是因为受不了许同梅那些关于"钞票"的话。一句半句带刺的话根本伤不了她。这种话,黄克莹这辈子听多了。比它更难听更刺人的,她也听过。更何况她早已不是那种因为一句半句闲话就会哭半天、闹半夜的"娇气小姐""女中学生"。她从来就没有做过这种"娇气小姐""女中学生"。用她自己的话来说,我倒是想做,就是爹妈没给过我这个命。我这根"黄瓜"一生出来,头顶心上就不带娇滴滴的小黄花。她今天忍无可忍的发作,只是因为谭宗三。

这一段时间,黄克莹并非像许家两姐妹获知的那样,中止了跟谭宗三的交往。恰恰相反,他俩见面的次数比从前任何一个阶段都要多。在一起的时间也更长。相知的程度也更深。黄克莹不等谭宗三盘问,就主动把自己跟许家两姐妹和经易门之间的这点"交易"告诉了他。让黄克莹感动的是,谭宗三不仅没计较没追问,而且还阻止她往更深处叙说这两档子事。甚至还不让她说一句自我忏悔的话,以反省自己前一阶段的作为。"我们在这个世界上活着,没有一个人能逃脱得了别人的要挟利用和制约的。没有一个人能痛痛快快做成一个自在的人的。你就不必这么过于苛求自己了。苛求……也是没有用的。"他这么说。说得那么大彻大悟。那么淳朴端庄。那么平和厚重。这时,他俩正坐在英国领事馆附近一家咖啡馆里。入夜后的大雨正瓢泼般击打在对马路一些沉重的花岗岩墙体上。他喜欢那带一点外国情调的水杉园林。那雨中黢黑的大玻璃窗上反照出一点幽明的电灯光。喜欢听这时从苏州河里传来几声驳船沉闷的吼叫。他在心里把它放大。在意识中感觉某种晃动。那天晚上,他们除了要了两杯黑咖啡,还要了两客双色冰淇淋。他喜欢吃冰淇淋,即便在冬天,也喜欢。但那天,一直到冰淇淋在精致的水晶果盘里全化了,他也没动它一勺。在这段整整三个小时的会面里,送他们过来的那辆祥生汽车公司的黑壳子出租车一直等在外头。司机都起疑心了。不止一次进店堂来窥视。最后谭宗三摸出一张百元大票,拍在餐桌上说,看啥看?侬要不放心,就拿起钞票给我滚。司机忙谄笑点头,退了出去。黄克莹劝道,发那么大的火做啥。人家卖力气吃饭,也不容易。谭宗三赧然。再没作声。后来有一次,黄克莹约宗三去张行镇素菜馆。二人自从相知渐深,约会的地点也更多地从市区搬到了郊区。双方都希望在更陌生的环境里,见到更少的熟人。那天也是个雨天。张行这个素菜馆名叫同兴楼。是南京人开的一个教门馆,已很老旧了。看它雅座间四面板壁灰暗,旧式的太师椅和那幅六尺捧桃老寿星中堂,已然斑驳褪色。院子里几棵枇杷树在雨中已挂上一粒粒小青果,恰然期盼悠悠岁月同样轮换它一批又一批修长的叶片。到处都有朽木的味道。但他家酿一种好酒叫"金陵春",菜点中有个"清汤四件",远近都有点名气。值得提一笔的是,这个同兴楼隔河跟一座桃园相对。桃园占地六七亩。园中有座砖砌宋塔,当地人称之为"圣教序塔"。每每到清明前后,市里常有人包了专车,排排闳闳带一家老小到塔前来踏青赏花吊古许愿。不失为一个清静幽雅去处。那天黄克莹多吃了两杯。谭宗三说,侬好像有话要跟我讲?黄克莹默默地笑了笑,放下酒杯,先接过跑堂递过来的热毛巾,舒舒服服地擦了一把,又夹了一筷"八宝鸭"给谭宗三。这"八宝鸭"也是素的,是用豆腐衣裹通心莲水发香菇,加笋肉松子肉核桃肉青豆,再加料酒姜汁麻油胡椒味精糖,再加糯米饭,经过十几道手续,做好以后,蒸出来再放在素油里煎成的。黄克莹漫不经心地舔去筷头上的一点勾芡汁,晕晕地晃了晃,低头闷坐了一会儿。谭宗三心存不安,赶快悄悄伸过手去,把一小碗滚烫的九华山僧汤从她面前挪开。黄克莹却一把扼住他的手腕,苦笑道:"怕我打翻汤碗?侬……小看我了。半斤老酒。算啥?算啥……"谭宗三又想移走她跟前的那把锡酒壶。她只是不肯放开他的手腕。不一会儿,谭宗三就觉得她手心渐渐潮热,有了些汗意,并越发地捏得紧了起来。

"宗三,有件事,我一直想问问侬。侬允许我问哦?"

"问。"

"侬……侬为啥只亲我的鞋子,不亲我这个人?"

"我这个问题……是不是问得有点太唐突太无聊也太……太下作了……"

"不……侬是应该问的……"

谭宗三一边应答着,一边向四下里打量。黄克莹知道他担心的是什么,便索性站起身,张开两臂,原地转了一大圈,得意地告诉他,楼上这三间雅座,今朝她统统包下来了。还包了这三张台子。现在整个楼座里只有她和他两个人。而且不经她招呼,任何一个跑堂、茶房都不会自说自话上楼来偷听。这是她昨天在电话里就跟这里的老板讲好的唯一条件。

"我晓得侬喜欢我。而且是真心的。"

"谢谢侬……"

"看见侬只敢亲我鞋子,侬晓得我心里有多少难过?"

"我晓得……"谭宗三脸色由红渐渐变白。

"宗三,侬到底有啥为难处?侬能讲出一点来给我听听吗?"黄克莹凑近过去,因为谭宗三低着头,她只能单膝跪在他面前,才能看清他脸上的表情。她就这样跪了下来。胸脯紧贴住宗三的膝盖,还把他的一双大手,紧紧地合在了自己那双小手手掌心里。

"侬到底有啥为难之处?"她等待着回答。

"侬到底有啥为难处。"听到黄克莹这一声声贴心的追问,谭宗三的心突然一阵痉挛。从来没有人这么问过他。所有过的只是"侬不该这样""侬不该那样"。或者只给一副冷冰冰的面孔。或者就像巴儿狗那样围牢我,跟我讨这个要那个。逼我做这个做那个。可我毕竟是有为难之处的啊。你们为什么不来问问我"到底有啥为难处"?谭家三少、谭家三叔、谭家"三先生"就不会为难了?我有为难啊!为难啊!!谭宗三浑身猛地一颤,便觉鼻子酸了,眼眶热了,两颗滚烫的眼泪便沿着鼻翼两旁的深沟涩涩地滚落下来。他不想让黄克莹看到,忙转过头去。但眼泪,还是成串地滴落在黄克莹的手背上。

顿时,黄克莹的眼圈也红了。当谭宗三不无有些难堪地从黄克莹手掌心里抽出自己的大手,起身走到窗前,从西装裤的裤袋里掏出丝织的手绢,擦去眼泪时,黄克莹竟然也跟了过去,并从身后一把紧紧地抱住他,把脸紧贴在他略显得有些瘦长单薄的脊背上,不顾一切地呜咽了起来。

70

十分钟后,谭宗三慢慢转过身来,轻轻托起黄克莹泪流满面的脸,再一次非常非常真诚地说了声:"谢谢侬。"替黄克莹擦去泪水,而后,就径直下楼去了。

71

　　从谭宗三为她擦去泪水,到决然地转身下楼,这中间还间隔了好几秒钟。这是一段绝对漫长的过渡。几乎是停顿的过渡。黄克莹微微地仰着脸,不敢睁开眼。甚至都不敢使用自己的双手,或者去帮助、或者去削弱这种过渡。她只能清晰地觉出他粗重的喘息,悉心地捕捉由他那并不算丰厚但却温软细润的手掌心在她脸颊上的每一点移动所产生的特殊感觉。她感觉得到他整个身体像一个巨大的火球向她辐射着战栗着滚动着。她从来没有期望过进入一座无法复出的森林。但她却渴望过同样一种凝重和深邃。期待过心甘情愿的付出。期待那只多少有些哆嗦的手掌慢慢下移,能托住她已无法承载那许多渴求的腰肢,把她整个地都揽进他的身躯。期待着他那个特别脆弱而敏感的嘴唇……

　　但他……突然间,松开了手。

72

　　回来的路上,他和她都没说话。只听得汽车在雨中沙沙响。雨刷咔嚓嚓咔嚓嚓摇摆得很僵硬。今天他们使用的是谭家的自备车。开车的是谭宗三自己。

　　车快要进市区了。谭宗三问,侬回啥地方?

　　回侬(的)房间。黄克莹答道。

　　谭宗三默默一笑道,不要寻开心。

　　黄克莹说,不回侬(的)房间,侬就跟我一道回我房间。

　　谭宗三在沉默了一个很短的片刻后,又说了一遍,不要寻开心。

　　没有人在跟侬寻开心。黄克莹回答。声音显得非常平静舒缓。

谭宗三立即放慢了车速,回过头来看看黄克莹,好像在看一个陌生人似的,确证她真的不是在开玩笑,便一下刹住了车。这时车已过了有蓝绿色琉璃瓦建起来的黄家花园。马路两旁再次出现了低矮的茅草房和一小片一小片围绕着宅沟生长起来的竹园和豌豆田蚕豆田和葛笋田。雨也越下越大。很少吃烟,甚至基本不吃烟的谭宗三,这时突然拿出一包白锡包,点着一支,神经质地连连吸了几口。而后就拉开车门,走进雨里。这时,瓢泼的大雨像密密麻麻紧挨着的珠帘,暗地闪着光,在狂风中悠来悠去地飘忽。火车道口橘红色的标志灯和马路两旁参差不齐的大杨树和一排排低矮的本地房子,统统都浸没在一片把天地都混同起来了的大雨之中。烟头即刻就被浇灭了。

不一会儿工夫,他听到黄克莹也下车走进了这雨里,并轻轻走到他身后,伸过手来轻轻地抱住了他。不知是因为冷,还是因为从没经受过这么大雨的直接击打,他清楚地觉出,她浑身抖得厉害。他下意识地怜悯般地去握住她环绕在他腰间的那双冰凉的小手。她反而抖得更厉害,两条胳臂也把他箍得更紧。他挣扎着转过身,希望用自己虽并不算宽厚,但毕竟要比她高大些的身子,为她挡去一些雨和风。当他刚弯下一点腰来时,她却一下搂住了他的脖颈,踮起脚尖,狂热般地呢喃道,亲亲我。宗三,亲亲我……

谭宗三不知道自己当时究竟做了些什么。他只知道全部夜空的重负都压在了他背脊上,全部的雨珠都化作了滚烫的镖弹击打他的心口,全部的狂风裹挟起他俩,旋转在一个闪烁着耀眼白光的殿堂里。有红色的耸起。有金色的铺排。有灼热的涌动。还有林立的圣幡和天地玄黄般的轰鸣。他喘息着。他寻找着。他听不到她的呻吟、喘息。她同样也在寻找、吮吸。她甚至在哭泣。他忽然觉得自己是那样地对不起她,自己手心里还紧紧地攥着那个湿透了的烟头。他不知该怎么安慰这彻心彻肺的饮泣,一直到骤然间一切都消失。静止。凝固。排除。后来,他把她送到她住的弄堂口,她住的石库门房子跟前,并跟她一起进了她的房间。妮妮独自一人早已睡着了。睡在一个小小的屏风的后头。睡在一大堆被褥里。

73

　　黄克莹轻轻拣起散落在妮妮"床"头的那些玩具,关掉小屏风里的那盏地灯,从五斗橱里取出替换的干衣服,又拿了瓶热水和一只脚盆,轻轻掩上门,把谭宗三带到二楼亭子间,说,侬先用热水揩揩,换换衣裳。我去烧点红糖姜汤,给侬祛祛寒。"侬啥辰光又租了这样一个亭子间?我怎么不知道?"谭宗三一面解纽扣,一面问,同时又不无疑惑地打量着这个布置得也算精到的亭子间。"侬不晓得的事情还多着哩。都让侬晓得,那还了得?"黄克莹一面往脚盆里倒热水,一面笑嗔。十分明显,亭子间是专为他而准备的。因为窗台上摆放的是他喜欢的那种花卉。茶叶罐头里存放的是他喜欢吃的那种茶叶。窗前那张两头沉硬木写字台虽然不能跟谭家花园大房间里所用的相比,但也的确是谭宗三所喜欢的那种外表装饰比较繁复的正宗清末家具。最明显的是,台面上放了一只硕大的蟋蟀盆。既不是那种名贵的南方戗金瓷盆,也不是那种北方人喜欢玩的葫芦罐。只是极普通的一只大瓦盆。盆身上无非雕镌了几段竹节和"素月"二字,再没有别的装饰。但只要揭开盆盖,就会让你吃惊。这里头居然仿照人间大户人家宅院,分隔有水房、食房、斗演房,自然也少不了"卧室"之类的地方。似小指甲盖大的水罐和食盆,居然也是用花梨木雕出。最为奇巧精妙的要算是每一间"房间"里,都挂得有字真句切的"楹联"。每一幅楹联都细刻在两个做成竹筒状的竖匾上。盆外还专门备有一柄老式的放大镜,让客人俯下身来仔细欣赏这些撰写得并不低俗的"楹联"。真可谓"地只数寸,而有迂回不尽之致;居虽近廛,而有云水相望之乐"也。比如挂在"卧室"里的那一联,居然袭用曾文正公的语意,写道:"体人心,隐图自强;留余力,争持大事。"真可以说直逼某些"借居"于此的蛐君子们的心曲,倒也有趣、贴切。这只盆,正是谭宗三前不久得知这位克莹小姐从小就喜欢逗弄饲养这种小虫,托人到四马路胡家宅一带兜得来送给她的。

还着实花了不小一笔钞票。

食品柜里自然也少不了谭宗三喜欢吃的那种法国红葡萄酒。

……

黄克莹回自己房里擦洗。不大一会儿工夫,擦洗完毕,换了一身宽宽大大的藕色丝光府绸家常便服,端一碗滚烫的红糖姜汤,走了进来。

"侬还没有洗?侬在这里发啥呆?水全冷掉了!"她小声地惊叫。

谭宗三忙去解衣扣。

"侬真像小囡一样,一点都不会照料自己!"她夺过水盆,又去换了一盆热的来,然后又去自己房里等着。这次,有教训了,过不了两分钟便来敲门催问:"在洗吧?"

"嗯……"

"嗯什么?到底洗了没有?"

"这衣裳……"

"这衣裳又哪能(怎么)了?"黄克莹再次推门走进。刚才黄克莹为谭宗三拿了一套崭新的男式衬衣衬裤来让他换用。这时谭宗三一边翻弄着那套衬衣衬裤,一边无所适从地看着黄克莹。黄克莹马上猜到他心里的"不快"和"迟疑"所在。

"放心好了。这是特地为侬买的。擦刮里全新的。不是别的男人留下来的。我这里没有别的男人的东西。除开侬,我现在没有别的男人。不要瞎吃醋!快洗吧,我热水瓶里最后一点热水都倒给侬了。再冷掉,我就没有办法了。这么晚了,老虎灶都关门了。"黄克莹一边笑嗔着,一边走上前,伸手就要替谭宗三解衣扣。

谭宗三脸微微一热,忙捉住黄克莹的手说:"我自己来。"

等谭宗三擦洗完,黄克莹再次回到亭子间里,又带来一套西装。自然也是新买的。肥瘦长短正合身。看样子,她为今晚这一刻,早做了方方面面的准备。这不免叫谭宗三心里一热。

谭宗三不喝姜汤,要黄克莹为他倒了一大杯葡萄酒,又要她在葡萄酒里掺了一点白兰地。

"我那辆汽车停在你们弄堂里……不会太招眼吧?"

"侬真小看我伲这条弄堂了。"黄克莹默默一笑,"侬去打听打听,我伲这条弄堂,啥等样的人没有?啥等样的车没有看见过?不要说侬这部老福特,就是开一部飞机进来,也不会有人感到稀奇。"

不说话了。又过了一会儿。

"宗三……"

"嗯?"

"今朝我老开心的。侬总算真正亲了我……"

"对不起。"

"不要这样讲。"

"今朝夜里,我还不能在侬这里待得太晚。"

"为啥?"

"豫丰楼那边还有点事……"

"真的?"

"那还有啥真假。"

"我看不像。"

"那……侬讲我是因为啥才不肯留下的?"

"我又不是侬肚皮里的蛔虫。我哪能(怎么)知道侬到底是为啥不肯留下来。"

"不是不肯……"

"好了好了。我不勉强侬。再吃两口姜汤吧……"黄克莹说着忙转过身去。但谭宗三还是看到,她眼圈隐隐地红了。

"我真的不是不肯……"谭宗三加大解释力度。

"不要讲了。再吃两口姜汤吧。这两件湿衣裳……假如侬放心,我帮侬送到老正章去洗了烫好,侬再拿走。"

"谢谢侬。"

"不要谢。谢啥?我用的还是侬谭家的钞票嘛。我这里的一切,包括我自己我女儿,都是侬谭家的人出钞票供着的嘛。有啥好谢的?"

"克莹,不要这样讲……"
"好了好了。不讲了。不讲了。侬走哦。快走。"
黄克莹真的哭了。

74

黄克莹看到,谭宗三踽踽地上了车,没有开灯,独自在黑暗中默坐了好大一会儿,才发动着车,缓缓开出弄堂口。

雨,的确是小了。但月亮还没出来。

75

谭宗三何尝不想留下来跟黄克莹好好地过一个夜晚?就是在盛桥的那个小跨院里,在那个被他自认为是"不堪回首"的灰暗的早晨,引发他激情地捧起、亲吻并使劲揉搓那双旧皮鞋的冲动的,难道不正是这样一种"向往"?向往着走近她再走近些。轻轻抚摸。轻轻抱起。轻轻地诉说自己全部的苦恼、为难和不自信。他需要这样一个人来倾听。一个完整的人。女人。圆润的清醒的。随和的大方的。像一座永恒的希腊神像。一群不声不响的山垭。一道沧桑的墨绿。一座在高岸上经年堆积的草垛。一片洁白的荞麦花。一袭常年梳理万顷苇荡的清风,紧贴着地平线长驱直入,再无形地飙升,隐入那高爽的蓝空。谭宗三和许多男人一样,他们在女人身上寻找的,往往只是另一个"自己"。另一半没有显现的"自己"。作为愿望、欲望压抑着的"自己"。他要看到"她",触摸到"她",侵入"她",然后再深深地请求"她"原谅、宽宥。就像跪在母亲面前一样。比如我所知道的狮子和那种叫条形花狸的东西。在干涸的河床上或枯萎了的杂草丛中你一定能看到可怜兮兮的雄花狸在哀怨地逡巡。

但谭宗三今天却不能留下来。这正是他此时此刻十分苦恼,又不能对黄克莹明说的。

76

他怕什么?说出来,您也许根本不会相信。他怕豫丰楼里的那几位。怕那几个他自己请来的"独臂人"。大学同窗。

77

中午我走出森林。
傍晚我又走了进去。
到早晨我该怎么办?

78

应该说,周存伯、张大然、陈实和鳅荛半年这一向干得相当不错。辛苦备至费尽心机,已使前一段几近枯涩瘫痪的谭氏集团得以开始润滑启动。资金的借贷、原材料的赊欠、产成品预付款的及时汇入、低价位买入和高价位抛出契机的捕捉,甚至说服(威逼?利诱?)对方让开刚占着的"跑道",让处于困境中的谭家进入……哪一件事都不容易啊!但他们做到了。"豫丰楼强力工作班子"和"四个独臂大学同窗",因此成了上海商界的一个热门话题,被一致认为是谭家门里新出现的、能够把谭家最终带出当前困境的前瞻性活力。比如陈实,居然在各国银行驻沪机构人员中组织了一个"援谭联谊会",并准备以此为基础,马上再组建一个"联合投资银行"。此银行唯一的宗旨就是筹集大宗款项,向谭氏集团各大企业投资。此举在豫丰别墅中曾赢得一片叫好声,被存伯和大然誉为"自有小班子以来的最佳'构思'"。陈实在豫丰别墅里因此也获得了"佳构骑士"的"美称"。全体女秘书主动集资请他到德大西菜社吃了一顿。存伯甚至还跟宗三笑道,应该制作一种"金十字骑士勋章",专门奖掖那些为中兴谭氏集团做出重大贡献的人士。首发当属陈实无疑。

他们唯一还没有插手去经管的事,是谭家的"内务"。他们认为那一摊事情实在太复杂。谭老老先生和谭老先生故世后,各自都留下了几位老老太太和老太太。老老太太和老太太多年寡居,不甘寂寞,又各自从各自的家乡接来了一帮子老老姑表堂姐妹和老姑表堂姐妹。这些来自乡下的老老姑表堂姐妹和老姑表堂姐妹,到了上海,进入谭家花园,吃着雪白的大米饭,用着锃亮的电灯光,自然十分感激老老太太和老太太的恩德,自然要使出浑身的解数来维护各自的老老太太和老太太;为了维持自己目前的地位,她们又要在老老太太和老太太面前竭力表现得比别的姑表堂亲更加"贴心""知心",更加"精明""能干"。她们互相监视、告密、传小道、递消息……不断地掀起各种各样的"风波",使谭家的"内务"呈现出一种为外人所难以理喻的多彩性、尖锐性和隐秘性。但同时也要指出,正因为有了这些"风波",老老太太和老太太的日子才过得不寂寞,充实。才不发或少发气喘病和胃气痛。而真正能凌驾于这些"风波"之上、给予居间调停的,只有一人,那就是经易门。她们都服他,也只服他,除了老老太太和老太太外,她们只听他一人的。这个世界上,没有比经易门对她们更知根知底的了。是他奉命把她们从乡下一个一个地接来。他亲眼看到过她们从前的模样。也是他,奉命在谭家花园里安排她们吃安排她们住,并按规矩,给她们发放每月的零用钱。她们还有些特殊用场,比如老家来个人、老家出点什么事,等等,两位老太太另有一笔"专项基金"逐月拨出,按各人的不同情况不同需要来发放。这笔钱划到"管事房",由经易门掌握使用。这大大加强了经易门在她们心目中的重要性。但使她们最为感佩的是,经易门从不滥用这方面的权力。总是一视同仁。该给多少就给多少,从不在她们中间有所倾斜。(要知道,她们中间分了许多"帮派"。"帮派"之多,让人没法搞得清楚。从大宗来说,分老老太太派和老太太派。又有太太派和姨太太派。还有本帮派和北帮派。后来又加了个岭南派。还有民国十八年前进谭家的和民国十八年后进谭家的。民国十八年前进谭家门的又分某年某年的。民国十八年后进谭家的也分某年某年的。还分缠过脚的和没有缠过脚的。嫁过男人的和没有嫁过男人的、男人还活着的和男人已经死了的。生过子女的和生不出子女的。有幸既生女儿也生儿子的和只生得出女儿生不出儿子的。长得非常胖的和长得非常瘦的。信佛的和信耶稣的。喜欢听绍兴戏的和喜欢听申曲或粤剧的……她有可能今天是这一派的,明天又变成了那一派。甚至上午还是那一派的,下午却又跟另一个派的人去嘀嘀咕咕了。阵容的变幻,真的犹如大风天里的云团。个中的奥秘只有她们自己知晓。所以有人说,有了一点资历或姿色,又能吃饱穿暖,又有许多闲时间的女人,是这个世界上最能惹事的人,此言极是。)

张大然他们的确非常感慨,经易门在料理谭家如此庞大的一个工商兼有的企业群的同时,居然还能分出如此多的精力,如此恰如其分地摆平了如此之多的"老女人",他们真的感到有点"自愧弗如"。在撤销东西管事房时,他们留下了原先协助经易门管理这些"老女人"的两个"账房先生",并还留下了经易门那个也算是庞大的"内务"班子,只是改换了个名称,叫"总务科"了。他们自己必须集中精力对付那些濒临倒闭的企业。这是对的。同时,他们还要用很大的气力来调整自己和谭宗三之间的关系。

他们发现在分手多年后再见到的这个"谭宗三",不是他们过去所熟识的、总在怀念之中的、一提起来就津津乐道,并引以为自豪的谭宗三。

他变得很内向(这不算缺点),变得很不合群(这也不能算什么大缺点)。他变得拿不定主意,又怕面对十分复杂的事情(这就让人太意外了。过去他在学生会里当总干事时,最火辣辣的主意总是出自他,最难办的事也总是他自己抢着去办。在身兼八职之后,他还在学生会南国剧社兼了个社长暨总导演的职务。每次演出契诃夫的《三姊妹》,他必定亲自去做布景。他说一定要在那几棵高高的白桦树身上做出地道的俄罗斯味道,否则,这个戏随便怎么演,也演不出那种特有的契诃夫味道。当然,那个叫作"安得列·谢尔盖耶维奇·普罗佐夫"的男主角也得由他来扮演。你难以想象,在那几年里,他身边总是围着一批最出色的崇拜者和追随者,包括同性的和异性的;也总是聚集了一批最出色的忌恨者和反对者,也包括了同性的和异性的)。而现在,他不单单变得优柔寡断,而且还怕别人知道他变成了这么个人。他不愿面对复杂,却又不愿让别人来插手他所面临的复杂。(既然不想让别人插手,侬把我们这四个人请来做啥?)(哦,不是不想让你们插手,更不是不相信你们。我希望你们插手。但……但是……要商量……不管做啥,一定要跟我商量……)(啥事没有跟侬商量?侬讲呀!)(噢噢……是的……是的……)

最让张大然周存伯这四个人伤脑筋的是,不知道为什么,谭宗三一直和他们挑选来豫丰别墅供职的这帮子人亲近不起来。在这帮子人面前,他总是做出一副很庄重的样子,实际上却在躲着这些人。这帮子人是他们从几千个应聘者中反复汰选出来的。假使说,作为主脑的谭宗三,不能和这个工作班子真正结合到一起,那还有什么希望呢?他们不止一次婉转地提醒过谭宗三。谭宗三在这一次又一次的应该说是完全不必要的提醒面前,保持着一种让人无法忍受的沉默。没有人知道他心里到底在想些什么。

那天周存伯向谭宗三递了个"条陈",要求从本月下旬开始,每天为在豫丰别墅和谭家花园上班的所有员工免费提供一顿中饭。目的也是为缩短谭宗三和这些员工们的距离,增进感情联络。谭宗三看到此条陈,把存伯等找到写字间,问他们,啥人想出这花样经来的?存伯反问,怎么了?他问,这算啥意思,免费请客吃中饭?张大然在一旁答道,这不是免费请客吃饭。是员工福利。增进一种"大家庭意识"。谭宗三一听,先呆了一呆,马上又哈哈一声笑了起来,说道,大家庭意识?靠啥?靠请客吃饭?你们阿是有毛病?阿是以为谭家钞票忒多了?我已经付过工钱,凭啥还要额外出钞票弄一顿中饭给大家吃？这算啥名堂？啥地方有这种经理人员，没有本事管好自己手下的人，只好天天请大家吃中饭（当时的上海，的确还没有一个企业免费向员工提供午饭）！这要让经易门晓得了，不要笑脱下巴？！

陈实说，我们这样做，经易门当然不能理解。他要能理解了，我们跟他不就是一票货色了吗？但……侬为啥也不理解呢？侬不是去过英国……

这句话，在旁人听起来，也许没有什么大了不起的。但岂不知在谭宗三面前却已犯了大忌。谭宗三立时板起脸，厉声呵斥，不要跟我讲啥英国不英国。我不能让经易门笑我只靠请客吃饭讨好员工来管谭家。

哎，这跟经易门有啥关系？我们又不是为了这位"经嘎里"（姓经的家伙）才在这里做事。鲰荛小声插了一句。一般情况下，他很少插嘴。

谭宗三一听，更不平静了，大声反驳，我不管有关系没关系，我就是不能让经易门笑话我！

陈实还想说，你怎么没听懂我们的话？这件事跟经易门根本不搭界。但周存伯立即暗示了他一下，让他不要再强硬下去。

陈实只得不悦地别转头去。

是的。这一向，从表面上看谭宗三很少再提"经易门"三个字，似乎已撇弃了此人此事，但实际上他一直也没能从经易门浓重的阴影里超脱出来，一直还隐隐地深深地忌讳着这位经大总管，只是不声不响不再放在脸面上而已。而刚才在陈实的话里，居然把他跟经易门相提并论，极大地刺伤了他。谭宗三居然一甩手走了，把存伯大然陈实统统干晾在写字间里，搞得陈实哭笑不得尴尬异常。陈实当即就要递辞职报告，让存伯呵斥住了。他耍大少爷脾气，侬也耍大少爷脾气？一点冤枉官司都吃不落，还搞啥搞么？！陈实才愀然撕掉了辞职报告。是的，他们抛开自己原来所做的一切，会聚到谭氏这面已略显陈旧的大纛之下，再渡关山，不仅仅是因循了和宗三之间的那点旧谊，更重要的还是想要"借谭家这块地盘，在中国、起码也是要在上海搞出点名堂来"。而要想在今日之中国认真做出一点事体来,不受一点冤枉气、不吃一点冤枉官司,简直是不可能的。对此,他们是充分交换过看法的,自认为是做好了各种思想准备的。怎么就一下沉不住气了呢?况且只不过是从宗三那里受一点冤枉气,也算不了个啥么。宗三这个人我们还不清楚?公子哥儿嘛。任性。一阵风雨一阵雷。雷过云开,雨过天晴。心里不记仇。就这点名堂。

　　果不其然,到晚上,宗三主动找存伯(他不好意思去找陈实)讲,既然你们要试,那就试一试吧。反正花不了多少钞票。不过有两条。一、先在豫丰小范围里试,谭家花园的那帮子人等下一步再讲;二、伙食标准不要定得太高,传出去,真的变成我谭宗三败家精,天天请大家下馆子了。你们也给我留点面子,好哦?存伯等人偷偷一笑,松下一口气赶紧去办包饭的事。谭宗三就没再把这一顿中饭的事放在心里,第二天几乎忘了个差不多。到中午时分,只见存伯来请,说有事让他到楼下大餐间去一趟。"又是啥花头经?"他收拾好刚拟就的几份电报稿,一面起身跟存伯往外走去,一面问。"开幕式。"存伯微笑着只是简略地答了三个字。"开幕式?搞啥搞?"宗三又问。"侬去了就晓得了。"存伯再不多讲。

　　这时,大然和陈实毕恭毕敬地分立在大餐间门的两旁,皮鞋头发统统擦得锃光贼亮。一见宗三走了过来,两人学那英国皇室侍卫长的样子,赶快躬身为他拉开大餐间的硬木雕花大门。宗三真被他们吓了一大跳,愕然回顾存伯,问道,做啥?想吃掉我!三位均笑而不答,做了个手势,请宗三继续往里进。宗三迟疑地放慢脚步,抬头看去,只见全体豫丰员工,不论职位高低,一律穿着定做的"员工服"。男士一律深藏青,小立领中山式;女士一律宽背带天蓝薄呢裙加长袖白衬衣。每人面前都摆放着一份由大中西菜社送来的午餐。餐具也都是统一购置分发保管,整齐划一。眼门前真是一亮,紧着又是一声"雷"响。全体起立,齐声喊叫:"三三三三,三……""三三三三,三……"。"三"是他们对这位年轻的谭氏集团新总裁的爱称。简称。谭宗三嘛。三十三岁嘛。三三见九嘛。九五至尊嘛。"三三三三,三……"。如此齐心协力、肝胆相照、温馨备至……在场所有的眼瞳子里都充满了感激和决心,致使谭宗三心里一阵酸热,霎时间竟不知说什么才好，环顾左右而支吾了起来："三……这……嘿嘿……"

说起来，发明"三"这个昵称的，还是工作班子里那个叫黄畹町的女秘。二十一岁。上海景华会计专科学校毕业。前两天午休时，她跟几个同事边吃边聊天。那时候当然没有这样一顿免费午餐好享用。大家不是到马路对过小摊头上叫一碗阳春面、菜肉馄饨点点饥，就是从自己家里带点隔夜的剩菜剩饭来混一顿算数。黄畹町基本上不带饭。她在豫丰同仁中，年纪最小，又是个单身的黄花闺女，头脑活络嘴巴甜，所以总有人邀她下馆子"陪吃"。至于那些带饭的男雇员，饭盒子里只要有点好吃的，也总要搛一两块让她尝尝。好像只有让她尝过一口，剩下的饭菜吃起来才会特别香。难怪一个二十七八岁的女雇员戳着那些男雇员的额角头，咬牙切齿地笑诳道："贱骨头。没有一个好角色。"一个刚举家南迁来上海的中年男雇员，操一口带天津卫侉腔的洋泾浜上海话，笑道："咱天津卫有句老话这么说，十八九的小丫头，没模样儿，还有个水灵劲儿哩！这，您老就别不服气了。"

那天，黄畹町一边嗫着那个"天津卫"饭盒里的糖醋小排骨，一边问他："'三'中午吃啥？我来了这么多天，还没有看见他出去吃过中饭。他不吃中饭，活神仙？"

"三？三是嘛？""天津卫"和所有在场的人一样，让她说蒙了。

"谭宗三呀。还有嘛？！"

"哎哟，三啊。怎么这么亲热？谭老板也不叫了，就一声'三儿'。啥关系啥程度啦？""天津卫"哈哈嚷道。

"侬管我啥关系啥程度！"黄畹町得意兮兮地白了那一帮子家伙们一眼。这时谭宗三慢吞吞走了过来，问："啥人叫我'三儿'？"

当时，所有在场的人都极为尴尬。黄畹町也闹了个大红脸，吭吭哧哧地，没敢站出来承认。僵持了一会儿，吃完饭的人，便趁机赶快溜到卫生间去洗饭盒，离开这是非之地；没吃完的，也忙低下头去只顾大嚼，努力做到目不斜视。一时间气氛搞得相当紧张。谭宗三一走，马上就有人冲黄畹町指指戳戳、又苦笑又叹气又晃脑袋又撇嘴地作了一系列无声的责备。

而这一个下午,直到下班前,很有几位三四十岁的老兄心里像装满了碎玻璃碴似的,总想找个机会,个别去向三老板解释清楚,中午发生的事,跟他们没有一点关系。他们怎么会这么不晓轻重地把老板称作"三儿"?

但一直到下班前半小时,并没有发生他们认为一定会发生的事。后来就下班。回家。只是到第二天,发现黄畹町姑娘没来上班。大家以为她病了。那时候上海弄堂里的公用电话网远没有现在发达。传呼业务也远没有现在开展得如此通畅便当。同事间有什么事都是等下一回见面了再说,还没养成打电话通消息问候的习惯。第三天,依然不见黄畹町上班,有人就问,黄小姐哪能(怎么)了,啥人有啥消息?到十点钟光景,周存伯领了一个三十几岁、背稍微有点驼起的精瘦男子走了进来,并关照秘书股长,把黄畹町手头的那一摊事情,统统移交给这位"蒋先生"。"蒋先生"忙向秘书股长和善地笑着弯弯腰说道,多……多……指教多指……指指教(这家伙好像口吃得还挺厉害)。秘书股长着实愣怔住了,过后赶紧问,黄……黄小姐呢?周存伯斩钉截铁地打断了他的话,答道,黄小姐已另谋高就,不再来豫丰别墅上班了。大家一下都呆掉。

是的,在这个被那四位独臂人调教得高度合拍、高度紧张、高度"机械化"了的工作小班子里,有没有这么一个既精通业务又年轻而随和的小姑娘存在,对于这些日夜伏案工作得脸都发黄变绿了的中年男子来说,的确是很不一样的。

后来才得知开除黄畹町并不是谭宗三的主意。他事先甚至都不知道有这么一档子事。"蒋先生"正式接手工作后的第二天(第三天?)谭宗三到秘书股的小写字间来过一趟。还是那副慢慢吞吞的样子。四处查寻一番,便在黄畹町原先用的办公桌前站住了,犹豫了好大一会儿,还问,那个叫我"三儿"的小姑娘呢,怎么不按时来上班?你看,居然还在找她。还记得她叫过他"三儿"。

谭宗三得知黄畹町已被清退,清退她的是周存伯,而且清退的理由只因为那天她在背后叫了他一声"三儿",真是气得不得了。他立即大步向周存伯的写字间走去。但走到门口,他却又犹豫了。他觉得自己就这样一股脑儿地撞进去,会使存伯下不了台,更会在豫丰别墅里闹出一个不小的响动。这件事非管不可,不过,还是得照顾到存伯的面子。于是他忍了忍,叫住一个迎面走过来的工作人员,让他去通知周先生,立即到他的写字间来议事。

"周先生好像正在跟几个部门主管谈远东汇通银行的一桩啥事体……"那工作人员好心地报告道。

"不管他在开啥会,统统给我停了。"谭宗三不耐烦地打断对方的话,"叫他马上到我写字间来。另外,请张先生陈先生也一道来。"宗三没有叫鲰荛,是因为鲰荛平日不来豫丰坐班。他给鲰荛的任务是调查"谭家男人活不到五十二岁"这种传说的真实性,并查清其原委。既然要调查,当然就不能天天在豫丰泡着。再说,鲰荛的身体状况也不允许他天天来坐班。

79

黄畹町并不知道自己脚上那双旧皮鞋的式样跟过去黄克莹穿的那双一模一样;更没人告诉她,在她之前,也有一个同样姓黄的女子曾非常近非常近地进入过谭氏集团现任总裁谭宗三的视界。

黄畹町比黄克莹当然又要年轻得多。她离开学校还不到两个月。经张大然介绍进入豫丰别墅,兼管文档内务。

她突然发觉,这位"三先生"总是喜欢盯牢她的脚看。她回去告诉她姆妈。黄畹町的阿爸独自一人正在旁边的小台子上,烫了一壶"加饭",买了两块五香豆腐干,笃悠悠地吃着。听见女儿这么一句悄悄话,便扬起粗短的眉毛,瓮声瓮气地追问:"看侬的脚?搞啥百页结?"

黄畹町本不想让阿爸晓得这桩事的,现在反让阿爸明着这么一追问,立时红起脸,推了阿爸一把,嗔啐道:"不要不要。啥人叫侬偷听的?不要不要……"说着拉起腿脚不太灵便的姆妈往天井里走去。

"侬姆妈懂啥?"黄福奎忙拦住母女俩,并关上通天井的门,继续追问,"到底哪一回事? 快讲把我听。那位三老板盯牢侬的脚看,还做啥了? 摸侬了? 请侬去跳舞厅了?"

"哎呀……姆妈,侬听听阿爸这张嘴巴呀!"女儿大红起脸,连连跺着脚,叫道。

"快点讲把我听……"

"不睬侬不睬侬。"

"啥睬侬不睬侬! 快讲。"黄福奎吼叫起来。

这时,从二楼窗口飘出一声糯沓沓的"阿福——大清老早,又在跟啥人光火哉?"

这声糯沓沓的询问,发自一个叫佘玉花的女人。

佘玉花原来是汪升记锅炉厂老板汪介孚的小老婆。大老婆生了三个女儿,她也生了三个女儿。天下就有这等怪事,她的三个女儿居然跟大老婆的三个女儿长得一模一样。所有的熟人都对此拍案称奇。后来,她生了个儿子,大老婆也生了个儿子。但这一次却又颠倒过了。佘玉花生的这个儿子跟大老婆生的那个儿子长得完全不一样。特别叫人心烦的是,尤其不像汪介孚。讲不出他像啥人,反正不像汪家门里的人。更叫人烦心的是,这儿子长到后来有点像隔壁十二号里修棕棚的"袁嘎里"(姓袁的那家伙)。于是,汪家上上下下,包括爷叔娘舅家里的人,统统想不通,一致板上钉钉般认准这"儿子"是个"肮三货""杂嘎(野)种"。汪老板为此天天发心口痛毛病。大老婆天天挥舞鸡毛掸帚,逼她讲出这个"杂嘎种"的生父到底是啥人。不肯讲,就给我滚。

"滚就滚!"

佘玉花倒满讲义气,到最后也没有讲出这儿子的生父到底是啥人,总算滚出了汪家门,做了舞女。后来还做过一段"半开门"(不公开入籍的妓女)。后来一段时间又当过青帮里的"红鞋老七"。再以后,就搬到这幢石库门房子里来了。又做过啥,就没有人晓得了。只看见她整天穿得宽宽松松,搽得白白净净,脚上一双绣花鞋,手里捧着个水烟袋,有时候请两个白袜青履的本帮道士来做做清事,放放斋戒。她一个人住了二楼前后两间房间。后楼的小间里,按道观的规矩,布置着神幔灵幡桌围跪垫。至于供器之类,如香烛台花瓶果盘净盂香筒……更是一应俱全。还挂着这样一副用龙凤花鸟没骨飞白体写就的对子。对子上写的是:"如履冰谷,若对严师。"

但楼上楼下、左邻右舍都晓得,佘玉花是黄福奎的老相好。

第四部分

80

周存伯当然不是因为黄畹町在背后戏谑了谭宗三,叫了他一声"三儿",才清退她的。当谭宗三张大然陈实三人在大写字间里齐声责备他这样随意处置员工将给刚刚稳定下来的豫丰班子造成新的不稳定时,他却闷声不响坐在对面的高背软垫椅子上,一句不为自己辩护;等各位谴责完了,才略带些歉意地承认自己在这件事情上的确做得欠考虑,答应马上设法补救,马上派人通知畹町姑娘,让她明天就来上班,还做她原来那份工作,使用她原来那张写字台,领原来那份薪金。

侬真是吃错药了,没有事情寻出一点事情来搞搞。张大然拍拍他肩胛笑道。张大然也早听说谭宗三最近经常去秘书股坐坐转转,好像真有点喜欢上了这个头脑子老活络的"小姑娘"(谭宗三过去绝少去秘书股。他讨厌过问那一摊乱七八糟的琐碎事)。也有人讲,是小姑娘先向"三老板""划灵子"(有意显示某种心迹,释放试探气球)。比如小姑娘最近下班后,再不像从前那样急着回家,总是有事没事地在秘书股房间里蹭发蹭发,好像总在等什么人似的,让人看了心软。但这种事,你管它干什么?随便它去啦。

陈实没有作声。他不相信周存伯只是"欠考虑"。存伯不是欠考虑的人。大学毕业后,他跳槽那么多次,从北方到南方,换了那么多店家厂家,临走时,没有一个经理老板不想留他、不说他人好。可见他为人的历练老到周细。今天怎么会在这么一点小事上,显得如此草率毛糙?陈实更不相信存伯是想在豫丰别墅充当"风化警察"的角色。存伯在男女问题上的确比较谨慎小心,甚至可以说是相当"保守"的。从大学毕业到现在,他不仅没有"换"过老婆,而且十分用心地维护着自己那个在外人看来并不算"美好"的家庭。周夫人跟他稍带点亲眷关系,原是他妈妈的一个远房外甥女。不仅长得不算好看,识字也不多,更谈不上风度谈吐。针线女红烹调也都一般,算不上"上得厅堂、下得厨房"的那一类。平时举手投足神情眉目间甚至还有点木讷。他去过他夫人老家。那是一片遥远的大麦田。微微隆起的土包上一大片高攒入云的大树从焦黄的地平线上突起。唯一的这一次拜访,留给他唯一的印象是灼热干渴和潮湿泥泞的反复交替。并总捎带着一点猪圈里发散出来的那种糟朽气味。即便在小县城的大街上,也总能看到有瘦骨嶙峋的架子猪们在墙根上哼哼唧唧地蹭痒。但是这位毫无特色的"远房外甥女"却能在长达五六年的时间里毫无怨言地守护在他那因中风而半瘫的妈妈的病床前,替他尽了一个儿子应尽的孝义。妈妈说,我答应过她,侬大学一毕业就娶她过门。侬要不肯娶她,我今朝就撞死在侬面前。在这种情况下,作为周存伯肯定会说,姆妈,侬不要这样讲。我又没说不肯。我是周家唯一的儿子。我当然晓得必须要有人来为我照顾这个家。家是不能不要的。周存伯也真的这样说了。这位老兄,历来认为,在中国这个社会里,走极端是没有出路的。但不求个人发达、一味老实听话,同样也是没有出路的。因此就要在(也只能在)不走极端的情况下求个人发达。归根结底一句话,就是要极其出色完美地运用好这样一个基本法则:有所失才有所得。以失求得。以得补失。大器晚成。大音希声。男人一定要做男人的事。男人既不能愧对女人,也不能愧对家庭。但又绝不可为女人家庭所累。他自己是这样想的也是这样做的,所以他绝不在"女人"一事上多花时间精力。但也绝不会去干预自己身边那些朋友知交在这方面的"癖好"。比如,他从不嘲笑陈实反反复复地结婚离婚,也从不挖苦大然跟房东太太女儿那"野鸳鸯"式的关系。至于宗三,他知道他一直在跟一个叫黄克莹的女人约会。但他们之间毕竟还没有任何婚约。在这种情况下,如果谭宗三有时对另一个年轻女子表示一点好感,表示一点新意,这也只是他自己的事,跟周存伯毫无关系。他干吗要去干预?那不是太愚蠢太低级了吗?要知道,他从来也不是那种"好为人师""好管闲事""好当风化警察"的人啊。况且现在急等他这个"小班子总责任者"处理的事多得不得了。芜湖的米厂、屯溪的茶厂、南通的纱厂、诸暨的缫丝厂、广冶深山沟里的水泥厂……厂厂都有做不完的事要他去做。(他们现在体会到,也常常这么感慨,经易门这个人不容易。他当时一个人做我们四个人的事,还能那么从容。不容易。真不容易。)若不是十分必要,他怎么还有那个闲心用工夫去管什么"小黄姑娘"这么一点针尖绿豆大的事?!

为此,陈实断定,这里面一定有什么名堂。下了班,他立即驱车到鲰茭家,把情况对鲰茭讲了。鲰茭也同意他的分析。于是两人又打电话把大然叫了来。大然一听他俩的分析,觉得也有道理。三人立即决定约存伯来谈一谈。没料想,这边刚刚拿起电话机,外边的敲门声就响了。三人几乎同时站了起来,几乎又是同时叫了起来:"存伯?!"

81

敲门人果然是周存伯。他当然是有话要说。为了避免电话和其他方面的杂事干扰,他一进门就提出找个安静的去处谈。张大然立即附议,并提出去他那个"小安乐窝"。苏州河边。烟厂后身。还备有上好的咖啡和西点招待。还可以省下诸位一笔不菲的茶座费。

"算了吧。我宁可出点钞票也不去侬那里。吃不消侬那里的那种胭脂味道。"陈实故意做出一副不屑一顾的神情,皱起鼻子说道。这几个兄弟虽然从不讥讽大然跟那个房东太太女儿的这种同居关系,但也从来没有人提出要上他那里看一看做做客。明显有一种既不承认,也不把他那一部分生活和他那个房东太太女儿当一回子正事的姿态在里面。对此,大然心里多少也是有点尴尬相的。平时不好意思说。这时就趁机发出邀请。没想当即遭遇陈实迎头一击,平时脸皮蛮厚的大然,这一下居然面子上也有点挂不住了。

"啥胭脂味道?侬好像去过似的!"张大然愤愤反驳。

"还用得着去吗?这是完全可以想象的嘛!"陈实哈哈笑道。

"侬就这么怕胭脂味道?怕胭脂味道就不要找女人嘛。哎呀呀。真还没有发现嘛,陈先生原来是从和尚庙里出来的。那么正经?不大对头吧?恐怕是从尼姑庵里溜出来的哦?"张大然进一步把脸涨红。

"好了好了。嘴巴上关关门。不要瞎三话四毒染了纯洁少年。"周存伯说道。"纯洁少年"者,鲰莪也。因为鲰莪至今还没结婚。甚至还没认真跟异性深入交往过。故而他们常在玩笑中称他为"纯洁少年"。

陈实提了几个可供晤谈的去处,张大然大发孩子脾气,报复似的故意全部加以否决。

最后,周存伯只得把大家拉到西郊"哈同别墅"。要了一个背静的茶室。三杯咖啡。一壶白开水。才算安定下来。白开水是为鲰莪要的。近来一个老中医说他必须有所忌口,开了一张单子,列了一大串进不得口的东西。包括咖啡这样带刺激性的洋饮料。陈实很不以为然。他告诫年轻的鲰莪,听这种"庸医"的话,侬只有死得快。不刺激?不刺激人怎么活?人就是靠刺激活的。空气刺激肺。食物刺激胃。异性刺激生殖。穷困刺激奋进。战争刺激更迭。权势刺激抗争革新。要排除了一切刺激,把人关在一个纯净绵软的空间里,没有任何兴奋忧虑困扰痛苦期盼挣扎……那还不等同一摊烂肉?有意思哦?活得下去哦?

"好了好了。刺激也要分分合理不合理。不要乱讲三千!"周存伯向陈实不屑地挥了挥他那只独臂。

"合理?哈哈。太讲合理本身就是一种不合理。周存伯,看着吧,侬这个人将来死就死在跟人太讲'合理'这一点上。"陈实慷慨激昂起来后，周存伯却不做声了。这是他一贯的做法。

82

那天在哈同别墅，周存伯告诉大然陈实鲰荛，他发现谭宗三在背后偷偷地亲黄畹町的鞋子。而且不是一般地亲，是在摸，揉搓，在……

"在怎么？"大然微笑着问。

"在……"周存伯放下咖啡杯，为难地看看大然，似乎有点说不出口。

"他在做啥？侬讲呀。"

"我讲不出口。"

"因此侬就要开除小姑娘？"

"我管不住宗三，只有这样……"

"要侬管啥？他喜欢亲小姑娘的鞋子，让他亲好了。要侬管啥？"

"身为拥有几十家厂店、几千万资产的大家族的当家人，假如喜欢一个女子，他完全可以公开提出来向她求爱。可以跟她约会。可以请她吃最好的饭看最好的戏帮她买最贵重的珠宝首饰。哪怕像侬张大然那样，置一套房子，'金屋藏娇''秘而不发'也未尝不可……可他……"

"可他不喜欢用常人的方式和异性来往。偏偏喜欢使用自己的方式来表示他对自己所喜欢的女子的感情。侬管那么多做啥？！"

"他不是不喜欢，而是做不到。"

"他不是在跟一个叫黄克莹的女子在约会吗？"

"可是……"

"可是啥？"

"可是……"

"老兄，痛痛快快讲吧。既然叫我们来了。就不要犹抱琵琶半遮面了！"

"他在黄克莹的问题上也是……也是这样……"

"也是只亲她鞋子不亲她人?"

"侬怎么会知道这种详情的?"

"这你们就不要管了。"

"侬不交代情报来源,我们怎么相信侬讲的是真的呢?"

"我可以告诉你们这情况的来源,但你们千万不可以再泄露出去。"

"哎呀,侬今朝怎么那么婆婆妈妈呢?"

"这情况是经易门告诉我的。"

"侬跟经易门暗中有来往?"

"没有。绝对没有。"

"没有来往,他怎么会向侬提供这样的情报?"

"他说他考虑了许多天,想来想去,为了谭家、为了谭宗三,他觉得还是有必要告诉我让我掌握这些情况。以便我见机行事,采取相应的措施,让宗三逐步地正常起来。真正担负起谭家当家人的这副担子。"

"唉,凭良心说,经易门这个人还是有大局观,还是相当不容易的……"陈实感慨道。

"先不要跟我讲经易门的好话。我倒偏偏搞不灵清,为啥喜欢亲女人的鞋子,就不能担负起谭家当家人的这副重担了?这种说法有何理论根据?啊?"张大然却还是有点不买这个账。

"你们真的没有感觉出宗三身上有许多不太正常的东西?"

"这跟他喜欢亲人家的鞋子有啥关系?我有时候也喜欢亲亲女人用过的手绢衣物。难道这也表明我有毛病?"

"大然兄,侬不要硬捉扳头(找岔子)了。侬讲的跟存伯兄讲的,真的是两回事。"一直在边上没有插嘴的鳜莶,这时站起,双手把住咖啡壶,一边给在座的诸位"大哥"倒咖啡,一边劝道,最后又用法文低声嘀咕了一句含义很不清楚的话:"Les chevaux doivent mener lecocher(大街上,马应驾驭马车夫)。"

刚才鳜莶一直没作声,是因为他跟周存伯一样,早就发现宗三老哥有这种异样的"嗜好"(毛病?)。他的这个"发现",是从他的妹妹那里得到的。鲻荛半年有个妹妹叫鲻荛三月,跟他一样,高中没毕业,就长期养病在家。

谭宗三相当喜欢鲻荛的这位小妹。他喜欢她,不仅仅因为她的名字好听。鲻荛三月。"三月残花落更开,小檐日日燕飞来"。也不仅仅因为他自己从没有过嫡亲的妹妹。有个小妹似的女孩在眼前转来转去自觉新鲜。更主要的是因为她敢于当着他的面表示自己的不高兴。但又不是蛮不讲理、趁机撒娇瞎使小性子的那种村姑(三月的这个特点,不知道我在前面是否已经讲过)。也许是因为有病,她就是在夏日里也总穿着长袖衬衫长裤子。灰蓝色的衬衫灰蓝的裤子。到人家里做客也如此。还总喜欢把长袖衬衫塞进裤腰带里。再穿一双半新不旧的跑鞋。她穿跑鞋从来不把鞋带系紧。松松地打个结。有时连结都不打,只是把它们松松地掖在鞋帮里,很让人心动。她特别容易激动。有时坐在那里静静地听别人讲话或翻看外文杂志,也会满脸涨得通红。所以医生讲她不容易养好病。很有几位从英国或德国留学回来的博士有意娶她。她每次都把胆敢来说合的朋友骂一个狗血淋头。她觉得他们要娶她,只是为了可怜她。"妈的,吃了两天洋面包就以为自己嘴唇皮上可以踏三轮车了!Fuck you!"她哥劝她接受那些求婚者的好意,哪怕试着跟他们交往交往,也不失为人生一课。她会气得浑身发抖:"啥人生一课两课!侬以为我不晓得?侬就怕我将来要侬阿哥养老。所以来煞不及要把我推出门去。告诉侬鲻荛半年,这房子是爹爹妈妈留下来的。有侬一份,也有我一份。侬住得。我也住得。将来等侬娶了阿嫂进门,我自会让出去的。不会惹你们讨厌的。到那一天,我鲻荛三月就是困马路档讨饭,也不会求到侬阿哥头上。侬放心好了!"她数落得愤愤,目光炯炯。站在书橱前那棵盆栽热带乔木旁边,不挪动脚步,只是挥动着她那双颀长的手臂,做着各种含义微妙而又繁复的手势。目光同时又是湿润的炽烈的委屈的,真是诉不完的肝肠寸断说不尽的风波余恨。真是"将那厮钉木驴推上云阳,休便要断首开膛;直剁得他做一锅儿肉酱,也消不得俺满怀惆怅"。([脱布衫]。元曲《赵氏孤儿》第五折)谭宗三总觉得此时此刻的三月是最让人动心、最经得住人细看,也是内涵最丰富的一个。她回眸顾盼,无意中流露着哀怜;挥斥方遒,蓄意地表示出执着;明明是小巧一个,却偏偏要煽起熊熊一团。同时把自己任何一处都显现得那么好看。比如抖动着的眉尖,比如密密布置在小鼻梁上的汗珠,比如苍白的手背,比如微微隆突的胸襟和挺拔地站着而夹紧了的双腿、那圆润的肩头和富于动感的髋部。甚至那平时不为人注意的后背部,这一刻也在矜持中透现着一种渴求……只有此时他才不会去注意对方的脚,而只被她的整体颤动所吸引。回上海后的一些傍晚,他曾经想过很多次:黄克莹到底有些什么地方叫我那么心动?除了她的那双脚和那双旧皮鞋……想的结果是,黄克莹身上有许多地方,的确很有点像三月。比如三月和黄克莹一样从来不用乱七八糟的化妆品。所以她俩都不像谭宗三熟悉的其他女人那样闻起来差不多就像从同一只浴缸里爬出来似的。其实她总有点虚肿。(这一点我在前边是不是也已经交代过了?)小小圆圆的手背上总有几个弹不起来的肉窝窝。

但鲰荛半年发现,谭宗三常常把专注的目光毫无顾忌地停留在三月那双并不算好看的脚上。有一次到他家(谭宗三常常去他家),三月不在。他却问半年,三月刚走?半年问他,侬怎么知道三月刚走?他笑道,侬闻闻呀,这沙发上还留着三月身上那股类似消治龙药膏的气味,还有一种类似干净的绒布衬衫在太阳地里晒久了的清香。后来,半年到厨房里去烧开水。(兄妹俩在家,要是没有客人来,连开水都懒得准备。非得等客人来了才去烧。平时,两人就吃自来水。当然,家里有一只从旧货商场觅得来的陶瓷沙滤水壶。还是真正的荷兰货。就用它过滤自来水。)等他拎着热水瓶回到客厅,看见谭宗三站在壁炉面前,呆瞪瞪地盯着陈放在壁炉架上的一帧三月放大了的照片,一动不动。这是三月发病后的第一年,由五姨妈带着到福建东山岛去玩(当然也是为了养病),在一片极荒芜的沙滩上照的。有那种叫不出名字来的高大乔木(不是椰树也不是什么棕榈)斜长着。有翻扣在旧石屋前的破小船朽黑着。有撩拨她额发的强劲海风鼓动着。当然还有一根仿佛要把她吞没的海平线在远处咆哮着。她赤着脚。独自一人。赤着脚。谭宗三缓慢地抬起手,用细长而敏感的指尖缓慢地抚摸着照片下边的那一部分。那里是三月的脚。她赤着脚。半年悄悄地退了出去。没有让对方发生任何难堪。这样的事发生过三四回。有一回,他退去时碰到了过道里的那只铁皮畚箕。让谭宗三吃了一惊,猛回头张望时,那细长的手指却还滞滞地留在了三月的脚上。

但有一点也是肯定的,任何时候,当着三月的面,谭宗三绝无半点不自重的表现。而且也可确切地看出,他是发自内心地把她当作自己的小妹妹来对待的。这一点,鳜莄绝对相信。

他有时真有点可怜这位面相极文绉绉的"老哥"。On Frenude, well icheuch dichten. (哦,朋友,让我和你靠得更紧。——海涅)

"我曾经跟宗三谈过这桩事。"周存伯说。

"侬……侬居然还跟他去谈了?"张大然失声叫了起来。

"他怎么说?"端着咖啡杯的陈实一边说,一边又给大然递去个眼色,让他别打断存伯的叙述。

"他不承认。"

"不承认什么?"鳜莄问。

"他不承认亲过那小姑娘的鞋子。"

"那当然啦。啥人会当面承认这种事体呢?侬多问的嘛!"大然又给自己倒了一杯咖啡。

"他的那种不承认,可以看得出,不是在借口,推托,赖皮,掩盖;而是……而是……非常真诚的……"

"在这个世界上,侬还相信一个成年人的真诚?"

"话可不能这样讲。宗三的为人、脾气,我们还不清楚?他只不过有点任性,但做假……还是不太会的。"

"一般情况下,他是不做假。他也用不着做假。谭家的子孙嘛。手里有的是钞票嘛。他想要什么就可以得到什么。他可以不做假也活得很好……别人行吗?"

"侬这样讲宗三,是不是有点太刻薄了?"

"我们既然是在讨论问题,那目标只有一个,寻找正确答案,就不要管话说得中听不中听。我们都是过来人。应该懂得这起码的一点道理,在个人隐私问题上,即使像宗三那样城府不太深的人,也不会向任何人都亮出自己的底牌的。这很正常嘛。他不承认,不等于他没有做过。我倒觉得,现在先要弄清楚的应该是这样一个问题:就算宗三亲过那个小姑娘的鞋子,不管他怎么亲吧,横过来亲,直过去亲,值得不值得、需要不需要我们这样大惊小怪?!"

"大然兄,侬能不能让存伯把话讲光?"鳅莞不急不缓地请求道。

"还要讲啥讲嘛?你们不觉得,我们这样的几个人,拉司卡(Last car)在这里一本三正经地讨论谭家'三先生'是不是亲过一个小姑娘的鞋子,是不是有点太滑稽可笑了?"张大然愤愤甩动他那一只胳臂,差一点把鳅莞脸上的那副圆框眼镜碰掉下来。

"侬让存伯讲完。"陈实好像听出一点什么名堂来了,很不耐烦地打断大然的牢骚,并一把把他摁回到座位上。

"我跟宗三谈过后,宗三有两天没有到豫丰上班……第三天夜里,他突然给我打了一个电话来,问我,他是不是真的亲过那个叫黄畹町的小姑娘的鞋子。当时到底是一个什么情况。他还问,当时到底是我在做梦,还是他在做梦?"

"他说他在做梦?"鳅莞有点紧张。

"他还讲了啥?"陈实也有点紧张起来。

"他反复声明,他不记得自己对这个黄畹町小姐也做过这样的事……"

"什么叫'也做过'?好像他对别人是做过这样的事的?"

"侬怎么回答他的?"

"我只告诉他,当时我肯定没在做梦。然后,他就不响了。但也不放下电话。只听见他在电话里呼呼直喘。过了老长一段时间,才开口讲了一句，他回头再好好去回想回想。希望我不要把这桩事讲给任何人听，更不要对那个叫黄畹町的小姑娘采取任何措施……"

"病态……肯定是病态……"

"啥病？我看你们才有病哩。简直无聊透顶。几个成年人集合在一起，专门议论自己朋友的这种隐私。对不起。我不奉陪了。我要先走一步了。"张大然说着，竟然不等存伯他们回应，就拿起自己的公文皮包，向外走去。他心里着急。分工归他管的那一摊业务中，有一笔四千万的盐业银行拆借款，到期利息还没着落。在南通和连云港两地赶造的两只五千吨级的码头，已待料停工六七天。而每停工一天，从理论上计算，公司就得倒贴、亏蚀二万多美金。屯溪一个只有一百多人的茶厂，这时也来轧闹猛（凑热闹）。厂长突然病故，内讧四起。员工家属结伙到县政府静坐。县政府昨天一连发来三个加急电报，催这边去人料理。而这个厂子厂部的水泥小楼门楣上却留下过谭老先生这样一副亲笔对子："闲是闹非不该尔等来论，知仁知义本当吾侪去争。"

看到大然要走，陈实凶凶地叫了一声。张大然恼怒地把皮包往一张空的藤沙发上一扔，回转身来就指着陈实叫道："我真受不了你们这种'正人君子'，一本正经地聚在一起，津津有味讨论朋友的隐私。弟兄们，我们都是成年人。都是有身份的成年人。你们不觉得这样……有失体统？一点都不感到难为情？"

"大然，"存伯平静地指了指张大然原先的那个座位，让他坐下，"侬先不要急，好哦？我跟侬一样没有兴趣在背后议论别人性倒错方面的趣闻。我想在座的几位，即使都还称不上'正人君子'，大概也不至于卑鄙下流到这种地步，特地叫了出租，跑到这么远的地方来拿自己好朋友的这种私房事来过嘴瘾。我们这几个人好像还没有这种恶习。请侬耐心听我讲完。大然，我们这几个人聚集到豫丰这面大旗下，都是付了代价的。是舍弃了自己原来的一摊前程，到谭家来搏一记的。我想这里尤其以侬付的代价最大。可以讲是'破釜沉舟''以求一逞'。从踏进谭家门的那一天起，你我的身家性命就全系在了一根绳子上。这根绳子要是断了，你我也就完蛋了。这根绳子就是'谭宗三'……"

"谈得到完蛋吗?他喜欢一个小姑娘,在背后亲亲人家的鞋子,就说明他要完蛋了?不要搞了!"

"侬还没有听懂我现在要谈的到底是个啥性质的问题。侬还没有听出来,宗三他这里(他指了指自己的脑袋)出了问题。发生了某种……某种我们还不太清楚,但实实在在已经发生了的变化。他处在一种病态中。这种病态、这种变化一旦发展下去,得不到有效的控制和良性转寰,有可能侵蚀他其他方面的思维能力和决策能力,因此就有可能在处理谭氏集团一系列重大问题时发生重大偏差。到那时你我就会成为覆巢下的一堆危卵……"

"一堆薄壳蛋。软壳蛋。"陈实冷笑着补充,"张大然,到时候侬就是想哭也来不及了。"

"危言耸听!"大然继续嘟囔了一句。他这时虽然嘴上还在犟着,但心里却已经开始动摇了。在又稍稍僵持了一会儿后,他还是按捺住性子,悻悻地在他原先的那个座位上坐了下来。

83

四个人低头垂首默吟了一会儿,最后关起门来加紧嘀咕,低声做了这样几条决定,不得外传:

一、确立与谭氏集团共存亡的必胜决心。雄袤敞深,不到最后关头决不轻言放弃。

二、各人手中目前正在进行之中的有关谭氏集团企业的各项目一律按原计划进行。不得有误。陈实方面那个"联合投资银行"筹建活动,要加快速度进行。确保年内正式挂牌开张。

三、加紧搞清谭宗三在心理生理方面所存在的"隐患",有意识加强跟他的个人接触,在接触中实施人格和心理诸多方面的影响。对谭宗三,同样遵守一个原则:不到最后关头决不轻言放弃。

四、加强豫丰工作小班子的内部制约,进一步确立以存伯为主脑的运作体制;尽量要用"老成烛照"之心,面对当前这"重凉扑面"之秋。是谓"不是英雄,也解匆匆"。

五、不改变清退黄畹町的决定。因为已多次发现,下班后她独自留下,总要借口自己家没有专用的卫生设备,而使用别墅里的卫生间洗澡。洗就洗吧,豫丰楼里的卫生设备就是为方便大家而添置的嘛。但她偏偏在洗澡前,还要故意把那双旧皮鞋脱在卫生间门外,"诱惑谭宗三"。而后,把热水放得哗哗直响。让一团团雾一般的热气大量从门缝里窗缝里滋出。而且有两次还发现,故意不锁卫生间的门。故意让它虚开着。而这时,她明明知道,"三老板"还在楼里。当然她也知道,这时除了三老板以外,楼里再没有旁人。小姑娘人小心不小。而且据经易门查实,小姑娘家里情况相当复杂。父亲黄福奎跟汪升记锅炉厂老板从前的小老婆有勾搭。而这个汪升记锅炉厂,这一阶段正和谭氏集团内的南方锅炉厂为争夺闽北苏北赣北和粤北市场而"打"得不可开交。这个"汪嘎里"甚至不惜工本,为驻扎在这几个区域的地方保安军司令部免费安装热水热气循环供应系统,取得这些"地头蛇"部队支持,派人在各要道口设卡,专门堵截南方锅炉厂的运输车队。找你岔子,让你不痛快。这位"前小老婆"跟上海滩青帮里的不少龙头大哥也有染。虽然还不太清楚,黄畹町身后是不是有她在操作,但及早割断这根可疑的线,看来还是极其必要的。

在回市里的路上,几位又做了进一步的分工。大然主抓日常生产经营,着力于眼前,确保每月汇入上海总部来的"流水数"不低于往常水准;陈实除那个"投资银行"外,主抓各改制项目,更多地考虑集团下一步变法趋向;鳅荛则继续发挥他强闻博记擅长考据又善于条分缕析的特点,下大力气搞清谭宗三本人目前这场心理人格异变的性质和程度。

"经易门和谭家几位前辈的情况,还要不要继续查?宗三前两天还在向我催要这两方面的情况。包括所谓的五十二岁问题。"鳅荛问。

大然略感意外地问:"他倒没有忘记?"

鲫茗答:"没有哦。经常在催问。催得老紧的!"

陈实笑:"半年老弟啊,侬真成了我伲小班子总管调查部的特务头子了。"

鲫茗红了红脸,没做任何反驳,只是一本正经地等着存伯的回答。

周存伯看了大然和陈实一眼,问道:"你们二位有什么高见?"

"先搁一搁哦。还是集中力量先把宗三的情况弄弄清才是最要命的。"陈实说道。大然在一旁却不表态。

"侬看呢?"存伯又问鲫茗。

"我反正一样。不查这个,就查那个嘛。'特务头子'既然已经当上了,只好当到底了。"鲫茗笑。

"我看侬真吃力!问来问去!侬老兄拍个板算了!真噜苏。"大然不耐烦地斜了存伯一眼。刚才进一步明确存伯在谭宗三之外的"主脑"地位,让他心里的确有些不太舒服。当然,这并不表明他对由周存伯来担纲有什么不服气。稍感不平的是,在议定这件事的全过程中,居然没有一个人提一下他张大然。(哪怕有一个人提一次也好。)对此,他的确感到不舒服。而且不是一点点不舒服。

"那就这样定吧。侬把手头上的其他事体都先搁一搁,集中精力先把宗三的情况搞清楚。同时,也不妨碍兼顾一下那个五十二岁的问题。"存伯对鲫茗说。回到市里,跟大然陈实分手后,存伯又特地跟到鲫茗家,问了问前一段对经易门和谭家那个五十二岁问题的调查情况。最后叮嘱鲫茗:"有一点请侬注意,不管查到啥情况,都不要随便向外头人透露……"

"'外头人',具体指哪些人?能给我划定一个范围哦?"

存伯一时找不到确切的"辞令"来婉转地表达自己想表达的意思,反倒还是鲫茗痛快,直截了当地问道:"是不是有些情况连大然陈实也不一定要让他们晓得?"

存伯马上笑道:"不完全是这个意思。怎么可以把大然陈实算作外头人呢?我只是想讲……不管查到啥情况,一定要先跟我通气。我们两个先来梳理权衡一下。因为事关宗三本人,有些情况怕是不能扩散出去的。

不能不慎之又慎……你说呢？我没有其他意思。"

同样聪明过人的鲰荛会意地微笑了一下，便默允了存伯的请求，不再追问。说话间，已到吃晚饭时间。三月推门进来问："周大哥是请我出去吃馆子呢？还是亲自下厨，为小妹我露上一小手？"鲰荛忙说："三月！周大哥到我伲家来做客，侬不请他下馆子，反倒来敲他竹杠！有这种道理哦？"周存伯忙摆摆手，说："走走走。今朝我请客我请客。"三月忙要去换衣服，却被半年一把拖牢，说已经约了钟医生去他家看病，没时间下馆子了，还是在家里随便弄一点蛋炒饭吃吃就算了，以后再讲。三月不高兴了："喔哟。又是蛋炒饭。蛋炒饭。侬除开蛋炒饭还有别的名堂经哦？"但鲰荛就是不愿下馆子。存伯也只好笑笑，当然不会留下吃他的蛋炒饭，便匆匆走了。三月撅起小嘴数落她阿哥："我晓得侬啥阴暗心理。侬就看不得侬这几位朋友待我好。他们又没有跟我去开旅馆。侬吃啥醋啦？！"
"瞎三话四啥。啥开旅馆吃醋？侬懂啥叫开旅馆吃醋？！我吃侬啥醋？！"鲰荛脸微红，忙呵斥辩解。"我不懂？哼。侬不要再把我当洋盘（笨蛋）了。我的事侬样样都要轧一脚。现在阿爸妈妈都不管我了，侬倒管得那么起劲。侬做啥啦做啥啦……"三月跺着脚连连喊叫，而后便噘着嘴拿起一本一八八六年版的《Nuttall's Standard Dictionary》回自己的房间去了。留下鲰荛，独自一人在窄小的客厅里无奈地想半天，最后只好走过去，轻轻敲敲妹妹的房门，说道："走呀，走呀，我请侬去吃馆子。"

84

离开鲰荛家，周存伯并没有马上回自己家。找了一家小饭馆，吃了一碗鸡鸭血汤。二两锅贴。二两五加皮。三四块油煎臭豆腐干一小碟血红的辣酱。看看天色阴得厉害，云头越来越厚，赶快又叫了辆出租。等车开到法国花园（复兴公园）门口，天上便落起小雨来了。他叫司机放慢速度，走吕班路环龙路马斯南路，绕一个大圈子，又重新开回到法国花园门口。停下。司机以为这位"老兄"要等啥女朋友。却只见他只是萎缩在车后座阴暗的角落里,遥对着马路对面一家糖果店的铁皮招牌发呆,不等雨真正落大,折起身,便叫走。去老西门。老西门在法国花园东边。中间隔着六七条马路。五六里。但等车到老西门,却什么事也没办什么人也没接,又说,送我去跳水池。跳水池在法国花园西边,和老西门整个是一百八十度的大掉头。中间也隔着六七条马路,还不止六七里。(加上到老西门这一段,就十好几里了。)这位"老兄"想做啥?"今朝不要拉了一个'馊饭户头'(说话做事不负责任但又挺厉害的家伙),只是想弄怂弄怂我,白相一记?到最后还要不来车钱。"司机不无担心。但再看这位"老兄"的面相,言谈举止,又不见在"馊饭户头"们脸上必有的"横气"和"瘪气(愚气)"。也不像从精神病医院里逃出来的。司机心里暗自嘀咕。但是……开到杜美(汾阳)路口,司机决然把车停下,回头歉疚地笑道,这位客人,对不起。车子出了点毛病。麻烦侬换一辆车。周存伯打量了司机一眼,也不多说话,摸出两张大票子,轻轻往副驾驶座上一弹。灰绿棕红的纸币,飘飘荡荡,悠悠然落到了司机的屁股旁。周存伯说,麻烦侬再送我回法国花园门口。司机看看这两张大票子。毛算算,这点钱数足够他在这条路上来回走个三四趟的了。于是咬咬牙探出头去看了看,发动着车,缓缓掉转车头,再次向法国花园开去。

85

经易门就住在"法国花园"所在的这条辣菲德路(复兴路)上。周存伯想去"拜访"他,但犹豫、迟疑。就是下不了最后的决心。就这样来来回回从经家门前走了三四趟,清清楚楚看到经家素朴的窗帘布后头亮着明黄的灯光,最后还是拿不定主意。今天在"哈同别墅",有一件该说的事他没对大然陈实和鲰荛他们说。隐瞒了。怕说了会引发他们更多的疑虑,不易收场。这件事说起来也不复杂。昨天晚上,他跟谭宗三大吵了一场。吵得如此激烈,以至于周夫人和在周家帮佣的那个徐州娘姨在隔壁房间里听着这两位一递一声的高腔,居然吓得浑身发抖,想出门来劝存伯两句,腿却软得怎么也迈不开步去。后来听到谭宗三愤愤然甩门而去,周夫人的眼泪终于一下迸发坠落,人也瘫软在靠背椅上。

谭宗三是来追问周存伯和经易门之间的"勾当"的。他听说经易门去找过周存伯。他问周存伯,经易门怎么会来找侬?做啥来找侬?周存伯奇怪,自己在豫丰楼里的一举一动,谭宗三怎么会知道得那么清楚?他问谭宗三,谁告诉侬,经易门来找过我了?谭宗三说,这个,侬不要管。周存伯便笑道,宗三,这可不行啊。侬既然要我主管豫丰班子,就必须给我足够的行动自主空间。否则,我这个总责任者,就难以责任得起来啊。我不能事事时时都先上"奏折""条陈",等侬"御笔"亲批后再动作。一是没有这种可能,二是也没有这种必要啊。

我没有限定侬时时事事都向我请求报告。谭宗三冷冷地反驳。今后也不会这样要求侬。我今朝来访问侬的,只是侬跟经易门的关系!

我跟经易门的关系?哈哈。我跟他有啥关系?他是侬谭家的前任总管。我过去认都不认识他……

侬不认识他,他怎么会来找侬?

侬晓得现在每天从早到晚有多少人到豫丰楼来找我?这中间有几个人是我过去的熟人?大部分都是不认识的嘛。谭家这么大一摊业务,我怎么可以限定自己只跟过去的熟人来往呢?只要是为了谭家的发达……

侬不要跟我讲这些好听的。经易门跟其他人不一样。

宗三,侬听我讲……

周存伯,我今朝明确告诉侬,从今以后,不许侬跟经易门往来。谭宗三突然显得极其不冷静,铁青起脸,对周存伯大声喊叫起来。

宗三,侬……侬……请侬不要用这种口气对我讲话。好哦?周存伯竭力控制住自己被损伤的自尊心,颤颤地讲。

不要用这种口气对侬讲?告诉侬,今后侬假如还想吃谭家这口饭(天哪,怎么可以这么说?实在太过头了)。就请记牢我今朝这句话,不要跟姓经的来往。更不要瞒着我,偷偷跟他来往。

我们没有来往,只是谈一次话。

谈话也应该让我知道。

宗三,侬把我当成什么人了?

我告诉侬,今后侬假如还想吃谭家这口饭……(天哪,他又说了一遍。他简直疯了。)

我不吃。我不要吃。周存伯显然已经无法忍受谭宗三此刻这种突如其来的蛮不讲理和"专横"了。侬以为我一定要吃侬谭家这口饭?我不吃!

侬不吃……侬不吃……(谭宗三没料到周存伯也会这么喊叫起来的。他一下给吓住了,给闷掉了,霎时间内甚至都不知怎么回复对方才好。过了好大一会儿,才骤然爆发般地说道)不吃,侬可以走……侬可以走嘛!

好。侬叫我走……谭宗三,侬应该明白侬今朝夜里对我讲的到底是啥!

我当然明白。

侬明白就好。现在我只有一句话要对侬讲。侬想听听我最后想对侬讲的一句话是啥吗?谭宗三,侬实际上跟侬所讨厌的经易门是一路货,也是想方设法地让自己周围不如你们的人都服服帖帖地跪在你们面前,然后又想方设法地去向更强大的人出卖你们自己。你们拥有一切,但唯独缺少自己。

那不是我,是侬。

侬。

是侬。

侬。

我?哼,我没有干预过侬生活。我没有派人监督侬和哪个小姑娘之间的正常往来……(你还以为你跟黄畹町之间的那种来往是正常的?)更没有一点道理都不讲地开除一个小姑娘。难道侬不晓得,侬这种做法,完全跟经易门当年的做法是一式一样的?不过,侬比他显得更加隐蔽更加卑鄙而已。当初经易门为了遣走黄克莹,还给了她一笔为数不算小的钞票哩。

我倒要请侬想一想,我清退黄畹町是为了啥?我还不是为了谭家、为了侬谭宗三?!

休息。请休息。(谭宗三冷笑着做了个篮球规则中的暂停手势)请不要再讲下去了。当年经易门也是这样对我讲的。我真谢谢你们了。周存伯,我不要侬这样为我着想。我请你们都放灵清了,我出高价请侬来,不是为了在自己身边再制造一个新"经易门"。

既然这样,我看……我俩今晚就没有必要再谈下去了。

不谈就不谈。谭宗三冷笑着,一甩手便转身走出了门去。

而后,在这一晚上剩余的时间里,谭宗三和周存伯一方面都非常非常懊悔。懊恼自己居然如此幼稚冲动和冒失,如此意气用事感情用事。同时又都非常非常想不通,为什么同窗多年,近期内又合作得相当默契的对方,居然会把自己说成是"经易门"。

而让周存伯更感到"震痛"的却是,谭宗三怎么会知道经易门来找过他。这件事他只对陈实、大然和鳅荛说过。而且一再叮嘱过他们,此事极敏感,千万不能走漏了风声,传到宗三耳朵里去就可能被误解。果不其然还是走漏了风声。是谁?是故意的?为什么要这么做?针对什么?最后的目的又是什么?

等等等等。

另外有一点也是让周存伯百思而不得其解的。经易门来找他也没说什么了不得的事,更没策划什么针对谭宗三的"阴谋"。即便他事后没有及时向谭宗三"报告",谭宗三也无须为此就动这么大的肝火,说出那样一些极端伤人的话,把两个人的关系一下推到破裂的边缘。但他居然就这么做了。

到底是经易门"不好"?还是谭宗三太脆弱、太过敏、太变态、太……太让人说不清?也许是他……真的是有什么病了?鞋子……小姑娘……还有他那么容易冲动……火爆……任性……他拒绝许多正常人都不拒绝的事情。

　　再想一想,是拒绝,还是做不到? 周存伯回想进入谭家以来这一段不算太长的日子,在谭家内外接触的这么些"头面人物"中间,真正说经易门不好,同时又不佩服他,以至咬牙切齿地恨他的,恐怕只有谭宗三一个人。连那位病危中的前当家人谭雪俦也曾秘密召见周存伯,特地当面嘱咐他,"有事情的时候,还是可以找找经易门这个人的"。这件事,他还没敢告诉谭宗三。当时,谭雪俦派人给他送了一封短柬,说是要见他一面,并叮嘱:"不必将此事通报其他任何人,以免节外生枝,平添许多不必要的烦恼。"言下之意当然是要他别告诉谭宗三。那天见谭雪俦,给他最大的一个刺激就是,他亲身体会到,"豫丰别墅小班子"在谭家众多老人马心目中的地位,是何等的"低贱",体会到不管谭宗三和他们这个强力工作班子在如何埋头苦干惨淡经营,谭家上上下下的大多数人,依然把谭家的中兴,寄托在经易门身上。那天奄奄一息的谭雪俦实际上并没有跟他说几句。一进门,谭雪俦先是审察般注视了他一番,而后极其乏力地动了动瘫放在床边沿上那只枯瘦之极的手,算是打过招呼了,甚至都没让座,过了一会儿,才轻声问了句:"……还好吗?"周存伯不懂他这一句"还好吗",到底是指何许事、何许东西、何许人,但又不便追问,也不能不回个应,就点了点头,含混地答了一句:"还好。"谭雪俦便疲乏地闭上眼睛,又轻叹了一声,说:"谭家的事,不容易。要难为侬了……难为侬了……"这是接见全过程中,唯一带一点感情色彩的话。于是周存伯忙弯下腰轻声答道:"应该的……应该的……"(这时,一个一直守护在床边的中年护士小姐,毫不客气地做了个手势,让周存伯离谭雪俦远一点)周存伯没有反抗,觉得也没必要反抗,便稍稍直起一点腰,往后退了小半步。这时,谭雪俦似乎是有痰要吐,却又吐不出来,吭吭地挣了两下,上半身随之似电击般地也向上耸了耸。一口气上不来,霎时间脸就被憋得通紫青黑。筱太太忙带领医生护士扑过来一通紧张,总算吸出了半口痰。谭雪俦又喘半天。用了不少进口的镇喘喷雾剂。在不间断的嘶嘶声中,让周存伯很无趣地又十分尴尬地呆站在一旁,没有人理睬。周存伯觉得自己是否应该学得乖巧一点,主动提出"退席"了。从在场人(筱太太和每天轮流来看望守护雪俦的姨太太、老太太和老老太太们)的眼色神情看,她们全都巴不得他快点走。这些很老的或不太老的太太姨太太们,从来都看不起"豫丰别墅里这帮子赤佬乌龟"。于是周存伯又一次弯下腰,轻轻对仍闭目静息着的谭雪俦告别了一声,便赶快转身离去。居然没有人挽留他。太太老太太们只顾着用芦根密蒙花马勃蛇舌草虎杖地骨皮木芙蓉熬出来的汤汁,给谭雪俦揩脸揩身,哪怕虚情假意地跟他表示一下客气的,也没有。就像一阵微浪冲走了一堆烂菜皮。一直等到他走出门去,快走到那个宽敞的雕花楼梯口了,突然有人追上来,叫住了周存伯,训斥道:"喂喂喂,谭先生没叫侬走,侬哪能自说自话就走哉?谭先生还有话要关照侬哩!"原来,擦过脸,谭雪俦自觉精神爽快了一点,力气也恢复了一点,便睁开眼睛让人赶快叫回周存伯。这次表示了一点客气,再次动了动那只瘫放在床边沿上的枯手,说了声"侬坐"。然后就向周存伯交了一个底。这"底牌"便是:"今后有啥事体,还是可以去寻寻经易门的。懂哦?勿要忘记了。我跟经易门也已经打过招呼。他会认直接待侬、配合侬的。"

那天走出谭雪俦房门的时候,周存伯本应为了刚受到的轻蔑而感到愤恨。他甚至可以设法对此进行报复。比如立即去找谭宗三。他清楚,谭宗三一旦得知谭雪俦居然背着他挑唆怂恿他"亲信班子"的人去跟经易门联络,还要搞什么"配合",一定不会善罢甘休,一定会找上门去追根寻底算这个账(包括对付那一帮"老女人"和"不太老的女人")。他会闹得他(她)们昏天黑地人仰马翻一个个都没有安生日子好过。让周存伯他好好地出一口气,赏心悦目地痛快一番。也让谭家老宅里的这些人知道,"豫丰班子"的人绝不是一团没有灵性的面粉团可以让你们随便揉弄、欺侮。

但不知为什么,当时他却愤恨不起来。不是一点气愤也没有,只是在他那气愤中却总也掺和着令人不太舒服的失落、沮丧,甚至……自卑。同时还隐动着那种几乎是无法抑制的新奇和激动。他从来没进过这幢"将之楚"楼。但早就听说过它。(不可能没听说过。)它以它钢筋水泥的本体、厚重的主调、庞大的格局和精细的分布,特别是居住者的身份,而确立了自己在谭家至高无上的地位、声望。它是谭家历代当家人的"官邸"。它是谭家前主脑机构东西管事房的所在地。建在它后花园里的那个精美绝伦的"小佛堂",更是谭家所有夫人太太和姨太太性灵升华的地方。"小佛堂"的屋顶是一整片用铜浇铸出来的。周围半亩大小的地方,全部用雪白的石英石铺砌。佛堂前栽着一棵从暹罗迎回的菩提树。这样的佛堂,这样一棵真正来自小乘胜地的菩提树,恐怕寻遍全上海所有的私人花园,也再寻不出第二个了。没有人会穿着鞋走进这半亩圣地,走近这棵菩提。没有人不对一早一晚准时从这寂寞月兰林后传出的磬鼓诵经声不肃然起敬。在周存伯原先的猜测中,走进这个"将之楚",大概跟走进一个相当破落的"旧货商场古董店"差不多。老女人全裹着小脚,抽一根长长的旱烟袋。大小茶房大小娘姨身上的灰布褂子都油腻得可以拿去给剃头师傅当蹭刀布用。他想象谭雪俦两眼无光、神情猥琐,想象他的那些太太和姨太太们脸上都涂着厚厚一层白粉,牙齿却是黑黄的残缺的。他想象"将之楚"楼里阴暗。木板楼梯发出嘎吱嘎吱的破朽声。空气中充满着老鼠屎的味道。两只老祖宗传下来的釉下彩掸瓶上肯定布满了灰尘。这里的人甚至都说不清改元"民国",到底是多少年前的事。箱子底里还藏着丝绣的文四品雨过天晴老虎方补正在霉烂……

但是,周存伯那天亲眼所见的却并非如此。

首先这"将之楚"楼名的来历就很有人情味。楼建成之初要取楼名,这似是当时的一个风习。谭老老先生请沪上不少闻人学士相师风水先生来出点子。光为这,就办了十好几桌酒水。但取来取去,没一个能让谭老老先生中意的。似乎总没能言简意赅地切中谭老老先生的心。一天傍晚,心烦意乱的他正等着医院里的消息。头天夜里,儿媳妇临产,送圣芳济医院,据说难产,要死要活地生了十几个钟头,还没生得下来。作为公公,他不便去产房门口守着,甚至不便老打电话探问情况。但他太想知道产房里正在发生的一切。生也罢,死也罢,他太喜欢这个通情达理而又绝对能干的儿媳妇了。他曾经寄希望于儿子,但儿子没能还报于他的,却都由这个聪明绝顶的儿媳圆上了。几十年来,他还从来没有这么着急过,从来没有这么害怕失去一个人……一个年轻的女子……他没法控制自己的烦躁。他不许楼里出一点声音。不许任何人走动。不许任何人碰电话机。不许任何人动用汽车。不许他们开灯。不许他们关门。他不知道自己到底还应该做点什么,方能帮助她渡过这道生死关。他只知道,此时此刻,对于她的这道生死关,自己已然是无能为力的了……无奈之中,他顺手翻开久已不翻了的那部《孟子集注》。这部浙江杭州书局出的影印版精装书,还真有一番有趣的来历。几年前,他应书局的一位老友之请,为翻修灵隐寺"随喜"了千把块钱。过后,自然便忘了。千把块钱的事嘛,怎么可能老记在心里？过了一段时间,那个老朋友突然给他寄来这么一套装在锦匣里的书,说是受该寺修缮委员会之托,寄上书一套,大概算是答谢吧。他那天正好翻到卷五《滕文公章句》上,顺眼看去,卷首头一句便是"滕文公为世子将之楚"。他的心猛一跳。将之楚？将之楚是什么意思？要送走谁？失去谁？天哪。他一阵慌乱,甚至晕眩,忙到处找书翻辞典,还没等他找出个头绪,医院里来电话了。她生了。生了个公子。她也平安,虽然流了不少血,几至于奄奄一息。老先生欣慰地一下颓坐在书堆里,连连地叫道:"将之楚啊……将之楚将之楚……"后来,他不仅把楼名定为这个谁也说不清道不明的"将之楚",还执意给这位世孙找了个湖北奶妈。世孙周岁,他亲自带他母子俩乘船溯江而上,真的做了一番"之楚"游以还愿。这个被祖父如此看重的"世孙",便是今天的谭雪俦。

那天周存伯来到"将之楚"楼前,正是一个下弦月的上半夜。夜色自然朦胧。楼影越加恢宏。风声趋向寂寂。月兰林里却潮湿得很,为他略显拘谨的脚步平添许多迟涩。刚走到楼门前,就见一个中年茶房早等候在水门汀台阶前,此时趋步上前来低声问道:"是豫丰的周先生？"得到肯定回答后,便转身轻轻拍了拍巴掌(据说,在谭老老先生时代,有久候的贵客到,这一声通报是要拔直了喉咙,很洪亮地喊进门去的。但自从谭雪俦便血不止后,此地便严格噤声)。听到掌声通报,大门便无声开启,有人递出一双软底拖鞋,让周存伯换去脚下那双沾泥带水的皮鞋。从进门的那一刻起,周存伯就要求自己拿出"新总管"的身份和姿态,不卑不亢地迎击可能遭遇的任何"不测"。实际上,他也是这么做的。但从踏进那虽说是已陈旧但仍应认为是辉煌的门厅后,他心里,一直是一波接一波地动荡着。许多意想不到的情况都要求他改变以往对这个旧大宅及其主人的固有看法。比如说,在一般情况下,主人长期病危,长期主事的总管又突然被撤换,宅子里多少总会发生一种失控后必然要呈现的凌乱不堪。但这里却丝毫没有。(起码从大面上一点都感觉不出来。)周存伯注意到,下人们依然穿着统一的深棕色"号服",一律"两尺半短打"装束。直贡呢面圆四轮胎底黑布鞋。门厅里不可避免地飘浮着一股来苏尔消毒液和中药汤汁气味。那些陈设在大理石面腰鼓形紫檀木花几上的盆景,用翡翠、玉石、珊瑚、象牙、蜜蜡等,做成活鲜鲜的竹子、松柏、仙桃、蜡梅老桩,再配以铜镀金或掐丝珐琅盆,既富贵又清朗,且保养得纤尘不染、明光锃亮。这说明楼里的人心还很齐(!),也说明这楼里的用人受到过极严格极规范的训练,而且确实是训练有成,养成了极高的素质。(谁训练了这些高素质的用人? 自然是那个"经家三代人"。)

　　在此前,周存伯还没有见过谭雪俦。极其黄白而又极其消瘦的谭雪俦,眼底的确无神,但眉目间却依然隐现着一股与众不同的清气。那些太太夫人老太太老夫人们对待周存伯虽然傲慢冷淡,但举止谈吐还得承认是少有的庄重高雅。周存伯想象不到谭雪俦的卧室竟会有如此宽大,也没想到竖立在双人床榻周围的那四根雕花床罩柱子几乎跟古老的橡木西餐桌腿一般粗。当时在场的夫人太太老夫人老太太大概有五六个或六七个之多,全都穿着宽袖黑丝绒缎子绲边上衣和黑丝绒宽脚管裤子。当然也有所区别,那就是上衣分对襟的和斜襟的,再就是绲边的颜色和花纹饰样的不同了。当她们一齐向周存伯款款走来,或一起向他投去疑询冷静的一瞥时,那种接踵而至的、无法言喻而又不言而喻的威势,既是无声的,更是无法抗拒的。而周存伯知道,到场的这些,还只是全数的三分之一或二分之一。

　　她们对谭雪俦所显示的忠诚和爱护(爱戴)是那样的真挚细腻。尽心尽职。又有那样一种忧郁、听天由命。但心底里又不肯善罢甘休。他听到其中有两位年轻一点的,甚至用英文跟医生讨论谭雪俦的病情。同样要指出的是,周存伯发现,甚至在老老太太中,都没有一个是缠过脚文过眉的。她们都保留着谭老老先生提倡的天足和天色。还有一点在周存伯看来也并非是不重要的。她们进得谭雪俦房间,各人都有各人一个大致固定的位置,忙而不乱,散而有序。即便有时几个人一起去帮着医生护士做一些什么必要做的事,做完以后,她们各人总下意识地又会站回到她们原先在约定俗成的情况下分得的那个位置上。无怨无悔,悄然屹立。真是一幅极感动人的爱怜图。"后妃乐土图"。

周存伯在谭雪俦的房间里一共只待了不到十五分钟。但就在这十来分钟里,他却亲眼看到有三四批八九位十来位贵客,登门看望病危中的"谭先生"。有市政府稽查司的副稽查李汉云。有利通戒烟丸的发明人唐济华。有在十六铺开渔行在老北门开浑堂(浴室)的陈安七。有黄金荣过去的厨师、现在金门大戏院老板马祥生。还有竹生居夜宵馆襄理,摩根华洋电器公司董事,申曲的著名票友"麻皮雪春",独杆子(自己一个人)长期在摩尔鸣(茂名)路"十八层楼"上包租豪华套间、在跑马场里又养了三匹纯种名贵马的退伍中将和"洪帮"中的"执法老九",等等,等等。最让周存伯感到意外和不可思议的是,正和陈实一道紧锣密鼓地为"豫丰"筹办"联合投资银行",并向谭宗三和他们"豫丰小班子"提供了大量资讯、说明经易门和谭雪俦在过去的一二十年里如何不善于和中外金融界巨子交往而使谭氏集团失去了无数次大发展良机的金城银行两位副总经理,居然也结伴来看望谭雪俦,并给他带来一张名医徐小圃开的"犀角地黄汤"的方子,专治气血虚损,又伴阴虚阳浮之症……

走出"将之楚",周存伯"百感交集"。他不知道该如何总结自己第一次踏进这幢著名的小楼,并在那些著名的人物面前所获取的人生感受。说他们"百足之虫僵而不死"?说他们"瘦死的骆驼比马大"?说"人生境界无穷尽,本是一番楼外青山天外天"?说"三万里农桑,一千年际会"?说"竹外一枝斜更好""夜潮国向月中看"……好像都是,又都不是……快走出月兰林了,他最后又回过头来看了一眼"将之楚"。心里忽然一紧,深深觉出,自己过去对"谭家花园"的了解、理解真是太浅薄太局部也太空泛,总而言之是太概念化了。忽然觉得,假如自己真的要利用谭家这个大舞台,在自己的后半生认真做出一点事情来,恐怕是绝对不能疏忽了(疏远了)"将之楚"这一支力量。要知道它绝对是有力量的。是的,它还是有力量的……

一刹那间,他仿佛看到,那一群高贵庄重的女人再次以她们特有的矜持固执(偏颇?),飘飘然地向他走来……

也许正是这些新的思考,感触,体悟,才导致了昨晚那场和谭宗三不堪设想的大吵,导致了今天白天自己急匆匆把大然陈实等人找到"哈同别墅"会商,也才导致了今晚此时在辣菲德路上长时间的徘徊徜徉。决定不下,到底要不要去面见一下这位前"总管内务大臣"兼前"军机大臣"经易门。

仍在犹豫。

他问自己:是进?还是不进?

他又问自己:进,会发生什么?导致什么?

他又问自己:不进,又会发生什么?导致什么?(在谭雪俦当面发出那样一种明确的暗示后,自己仍然执意地不去找经易门联络,有朝一日"将之楚"会不会唯我是问?如果真要"唯我是问",又会怎么个"问"法?)

问……

怎么问……

讨厌的雨,真是下个没完没了了。

86

几十分钟后,他终于还是敲开了经家的门。经家门锁上的铜把手已经开始有点生锈了。

87

经易门正在楼下空荡荡的客厅里等他。他告诉周存伯,就在刚才不大一会儿工夫,从来没给他打过电话的谭宗三,突然给他打了一个电话来,问,周存伯是不是还在他这里。如果在,让他立即回豫丰,谭宗三有急事找他。

周存伯一怔。

经易门忙问:"侬告诉'三先生',侬要到辣菲德路来找我?"

"侬想我会那么笨吗?"周存伯答道。

"吃茶吃茶。"这时有人送茶上来。熟人都知道,经家有好茶,而且对泡茶那一套,特别有门道。据说相传已有几十年的历史。据说经老老先生被谭老老先生看中,最早就是因为他特别会泡茶。所以朋友们到经家,总是嚷嚷着要好茶吃。不太熟悉的客人来了,不用你嚷嚷,好客的经易门也会拿出自己最好的茶叶来招待。

"看来,今朝我是吃不成侬这杯好茶了。可惜。"周存伯淡淡地一笑。说的倒是真心话。

"也不是啥好茶。随便吃吃的。"经易门谦和了一句。

"等一会儿,侬给谭宗三回电话,不要说我已经来过侬这里了。"周存伯笑着关照道。

"我想我也不会笨到这等样地步的。"经易门同样笑道,送周存伯到门厅,忽然请周存伯稍留步,似乎是忘记了什么似的,很快地回到房间里,几分钟后手上拿着一小包东西回到门厅里。那小包里装的便是今晚吃的那种茶叶。周存伯忙推却:"这哪能(怎么)好意思?刚刚我是开开玩笑的。"

"也不是啥好茶叶。随便吃吃。"

周存伯见他怕雨淋湿了茶叶,在罐头外又裹了一层油纸,再放进一个特制的竹篾编的小拎筐里,递到周存伯手上。而后又低声连连说道:"谢谢侬来看我。真的老谢谢的。"

这一切都做得那么从容认真自然。周存伯没想到这么一个显赫一时的"内务总管"待人居然如此周到细致谦和。颇为感触。稍稍沉默了一会儿,便握着经易门的手,用力说道:"好。我们后会有期。"但同样让他未及意料的是,未等他这句话的话音落地,一直显得十分谦谦温和的经易门,脸色一下板正起来,斩钉截铁地回答道:"周先生,我俩的交往,就到此为止,请侬以后不要再来了。我没有别的意思,只是觉得,你我这样来往,无利于'三先生'目前的处境,也无利于他今后的发展……不仅无利,恐怕还有大妨碍……"

"这……这是雪俦先生的意思……"居然让经易门来教育自己应如何忠诚地维护谭宗三,这真叫周存伯一时间相当尴尬和不适,忙哼哼地解释。

"我明白。但……"经易门低下头去,沉吟了好大一会儿(似乎是在寻找更合适贴切的词语)才说道,"但,现在在谭家当家的是'三先生'。谭家今后的希望也全在'三先生'身上。这一点,存伯兄一定比我更清楚。侬讲呢?"

周存伯还能"讲"什么?

走出楼门,经易门已经为他叫好了出租车。回到豫丰别墅。下车时,他不想再要那包茶叶了,便把它留在了车座上。却被司机发现。他掏钱拜托司机把它送还给经易门。(做一个姿态给他看看!)未料想第二天上午,这位司机又受经易门之托把它送了回来,并带回一张经易门亲笔写得极为工整的便笺。只见便笺上写道:

存伯兄:
弟昨晚颠颠颓乜,多有冒犯。但确无他意。
磊磊心迹,天地共鉴。

弟易门泣血

88

昨晚周存伯回到豫丰别墅时,雨正落得紧密。整幢别墅里,只见秘书股的窗子里还亮着灯,只有谭宗三一个人独自低头垂首闷坐在偌大一个空房间里,还在等着周存伯。除此以外,再不见其他人其他光亮。一路上,周存伯的心情相当复杂,甚至可以说相当沮丧。没想到会在经易门那里碰了这样一个不硬不软的大钉子。没想到事没办成,却偏偏让谭宗三洞察了自己的行踪。犯了这样一个大忌。等一会儿,恐怕不管自己怎么辩解,都不能恢复谭宗三对自己的信任了。唯有供出谭雪俦。事实上这次也是他在背后指使的嘛。但供出了谭雪俦,以后又怎么再面对这位"前当家人"呢?或者就如经易门说的那样,只看现在在谭家当家的是谁,别的就先不去顾他。但今天自己在"将之楚"楼里所见所闻所感受到的,又确确实实印证了这样一个忧虑,如果要想在谭家门里把事情继续做下去,并真做出一点名堂,就不能不顾忌至今仍占用着"将之楚"的那一大帮人,不能只"看现在的当家人是谁"。

是谁向谭宗三报告了那天经易门来找过他?又是谁暗中窥知了他今天晚上的行踪,向谭宗三作了密报?到底是谁一直在暗中监视着他的一举一动?陈实?大然?鲰荛?还是自己的妻子?或……或什么?再没什么可"或"的了。要知道,除这些最亲近的人以外,再无别人可能这么接近自己,并掌握着自己的行踪啊。周存伯真是不敢再想下去。

谭家门里的事情真是太复杂了。一路上,他好几次叫车子停下。好几次想,算了,不回豫丰了。不只是不敢面对谭宗三,也不想再遭受那样的"灵魂拷问"。他想,就此离开谭宗三吧。出了这谭家门,哪里还找不到一碗饭吃吃?何必非要厕身于这么一个充满是非祸福的漩涡中讨食?

是的。走,是容易的。他不欠谭家。倒是谭家欠了他。起码还有这个月的薪金没拿。几十个日夜的忠诚，就这么"不辞而别"地走了，甘心吗？在以往的十年里，他也有过这样的"不辞而别"。但那都是因为当时的老板死活不放他走。舍不得他走。他们好话说尽、条件给够。但他已经做厌了干腻了。他已经明白是怎么一回事了。为了更新的向往，他必须果断摆脱。那时的"不辞而别"只是为了个摆脱。而今次，却纯粹为了"逃避"。他就是不想逃避，才铸就了那样的"十年"。甚至付出了一条胳膊的代价。（从山西的窄轨火车上掉下来，跌进道旁一挂恰好隆隆驰过的马车身底下。被那重负的胶皮轮压断上肢的瞬间，那种撕心裂肺的疼痛，和绝望，至今想起来都还要出几身冷汗，打几个寒战。）好不容易回到上海，刚要以这十年失去一条胳膊为起点，在上海再造自己的人生，坚信这后十年再不会是那前十年，却定要以这样一次"逃避"为过渡？而且是从赫赫有名的谭家"逃"出，是从已同样赫赫有名的"豫丰"逃出。可谓"众目睽睽"。这一逃，肯定逃一个身败名裂，遐迩皆知。而且只要谭宗三在总商会的聚餐会上，稍许说那么两句不中听的话，全上海任何一家有名的商家店家厂家，从今以后都不会再聘录侬周存伯，从今以后，侬就有可能被彻底封杀深埋在上海。

当然，也许谭宗三不会这样做。但，万一他想这么做，也真的这么做了，怎么办？

89

车到豫丰别墅的大铁门门口，他还迟疑了好半天。雨，在进一步地落，甚至不见稀小，同时击打出租车的黑壳子车顶，同时又假借风的威势，在车窗玻璃上形成一扇扇带响动的水幕，模糊了路灯下那不多几件尚可辨认的景物。后来他看到别墅里那个唯一亮着的窗户。（藕荷色的？用五十倍水稀释龙胆紫后形成的那种色调？）他知道就在那个窗口里，谭宗三在等他。他忽然又隐隐地躁动起来，就像是一艘平底木船驶近了正发生严重回流的航道,又好像一瓢冷水突然浇在通红的铁板上。哦,谭宗三。是的。一切差错的根源就出在这个谭宗三身上。就是要走,也要让他知道我周存伯到底为啥才走的。应该当面去跟他讲讲清楚。谭宗三,如果侬还是十年前我们分手时的那个"谭宗三",我今天怎么可能再把自己的希望分散寄托到那个"奄奄一息"的病人身上?更不可能背着侬去找那个"经易门"。侬三十三岁。侬年富力强。侬应该有足够的热情足够的想象力足够的毅力去策划去推动去制衡,也应该有足够的恨去对付侬必须恨的人。侬甚至可以去制造部分"野心",它会使我们整个计划中所有的步骤都包含一种(并闪现出一种)必要的灵气和光彩。但正是侬,使我们失望。侬缺乏应有的这一切素质。侬甚至只敢偷吻一个姑娘的鞋子。侬把我们召集到侬树起的"豫丰"这面大旗下,难道只是为了撤换一个"经易门",只是为了尽快帮侬查清谭家所谓"五十二岁"这档子事情?(现在看来,撤换经易门这件事,到底算不算公正算不算得当,也还是可以商榷的。)除了这两档子事体,在更多的时间里,侬甚至对那些并不算太复杂,但又必须经侬过目签字认可的账目、电报、信函、合同文件……都表现出一种不该有的焦躁厌烦,缺少最起码最必要的耐心和兴趣,使我们这些做下手的人无所适从,也难以理解难以接受。这又不得不使我想到,包括侬独身到现在的这些种种出格行为,难道真的只不过是在证明……证明……请恕我直言,证明你至今的无能和萎缩?

也许我今天不该去找经易门。不该触犯这样一个久存在侬心底的"禁区"。作为"豫丰班子"的"总责任者",我更不该让自己心理的天平在当前这个时刻发生如此的倾斜,我愧对侬的信任、委托。

但是……

但是……请侬替我想一想,如果我要像常人那样正常地生存发展,我不这么做,又能怎么做?无论是我,还是陈实或是大然,当然也包括鲽莘,我们都是极其愿意做侬最忠实的朋友和下手……但是……

周存伯说到这里,一直低头不语、表情呆木的谭宗三突然举起了一只手,抬起头,放出直凛凛的目光盯了周存伯一眼,中止了他滔滔不绝的倾诉。周存伯以为他要进行反驳了。他也准备倾听他的反驳。哪怕是谩骂。长时间来,周存伯真的非常想听一听这位老同窗的"心声"。但是,谭宗三却什么也没有说,只是怔怔地看了他一会儿,手便慢慢垂落,并再次很沉重地低下头去,让潮湿明亮的秘书股再次笼罩在突发的寂静之中。

外头的卫生间里有人在洗澡。哗哗的水声伴随腾腾的蒸汽,从依旧未关紧的门缝里游荡出来。刚才进楼时,周存伯就发现了这一点,并且还看到有一双女式的旧皮鞋摆放在那个卫生间的门口。甚至还有一双穿脏了的短筒丝袜软绵绵地脱放在那鞋壳里面。

水声让人烦躁。厌恶。不安。

谭宗三终于开口,说:"谢谢侬讲了这么多。我知道了……我叫侬来,只为一桩事体,黄畹町……我已经通知她从明天起重新上班。当然不是回豫丰。那样侬和我面子上都不好看。我已经通知大然,把她安排到谭家其他店铺里去做一份轻巧点的生活。我觉得还是有必要让侬知道一下。这桩事体如果有错,错也不在小姑娘身上。你们应该责备我。责备我是……没有关系的……"说到这里,他突然收住话头,眼眶里很亮地闪烁,似乎是湿润的什么,然后又接着说了下去,"小姑娘要求再到豫丰来洗最后一次澡。她说她家里没有这种设备。上海的确有交关(许多)人家都不具备这种设备。我就答应了。她是十分钟之前来的。来了后,我跟她谈了两分钟话。小姑娘难过地哭了两分钟。她自己带了肥皂毛巾拖鞋。带没带浴衣,我没有注意到。她讲,她洗好澡马上就走,绝不会耽搁我们。她讲她长到二十一岁,碰到的最好的人,就是豫丰别墅里这一帮子大阿哥大阿姐了。她永生永世不会忘记在豫丰别墅度过的这几十天。她讲,今后只要有用得着她的地方,只要觉得还可以给她一点信任,就只管给她大伯家打电话。她大伯一定会尽快转告她的。她也一定会尽力去做的。这是她大伯家的电话号码……"

电话号码写在一张粉红色的信纸上。很小巧的三行字。第一行是她的名字加一个冒号。第二行便是那号码。第三行用稍大一点的字写成。而且每一个字都用蓝黑墨水着意描粗了的,写着这么一句话:"谢谢各位大哥大姐帮忙。"

"这电话号码侬收着。"谭宗三说。

"为啥让我收着?"

"侬不收着,啥人收着?"

"我……"

"不要再讲了。没有啥好讲的了。"谭宗三苦笑笑,眼眶里似乎又很亮地闪了一下。"都是我不好……还要讲哦?"谭宗三很诚恳地看着周存伯,等着他表最后的态。这时周存伯心里突然一阵难过。甚至非常非常难过,甚至想要哽咽。谭宗三也把头低了下去。

后来谭宗三就走了。他让周存伯等着小姑娘洗完澡,安慰她几句,再叮嘱她几句,再叫一部出租车,把她送回家。

90

周存伯看着谭宗三局促地走远,一时间竟然有些不知所措。他不知道谭宗三的"闷葫芦里到底卖的是啥个药"。他今晚为什么不向他发火。这的确使他愕然。要知道,他本应该发火,也有理由发火。但他却没有发火。难道真的只是叫他来很无聊地"等着小姑娘洗完澡安慰她几句再叮嘱她几句再叫一部出租车把她送回家"?

不。我想无论是谁都不会接受这样的事实:自己新任的"总管"背着自己,私自去联络被自己撤去的"前任总管"。即便不发火,恐怕也是要认真谈一谈的。但谭宗三却不想再谈了。觉得已经没有谈的必要了。他突然明白,事情已经没有回寰的余地。谈也多余。他请来这几位大学同窗,本意是要替换掉那个让他十分讨厌(又害怕)的经易门。但眼前的全部事实无一不在告诉他,你换不掉。新人也是"经易门"。即便不是全部,也起码是部分。好不容易把姓经的"经易门"从后门口送走,从前门踏进来的,却仍可能是不姓经的"经易门"。

那天陈实来向他报告,经易门"秘密"地去找过周存伯,几分钟后,大然也来敲门,一看陈实在座,忙诡秘地嘿嘿一笑说,你们忙,我等一息再来。谭宗三料想他也是来报告此事的,便招招手,叫住了他。"阿是来讲存伯的事?坐嘛。"大然不吃烟,他就扔了一块琥珀样半透明的松子糖给他。大然接过糖块,看看谭宗三,又看看陈实,马上猜到,陈实也是来谈这桩事体的,只不过比他早到了一步,便仰身哈哈大笑起来。陈实也跟着笑。谭宗三却不笑。这样的事已发生不止一次两次了。或者是陈实先来报告什么事,或者是大然先来报告什么事,而后另一个几分钟后肯定就会赶到。谭宗三知道他们不是约好了这么做的(演的)。他们只是一直在互相监视着。把对方的一举一动全部纳入自己视界。他们都希望能在谭宗三面前占个"先"。都不愿在谭宗三面前落后于对方。如果是谭宗三找他们两个中的某一个商谈什么,而没找另一个,另一个就会显现得非常不安,非常踟躅,非常徘徊,非常按捺不住。过个十分二十分钟,就一定会过来推门看一看。看看对方是否仍还在谭宗三的写字间里坐着。有时找个借口,索性进来窥测,以揣度谈话的内容。有时只是推开一点门缝,迅速地瞄这么一眼,立即退去。如果跟这位谈过后两天,没有跟那一位透露那次谈话的内容,那一位一定会快快地来找你,会很沉闷地在你面前坐很长时间,甚至长吁短叹,迂回地探问,小心翼翼地征询。然后就一五一十地把他这一段日子来为你所做过的一切,事无巨细地从头罗列一遍。用非常诚恳的目光看你。用非常中肯的语调叙述。整个上身都会向前探出,肩头控制不住地微微耸动。脸颊则一定会微微红起。举出许多旁证,以确证他为你谭宗三所做过的这一切的真实性。(其实这些事都刚发生在昨天前天或今天。根本用不着什么证明。有的甚至几十分钟前,谭宗三还跟他们或争论过或讨论过总结过。)而后突然说不下去了。用那样一种极其委屈的眼光诉说着那许多不能用言语诉说的心曲。或者,就只是无奈地苦笑笑。或者就在结束时不断地说,我晓得我还做得老不够的……真的老不够的……我做得有啥不好,侬真的一定要当面跟我讲……真的……真的……真的……

很长一段时间,谭宗三真的不知道这二位到底"得了什么病"。不管得的是什么病,总之是把谭宗三折腾得十分不舒服。使他越发想念盛桥时代的洒脱自在。他们觉得谭宗三出校门后的这十来年变化太大。谭宗三也觉得,出校门后这一段漫长的时日中,他们也变了,除了丢掉了一条臂膊,似乎也变得……很不一样了。

他曾找他们俩分别地谈过这件事,请他们不要这么做。"你们这样,我太'沙度'(累)了!帮帮忙!"但他俩都不承认有这等可笑的事发生在他俩身上。非常诚恳地否定、保证。为了证实这一点,有一次,他当场"抓"了他们一回。是张大然。那天,他故意找陈实谈话。张大然果然推门来"偷窥"。他忙扑出去在门口"抓"住了张大然:"侬做啥?""我做啥?我路过这里……"

"侬推门看啥?"

"我没有推侬门!也没有看啥!"

"侬推了!看了!"

"我没有推!也没有看!"

"大然,这门缝还虚开着……"

"这是侬出来时推开的。"

"我没有要责怪侬的意思,只是恳求你们不要再这样折磨我……帮帮忙……"

"谭老板,请侬也帮帮忙。我没有做的事体就不要强加在我头上。陈实也在侬房间里。他就坐在那把藤木靠背椅里,离房门只有两步远。他看得最清楚。侬可以叫他出来讲讲,我到底推过侬的门,往里偷看过没有!我不懂,我为啥要偷看?我张大然是这样的人?!"他非常气愤。

"侬没有推门、没有偷看,侬怎么会晓得陈实也在我房间里?甚至晓得他坐在那把藤木靠背椅里、离门只有两步远?这把椅子一直放在我那把圈椅的后头。是刚刚陈实来了后,才把它移出来坐的。侬刚刚要没有亲眼看见,绝对不可能把它现在的位置讲得那么准确!侬还要赖什么赖?!"

大然一下呆住了。"我……偷看了?"

"大然……"

"我真的偷看了?"张大然的脸色忽然变得十分难看,不等谭宗三再说什么,佝偻下身子,便像一缕被风吹散的烟霭似的,匆匆离去。下班后,他在车库门前等着谭宗三。"侬能稍稍晚回去一会儿吗?"他请求道,"我真的不晓得自己为啥要这样做……大概是顺便走过……顺便推了一下门……"他还在解释。神情却是十分真诚。

"侬不是顺便。也不是头一趟。"

"我真的……真的……"他再次疑惑地抬起头看着谭宗三,脸切切实实地涨得黑紫,犹如染布剩下的一盆下脚水。"我为啥要这样做?我也曾经是一爿不大不小家具店的老板。我有必要这样做哦?我怎么会变成实杠(这么一副)样子的?我过去从来不这样的!"他显得异常的沮丧。

看样子,他的确是下意识地做了这动作。当场似乎并不清醒。第二天他便请假带着那位房东太太的宝贝女儿一起到无锡去休息了几天。回来后,把他的写字间从二楼,搬到了三楼,远远地离开了陈实和周存伯,也和谭宗三的大写字间离得更远了一些。

陈实对这件事的态度,似乎要坦然得多。他说他知道自己有这种"毛病"。他担心别人比他更接近谭宗三。"你们都是我的老同学。都是我诚心诚意请来的。都是我最要好、最倚重的朋友,怎么可能会有接近、更接近或不接近这种事体?侬要放松一点。"

"我晓得……但有辰光就是做不到。"

"怎么做不到?"

"嘿嘿……"他尴尬地笑笑。

"还真有啥为难之处?"

"没有……"陈实掩饰地笑了笑。但事实上他没说真话。陈实从毕业后,一直还没真正做成一件充分证明自己能力和志向的事(虽然已经结了这么多次婚),为此还残废了一条胳膊。自己觉得这前半生过得也是非常坎坷。因此他非常看重目前在豫丰的这个位置和机会。不知从什么时候开始,他总是非常担心别人比他更接近谭宗三。平时老想知道现在谁在写字间里跟谭宗三在说事情,说什么。老想到谭宗三写字间去看一看。就像犯了鸦片瘾似的,不去看一看,就怎么也不得过。有时简直到了坐立不安、心里一阵阵发虚的地步。有时明明知道那里没有人在,但还是要去看一看,怎么也说服不了自己。有时十分钟前刚去看过,突然觉得好像又听到有脚步声向谭宗三写字间响去。于是马上又开始坐立不安。又在用力猜测这时候可能会是谁去"讨好"谭宗三。会去汇报谁的什么事。这事跟他会不会有什么关系……

张大然带着房东太太的女儿去无锡"休假"的头几天里,陈实踏实了许多。但这样的"好日子"没能坚持多久,一个礼拜后,他又开始不自信起来,频频出现在谭宗三写字间的门口。谭宗三为此也严厉地"训斥"过他好几次。他也警醒、悔恨。于是就找一点事由,让自己离开豫丰,以为这样便能控制住自己,不去"骚扰"谭宗三。起初,这个办法还真起作用。但几天后效果就大减。再后来,不仅不见效果,反而变本加厉。离豫丰越远,越不自信,担心越烈,越加坐立不安。有一次,宋邦寅亲自带了一个警备队,从盛桥押送一批最高方面点名要提讯的要犯,去南京。(这时,他已兼任国立八监的典狱长了。)也许是担心走陆路安全系数小,报请总部批准,乘坐专用警船,头一晚上先靠上海杨树浦公平路码头。远东最大的监狱提篮桥监狱,离码头不远,可在那里"借宿"。第二天继续溯江而行便可直达目的地。宋邦寅曾向谭宗三提出,让谭氏公司帮他在小张岛上建一个织袜厂。那时对待犯人,还没有现在这种先进的"劳动改造"理论。宋典狱长要在监狱附近建这么一个小厂,主要还是为了安置军警行政公务人员的家小妻女就业。另外还有个"夙愿"却只有谭宗三萨重冰和那位姓陆的小学校长等不多几个知心朋友知道。这位宋典狱长早先是学工的,总觉得自己在"治人"之余,还有很大一份专长没有得到发挥应用。也可谓技痒难耐,渴望牛刀小试吧。这件事,谭宗三当然一口答应了下来,立即交陈实具体操办。宋典狱长出发前通知了陈实,希望在公平路码头上见一面、谈一谈。(他没法脱身进市区来面谈,又不能请陈实晚上去

木凸

"提篮桥"小聚。)但那天正是"联合投资银行"董筹会的"预董们"首次到豫丰碰头。为让这些上海滩的"巨子们"第一次踏进豫丰能留下个深刻印象,陈实可谓是煞费了苦心,做方方面面的考虑和准备。客厅和餐间的传应生全都是托熟人从外白渡桥的礼查公寓和百老汇大厦延请来的。统一布置了红玫瑰。因此说心里话,陈实并不愿意"舍此而即彼"。但无奈谭宗三十分看重朋友宋邦寅托办的这件"小事",一定要陈实去见那位宋典狱长,并说:"这边有我和存伯大然抵挡嘛。侬还是帮我跑一趟哦。宋先生是我最相知的朋友。谢谢侬了。"陈实只得就范。驱车一路,他就开始不安。到了码头,在等候警船到达的那一段空隙时间里,他更是控制不住地开始设想人们将怎么赞不绝口地夸奖存伯和大然,居然把今天这么一个"金融巨子"的碰头会准备得如此精美周全。设想存伯和大然又将怎么趁他不在谭宗三身边的时候而把那些根本不是他们做的事统统说成是他们做的。设想他手下的那些事务员趁机又会怎么怎么……怎么怎么在谭宗三面前说他坏话……他几乎都不能再设想下去了,但又控制不住。不能让自己不设想。越想胸越闷,头越涨。心怦怦地跳。开始他还坐在车里,后来便只得下车,来回踱步,用踱步来镇静自己。踱步的速度越来越快。步幅也越来越大。即便这样,似乎也无法制止自己去做更严重的设想。特别是想到,那些银行界的巨头们发现他今晚居然没能在如此重要的场合和谭宗三、周存伯、张大然一起露面,一定会对他在豫丰的地位和作用作出种种极不利的臆测时,他竟虚汗淋漓不止。后来连自己也不清楚究竟发生了什么,竟驱车回豫丰来了。他在三楼一个黑暗的资料室门口站了许久。后来又在并没有人的谭宗三写字间门外站了许久。他无数次地对自己说,回公平路码头去吧。现在还来得及。但脚就是迈不开去。听着大餐厅里优美而庄重的背景音乐(是他亲自选择的巴赫《复活节圣慢板作品249》),他被自己感动了。这时,突然一声喝问:"啥人?"把他惊醒。谭宗三回楼上来吃一口凉茶,想清静一下,一抬头见一条黑影踟蹰,心里一紧,忙喝叫一声同时伸手去开楼道的灯,却见陈实,真是气不打一处来,便大叫:"侬做啥?侬做啥?侬到底想做啥?!!侬这个样子,哪能叫我吃得消?!"

　　陈实自然惭愧得一句话都没说。此时此刻,此情此景,他还能说什么呢?

木凸

第五部分

91

后来谭宗三想起,经易门当年最拿手的一招也是突然推开你的房门极迅速地四下里瞄一眼,然后掩上门就走。你根本不知道他什么时候会来推门,到底想瞄什么,更不知道他到底瞄到了什么,瞄了以后心里又是怎么想的。而最厉害的就是他瞄到什么后根本不会在脸上有所表示,更不会对你说。但你心里却比谁都清楚,什么也瞒不了这个经易门。对于这个经易门来说,你身上根本不存在什么隐秘。你是脱光了的,裸露着的!!

哦,经易门……经易门……我恨你!我恨你!!

92

通海地区军管会政法组所在地,早年是当地一个叫熊荫田的大盐商的私宅。说不清楚为什么,当地盐商们的私宅都在连贯前后院子的中轴线位置上布置一条长长的水门汀甬道。"熊宅"自然也不例外。这样,每次当警卫人员押着谭宗三向我住的房间走来时,我总能久久地听到他鞋底擦着水泥甬道所发出的清晰而从容的窸窣声。他总是走得那么不紧不慢。就像他说话时,总要不紧不慢地滑动他那比一般男人都要显得更为尖突的喉结一样。按规定,被收监的他得戴着手铐来见我。迨走到我房门口,他站住了。他不好意思戴着手铐见我。他希望去掉手铐。警卫人员来请示我。我答应了。我想,这样,也许更有利于我们之间的谈话。不一会儿,他们把已去掉了手铐的他带了进来。他温和地看了我一眼,甚至还低声说句"谢谢"。由于去掉了手铐,他的确显得比我第一次看到时更为文静。但由于戴惯了手铐的缘故,在谈话中,他两只手腕仍不知不觉地会向一起靠拢,并规规矩矩地并放在自己的腿胯中间,甚至在躬身去桌上取烟、点烟时,两只手仍不自觉地拢靠到一起。

仍像上次那样,我让警卫员早早地为他准备了一把靠背椅子,放在我那张办公桌对面大约两米远的地方。那是一把做得很粗糙的松木椅子,外表刷着一种似黄漆又不似黄漆、似黄粉又不似黄粉样极难看的东西。我不知道警卫员是从哪儿搞得来的,但显然不是这大宅里的原物。因为据说他们给我使用的这套家具才是真正的"原物"。而原物是一式的铁梨木清式家具,完全不在同一档次上。

和头一次不同的是,警卫员这一次给他找了个旧棉垫铺放在椅座上。一开始我甚至都没注意到这个新增加的"设备"。而比较敏感纤细的他,却一进门就注意到了,并立即猜到是那个才十八九岁的年轻警卫员做的事,便同样很温和地看了他一眼,甚至还感激似的向他微微点了点头,然后弯下腰去,细心地整理了一下那个棉垫,把布套上的皱褶一一押平,并抖去褶缝里的灰土,这才坐了下去。

您觉得,这举止像一个"犯人"吗?

是的,通海地区军管会里凡是接触过这位"伪县长"的同志都说奇怪,"这家伙"怎么总是进入不了"角色",好像总是不太明白(还是不愿意去明白?)自己已是一个犯人(犯官)。总给人这样一种感觉,他还在跟你"平起平坐"着哩。

比如说，那一天晚饭又是吃包子。蛋花汤加素菜包子。一碟醋。几瓣生蒜。为了抓紧时间多谈一会儿，我就让他留在这里吃，不再回拘押室去赶那边的晚饭。这样可以省去不少来回路上所花的时间。当然，我不会跟他同桌共餐。警卫员把饭打来后，便把他押去隔壁，单吃他的。虽然不一定也给他醋碟和生蒜瓣，但蛋花汤是一定会给的。而我因为按规定吃小灶，除了这一切以外，总得另加一两个热炒。主食方面也有更大的选择余地。如果喝稀饭，我就要一碟切成丝的海蜇皮，再拌一点葱花，再拌一点麻油或辣油。或者把酱黄瓜切成丁，再用菜籽油煸炒过，起锅前少撒进一点葱花少放一点白砂糖。每次吃完，他见了我总要客气地说一声"谢谢"，而后稍稍对蛋花汤的咸淡和包子馅的成色做一点恰如其分的评价。好像至今为止，他依然顿顿都在吃这样规格的饭食似的。其实，从被拘捕的那一天起，他几乎已很难再见到大米白面。当时即便在通海城里，一般居民的月进食中，也得搭配三四成的麦秕那样的粗粮。每家都要腌几缸酱黄瓜应付青黄不接的蔬菜淡季。又何况他那样的"在押犯"？也许是嗅到了空气中油煸酱黄瓜丁的气味，他提醒我平日里不要吃得太咸。他说他看我印堂间的气色和手指甲的颜色，都不宜吃得太咸。"谭家的男人都比较注意养生。家里这样一个莫名其妙的传统……耳濡目染地，我也跟着熏了一点这种怪毛病……不过，有时也不无道理。比如看你的气色，你这人血热、肝火旺，而肺阴虚……干咳少痰或无痰……可能还有点便秘。用大黄黄芩清火，再配一点礞石硝石逐痰。或者用白前百部橘红甘草……平时多吃点绿茶。对不起，我说得太多了……"

"这个人老好耍的喽！"政法组一位中年书记员用他那一口纯熟的苏北方言，笑着对我这样评价这位谭宗三"先生"。

93

后来，谭宗三便跟我聊起经易门的事。记得我在前边已经提过，经家人最早仅仅因为特别会泡茶,才被谭家的上辈人看中的。那时候,很年轻的谭老老先生独自一人在上海江南盐政司衙门里赋闲候补。闲工夫太多,就常去竹林庵茶馆店坐坐,有时候邀集几个同窗友好,趁"积雨初弄,林烟犹宿"之际,访名士,剧谈竟晷;或者去南市四牌楼旧书肆、骨(古)董铺转转,有时候也去裕和洋行看看时新的西画(洋行老板在那幢二层的写字楼上专辟有一秘间,陈设他特地从欧美等地购来的十几幅裸女画。其实这些画根本也谈不上是啥名画。重要的在于裸着。全裸着。每幅都画得有真人那么大,甚至还要高大些。因此就取得了一种绝对的视觉震撼力。让观者迸息燥热。这几乎成了一些富孺阔少特地来此谈生意的重要动力。否则这幢早五十年就在公平路码头旁边建起了的灰旧小楼,何以能吸引了这么些不做生意、只靠变卖家里老古董,也不愁吃穿的男女来此地扯什么生意经?),有时也到信泰记译馆,听馆主摆谈摆谈外国的一些趣事。真是不要太开心唤!到得晚上,更有各种好去处。倘若想省钱,去丹桂园、宝兴园吃吃茶,听听书,看看戏,不生其他花心,有个八九只角子,马马虎虎也能混上一晚上了。

也有不好过的时刻,那就是黄昏时分。此刻可谓"前不着村,后不巴店"。白天的喧嚣刚过,晚间的市面却又未到。特别是当晚饭还没有正经着落(通常总是有饭局候着的)只能去附近某小饭铺简易地过渡,而后空对西窗外暮色中满院萧萧落木,确实让人有度秒如年之感。恰恰就是在这样一个叫任何一个独居在外的年轻人都会感到难挨的黄昏时刻,当时的谭老老先生结识了当时的经老老先生。

经老老先生年轻时在盐船上做船工。只因为特别会泡茶,一壶茶泡出十七八种花样经。轻展曼挪。跪坐摇移。念念有词。整肃精神。泡得只知道吃茶是为了解渴利尿通气打嗝讲闲话的人,个个目瞪口呆,一筹莫展。泡得他自己就像一只顺风船那样远近都出了名。名声传到那位盐政大人耳朵里。大人祖籍杭州,照例特别好喝茶,特别讲究茶艺。经老老先生从此得以在大人身边供职。但真正看得起他的人并不多。好心一点的人在背后戏称他为"茶相公"。吃不到葡萄讲葡萄酸的人只说他是一杯"相公茶"。认为举手投足说话做事都有一点娘娘腔的盐政大人真正喜欢的还不是这杯"茶",而是这位泡茶有方、粗壮有力的"相公"。

　　大人不该不长胡子。说话不该像苏州人那样糯腔糯调。大人象征性地娶了一房太太,至今依旧膝下无儿无女。大人写得一手好字一手好诗。"烟里十八柳下六,长约雨中苏堤后。留得三黛越江来,妄为君身心为榴。"他是把自己比作"妾小"的。

　　据签稿房的两位签事说,他俩几次看见大人在花厅后头的那间小房间的那张铁梨木凉榻上,拥着这位"茶相公",说些悄悄话。一只白净干瘦的手,在他背后抚摸着、揉捏着,嘘嘘地停顿,眼光娇涩。

　　年轻的经老老先生从来没有反驳过这些传言。从来只应一个沉默。也许大人喜欢他的正是这种粗壮之中能不顾一切的沉默。其实经老老先生年轻时长得并不算好看。同样的一张长马构脸,长满了疙疙瘩瘩的紫红色肉瘤。垂挂在当中的那一条粗大鼻梁的各个坡面,应该说还算是比较平直坦荡的。但也让豆花般大小的麻坑占据着要冲阵地。有人嘲笑道,人家一瓶雪花膏搽三个月,他搽起来,顶多两个礼拜,还要省着点用。他还是不反驳。从来只有沉默。一手把着他那只至为宝贝的明朝正德年间的米汤娇地白瓷茶壶,上身笔笔直地坐在茶房间的一个阴暗处。满脸阴郁得可以。后来就让所有那些说闲话的人意外。那年,年轻的谭老老先生奉调去总理内务府工程处供职,进京前,执意地向盐政司大人把年轻的经老老先生要走了。

　　有知情者说,年轻的经老老先生是在一个大雨滂沱的傍晚(哦,又是一个令人难挨的黄昏时刻),闯到谭老老先生的房间里,长跪不起,哟哟痛哭,恳求年轻的谭老老先生无论如何带他一起离开盐政司。谭老老先生不解地问道,我那里哪有这里好呢?他不答,仍旧只是哟哟痛哭。谭老老先生再问。他再哭。年轻的谭老老先生不耐烦了,说,侬这不是无理搅三分嘛!说着就要出门。经老老先生居然扑过去一把抱牢谭老老先生的脚,埋下头去大哭道,带我走,带我走。我会报答侬谭大人的。我为侬做牛做马……做牛做马啊……我实在不能再在这里待下去了啊……

　　这段往事讲起来很多人都不会相信:似铁疙瘩一般粗硬的经老老先生当年会这样失态?

　　对这种诘问,我只能告诉你们,世上凡事,信则有,不信则无。刻意追求者可能落难,但半途而废者肯定自贱。经老老先生当时的确遇到了一桩大大的难事,才会如此失态。现代的人也许无法理解他当时不感到痛苦的痛苦和感到痛苦的痛苦:他没感到痛苦的痛苦是盐政大人对他的肉体侵凌,而感到痛苦的痛苦是大人忌恨他再去染指女人,严禁他成亲。不找女人不成亲,经家的香火何以为继?!我这男人做得还有啥意思?怎么得了……呜呜……呜呜呜……救救我伲经家……

　　年轻的谭老老先生问清楚情由后,连夜去找盐政大人。不知他手里曾抓住过盐政大人什么把柄,一经他提出,盐政大人居然丝毫没有回旋的余地,只得忍痛"割爱",让他带走了这个自己轻易离不开的粗人经某某。

　　后来的事实证明:谭老老先生当初的选择绝对正确。

　　这个姓经的粗汉不只会泡茶,不只能沉默,不只长了一脸的肉疙瘩和一条罕见的大鼻梁,的确还是个极难得的"大总管"。跟定谭老老先生后不久,他就别出心裁地为谭家举办一个"励耘茶社"。用尽自己所有积蓄,在京城里买下个不大点儿的四合院做社址。有诗为证:推倒前围墙,重植芭蕉墩。修篁临风立,丝竹嘈嘈喑。拍案当庭啸,长揖送知心。一瓶一钵垂垂老矣。万水千山得得来哉。是社以茶会友。以茶识友。以茶练友。逢十聚会。呼茗长谈。免费奉送一客小笼包子。但主要是为谭家联络各地从业人员感情培训各地从业骨干。并且从北京串联到上海。那年上海道以三十万两标银拍售江南制造局属下三个亏损小厂,以补账面赤字。正是励耘社的一个老社友把这消息快递到京,报告给谭老老先生。那时谭老老先生早已厌倦了京城干燥单调的大气和繁文缛节的幕僚生涯。(但最让他"吃不消"的,还在于京城拉帮结派的风气。他们各有各的小圈子。各有各的"不二法门"。一起钓鱼下馆子传播各种大道或小道消息在文明小报上互写吹捧文章或攻击共同的敌人。不入法门不在圈者,绝对封杀出局。特别是对来自南方的你。)这让他特别想念江南的桃红柳绿丝竹牙板鲥鱼丰肥楼低妾瘦深巷里的大厂大港外的远帆……现在那边既有三个现成的小厂供自己入港,当然千载难逢。三十万两雪花银子并不难筹,难的是一下子从哪里去找许多心腹相帮管理这三个厂子,堵住那既成的千疮百孔,操作起各岗的"舵轮",让它们一一循序正常运作起来呢?没有这样得力的心腹,光有三十万雪花银,谁敢去堵这无底洞啊。而从天津、唐山、保定、太原、南昌、萍乡、株洲等地传来消息,说那几个地方都有人揣着几十万雪花银,踌躇满志地想到上海去以求一逞。他们也有和谭家一样的难处,急忙头里,上哪儿找这么些能管理三家工厂的人才啊。毕竟是几十年前的中国啊。有人试探过,这三家厂子能不能一个一个地买,滚雪球似地发展。上海道方面的回答是坚定的,要么三个一起买去,价钱上甚至还可上下;要么就别买,拆一丢二或拆二丢一,谁来收拾你丢剩的烂摊子?嘟!

谭某人急着找经某人商量对策,这姓经的家伙偏偏不见踪影,满世界找,也找不见他。眼看就要与这三个厂子失之交臂。到第二天傍晚时分,谭某人在书房里正急得团团转,经某人满脸倦容却又兴冲冲地拿着一厚本中式账簿似的册子,走了进来。

"哎呀呀……哎呀呀……"急火攻心使满脸涨得通红的谭某人,一时间咄咄地满口只发得出这两个音了。

经某人默默地一笑,长舒出一口气,把"账簿"往谭某人面前轻轻一放,疲倦得几乎已经站立不住。一天多没有吃一口茶,也没有顾得上吃一口饭的他,昏头昏脑地拿起茶几上谭先生的茶壶就往嘴巴边送。谭先生最恨人家用他的茶壶,劈手夺过茶壶,跺脚道:"吃茶!侬还吃啥茶?!"

经某人呆笑笑,一屁股坐下,翻开那本"账簿",让谭某人看。原来这是这一天多的时间里,他整理出的一份"励耘社"社友名单。凡是名头上圈上红圈圈的,都是可以立即召唤来帮着接管那三个工厂的。

谭老老先生大约摸数了数,总在三十人上下。

还缺什么？

不缺了不缺了。吃茶。吃茶。

还缺一份加急电报。快点。十万火急通知上海方面，这三个厂谭家买了。

对对对对……

但那一天，京城戒严。所有邮电局都被兵勇把守，信函得开口检查，电报一律不许用密码发出。可是要明码发过去，这消息肯定就会被透露给某些权贵，他们一定会不顾一切抢先下手，最起码也会让亲近自己的那些人先得了那三个厂子去。这电报怎么发？经某人默默一笑，拿出一张黄表纸，上头有早拟好的两句谶语般的电文。谭某人拿来一看，竟是两句古时的饮茶诗："不待清风生两腋，清风先向舌端生。"经老老先生本不识字，更不用说什么古诗。这两句饮茶诗是他跟两位知亲茶友们请教得来的。这时用上了。这人就这点聪明，听一点什么看一点什么，特别能记得住，还能用得上。

"这……这样发出去，那些朋友……能懂里头的意思吗？"谭某人迟疑。

"那一帮赤佬？嗨，一个个都比我聪明！"经某人喘着大气说。

电报就这样发出去了。朋友们果然都懂，立即响应，安排妥当。这气势简直不亚于后来陈其美响应武昌首义，率人攻打江南局的雄壮。谭家就此重新回到上海。谭氏集团以后的一番大局面，都起自这三家小厂；也可以说，是由励耘社的这一帮茶友这两句登不得大雅之堂的吃茶诗帮着蹚出来的路子。

但经老老先生日后却忌讳这个"茶"字，忌一个"粗"字，忌穿两尺半短打。他告诫子孙，经家人从此以后要读书要识字，虽然不可识得比谭家子孙多，但一定要比别人家的子孙识得多。"你们晓得当年我是哪能（怎么）过的吗？"他问儿子和孙子。但年仅四五岁的经易门并不知道祖父这句话里包含着何等样的辛酸，便撒了个娇，笑道："我又没有侬那么老，哪能（怎么）晓得侬那辰光是哪能（怎么）过的啦？"说罢还张开两只胖嘟嘟的小手,去抱一向最疼爱他的祖父。不知是因为他小手上的糖汁玷污了经老老先生新穿的棉袍,还是因为自己的辛酸没得到子孙应有的回应,这个粗人居然一手甩去,先把四五岁的宝贝孙子击出四五尺远,一跤跌在东墙根下。不等小易门惊恐地翻身爬起,他又赶过去,飞起一腿,再度把小易门踢倒。这一脚正踢在小易门的脸上,立时三刻,半边脸就肿了。破了。处在这半边脸位置上的那半个嘴角和眼梢处,便汩汩地往外直冒鲜血。经易门的妈妈吓坏了,忙扑过来要抱走小易门。经老老先生却不容分说,一个巴掌把她也击倒在地。她依然不顾一切要扑过去抢小易门。这时经易门的父亲、经老先生瞪大眼睛叫道:"跪下,快给我跪下!"并带头扑通一声跪在了父亲面前。于是都纷纷跪下了,包括正在堂屋里外忙着的各位娘姨茶房。所有在场的人都没见过老老先生发这么大的脾气,都不知今天最后怎么收场才是。没料想最后出来收场的却仍是惹事的小易门。他虽然像所有四五岁的孩子一样识不得大人心里那许多的曲折和陷阱,依然有自己稚净的一片天真和娇爱,但发自本能的一瞬间明亮的战栗,却振起他带着满脸的血泪,摇摇晃晃跑到祖父面前,照样扑通一声跪了下来,拖长了哭声叫道:"公公,是我不好……是我不好……"四五岁的他居然连连向祖父磕头。磕得满地血迹泪痕,磕得全家人的心都碎软无奈,磕得经老老先生再也忍不住,迸出两行滚烫的泪珠,俯下身一把抱起宝贝孙子,大号。

　　从那天起,经老老先生采取了一系列的措施,让这些没有跟他一样经历一番辛酸的家人也能体会他的辛酸。特别是对这个他最为看重的孙子。从那天起,他再没让经易门离开他一步,甚至晚上,也让小易门睡在他身边。他辞退了家里所有的用人,卖掉了家里所有带油漆的家具。他重新开始穿"两尺半短打"。他置办了最粗糙的茶具,给家里人讲当年在沙船上给船老大们"泡茶"的故事。他给经易门延请最好的家庭教师。当然,最最重要的是,他在谭家做得越发地勤谨忠诚,不容自己出丝毫的差错。他知道,像他这样没有一点"老底子"的人家,要在上海立牢脚跟,一切的贫富荣辱,以至生死存亡,都维系在别人眼开眼闭摇头点头之间。

他什么都想到了，只是没有去想一想，为什么一定要把自己的命运维系在别人的眼开眼闭摇头点头之间呢？

其实也不是一点都没想过。只是想以后，他所得到的结论是：侬不想靠别人？哈哈。好呀。不靠别人侬靠啥？侬试试看嘛。试试看嘛！

94

记得刚从乡下搬到上海，头一个早晨，给我印象最深的是，听见隔壁兼做批发正广和汽水生意的小灵根（灵根的阿爸告诉我，很早以前，上海人把汽水叫作"荷兰水"）在他们家门口大叫大嚷："啥人每次去蹲坑都要用两张草纸？啊？屁股介（那么）大?!"同样让我特别感到奇怪的是，他叫嚷的声音那么响，但并没有搅扰小弄堂里的任何人任何人家。这些人用一句北方话来说就是：该干吗还干吗。依然笑眯眯的。忙进忙出。买早点的、倒马桶的、刷牙齿的、生煤球炉的、汰菜汰衣裳的、烧泡饭的、弯腰曲背在煤球炉上用火夹钳起劲地烫着头发的……总之……总之……总之什么？总之……一个小时或四十五分钟后，等上班上学到外头去做生意的人或推着脚踏车或踏着黄鱼车或拎着油布伞或嘴里还在大口大口嚼着咸泡饭，纷纷这么一走，弄堂里清静了。但烟消云不散。是啊。一辈子都不会忘记江南的细雨均匀地洒落在黑布洋伞上的声音。那些被树冠屋檐遮去的天空。一辈子仍是个忙忙碌碌、却总是心有不甘的江南人。

那天我故意在灶披间门口等了一会儿。我想跟黄克莹说两句话。那时我跟她已经相当熟悉了。那段时间，我觉得她有一点闷闷不乐。不经常出门。我想知道究竟是为什么。我听见拖鞋声，还听见她在二楼大房间门口，跟娄家阿伯讲话。娄家阿伯成年累月瘫在床上。一年四季面孔朝里躺着。很少跟人搭讪，特别不跟他家里的人搭讪。也从不过问家里正发生的事。但你不要以为他真的不关心。他枕头底下藏着一面小镜子，他经常趁人不备时，通过小镜子的折射，来收集身背后的情况。那小圆小圆的镜面有时连着几个钟头在灰暗的床里侧发着时明时暗的光。我不知道他为什么要采取这种方式对待他周围的人和事。我只听说，他过去一度也曾是吆五喝六的大老板，自备汽车进进出出。后来怎么搞到这个地步，一家五六口人只住这样一间十几平方米的普通弄堂房子，我就没有兴趣再去打听。因为我相信，在上海，像娄家阿伯这样的人，古往今来，不会是第一个，也肯定不会是最后一个。他挺愿意跟黄克莹讲话。但黄克莹从不进他家房门（他的儿女和老婆特别忌讳黄克莹）。她只是懒懒地倚靠在门框上，跟老人随便聊聊头一天在"大光明""兰心"看的那些美国电影或左翼剧团上演的那些社会问题剧。她看得出老人很喜欢听她说这些，也很喜欢看妮妮依偎在她腿边的样子。老人有时趁家人不注意的时候，赶快把妮妮叫到床边，赶快塞两张钞票给妮妮，而后，非常得意地看看黄克莹。在其他情况下，黄克莹是绝不允许妮妮接受成年男子的"礼物"的。曾经有人试着这么做过。她发现后，马上找到那"家伙"，把东西扔还给他，毫不客气地当面开销道："勿要瞎七搭八。我只有这一个女儿。小姑娘还小啦哩！受不起侬这份厚礼。"对方也许丝毫没有邪意，送的也许只是一小包价值一二分钱的"盐金枣"，也总被她闹一个脸红耳赤，吭哧吭哧，一点"落场势"（下台阶）都没有。后来弄堂里的男人都晓得她这个脾气，就只是远远地对她娘俩施"注目礼"。少不了要再讲两句刻薄话，传到她耳朵里，她也不在乎。但她愿意给娄家阿伯这点安慰。因为她经常有这样的感觉：自己跟这位老人一样，偌大一个世界，真正属于她和他的只是很可怜的那么一面小小的"圆镜子"。当然，接过那两张皱巴巴的钞票后，她总是要让女儿到弄堂口买一两样老人能嚼得动的东西，再找机会偷偷地送给老人。她要训练妮妮懂得怜悯老人。她想到孤单的自己有一天也是要老的。说起来，这样的日子转眼间就要到的。

　　谭宗三已经有好长一段时间没有主动提出约见她了。这就是她这一段闷闷不乐的主要原因。许家姐妹告诉她要采取主动。房东太太和煤矿轮船公司驻申营业处的那个女老板都勉励她主动主动再主动。"谭家的三老板嘎(那么)喜欢侬,这种机会好放过的? 拉司卡(Last Card。最后一张底牌)扑一记,不会错的!"但黄克莹从谭宗三的神情里,早就品出一种极度的矛盾。这种矛盾甚至使他一度想中止跟她的约会。只因为他缺乏足够强大的内力,才没得以实现。他也无法抗拒总想见一见黄克莹的潜在冲动。这使黄克莹开始认真考虑这样一个问题:难道我对男人真的具有一种不可抗拒的魔力? 为啥? 已经结过两次婚的黄克莹,从来就不是那种能自我赏识的女人。她胸部发育很晚。几十年后,我在上海一张文化报上看到过这样一段文字,完全可以借过来形容黄克莹:"她是个老生子。她姆妈四十五岁才生了她。先天就不足。所以眼睛小小的,嘴巴大大的,头发稀稀的没几根,双眼皮长在下头,好不容易得了个瓜子脸还是倒挂的。多年来只要不化妆面色就黄黄的。随便往哪一只沙发里一坐,只占老小一只角落。弱不禁风的样子。"直到生了妮妮,走路还老佝偻着,不敢挺起来。很长一段时间里她一直认为自己只是个"不好看也不算难看的小女人"。在盛桥镇上,谭宗三执意要她搬到他的小旅馆的那个小院子里住,她还忐忑了一段日子。两个人见面并不多。后来她才发觉这种有人替她母女俩定期付房钱的日子也蛮好。更不要说在小旅馆里每天还能听一个小时的留声机,"百代"的胶木唱片。后来发现谭宗三亲她的鞋子,在大吃一惊之后,又深刻检查:自己是不是无意中做错说错发错了什么"信号",误导了这位好心的谭老板寄情于她那双旧皮鞋? 她自惭形秽,紧张好几天。但确认自己既没做错也没说错更没有进行过任何误导。自从搬进小旅馆以后,她都没正眼看过他一次,更别说正经跟他说过些什么了。即便是看,也只是飞快地扫那么一下。或者低着头用心地斜一眼他那两条瘦长而又相当有力的腿。她想不大起来他经常穿着的是什么样的衬衫,但对他总是穿着一条凡立丁的西裤,一双小方头皮鞋,却是非常有把握的。她忽然悟到"错"不在她。她脸红了。久久地看着六岁的女儿。后来就到镇街上去挑选了一瓶上好的珍珠霜,还买了一块很便宜的粉饼。平时不太愿意戴胸罩的她,慌慌地把揉得很皱的它们一一从箱子底里翻出来。对着镜子扣了半天也没能把后面那个搭扣扣起来。这才发现它们的尺寸都已嫌小。在此同时,镇街上所有的人都在议论她的脸色一天比一天红润,眼光里自"透出一番柔情似水人见人怜的韵致,虽仍不能算抢眼,倒也越发地耐看了"(摘抄自那张文化报)。有人甚至发现从那一天之后,白天她再没穿过那双硬底皮鞋。她怕把它穿走样了,不再招三老板欢喜。只是快到傍晚时分,她才把它擦得柔亮柔亮,恭恭敬敬地摆放到自己的房门口。这一点,连妮妮也看出来了。有一次,妮妮就这样问她:"姆妈,侬这双旧皮鞋,天天拿进拿出,摆给啥人看嘛?旧皮鞋有啥好卖样的嘛!"她脸一红,赶快把女儿拉进房间,并把窗帘统统放下。妮妮以为妈妈又要关门"教训"她了。岂不知,门一关,妈妈紧捏着两只不算大的拳头,哈哈一笑便倒在床上,发疯似的打滚,抱住她又一通猛亲,猛咬。"侬发神经病?!"妮妮一边挣扎一边指责。"是的。是的。姆妈又不适意了。快来帮姆妈看看毛病。"黄克莹立即装出病重的样子,双手捂住胸口,摇头晃脑地哼哼起来。她跟女儿经常玩这种游戏。妮妮会立即从抽屉里找出她那一整套"医疗器械",非常周全地替妈妈做全身"检查"。翻嘴唇看牙齿。解衣扣听心跳。逐个耳朵地抚摸。一只一只手地搭脉。然后声称病极其严重,从上到下不断地"打针",还一边轻轻地"哄"着:"宝宝,不要哭。打了针就好了。就好了。"起初黄克莹只是被动应付。无非是哄女儿玩嘛。但后来她竟完全被女儿的认真细心所打动。也许十分钟,也许二十分钟……她完全放松了自己,由着女儿来"照顾"她"看护"她"治疗"她……弱小的身躯细嫩的手指搬动沉重的她触摸"僵滞"的她。已经有两年……不,快三年了,没有人这么悉心地照顾过她让她这么放松过为她做这一切……真的是一切……她真的彻底放松自己……听着女儿咻咻的喘息和所做的种种"医嘱",她真的非常感动,非常舒服。好几次她都忍不住把女儿一把搂进怀里,把自己的脸紧紧地贴住女儿温软的小脊背,引起女儿大声抗议:"侬发神经病啊?医生要不开心了!"

她曾一度尝试着不去思念谭宗三,但看来为时已晚。她知道自己爱上了一个不该爱的人。阴差阳错的是,对方似乎也有点离不开她。对此,她已谈不上激动。只是一条:想见到他。非常奇怪的是,她常常要被诸如他今早上在吃什么、昨晚睡觉前服过几片安眠药、衬衣领子上那一点咖啡迹是不是已洗掉、今晚他又会跟谁在一起度过等等那样一些十分无聊的问题,纠缠得不能自拔。最后一次见他时就觉出他神情不太正常。以前两人在一起,他的话也不算太多,但那次话更少。以前见面时,他虽然话不多,但他那专注的目光,几乎是无所顾忌地在告诉你,我看不够你。于是这目光无声地充实了一切点燃了一切。有时即便走在马路上,他也会无所顾忌地盯着她看。看得她非常不好意思地低声请求,不要这样。他微微一笑,反而提出,让你稍稍走前一两步,因为他想看看你的背影。你非常难为情地扭扭身子说,背影有啥好看啦?但你还是向前走了。走得非常僵硬。因为你的背脊上明显地感觉到了他目光的灼热。你只能坚持走几步,而后就走不下去了,就得笑着扑过来,一边用拳头捶他,一边不依不饶地笑嗔,奇出怪样,还要看人家背影!

最后一次约会,他又像往常一样,提早来了。又是在雨中。等候在一排古老而又高大的梧桐树下面。准确地说,是两排。夹道而立。他总是等候在右边那一排的最后一棵树下。树身上有明显的疤眼。打着一把古老的钢骨黑布洋伞。这是唯一一个设在市区内的火葬场。就在静安寺的斜对过。大片的草坪和尖顶的塔式主建筑,还有红褐色墙体和大面积的铸花铁框窗,此刻都静悄悄地沐浴在夜雨之中。砖砌的烟囱肯定是冰冷的。接运尸体的专用车同样冷静地停在车库前那一小块灰白色的略有些坡度的水门汀地坪上。那是一辆非常漂亮的黑壳子福特车。长方形的车厢是为它特殊的用途所特制的。两位穿修士式黑袍的壮工打开后车门,便可看到车厢中间停放着一张做工极精美的带盖的停尸床。同样是黑色的。金属质地。黄铜把柄。黄铜包角。床盖的中央还用黄铜铸做了一颗硕大的不一定只具有装饰意义的族徽。很少有人仔细端详这颗族徽。其实我也没端详过。我爸爸去世,没到这儿来火葬。在斜土路殡仪馆入殓后,雇了一艘小木船,连同那具不算太昂贵的棺木,一起运回老家。上岸时有个非常真实的细节我已写进了《泥日》。那天也是有雨。也是泥泞。下船时人抬大杠怎么起,我爸爸(的那具棺木)就是不肯动。不起身啊。

搞得所有赶来帮忙的亲戚朋友都一筹莫展,心如铅坠。我觉得我爸爸是不甘心。他十五六岁离开家,到南通读商校,以极优异的成绩毕业,被一位姓孙的亲戚接纳到上海的一家进出口公司当会计。十九岁随公司长途跋涉迁往大后方昆明时,已然是会计们的主任了。今天回到家乡,留给这世界的是一个寡妻和四个儿女,最小的一个才一个半月。而他自己所剩下的那个仅仅三十周岁的肉身肯定要腐烂。全部的努力都在哇哇的大出血中消尽。"君不见咫尺长门闭阿娇,人生失意无南北"。面对浑黄的长江,消失的云月,他现在唯一能做的就是不走。抬也不走。不让我干,我不走总可以吧。我不能回老家歇着啊……后来是我的一位叫仲雄的堂房大伯在我爸爸的灵位前烧了一点香烛锡箔,又深深作了个揖,劝道,竞雄(我父亲的名字),到家了。走吧。不管哪能(怎么样),这里总是侬的衣胞之地。侬在外辛苦这多年,老宅门前那几棵白沙枇杷树都已经结果了。侬真的可以歇一歇了。此时不撒手又更待何时呢?走吧。水酒一杯。大家都在等侬哩。风突然停了。雨也突然停了。又等了一会儿。再起杠。果然动了。当时我在棺柩边。完全发蒙。那年我才十岁。但就在棺柩往上一起,终于被抬走的一刹那,我觉得我长大了。真的长大了。当然,如何准确解释这"长大"二字的含义,确确实实又花了我几十年的周折。至今我也不敢说我已经能准确地充分地把它解释了。唯一有把握说准的倒是这一点:现在,我已然比我父亲老了许多……

　　约在火葬场后头来见面,黄克莹就觉得不舒服,预感到什么不祥。第一次约会的地方是她定的。由许家姐妹替她向谭宗三转达的。她故意选在三明书局楼上,邃雅阁,花茶绿茶,伽南龙桂。那天三明创办五十周年,举办小型展览以飨宾客。红木条案上的玻璃罩里陈列书局多年来收藏的一百多套宋版珍本。另一个玻璃柜里陈列的是清代以来国内最著名的刻书家如江阴缪艺风上海朱文海南京李义和无锡丁福保番禺邓实上虞罗振玉武进董康……制作的书。其中除木刻,居然还有珂罗版、玻璃版或石印的。还有不惜工本用桃花纸宣纸和乾隆墨精印的,也有在日本用东洋美浓纸印的。谭宗三很无聊地在那几张案桌中间转了一圈,稍带一点调侃的口气问,侬嘎(那么)喜欢这些老古董？真看不出来。她红红脸问,侬不喜欢？他笑道,假使侬是为了我才到这地方来装扮这份斯文的,那么我可以告诉侬,现在可以走了。后来他特地让车子开到贝帝奥(成都)路沧州书场,告诉她,这里就是清末重臣盛宣怀的私家"愚斋图书馆"旧址。"想不想进去再斯文一番？大学问家。""啥人是大学问家啦?!"她脸又红。被这么挖苦一下,当时心里虽然很有一点不舒服不自在,但后来回想,不知道为什么总觉得别有一番滋味在心头。她喜欢他的率直,不像别样男人的曲意奉承后头总藏着一只贪得无厌的脏手淫手。后来,他兴致勃勃地带她到一家不起眼的小西餐馆里去吃晚饭。进门前,她心里真有点不开心。像他这样一个大老板,只肯带她到这样一家小餐馆里用餐,明摆着是把我当落脚货对待嘛。进了门才晓得,是自己不懂行市。这爿店是小,但档次实在是不低。全部餐具都从巴黎带回来的。不是银的,便是水晶的。台面上的烛光和老板老板娘亲自在一旁端着大银盘派菜。每次只开一桌。壁炉里柴火轻轻作响。幽雅的背景音乐远远悠长,还有那只只吃了四分之一或八分之一的龙虾。他说他喜欢这家小餐馆的一点情调,这情调是由挂在调酒间墙壁上镜框里的两张巴黎大学哲学系博士文凭制造出来的。这两张文凭是老板和老板娘三年前从巴黎带回来的。后来他就带她到江湾五角场,沿着那条老式有轨电车轨道一直步行很远很远。那天没有下雨。后来,她就有点紧张。并且越来越紧张。当时她已经有一点觉出,他,好像有啥毛病……而且是精神上的,心理上的。她常常觉出一旦他俩离得非常近,并应该离得更近的时候,他总显得非常紧张,以至无所措手足,为了拼命控制住这种无所措手足的紧张,会把自己那种惯有的大家子弟的直率,丢个无影无踪,身上还抖个不停。其实他的手挺温软挺宽大,伸过来的一刹那间甚至也是不容抗拒和充满诱惑的,足以让她心慌、激荡、两腿间发颤。但很快又变得冰凉、矜持、客套,像一匹被老姨妈养过了劲儿的老公猫,再没有那种冲动伸出舌头来舔舔嘴唇皮"啊呜"一下也少有。他总是斜过眼来偷看她的脚面。而后就非常痛恨地转过身去好像有意在躲避什么,回避什么,做着圣诗似的自责。一棵盆栽热带乔木,远看有点像用纸浆灌制,很粗糙地涂了一层绿颜色和土黄色。他常常独自一人如此这般地站在某个角落里。

那天他站在火葬场那个冰凉的水门汀地坪上,犹豫了好大一会儿,突然问,侬还有啥事体没有告诉我?神情非常严重。很可能这个问题翻来覆去已折磨了他相当长一段时间了,已连着好些个晚上没得好好安生。眼圈也隐隐发黑。

黄克莹的确还有一点很重要的事没告诉他。

黄克莹知道这一天总会要来的,甚至觉得都来得晚了一点。她曾为他久久的不问,忐忑过,又暗自庆幸过。她说不清自己究竟是希望他探问,还是不问。但根据自己对他的了解,她知道他早晚是要问的。不问,他心里是不得过的。总算开口问了。也许这表明,他想最后确定他俩之间的关系了。但也可能……他已得知了一些什么,想彻底了断他俩的关系……

究竟是哪一种呢?她不敢看他。他口气生硬,略有一点战栗。很激动的时候,他常常这样。

略略镇静下自己,黄克莹答道,我是嫁过两个有"病"的男人,并且和另外两个"病"得不轻的男人有过比较深入的接触。但是……

好了。我晓得了。侬不用再讲下去了。谭宗三突然打断了她的话。很生硬地提出,可以走了,找地方吃饭去。

黄克莹犹豫了一下,但还是跟他走了。

这顿饭自然吃得相当沉闷,完全是"谭宗三式"的。也就是说,当他不高兴的时候,根本不顾你受得了受不了,他会连续一两个小时,甚至一两天不理睬你,只管闷头吃他盘子里的烤乳鸽和奶油烩鲑鱼,或看他的闲书,听他的评弹。但又不让你走。黄克莹几次提出,找一个只有他俩在的地方,让她对自己以往的那些事做一点简单而又必要的解释,他没答应,都用同一句话回绝了她。他说,侬刚刚已经讲过了。讲过了就算了。我不在乎侬过去怎么样。

"侬真的不在乎?"黄克莹反问,竭力把话说得平和,还故意轻描淡写地笑了一笑,以冲淡让他搞得如此紧张的现场气氛。

"侬这个人哪能嘎(怎么那么)烦啦?"他却一下把眼睛瞪得很大。

这时候,黄克莹真想扔下刀叉,转身就走。一切迹象都表明,他不是不在乎,而是很在乎。很在乎,却又不想听她做一点点解释。你把我当成什么了?一把必须随心所欲、一旦用得不顺手就可以随便一扔的裁纸刀?或吸墨纸?领带夹?皮鞋刷子?哦,谭宗三,当你那样激愤地跟我谈论自己对经易门的厌恶的时候,你真的一点都没想到在你自己身上同样深藏着一个"经易门"吗?这件事如果发生在他俩刚开始交往的初期,黄克莹肯定起身就走了。但现在……现在她浑身的血往上涌了又涌,涌了又涌,却最后还是忍住,直觉和这些年的全部经验都告诉她,简单的一走了之,痛快是痛快,但并非是解决问题的最佳方案。他毕竟是"谭宗三",不是"经易门"。他那让人难以忍受的任性(有时是软弱,绝对的软弱)里面,的的确确还躁动着(共生着)一种在黄克莹看来是极难得的"大孩子气"。一种在许多三十岁以上的男人身上很难再找得到的"大孩子气"。没有了这种"大孩子气",自然也就会少做许多的蠢事、可笑事,但因此也就少了许多的"义无反顾"和"执着进取"。而这些年,她已经和太多的男式的"老到""老辣""老滑"……交往过了。结论是唯一的:再不能和这种毫无一点"大孩子气"的男人交往了。太累,也太乏味。这种男人和女人相处的方式太简单,要么他跪倒在你面前,要么你跪倒在他面前。在"女人"这个词里,他们看中的只是前边那个"女"字,而绝非后边那个"人"字。

黄克莹要求别把那原本就有的"人",从"女"的身体里取消。

而现在,让她同样感到惊栗的是,这个一向被自己认为是拥有"大孩子气"的谭宗三,似乎也毫不例外地忽视着她的这个基本愿望,都不肯听她做一次必要的倾诉、解释。他同样是那么的"专横"。既在"专横"面前表现着同样的"软弱",又同样在使用"专横"去对待比自己更"软弱"的人。他似乎根本不懂,女人做人的基本愿望之一,就是渴望倾诉,也渴望倾听到倾诉。在他面前,她感到自己同样被忽视了,"抹杀"了。她忽然感到无话可说,忽然觉出自己实实在在付出太多。跌跌撞撞到如今,还懵里懵懂地保持着那么多期望。她真为自己悲哀。她忽然惊悟,是不是归根结底因为自己身上的"大孩子气"太多,才造成了这一切? 是不是自己也应像那些人那样采取"跪"的方式,就好过得多。不是让我来向你下跪,就是千方百计让你来向我下跪。也许这个世界本来就是这么简单明了而又实惠?

就这样走去?

她一惊。晶亮冰凉的果品叉"当啷"一声从她手里掉了下来。

95

还是让我从头说起。

96

黄克莹嫁的第一个男人,是郑洞国部队里的上尉军需。那时候,她在泥城桥再往北的一家豆制品作坊里做生活。上尉军需经常亲自开一辆小军用卡车到弄堂里来买热气腾腾的豆腐干百叶结。有时候豆腐干还没有做好,他就搬一张板凳坐在作坊大门口,不吃香烟不吃茶,只是捧一碗滚烫的豆腐花,一小口一小口稀哩哩稀哩哩地啜,啜得极其耐心,并极其耐心地看着,看她在一只只大缸旁边弯腰曲背地忙。作坊水门汀地上都是水。她们赤脚穿木拖板。他说他喜欢听这种由她们肥厚的脚板底下发出来的啪哒啪哒声。特别喜欢看她穿木拖板啪啪啪啦走路的样子。他说她走得特别好看,轻巧快当,腰一扭一扭的,总让他想起老家小镇上照相馆里那位永远也接近不了的老板娘。有一次他带给她一双从老家寄来的绣花鞋垫。叫她笑弯了腰。他面孔红红。后来他带给她半磅绒线。说是专门到法大马路兴圣街上那家最有名的"金源茂京广杂货店"里买来的。

她又笑煞,说,侬要么不要送,要送,索性送个够。半磅绒线够我做啥用的?后来他带她到宋和记去吃牛肉面。也是开了军车去的。脸红许久,才在台子底下悄悄把手放到了她腿面上,突然间用力捏她一大把。捏牢还不松手。她还不敢叫出声音来,只是咝咝地倒吸一大口冷气,而后把牙齿咬得铁紧。到晚上褪下裤子一看,一大块乌青块像一块黑色的胎记、一朵紫花。后来这样的乌青块就越来越多。但她还是跟他一道出去。她自己也说不清,为什么还要跟他出去。有军车坐,并不能算一个正当理由。因为开车来拉豆腐干的上尉军需腌腊店小开大饭店的采买,络绎不绝。也许是因为只有他敢如此放肆。那一向她真的很希望有人对她这样放肆一下。她实在烦透了在无穷无尽的水缸旁边没完没了地弯腰曲背。既然腿已经被他捏过,总不好意思再跟别人一道出去吃牛肉面。反正牛肉面的味道总归是一样的。再说每每捏过以后,他总还会轻轻地替她揉上一会儿。无论是捏,还是揉,都能带给她在那无穷无尽的水缸边所绝对得不到的激动和心慌。要知道当时的她毕竟只有十六七岁。有一天的下半天,天上正落着点小雪。远房姑妈还在睡中觉。夜里麻将搓得太晚了。那只肥白的老猫盘起了身体,也在鸟笼下头打瞌睡。她没睡,正独自在阁楼上津津有味地复习昨天晚上陪姑妈搓的几圈麻将中悟到的一点门道。他来了。没有开军车。也没有穿军服。穿了件老怪的中式棉袄。一双小方头皮鞋。等她听到脚步声,他人已经到了阁楼扶梯下了。过去,她从来不让他上她的阁楼。她借住在姑妈这儿。姑妈拢共就这么一间带阁楼的前楼房间。阁楼上随便有点什么样的动静,姑妈都能听得清清楚楚。让他上阁楼,布帘一拉,他肯定不老实。不让他拉布帘,又肯定办不到。至今还是独身的姑妈心气老高,从来不跟男人七搭八搭。她不想让姑妈觉得她不正经。她还想在这儿住下去。可那天还没有等她趿上皮鞋,他已经爬上阁楼来了。她有点紧张。他也有点紧张。后来他就掏出一只小巧的粉红色的绒布袋放在她面前。她的心顿时怦怦地乱跳起来。她认得这样的小布包。她在曹家渡那种兼卖金首饰的小店里看到过。他们都是用它存放金戒指的。她不知道他今天要给她一枚金戒指。她早就想要一枚金戒指。但她没有向他提出过。只是有一次路过一家小店,她指着橱窗里的陈列品,对他讲过,有一枚盘丝金的戒指,"样子老崭(好)的"。他指着那个小布包,慌慌地说,盘丝金的。她慌慌地说,是哦?他慌慌地说,侬戴戴试试看。她慌慌地说,不用试,我晓得老崭的。后来就不说话。后来他就去拉布帘。吊布帘的那些个钢圈圈在那根细长的铁棍子上快速滑动。她觉得它们当时发出的沙啦沙啦声,足以吵醒前后左右全部邻居,更不用说平常相当警醒而又长期被失眠症困扰的姑妈了。但一直到布帘全部拉上,姑妈却还是闷头钻在被窝洞里不做任何反应。

"嫁给我。"他说,同时一把抓住她的手。

她的心猛地在胸口里膨胀起来。

"嫁给我。"他又咕哝着向前挪动半步,同时小心翼翼地从小布包里捡出那枚金戒指。她挣了一下,也退了一下。最后,金戒指明晃晃黄灿灿地放在了她手心里。她已经无处可退。半个身子骤然倒在了那张小小的单人床上。然后他站了起来,启动那双硕大无比的手,开始解他那根既宽又长的军用皮带。她确实是痉挛了一阵。她没想到过要嫁给他的。没有。虽然她还是有点看上他本有的强壮和厚实。还有那种总让她心惊肉跳而又能引出她无名兴奋的粗野。但毕竟他是个北方佬子。她怎么可能想到要去跟一个北方佬过一辈子呢?他把裤子脱了之后,就坐在了她身旁,只是低声地对她说:"你也脱了吧。"她不知道该怎么回答。哦,没人教过她此时此刻应该怎么回答,可以怎么回答。

"要我帮你脱吗?"

"不!"

她记得她当时是惊叫过那么一声的。她记得自己的脸色是苍白的。后来他强行脱去了她的外衣,把她抱下床,抱进放马桶的那个角落里。那里同样挂着一块布帷帘,围出了一小块只供她和姑妈解手净身的地方。

"剩下的,你自己在这儿脱。我不看。"

说完,他光着下身,很雄武地走开了。一开始,她双手抱住自己半裸的上身,并没有脱,只是怕冷似的很颤了那么一阵子。她觉得姑妈无论怎样也应该听到了一板之隔的上方所发出的这些骚动。姑妈会来呵斥这位"丘八爷"的。姑妈是南市青龙慈善会的人。青龙会属苏北帮。三山六水一支香。手掐八卦好心肠。刨花水梳头滑脱丝光。咸鱼炖炖豆腐汤。她走路低着头。说话让着人。到摊头上买十块油氽臭豆腐干,也从来不肯多舀人家一小勺子辣伙浆。她平常最看不惯那种黑吃黑的事。总是关照克莹,你到上海辰光不长,自家心里一定要拿得牢主张。俗话讲得好,鬼再厉害,也怕人一口正气。可是今天她为什么不起来呵斥?他上楼时,走得楼梯板咚咚响。我现在在马桶间里怕得索索抖。所有这一切,她明明都听见了,为什么还要把头闷在被窝洞里,一声不响?就算侬一个单身女人,几十年来从来没有见识过这种只发生在男女之间的尴尬事,不好意思当面开销他,侬也可以在下面房间里咳嗽,拍台子,掼东西,吓吓他嘛。为啥还那么沉得住气,为啥还按兵不动、见死不救?!忽然间,聪明的她想到,姑妈是故意的,故意放他一马来欺侮我。她不希望我住她的阁楼。她希望有人早早地带了我走。说不定……说不定今朝这件事,还是他们两个事先在哪个茶馆店小酒馆里商量安排好的。那只金戒指还是她陪他去买的。

哦……她忽然觉得,如果连自己的姑妈都嫌弃自己,为什么不可以跟他走?好赖他肩膀上还扛着一条杠杠两颗星。每个月总有几十块光洋进账。

于是,脱。

第二天,他又开了辆军车来。今朝是来接她走的。不过今朝他没有上楼,笃笃定定坐在驾驶室里等着。她在阁楼上收拾行李。姑妈在扶梯口转来转去转了好大一会儿,转到最后,觉得还是应该去教训教训她,便慢慢吞吞爬到阁楼上,低声斥责道:"那个当兵的赤佬只拿出一只不到三钱重的金戒指,叫侬脱裤子,侬就真的脱了?我以为侬肯定要躏过他头。结果……结果……侬呀侬这个女小囡,真是呒轻头(没骨气)。"

她没反驳。

还值得反驳吗?

好在，北方人有北方人的实在。事后，那个上尉军需真的娶了她。

结婚后，他帮她做了三件旗袍，买了三双高跟皮鞋，烫了三次头发。郑洞国奉命开拔去东北。他当然要跟着走。家眷理该也应一道走。五百辆十轮卡轰轰响。十六铺码头挤满直驶塘沽港的军船。北火车站临时实行军管。招商局和民生轮船公司的船也全部被包租。兰心大戏院日夜加演劳军场。"大光明""美琪""百乐门"天天鞭炮响。进进出出国际饭店二十四层楼的全部是马裤呢笔挺的校官和金光闪闪的将军。最忙的当然还要算淞沪警备司令部机要室作战室和专管军运的那些部门首脑。

她在他开拔的前一天突然失踪。对此，他早有预感。但事到临头，还是极其想不通。三件旗袍三双高跟皮鞋，用三根大条子顶下来的三间老式弄堂房子，这一切都不算个啥。他只是舍不得她本人，舍不得关起门来以后，会像一条滑唧唧的小白鱼似地那样扭动的她。永远像新娘子那样的羞涩和呻吟。当然，最舍不下的还是，她还没有替他生个一男半女。一点都没给他留下什么，就突然不见了，刹那间这个"家"就全完了，就什么也没什么了。妈妈的，你这个上海女人也不能这么欺侮我这个北方佬嘛！

但他没有去找。他知道，偌大个上海要藏起个把人来，就是出动全上海的巡捕包打听，也别想找得到。况且他连调动一个排的人的权力都没有。他明知她不会再躲到姑妈家去的。但还是在一个多雾的早晨，派了两个勤务兵，悄悄地去把她姑妈家兜底砸了一个过。抄走两只黄铜汤婆子，一对百子戏莲高白瓷掸瓶，三本半正庄书局出的《七侠五义》，两对乐源昌铜锡店卖的蜡烛台，四斤半桂圆肉，一块英国板丝呢裤子料。而且还从这位独身至今的老姑妈睡的老式双人棕棚床底下抄出满满一铁箱子专谈房中术的古今书籍，计有《玉房秘诀》《素女经》《玄女经》《阴阳合》各一本，《天下至道谈》半套，等等等等。后来仔细再翻翻，大多数尚属一般性医书，如《墨娥小录》《千金要方》《温病条辨》《国药汇通》，等等。甚至还收着一本民国十五年出的《育儿大全》。这，他就大不明白了，正经连男人都不想嫁的人，偷偷地看什么《育儿大全》呀！操，这些鸡巴老娘儿们真他妈的邪性。

97

黄克莹后来又嫁给了葛家老大葛少临。老二叫葛少清,老三叫葛少晓。还有两个女儿叫亦嫦亦娥。"临清晓",这三个字出自《红楼梦》。都说少不看《红楼》,老不看《三国》。葛家的老头子十五岁时就看过《红楼梦》,不到十八岁就在百老汇路上一家专做进出口生意的公司账房间里做练习生。虽说只是练习生,因为聪明能干,一旦机会到来,老板就让他正式管账。有一次老板要试试他,就偷偷地从账房间里拿走了一百块现洋。一百块,在现在人看来,不算啥。可在当时,一间中等大小的新式弄堂房子,每月的房租只有六元四角七分八厘。怀揣一块光洋,就可以带上一个朋友,随便走进哪一家馆子店,适适意意吃上一桌四菜一汤或五菜一汤的和菜,还包括酒水。五十年代五元钱就可以在北京吃一顿"全聚德"。七十年代花八十元买一张火车卧铺票,就能从上海一直睡到最遥远的乌鲁木齐。所以这整整一百元的缺口,当时真差一点把他吓昏过去。讲,不敢。赔,又不舍得,也赔不起。只好凭做账的本事,暗地里一点一点把它轧平。到年底,这一百块缺口,果然被他"妙手回春",做得一点蛛丝马迹都查不出。老板惊呆了。老板害怕了。只有十七八岁,居然就有这么大的本事。再过几年,本事更大了,经验更丰富了,心真的野起来,想从公司里"密"一点钞票,谁还防得住、查得出?老板不敢再用他了。客客气气请他吃了一顿饭,在一只白信封里装了两个月的薪金,就把他给辞了。

从此给他的教训:做人不能太有本事。在这个世界上最重要不是显得侬比人家有本事,而是让所有的人感到侬可靠。让别人觉得侬可靠,最重要。于是开始把所有的心计都用在摆平各种各样的人际关系上。也就是说,千方百计去让别人感到侬"可靠"。于是他下定决心,即使手指头被轧在门缝里了,也绝对不叫一声痛。既不要叫痛,也不要相信有谁会来帮你抚抚痛。当然也不要忘记自己曾遭受过的每一点痛楚。叫喊是无能;忘记,也是无能。不能靠自己的努力去抚平伤痛并得到别人的信用,更是无能的无能,加倍的无能。于是咬紧牙关。于是只指望自己。于是凭着这点硬功夫,四十岁那年,他终于攒够了钞票,在静安寺附近一个叫同钟里的弄堂里,为一家老小顶下了一幢新式里弄房子。而且还用上了抽水马桶。

  葛少临有肺病,结婚最晚。他跟黄克莹结婚时,老二和老三的老婆都已经生过小人了。全部住在这幢房子里。老三夫妻俩带他们的三个小囡,住二楼大房间。老二夫妻俩带他们那三个小囡,住三楼小房间。老夫妻俩住亭子间。黄克莹进门前,老大在楼下客堂间里搭铺。后来就跟老夫妻俩对换了一下。黄克莹和老大住亭子间。老夫妻住楼下客堂间。客堂间里又用一扇屏风隔成两小间。屏风里厢是老夫妻住的地方。屏风外头摆一张八仙桌,依然是全家吃饭的地方。白天屏风收起来。到夜里再支。当时大女儿已经出嫁。小女儿晚上就跟老两口睡。大女儿出嫁时,小女儿偷偷地从阿姐的陪嫁里剪下一粒纽扣一小块布,藏着。以便将来自己出嫁时拿出来做证据,要二老按同等规格为她陪嫁。老二经常跟老三寻吼势(找碴儿)。因为弟弟住的房间比他的大。心里挖煞(难受)。觉得老的偏心。实际上,老头子根本不管这些事。偏心的是老阿太。老三听话,娶了她娘家侄女。当然要给大房间。后来,阿太对这位侄女,甚至比自己的亲生女儿还好。道理很简单。侄女现在是为葛家生小人,生下的小人姓葛。而女儿是为外姓人生小人,生的小人不姓葛。其实她自己也不姓葛。但几十年来一张嘴总是这种口气:"阿拉葛家人怎么怎么……"女儿回娘家来,老娘连擦桌子布也要藏起来,怕她往婆家带;而那位侄女吃饱了早饭去文具店上班,老娘还要拼命追到弄堂口,偷偷地塞一只双酿团给她当小点心。这位侄女喜欢吃糯食,讲起话来也是糯答答嗲悠悠的。每天早上帮老阿太梳头。梳得光溜溜滑答答。老阿太精神好,每天夜里在佛龛面前念经,要念到深更半夜。这位侄女兼三媳妇就陪她到深更半夜。前年冬天,三媳妇大老远地到公馆路的"西万兴"糕团店买回来两块猪油白糖桂花年糕,放在饼干听里,夜里蒸一蒸,给老阿太当夜点心。老阿太心里老开心的,吃的时候咽得太匆忙,一团糕梗煞在喉咙管里,一口气没能回得上来,又跌了一跤,当场噎死在楼梯板上。

偏心眼的老阿太噎死以后,有气一直不敢声张的老二就联合了有病的老大和出嫁在外的那个阿姐,向老三夫妻俩发难。一口咬定,是那位"侄女"为了黑吃老阿太多年积蓄下来的那点私房钱,故意要"噎死"老人的。(传说老阿太还藏有一只碧玺莲花,传说是慈禧太后的随葬品,重三十八两七钱。前清那时候,一两碧玺值到两万多元。民国以后这东西逐渐地不那么值钱了,一天天跌价。但跌到今朝,一两也要值到三四百元。扣掉中间人或拍卖行必须要拿走的那份回扣,假如真有这么一朵"莲花"在,拿出去变换成钱,也足够再买这样一幢弄堂房子了。)

全家人围牢老三夫妻,要他俩交出这朵碧玺莲花。交得出,大家就还在一道太太平平过日子。不交出,对不起,这场财产方面的骨肉官司就随便怎么样也逃不脱了。到了法院,就不光要讲讲碧玺问题,还要讲讲老阿太是怎么死的问题了。论财产的"骨肉官司"可能就要变成论刑事的"人命官司"了。

都在气象局里做资料员的老三夫妻,在这爿屋头顶下过日子,多年来靠的就是老阿太的呵护,从来也没有经历过这种场面。心慌意乱只知道大哭大叫,把自己房间里所有的箱子柜子都搬出来,把所有的抽屉都开开来,让这几位哥哥姐姐阿嫂姐夫搜查;又扑到瘫在床上的老阿爹跟前,求老阿爹转过身来说一句公道话。别人不清楚。只有他清楚:老娘这一辈子到底有没有藏着那么值钱的一只古董。只有他出来讲一句话,才最有分量。

但老头子就是不作声。他不想说。什么也不想说。

最后,老三被逼得没办法了,连哭带喊叫了一声:"我走。我给你们腾地方。你们要的不就是我夫妻俩住的这间房子吗?给你们。统统给你们。"老三明白,啥"碧玺莲花",啥"骨肉官司""人命官司",统统都是假的,要他夫妻俩让出三楼这间大房间,才是真的。

老三一家搬走了。

老二夫妻俩搬进了这间敞亮的大房间。在老三故意留下来的一大堆垃圾货里,他发现了一大包老鼠药、蟑螂药。

黄克莹问自己的男人:"侬是老大,又有病,不管从哪一方面来讲,这间大房间都应该让给我们这一房住才合情理。"

少临说:"算了算了。太平点。"

黄克莹又说:"我们不住,也应该让给阿爸住。"

少临瞪大了眼睛,骂道:"让给谁住,关侬啥事体?侬给我放灵清点!"

黄克莹只好躲到阳台上去咬牙齿。她不想再逼自己的男人。少临这一向痰里一直带着血丝。她知道他已经吵不动了。同时她也知道,就是没有病,少临也不会跟老二去争房子的。他住惯了眼前这间亭子间。求个太平。保住自己。他在一家琴行里做调琴师。技术不算最好。调一架琴,可拿七元到八元。但现在请他去调琴的人家越来越少了。他还要吃药治病。还要积一笔钞票,把女儿送到维也纳去学钢琴。这次他之所以硬下心肠帮老二去轰老三,并不是他自己想住大房间。住什么样的房间对他来说早已经无所谓了。只因为老二对他许过这样的愿:只要侬帮我这个忙,我帮侬从药房里拿药,不要侬钞票。老二在沪西一家药房里做调剂师。这种瑞士新药,专治肺痨。无论是正货还是水货,价钱都相当贵。而且需要长期服用。假如自费吃下去,送女儿去维也纳的梦就可能永远只能是个不醒的梦了。现在他只有靠在老二身上。他太想在不花自己钞票的情况下治好这已经纠缠自己十几年的病。太想把女儿送到维也纳去。真的。虽然他觉得非常对不起老三夫妻俩,但也只能如此了。(有时他这样想想,又觉得心安理得了:侬老三住大房间的辰光,也没有为我这个有病的大哥想一想嘛!为啥要我现在来可怜侬?!)

老二这个人,阴。整天西装笔挺,皮鞋锃亮,长头发从耳朵后面包下来。这一向,他一直背着自己的老板,在做自己的西药生意。(利用老板的进货销货渠道,利用老板的银行信用和在同业中的信誉,办自己的"地下药房"。)其实他在经济上已经蛮兜得转的了,完全可以独立出去公开领一张执照自己开一家药房放开手脚去赚。在住房问题上,也完全用不着跟做小职员的阿弟争老辈人留下的这间房间,完全有这个实力到外头去顶一套公寓房住住。但他这个人,就是喜欢这样暗做,他觉得有劲。不花自己的钱,却又能赚到别人口袋里的钱。聪明的脑袋使他常常能占到许多别人占不到的便宜,也为自己报了许多必报的"仇"。这常常使他神清气爽、踌躇满志,却也使他常常拘困于眼前的一点小便宜上,而做不成真正的大场面。对付女人也是这样。他喜欢女人,但又不想破财去勾搭那些必须用钱去开路才能勾搭得到的女人。也不想费特别大的功夫,去勾搭那些特别"遥远"的女人。他觉得那样做太费精力,太不合算。所以他总是只从已经来到他身边的女人身上着手。不管她是谁。

　　不久,黄克莹就发现,这个老二经常在她房门口偷听偷看。那时候,少临因为肺部出现空洞(两只),已经住到澄衷疗养院去"等死"了。"等死"这说法,出自老二。他这个人讲话有时候特别恶(但有时又不能不承认他讲得特别准确),黄克莹一个礼拜去看少临三次。有女儿要照看,不能天天去。当然,按名分,她是应该天天去的。少临隔壁病床上的人的太太就是天天去的。少临也非常希望她能天天去。但是每当克莹真的对他说,我明天还来,好吗?他总是连忙回答,不要了不要了。侬已经老辛苦了。真的老辛苦了。在家陪陪阿爸陪陪女儿吧。可是当克莹第二天真的不去了,他又怨恨、自卑、失望和沮丧。

　　不知道为什么,黄克莹也不太想天天去。

　　澄衷疗养院的路不大好走。澄衷疗养院后头一根大烟囱有八九层楼高。澄衷疗养院周围的河浜里长满千丝攀藤的浮萍。几幢水门汀的住院楼,四四方方,冷冷清清。一只只小窗口呆呆的像死鱼眼睛。十几棵黄杨,六七棵棕榈,都充满着一股浓痰的腥气。

　　不到澄衷疗养院去,做啥?

　　家里本来有一只收音机好听听申曲独角戏。但老二一上班,就把插头拔掉,把收音机锁进他自己的衣橱里。理由是怕她们不会用,触电。实际上是不舍得让她们用。家里新装了一只电话机。但只要电话铃一响，他总是抢先奔过去接电话。假使是某一个他不认识的男人打进来的，他马上装出一副女人腔，跟人家招汕，一旦问清楚对方是找黄克莹的，马上恢复男人腔，破口大骂。侬晓得她男人住医院不在家打电话来吃豆腐？勿二勿三，搞啥名堂?！想到这里来"拓"（占）便宜，装错样头哉！后来就再没有男人打电话来找黄克莹。后来她实在寂寞无聊，便从《新闻报》广告栏里找了个线索，花了十二元五毛钱报名费，去王家宅一家绒线编织学校学织绒线。被他得知。第二天他就赶到王家宅，把这笔报名费讨了回来。他说，这种地方侬好去的？什么样的女人男人都有。还是少去去为好。不要让大哥在医院里不放心。有一段时间，他索性不上班，就是去上班，也过一个钟头就溜回来巡视一番。她去小菜场买小菜，稍微回来得晚了一点，他就会在后门口，把着小菜篮，没完没了地盘问、算账。有一次，黄克莹实在受不了了，就大声地问他，我是侬啥人？是侬老婆，还是侬阿嫂？要侬这样管?！他一本正经答道，侬是我葛家人。我就要管！

是的。葛家人。黄克莹嫁到葛家来的时候，这幢新式里弄房子已经很旧了。老头子已经走不动路了。小小的天井里已经堆满了旧木板。还有几只让黄克莹一看就要心烦的大水缸。大缸曾用来养水浮莲、蜡梅。也曾贴过这样的对联："皓月描来双燕影，寒霜映出并头莲。"横批"蓝田种玉"。

98

老二最讨厌晚上不洗脚不洗屁股就上床的人。一过九点半（他决不允许有人在这以后才上床），他就会挨着门地催促检查。大声地叫嚷："汰脚汰屁股。汰脚汰屁股。"连他十六岁的女儿和三十八岁的女用人也决不放过。当然不会放过黄克莹。只是在她门口喊叫，声音没有那么粗亮，腔调也不像对别人那样生硬。敲敲门，问一声："侬汰过了吗？"他为瘫在床上的老父亲做的唯一的一件事就是为他洗脚洗屁股。他不愿让家里其他女人为他做这件事。他在搬动老父亲时,就像掼一只烂冬瓜。好在,不管他怎么对待老人,老人都不作声。开水烫破了皮,也不作声。

在这以后,到熄灯,有半个小时时间,他必定要集合了全家人,为他包装散装的药片药丸,按他规定的数额分装到一只只药瓶里去。他希望家里老老小小每个人每天都为他尽一点义务,报答他在外头辛辛苦苦赚钞票养活大家。他倒并不在乎侬在这半个钟头里能为他装多少,他只要这一点心意。

这种时候,他总坐得离她很近。有意无意用他的脚在凳子底下去碰她的脚。有时还轻轻地在她脚面上踩一下。会意地看看她,笑一笑。有一次突然相当用力地踏她一脚,然后若无其事地走开。或者还要哈哈一笑。每逢这种时候,他总是在给大家讲一点他认为最重要的东西。比如怎么听弹词开篇才能听出名堂经来(其实在这方面,老头才是真正的专家)。比如弹词名家蒋六仙到底是男还是女,或者深入讨论一下他(她)到底会不会是"雌孵雄"(二性子)。又比如肺热阴虚的人为啥性欲特别强特别喜欢近女色,为啥又特别容易死得快。比如比如比如……嗓门洪亮,底气十足,讲到得意的时候,他一定会连人带嘴巴都凑近过来,两只手或一只手就有力地按到黄克莹的膝盖头上,哈哈哈哈……捏一把。但从感觉上来说,却比那位上尉军需差点劲。他捏不出乌青块。力道不足。

后来就发现他偷看她洗澡。不止一次。她把门缝都堵住。他又剔开。她觉得再不换门上的锁,要出大事了。就连换了三次房门锁。三次,他又换了回来。最后他发脾气。谁让侬换房门锁的?换锁为啥不跟我打招呼?侬现在厉害了。是不是?有本事侬搬出去住。走呀。走侬的。

她真想撕破面孔,跟他辣辣地大吵一场。并且真的搬出。她收集报纸上租房广告,也到电线木头上去寻找。他发觉后就阴笑地对她说,要搬,好啊。那样子,大哥的住院费、药费、营养费、特护费,我就不管了。侬自己想办法去付账。账单就在你弟媳妇的五斗橱抽屉里放着。侬统统拿走。大哥肺上已经烂出三只空洞了。现在正在烂第四只。侬这个样子一闹,正好帮他烂下去。五只六只七只八只。好得很嘛！侬走呀！

后来有一天夜里。是夏天。热。她睡不着。她心烦。她必须烦。这一向她总喜欢把自己关在房间里,脱光,只剩一点胸衣和白色的紧身内裤,四肢八叉地躺在床上,撩开蚊帐,让自己正对着那隐隐约约在窗外云缝里游弋的小月亮。她不知道为什么要脱光自己,但她就是要脱光自己让月亮照着自己。她甚至希望(渴望、切望、贪婪地恶毒地盼望)对面人家的阳台上真出现那么一两个,甚至三四五六七八个人,向她投来千百种锐利的火爆的黏稠的无所顾忌的(哪怕是强取豪夺般的)但又必须是很陌生的窥视逼视。(实际上,对面阳台上真冒出一点什么动静,她却又赶紧放下蚊帐,赶快躲进暗处去了。)到后半夜她迷迷糊糊刚睡着。门锁咔嚓一声轻响,把她昏然惊醒。开始,她一愣,不清楚究竟发生了什么。只觉得门被轻轻地推开,一条黑影轻轻地轻轻地移到了她的床前。她看不清楚。也不敢动弹。那黑影走到床前很近很近的地方,便一动不动地盯视着半裸的她,还在粗粗地喘气。她冒冷汗。全身发木。脑袋也发木。想叫,叫不出声。想动又不敢动。当那个不速之客把黑黑的脑袋慢慢伸进蚊帐里来的时候,她几乎完全吓晕了过去。一抖一抖地抽搐起来。他却在那里深深地吸着……吸着她帐子里的气味。吸着。吸着。吸着。然后就把手伸了过来。

她没有动弹,甚至都没有把张着的腿合拢来。她忍住厌恶,忍住羞愧,忍住坠向深渊的绝望,忍住全部的战栗,咬紧了牙关。她看不起正在摸弄自己的这个人。但一想起自己的丈夫,却让她更寒心。眼前的这个人无论怎么坏,总还有个自己的主意。他总还在想做点什么。他总在进攻。对着某一个目标。昨天她去澄衷,本来想跟少临哭诉一番的。她知道肺上正在烂出第四个空洞的他,是不会有什么办法来帮助她的。她需要的只是一个哭诉(倾诉)对象。让她痛痛快快地倾诉一番。剩下来不管有多少苦头,她自己会去默默地尝试的。但少临却觉得自己连这样一个"倾听"的角色也无力承担。眼不见为净。不知者不为罪。除了这两条以外,他现在还有什么样的"精神堤岸"能防御得了那铺天盖地向他涌来的恶浪呢？只能如此啊。他哀怨地拒绝了。他闭着眼,不住地但却是缓慢地虚弱地摇着头,向黄克莹恳求道,不要跟我讲了。求求侬。不要再跟我讲了。不要讲了不要讲了……我不要听……不要听……

哦,男人。做一点事情出来让大家看看吧。你们站得直。你们挺得起。你们托得住。你们是太阳。太阳……太阳……太阳……木凸……木凸……木凸……

当然,那天晚上葛家老二万万没有想到的是,自己的一生竟然会彻底坏在了黄克莹手上。当时,当他把手战战兢兢地伸进蚊帐,一点一点地触摸到黄克莹那使他心猿意马许久了的"胴体"上时,发现她居然没有反抗,只是微微地战栗了一下,便再不动弹。意外的惊喜甚至让他猛地缩回了手,稍稍定下心来仔细端详。凭着从小窗口泻入的路灯光,他看清只穿着亵衣内裤的黄克莹仰天躺着,而且分明是醒着的,只不过"羞怯"地向床里扭转头去,"绝不好意思"地紧闭着眼睛,咬住嘴唇。她为什么不反抗？难道在……等待……等待？等待着他的触摸？哦！！一阵无法按捺的激动,使他整个上身都倾进蚊帐,并索性提起一条腿跪在床边上。看哪,经过蚊帐过滤的光线这时显得那么的柔和缥缈,越发衬托勾勒铺叙出黄克莹那本来就精美的躯体上全部的动人心魄之处（虽然稍稍嫌瘦弱一点,不过那也没啥）。他真不知从何着手了。他颤颤地伸出一根被烟熏黄了的手指,轻轻地、轻轻地从她全裸着的浅浅长着一层汗毛的手臂上划过。他想先逗得她笑了,再抱起她。他相信她会笑的,或者再表示一下羞怯,哼一下。他想到了一切,唯独没想到的是,当再度去触摸时,却引发的是一声杀猪般的号叫。而且是连续的惊天动地的叫喊:"抓流氓啊……抓流氓啊……"他没有看到,在黄克莹靠床里的那只手上,早暗自攥住了一根灯绳,并把它延长出去,连接到原先的灯绳上。发出惊叫的同时,她用力拉亮了灯。她还事先联络了家里所有反对这位"老二"的人,甚至包括老三夫妻俩。灯亮的瞬间,全家人都赶到。包括老二自己的老婆。而且第一个冲上去揪头发扇耳光的,便是她。他无话可说无账可赖。因为此刻的他还半跪在"阿嫂"床边上,大半个身子还钻在"阿嫂"的帐子里。而几近半裸的"阿嫂"已完全被他"惊吓"得面无人色,声嘶力竭,欲哭无泪。更厉害的一招是,黄克莹事先还通知了隔壁邻居,请他们今晚警醒着点,万一听见葛家有啥动静,务必冲过来帮忙。所以这一晚上过后,老二便担着"乱伦"的罪名,在整条街区都"臭掉"了。虽然在左邻右舍的心目中,他这个人原本就不香。捎带着要提一提的是,当晚老三夫妻俩捎带着用木棍敲断了他一条腿打聋了他一只耳朵,稍稍地出了一点气。他还不敢去报警。

事后,黄克莹觉得自己必须离开这一家人了。为女儿着想,她也得离开这个家。她没法再顾及肺上即将出现第四个空洞的丈夫。她甚至都没到老人面前去告别,就带着六岁的女儿去了那偏僻的盛桥镇找另一位姑妈。少临的病亡通知是她走后的第二个月寄出的。但不知为什么,整整过了半年才收到。等她莫名其妙地又回到这幢老式的弄堂房子里来取少临留给她的那点少得可怜的"遗物"时,她看到天井里那只最大的水缸上依旧贴着那一副对联:"皓月描来双燕影,寒霜映出并头莲。"只是那条横批"蓝田种玉",不知什么时候让谁撕走了,原来的位置上,只剩了一点糨糊干巴的痕迹。

也许无须再来絮叨牙科诊所的那位陈老板了。这是她在遭遇谭宗三前曾"可怜"过的最后一个男人。那天跟许家姐妹谈过后几小时,黄克莹就向他提交了辞呈,并买好第二天的轮船票,准备回上海。陈老板让她弄得措手不及。侬总归要给我点时间,让我找一个能替换侬的人。侬姑妈介绍侬来的时候,讲侬最起码也能在我这里做一年。侬应该晓得,我这里全指望侬哩。现在侬讲走就要走,哪能办?老板喜欢吃粽子。每天早上都要剥两只赤豆粽子蘸蘸糖。这时候傻张着两只黏答答的手,万般无奈地看着黄克莹,嘴唇边还粘着几粒糖屑粒。

黄克莹稍带歉意地笑了笑,随便编了几条理由敷衍。而后就数了数老板无可奈何地递过来的这个月的薪水，发现老板有意多给了几十元。她犹豫。要不要还给他？这位刚满四十岁的陈先生，几个月来待她的确不错。专门为她粉刷了房间。知道她不吃辣，特地吩咐自己那位湖南籍的老板娘（据说是他大学里的同班同学）炒菜时少放或不放辣椒。知道她晚上早睡不了，早上又早起不了，还特意推迟了诊所上午开门的时间。按说她是护士，打扫卫生清理污物桶搬运药品柜等活路，理所当然归她。可是陈先生却一一地都"屈尊"抢先做掉。弄得日常就多病乏力的老板娘，在一旁冷眼看着，心里更是六七个醋罐一起打翻。有一天，镇上请来一个锡剧班。据说班子里的头牌花旦年轻时在上海天蟾舞台也挂过头牌。戏票顿时走俏。一个礼拜的票，两三天工夫全部卖光。老板晓得她喜欢听戏，花好大一番周折，弄了两张日场戏票，让她带女儿去散散心。说是由他一个人来顶门诊。真不巧，到戏院里刚坐下，开场锣鼓正敲得闹猛，"老朋友"提前来了。小皮包里又没带够手纸。只好匆匆退场。匆匆回诊所。诊所关门。赶快回到自己住的那幢本地房子楼上。刚要推门，却发现门口放着一双大得出奇的男鞋。再仔细一听，房间里果然有人。一惊就要叫。又发现那双男鞋非常眼熟。再一看，好像是老板的。她稍稍定了定心，从虚开的门缝往里张了那么一眼，果然不错，就是他。

老板僵直地坐在她那张铺着白床单的大床边上，两只眼睛直愣愣地盯着她床前的那只五斗橱。脸色鲜红。傍晚的阳光燎着贪婪，从雪白的墙壁上反照到他脸上，显出一种从未见过的由自虐而获取的平静和自得自足。房间替她重新整理过了，也细细地擦拭过了。充满了异样的碱水和芦灰水的气味。房间角落里还残留着一堆堆相叠相加的肥皂泡沫。虽然不能说纤尘不染，也是雅净有致。连女儿扔得满地的小画书也都给一本一本叠放得整整齐齐的。而最使她感到难为情的是，今天一早她和女儿换下来的内衣内裤袜子，他都替她们洗了，押拉得平平直直地晾在透过那根细麻绳而射入的晚霞中。她当时真是无地自容，真想冲进门去，狠狠地踢这个无聊而又自作多情的男人一脚，让他趁早滚开……但没等她发作，只见他纵身跳起，拉开五斗橱上所有的抽屉，兜底翻寻，然后又把她放在衣柜顶上的那只旧皮箱抱下来翻找。显然没有找到想找的东西。而后又一一地把东西复归原位。他在找什么？最后，他在一个镜框前站住。镜框里陈放着两张照片。一张是她和妮妮的合影。另一张是她单独的半身照。两张照片都是在澄衷疗养院的花园里照的。一座假山。一池浅水。还有一架攀缘中的紫藤。天热。她脱了鞋。光脚站在浅水里。现在甚至都想不起来，那天为什么要脱鞋，怎么会那么放肆。也许，从根本上说，她一直就是个"放肆"的女人。但脸上还是有许多的忧郁、许多的疑虑。他匆匆取出那张她单人的照片，赶紧走了。走到门口，似乎又没那个勇气真的把照片拿走，呆呆地犹豫了好大一会儿。最后还是把照片放回了原处。

　　第二天他没到码头上去送行。甚至都没到这里来跟她告别。一早，他那位多病的夫人来了一下，什么也没说，只是为了收回她这间房间的门钥匙，并把她忘在诊所里的一些小零碎东西，如梳子毛巾雪花膏香肥皂之类的，又给她带了来。还给她母女俩叫了辆黄包车。她俩上车时，她还很亲切地摸了摸妮妮的脸，很亲切地说了声，妮妮再会喔。只不过自始至终没提陈先生。黄克莹也没问。到了码头上，旅客特别稀少。轮船远远地停在几百米开外的海面上，等待小舢板一趟又一趟地把船上的货和客人运回岸。然后仍通过这些舢板船，把要运走的货和人，一趟又一趟地送上船。

　　也许是天阴着的缘故，黄浊的海面便显得格外深沉。风也显得格外阴凉。黄克莹心里忽然生出许多的惆怅。就这样告别盛桥？就像来的时候那样匆忙对待这个常年充满着咸鱼腥味，居然也有几千户人家几代人繁衍生息的旧镇？不一会儿，码头票房间的一个熟人气喘吁吁地跑来，说是"有侬的电话"。她问"啥人打来的"。他说"不晓得"。她觉得非常奇怪，这时候谁还会打电话到码头上来找她？盛桥镇上一共没有几部电话机。仅有的这几部，还是上边给小张岛上那两座监狱守备架设电话线时，应镇公所要求，才捎带着安装起来的。黄克莹把妮妮和行李托给那个熟人，匆匆赶到票房间拿起电话一听，却是那位陈先生、陈老板。我一点不夸张地说,当猛然间听出是陈先生的声音时,黄克莹心里还真真切切地热了一下。毕竟是自己消逝不再的一段经历。生命。某种交代。她很清楚,从此以后,只要不是万不得已,她是绝不会再回这个小镇了,而在刚过去的这一段不可能再重复的时日里,此刻向她传递最后声音的这个男人的的确确还是待自己很"友好"的。

"哦,侬在啥地方?"她急切地问。

"我在萨镇长家里。一早我就来了,为萨老公公试假牙,没能去送侬……"

"没有关系的。侬太太来过了。谢谢喔。"

"还有多少时间开船?"

"还得一会儿吧。"

"那天真对不起喔……"

"话不好这么说的。是我走得仓促,给诊所添不少麻烦。"

"诊所里的事我有安排了。侬就不要操这个心了。我要请侬原谅……"

黄克莹愣怔了一下。原来那天,这位陈先生匆忙地从黄克莹房里出来,印象中似乎看到在楼梯间的一角有什么人在那儿站着。但他只顾赶紧离开,不及细看;下楼后,又听楼下的一家人问他,是否看到黄小姐。黄小姐?黄小姐回来了?他一惊,忙问。哎,她刚上楼。侬没看见?她又走了?没那么快吧?心直口快的楼下人家一连串反问。陈某人再没顾到应答,赶紧走了。这样,他肯定,刚才在楼梯间看到的那个"人影"就是黄克莹本人了,也就是说,她很可能看到了他在她房间里翻找东西的情景。看到他想"偷照片"的尴尬相。这的确使他感到非常坍台,没有面子。

"老对不起的……"

"这有啥啦?!陈先生要我照片,是看得起我嘛……"

"不是照片的事。不是。不是。"

接下来,陈老板急急忙忙解释了那天为什么要到她房间里翻找东西。听到她突然提出要离开他的诊所,他怀疑是镇上有人在她面前"触壁脚

(说他坏话挑拨离间)"摄弄她离开诊所,蓄意给他制造麻烦;怀疑她是镇上一些人委派来"卧底"收集他情况的,现在卧底暗查的任务完成了,她便得赶紧抽身离去;也怀疑她是不是找到了真正的相好,或靠山,于是就要拂袖离去……那天他在她房间里翻箱倒柜,就是想找到一点"证据",以确定这几种疑问的"真"与"假"。排除自己的疑虑。让自己的心踏实下来。

"既然侬这样怀疑我,为啥还想要我的照片?"黄克莹问。

"我心里实实是不相信自己的这些怀疑的……"

"侬既然实实地不相信,为啥还要到我房间里来翻箱倒柜?"

"可是我熬不住,又要怀疑……"

"侬到底是相信还是怀疑?"

"我晓得……我老对不起侬的……"

"好了好了……不要讲了……不要再讲了……"她长长地叹了一口气。

于是两个人再没说什么。过了一会儿,好像萨家有人在叫他了。他讷讷地又说了声"对不起……今后多保重……"就挂断了电话。

99

陈先生本名陈本桐。祖籍盛桥北十二里蒋家楼。据方志记载:"当时有蒋姓者构楼五槛,因此得名。"蒋家楼那地方单有一条河浜通海,素以渔市闻名遐迩,虽地处要冲,但南西有苇塘阻隔,故历来"烽燧鲜惊,民风朴野,商廛繁盛"。街市的规模至少不次于今日之盛桥。鱼行分为咸鱼行和鲜鱼行。陈家祖上做的是咸鱼生意。后来河浜渐渐淤塞,苇塘干涸,海水倒灌,又造成大片良田严重碱化。渔船进不来,商家鱼行纷纷外迁。至今蒋家楼还留有一条老街,十有六七的宅居都空关着。粗大的柱子、厚实的门板、深深的前出廊檐和那条用卵石铺砌的大街绝对寂静。当然还有满院子半人深的杂草。孩童们唱道:"二月花开蒲公英。四月花开看麦娘。五月六月刺毛茛。九月十月一枝黄。"

　　陈家抢先把鱼行开到上海十六铺。这是陈本桐祖父手上的事。最兴盛时,陈家在十六铺同时开有茶馆店素面馆和一家韭菜饼店,还有两三个货栈。拉老虎塌车的苦力,中午时分只需花几个铜板,到陈家铺子里吃茶吃饼,就能换得两个舒舒服服的饱嗝,再顺便弯过去,到陈家鱼行里买半斤咸带鱼用稻草绳一扎,挂在车把手上晃唧晃唧带回去。全家人晚饭桌上的荤菜也有了。但到父亲手上,货栈生意被几家大洋行轧住,日渐衰微。父亲本可甩掉这明当明争不过人家的包袱,专心去做洋人还顾不过来的"菜饼咸带鱼"生意。但他却偏不。偏偏出让了很有赚头的那些吃食店,要跟人家在货栈生意方面争上一争。居然买下一块地皮,居然盖起一幢三层楼的新式大通栈房。但盼望中的"中兴"却始终没能如期到来。入不敷出的日子使陈家常年举步维艰。但父亲依然不肯向洋人出让这块地皮,不肯允诺拆掉"大通"这座日见灰暗破旧的栈房。父亲觉得,上海十六铺这块寸土寸金的风水宝地,兼有上海门户之要义。一定要有中国人在此立足。否则,门户不守,焉及其余?一些亲戚朋友便笑他,门户不门户,跟侬姓陈的有啥关系?侬这样"急出胡拉"(死乞白赖)操这份心,作死啊!他只是笑笑,从不跟他们辩解,心里藏着的一句话便是:不谈喽。怎么能跟你们这种"河伯"谈"大海"呢?还有一件事,父亲也是死把着一点都不肯放松的,那就是儿子的学业。请最好的家庭教师(比如英文就是请一个英国老小姐教的)。进最好的私立中学。然后便是大学。从不让陈本桐过问家里的日用生计,从不在陈本桐面前叨唠家境安危。只为不让他分心。家里再困难,也绝对保证陈本桐在大学里的一切费用。老头(其实那时他还不能算老,也就四十一二岁吧)只有一点爱好,就是喜欢翻看儿子从大学带回的讲义,喜欢跟儿子大学里的同学"聚谈"。有几次还让陈本桐把大学里开"国民课"的那位讲师请到家里聊了好长时间,让不惯张扬、天性又比较内向的儿子面子上很觉得有点过不去。后来发生的一件事,是任何人,连老头自己也始料不及的:一位一直跟陈本桐要好的外地女同学，在多次接触后，居然看中了"老头"的倔强和刚硬，连连发信，表示要"终生伺候先生"（那时陈本桐的母亲已去世一年多了），并委婉地中断了和陈本桐的恋情关系。这叫陈本桐如坠冰窟，又无法理喻。也让"老头"极为尴尬，又无法向儿子剖白。老头亲自找那个女同学作了一次长谈，明确表示这是绝不可能的事。那女同学却说，如不能"终生伺候先生"，也不可能再和陈本桐恢复以往那种关系。她感慨地"责问"父亲，你给了你儿子那么多的东西，为什么偏偏不把你身上那种男人气，遗传给陈本桐一点？接着，她愧涩地使用了一句"曾经沧海难为水"来表示自己此刻的心境。陈本桐的父亲诧异地说，你经历什么啦？你我之间没发生任何事情啊。女孩子说，在您是没有。在我却的的确确不可能再回头了。陈本桐遭此打击，几乎连学业都难以为继。勉强坚持到期末毕业，立即和现在这个湖南籍女同学结婚，以此来报复那个背信弃义的女孩，并不顾父亲如何地劝说恳求解释威胁，放弃了上海的一切，回到老家盛桥镇上开了这么一个牙科门诊所。

  陈本桐原先没打算在盛桥长做下去。即使他愿意，那位多病的同窗妻子也不会愿意。他只是想让自己暂且"躲避"一阵。并用自己的出走、远去，来惩戒那些曾经爱过他、对他寄托过厚望、现在又伤害了他的人，也算是他对他们的一种"示威"。在小镇上积累临床经验的同时，他还要把两篇已经写开了头的长篇论文继续写完。时机合适了，他还要回上海读硕士博士，在上海开门诊办医院……他想象小镇生活的沉闷贫乏幽静自闭。离开上海时，他实实足足托运了两大箱生活日常用品。每只木板箱子都有他大半个人高。但事实却并非如他想象的那么"可怕"。适应了最初一段没有电灯的拘谨，适应了晚上打灯笼出门的幽暗，习惯了每天要装卸排门板，傍晚时分又要哈着气嘎吱嘎吱去擦煤油灯罩的烦琐，渐渐体会出许多人常说的那种"小地方自有小地方的好处"。盛桥镇真正挂牌牙科诊所只有两三家。而真正由手里拿着医科大学口腔专业文凭的人当主治，并像模像样地配有一整套上海大医院牙科诊室所用的那种诊治设备的，不仅在盛桥，就是在整个通海地区，恐怕也只有他一家。所以，镇上真正有身份的人，以至于通海城里一些有名望的人，都到他这里来看牙，或者派车子把他接到家去出诊。"我这口牙，是盛桥的上海医生陈本桐做的。"这句话在当地所拥有的炫耀性，几乎等同于"我这件女式大衣是到上海朋街买来的""我这瓶香水是德国4711牌的""我这双皮鞋的皮用的是美最时洋行的。底是'花旗方张'的。鞋揎用的是瑞典进口的钢板弹簧揎。连上鞋的麻线都是用的英国手牌……"于是乎，很快就有人来请他去做盛桥镇塘南街国民小学名誉校董、国民联储会名誉副会长、福音堂名誉执事、文昌宫修缮委员会名誉委员、通海县园艺菜蔬研学会名誉理事和木堡港船员公会的健康督导……几乎每天晚上都要出外应酬。有时下午三点钟，来接他的车子就等在诊所门口了。忙。没日没夜地忙。开始时，他烦恼。失去了看书的时间整理临床笔记的时间、和妻子讨论疑难病例的时间、抱着他喜欢的那只花猫缓步在海堤上散步的时间，甚至失去了偶尔亲自动手用不锈钢煎锅做一两次法式猪排的乐趣。但他又不敢拒绝这些盛情。毕竟是在人家的地面上做生活。况且……况且这也给他赚来了一心只临床、埋头写论文所无法赚得的另一种乐趣。后来他这么自嘲道，忙是忙了，起码我的头不痛了。刚到盛桥时，白天开业门诊晚上整理笔记和论文提纲，没多久，他突然偏头痛，而且痛得厉害。现在好了。只增加了一个新的习惯，不论见了谁他都要苦笑笑，都要发两句牢骚，还是侬好呀。看看我。看看我……唉……完完全全是在浪费生命……浪费！浪费!! 但到后来，他自己也觉得自己变了，虽然还在苦笑、牢骚，但只要有一天没有请柬没有来访没有"打围炉聚会"没有"嘉宾满座"没有"欢迎指教"，他就会惶惶不安。他就会到处打听。是什么地方哪一点上发生了什么样的变故……只要有客人来，他第一句话总是先问：侬有啥新消息哦？他最感兴趣的往往是另一些会长另一些理事另一些委员另一位督导在背后说了他一些什么做了些什么。凡是能向他提供这些消息的，他便视之为心腹、同人。千方百计也要在他任职的那许多个委员会董事会研学会中安排进这些"同人"。他总是在提心吊胆。总觉得别人在暗算自己。也是因为这一点，后来才有了对黄克莹的"怀疑"，会在她临走前对她突然施行了那一番"彻查"。

虽然他的上海话已说得不那么流利，已带上了许多的本地口音，但他还经常想到上海。想到十六铺。想到绵延几十里的黄浦江两岸连成星河一般或密或稀、或高或低的灯火。想到弄堂口小烟纸店里那个胖阿姨。想到胖阿姨夏天穿的汗衫几乎每一件都是先坏胸前那一块，总是先要在两个奶头的地方打上两大块特别显眼的补丁……跟镇上那些"二百五"们说话时，他依然把这样的话挂在嘴边："我伲圣约翰的格致堂怎样怎样……理科实验室又怎样怎样……"（其实他并不是从圣约翰大学毕业的）他是真心地怀念。他依然有决心要"打"回上海去。比如连续发表几篇震动上海学术界的论文，比如向母校捐一大笔奖学基金或者在治疗牙龈脓肿方面彻底推翻母校那些教授们的旧观点而由母校教务委员会出面重新请他回校任教，等等等等。

是的，他一刻也没有忘记过上海。同时又一刻也没有忘记今天晚上六点三十分必须准时赶到镇公所，以嘉宾的身份出席本镇鸡鸭联营公会成立以来首次召开的成果检讨大会。一定不要忘记穿那套黑哔叽中山装。

等等等等。

再说到黄克莹。他之所以会那么喜欢黄克莹，毋庸置疑，一个重要的原因就是因为她来自上海。当然还得加上一些黄克莹个人的因素。比如她看人时那种认真执着的眼神。是的，执着。让人非常要命的执着……

100

我曾经设想乘一条不是帆船的大木船，围绕中国、俄国和印度这三个相邻大国走一圈。我想穿生牛皮做的靴子。它一定会逐渐被苦涩的海水咬破。我想必将看到最伟大的陵墓和最广阔的荒原。接触到最听话的人民和最富智慧的头脑。回想那漫长的几代人，都很难忘记由父亲带着到老虎灶后头的那个"混堂"里去洗澡的情景。那的确是个"混"堂。池子里只要顺进七八个脱光了身子的男人就能挤得屁股碰屁股。滚烫的池水上面漂浮着厚厚一层油腻。那放肆猥亵而往往又沉闷的谈笑，使弥漫的水蒸气里充满了嗡嗡的回声。那池边上光滑的木条。那被成百上千人用稀了的丝瓜筋。那第一次看到别人阴茎时的羞怯和绝对的不自在。还要泡得通体发红。要一遍又一遍地搓出泥条。要到前边去买五根筹子的干净热水，一桶从头上浇起。一桶只挠中段。脏水流下来，汩汩地汇聚到池子里，提供给后来人浸泡。这样的澡堂当然不会有躺着爽汗歇息的地方。但洗完后你可以到楼上那个还是同一家老虎灶开的茶馆店里去坐一会儿。所谓的楼，楼梯是摇晃的。楼板是嘎嘎吱吱生响的。在楼上你可以看到楼后的煤堆和木屑刨花堆。所谓的"楼上"，只能放下两张八仙桌。一壶太平毛尖只收你一只角子。要想弄碗馄饨垫垫饥，只要伸出头去喊一声，馄饨马上就送到。馄饨店就开在街对面。所谓的"街"，还没有一根横过来的晾衣裳竹竿宽。舒舒齐齐吃完馄饨。抹抹嘴唇皮上的油花。嗒嗒牙齿缝里的葱花。再点上支老刀牌或强盗牌香烟，徐徐吐两只烟圈出来。这时候，申曲大王邵宾荪正好在柜台上那只老式五灯收音机里开唱《碧落黄泉》。轻轻地拍着大腿晃着脑袋跟着一道唱。虽然明朝一早侬还要拉侬的老虎塌车赶到大中国水泥厂仓库里去出几身臭汗。但今朝这样一个下午侬不是活神仙，是啥?!!

101

　　黄克莹那天匆匆赶到梅家弄，刚到吃中饭时间，估计许家两姐妹不会到得这么早，付了三轮车钱，就到正街上那爿新开的东洋照相馆里转了转。听说开这爿照相馆的是一个从温州来的女大学生。这个温州女大学生原先据说还是个"学运"积极分子。被开除过两次。后来又被巡捕房捉去，吃过六个月官司。又被送到木堡港外那个"江苏省第三女子监狱"

接受"感化"。做过"具结"。也就是写过保证书一类的东西,保证改过自新,下不为例。北平解放后,新政府把市属最大一个拘留所建在"自新路"上。那一片地域原名又叫"半步桥"。这实在太有意思了。历来的体会都是,人和鬼、地狱和天堂之间往往只差半步。而能不能跨过这关键的半步全看老弟老妹您肯不肯"自新"。做人的道理就这么简单明了。但由此而引发的麻烦却历千百载从未平息。因为人世间的"自新"标准,太多,又太不一样。不同的人固执着各自不同的自新标准,在种种利益驱动下相互较劲,于是就上演一出又一出多少总有些重样的历史活剧。拿这个女大学生来说,具结完毕,回到上海,重返原学校是不可能的了。她也没再去找原先的"同志"。在第三女子监狱所度过的那段生活,使她充分感觉到,要按"同志们"的标准去"更新"眼前这个世界,几乎是不可能的。

（自己被捕、入狱、抬大粪桶、穿着灰色号衣跑步、被强行接受男狱警的体检后深夜的痛哭、黎明时分的呆木……当经历了这一切一切的天翻地覆以后,她原本以为这个世界会跟她一起"痛哭""挣扎"。但当她走出监狱大门时,发现一切依然如故。平静如故。无聊的依然无聊。卑鄙的越加卑鄙。小树甚至长出了新枝。生煎馒头摊上的生意还是那样的红火或冷漠。我这究竟是在干什么又为了什么？为了什么又在干什么？）但她不愿回温州。或者说她愿意回温州,但得去赚够一笔路费。万一赚得顺利,够她在上海再租间房再进修个专业再买些化妆品高跟皮鞋晚礼服,再买一张大学毕业文凭,她也可以不回去。她说哪儿的青山不埋人？您说呢？于是她在这个照相馆里找了个"混饭混路费"的差使。当时的老板是个拿德国护照的"白俄"。一个沉默寡言,又能吹得一口好长笛的老鳏夫。整日端着个镀银铜把茶杯,衬衫领子总是浆洗得笔挺笔挺的。进了照相馆,她才知道这里名义上是个照相馆,实际上却是个拉皮条介绍所。当然也照相。照完相（或照之前就）上前搭话。女学生。白俄女侨民。刚到上海来帮佣的乡下女孩。想时髦又时髦不起来的新做厂女工。还有一些满腹心机的姨太太和渴望浪漫冒险的"千金小姐"。有的需要钱。

有的需要安慰。都盼望这安慰发自一个有钱有身份的男子。还奢望他身心都干净。老家伙做的事,便是从中"搭桥"。留声机里轻轻地放送着"维瓦尔弟"。同时收取双方的定金和回扣。这个温州来的女大学生开始说,我只管照相,别的我不管。他点点头答应了。后来她说你想找哪位女士打招呼,我可以帮你去跟她们打招呼,但具体条件我不谈。他又点点头答应了。两个月过去了,在一次留声机继续放送"维瓦尔弟"的长笛协奏曲《夜》时,她说,我可以替你去跟她们谈条件,但我不要你为此额外付给我的报酬。这次他略感意外,但仍没作任何坚持、开导,还是颔首应诺。这一天晚上,老家伙提早赶走了所有的顾客。熄灭了大玻璃橱窗里所有的彩灯。掏出一大串稀里哗啦响的钥匙,小心翼翼地锁上了金属保险柜。第一次邀请她到自己家去做客。现在已经不记得那幢房子到底是在山阴路上还是在祥德路上。总之是一幢红砖清水外墙已经有点发黑、有一圈水泥围墙包围、几棵阔叶老树稀疏、楼道里充满了洋葱羊油和洋蜡气味、窗外都装着铸花铁栅栏的大杂楼。所谓大杂楼,是借用北京的"大杂院"一说。意指楼里多户人家共住。楼后大致都有一大片难得的开阔地。开阔地上晾着许多纯白床单和杂色床罩。再往远处是一家竖起几根细高细高铁皮烟囱管的铁工厂。煤烟熏黑了许多的竹篱笆。一群群灰色的鸟雀盘旋在从市郊直插市区的高压线上空。

老家伙只住一间房,但十足是个很大的房间。门扇上铆上了一整张铁板。给人的感觉是,仿佛自己正在进入中央银行的地下金库。双层玻璃窗外同样装置了铁皮做的护窗板。房间里极为整洁。铺着白色挑纱桌布的小圆餐桌上,少不了要有一个银饰的大茶炊。只不过,他的这个特别高大、精致。橡木粗圆腿的双人大床前铺着一张熊皮。这和墙上四处挂着的桃木镜框和镜框里那些发黄的家人照片和照片里的温馨遥远,形成了非常鲜明的对照。有一个角落专门是堆放书和画册的。不算少的一大堆。全是些羊皮面烫金精装的俄文原版印刷物。她问,这些都是您从俄国带来的?他默默地笑了笑,而后转过身反问,有这可能吗?你不要忘记我们这些人都是逃离俄国的流亡者。流亡者能从祖国带走的,只是命。

她又问,那么,这是您来中国后收集的？他点了点头。"那您还是挺爱国的嘛。"她淡淡一笑,语意里不免流露出一丝嘲讽。对于她的这种挖苦,他未给予丝毫反应。也许是觉得不值得作任何反应,或者是不想轻易跟人谈论"爱国"这么一个宏大的话题。这个话题对他来说,也许是过于沉重和艰涩了。

"那这些照片呢？是您家里人？"她背着双手,调皮地问。老家伙首先肯定这些都是他家人的照片。而后耸耸肩告诉她,它们都是他当年带出来的。除了一条命,从老家带来的,就只有这些照片了。照片上自然有古老的木屋。有苍凉的原野和仿佛泥泞的天空。有娜塔莎式的小女孩。有伊凡式的大男孩。有玛露申卡式的大婶。有亚历山大·阿历山德罗维奇式的大叔。有猎枪。有皮靴。还有一辆一九〇六年美国造的派克汽车和远处稠密高耸的白桦林和一条黑白毛相间的猎犬。黄黄的陈旧,仿佛上演契诃夫剧本时拍下的剧照。那晚上,他跟她讲了许多。一直讲到西伯利亚的风暴和叶尼塞河河口的小木筏。一直讲到那把高大精美的铜茶炊不再向他们发出好听的嘶嘶声。

然后,他低下头去沉默了好大一会儿。那女学生(她姓杨)没有做任何事来打破此刻出现的沉寂。她突然意识到,老家伙今晚是有话要说才把她请到家里来的。也许是一些自他逃离故国后,从未跟人说过的什么话。但总不会是为他当前做下的"龌龊",作什么道德上的辩解吧？

"祖国……"

果不其然,老家伙突然话锋一转,居然提及这个他向来怕提的字眼,眼眶也突然湿润了,抬起头直瞪瞪地看着她。

"祖国怎么了？"她见他不往下解释,便嘲讽道,"祖国怂恿你在我们上海干这种脏事？"

一霎间,他脸上涌出的那许多痛苦和仇恨仿佛用石膏浇铸出来的,完全凝固。但很快他那表情丰富的眼神里却又只剩下老人式的宽谅和自嘲了。

"Miss 杨(这家伙还从来没有这么称呼过她。平日里总是叫,嗨,杨），我也曾像你一样的年轻……在彼得罗夫斯克机械专科学校读书时，也曾跟警察先生们开过许多不大不小的玩笑。这一点，我跟你相像。我们两个还有一点相像的是，我们都对我们的祖国肯定要发生的大变动，缺乏应有的思想准备……"

"你觉得我们这儿也会像你们那儿一样，发生什么大变动？我说你这些年来在中国真是白待了。中国人是那种有劲的人吗？我看你是拉皮条拉糊涂了！"

哐的一声，老家伙把他手上一个宋瓷茶碗忿力拍碎。

哐的一声，"Miss 杨"也把她手上一个金边茶碗用力地向墙上扔去。

两人怒目相视。两人几乎又同时背转身去。

"我……很喜欢你的跟我相像……但我觉得你……Miss 杨，你还是可以做两种选择的……"过了好大一会儿，他又完全温和了，"我可以资助你继续上学……我并不希望你留在我这里混饭吃……"

"谢谢啦。我的好爷爷。"

"我可以一直资助你上完大学。"

"喂，今晚你到底想干什么？装什么正经？想跟我睡觉，说那么多无聊的话干什么？"当她大叫大嚷着，转过身来时，看到他手里拿着一摞钞票，在向她不住地晃动。"很大方嘛。预付那么多？"她冷笑道。但没等她把话说完，那摞纸币便已经狠狠地飞到了她的脸上，而后又窸窸窣窣地四下里飞撒到房间的各个角落，恰如一阵林下风。而后就十分地沉静。而后她拿起小巧的坤包就向外走去。但是那该死的门上不仅铆上了厚重的铁板，而且还装着好几把十分复杂的暗锁。她居然拨弄了好大一会儿也没能统统打开它们。

"替我开门！"她叫道。

他怔怔地看着她，一动也没动。

"听到没有？打开你这狗门！"她用拳头擂了两下门。

他依然没动。

她冲过去，从壁炉架上抓起一只黄地青花缠枝纹梅瓶，做出那种姿态,仿佛房主如若再不开门,她就要对不起这只雍正年间的古董了。这可值"老价钱"呐!

他果然动了一下。蹒跚地走过来,缓缓地从她手里拿下瓶,然后去开门锁。在一阵喊里咔嚓响过以后,好像是为了告诉对方,门已经打开,他稍稍地往后退了半步,让出一点空隙,以便让她走过去。她没敢再看他。脸颊上被钞票击中的地方,依然透出一点热辣。而由这热辣和刚才那一番龃龉带出的心底无名战栗,却又造出一阵阵从她身上不断披掠而过的寒战。当她的手抓住那冰凉的铜门把时,她感到被老家伙的一只手凉凉地覆盖住了。她猛地挣了一下。但以后发生的事,似乎在意料之中,又在意料之外。一切几乎再不容她挣扎辩解推搡。坤包很自然地从她手里掉了下来。她觉得自己一下子被重重地挤压到那扇该死的冰凉的铁门板上,就像是飘浮起来,无依无靠。她感到自己被贪婪地舔食。被潮热地抚弄。揉搓。当然,接下来的事,便做得非常老练,也非常粗暴。一反往常,却又是意料之中渴望着的粗暴。

第二天早上,等她醒来时,那件被撕破的衬衣早已被收拾掉了。代替它的是一件崭新的绣花真丝内衣叠得整整齐齐地放在床沿边上。老家伙默默地坐在窗前,从背影看,他从来也没有显得这么衰弱过。后来的日子里,他再也没有跟她提过什么"祖国"和"上学"之类的话。"照相馆"里该干什么还干着什么。所不同的是,她渐渐接管了馆内大部分的"业务"。他则更多地待在家里,悉心收集整理那些有关"祖国"的典籍。还要参加一些他不想告诉她的白俄聚会。他俩之间再也不必"委拒",也无须"退让""争执"。一年多以后,老家伙在去参加一次白俄聚会时,走到国际饭店后面白克路黄河路附近,被一辆突驰而来的汽车撞了一下,车上的人还向他连连打了三枪。枪声在那狭窄的街面上低矮的屋檐下发送得尤其惊心动魄。人送到医院,已无法抢救。丧事是她给办的。按警局的要求,必须简而又简。她把他房间里所有的东西(特别是带文字的)仔细地整理了一遍,仔细得像乡下老太篦头发一样,但让她惊奇的是,她居然到最后也没能发现他的真名实姓究竟是什么。所幸的是,他留下了一个有法律效应的一张遗嘱。他把所有的财产,当然包括那个"照相馆",留给了她,而把所有有关"祖国"的那些"典籍"留给了住在海格(华山)路上的一个叫克尼亚赛娃的白俄老太太。

102

据说老家伙遭遇不测之前,还是出资让这位"Miss 杨"去了一趟美国,在俄亥俄州电影专科学校进修了一年。导表摄录美,生旦净末丑什么的,统统过了一遍手,掂了掂分量。这当然对办好这个"照相馆"也还是有用的。她还经常到小南门的沪星影业公司去客串拍戏,逢人就感叹:"我这个人就是为电影为艺术而生的。除了电影除了艺术,我随便啥都不在乎。"

黄克莹早就晓得有这样一爿"照相馆"这样一个女大学生。一直想来看看,却一直也不敢踏进门去。好在照相馆接待厅里还摆了两三张玻璃柜台,专门陈列一些能为常人感兴趣的家用收藏品,比如吕宋烟、雕翎扇、内画壶、百灵台、煤油灯、鞋拔、玉镯、蟋蟀罐、袖珍红木家具、碑帖和除寿山田黄昌化鸡血青田羊脂冻以外的各种石章……还挂了十几套据说是言菊朋的老师红豆馆主,以及陈彦衡王瑶卿等人用过的"行头"。据说这些"珍赏"全是那个东洋人阿部提供的,供那些男人在等待之余浏览赏玩,真有意了,也可带东西来交换,或赊买。阿部更希望是交换。他认为,真正的收藏家一般是不肯出卖自己的藏品的。

黄克莹进得门来,还是有些拘谨。但几分钟后,便放松了许多。此间的气氛和她进门前所想象的完全不一样。男客大都瘦弱,文质彬彬。多数呢帽呢大衣丝质白围巾或鹿皮手套。装作互相都不认识(也许真不认识)的样子。匆匆而来的女客则一般都先被引进另一间被标为"第二摄影间"的小室密谈。小室的门自然要密闭,门上还挂着一幅长长的完全用白绒线勾织成的门帘。它白得好像是几分钟前刚挂上去似的。白得让人惊心动魄。然后就是几位妙龄侍女，只化素妆，只穿素服，绝对地恬静不苟言笑而又温和淑文。只有一位侍女细声细气地用一口纯熟的京白上前来招呼她，小姐，您照相？黄克莹忙摇头，连说不照不照。我随便看看。而后心就一直扑扑地乱跳。如果不是实在受不了自己那种暗自汹涌的心跳，她想她还是愿意再在这店堂里待一会儿的。

为什么，居然也愿意再待一会儿？

她在马路对面发了一会儿愣，再回过头来重看了一眼那"照相馆"，便逃也似的匆匆离去。

早年，梅家弄里有条梅家浜。梅家浜上有座三官塘桥。它们都曾是远近闻名的场所。闹猛（拥挤）。混乱。后来河浜被填平，三官塘桥也被拆掉，统统修了马路。近年来这一带又陆续修起不少二楼一底的新式弄堂房子和一楼一底带天井的老式石库门房子。当年作为梅家弄标志的梅家大宅，早不如从前气派，但毕竟保存了下来。其实梅家大宅还是梅家大宅，那一圈足有两人高的黑墙篱笆还是有两人高。大门外那口水井还是那么清凉。井旁边的那棵桃树年年还在唱着"人面桃花异样红"。但今朝黄克莹走进梅家弄，一过三官塘桥旧址，远远看见梅家大宅的黑墙篱笆，不知道为啥，就有一股说不出的酸辛涌涌地顶着她的心坎，总叫她一阵阵发慌、心虚。

其实她从来没来过梅家弄。从来也没有进过梅家大宅的门槛。

那一天，许家两姐妹和经易门同时都约了她。两辆黑壳子小汽车同时开到她家门口。都约她到梅家大宅来见面。当黄克莹在那个"照相馆"瞎消磨时间的时候，许家两姐妹之一的许同兰早已在大宅里等着她了。许同兰同样心神不宁。

为什么要把黄克莹请到这个梅家大宅里来说话？

说不清。

假如说去谭家花园不方便，也完全可以到东雅、大都会或九宫包个房间，或者到克莱门公寓去租间房子嘛。

包房间不好。太俗气。租房间又太显眼。

她喜欢平实一点,有个"家"的气氛。

她要在一个"家"里接待她。

她感到从未有过的焦躁。干热。而又急切。

许家两姐妹背着谭家人,在外头开店办厂,也是实出无奈。

她们是两位姨太太。而且跟别的姨太太还不一样。她们两位的娘家没有背景没有后台也没有靠山,也就是说,她们的娘家太普通太没有实力太不可能在必要的时候来保护她们于万一(这在谭家上下几代众多的姨太太中间,的确是绝无仅有。最起码也是少见的)。即便雪俦身体好时,她俩在谭家门内尚且有许多可虞可虑之处。更何况现在雪俦几近朝不保夕,她们的确不能不为自己的今后作一点打算。虽然,不管怎么样,今后在谭家门内,饭,总还是有得吃的;房,总也是有得住的;零用钱总还是可以逐月地从谭家账上开支的。但那会是一种什么日子?这种日子从谭老老先生和谭老先生留下来的那一群老老太太老老姨太太和老太太老姨太太们身上已经可以得到充分的明证了嘛。她俩不想再加入这一个终年穿着黑缎子黑丝绒黑香烟纱黑毛直贡呢黑条子府绸黑旗袍裙和黑晚礼服的队伍,去守着下一个也将在五十二岁前憔悴而去的男人,像一个影子似的不死不活地被喂养着,蝇营狗苟地操碎那毫无意义的心机。

(意义?难道我们今天还要谈论什么意义?是的。要谈。当有人一面故作冷漠地告诫世人根本不存在任何生存意义、生存兴味,一面却又猴急燥热地在稿费汇款单上签字点收,一面在盘算下一步投资趋向的时候,我总觉得,也到了这种蹩脚的玩闹剧收场的时候了。)

许家姐妹原本就没打算指望在谭家"交代"掉自己的一生。当初跨进这个谭家门,也是"出于无奈"。当然了,当初"逼迫"她俩的既不是谭雪俦,也不是经易门,更不是她们许家的什么人,应该说是她们自己把自己"逼"进谭家这个大门里来的。当时还得感谢谭雪俦,使她俩免于陷入更不能自拔的困境。但这许多年,她们俩,无论是做姐姐的同兰,还是做妹妹的同梅,都为这种"感谢"付出了足够大的代价。作为一个女人,她们对得起谭家门。现在已是她们来想一想自己以后到底应该怎么活的时候了。再不想，可就晚了。其实，她们也不是要乱来。她们曾经为了逃避谭家以外的那个世界，走进了这个大门；现在只不过想走出这个大门，重新回到那个世界去再试自己的羽翼而已。

许家姐妹不是上海本地人。老家在江苏六渎镇。或者应该这样讲，许家姐妹祖籍上海，后来因故搬迁到六渎镇。姐妹俩无奈，只好出生在六渎。那是一个专出栀子花白兰花的小地方。地方虽小，却襟连太湖，四面环水，天然由六个大小不等的小岛和七八十座或拱或不拱的石桥组合而成。可说是因水独成一方天地，独立于东南一隅。六渎虽然位处开发极早而又极富庶的苏锡常三角地带，但由于水的阻碍、连片高大芦苇丛的掩蔽，千数百年来竟然少被人知晓。一直到那位久督两江、一人兼掌文武九印（将军、提督、巡抚、河督、漕督、盐政、上下两江学政以及两江总督）的李文瑞，调任京司都察院，某年某月出巡五城，某日路过此地，偶然间发现这几个湖内小岛，氤氲缭绕，清波不绝，大之大为喟叹，发誓退隐后，要以此地为终老之处。后来果不其然在这儿修建盛大宅院，以"退则思过"之意，命名为"退思园"。自此便一发不可收拾，各朝各代的高官名士相继效仿，纷纷到此买地建宅筑园，"烩作一锅"。以至于北洋政府的部长督导、民国政府的阁僚将军……纷纷忝列末位，红门灰墙，古树深院，摩肩接踵，热闹非凡。倒是解放后那些退休的省军级干部大多愿意去热闹的场所，比如省城和中央直辖市市郊建楼养老，并不稀罕这儿的幽静古雅，少有上这儿来划宅基地的，这儿才一度又变得偏僻冷清起来。

许家姐妹的父亲（或者是祖父）便是这个小镇邮政局局长。这位长者年轻时，做上海《苏报》的记者。在著名的蔡（元培）、吴（敬恒）、汪（文博）、陈（彝范）四大主笔手下驰骋，跟余杭的章炳麟、华阳的邹容过从甚密。他对邹容说过这样的话："你是'革命军中马前卒'。我是马前卒的马前卒。"邹容的《革命军》在《苏报》连载前，他曾连日连夜为邹容手抄了十好几份,秘密在亲朋好友中代为传播。后来又花去自己整月整月的薪金购买载有《革命军》的《苏报》,四下散发,还往国外邮寄。《苏报》事发,邹容章太炎入狱,他也被通缉。那位曾被他敬崇如父兄的大主笔汪某人,却逃到湖南,终于俯首甘为皇上牛,以一支如椽大笔,在清廷主子跟前换了个七品顶戴花翎,做了个小小不然的县太爷,还给他去信劝说道,"邹容壮烈,固可卷可点,亦可叹可泣,但今日之中国亟需的不是以卵击石的勇夫……当能从长计议之为妥;如一时无有其他活路",可去他县衙谋一闲职,"以待来日"云云。

但他没有去就那个"闲职",而是沉默地回了老家。娶妻生儿育女。生了两个儿子,死了一个。生了两个女儿,偏偏全活了。

但许家的故事并没有因此结束。

那天,儿子从学堂里回家,显得特别苍白、紧张。孩子们的母亲在生这个小儿子时,死在了产床上。小男孩从小就是两个姐姐带大的。两个姐姐对这个弟弟的一举一动,都尤其敏感、关切。弟弟没吃晚饭就把自己关进了小房间里。谁叫门都不开。全家人都特别纳闷。这一向,他读书读得特别好,总能在全校考前三名。前一向,校长带他到苏州城里参加国语演讲比赛,得了个奖杯。还代表六渎镇,到上海参加了什么比赛。以往,这种参赛机会,上头都给了苏州无锡城里的孩子,绝轮不到六渎镇的孩子。这一回扬眉吐气。动身的那天,全镇的宿老都来为他送行。可谓爆竹连天。宿老中的顶尖人物、那位两江总督李文瑞的长子、曾在安徽兵备道任上响应武昌义举而成了辛亥革命元老的李鼎元拉着他的手,亲口许愿道:不要说考到上海小囡的头里去依只要把苏州城里的那几个考生比下去了,我伲(他指了指站在他身边的几位满老)一定保举侬去东洋(日本)留学。校长说,去东洋不稀奇。苏州城里的小囡在东洋留学的已经"莫佬佬"(很多)了……"那就去法国。法国。埃菲尔!啊?!""法国好。李老跟法兰西共和国驻华大使让·蒙代尔将军素有深交,这桩事体交到李老手上,就等于已经办成了。"好。好。好好好好。宿老们异口同声,就这么定了。考完后发榜,弟弟果然把苏州无锡城里的孩子比了下去。为什么不提去法国留学的事了？弟弟为什么如此沮丧？难道那些宿老言而无信、红嘴白牙地耍弄了我们的弟弟？姐姐们暗想，便留下一人在门外继续守住在房内偷偷饮泣的小弟，另一人便匆匆往学堂赶去。

六浃镇学堂紧邻文庙。文庙里不种栀子花白兰花。文庙里只长千年古柏。所以显得特别静穆。

校长单身在学堂里住着。老柏树下那两间孤零零的平房，就是他的宿舍。他不在，房门上挂着锁。教务长和督学倒是在，但他们两位好像都有什么难言之隐，吞吞吐吐地只是在敷衍这位做姐姐的小女子。第二天，瘦弱的小弟仍不肯出房门。学堂里却来人把爸爸叫去了。爸爸是坐邮政局自备的尖头艇走的。在六浃镇，门前屋后都是水。小艇是最不能离身的行走工具。到中午时分，小艇回来了，爸爸却没有回来。问艇上的人。艇上的人讲，局长到文庙去了。姐姐中的一位忙划起小艇，赶到文庙。庙祝告诉说，他已经走了有一根烟的工夫了。姐姐问，他在这儿做啥？庙祝告诉说，他只是发呆、哭泣。

他说啥了没有？

没有。

姐姐找到爸爸，已是傍晚时分。他坐在早已废弃了的南码头上，面对着波波作响的湖面和哗哗摇曳的芦苇，默默哭泣。

那位校长带小弟到上海去参赛，没住在赛务组指定的某所中学宿舍里。校长带十四岁的小弟到旅馆里开了个房间。他们睡在一张床上。做了某种事。让旅馆的茶房看见了。应该说，先是听到了，听到了弟弟痛苦、惊惧的叫声，后来又特地绕到后窗外去看。看得很清楚。于是传开。就有更多的人知道了这件事。据说上一次这位四十来岁的单身校长带小弟到苏州去参赛，也是去外头开的旅馆。因为没有人听壁脚，就没发觉。

校长已经被镇公所派来的治安员带走。

同时上头(包括那些宿老)决定,取消小弟去上海参加复赛的资格,自然也取消了所谓去法国留学的允诺。更让姐姐们想不通的是,所有的人都像躲一个麻风病人似的躲着小弟。连新来的校长竟然也多次暗示家里,最好让小弟转学,或者暂且休学一个阶段。两位姐姐气愤填膺,弟弟是受害者,年幼无知的他何罪之有?她俩不顾涕泪交加的老父亲(或老祖父)一再恳求和劝阻,轮番地去找新校长、校董会、行署、县督学,甚至找到孔教会,最后一直冲进李老李鼎元先生家。为此,大姐许同兰几乎说得嗓子眼里都哈出了血,却依然没有用。那些功成名就的前辈们没有一个不是很客气地给两位姐姐让座、沏茶。没有一个不是关心备至地询问小弟的近况。他们一致认为小弟是无辜的。但是,一到正式的公开的场合,却没有一个站出来为小弟说一句公道话。谁也不想跟这么一个"身心都已然不干净了的"孩子沾边。倒是学校方面催促小弟转学,一天比一天显得急切直露和更没有商量的余地。为了学校的声誉,他们说他们不得不如此。

父亲的左半身在一阵突发性的痉挛后,悄悄地麻痹了。

小弟大病一场后,也只得休学。而后,他突然提出要去上海学戏。学花旦或青衣。爸爸(或祖父)当然不答应他去做戏子。不愿意小弟用这种极端的举动刺激镇上那些宿老。

但小弟不肯。历来瘦弱而又文弱的他,居然冲进房间,拿起刚磨过的剪刀,就往自己的喉咙管上戳。而且真的戳了下去。如果不是两个姐姐扑救及时,后果不堪设想。她俩哭着哀求父亲放他。以后的日子里,她俩曾无数次地后悔那一瞬间的软弱。她们答应父亲,她们会尽全力来呵护这个弱小的弟弟。以后的日子里她们才知道,她俩当时居然敢做那样的保证,也是非常的幼稚非常的无知非常的莽撞。

只好放他走了。

一年后,她俩到上海去找弟弟。因为一年来他只给家里写了两封信。第一封信是刚到上海时写的。最后一封信是四五个月前写的。到上海才知道,他并没有学唱戏。十六岁的他再开蒙学戏,显然太晚。几经周折,他终于被一个唱老生的女人收留,做了她贴身的跟包。这位三十岁的老生虽说是个女流之辈,但一旦卸了装,你就能清清楚楚地看到,她上嘴唇上长着一层密密的茸须,是的确应了巾帼不让须眉这一类俗了又俗,但又千真万确的老话的。这位女老生待他很好。根本不需要什么姐姐的照顾接济。当同梅、同兰两姊妹费了九牛二虎之力,好不容易在南市一家只能容纳三几百人的小戏院子后台第一次看到分别才一年的小弟时,她们惊呆了。他泰然地坐在一只硕大的戏箱上。身边一张道具桌上放着一把紫砂茶壶。他很油光很油光地梳着那种为六浃镇上的正经人最讨厌的大背头。一件满地宝蓝隐花缎长衫得体地撩起小半截下摆,放在跷起的腿面上,就势露出里面穿着的那条白府绸扎脚管长裤和一双黑漆皮滚过直贡呢面子圆口布鞋。手里还拿着一把王星记扇庄做的大号水磨竹泥金扇面黑折扇。兼护着身边一把空椅子。空椅座里放着一件当时上海滩上最时髦的海虎绒女大衣,一只白色的缀珠银片坤包和一个特制的红漆皮机关锁化妆箱。他下意识地无所事事地开阖着手中那把大号黑扇,视而不见地睁着一双空空洞洞的眼睛。但只要有人一不留心可能碰到那把茶壶,他一定会即刻做出反应,相当紧张地伸出手去护牢茶壶。茶壶托在一个泥金漆绘木盘里,外头裹着一层薄薄的绣花丝棉套子。壶嘴里塞着一只小巧的玉坠。另有一根金链条把这个玉坠连在了壶盖上。这是专门预备来给那位疼爱他的女老生饮场用的。自是非同小可。台前的戏迷票友,天天来这里,当然是为了听戏捧角。但有的人却顺便地还要看看伺候饮场的跟包。看跟包如何端着茶壶上场,如何走出几步不紧不慢,如何递上茶壶不近不远,衣着打扮如何不媚不俗……跟包的一抬腿一转身,同样给这些戏迷票友以充分的联想和新鲜的刺激。为此,他们也会给出一个满堂彩碰头好。因此,角儿和角儿之间,既在唱念做打上别苗头,也常常在各自的跟包身上别苗头。因此,有时也舍得在挑选、训练、包装自己的跟包上下一定的功夫,花相当的本钱。

　　小弟和那位女老生的关系,好像跟其他跟包和角儿的关系还有点不太一样。好像还更深了一层。

那天,面对欣喜万分、泪流满面的两位姐姐,他用一口娴熟的京白,拿腔拿调说的第一句话却是,鬼魔子魘道,谁让您二位上这儿来的?卖炭的跟着卖冰水的,有个好吗?快请回吧。从今往后,甭再跟我费那精气神儿了。

许家姐妹从此以后绝对不进戏院。在旁人看来,那舞台上一番五彩斑斓咿呀铿锵,真是既金碧辉煌又回肠荡气,听着看着都是痴情痴意的沉湎和忘怀;而对于她俩却无一不是对弟弟痛苦回忆的刺激。是侧幕条内化妆间里种种苍白和难堪。而她俩当时面临一道更艰难的关口是,怎么把亲眼所见的这一切向父亲(或祖父)报告。如果实话实说,那肯定会要了他老人家的命。父亲(或祖父)回到六渎以后,以他的勤勉和谦和少言而博得乡里的尊敬。他起初只是在中学堂兼几节课,(他只教自然常识和数学格致一类的课。其实他的长项在国文。但他拒绝教国文。在经历了刚经历的那些事件后,他觉得自己无论怎样也无法再向幼小天真的孩子讲授什么"君君臣臣父父子子",也绝不出来应仕,不肯"敬天而事鬼"。)对镇上那些前朝或当朝隐退的达官贵人,他既不去得罪,但也绝不去巴结攀附。他要留下真诚的"自己",只做一件事,把儿子教成人,教成一个有本事有胆识能成就而强过他自己的人。也许后来一切的悲剧正发生于此。他对待儿子的确太"中国化"了。他无时无刻不把儿子置于自己的视界之内。无时无刻不为儿子做着他认为必须做的一切。他省吃俭用:为了儿子。他早起晚睡:为了儿子。他欣喜:为了儿子。他忧虑:更是为了儿子。他一天可以对儿子说一百个"不"。你不能做这不能做那。而那时儿子也许还刚满四岁或五岁。一天之内他又可以对儿子说一百个"应该"。你应该做这,应该做那。而这时儿子也许还不满五岁。他分析儿子的每一个眼神。计较儿子的每一点变化。他住房并不宽裕,他却特辟了一个单间给儿子做书房。为了儿子心无旁骛,他让两个女儿承担了儿子应做也能做的一切杂务,包括他自己生活上的琐事。他定期到无锡、苏州去为儿子购买新出的书籍。六渎镇长时间没有自己的邮政局,都是由六七里外县城关镇邮局代办。那些大户人家并不希望这儿通邮。他们间隔个三五天便派个仆人去城关取一趟邮件。如有什么急件,城关邮局也会派人专送急递。没有邮局并不影响他们跟外界的联络,却只会增加他们在这儿隐居的清趣。但对于一般居民来说,就不是这样了。特别是对许家的这位男主人,他要为儿子订阅外头最新的报章杂志。他还有众多当年的同志朋友在跟他频频通信。等待这些邮件、反复看阅这些邮件,几乎已成了他当时最后的唯一的生活期盼。但他总不能天天走六七里(划船)到城关取邮件。因为邮车不准时,有时上午去了,一直等到下午才能取到手。如果邮车半途抛锚,还有可能空着手回来。想来想去,还是得给自己的镇子争一个邮局。为了儿子,也为了自己能在这里"活得下去",他不仅争到了,而且还答应出山担任这个一共只有两个人员编制的"邮政局"局长的职务。

儿子就是这样,在父亲(或祖父)强大的阴影下长大,在姐姐无微不至的爱护下长大。一直到上中学,他晚上还是跟两个姐姐睡一床。如果没有一个姐姐搂着他的后腰,他自己又不盘曲起腿搁在另一个姐姐的腿上,这一晚上他就无法安然入睡。他在父亲需要他懂的那些领域里,他懂得比谁都多。而在不让他懂的那些方面,他又的的确确完全空白。他比谁都任性。他又比谁都柔弱、敏感。他比谁都自信,但在很多的瞬间,他又常常被一种无名的自卑困扰,特别是看着那些在他窗外来来去去可以自由自在大声叫喊大声吵闹的同龄人。他们对于他都是些陌生的熟人。好像一颗铜弹当啷当啷地弹跳着从一块玻璃板上溜过,是响亮的,却留不下任何痕迹。他们总是在他窗外。一直到遭人突然唾弃前,他都认为所有的人都像他父亲(或祖父)那样有求于他,也像他姐姐们那样挚爱着他。甚至到那个混蛋校长装着为他面批习题,搂住他,一边讲解,一边作各种贪婪的捏摸时,他还暗自以为是姐姐们平时跟他开玩笑所做的那种呵痒。只是为了尊重校长的面子,他才没有笑出来没有躲避。校长第一次气喘吁吁地对他说,我老喜欢侬的,他还真的很受感动。后来,校长就上了他的床。做出各种急促的动作。他才有些害怕。但总怕伤了校长先生的面子,不敢推拒。以至于强暴发生,那家伙像头肥猪似的从他身上滚落,他把脸深深地埋在枕头里,无声地抽泣时,脑子里涌来的第一个对策,还是父亲(或祖父)谆谆教导的:小弟啊,你无奈做了我们这种人家的儿子,这一生恐怕都得忍辱负重。只有忍得住,日后方能有出头之日。

第六部分

103

从那以后,小弟就很怕男的。很怕。有很长一段时间,没有两位姐姐在身边,他就惊惶得不能入睡。即便睡着了也会突然抽搐着惊起。这些情况,父亲都是知道的。他知道只要有两位姐姐在,小弟就安心。也安全。老人家坚持认为,因为是他的儿子(或孙子),即便无奈去了上海,最终还是会有出息的。重病中的他,正等着她们给他带回儿子(或孙子)的好消息,来证实自己始终如一的信念。在这种情况下,如果她俩向老人家如实禀报小弟的现状,那不等于在催索他的老命?

她们当然不能这样做。她们当然要报喜不报忧。她俩甚至派一个回去,当面绘声绘色"言好事"。为什么不两个一起回来?就因为要留一个在上海照顾学戏学得老忙老开心的小弟。侬晓得哦,教唱戏的那班老师,老看得起小弟的耶!他在他那些师兄弟师姐妹当中,老吃得开的耶!现在他一个月赚不少钞票,还可以供我和阿姐吃住呐!老人家果然很高兴,即刻间气色便有好转,忙说,那好,那好。你和你姐姐就留在上海,继续照顾你们的弟弟。我这里有章妈(她俩临走前替老人雇的一个老妈子),你们尽可以放心。

话,说说是容易的。但在上海真要解决两个人的吃住问题,又谈何容易。事到如今,她们已没有退路。她们也不甘心"退"。她们尤其不能扔下小弟一个人在上海这样的"阴阳界"上。她们要留在他身边,即便他不允许她们靠近,她们也要远远地看着他。也许到哪一天,他就回心转意了也说不定。她们坚信,小弟是一定会回心转意的。

可……她们自己怎么个活下去?还是要面对这个无法回避的问题。两个还不满二十岁的女孩。当然也好活,比如走进前面说过的那种"照相馆"。被领进"第二摄影室"。在目测面试合格后,通过一道很简单的"身体检查",第一次只要交纳一点数额不大的保证金,那位年轻的女老板转过身去,打开她身后墙上一只扁长的木匣子。木匣子里一排排的小铁钉上,分别挂着许多把房门钥匙。如果她取下一把来交给你(某一个小客栈的某一个小包房)。就说明,她接受你这个在上海没有自己住处的女孩了。当然你还得在一份合约上签个名画个押按个手印,办个简单的认同手续。那天她俩的确也走了进去。离开六浃镇时,她俩身上还是带了一点钱的。还能供她俩住最蹩脚的旅社、吃最简单的饭食,花个十几天。她俩想找个公司或学校,做杂务(很奇怪,她俩从没想到过去做厂或帮佣)。她们隐隐约约地记得,报名进公司,是一定要交什么"两张一寸正面免冠相片"。但她们却被领进了"第二摄影室"。女老板是文雅的,但说出来的话却让她们心惊肉跳。几分钟后,她们便无法自控地大喊大叫起来,浑身打战,冲出了这"摄影室"。她们跑到马路上。她们怕后边有人追。后边的确有人追,而且还是那个女老板。她们慌不择路,被一辆黑壳子的福特汽车刮倒,把车主吓得脸色疾白,下车刚要去搀扶起她俩时,她俩却又跳起来,慌慌地跑去。她们以为这车主和那个女老板是一伙的,是等在照相馆门口,来截她俩的。跑出一条马路裆去,她们再一次被一辆黄鱼车撞倒。并在黄鱼车车主惊吓的辱骂声中,再次翻身跳起,并第三次被一辆老式的脚踏车撞倒。这时她俩离那家照相馆已经有两三条马路裆那么远了。女老板不见了。黑壳子车也不见了。她们才定下心来,相互搀扶着,一瘸一拐地走到一个过街楼底下,相互帮着整理了一下衣饰头发,这才发现放钱的手包不见了。这才想起刚才跟女老板谈话时,手包是放在那张漂亮的写字台上的。仓皇外逃时,没顾得上拿手包。丢了手包,今天晚上真的要睡马路了。两人正在反复迟疑踌躇要不要回那照相馆去讨回手包时,那辆黑壳子福特车疾速开过来,嘎的一声停在了过街楼门口。又宽又长的老福特挡住了那又窄又小的过街楼出口。她们只有往里跑。但里头偏偏是条没有出口的死弄堂。而且只有短短的十来米长。也许是什么无线电研究所,也许是什么南音社,也许还有一幢主人常年外出不归的旧别墅,阳台上的落地钢窗钢门都已生锈。总之,所有的大门都紧闭着。研究所里有狗的吠叫。南音社里有二胡在吱嘎。但不等她俩拼命敲门叫救命,福特车的车主已疾步走近了她俩。她们一回头,却惶恐地看到他手里拎着她们的那只手包。

　　车主就是谭雪俦。女老板追出来是要交还她俩手包的。见她俩跑远,四下里一蜇摸,只有请求谭雪俦驱车办这件"善事"。谭雪俦先是犹豫了一下,再笑道,你不怕我黑吃了侬这只包?女老板说,包里一塌刮子(一共)就这么百把十来元钱,我想侬这样的人大概还不至于下作到这个地步。其实,要只为了这百把元钱,我自己也不会穷凶极恶追出来,更不会开口求侬帮这个忙。倒是有一封信,我看还是有点要紧关系的。女老板为了说服眼前这位她并不认识的"中年车主",拨拉拨拉小包里那些只属于女孩子们专用的东西,从中掏出那封信。信口是封着的。信封上写有收信人姓名:"大美晚报顾仕良先生。"这家《大美晚报》和这位顾仕良先生,当时在上海都相当有名。许家两姐妹动身来上海,父亲(或祖父)自然也是不放心,想到自己过去在上海新闻界还有一些朋友,便写了这封信让她俩带着,一旦有什么万难之处,还可上门去寻求一点救助。但姐妹俩偏偏没去。一方面是不想四处张扬自己亲弟弟的落魄,还想给自己老许家留一点面子;另一方面,她们觉得自己好像也还没落入那种万难无告之境,暂时还用不着拿它去做敲门砖,哀求他人。于是信就一直还在手包里收存着。她们当然想不到,今天会遭遇谭雪俦,也想不到这个《大美晚报》的顾仕良,居然也是谭雪俦众多熟人中的一位。更想不到的是,这几天谭雪俦正为了要不要找、怎么去找一对姐妹来做"妾",大伤着脑筋。

那段日子,谭家门里几位老太太和老老太太天天找他谈。而且拉着经易门一起来谈。谈的自然是谭家男人"五十二岁劫难"这档事。谭雪俦是相信这种说法的。他像大多数中国人一样,对那些玄学一类的东西,是宁可信其有,不可信其无。防患于未然,总要比亡羊补牢好。正因为如此,便越发让这几位身健齿灵头脑子依然相当活络的老女人谈得心烦意乱。"你们讲怎么办?一切养身的方法,我统统都用上了。一切在我这个年纪、在我这个身体状况下能吃的应吃的补药,我也统统正在吃。我已经把我每天处理账务的时间缩短到四个钟头了。我还能怎么办?我总不能把谭家所有的事体统统都推给易门一个人去做。各位前辈要有高招,请直截了当讲出来。指点迷津。"

几位老太太沉吟了一会儿,却说道:"侬不要急。我伲都是为了谭家……"

"是啊是啊。都是为了谭家。"谭雪俦长叹一声,无奈地摇了摇头。

"今朝跟侬谈这桩事体,我伲事先是跟秀官商量过的。秀官老懂事体的。她讲只要对谭家对侬雪俦有好处,她都不计较。"

老人们突然提到自己的正房筱秀官,使谭雪俦警觉起来。什么事,竟然跟秀官有瓜葛?过了一会儿,他全然明白了。原来,早在谭老老先生手上,曾找过当时一个最好的算命先生来禳解五十二岁这劫难。这个算命先生把当时能找到的谭家所有男人的生辰八字,统统找来算过,又到几处谭家的老宅看过风水,最后的结论是,谭家门内阳气太旺。冲煞天罡。求解打一卦,所得为一阳五阴之"复"卦。卦象同样在兆示,应以多多的"阴水"济抑过强的"阳金"。而且是应以五比一的比例进行"配伍"。《周易参同契》上对这一阳五阴的复卦,说得非常清楚:"朔旦为复,阳气始通,出入无疾。立表微刚。黄钟建子。兆乃滋彰。播施柔暖。黎蒸得常。"前程是非常美好的。黎蒸得常啊。是以,老老先生和老先生分别都娶了五

木凸

房妻室。但他们为什么仍没有能避开了"五十二岁"这一劫难？老太太们进一步会诊的结果是，五阴还得加强。加强的趋向不是突破"复卦"所指示的"五阴"，而是在五阴内想点办法。研究下来，她们中的某一位突然想到应娶一对"姐妹花"。所谓"姐妹连心，二阴胜似三阴"啊。立即获得一致附议，并决定马上加以实施。

谭雪俦本人对女色原就不是那么感兴趣。在娶了秀官之后，勉强了又勉强，才再娶了那位二姨太。今天居然还要他连着娶两个，而且还得是一对姐妹。不仅叫他哭笑不得，而且也让他觉得荒谬之至、无聊之至。表面上他当然不能公然惹得这些"妈妈"和"阿婆"们不高兴。但背后跟经易门议论这件事，就少不了许多的怨恨。还是经易门劝他，小不忍则大乱。小不谋则大残。老人们毕竟还是为了谭家、为了侬着想。侬就让了这一步吧。"等娶进门来，就随便侬了嘛。侬要愿意理睬这两位新人，就去理睬理睬。不愿意，谁还能强迫侬进她们的房间？而且，娶一对姐妹花，恐怕也是一桩蛮有意思的事喔！我想，慢慢叫（过些时日）侬大概会感兴趣的。"说着，经易门还神秘兮兮地一笑。

"可哪里去找这么一对姐妹，愿意一道嫁到侬谭家门里来做小？！"谭雪俦还是皱起眉头，担忧。却没料想，踏破铁鞋无觅处，得来却真的全不费工夫。

跟许家两姐妹说合此事的重任，自然落在了经易门头上。"诡计多端"的他先让他夫人赵忆萱出面，把这两姐妹领到自己家安顿下。让平和朴实的忆萱来做"帮凶"，这一点恰恰是全盘成功的关键一招。忆萱是真正为她俩的今后着急。而恰是她的这点真诚完全打消了这一对小姐妹所有的和应有的戒备。经易门自己还不时地带她们去"参观"谭家花园。接近谭雪俦本人和老太太们。在种种的演习中，让她们熟悉谭家，以谭家花园里的富足、舒适、亲近和磊磊大方，渐渐消减她们自尊心中对做小的"鄙视和恐惧"。最后的谈话，当然是经易门亲自去做的。"谭先生喜欢你们，想留你们下来做谭家人。他怕这种提议会让你们觉得是一种伤害，所以让我先来探问一下。你们不必马上作答复。等你们觉得可以答复了,再答复。如果两位觉得这是一种伤害,谭先生让我在这里向两位预表歉意。他绝没有别的意思,只是一种喜欢、挚爱。两位要是真的不愿留在谭家,谭先生表示可以在你们所看中的任何一家谭家企业里为你们安排一个职位。当然,究竟是留在谭家当夫人,还是到谭家的某一个厂家店铺去做工人,这里,我想不用我讲,你们自己也能分辨得出是有天壤之别的。走出这一步,或者是天上,或者是地下……我等候两位的最后决定。"

两姐妹整整失眠了一个晚上,依然无所适从。如果不是在谭家经家住了这么一段日子,看到了这么一种为她们从未见过的富贵雍容,她们一定会断然拒绝。如果她们一进谭家门就看到了外界传说的"小老婆"受鄙视冷漠,那她们也一定会断然拒绝。但这一切都没发生。"小老婆"渐渐变成了一个只在抽象的理性的层面上存在的贬义词。而具体地在冲击她们的,却只是一种她们从未经历过的生存享受(这和周存伯初进将之楚楼所得到的感觉几乎是一样的)。是久久为她们向往的那种从容、雍容。

"无忧无愁""自在自得"……最后帮她们下决心的,还是赵忆萱。她走进两姐妹的房间,看着她们"一夜憔悴"的模样,怜爱地一手搂着一个,说:"别为难了。留下吧。不管出什么事,有我有经先生呐。"就是这一句话,定了她俩的终生。

当然,她俩还是"顽抗"了一下。因为她们怎么也不能接受这种场面,姐妹俩同时"伺候"一个男人。于是提出,只嫁一个。留一个只做"伴娘"。这提议被很委婉,但却也是很坚决地否定了。并立即被告知,所有的老太太都发了话,要么全留,要么全不留。在享受了这一切后,到这时再谈全不留,她们本人似乎也产生了极大的动摇。也许正是看出了她们的这种"软弱"和"动摇",经易门才假借"老太太们"的嘴,发出了"要么……要么……"式的最后通牒。两天后,看她们还在犹豫,经易门毫不客气地对她俩说,二位不必为难了,谭先生已经让恒达纱厂的经理为你们腾两个挡车工的位置出来,包括在小姐妹宿舍里再腾两只床位。明朝一早搬过去也可以。空气似乎一下冻结了。姐姐同兰站起来想说,搬就搬!

木凸

245

但妹妹同梅却忙上前拦住了姐姐,对经总管说,让我伲再想一想,明朝一早一定给侬最后的回音。

这一夜,最后的方案仍是赵忆萱帮着制定的:两姐妹一道嫁,但真正跟谭雪俦同床做夫妻的只是一个。并要谭先生严格保证另一个不受任何"玷污""侵犯"。还有一点也必须谈妥,那就是在两三年内不向外宣布"姐妹同嫁"这件事。这样的消息传到六渎镇,也会要了父亲(或祖父)的老命。

"喂喂喂。侬这算啥名堂,出这种馊点子?!"经易门瞪大了眼睛问。

"你们也要替小姐妹俩想想。她们也是好人家出身。也要面子。等乡下的老人走了,等她们自己心境平静下来,也过习惯了,到那时候再讲嘛。反正人总归在侬谭家门里!"忆萱解释道。

"好了好了。就这样吧。还是先摆平老太太那头顶重要。"谭雪俦倒一口答应了。他心里想的只是老太太和老老太太。

至于,到底谁真嫁、真跟谭先生同床做夫妻,由姐妹俩自己去商定。她俩商量的结果是,妹妹真嫁。

"还是侬去做真的⋯⋯"妹妹红起脸推让了一下。心却在怦怦地乱跳。

"侬做真的。"姐姐苍白了脸,缓缓地说道。她说得坚决。

"阿姐⋯⋯"妹妹感激地哭了。

"哭啥?这样的结局不是蛮好嘛。"姐姐强作微笑,伸出手去轻轻捋了一下妹妹的头。而后,自己也转过身去哭了。

不久,在人们的印象里,她俩的颧骨好像都比过去高出了一大块。从此以后,她俩在家总是穿着同样的粉底团花大襟褂子,同样的宽脚管黑印度绸裤子,同样的绣花鞋。出门,总是穿同样的旗袍同样的尖头漆皮皮鞋,甚至用同样的手绢,戴同样花饰的手镯。(她们俩还同样地喜欢戴脚镯子。而且只戴一只脚。都喜欢戴在左脚脚腕上。)坐同一部三轮车同一部黄包车;要是喊出租车,她们会钻进同一部出租车的同一排座位上。(她们从来不坐谭家的自备小汽车。这里的名堂,以后会给大家解释清楚的。)好像唯恐天下人不晓得她两个是姐妹似的,弄得谭家门里的人真有点哭笑不得。但除开这一点,她们可说是一对"模范姨太太"。比如,她们从来不以主子的身份,对用人吆五喝六。(后来才得知,实际上她们对用人的控制比谁都严。比如,她们特别忌讳身边的用人讲"乡下人"怎么怎么样。她们觉得,这绝对是在影射她们俩。故而但凡有人这样讲,只要传到她俩耳朵里,这个人肯定要被她俩敲掉饭碗头。)又比如,她们从来不挑剔吃喝。厨房间里做啥,她们吃啥。吃啥也不讲好坏。(后来才晓得,她们早就笼络好了大小厨房的红白案师傅。下米起油锅前,这些师傅就已经想到怎么按她俩的口味去做这顿饭,用不着她们饭后再去横挑鼻子竖挑眼。)再比如,谭家人从来也没有听到她俩计较月份钱多少。按常规,姨太太们在一道,嘀嘀咕咕的,总不外是牌桌上的输赢、男人的偏心,衣裳料子的好坏、小囡没有良心,等等等等。到最后不管是谁总归还要埋怨几句的,就是手头实在太紧——月份钱太少。她俩不。非但不埋怨,花起钱来还特别上路。比如说,搓麻将推牌九掷骰子,输得起。输多少,从来当场兑清。输多少也不跟别人红面孔。这一点最让大家看重。觉得她俩身上真有那么一点弱女子丝毫不让须眉的豪气(当然别人不晓得,她俩进谭家门的第二年,就用积下来的私房钱,打发身边的梳头娘姨出去,偷偷地在老北门旧仓街上开了一家单开间门面的南货店。店虽然不大,但每月多多少少总有些进账。比起那些只晓得靠那一点死板板的月份子钱过日子的姨太太姑奶奶们,她们俩的手头自然要宽裕得多、心里也要笃泰得多了)。但这两位最让谭家门里的人看重的,还是这么些年来,从她们两个身上从来没有传出过一丁点或大或小的绯闻。不捧男戏子,不勾男刀笔,不赴军政警商各界的家宴(即便由谭先生陪着,也不去),当然更不会偷偷地约一些小报的男记者去百乐门舞厅或维多利亚咖啡馆见面、拍照、吃夜宵；或者一面在桌子底下心慌耳热地偷偷做点脚踏脚、腿碰腿的小把戏，一面客客气气地互留电话号码、家庭地址。更难得的是，在谭先生面前也不会跟其他几位太太和姨太太争风吃醋。她们总是谦让，能让一步时，决不只让半步。大家都这么说，有了她们俩，谭家门里真是少生了多少气，少搞了多少名堂精啊。好。实在是太好了。年纪轻轻，就能有这样一份修养这样一种道行，实在是太难得了。

  要知道，要让一个女人真正在谭雪俦身边安心下来做人，并不是一件很容易的事。前面已讲过，谭雪俦这人本来就不重女色，在得知谭家的男人可能活不过五十二岁以后，他就再没有跟自己的太太和姨太太同过房了。他有一种本能的反感：不想再为谭家制造一批活不过五十二岁的"小男人"。同时，有一批做中医的道士，或做道士的中医劝说他，现在对于他，重要的是清心节欲，借此养元健体，来让自己闯过五十二岁这一道关去。他这么做，对于大太太筱尚香和二太太"老枪"，倒还不算是一件太难接受的事。一方面，她俩的年纪、身份、地位、阅历决定了她俩对这个家和谭先生要生就一种非同一般的使命感和责任感。在这种使命感和责任感的促进下，不管让她俩去承受什么，只要是能让这个家、让谭先生好，她俩都会自觉接受。更何况同房不同房这种事，对于中国女人，历来都是既不能公开讲出口，也是不能和不必计较的"丑事""下作的事"。（二太太比谭先生大三四岁。所以大家在背后都叫她"老枪"。至于谭先生为什么在娶了一个比自己小十来岁的大太太之后，又要去娶一个比自己大好几岁的人做二房，这里的奥妙，恐怕只有去请教谭先生自己了。）另一方面很重要，这两位跟谭先生都生过孩子，不管再发生什么（只要不失去在谭家的身份和地位），孩子总能给她们最后的寄托、慰藉和遐想。但这件事对于许家两姐妹来说，可就太难了。她俩正值青春年少。谭家一些知情的老差使娘姨甚至私下里嘀咕，可怜啊，这对姐妹可能到现在还没有破过"瓜"，还没有真正尝到过男人的味道哩。这种闲话的可信程度到底怎么样，没法核实。（这一点，起码对同兰是确实的。因为她当初选择的就是"不同房的假夫妻"。）但不管可信与否，许家两姐妹至今没生过孩子，这一点是确实的,有目共睹的。

真正是太为难她俩了。凭什么要她们承受这种为难?!

于是都来赞誉。

但没有一个人猜得到,就在这蜂拥鹊起的赞誉声中,两姐妹却一直在极其沉稳地做着一件事:那就是等待。等待机会。她们早就从她们的知心好朋友赵忆萱嘴里得知,谭家的男人都活不过五十二岁。

105

那天黄克莹猜到约她到梅家大宅来见面的只是许同兰自己。虽然,头一天在电话里,同兰讲的是她们姐妹俩要见她,但她还是预感到了。

有这种预感,已经不是一天两天了。她搬新居后,前去探望最频繁的便是这位三姨太许同兰。她跟她妹妹不一样。那位四姨太一来,整个房间里只听见她一个人的声音。"谭宗三……谭雪俦……谭雪俦……谭宗三……"许同兰却从来不提谭宗三谭雪俦。就是要提,也看得出是不得不提。她对谭氏集团新权力中心豫丰别墅里正在发生些什么、将要发生些什么、已经发生了什么的兴趣,远没有她妹妹来得大。或者说,一到黄克莹面前,她的确不想再涉及那一票杂事。她让黄克莹感到(也许不是故意的),她来,真正只是为了看望她;甚至是想来取悦于她(刚发现这一点时,黄克莹还好大地不自在。后来又发觉,她的确是真心想取悦她,看到她很开心时,她也非常开心,她才慢慢习惯了这一点。既觉得有趣,又隐隐地觉出一番别样的温馨)。黄克莹实质上跟许同梅是同一类女人,属于倾诉型的。她们总想说,定期的或不定期的,总需要一个贴心的倾诉对象,男的或女的都行。许同兰却属于倾听一类的。她要听别人娓娓地向她倾诉。比如她就特别喜欢听黄克莹说。不管克莹怎么说,说些什么,许同兰从来都不打断她。总是听得那么投入那么合拍。不甘寂寞的黄克莹从来还没有得到过这么好的一个倾诉对象。(谭宗三也能算一个。但那属于另一类。）她常常在心里挺感激这位好心的三姨太。

　　许同兰当天穿了一双很好看的绣花布鞋，不是常见的那种西绫绸面子，而是粗布的，蓝粗布的。好出奇的配置。沿鞋帮绣了一圈浅粉色的桐花。那是初春时分，在江南无数种阔叶树中，它属开花最早的一种。黄克莹对许同兰说过，她喜欢这种肥厚硕大而又饱满雅致的花。真的很喜欢。在那些个很普通很普通的墙篱笆里，在那些很低矮很低矮的屋檐前面，它高高地用它光滑的近似浅灰的枝干挑起一片骚动，张扬一点欲求，沉积几许喟叹般的随和。在所有那些凋零萎落了的树叶都还未曾再度萌动时，它便长出了浅紫的花苞，硕大的笔头形慢慢张开。不等你在寒战中有所觉察，猛一抬头，它已一一地敞开在那样一片灰色黯淡的天空之下。绝对地尽兴尽致。她常常走出好远，还要回过头来看它们几眼。还有一种喜欢，她没能告诉她。不是不肯说，而是不好意思说。一种说不清的窘迫生涩，让她把每每已到了嘴边的话，又瑟瑟地咽了下去——她喜欢抚摸它那花瓣的肥厚滑润。在盛桥，春日的傍晚，她总是跟它们一起度过。只有她常常把自己关在屋里，身边堆着许多这样的花瓣。硕大的，肥厚的，滑润的。她把它们洗得很干净很干净，而后久久地久久地摸搓、揉捏，两只手一起用力。有时摸得她自己都浑身冒汗，而后，迫不及待地把它们一起搂到怀里，紧紧的……紧紧的……捏着……抱着……很累，很累，但却又很舒服很舒服。深深地闻吸……闻吸……

　　每到桐花开，忍不住她便要走拢来。

　　有心的许同兰却特地为她把它们绣在了鞋帮上。

　　给我的吗？她的心一热。

　　"坐……"

　　"你也坐嘛。"

　　不知道为什么，今天这二位突然显得生分起来，拘谨起来。

　　"银行界的几位太太约同梅出去吃早茶，大概是有啥事体要谈。她……过一息才能来……"明知自己在说谎，便只好低下头，端起面前那一小碗泡着青橄榄的香片茶,以掩饰实在是难以掩饰的赧颜。黄克莹默默地笑了笑,也端起自己面前那一小碗泡着青橄榄的香片茶。

她喜欢看许同兰不惯撒谎时的情不自禁地流露出那副慌张样。

她呢,喜欢黄克莹此时此刻的平静宽容,喜欢她唇边那缕淡淡的微笑。这是一种男人气十足的微笑,却浮现在她那女人味十足的唇角上。

依旧是静默。

今天是怎么了?

"我叫侬看一样西洋景。"

许同兰好像是要摆脱此刻在两个人中间莫名其妙出现的这种窘迫,便拉着黄克莹匆匆往后花园走去。

梅家大宅原来是前清末年上海西区一个姓楼的粪霸送给他六姨太的三十大寿礼物。辛亥首义后,产权转移到上海都督陈其美的一位爱将手里。这位将军当然不会携家带眷住到梅家弄这样的下只角里来。(他在法租界英租界明里暗里拥有好几幢花园洋房。)就把这座中式大宅院赐给了他孩提时的一个蒙师。这位清贫一生兼营石灰砖坯小生意的私塾先生得着革命的这点好处,激动得一刻不停地抖了好多天。连服犀角地黄汤礞石祛痰丸贝母瓜蒌散镇肝熄风丹阿胶金锁固精膏,请宋公看魂,仙妈送祟,都没能止得住,以后就一直留下了这个抖抖病。所以有人说,革命的种种好处,有的是可以随便得的,有的是不能随便得的。这位塾师的儿子在顺达电机厂当技师,等老头子一咽气,做完头七,就辞掉了厂里的生活,卖掉大宅,另外去顶了一幢新式弄堂房子,搬过去,隐姓埋名,专做中长期股票。

没有人知道大宅的新主人到底姓甚名谁。据说在签买房契时,新主人提出的唯一要求,就是必须为其严格保守秘密。很多年过去了,只见大宅的黑木门静关着。墙篱笆里头的大树黄了又绿,绿了又黄。突然有一天,许家姐妹(这时她俩刚嫁进谭家门)接到一封双挂号信函。信封里放着的就是这幢大宅的房契。另外还附了一张黄表纸纸条。纸条上写了一行相当有骨力的毛笔字:"请收下这点本来就应该归你们所有的东西。好好活下去。"

奇怪。太奇怪了。真是太奇怪了。

……

她俩偷偷地四处到有关部局核验,证实房契是真的,有效的。惊喜之余,却又惶惶不安。她俩一遍又一遍地捉摸着那张黄表纸上的那行毛笔字。猜不透这后头到底又隐藏着一个什么样的故事。

许家姐妹当然不敢就此堂而皇之地以房主自居,更不敢公然出面去对它行使房主种种应有之权利。她俩把着这张房契,秘而不宣地过了一些年,只是过一段时间,去梅家弄绕着大宅转一圈。总不相信自己这么个弱女子竟然会成了这么一幢大房子的主人,眼圈红红地感慨唏嘘之余,再驱车去玉佛寺,烧一炷高香,求佛保佑那个寄房契的好心人。许同梅说,他要还不到五十岁,我就嫁给他,哪怕做他垫房小老婆,也心甘情愿。许同兰说,不要瞎三话四,侬已经是谭家的人了。许同梅眼圈一红说,那我就去求谭先生休了我,让我去报答这种好良心的男人。许同兰说,侬又哪能晓得他一定是个男人呢?许同梅吃惊地露出满嘴细巧的白牙反问道,不是男人,他做啥要对我伲姐妹俩嘎(这么)好?

许同兰不再吱声。雨潇潇地滴打在西窗上,滴打在碌砖地坪上,总有几分疏远,总有几分无奈。是的。她在菩萨面前低下头,心里却只相信这个好心人是个女人,也只希望"他"是个女人。

许同兰拉着黄克莹转过回廊,没有进后院,却一扭头出了垂花门(有的地方也叫它"屏门"),向东小院走去。说是东小院,其实只有两小间平房。一小块地坪。两棵并不粗的黄楝树,高高地伸出墙头。一地玉春棒,碧绿生青。斑驳的石墙上攀满一种叫作蜀锦藤的枝条,此时因为秋风扫过,也都"只看黄叶满橱书"了。

许同兰把黄克莹安顿在西首一间房间里,替她放下窗帘,关照了一声:"等一息,不管看到啥,侬都不要响。"就匆匆走了。

过了几分钟,黄克莹正处在种种猜测和疑惑中,把心头的那点不安凝聚成一种极度的不耐烦时,那边垂花门门洞处终于传来了脚步声说话声。一男一女。女的自然还是许同兰,那男的竟然是经易门。

怎么会是他?黄克莹不觉愕然。

他俩进了隔壁那间房间。

两个房间之间本来就有一道门相通。这道门的上半部镶有一小块玻璃窗格。窗格上虽然拉了一块白布帘子,但黄克莹还是可以很方便地从帘缝中看清楚隔壁的动静,同时也可以一点不费劲地听到发自隔壁的声音。

但好长一段时间,隔壁都没有动静。也没再来别人。黄克莹觉得无聊了,假如只是许同兰跟经易门这两个在大小事情上都一本正经的人,有啥"西洋景"好看?

忽然间,她的心怦怦乱跳起来:该不会是这位刚死了夫人的经先生想在同兰身上动啥歪脑筋,占啥便宜?

不。不会。黄克莹忙否定了自己这种"无耻"的猜测。过去,黄克莹特别讨厌,也特别惧怕这个长得又难看、偏偏还什么都要管,什么都在管、也的确把谭家的什么都管住了的"大管家"。她恨他。她总觉得,不是他在暗中搅弄阻拦,谭宗三绝不至于只敢亲她的鞋子,连她的房门都不敢跨进一步。但这一段日子多次的接触,使她看到了他身上那种在别的男人身上所少有的认真,少有的勤谨,少有的言必信,行必果,少有的忠诚(即便遭到谭宗三那样不公正的对待,夫人又因此而自尽以后,他还那么样子处心积虑地在为谭家着想),以及少有的刻苦,少有的勇往直前一意孤行……所有这一切,在黄克莹眼里便构成了一种特别的"威严",特别的吸附力。

黄克莹向来认为,上帝造出男人,就是为了要他们到这世界上来做事的。他们必须具备那种让女人感到威严的品性(当然又得知道怎么去心疼女人)。男人之所以是男人,绝不是因为他们能够站着撒尿。对于所有那些既站着,却又不肯吃苦做事,还白担着一份"大老爷们"荣耀的人,她一直想对他们大叫一声,嗨,老老实实给我蹲下吧。或者说,让开,看我怎么站着!

这个经易门最近频频约她见面。这种见面,很少超过二十分钟。找个很偏僻的咖啡馆,茶馆店,酒楼。一个不那么干净却很背静的包厢,雅座,里间。在他夫人出事以前,跟她见面连寒暄都没有,开门见山就谈正题。夫人出事以后,他显得有些气闷,阴郁;谈完后,他总要再默坐一会儿,寒暄一句或两句。但也只此而已。而后马上掏出支票簿付酬金;最多再客气一句:"还想吃点啥哦?"就走人。只有一次,也是在夫人出事以后,谈完了,也付过酬金了,支票簿已经收回到皮包里去了,他却久久不离座,也久久不说那句客气话,只是在手里抚弄着那支签发支票的派克金笔,不作声。对这种场面老有经验的黄克莹以为这位仁兄是想请她下一次馆子,解解心头闷,一时又不好意思开口,便微笑着主动提了个醒:"怎么了,还有别的安排?"没料想,这一提醒,他反而有点紧张,忙收起金笔,慌慌地反问黄克莹:"耽搁侬辰光了? 对不起对不起。请侬先走一步。我想再吃杯茶,坐一息息……"

她只得先走了。老实说,那天她走得还真有点失望。

这样一个平时为人做事已经认真到刻板的人,对黄克莹这样一个谭家门外的女人,都不敢动一根小指头,很难想象还会对谭家门里的姨太太有啥非分之想非分之举?

不可能。

果不其然,在很长一段时间内,隔壁一点声音都没有。那样一种死寂,让黄克莹透不过气。她提起脚跟,悄悄凑到帘缝跟前看了看,只见他们两人隔着一张八仙桌,相对闷坐着。许同兰脸上淡淡地游动着一丝莫测高深的微笑,有恃无恐地看着经易门。那位经先生呢,就像是一个偷吃了冷饭团的小孩,低头坐在自家"老娘"面前。

黄克莹简直不敢相信自己的眼睛:这是那位她熟悉的经先生? 那件深藏青颜色的冲泰西缎夹袍子哪里去了,为什么要换上这样一件半新不旧、皱皱巴巴的葛布长衫？那双喜喜底的小方头蓝云黑牛皮皮鞋哪里去了，为什么要换上这样一双半新不旧、手纳千层底黑布圆口布鞋？穿在长衫里头的那条烟色派立斯西服裤哪里去了，为什么要换上这样一条中式粗洋纱黑布裤？他那个出门从来不离手的公文皮包哪儿去了，还有那支经常用来给她开支票的派克金笔呢，为什么要换了这样一支国产黑粗杆的关勒铭钢笔，还要像一个小学教员似的把它插在长衫衣襟上？只有一件还是老样，那就是那块白手绢。第一次看见这么个既刻板又生硬的黑瘦男人，手里老攥着这么一小块白手绢，她暗自窃笑过，但也为他居然能有这样的癖好，而感到意外。他常常下意识地整理这方白手绢。总让它保持应有的平整。整理手绢时，他总是那样的专心，脸部的表情显得特别温和，手里的动作，以至周身的每一个关节都会显出一种少有的谐调柔媚。

黄克莹的意外，当然只能说明她对经易门还缺乏全面深刻的了解。经易门在谭家人面前从来都不穿绸缎绫罗呢绒。他一家人在这一方面都非常讲究。也就是说，他在必须十分尊敬的人面前和可以向对方表示一种傲视或平视的人面前，穿着是绝对不一样的。经易门从小就受这样的训育，不能随意对待这样的细节，必须要有区别。他被告知，在一个好管家眼里，没有一件事是小事。即便是真正的小事，你也得把它当作大事来做。

但这时，他却紧紧地把那块白手帕捏在手心里，脸色灰白青黄，整个拱起的背部都在发出一种无法自禁的战栗。两眼微闭。鼻尖上冒着点点滴滴虚汗。

天哪，那个"威严""自信""刻板"的经易门到哪里去了？！！

"听说侬今朝约了黄克莹。为啥又来寻我？"许同兰开口了。

"……"经易门只是慢慢地摇了摇头，好像有许多的难言之隐，没有作声。

"听说在今朝寻到我这里之前，侬已经寻过谭家门里不少人了？"

"……"经易门不置可否。

"侬已经不是谭家管事房的主事人了。侬这样瞎起劲,做啥?"

经易门犹豫了一下,突然抬起头问道:"三姨太怎么会晓得我经某人这么多事体?"

"这,侬就不要管了。"许同兰嫣然一笑。

"是黄克莹讲把侬听的?"他突然问。

"我告诉侬,不要追问!"

"三姨太,谭家现在已经到了半步都不能再走错的要紧关头……"

"这跟侬有啥关系?"

"我经家三代人是吃谭家的饭长大的……"

"但侬这样管,叫我伲不开心!"

"要管好一个家,当然不可能让所有的人都开心……"

"侬倒还蛮有理由?!侬现在已经不是谭家的管家了。侬现在连豫丰别墅的门都进不去!"

"豫丰?嘿嘿……"他突然冷笑了两声。

"'豫丰'又哪能(怎么样)了?"许同兰问。

"'豫丰'蛮好……'豫丰'蛮好嘛。"滑头的经易门也觉出自己不该说漏了嘴,忙又设法圆回来。

"喂喂喂,'豫丰'到底哪能了?讲话怎么只讲半句的啦?!"

"三姨太,请侬相信我经某人。经某人从来不做不应该由他来做的事体。他今朝居然狗胆包天,寻到侬三姨太头上来谈一点事,要惹侬一点不开心。就肯定不是他自己的意思……"

"啥人的意思?谭宗三的?谭雪俦的?"许同兰穷追不放。忽然间,她好像想起了什么似的,一下站起来叫了一声,"喔,我晓得了,是老太太老老太太们在背后寻过侬了。是她们叫侬又来管这个家了,是哦?侬讲呀?"

经易门却迸住劲,再不肯作半点正面的回答。

"肯定是这帮老太太……没有别人……"

"请侬不要瞎猜。没有人讲过是老太太们叫我来寻侬的。"

"好了好了。不要把我当三岁小囡了！不是老太太、不是谭雪俦，谅侬经易门自己也没有这副胆量！"

"这几天我想帮三姨太把你们在老北门大南门小东门做的每一笔生意仔细整理一遍。"

"要侬整理啥？我做的生意跟侬有啥关系？跟谭家有啥关系？"

"三姨太，侬这个话讲得就有点过头了。怎么好讲跟谭家没有关系？连侬人都是谭家的……"

"放屁！我人是谭家的？侬去问问谭雪俦，我是不是他的？！"

"这能怪谭先生吗？这桩事体别人不晓得，我还不晓得？当初是侬自己提出不跟他同房的，现在再来怪别人，这个样子，不大好吧？再说，后来侬跟谭先生是不是真的一次都没同过房，这个话恐怕也不大好讲……"

"侬看见我跟姓谭的同房了？侬看见了？看见了？"许同兰大红起脸步步进逼过去。

"三姨太，谭先生和老太太们让我转告侬一句话，他们完全能够体谅侬和四姨太的一番苦心。你们所做的这一切，都是为了你们的那个宝贝阿弟……"

"我阿弟又怎么了？他活得老好的。要我为他啥？"许同兰急吼吼地打断经易门的话，又同样急吼吼地掩饰。

"这几天，我派人去调查过侬这位宝贝阿弟的情况。他欠的那一屁股赌债和大烟债，恐怕不是侬和四姨太这几爿小店小厂能够负担得起的。谭先生和老太太们都不希望你们两位卷进这桩事体，又陷得太深。特别在谭家目前这个情况下，更不能授人以柄。无论如何先要顾牢谭家，其他事体将来都有办法解决。假使你们两位在这个关键时刻不懂事，犟头倔脑死不回头，老太太讲，侬这位阿弟就不要想再出巡捕房门了！"

"我阿弟怎么了？你们把我阿弟怎么了？"许同兰紧接住八仙桌的台面，叫道。

"侬阿弟怎么了，侬还不清楚？！"经易门突然变得非常强硬。这真叫在现场的许同兰、叫隔壁的黄克莹都大吃了一惊。许同兰知道黄克莹最近跟经易门多有来往,但她不愿黄克莹跟他多有来往,今天才特地安排了让黄克莹来看看经易门在她们谭家人面前会是一副什么样的"吃相"(模样),来打消黄克莹可能对这位经易门产生的好感。她的确怕黄克莹对经易门产生好感。她知道,几乎所有的女人都会对这种握有实权(或曾经握过实权),又特别会做事,又的确做成功一两件所谓"大事"的男人产生一种特别的依赖感。她得知,经易门最近常找黄克莹。她很紧张。她不能让这一对鳏夫寡女再往近密处走。不能。不能。她受不了。如果说早一些日子,她看到听到他俩常往一起去,还能让自己保持淡然的随和,这一段,她已经做不到这一点了。只要一听别人在议论黄克莹和经易门,她就得赶快走开。否则,她就会喊叫起来。她会手足无措。她就要淌虚汗。她就要恨自己,恨周围所有的人。这些人从来也没有来帮过她一把。她一直在躲开他们。她必须还得对他们微笑。她没法让自己像其他那些心里不痛快的姨太太那样,把自己的不痛快统统放在脸上,去跟谭家人闹腾。她也没法让自己像许同梅那样一心沉浸在生意经里去寻找另外一种快感,以此替代了身心的痛苦。她做不到。她唯有对他们微笑。她知道所有的人都喜欢女人恬静。希望她们都能像一块傍晚时分晾在闷热的无风的阳台上的旧床单。但是,任何时候都保持恬静,容易吗?对任何人都做出得体的微笑,容易吗?而偏偏出乎她意料的是,今天经易门突然表现出从未有过的"强硬"。

这时,屏息静气、完全被隔壁这场想象不到的争吵深深吸引住的黄克莹不留心碰响了一个什么东西。声音传到经易门耳朵里。多疑的他警觉地一怔,马上不说话了,疑惑地看看许同兰,又疑惑地看看传来杂声的那个隔壁房间,再冲到那扇隔扇门前,透过门上那一小方玻璃窗朝那边张了张,不知他看到了什么。也许什么也没看到。(黄克莹已躲闪开去。)但他还是站在那里犹豫了好大一会儿,然后拿起摆放在桌上的那块白手帕,居然一声不响地就这么别转身子,走了。

"这家伙今天有点不大对头。他想做啥?"黄克莹问。

"我也不晓得……"许同兰疲惫地说道。

"我去寻寻他。"黄克莹说着也要走。

"侬去寻他做啥?"许同兰一听黄克莹也想走,马上显得非常失望,一时间心里堵得都不知该再说些什么了,怔怔地看着黄克莹,好像受了许多的委屈,又有许多的迷惑似的。此刻她不仅显得疲惫,而且刚才在经易门面前曾有过的矜持自得、从容深沉,都消失得无影无踪。秀气的鹅蛋脸失去了往日的圆朗,刚才就应有的内疚,此时却伴随病态的苍白,一下流露得那么强烈。一分钟前的这位三姨太,在一分钟后好像完全换了一个人。

黄克莹呆住了。有时她真弄不懂这些有福气常年住在深宅大院里的人,为什么总要莫名其妙地做出一些一般人都不会做的傻事。

"不要走……不要去找姓经的。不要去。"

许同兰微红起脸,稍有些发胖的身子疲软地依靠在门边的高脚花几旁,索索地战栗着。

"我看他有点怀疑我……"

"侬还怕他怀疑?"

"不是怕不怕。总归应该问问清楚……"

最近一段,黄克莹也明显感到经易门身上发生了一种莫名其妙的变化。这种变化,绝对不是用"他又起劲了"这种话讲得清楚的。前天的一次见面,他相当明确地告诉黄克莹,今后不要再跟谭宗三来往了。当时真叫黄克莹一个愕愣。愕愣之后,她一个本能的反应便是强硬地回了他一句:"侬哪能(怎么)样样都要管的啦?"经易门默默笑了一笑后,同样很不客气地回了一句:"请侬不要忘记,我可是付过钞票的。"这句话相当不给面子。黄克莹真有点受不了,马上站起来应道:"请侬也不要忘性太大。侬给的那些钞票,是叫我去接近谭宗三。""听此言来,黄小姐的意思,好像是我应该另付一笔钞票才能请侬疏远谭宗三? 这个,好办好办。"说着,他欠欠身,就要往外掏支票簿。黄克莹却冷笑了一下说道:"对不起,本小姐不是侬经家的一只算盘珠。侬想哪能(怎么)拨就哪能(怎么)拨。侬姓经的钞票再多,我现在不想奉陪了。可以哦?"黄克莹一怒之下,匆匆拿起自己的手包和夹呢大衣,就离开了那个咖啡店。出了门,她又后悔。回上海这么长一段时间,自己应该弄得灵清,这些人在她面前一会儿天上,一会儿又地下;一会儿唱红脸,一会儿又唱白脸,其本意全不在于她。而在谭宗三。一定是这一向以来,谭宗三跟谭家门里某些"实力"派大人物之间,发生了什么很不愉快的事。这些"大人物"决定"收拾"谭宗三,暗中跟经易门做了什么交代、安排。心眼里没有那么多疙疙瘩瘩东西的谭宗三,也许还不一定清楚局面已经恶化。在这种情况下,自己为什么不趁机探问探问,摸摸底,也好及早提醒谭宗三。而这一段,谭宗三对她也是越来越冷淡,搞得她也是莫名其妙,无所适从。真不知怎么办才好。这种近似撕心裂肺的忐忑、惶然、不着边际、没着没落,在她从来的一生中,真的还很少出现。所以,当昨天经易门意外地又来约她时,她答应得非常痛快。却又没想到让三姨太搅了这一把,安排了这样一个真戏假唱的场面,不仅没有真正见上他,得到任何一点有用的情报,还让他带着不该有的怀疑,匆匆离去。假如不赶紧去找到他,做一点必要的解释和弥补,以后恐怕就很难再接近他。于是她决意要去找经易门。这样做,可能会让眼前这位三姨太感到非常伤心,那也顾不了那么多了。但出门时,她还是拉着许同兰冰凉的手,特地地安慰了一句:侬就在这里安安心心等着我。时间不管再晚,我一定会回来的。

106

将近傍晚时分,身心都十分疲惫的黄克莹真的又回来了。只是她没能找见经易门。

107

"见到经大人了?"三姨太闷闷不乐,见黄克莹进门,只是稍稍欠了欠身,脸上却还是一副尴尬相。开口的第一句话里,就免不了浸出许多"老陈醋"的酸味。

"没有……"依然还在懊丧中的黄克莹尽量克制着自己的懊丧。

"不要客气哉。两个人开开心心谈到现在,还跟我讲什么'没找到'。"三姨太嘿嘿地冷笑了一下。

"没有找到就没有找到。我瞒侬啥?有必要瞒侬哦?!"黄克莹突然叫喊起来,把这一个时期积累的怨愤不安,都一下发泄了出来。这突如其来的失控,吓坏了她自己,也吓坏了三姨太。

"哪能(怎么)了?我做过啥对不起侬的事体,要受侬这样的气?"三姨太刷白了脸,陡地站起。眼泪也像溃逃的散兵似的,一起迸发,滚落。"我晓得他今朝也约了侬。我晓得这一向你们两个来往老密切的。我今朝就是要让侬看看,也让侬晓得晓得,这位刚死掉家主婆的经某人到底是个啥等样的东西。侬不要以为他做过我伲谭家的主事,就对他有啥想法,我明明白白跟侬讲,他不值得侬去为他花这番工夫。"三姨太叫喊着,扭动着,最后,绝望地哭开了。

黄克莹真哭笑不得了。

"侬瞎三话四啥呀!我跟他'密切'啥?他不就是跟侬和同梅一样,想从我嘴巴里挖一点谭宗三的情况……我不过就是从他手里弄一点零用钱……"

黄克莹柔柔地反驳,从大襟上衣的盘香纽扣上摘下手帕,走过去托起那张完全被泪水玷污了的脸,轻轻地擦。她觉察到,当自己的手接触到许同兰瘫软而温热的后背时,她总要过电般地痉颤一下,饮泣声也会骤然中止一会儿,并能听到她发出一声异样的低微的呻吟。过一会儿,她倒是不哭了,却在连连的呻吟中,紧紧地抓住她,并把整个上身都依偎了过来。

"不要去理睬这个'经嘎里'(姓经的家伙)……不要理睬他……"许同兰抓住她的臂膀,不停地喃喃。眼眶里依然湿润润的。

黄克莹忽然也想哭,为所有这些让她无奈的"莫名其妙"和突如其来的变故。

　　泪水终于涌了出来。

　　她不想哭出声。她竭力地咬住嘴唇,压住心底所有的哽咽,让它们只在胸中回荡。她已经有那么长时间没有让自己紧紧地抱住个什么了。她已经有那么长时间没能让自己的脸颊紧紧地偎贴住别样的温柔……没有……没有……即便在和谭宗三交往时,也没这样恍惚过。他和经易门一样,从来不会忘记随身带上支票簿。在适当的时刻,给她开出一张足够她舒舒服服过上一两个月的支票。不同的是,他不像经易门那样当面掏出支票簿,当面掏出派克金笔,明明白白地当面付酬。他不。他觉得他不是在付酬。他根本就没这种想法。他只是想让一个自己喜欢的"穷女子"过得稍稍好一点。他总是悄悄地把支票塞到她的小皮包里,塞在她的白纱手套里,有时夹在他为她新买的法兰西淑女帽那个宽大的卷边里。只有一次,从豫丰别墅来了个紧急电话催他马上回去。把所有的安排都打乱了。他挺不高兴。他趁她转过头去的一瞬间,把几张灰绿色的美钞压在了她手边的调味瓶底下,但还是让她看到了。她的脸一下涨得通红。他也难堪到了极点。她本想拿起那几张美钞退还给他。他一把按住了她的手,迅疾地向四周瞟瞥了一眼(沃曼酒家的那几个 Boy 和其他一些主顾已经注意到他俩之间的这点不快了),十分歉疚地低声说了句:"我没有半点恶意。请侬给我留一点面子。"众目睽睽下,那样"肆无忌惮"地接触她的"肤体",这还要算是第一次。后来再也没这么做过。

　　多少年以后,许同兰和黄克莹谁也说不清那天接下来发生的事情究竟是如何引起的。她俩都在默默地流着泪。她俩都想把对方抱得很紧很紧。她俩都想在一种可以信赖的拥抱中完全地放松了自己。当黄克莹觉出许同兰只是怕她跟经易门走得太近,而疏远了她,便十分感动地用自己的脸颊不断地摩挲着依偎在自己怀中的许同兰,并怜惜地轻轻地亲着她的头发她的脸颊。用这样的摩挲和亲吻表示自己的感动和感谢。这时候,黄克莹已经不哭了。但许同兰却依然还在抽泣,似乎抽泣得越发厉害。突然间,许同兰好像疯了似的,仰起上身,一边哭,一边紧紧抱住黄克莹,在黄克莹脸上接续不断地用力地亲着,抱住黄克莹的那一双手也在黄克莹的后腰和后背上用力地揉摸着。

她的确怕黄克莹对经易门产生好感。这些年,她没处可说知心话(就是那种连自己的亲妹妹面前都说不出口的"体己话")。但她真的有话要说。有很多的不得已。正式做了谭家人的头几年里,她坚贞地守护着不跟谭雪俦同房、只跟他做假夫妻的这条"防线"。只是她原先没把这种"坚守"看得多么艰难。她觉得自己原本就是一个"清淡"的人,原本就没有准备在怎样浓烈的感情纠葛中要死要活地过这一辈子。她原只想静悄悄地在六浃镇小街上走来又走去。或者,走去又走来。她更没有想过要去得罪谁。说出来,你们也许不会相信,跟谭雪俦拜完天地,看见谭雪俦踽踽向妹妹房中走去,她不仅没有半点难堪和尴尬,反而大松了一口气。(她原以为,这一晚上谭雪俦定会据实来做一番纠缠。为此,她甚至都精心准备了一篇慷慨激昂而又催人泪下的"演说稿",必要时念给谭某人听一听,以促使他严格践诺。)谭雪俦也不是一次都没动过心。毕竟是一个已正式被冠以"妻子"名分的女人。有时也想去亲热一下。但每次这样的"小阴谋",都让她堵在了房门外,每次他都被她"逼"去了妹妹房间。经过一个相当长的时间,这种关系让老太太们有所觉察。老太太们不高兴了,先是责怪谭先生太不懂事体。拜过天地都这么多日子了,哪能可以只在妹妹房里过夜,把阿姐完全掼在一边?!于是就来了几个姑妈姨婆之类的老女人,搬来谭雪俦的被褥枕头,痰盂马桶,灯盏茶杯,毛笔砚台……又七手八脚,把许同兰房间完全按谭雪俦房间的样子重新陈设一遍。据说,谭雪俦从小就有这样的"坏毛病",根本不能在陌生房间里过夜。然后,她们又把许同兰的被褥用具抱到三楼的一个小房间里。谭雪俦不习惯两个人同床睡到天亮。在他对她做完夫妻之间必须由他来做的那点事情以后,她就得让出大床,一个人到那个小房间里去睡。天亮后,再下来伺候他起床。当她不知不觉地跟她们来到小房间安排自己的床铺时,看见许同梅正在收拾她的被褥用具,回她自己原来的房间,以便腾出这个地方给阿姐用。她看到许同梅不想理她。她看到许同梅不得不理她。她看到一个礼拜不见，许同梅竟然像一个三十多岁的老女人那样冷笑了一下。一绺散乱的头发披下来，遮住了她半边小巧的面孔。浅淡的眼影好像冬天瘦西湖水面上那一片灰色的冰层。她不希望许同梅生气。她走上前去，想跟她解释，不是她违背初衷，是谭雪俦派经易门来"谈判"，说，如果他不装腔作势到许同兰房里来过上一夜或几夜，谭家门里的老太太决不会善罢甘休。如果惹得她们真起了疑心，要一追到底，那一切都会败露在她们面前。到那时，不仅是她许同兰在谭家立不住脚，恐怕连阿妹许同梅也会被赶回六渎镇。谭雪俦保证，在她房间里过夜，只是"做做样子"，绝不会有任何实质性内容。听她讲完，许同梅却不自禁地用力推了她一记，而后又回过头来冲她歉疚地苦笑一下。妹妹生气了。她不想让妹妹生气。她不想让任何人生气。在这个陌生的谭家花园里，假如唯一的亲人、自己的阿妹也生起自己的气来了，今后这日子怎么过？她开始出虚汗。胃窦部隐隐作痛起来。到晚上，谭雪俦心事重重地走进房来。洗脚水已经倒好。那几个姑妈姨婆之类的老女人还没走。她们放心不下第一次跟谭先生过夜的许同兰，她们要看着她把雪俦伺候上了床，并卸下晚装，也入了被窝洞，才走开。她们和她们的妈妈们奶奶们已在谭家这样督导过十个十二个或更多一些姨太太的"第一夜"了。许同兰索索地上前帮谭雪俦脱袜子时，头就开始有点晕，想吐。就开始非常看不起自己。一个人并不是不可以做一点装装样子的事。一个人一生一点必要的妥协都不做，是活不下去的。这道理她懂。她不会因自己做了一点适度的妥协而这样看不起自己。此次的问题是，当经易门来谈今晚这个安排时，她的心是极度激荡的。那一时的慌乱差一点让她窒息。她几乎没对经易门的提议和安排做一番必要的抗拒，就妥协了，就哼哼了两声，就低下头默允了。甚至自己在心里一再地催促自己，抬起头骂他两句。不骂就太没有面子了。但就是抬不起头来骂不出声来。后来她看到当时经易门脸上隐隐地掠过一丝嘲讽式的冷笑。她心里是很难过的。她应该站起来，马上推翻刚才的默允，作一个强硬的声明。但她却没能这么做，只说了句，你们男人家讲话就是不算话,就背转身回到梳妆台跟前去了。她知道经易门将继续带着这一丝嘲讽走出她房间,并带着这一丝嘲讽来看待她的今后。但她还是站不起来去制止。她被一种无名的突如其来的越来越汹涌的激荡完全控制住了。而这种激荡在很多个夜晚,在听到谭雪俦的脚步声向妹妹房间一下一下响去的时候,都隐隐地产生过,只不过没有像此刻那般强烈和不可控制。她忽然觉得自己是那么的"下流",没有出息。一直到一分钟前这种激荡都还没消失。一直到那些姑妈姨婆们暗示她应该上前替谭先生脱袜子了,一直到她索索地走到谭雪俦那双伸直了的大脚跟前,忽然一阵无法抑制的厌恶伴随一阵寒战从心底涌出。她忽然想到,自己明天怎么见妹妹?忽然想到妹妹一定会恨她一辈子。想到眼前这双大脚的"狰狞""恶浊"。越这么想,她的胃翻得越厉害。袜子刚脱到一半,便哇的一声,把晚饭桌上吃下去的那些精美的东西全部都喷了出来。让全体姑妈姨婆们惊煞。这一晚上,谭雪俦并非只是"装腔作势",还是做了些"实质性"的事情,并要求允许他做强行的进入。她真的觉得自己坠入了万丈深渊,真的恨自己的无力无援和那种让自己彻底瘫软的战栗。那种热的黑暗和死灭的期待。一切都在刀割般疼痛中止。后来她便全身痉挛收缩成一团,极度怕冷似的打战发抖。后来谭雪俦去了小房间。疲倦地在小房间里吃了许多杯咖啡。还看了好几本画册。

她知道自己对不起这世界上所有的人。

她知道自己是这个世界上最没用的人。

在别人看来是最最简单的事,到了她眼里,却复杂无比;在别人眼里最最复杂的事,她反而又觉得最最简单。

该向哪里走去?

又有谁可以依赖?

如果我告诉你们,以后她真的再没让谭雪俦碰过她一下,只要经易门再奉命来谈判此事,她立即起身就走,你们对此会感到无法理喻吗?如果我说她这些年来一直以她无欲的清秀融和着周遭炽烈的浑元。你们会觉得我在偏向着一个不该偏向的女子吗?

许同兰这么详细地向黄克莹讲述了她自己以后,便背过身去,再不好意思看黄克莹一眼了。黄克莹一时间也不知道说什么才好。梅家大宅里的夜,在上海应该算是最安静的。她俩相拥着一直说了这么几小时的话,真是把夜也说累了。此时,它低低地垂挂在这小跨院的树梢上,像水银一般消融进四处每一个角落,每一条缝隙,去弥合现世的每一点裂痕,也将抚平了日后的每一条皱纹。

黄克莹默默地看看窗外那扶苏的树影月影云影,再去看看依然背对着她的许同兰。今天晚上,她千般万般都不会想到能触摸到这样一颗本应年轻却早已不年轻,并早已破碎了的心。我该怎么去安慰她?我有这个资格去安慰她吗?我干净?我心里不要嚎哭?那半坍塌的砖窑,还有那些背在走方郎中背囊里的草药、盘曲着的蛇干、龟板……布满成鱼腥味的木码头……一涌一涌……

黄克莹突然坐了起来。一阵窸窣响。

许同兰一惊。等她犹豫着转过身来,却看到黄克莹卸下了轻软的云缎睡衣,赤裸着上身坐在稀微的夜色中。

不等许同兰有所举动,黄克莹轻轻地叹了一口气,神色黯淡地问道:"同兰,侬讲,我这个人干净哦?"

"侬为啥要这么想呢?我刚刚讲的是我自己……我没有在讲侬……我哪能会讲侬呢?"许同兰抱住黄克莹,一边替她拉起睡衣,一边仰起头哀求道。

黄克莹没再说什么。她知道再说什么,也都是多余的。十几岁就离开了偏远的六溇镇,以后的岁月便一直在谭家花园那林木深处钟鼎声中佛堂背后翠坪之上度过——许同兰是不幸的,但又是幸运的。既不幸又幸运的许同兰,怎么能明白得了只有不幸的黄克莹将要说些什么呢?

她拉起许同兰冰凉的两只小手,怜惜地把它们贴在自己赤裸的胸前,不一会儿,许同兰便战栗着闭上了眼,轻轻地搂住黄克莹的腰,枕着黄克莹的腿面,躺了下来,不一会儿依然贴放在黄克莹胸口上的那只手,便渐渐地烫热起来，纤细的食指和中指在那并不算饱满的乳峰上一动也不敢动；但搂住后腰的那只手却越来越用力，越发不知所措地在那阴凉的腰际上揉搓。

真没有人说话了。

黄克莹猛地颤了一下，低下头，长发从肩头上拂落。她想扳开许同兰那两只缠绵的手，但也只是无力地抓住其中一只的手腕而已。

月色依稀地勾勒出许同兰侧身安卧中缓缓起伏的轮廓。一袭轻软宽松的睡衣散发出诱人的清香，又在暗处闪着淡淡的光亮。那从睡衣开叉处伸出的腿弯和丰润细巧的脚面，恰如轻轻越过防波堤而来的那片海水，无边地推涌着，而又源源不绝……源源不绝……

黄克莹长长地吐了一口气。她忽然想把许同兰抱得更紧些。手便探索着从许同兰的腋下伸了进去。她发现许同兰整个的身子如同烤红了的饼铛那样烫。这使她本能地想起了另一种火热，一种几已遗忘了的火热。她自己也即刻涌动了，用力地（又不舍得太用力地）摸捏了几下后，忍不住弯下腰来，在许同兰光滑而柔软的脖颈上用力地嘬了一口。那儿长着浅浅一层茸毛。并在她激烈的颤动里，慢慢地褪下了她身上那件长长的睡衣。

108

于是他剖开石头。发现她赤身裸体。和三叠纪的菊石、奥陶纪的三叶虫躺在一起。她那样地微眄着，风拂动从耳根掠过的长发。眼神和浅褐色的乳头同样明亮、丰润。脚边还放着一本埃及法老的羊皮经典。我不愿想象这是一枚被强行剖开的石灰质介壳。就像我在青岛海边一个不设防（或者是半截子被抹上了石灰水的红砖围墙）的院子里看到过一具大鱼的下颚骨，它居然有一间屋子那么大小。泛白的沙土地被太阳晒得滚烫。两棵阔叶树粗大。透过骨节的空隙，可以清晰地看到海柔软而平

木凸

267

静。我想象康德和维特根斯坦是在这样的"屋子"里完成他们的成名作,告诉世界下一步应该怎么去思想。裸露阳光。置身风雨。用来自远古的砂粒勾勒出那一朵插在她鬓角里的七色花。还有七朵一朵比一朵渐渐萎去的单瓣莲花。

109

应该说,黄克莹和许家姐妹的直觉是对的。经易门的处境,在那段时间里又发生了某种变化,而且是翻天覆地的大变化。有人暗中在谭家门里紧锣密鼓地酝酿、组织一场变动(政变?),而且是大变动。变动的矛头直指谭宗三。而这场"变动"的始作俑者,不是谭雪俦,不是经易门,却是谭家全体老太太和老老太太们。而在这全体始作俑者中带头"始作俑"的,偏偏不是别人,偏偏又是谭宗三的生母、谭老老先生的五太太、谭雪俦的五奶奶姜芝华。

110

姜芝华是谭老老先生五个太太中,唯一一位没有缠过脚的"天足太太",唯一一位在新式学堂里读过几年书、后来又看过几本"新式读物"的女子,也是唯一一位只吃素却又不信佛的姨老老太太姨老老奶奶。说来非常奇怪(细想也不奇怪),老太太和晚她几十年来到这个世界的黄克莹居然有许多相似的地方。比如都没有一个显赫的娘家。比如在被谭家人看中之前也曾"嫁过人"、生过孩子。那孩子也是一个女小囡,当时也是六周岁。都是被谭家人一眼就看中,非娶不可的。姜芝华被谭老老先生看中时,也和黄克莹一样,在外自谋职业,只不过不是做护士,而是在南市一家扇庄里做画工,整天带着一条漆布做的围裙,专画泥金扇面。谭家门里也有同样多(甚至是更多)的人想不通,谭老老先生为啥会看上一个年纪轻轻就带了一个"拖油瓶"的小女子,并且还一定要把她娶进门来。特别叫人吃惊的是,她们两位的身高都差不多。如能细细比较,黄克莹则要稍稍地高一点。而且她们连走路的样子都有一点相像,都是那样的小碎步快节奏,用自己挺直的上身,面对那纷纭的世界。当然也有一点重大的差异,黄克莹最终也没能进得了谭家门。而姜芝华却是进了的。进了谭家门。做了谭家人。生了谭宗三。现在又在拼命想方设法要把自己这个亲生儿子从"当家人"的位置上拉下来。

111

那天,谭雪俦毕恭毕敬地让经易门把姜芝华请到自己的房间里来,跟她商量,要把谭宗三从盛桥"请"回来,做谭家的当家人。姜芝华忍不住眼圈一红,心里一阵阵酸涩,脸上却只是很规范地淡淡一笑道,只要你们大房里的人今后不后悔就可以了。我有啥好讲的?回到自己房间里,却实实在在地哭了一场。嫁进谭家门的这几十年,姜芝华对谭家正在发生的大小杂事正事,绝少表态,不讲话。在这一点上,跟嫁进门前的她,的确有天壤之别。嫁进门之前,她比现在的黄克莹还要会讲。那天谭老老先生由扇庄老板亲自陪同,为谭家花园新装修的大客厅到扇庄后头工场间去挑一把特大号的泥金黑纸扇,在门外就先被姜芝华的说话声音吸引住了。只听她说得很低,很多,忽而疾速,忽而迟缓,忽而长篇大段地一气不停,忽而又顿挫住,拔高了声音惹起一阵哄堂大笑,自己也混在里头一起笑。那声音的种种变调和自信,活泼和清丽流畅,居然撩拨得谭老老先生都无心挑选扇子了。当然依然要做得十分庄重,但一心只想赶快到隔壁去看个分明。但库房只在隔壁,矜持的他又不好意思提出(也不能这么提出啊)要去那边工场间看看那个好听的"声音",只得第二天再去买扇。但第二天还是只听到而没有能看到。于是在短短的半个多月的时间里,谭家花园里所有的人都感到纳闷,这位谭家当家人居然接二连三地亲自到扇庄去买了一二十把大小不等的扇子,挂满了那个新装修的大客厅还不肯罢休。但还是没能看到那个"声音"。最后还是在文庙的一次庙会上,看到了这个"声音"。当时她跟几个女画工一起。还没有走近过来,声音一发出,谭老老先生心里就实实地一震,一热,喃喃地说了一句:"就是她。就是她。"立即情不自禁地放下手里的东西,就朝那个"声音"赶了过去。果然不错。个子不高也不矮。人不胖也不瘦。举止不温也不火。走路不快也不慢。真是说不上哪儿的缺不了少不得放不下丢不开,就是要定了她。

后来想想也难怪。谭老老先生前几位太太虽然也都不错,但她们不是母亲的远房外甥女,便是父亲老友的千金,或者是山西大煤窑老板家的闺女……她们总是代表了某一方面的利益才来到他的身边的。他也是因为了某一方面的利益才接纳她们的。过门以后,她们当然成了他的女人。但时时事事处处,她们总还是在提醒他不要忘了母亲、父亲或父亲的老友或大煤窑……或别的什么更重要的什么。总让他摆脱不了自己只不过是在跟一些方面的"代表"在打交道的感觉。一种委屈,一种无法满足的内心,说不清的内心。他需要一个只属于他的女人,只为他着想的女人。但为什么竟然喜欢上了这么一个有所坎坷有所经历又那么自信的女子了呢?他说不清。他只是想,非常想,要一个。

但也差一点要不成。因为所有的人都劝他,侬实在想要,也可以,但必须叫她把"拖"来的那个女小囡还给她的生身父亲。也就是说,她本人可以进谭家门,但那个外姓的小囡,不能进谭家门。

姜芝华当然不答应。

"我是她亲娘!"她带着泪水喊叫。

"但侬现在是谭家的人!"被派去"谈判"的经老老先生瞪起眼睛也叫。

"她只有六岁!"她又哀求般地叫。

"六岁在谭家门里转来转去,大家看见了心里也摆不平的。特别是让外头人看见了,侬叫谭先生的面孔往啥地方放?"

"那我就不过门了。"

不过门的意思,就是不嫁。决心还真不小哇。这一下可真把经易门的祖父惹火了。他觉得这个女人哪能(怎么)一点道理都不讲的啦?!谭先生待侬嘎(这么)好,侬哪能(怎么)可以一点面子都不给谭先生?!这种事体假使摆在侬身上,侬会哪能(怎么)想?谭先生好不容易在上海撑出这样一个场面,娶个姨太太,身边整天拎一只"拖油瓶"晃来晃去,侬叫他还哪能(怎么)做人?谭家的这场面还哪能(怎么)做得下去?侬这个女人哪能(怎么)实能梗(这个)样子一点良心都不讲的啦?一点良心都没有的啦?!经家的这位老老先生用一口带浓重乡音的上海话,又拍桌子又挥拳头,痛彻肺腑,把姜芝华狠狠地骂了一通。最后他问姜芝华,听说,侬肚皮里已经怀上了谭先生的小囡了?侬不过门可以,侬把谭家的这点精血这点骨肉给我留下来……不能让谭家的血肉让侬这样的女人带出谭家门去!

"我是哪能(怎么)个女人?啊?侬讲。我是哪能(怎么)个女人?哼哼。哼哼。我肚皮里这点精血骨肉跟侬姓经的有啥关系?谈得到要给侬留下来哦?"姜芝华叫着,哭着。

"告诉侬,这是谭先生的意思……"

"不可能!"

"不可能?侬自己去问!"

姜芝华连眼泪都没顾得上擦一把,就真的闯到谭老老先生的写字间里去了。谭老老先生面对姜芝华的责问,脸色灰暗,好半天都没抬起头,好半天都只是在喃喃着同一句话:"芝华,侬要替我想想……侬真要替我想想……我是喜欢侬的……真的是喜欢侬的……"

姜芝华此刻真是欲哭无泪。只得长叫一声:"好……我给侬。统统都还给侬谭家……"说着,扑到窗前,拉开窗子,就要往楼下跳。慌得谭老老先生和经老老先生,还有在场的经老先生和两位大房二房太太都扑过去,一把抱住她,一起劝道,侬不可以这样的……弄出人命,谭家和谭先生更

木凸

271

加没有面子了!

后来,只好另外找了一处背静的住所,把她母女三个(包括肚子里的那个)安置了下来,暂且不谈"过门"的事。半年后,等姜芝华生下谭先生的孩子(就是谭宗三),坐完月子,又替谭宗三做了"百日大寿",经易门的父亲经老先生奉命来处理这件事。还是谈"过门"的事。经老先生告诉她,谭先生是真心想把她收到自己身边去的。

"我女儿怎么办?"姜芝华开门见山地问。她就是这么个直性子人。

"她有她的阿爸嘛。侬何必一定要为难谭先生呢?千句万句,还是那一句,侬要为谭先生想一想,这事体就好办了嘛。"经老先生比他父亲要沉着得多,说话也要有分寸得多。

"啥人为我母女俩想一想?"她这么说着,眼泪即刻涌出眼眶。

"那……那就先这样吧。"经老先生见姜芝华仍那样固执,沉下脸,淡淡地说道,"侬再想一想。时间已经蛮长了,再拖也拖不起了。侬快点拿个主意。小少爷我先抱走了,过了百日,谭先生老想他的……"经老先生不慌不忙地说道。

"小少爷不能抱走。他每天还要吃奶的!"姜芝华忙叫道。

"那边已经为他找好一个奶妈了。这点事,侬放心好了。饿不着他的。"经老先生说着笑嘻嘻地起身告辞,向外走去。姜芝华一想,觉得不对,忙起身到里屋去看,却见藤木漆绘摇篮已经空了。原来,经老先生一进门,就趁姜芝华不备,叫人抱走了小宗三。姜芝华的心好像一下被什么捏碎了似的,浑身一颤,腿脚一软,差一点栽倒在地,手下意识地在空摇篮里乱抓了两把,便哇地哭出声来,忙掉转身追了出去,拖住经老先生,要他还她的儿子。

"姜太太,儿子总归是侬的。不过,话要讲讲清楚……"

"侬先还我儿子……"

"姜太太,这就是侬不讲道理了。儿子是侬的,也是谭先生的。在侬身边放了一百天,也应该在谭先生身边放一百天。公平交易,啥人也不要欺负啥人。侬讲对哦?"

"我的儿子……求求侬……求求侬……我的儿子……"

"哎呀呀,小少爷是回到他阿爸身边去,又不是送育婴堂孤儿院。有啥要这样哭哭啼啼的呢?"

"我的儿子……我的儿子……"姜芝华已经说不出别的话来了。她知道这时候,说什么,这位经先生都不会听她的。出路只有两条,一、交出女儿。或者,二、交出儿子。

三天后,她主动找到经老先生,告诉他,她同意交出女儿,同意……同意……同意……但从此,她不愿再多说话,或者就不说话。从此以后,她觉得已经没什么可说的了。一切都不再值得说的了。她变得非常平和,非常与世无争,非常吃素但又非常不肯信佛。只是埋头过她自己的日子。

112

姜芝华早就一卦打煞,料到谭宗三坐不稳谭家"当家人"这把交椅。这么多年,她虽然很少公开站出来说话,但心里一直有一把极准的"秤",老早就把谭家那些人、那些事,一一掂过斤两。自然也毫不例外地掂量过自己的这个亲生儿子。儿子的事,平时她也管得不多。因为自从进了谭家门,她就看出,这里的一切,都跟外头"小户人家"的不一样。同样的事情,发生在这个大铁门里,因为牵扯到"谭家的前途",就要复杂十倍二十倍。儿子归她生,但绝不归她管。他是"谭家"的。有十双二十双眼睛在盯着他。她管不了。也用不着她管。管也无用。有时从生活上过问一下,更多的却只是在一旁看着,辛酸地而又欣慰地接受儿子经常性的问候。几十年来,她不知道自己到底在为啥高兴,又为啥担心。那年,谭宗三决定去盛桥"定居",她斟酌再三,鼓足勇气,敲开儿子的房门。她说:"宗三,侬的事体,我一向不喜欢多嘴。今朝来,我只想问侬一句话。侬读大学,又去英国留学,不要讲谭家为侬花了多少钞票,只讲侬自己,为取得今朝这个身份,吃了多多少少的苦头。难道这一切就是只为了侬今朝走这一步,躲到盛桥去?侬为啥不敢留在上海做侬自己的场面?侬觉得侬缺啥?缺聪明才气?缺身份地位?缺人缘关系?还是缺钞票?儿子,侬啥也不缺啊!侬为啥不替娘争这一口气?!"

第一次听到母亲说出这样一大段铮铮生响落地开花的话,谭宗三真的吃了一惊。留在上海做自己的场面。这种话是母亲她在说?多少年来,他总觉得母亲像行驶在雾中的一艘大船。虽然稳重可亲、坚韧不拔,但终究还是捉摸不定的一艘沉默的旧木船。并且在渐趋消失。无声无息。黑影幢幢。他从没想过,更没祈望过这样的一艘旧木船还会发出什么样响亮的一击。

"又哪能(怎么)了?姆妈,我的事体侬就不要管了。"

从英国回来后,在别人面前说话做事总能谦让三分的谭宗三,在母亲面前却总是显得有一点不耐烦。还是任性。

"侬也快三十岁了。不要再跑来跑去了。也应该定下心来做一点事体。最起码也应该为自己找一个身边的人……"母亲坚持了一下。

"好了好了,我晓得了。还有啥事体哦?"儿子不高兴了。

她怨怨地看了儿子一眼,但还是控制了自己,没再说下去。这几十年在谭家,她最大的一个收获,也是在做人方面最有长进的地方,就是终于懂得,而且是深深地懂得,做人一定要知趣,即便在儿子面前,大概也应如此。

谭宗三做谭家的"当家人",起码有两点,对母亲是有好处的。一、住的地方:她很快搬出后花园那幢旧厢楼,搬进"将之楚"。二、吃的方面:有茶房专送到房间里来。再不用担心那种落雪落雨乍暖还寒刮风天,走过长满青苔的砖砌甬道和那一段林间土路上无法避免的泥泞。其他的好处还有,所有的老太太在大太太处聚会,再没有人敢轻薄她。当她每每走进大太太的大客厅时(这客厅要比其他人使用的大两三倍),除了大太太,所有的人都会不声不响地站起来向她致意,用最亲切的微笑,最恭敬的神情,最疏远的口气,一起向她说一声:"侬来了?"而且她的座位也从前排末座移到了贴近大太太身边的那把红木太师椅上。客厅里,这样的太师椅只有两把。大太太一把,她一把。都铺着织锦缎面子的丝绵软靠垫。她始终不能忘记,第一次在各位太太姨太太们恭敬的致目礼中,向那把宽大厚重威严古老而又珍贵的红木太师椅走去的时候,她发觉自己浑身抖个不停,脚步点子都踏得有一点错乱了,以至不敢抬头看人;以至两只手在身前攥捏得非常非常紧,也没能制止住那狂乱的战栗;以至指甲深深地掐进手心,事后留下那样一串红紫的印痕,让她隐痛了好几天。

还比如,用娘姨方面,住在旧厢楼里时,当然也有娘姨来帮她料理生活。但这些娘姨不是派给她一个人专用的。一共四五个娘姨伺候着她们这一群寡居的老太太,的的确确有许多不方便的地方。而搬进"将之楚"以后,便有两个专用的娘姨来专门伺候她一个人。这样的待遇以往是只有大太太才能享受的。一开始,她还客气,一定不肯用两个,觉得能用一个专职的,就已经蛮好蛮好的了。经易门听说后,马上来找她,关上门,低声对她说,侬千万不能这样做。侬这样,等于在跟大太太过不去嘛。等于在当众教训大太太用的娘姨太多了嘛。侬阿是要大太太也少用一个娘姨?她一听,慌了,连连摇手,连连改口,好了好了。就按大太太的意思,我也用两个吧,我也用两个。经易门随后摇了摇头,长叹了口气道,唉,现在谭家门里最要紧的,还不是你们这些当家的老太太身边用几个人。你们多用一个两个人,又能多开销几个铜钿?现在最要紧的是……是……说到这里,他突然不再讲了,目光灰暗地抖闪了一下,便嗒然低下头去。姜芝华是懂得经易门这一瞬间的种种难言之隐的。这时她已经听到谭家门里对谭宗三和经易门之间的许多议论了。她也知道,这些议论中心一个意思,都在说谭宗三处置经易门,太"轻率",太"不公"。姜芝华更明白,经易门此刻拿出这样的一副"做派",无非是要向她表达自己的一种苦衷,希望也能得到她"公正"的支持。但当时,姜芝华是装糊涂了的。只当没听明白,嘿嘿一笑,打个马虎眼,没有做任何表态。她懂得,她的表态是可以被拿去对抗谭宗三的。但全部事实恰恰说明,姜芝华不是从一开始就反对儿子做这个"谭家当家人"的。不仅不反对,在得知儿子下决心要罢免经易门时,她的第一个反应居然是"惊喜",惊喜自己的儿子终于能够作出某个大决定了,是半天说不出话来,是感慨得想哭;而后才是担心,担心明天一早。明天一早自己怎么面对前花园后花园里所有那些老太太的疑询和责问。那一晚姜芝华整整失眠到天亮。她根本没有上床。她再一次地紧紧捏住自己的双手,站在窗前远望。当时她的心情无异于大船刚驶进船坞,便听见十二级狂风裹挟着九级浪追来,扑袭港外的黑云和堤岸上的防风林。在一阵阵摧枯拉朽天崩地陷般的拆裂声音中,一颗脆弱的心脏在安全的小舱门里咚咚跳动,为自己暗喜。

要知道,姜芝华当年也同样恨经家人。甚至在谭宗三一改谭家几十年的老例,到谭家花园外头买房子,组建"豫丰小班子"伤害了越来越多的人,引起越来越强烈的反应的时候,他的这位母亲还是在暗喜诧异惊疑期待中保持着必要的沉默。那些天里,她到大太太客厅里去参加例行的聚会,处境已经相当难堪了。几乎有三分之二的老太太已不起立向她表示敬意,有一小部分甚至都不拿正眼来看她。只有大太太还保持着必要的节制和沉默,因为召回谭宗三接替谭雪俦做谭家的当家人这件事,事先曾征求过她的看法,而她当时也是表示过同意的。

后来传出:又要奇出怪样地跟几家大银行组建什么"联合投资银行"。大太太沉不住气了,痉痉抖抖地拿出一大沓各方人士写给她的"条陈""抗议信"让姜芝华看。

"这样一联合投资,将来谭家还姓不姓谭?"大太太心痛地问。

"姓谭,当然姓谭。不姓谭,还能姓啥?"姜芝华小心翼翼地赔着笑脸,答道。对这个联合投资银行,一开始她也不懂,也有许多的疑虑。后来悄悄去问过谭宗三,所以今朝还有几分"本钱"来回答大太太同样的疑问。"合同里写得老清楚的。联合投资的只是那爿银行,筹得来的款交给谭家一家用。这爿银行赚的钞票当然要跟那些股东一道分红。但其他的厂啊店啊,还是我伲谭家一家的。"

"恐怕没有那么简单哦?"

"合同上就是这样写的。双方都要签字盖章的。还找了总商会的几个大好化(大人物)来做中人。不是瞎来来的。"

"侬看过这个合同了?"

"宗三亲口对我讲的。"

"宗三……唉……侬这个宝贝儿子谭宗三啊……"大太太痉痉抖抖地收拾起那一大沓"条陈",摇摇晃晃地叹着气走了。这说明,这时候,大太太对谭宗三已经开始有点失望了,对他的信心已经产生了根本性的动摇。但即便如此,种种迹象表明,姜芝华在那时候,还没有想到要把儿子从"当家人"位置上拉下来。

后来接连发生了三件事。但认真讲起来,这三件事又实在算不得是什么"惊天动地"的大事。首先一点,她受不了那种动荡。姜芝华天性是个动荡的人。但几十年在谭家门里的日子,使她不能再接受"动荡"。谭宗三做了"当家人"以后,她的日子再度"动荡"起来。总有人上门来看她。各种各样的人。包括那种她根本想不到的、过去从来也没来看过她的人,纷纷来求她。纷纷来拜托她。纷纷来瞻仰她。或者什么事也没有只是来纷纷"轧轧闹猛"(凑凑热闹)。这个世界上就是有这种人,吃穿不愁,啥正事也不做,只喜欢往时髦圈子里钻,往时髦人物跟前凑。一开始,姜芝华也为这突如其来的应接不暇而慌乱,激奋;继而能从容应付了,又真心喜欢上这种热闹了(人啊人,你天生一个名字就叫"虚荣")。过去的几十年,她内心太寂寞。特别是谭老老先生仙逝以后,有谁再会去花时间理睬一个住在旧厢楼里的"孤老太太"?但"孤老太太"毕竟也还只有"五十多岁",远没到心力智力都衰竭的地步。挺直了依旧丰满的身躯,站在旧厢楼那油漆剥落的廊檐下,眺望谭家花园里那一重又一重非常逼近却又非常遥远空阔虚渺的"蓊郁苍翠"和"鳞次栉比",她真正是也曾反复把栏杆"拍遍"把"吴歌"唱尽啊。但的的确确又奈其何呢?!而如今,突然,所有的人又来围拢你,又看重你。不管你说什么,都有人在听,并认真响应(即便是假装的,也装得很认真)。于是,没过多久,几乎所有的人都发现,姜芝华的脸色光润了,气色清朗了,神情泰然了,举止大度了,在浦西救国赈灾慈善基金会发起的募捐会上一次就捐了两个金戒指和一副镶银象牙手镯。并且还允诺担任了两所中学堂的女童子军家政顾问。但随即却出现了一种"新病"。她会每天盼着这些人来。一开始,只要有人来,便可以。后来,逐渐计较起来人的多少,来人档次级别的高低。多了,当然高兴。少了,不但不高兴,还不安、焦虑。因为她很快就发现来人的多少,级别的高低,完全跟谭家的处境有最直接的关系。也就是说,来人的多少级别的高低,往往标志着谭家处境的好坏。特别跟谭宗三处境的好坏关系更密切,而且还成正比关系。也就是说,谭宗三处境好时,来看望她、求她办事的人就多级别也高;处境越好,来人越多级别越高。反之则越少,或巨少。简直是屡试不爽,从不悖反。所以一旦某一天来人少了,特别人数有剧减,她就惊惧,就要猜疑,就要马上找人去查实谭宗三那边的情况。于是她专备有一本记事簿,每天登记来客的姓名身份事由。最后小计一个总数。每天做比较、分析。有时总数跟上一天的差一两个人,也会引起她一番动荡、不安。也要想一想,找出其中的原因。每天都如此。只要大太太那儿没安排活动,她从早上七点起就开始整理打扮,九点开始等待,等第一批客人上门。如果等到十点,第一位客人还没出现,她就会坐立不安,甚至打电话催问。到后来发展到心慌,失眠,出虚汗,以至健忘,乏力,大把大把地掉头发,太阳穴里痉痉地热热地跳疼。等等等等。(我郑重声明,这里所描述的,绝没有半点矫饰或夸张。)人们经常看到她站在"将之楚"楼的大阳台上眼巴巴地盼望着迟迟不到的来访者。后来大太太很婉转地提醒过她一次,这样做,有碍体面。她立即就改在了落地窗后面,但,还是张望。她变得非常害怕独自一个人闲处。一刻也不能空关在一个房间里。没有客人的时候,她一刻也不许那两个娘姨离开她。发展到最严重的时候,那两个娘姨到厨房间去为她取饭菜,她都要跟着一道去。她是那样的害怕再度空闲再度没人理睬再度不热闹不被众人簇拥。晚上她睡得越来越少。总是在写字台前开着台灯不断地筹划设想明天会有什么样的人来,应该有什么样的人来。哪些人应该来而不一定会来而不来的主要原因又可能是什么。等等等等。

后来,连着三天,一个来访的客人都没有了,她终于受不了了。第一次去找谭宗三大吵了一场。

113

谭宗三在迪雅楼那扇落地钢窗前已经足足呆站了半个多钟头。迪雅楼,当年谭老老先生建来为谭家门里的女眷开办"女红传习所"的地方。经老老先生在这里向她们传授"茶道"。女眷们在这里第一次见到什么叫"英国马头牌缝纫机"。到谭老先生手上,小楼底层改成了"谭家私塾"。从上海最好的中学里请来教员,为子侄辈中功课不太好的孩子补习。楼上两间,也是在这些高级教员的指点帮助下,一间改作化学实验室,一间改作机械电器实验室。添置的设备,足以让任何一个大学里的任何一个实验室主任瞠目结舌。这两个实验室,是谭老先生为自己"补课"用的。后来他爱用的各种不同颜色的汽车漆大都是在这两个实验室里调制出来的。到谭雪俦主政,这幢小楼空关了一段时间。也曾秘商过,要不要拆除了,利用这块地皮去做一点更紧迫更为合适的事情。但消息一透露出去,立即招致各位老太太和老老太太们的强烈反对。她们舍不得。拆掉了"迪雅",等于拆掉了她们对老老先生一番温馨的回忆。迪雅楼由此得以保存。后来谭宗三把它要了过去。那时他刚从英国回来,心情不大好,只想自己独住一个地方清静。"迪雅"是个中式院落,青砖黑瓦,楼上楼下都是一明两暗三开间,带前敞廊。院子不算大,却有几棵长得不错的芭蕉树,依偎在墙角落里亭亭玉立。楼后则是一片高耸的毛竹林。大户人家的花园里种毛竹,这在上海实属少见。毛竹没有水竹那样清幽潇洒,但水竹却没有毛竹的旷达坦荡。谭宗三假如喜欢水竹,他完全可以下令让人把那一片毛竹砍了去,再去外县移来上好品种的水竹。但他没有这么做。他觉得,"迪雅"好就好在,"她"素朴,又有这么一片长得比小楼还要高出许多的毛竹林,密密地将它与其他的房舍路径隔绝开,并又略略弯下她们苍翠宽广的胸怀,花花花花,花花花花地将它细心呵护着。而那一段时间里,他恰恰需要这种"隔绝",又需要隔绝中的"呵护"。后来,这小楼就成了他在园内的专用别墅。

第七部分

114

他已经好几天没有去"豫丰"了。连着几天不去"豫丰",只在"迪雅"。这样的事,从建立"豫丰"工作班子后,还没有发生过。存伯大然陈实最近以来发生的种种变化,使他非常伤心,也非常震惊。他们也是"经易门"?他一次又一次地这样问自己,却又不敢下这样的结论。陈实和张大然敏感到他的异常,曾相约了一起来找过他,非常恳切地对他说,假如侬觉得是我伲俩有啥事处理不当,伤了侬,使侬对"豫丰"失去了必要的信心,对我们两个也丧失了必要的信心,我俩在这里向侬道歉。我伲虽然是老同学,但这中间,毕竟有近十年的时间不在一道。这十年里,可以讲每个人都经历了许多难以想象的事体。不同的十年,使我们每一个人都在发生变化。不得不变,不变就不可能生存。比如我们几个为此都丢了一条臂膊,你我都不再是十年前刚出大学校门时的那种"意气少年"了。许多地方相互间都有点距离,有点陌生,不了解了。但有一点请侬放心,我伲既然定下来接受侬的聘用,进谭家来做事,我伲就会诚心诚意地做好谭家的事。不会因为我们个人之间的一点小小不然的变化,妨碍整个谭家的大局。所以,今朝我俩是特地来向侬声明,过去的已经过去了。希望侬重新看待我俩,重新振作,真正相信我们两个。

谢谢两位。谭宗三心里一阵酸热,感慨万分地叹了口气说道,并友善地拉起两位的独臂,善意地搪塞道,我最近心情是不太好,但跟两位无关。我这个人的脾气,你们也不是不晓得,从小任性,想怎么样就怎么样。三十几岁的人还像小囡一样。但小囡脾气发过,也就好了。过两天我一定到"豫丰"去。而且有啥要我签字过目的,你们今朝就送过来……

为啥要送过来呢?走,到"豫丰"去。"豫丰"的同仁都非常惦记侬。到"豫丰"去跟大家见见面,也好让大家放心。陈实、大然同声叫道。

今朝……今朝……我就不去了。过一两天,我一定去。放心。我一定去。他再一次握住两位的手,保证。

"我一定会去的……"谭宗三再一次自言自语式地低声保证。但这种潜意识的保证,恰恰证明,他已经意识到自己不可能再去了。"我还要在'豫丰'为大家多装修几个漂亮的卫生间、热水管道。这桩事体还没有做完……"他继续在嘀咕。有一段时间,谭宗三在饭后下令打开所有的热水龙头,让"豫丰"的全体员工痛痛快快洗个热水澡。他喜欢看到他们发出一阵更大的欣喜和忙乱。在拼花椴木地板上,印上更多潮湿的脚印。让整幢别墅都笼罩在那种似雾非雾的弥漫之中,看上去就像是非洲丛林背后被焦灼的太阳蒸烤着的某座高山。像威廉二世马车里那个镶银的烘笼。或者像一口坐落在雪野上的地热自喷井。他希望在这一个半小时里,每个员工的头发都是湿漉漉的。脸颊都是红扑扑的。浑身散发着香肥皂的气息。下午离开这儿前还能再享受一次这样的浸泡、放松。为了做到这一点,谭宗三曾三次请动了陶馥记营造厂(廿四层楼国际饭店就是它施工建造的)老板陶桂林来"豫丰",希望在不改动它外观的大前提之下,增设二十个卫生间。让那些银灰色的金属输暖管道左盘右绕,在高架上穿越草坪、南道、树丛,从四面八方顽强地插进这幢具有浓烈日耳曼风格的大房子,插进它的红砖墙。十冬腊月,它的银灰会让你感到越发阴冷。三伏天,它烟烟的闪光又会让你感到另一番灼热。让所有的人,只要到这里来过一次,就永远也不会忘记这些以无数的阔叶树做背景、在空中横冲直撞、既排列得整整齐齐，又显得极为错综复杂的金属管道们。

对此，他很得意。特别想到经易门绝对不会这么做时，他更是得意。想到一旦经易门得知他做了这一切，会如何的坐立不安如何地大失所望又如何几次三番托人捎口信要求面谈请他取消这个卫生间计划而又被他断然拒绝，他真的是非常高兴，特别高兴。

但讨论这个计划时，却遭到存伯大然和陈实他们一致坚决反对。"宗三，我们不是在办幼稚园，用不着在这种方面花费这么大的财力精力……"

"向盐业银行拆借的那笔四千万款子，头一期利息还没有着落哩……现在的确还不是我伲瞎用钞票的辰光。"

"宗三啊，侬……侬……真是个浪漫主义者。啥金属管道。啥非洲丛林。啥日耳曼风格……哈哈……侬真是太浪漫了。太浪漫了。"

他们这样说。

说话的腔调简直跟经易门一模一样。是新"经易门"。而且是三个。

为什么？

他没有跟他们争辩。没法争辩。他知道他们是对的。他们有道理。就像经易门一样，总是对的。他们是耶稣。耶稣自有道理。于是他又莫名其妙地闷闷不乐起来。他知道自己没有理由不高兴。不应该不高兴。但他还是不高兴。他经常这样，突然觉得，一切的一切都没意思了。一点精神也打不起来。会突然地又非常非常地想念木堡港那一阵阵带鱼腥味的海风，想念他那个陈旧松软宽大又总能下陷得很深很深的真皮沙发，想念自己在木堡港开的那家小旅馆，小旅馆门前那一小片空旷的阳光、荫凉地。想念从早到晚只有一个人来住店时的那份闲暇和这种时候小旅馆里那些员工们的顺从和果木。想念那双旧皮鞋。是的，旧皮鞋……那种无法抑制的渴望……自责……忐忑……老在期盼的激动……一种不需要对任何人负责的激动……不必产生任何后果的激动……一切都可由那样一双旧皮鞋来完成……

母亲来责问他，为什么不去"豫丰"？侬不去"豫丰"，在外头已经产

木凸

283

生了什么样的影响,侬晓得哦?

他说,姆妈,我今朝不想谈这种事。我想清静一歇,可以哦?

母亲说,现在是啥辰光?是侬图清静的辰光?侬哪能(怎么)这么糊涂?!

他说,姆妈,我已经讲过了,今朝我不想谈……

母亲说,侬今朝不想谈。啥辰光想谈?

他说,到想谈的时候,我会打电话给侬的。

母亲大声叫起来,可是……可是外头那帮人现在就已经不来理睬我了。

他说,不理睬好……不理睬,蛮好嘛……

母亲一下从沙发上站了起来,苍白了脸,说,花那么大的本钱送侬到英国去读书,侬……侬就给我们这样一个结果?!

又来了。又来了。英国英国英国。姆妈,我今朝不想谈。不想谈。不想谈。不想谈!侬晓得哦?侬听懂了哦!他终于也大声叫喊了起来。

姜芝华一下被吓呆了。过了好大一会儿,才突然喃喃,侬跟我发啥脾气?我是侬姆妈。我是侬姆妈呀!说着,便歪倒在藤沙发上,嘤嘤地抽泣起来。

每次都这样,任性的他,闹到母亲真的受不了而哭泣起来时,便又心软了。他颓然坐下,苦笑,无奈,最后说道,好好好好,是我不好。侬想叫我做啥?到"豫丰"去?好。去。明朝一早就去……

没有人非逼侬去"豫丰"不可。姜芝华冷冷地从沙发上坐正了身子,从小皮包里掏出洒过花露水的小手帕,在眼窝和眼角等处流有泪水的地方轻轻地按了两下,而后很果断地站了起来,拿起小皮包,一边向外走去,一边说道:"没有人非逼侬去'豫丰',也没有人非逼侬做这个当家人。儿子,不要忘记,侬已经三十三岁了!三十三岁了!"

谭宗三最听不得人家当面说他已经三十三岁了。在盛桥时,有一次宋邦寅派汽艇来接他和萨重冰陆矗到岛上去看处决人犯。这也是谭宗三自己提出来的,说他长这么大,还没有看到过死人,也没有看过人临死前是什么样的,当然就更没有看过枪毙杀头是什么样的了。他说他想看看。他说他听一个学哲学的朋友讲过,人的问题,无非是两件事,一个是生,生存。一个就是死,死寂。人人都要经历。但迄今为止,仍是两大谜。有些人死过一次,自以为对现世的一切都"大彻大悟"了。但细究起来,离真懂,还差着十万八千里哩。他当然不能为了求什么"大彻大悟"而去冒"死一次"的风险。但真的很想看一次"死",起码让自己增加一点人生感悟吧。于是就让宋邦寅留心着点,假如他那里有这样的"节目",提前打个招呼。萨重冰和陆蠡是看到过人死的,但也没看过"杀头枪毙",这次便一起赶去"轧闹猛"(凑热闹)。省八监的刑场还是挺规范的。跟别的地方拿"乱草岗"凑数的做法完全不在同一档次上。起码有个两层楼高的岗楼,还有一系列固定的可布置警戒的哨位和一条通往小山背后坟场去的砂石子路。一些在这儿已经住了一二十年的重刑犯,常常跟宋邦寅开玩笑说,宋狱长,侬这只"旅馆"的设备真是齐全。住侬这只"旅馆"也算是我们"额骨头高"(运气好)。那天宋邦寅特地问了谭宗三一下,到时候是想远看,还是近看。谭宗三笑道,既来之,当然是要近看。再问萨重冰和陆蠡。他俩笑道,我俩是陪客,远近都听宗三兄的。于是,宋邦寅派人去把那两层楼高的岗楼收拾干净,抬进去一只圆餐桌,几把靠背椅,铺上白桌布,准备了三架袖珍望远镜和一台留声机。至于茶水干果点心,那就更不用说了,自是一应俱全。让谭宗三感到意外的是,宋邦寅居然还准备了一张铁架单人床放在小圆桌的旁边。三位进入这"包厢"时,还看到有两位监狱医院的护士小姐半小时前就已经来到这里,恭候着了。"侬这是做啥?"谭宗三指着楼下的护士小姐和圆桌旁的单人铁床,低声问宋邦寅。(不知道为什么,一接近这刑场,他的说话声音就不知不觉地放低了。)宋邦寅只是笑笑,不作正面回答,看各位就座完毕,便说了声,各位自便,等完了事,我再来接各位。下楼又低声跟两位护士小姐关照了几句什么,便驱车忙他的去了。这时,萨重冰低声开了句玩笑说,要不要把那两位护士小姐叫上来陪陪我们这位宗三兄。我看那两位长得还蛮够水准的。谭宗三用力踢了萨重冰一脚,低声笑道,啥辰光,还开这种玩笑?!但经萨重冰这么一提醒，倒也觉得在这满是囚犯警卫海浪巨石、天空上云层特别厚、地平线显得特别遥远的地方，身边突然出现这样两位"娇女子"，心情和感觉真的都很不一样。于是忍不住回头去看了看。只见两位毕恭毕敬地分立在楼下木梯子两旁，一身的白色打扮，拂耳的短发随着她们匀薄的呼吸在轻微地抖动，越发让人觉得怜爱之至。不知不觉中他的目光便呆滞住了，于是又惹来萨重冰和陆蠡一阵低低的哄笑。不久，便证明宋狱长事先在这楼里安置铁床和护士小姐是绝对英明的。当那三个要处决的要犯在扭动中从囚车上刚被抬下地时，谭宗三就开始心慌、憋气。后来有检察官拿着什么单子上前跟这三个人郑重其事说什么时，他已经有些不能支持了。主要是头晕。检察官说完后，一个神甫模样的人上前跟其中的一位又说什么。那个人这时其实已完全软瘫，脑袋跟死鸡似的耷拉在胸前，只靠两个法警架着，才勉强站住。而那两个法警长得也不壮实，一高一矮地做这生活显得十分吃力。不一会儿便有人上前去用黑布蒙那三位的眼睛。这时谭宗三无论如何也看不下去了。脸色青白。心慌得直想吐。陆蠡忙问："哪能了（怎么了）？侬认得那几个人？"而那两个刚才看着还似乎十分文弱恬静的护士小姐，这时却跑上楼来，先把谭宗三扶到床上躺下，而后快速关紧所有的窗户，把楼梯口的那块厚厚的盖板也盖上，快速打开留声机，放了张《铡美案》的唱片。尽量把音量调到最大限度。虽然所有这些措施到最后也并没能完全挡住那三下枪声传进岗楼，但应该说还是达到了预想的效果：枪声听起来似乎要遥远得多了，也不那么刺激和震撼了。特别动人的一幕是，当枪声就要响起的那一刻，那两位护士小姐立即并排站到床头靠外的那一边，一起弯下腰来，用她们的身体做成一个"掩体"，覆盖住谭宗三。其中的一位，一边为谭宗三搭着脉，一边还亲切地询问着什么，尽量转移谭宗三的注意力。她们把自己的身子弯得那么低，以至于白大衣的衣片垂落下来，都快要拂着谭宗三的脸颊了。

"侬赤佬真是有艳福。那么动人的小姐。而且是两位啊。"事后萨重冰对谭宗三笑道，"我当时为啥头不晕呢？两位弯下身体来时，我看到她们那胸部完全贴到侬的鼻头尖上了。哎呀呀……连我在旁边的人,都屏住呼吸,不敢透气了……"

"不要瞎讲。她俩离我还老远呐。"谭宗三此刻头依然还有点晕。脸色还苍白着。说话还显得有点疲软。

"艳福艳福。真是有福之人福自来啊。"陆蠡轻轻晃动二郎腿,微笑着附和。

"不过,宗三,"宋邦寅咬掉雪茄烟封嘴,划着一根洋火,冷静地皱起眉说,"侬老兄不是吵着要看枪毙嘛。为啥事到临头又不敢看了呢……枪毙现场离侬还老远呐。侬怕啥?怕子弹不长眼睛打到侬身上?怕死人的脑浆溅到侬面孔上来?侬啊侬啊……三十多岁……侬这个三十多岁啊……"

"我这个三十多岁哪能(怎么)了?"一听对方提到"三十多岁",谭宗三脸一红,马上就站了起来。枪声响过以后,心底的遗憾和愧疚一直在折磨着他。类似这样的事情已发生过不止一次。自己从来没做过但又非常非常想做的事、从来没有看过但又非常非常想看的东西、从来没有接近过但又非常非常盼望渴求的时刻,一旦临近,往往胆怯。脑子里总会出现一个强大的声音在轰响:不可以的。不可以的。不可以的。于是就退缩了。这时的他,往往就像一个恐高症患者被人领到了塔尖上,跨出门槛一步,便是他早已向往的云海松涛日影和奇峰。但同时却有那无底的深渊,那飘荡的寒风,那坠落的诱惑,那四处绝无依靠面前又只是一片虚空的恐惧,使他抵死也不肯再向前跨出这最后一步。有时在自己的房间里呆呆地遐想(有人把这称作"白日梦"),也总得不到圆满的结果。比如,在电车上碰到一个自己老喜欢的女孩,想象着自己怎么大胆地跟她搭讪,居然也引得她十分钟情,在十分拥挤的车厢里,自己居然战栗着暗中去握住了她的手,对方也在战栗,眼神中传递的讯息是羞怯,但又肯定是欣喜。温软的。依贴。世纪知交。清朗的。胜似有声。却微喘着。渴求。依赖。把手轻轻绕过后腰。轻轻地,仿佛一群懂事的小蚂蚁窸窸窣窣爬过。那熏衣香草般的明亮。她把头靠了过来……遐想到这一刻,总要出一个不好的结局。比如自己一抬头,那女孩身边总站着一个谭家门里的熟人,总吓得自己忙松开手,忙推开那女孩,忙向车门处挤去。有时,没有出现熟人,也会在那个女孩柔软的后背上摸到一个特别锋利的硬物,突然把自己狠狠地扎一下。有时会摸到一大把带刺的毛栗。手火辣辣的痛得无法忍受。或者挤碎了旁边一位老太太篮子里的玻璃鱼缸,那玻璃碎片飞起来,把所有的人都划伤,引起一片惊呼、混乱。那鲜红的大眼睛金鱼在所有人的脚边蹦跳,像河豚似的,把肚子胀得老大老大,整条鱼也一下变得像一条小牛那么大,然后化作一股非常非常黏稠的汁液,在车厢里漫延,使你完全迈不开步去,挣扎不动……而这时,那女孩的脸往往就变得很陌生很可怕很哀伤很畸形……以至很丑陋……

但这一切,跟三十多岁有何关系?我晓得我已经三十多岁了。三十多岁又怎么了?谭宗三在心里一遍又一遍地叫喊,脸色也就一刻比一刻地红紫。用一种绝少出现的神色(委屈?惊愕?愤恨?怨嗔?抗辩?)盯着宋邦寅。

"哎呀,侬老兄也是的。我不过就这么一说。至于要这样顶真嘛。"宋邦寅尴尬地一笑。另两位则忙向他做手势,让他不要再出声,由着谭宗三发泄一下。而谭宗三居然从椅背上拿起自己的西服外衣,头也不回地走了。

三十岁,对他来说是个重负。

所以有时他很怕春天。

春天来临,他知道自己又得长大一岁。

所以他有时很喜欢冬天。冬天他可以把自己"自闭"起来。"自闭"了,也可以不对任何"社会舆论"负责。

但是,既然冬天已经来临,难道春天还会长期徘徊吗?

那天,母亲又一次提到他的这"三十三岁",他竟然失控似地冲到母亲面前,大叫:"侬不要讲了!不要讲了!"

他知道自己不该躲回迪雅来。他知道应该认真跟周存伯谈一谈。在这件事上,他掌握着充分的主动权。也应该把陈实和大然找到一起来交换一下双方的看法。协调一下这两人的关系。在这方面他掌握着更大的主动权。包括经易门问题。可以撤换他。但也应该跟他讲清楚自己为啥要撤换。我撤换侬，不等于说，侬就不是一个好干家。只不过在我身边做，不适合。我们两个脾气不对路。强扭在一起，双方都"痛苦"。当面把话讲清楚，再摆上几桌，宴请一下，发表一篇欢送词，当众赞扬他几句多年来对谭家的"贡献"。然后宣布加赏给经家一笔丰厚的退职金。一封烫金彩印的推荐信、感谢信。把所有该做的事都做漂亮了。把所有的"句号"都画圆了。他知道谭家门里不少老太太长时间来不怎么"看得起他"。在背后，总在嘀咕他。他知道这些老太太和老老太太并非"儿戏"。除了他自己的母亲和许家两姐妹，其余的那些，每个人背后都连带牵涉上海商界或政界一股不能小看的力量。（她们的家庭亲戚朋友直系旁系娘家舅家……有的还连到北平南京。）她们要捏在一起发难，无论从哪一方面都能给谭家制造一种难以逾越的困境。他知道她们早就把自己看作是"谭家人"了。她们并没有别的奢望，只想得到必要的尊重。尤其是谭家当家人的尊重。只要能得到这一点，她们就会竭尽一切努力来维护你这个当家人。而要让她们感受到你的尊重，并非是一件很难做到的事。定期看望，间隔问候，中秋重阳年节的聚餐，各人寿诞的庆贺，实施什么重大举措前或发生什么重大事情后给予适当的通报，也就如此了。很难吗？不难。他想不到吗？他都能想到。但他总是觉得，不着急，何必呢。有时，他宁愿急着去看玻璃房里刚刚绽开的"蝴蝶兰"，也不肯先去筹划这些"大事"。

　　他还是有点怕。他不知道自己到底能不能做得成。他总是有这样一种侥幸心：也许不这么做，也能过得去。能过得去吗？也许过得去，也许过不去。过得去……过不去……他总在这种犹豫来犹豫去的惶惑中……冬去春来。

　　雪化了，会变成什么？

　　一个小学生答道，会变成桃花杏花和梨花。

　　您说对吗？

木凸

115

　　后来的几天,母亲果然没再来"搅扰"。又过了几天,母亲让她身边的那个娘姨来叫他,说是请了几位医生朋友到"将之楚"楼里来吃饭,要他去陪一陪。但实际上,他感到,母亲是请了几位医生给他"会诊"来了。他一到,母亲就找了个借口走了,并且把身边的那两个娘姨也叫走了。他再仔细一看,今天来的,全是泌尿科和男科的医生。"老夫人讲,侬有点不方便……叫我们来帮侬看看。这几位都是我的朋友,也是这方面的专家。"说话的那一位医生,是谭宗三的一个熟人,其他几位都没有见过。"这位家传研究男科,后来还出国去学了两年心理学,今朝侬尽可以放开了跟我们谈,只要侬感到自己在某方面有某种不方便,都可以谈。"

　　"要我谈啥情况?我有啥不方便?"谭宗三已经有点猜到母亲想干什么了。但当着那几位医生,不好发作。

　　"这个……这个……"几个医生互相之间打量了一眼。最后还是由那个熟人医生继续做他们的"发言人"。他说:"听老夫人讲,侬在寻女朋友方面,有点啥障碍……"

　　"啥障碍?"谭宗三不动声色地问。

　　"心理方面……或者生理方面……侬都可以跟我们谈一谈……"

　　"啥人跟你们讲我跟女人交往存在心理或生理方面的障碍?"

　　"这个……这个……"

　　"应该付你们多少出诊费?"

　　"宗三,侬这个……讲到哪里去了?"

　　"应该付你们多少出诊费?"谭宗三继续不动声色地追加了一句,斩钉截铁地问。

　　"出诊费的问题……老夫人会跟我们结账的……"

　　"那好。假如没有别的事体,就不耽搁各位了。阿要帮各位叫一部出租?"

"不用不用。"

"那就再会了。"

"再会……再会……"

就这样,三分钟,他把这一帮医生全打发了。而后他去找母亲,大叫大嚷:"侬想叫我在众人面前出啥丑?!侬哪能(怎么)晓得我在接触女人方面有各种障碍?你们不要再管我的事体了。可以哦?管到我三十三岁,你们还没有管够?还要找一帮人来查我的泌尿系统和生殖系统?你们还要查我啥?讲呀,还要查我啥!?"

"宗三!侬疯了?!"母亲气得浑身发抖,攥紧了小拳头,刷白了脸,叫道,"侬三十三岁还不寻女人,侬叫大家哪能(怎么)想?三十三岁侬阿爸都快要娶孙媳妇做公公了,可侬……"

"三十三岁。三十三岁。我三十三岁,又哪能(怎么)了?侬不希望我活到三十三岁?"话说到这个地步,就没有分寸了。果不其然,他的这话音还没有落地,那边就已经跳将起来。

"宗三,我是侬亲娘!"母亲在大叫这一声后,再次扑倒在太师椅上,号啕大哭起来。

116

最后一次吵,是为了黄克莹。为了不让母亲过分伤心,两天后他还是去了"豫丰"。虽然显得沉闷,但毕竟还是去了。小班子的人好像事先得到过某种训示,见了谭宗三全都不提这一向他不来"豫丰"上班的事。照样恭恭敬敬地叫"三先生"。谭宗三也不跟陈实大然他们提增修"卫生间"的事了。他这个人就是这样,想法特别多,特别活跃;在顺利的时候也显得特别幽默,但就是经不起别人反对。只要有人一提出反对,他就会犹豫,就会先怀疑自己,或者就会这样安慰自己:"急啥,等一等吧。"或者这么开释自己:"何必呢? 真是的!"

中午饭后,倒显得冷清。不像以往似的,总有什么人到他的写字间里来坐一会儿,聊一会儿。不仅没有人到他的写字间里来,就是其他大小写字间也显得一片沉寂。"豫丰"人似乎都已经预感了某种"集体不祥",方方面面都在做着"集体收敛"。他坐了一会儿,总觉得胃里有点不舒服。心里也憋着个什么。站起来,扭两下腰,甩甩手,做两下深呼吸,仍不见畅快。再细想一下,才觉出,今天进了"豫丰"大门,转了这一大圈,总觉得少见了个什么人。少见了谁,竟然让自己如此放不下? 一时间却又想不起来。仔细数数人头,似乎"豫丰"原班子中人,该见的都见了。还有谁? 他发了一会儿呆,便转身向外走去。不知不觉中,听到水的哗啦啦淅沥沥。站住一抬头,才发觉自己来到二楼那个最漂亮的卫生间门口了。有雾般的热气冒出,使这间卫生间的门像一只开水壶的壶盖。有一双女式的皮鞋摆放在门口。这时他心里一震。居然低低地叫出一声:"黄畹町!"

他再看了一眼那双鞋。这时明白了。自己是因为没见到那个叫黄畹町的小姑娘而感到不畅快。

奇怪。

真有点不好意思。

怎么会这样?

一双鞋……一个小姑娘……

他赶紧离开那个卫生间门口,走到走廊尽头,见一个打扫卫生的女工,他问:"啥人在大卫生间里沐浴?"女工忙说:"三先生要用卫生间? 我去叫她快点出来。""我不是想用卫生间。我只想晓得到底是啥人在沐浴?""哦,是她……"女工说了个熟悉的名字,但却是另外的一个名字。

不是黄畹町。

于是他很快地走出了这个楼层。但在临下楼前,还是忍不住回过头来认认真真看了一眼那双皮鞋。

他绝不是不想接近异性。他只是怕深入的接触。谭家门里多的是女性。他是在所有这些女性的管教下长大的。长大以后,他便渐渐发现,自己即便和同龄的或比自己年少的异性来往,也不敢有深入的接触,即便产生了冲动,也无法让这种冲动保持到双方都"彻底瓦解彻底不知所以"的地步。他非常怕到了再深入一步的时候,对方(哪怕是年纪比自己小的)也会像谭家门里的那些女人那样,突然正经起来,厉色地反问:"侬哪能(怎么)可以实梗(这个)样子的啦?!"小时候,他在谭家门里接触到的每一个女人几乎都在最重要的时刻会向他发出这样的诘问。吃饭,画图画,弹琴,打康乐棋,草坪上散步,去黄金大戏院看戏,赴亲戚家的"Party",穿不穿让他感到不舒服的黑西装上衣,用背带还是用皮带,吃伤心鸡蛋还是吃实心鸡蛋,讲一百次都记不牢在进客厅之前一定要先把鞋底上的烂泥刮干净。等等等等。"侬哪能(怎么)可以实梗(这个)样子的啦!"那时候,他身上的确有许多招她们讨厌的地方。比如谭家上上下下没有一个人是用左手写字用左手拿筷子的。但谭宗三至今还是一个十足的左撇子。又比如跟全家人一起走路,全家人规规矩矩走在人行道上,他就偏偏喜欢摇摇晃晃走在街沿那一条很窄很窄的边道上。全家人规规矩矩走在花园里的水泥甬道上,他偏偏喜欢溜到南道外的草地上泥地上。于是所有的女眷几乎都停下来,都用一种异样的眼光盯着他。并且在一片"侬哪能(怎么)可以实梗(这个)样子的啦"的惊叫声中,等着他回到正道上来。大学毕业不久,他走路就渐渐地慢了下来,也不再喜欢奇出怪样,终于规规矩矩地走人行道了,规规矩矩地走别人为他划定的,也是她们希望他走的那种种水泥甬道了。他实在怕听那种惊呼。怕听背后的种种议论。实在怕看到那种异样的眼神。那眼神里有诧异有气愤,有恨铁不成钢,也有谑笑轻蔑,那是一种正教徒贬斥抗拒警惕孤立异教徒的眼神。在很长一段时间被孤立以后,他太怕再度被孤立,太怕孤独。怕别人说他一切的作为都不为谭家着想。他希望别人能都对他好一点。他希望在别人的脸上看到自己希望的那种笑脸。随着年龄的增大,他越发没有勇气不去走别人为他划定的水泥甬道。而实际上,那样走,也的确要平安得多,舒服得

木凸

多,保险得多。

……

现在他已想不起来,第一次偷看女人的脚,究竟发生在什么时候了。肯定不是在大学里。那时,他这种"坏毛病"已然"根深蒂固"了。那就肯定是在中学里。但记不清是初中还是高中,更记不清是哪一年级哪一学期发生的事了。也许是发生在那个女班长时期?当时他是副班长。

是从那时候起,他就开始只敢偷偷地看她们的脚了?

不知道……

原因好像还不只是那么简单。

母亲问他,有个女人阿叫黄克莹?

他说,是的。

母亲又问他,她是侬相好?

他尴尬地一笑,说,姆妈,侬哪能(怎么)这样跟我讲话?

母亲再问,侬要我哪能(怎么)跟侬讲话?侬自家在外头做得难看,别人哪能(怎么)跟侬讲得好听?

他忙问,我哪能(怎么)做得难看了?

母亲冷冷一笑道,侬明明晓得她带了个"拖油瓶"。也明明晓得她在上海根本没有家。生活也没有正当的着落。一个没有家、没有正当生活着落的女人,又带了一个拖油瓶。侬……

他立即站起来,叫了一声,姆妈……

但……没有说下去。下面的话已经涌到了嘴边,突然梗住了。必须梗住。

母亲问,姆妈啥?姆妈当年也带过一个"拖油瓶",是哦?

他慌乱,忙说,不。不是。我不是要讲这个……

母亲正色道,我当年的确也带过一个拖油瓶,但我当年是个正经人家的女儿。我是个有家有职业的女子。我跟侬阿爸是讲好要他明媒正娶我才答应跟他来往的。我跟侬阿爸之间,没有像侬跟这个黄啥莹的女人那样!

他惶惑,说,我跟黄克莹到底哪能(怎么)了?

母亲厉声,侬跟这个姓黄的女人到底哪能(怎么)了,侬自家晓得!

他摊开双手,大声追问,我跟黄克莹到底哪能(怎么)了?

母亲说,侬晓得现在谭家门里有多少人在背后嘀咕侬这桩事体?侬晓得我这个做娘的在众人面前为侬这桩事体吃了多少"牌头"(受了多少气)?宗三啊,侬现在是谭家的当家人。侬三十三岁了……(又来了!谭宗三的心一痉)侬应该有点样子了。我不是讲侬不可以跟黄克莹那样的女人来往。但侬一定要考虑……侬阿爸娶过一个像侬姆妈这样带过"拖油瓶"的女人,现在侬要是再娶一个带"拖油瓶"的女人,我不晓得这以后的日子哪能(怎么)过……我不晓得我这个做婆婆的今后又哪能(怎么)去面对那样一个儿媳妇……侬不为谭家着想,也要为侬这个做娘的想一想……侬做谭家的当家人、我做侬这个当家人的亲娘,我伲俩总不能不要一点面子哦?

他站起来,打断母亲的话,好了,请侬不要讲下去了。侬的意思我全部都晓得了。我现在马上要出去一趟。

母亲说,侬出去也要听我把话讲完。

他说,我跟人家约的时间快要到了。

母亲说,啥人那么重要?

他冷笑笑说,啥人?实话对侬讲,今朝我约的就是黄克莹。

母亲一下气白了脸,话也说不成句了,侬……侬……侬……

他突然向门外走去,走到房门口,才收住脚步,背对着依然还呆愣在八仙桌跟前的母亲,不无有些伤心地,但却坚决地说道,求求侬,不要再管我的事体了。我三十三岁,三十三岁……我坦白地告诉侬,我是想跟黄克莹好。但我到现在为止连她一根小指头都没有碰过。我不是不想碰,也不是我有毛病。也不是她不让我碰。更不是她不值得我碰。而是我不敢。不敢。不敢。侬听懂了哨?我不敢!不敢!!

他突然不说了。很羞愧地不说了。

但那天谭宗三急于出门要去会面的不是黄克莹。说要去见黄克莹,那是气话,是在当时那样的情况下,实在忍不住,故意气母亲的。他要见的是鰍荛。鰍荛一直秉承他的意思,在暗中调查谭家的历史。最近他又下令让他加快调查的步伐。

谭宗三越来越感到,时间对于他来说已经不怎么宽裕了。不是说那时候他也产生了那种感觉,觉得自己快要走到生命的尽头了。那倒还没有。他只是预感,自己在上海的日子不会太长了。他有点不想待了。待不下去了。只是还没想好到底走不走。但的确已有了走的念头。

一两天前,鰍荛非常激动地打电话来,说,有眉目了,好像找到了一些非常关键的材料,可以澄清谭家人祖上情况。"啥情况?"谭宗三急问。"不要急。我正在做最后的归纳。我希望我最后得到的结论是推不翻的……"那天鰍荛不肯多讲。谭宗三可以想见鰍荛在说这些话时的样子。总是有点虚肿的脸上薄薄地泛出一层兴奋的油光。包括他那位也有点虚肿的妹妹。穿着洗褪色的花布鞋、浅灰蓝色衬衣。只看英文杂志。把那张旧的三人皮沙发靠放在一大排花梨木书橱前面。吃沙利文刚出炉的面包。亲手做果酱。手摇的粉碎机加上手摇的计算器。哗啦啦。加上咔嗒嗒。洗完澡,喜欢光身裹一件又宽又大的毛巾浴袍,趿一双草编拖鞋,一刻不停地在客堂间里来回转圈。其实谭宗三早就发现她经常显得很烦躁,很不定心。其实她个子并不高。手很圆,脸很圆,脚背脚趾脚跟,都很圆。

鰍荛找到的证据证明,谭家历史上不是每一个男人都是死在五十二岁之前的。也就是说,谭家的男人最早是可以活过五十二岁的。

听鰍荛宣布这个结论时,谭宗三手里正拿着一把割纸刀,居然一下戳歪了,戳到了旁边的一只果酱碟子里,又从果酱碟子里滑到小圆桌上,把那块老漂亮的而又老老式的圆桌布划了一道长长的口子,并深深地扎进桌面里。

基本情况是,谭家在全家举迁,进驻崇善里之前,还曾有一位先人到上海来谋生过。但他最终没能在上海站住脚,无奈又离开了上海。当时他借住的不是崇善里。当时他连崇善里那样的房子都租不起。而正是这位以失败告终的先人却活过了五十二岁。而且有迹象表明,和这位先人同时代的谭氏家族中还有其他一些男性族人也活过了五十二岁。

精彩!!

太精彩了!!

"证……证据呢?证据在哪……哪里?有哦?这个……有哦?"谭宗三激动得连话都说不连贯了。

汽车在大门口已经发动。他立即把周存伯张大然陈实统统叫来,立即驱车向西区驶去,一直开到丁香花园,向北。向西。再向北。东诸安浜。西诸安浜。安西路。快到苏州河但还没到苏州河;已经听到火车叫但还没过铁路。碉堡。老式水塔。铁丝网一段段生锈。骄阳如火。一小片竹林后头出现两小块弥漫着清新的浓郁的大粪气息的农田。两辆汽车紧相尾随着钻进一条高低不平的大弄堂。弄堂里全部是平房,还有不少草棚、木板棚。或者在用竹篾编成的墙壁外头涂一层烂泥和石灰。小菜篮头晃来晃去。女人们赤脚穿套鞋,不停地你起我落,伸直或弯下肥厚或羸弱的腰肢,从一口石砌围栏的水井里提吊一桶桶冰凉的井水。反复漂洗床单尿布和青菜豆芽和马桶痰盂罐。任凭卷过或没卷过的前刘海在各自的额头上拂颤抖动。而总有那么一两棵开满了浅紫色花朵的桐树耸立在她们的身后。很高大。五月再看槐花。

走进一个黑篱笆门。推开一道五开间的老式瓦房房门。

鲰荛告诉谭宗三,谭家的先人不姓谭。

"姓啥?"

"姓洪。"

"搞啥搞!"

"侬想听哦?想听,就不要打断我的话。不想听,就算数!"

"想听。想听。当然想听……"

木凸

117

　　这位姓洪的先人,大名"兴泰",小名"驼背"。细算起来,洪兴泰是谭宗三祖父的曾祖父。也就是谭雪俦曾曾祖德麟公的祖父。鳜鲞还掌握了这样两个并非不重要的情况。一、不仅这位洪兴泰活过了五十二岁,而且他的儿子,也就是德麟公的父亲也活过了五十二岁。二、能不能活过五十二岁,跟姓什么没有关系。因为这位洪兴泰的儿子,也就是德麟公的父亲当时已经改姓了谭。但他故去时也已六十有七。而且跟职业没有关系。比如洪兴泰在上海做过"红铜工",后来给他未来的丈人老头看中,出钱让他去盘下一家倒闭的铁工厂,做了相当长一段时间的铁工厂老板。后来又异想天开要做铁业技工学堂(他自己斗大的字不识两担)校长。从铁工厂赚来的一点钞票全部赔进这个技工学堂里,最后还欠了那些教员六七个月的工资,被大家联名告到县里。知县追查下来,他只好躲出去。等风头已过,铁厂早被查封检抄干净。他只好又到王家码头陆生记药局做了几个月的"学徒"等等等等。而这些由他做过的职业,谭家后来的子孙也不是一个都没做过。洪兴泰做时,活过了五十二岁,而轮到子孙们做时却活不过五十二岁,这理由当然不能归结到"职业"上。

　　那么,能不能归结到后来谭家门里不少人都做了官这一点上?从德麟公起,谭家一个明显的变化是,进入仕途的大为增多。德麟公最亨通时曾做过安徽道台。但谭家入仕,并非从德麟公首起。最早的一位,还当属他的父亲,也就是第一个改"洪"姓为"谭"姓的那个先人。他后来汲取父亲洪兴泰一生惨痛的教训,决心弃商从政当官。甚至痛下决心,改"洪"姓为"谭"姓。但他依然活过了五十二岁。

　　这说明,当官,也不一定活不过五十二岁。

　　"那么,谭家人到底是因为啥才活不过五十二岁的?这原因侬查清了没有?"谭宗三急问。

"腥,搞了半天,侬只是告诉我伲,谭家的先人姓洪不姓谭啊?这有啥实质性意义?"陈实端起茶杯,抿了口冷茶,笑着摇了摇头。

"都不要插嘴,听鱽荛讲下去。"这是周存伯的声音。他最近的变化不小,主要的一点还在于,方方面面都越来越像经易门。神情、举止、谈吐。但他自己却并不觉得。他曾主动找谭宗三长谈过一次,再次向谭宗三表示,自己别无他意,只想为谭家好好做一点事情,正在做的和已筹备停当的或尚处于筹划论证之中的,无不是为了这一个目的。

"请侬相信我。"他恳切的程度、恳切的样子,都不亚于当年的经易门,只是显得更为文静得体。谭宗三感动地点点头,并努力地握了一下他的手。他本想再文绉绉说一句诸如"好花挨过几番风,胜雨不觉一时春"之类的安慰话。但不知为什么,这些话都到嘴边了,却怎么也说不出来。事后,他反复回想自己那一瞬间的迟疑和生分,仍深感意外、不解。

鱽荛继续往下讲。

我现在首先要劝大家千万别一头雾水地拼命追问谭家人当初为啥要改姓。改姓的事,在那个年代里是经常发生的。而能公开说出口的原因往往又都很普通。很没有什么传奇色彩,很不值得为此多费口舌。比如我们可以设想洪兴泰后来无奈做了谭家的招女婿。按当时的规矩,他的后代自然就得改姓谭。也可以设想洪兴泰把自己某一个儿子过继给了一位没有后代的好朋友,而这位朋友恰好姓谭。现在的谭家就是从这支"香火"上延续下来的。还可以设想身强力壮的洪兴泰在老家勾搭上了一个年轻柔弱却又秀美的女学生私奔到上海。要死要活地拼命"爱"了一阵后,居家的日子却越来越艰难。到后来只得"把悉心喂养的几只油鸡都杀来炖了汤",但她偏偏又有了身孕。实在没法再过下去了,只得回老家向娘家"缴械投降",无奈之中带着那个"腹中子",嫁给了一位表哥。该表哥恰恰姓谭。等等。等等。

也许我们永远查不出洪兴泰的后世弃"洪"姓"谭"的真正原因。因为经验告诉我们,在没有完全进入现代文明之前,历史必然是带着秘密前行的。秘密封锁着无数的残忍,秘密也铸造了无数的悲壮。为此,每一代人都不得不把百分之九十九点九九九的秘密永远地带进了棺材。同时，新的一代又在制造新的秘密。我们不能靠挖掘老祖宗的秘密来过日子。就像阿部看不起许多中国人总喜欢收藏古董一样。有能耐，您就去制造新的秘密，制造"新董"，让自己脚下的每一步路都走出响动，踏出坑眼儿，让后人瞠目。

还是让我们先来弄清楚洪兴泰和洪兴泰之后的谭家到底又出了些什么事吧。也许这能帮助我们作出接近真相的判断，搞明白洪兴泰的子孙为什么会弃"洪"姓"谭"，而这位"洪"姓祖宗后代中的男人为什么一个个地都活不过五十二岁去。

而谭宗三，他只想搞明白，他能不能活过五十二岁去。时至今日，对于他，也许只有这一件事，才算得上是真正重要的。

洪兴泰最早在苏州河上帮人家起粪船。他是个沉默寡言的人。右肩胛和右后背上由于常年挑担，终于各磨出一个像拳头或比拳头还要大的肉疙瘩。（这就是他那个外号"驼背"的来历。其实他的背并不驼。他的腰背长得比谁的都要厚实挺拔有力，非常能讨得那些喜欢男人强壮的小女子的好。）这两块肉疙瘩一到夏天，就可以看得很清楚。所以他一般不肯赤膊。跟女人睡觉，也少有真脱光了的时候。其实他很会利用这两块疙瘩肉来伺候那些暗中跟他来往的女人。高兴了，在摸她们的同时，也会让她们中的某一个伸进手去摸摸他这两块完全呈紫红色、油光锃亮、软硬适度，而又极富韧性和弹力的肉疙瘩。他欢喜瘦女人。一直暗中和长得很瘦很瘦的女人来往。他觉得瘦女人有劲。不仅要瘦，还要高。不一定太黑。但不要白。嘴可以大一点。悄悄地藏着两颗虎牙更好。他甚至希望她们的胸部平坦。但腿要长。动作要非常的麻利干巴脆。有点扭捏做作也蛮好，但不能过分。过分扭捏做作的女子往往有野心。但一点都不扭捏做作呢，他又会觉得没滋味。假使她真的长得蛮高蛮瘦，眼睛又蛮亮蛮刁，发起痴来能死死地搂紧了他连声颤颤地叫"阿哥……好阿哥……亲亲阿哥……"由着他掐由着他咬由着他冲撞，只流泪但不叫痛不松手不住声，而且也在掐也在咬也在冲撞的，他就特别喜欢。在给这样的女人置办金银首饰衣服鞋帽零碎小吃化妆用品等方面,他从来不心痛钞票。(但他从来也不带她们去戏院书场茶馆。不带她们去。自己也不去。到那种地方去人看人、人轧人,有啥意思?他决不在这方面乱花一分钱。晚上真的有空,他宁可泡一壶大叶子长梗子茶,独自躺在那把从旧货摊头淘来的藤榻上,养精蓄锐。在上海这样一个地方,有自己一间房子。自己一棵大树。天色渐渐暗将下来。能笃悠悠摆平了在院子里随心惬意地躺一躺,可以不去理睬弄堂里任何一个像煞有介事的"赤佬模子"〔混蛋东西〕的吆五喝六,又不用担心明朝没有生活可做,不必像那些"塌底棺材"〔二百五〕那样,到泥城桥或打浦桥下面去等生活,更不要靠在那种"洋装瘪三"或"小白脸""娘娘腔""猪头三"身边拍马屁借债过日子。侬还要怎么样?啧!)其实那时候,他手头并没有太多的钱,后来主要又靠做红铜工在上海滩上混日子。帮外国人修轮船。

　　解释一下。"红铜工"也就是民间常说的"铜匠"。早期的外国轮船,许多部位都包铜皮。特别是机舱里,许多部件都是铜做的。还有那些粗的细的长的短的弯的直的热的冷的让人眼花缭乱而又兴奋不已的油管水管气管也都是铜做的。船靠上海码头,机器出了毛病。当时的上海还没有专职的修船工,只好找铜锡店里的铜匠去充"大好佬"。后来越来越多的外轮涌到上海,就有越来越多的铜匠学会了越来越多的修船技术;于是脱离铜锡店,专职靠修船吃饭,并正式转到船厂。外国大班叫他们"拷不司曼",直译过来就是"铜人"。洪兴泰就是这样的"铜人"。一个后背上长出两大块肉疙瘩的"铜人"!

　　谁见过?

　　找遍全世界,也罕见。

　　哦,是的,"铜人"。

　　难道你们真的都忘记了?自己是铜人的子孙啊!

　　那天谭宗三听鳡鲞讲后,一回到谭家花园,就迫不及待地去找谭雪俦。但不巧,谭雪俦房里坐着好几位客人。谭雪俦已经有很长一段时间没有见客了。(这里要补充解释一下,小说一开始曾提到,病重的谭雪俦离他五十二岁的生日只有十几天了。按说他必须在生日前死去,最晚也得死在生日的那天。但谭雪俦却活过了生日那一天,一直活到了这一刻。这件事曾在谭家引起一阵非同小可的兴奋。以为谭先生已经突破了这一"劫数"。谭家男人因此得以新生了。全家上下准备张灯结彩大庆一番。后来谭雪俦的母亲、谭老太太赶快出来制止,说"劫难"并没有过去。对这件事,谭老太太有她的解释。谭宗三还有另一种解释。老太太说,其实雪俦真正的生日还要往后推个六七个月。谭雪俦满百日时,谭老先生请了个算命先生为谭雪俦算命。算命先生根据谭雪俦的生辰八字排出四柱、大小运、流年,细细一看,便连连说不好。谭雪俦的"四柱"中有"三反冲一戌"的格局,为大凶之兆。家里人求他代为禳解。算命先生便问,谭雪俦的"衣胞"还能找到否?谭雪俦的母亲谭老太太想了想忙说,可以找到可以找到。算命先生便说,那好,还有救。命书中讲得清楚:"水上长生在申。帝旺在子。死在卯。墓在辰。"谭雪俦命中致凶的便是这"辰土"太多。所谓"三辰冲一戌"。五行中,克土者木。如能找到谭雪俦衣胞,将它重新埋到园中最大的那棵树下,并把这棵树移来谭家花园的时辰,作为谭雪俦的生辰,便能禳解。后来就这么办了。所以多年来,人们以为的谭雪俦的生日,其实是那棵大树的"生日"。而他自己真正的生日却要晚六七个月。所以谭雪俦真正的大限之日还在六七个月之后。一切还要等到那时候才能有个定论。但谭宗三对此却另有个解释。他说雪俦这几个月之所以便血次数大为减少,有一段时间甚至都不便血了、气色也大有好转,完全是因为他把经易门从自己身边"赶走"的缘故。根据谭宗三长期的观察、反思,他觉出,谭家人人人心底里都是怕经家人的。谭雪俦也一样,怕经易门。他的便血、气衰、脾亏……都是来自于这种长期的"谨小慎微"和"战战兢兢"。长期不得舒畅,湿滞中焦,脾失健运,热邪伤阴,迫血妄行,故见便血等血动之症。长期的不言自明或不言也不明,一旦解脱了,气顺了,中焦通达,脾阳得复,统摄有加,则血溢自止。谭雪俦对谭宗三的这种解释却大呼"荒唐"。我哪能[怎么]会怕经易门?我最反对侬辞退经易门。我一心要挽留经易门。经易门被辞退以后,内心最感到歉疚的就是我谭雪俦。我哪能[怎么]会因为辞退经易门而使病体得以好转？荒唐透顶,真是荒唐透顶。但谭宗三却坚持此种说法。他说他早就注意到,只要跟谭雪俦讨论辞退经易门一事,从表面上看,谭雪俦非常生气,但当天或隔天,肯定会减少便血次数和便血量,甚至停止便血。而只要他一退让,答应考虑考虑不再辞退经易门,从表面上看谭雪俦高兴了,但紧接着,已不便血的他当晚或第二天一定会又开始便血,并还会加大便血量。屡试屡灵。谭雪俦不相信。但事实是明摆着的。不容辩驳的。这使谭雪俦大为困惑。莫名其妙。越加内疚:为什么偏偏要在辞退经易门后,自己才不便血？这样对易门太不公平了嘛！但不管怎么样,它毕竟使谭雪俦的身体状况暂时得以好转,也使他这两天又想见客了,也能见客了。)

今天来的客人是河南路恒源里茂丰洋货号的林老板和他那个一心要想当律师的女儿。这位林老板的身世相当有意思。曾祖父早先在一家洋布店当伙计。那一年不晓得怎么搞的,老人家一时冲动,为店里低价收进一大批白颜色的呢料。货一进店,老板拆开包装一看,就大叫惨透惨透。这样一种纯白薄呢只有欧洲人喜欢用它做休闲服。中国人只有在殡丧之时才会扯了它来做孝服。平时谁会用它来"触自己的霉头"(给自个儿找晦气)？就算有那么一两位赶时髦的洋派淑女绅士想做一两身白色的猎装到康健国骑马划船,那又能要得了多少？因此压了满满一库房。同事们都说他热昏了头,吃错了药。老板因此要停他生意。他也是反复托人说情求饶。恰恰就在这时,那个著名的一八六一年到来了。一八六一,在美国,为是否要彻底解放黑奴,开始南北大战。在俄国,沙皇亚历山大二世则签发了一系列的文件法令,最终废除了农奴制。当时有许多贵族和地主都想不通。一个聪明的俄国贵族政治家对这帮没头脑的贵族说了一句非常聪明的话:"这件事(解放农奴)自上而下地由我们自己来做,要比等待他们通过造反来解放自己或许要好得多。"而在东欧,同一年,反对土耳其奴役者的战火频起。同一年,亚平宁半岛上的那个卡富尔面对在奥地利统治下四分五裂的意大利喊出了这样的声音:"我不会演讲,但我会创造一个崭新的意大利。"也就是在这一年,普鲁士人民却得到一个更为保守也更为诚实的国王威廉一世,得到一个笃信神念忠贞于专制政体的铁血首相俾斯麦……而在这同一个著名的一八六一年,在中国发生的唯一一件大事是我们的皇上清文宗奕詝(咸丰)不幸驾崩。皇上驾崩是皇室的不幸,却实实在在地改变了我们林老板一家的命运。是时,大清帝国虽然已经不怎么强大,但却依然稳固。祖宗传下的规矩还得沿袭。故而文武百官必须换下平日装束,改穿用白呢做的朝服,为皇上服丧。道台衙门星夜派员往各呢绒绸缎布匹店里求购白呢。杭嘉湖、苏锡常以至南京太仓宁波温州等地官员也派人往上海求购同类衣料。一夜之间,白呢的供求状况严重畸变,搜遍全上海,也没找到几匹,唯独他们这爿店里最多。一夜之间,滞销的呆货便变成了奇货俏货,绝对的炙手可热,炙手可烫,价格暴涨的幅度让人咋舌。店里大赚了一笔。林老板的父亲据此也获取了不小的一笔红利,顿成巨富。(此记载见一九六〇年三月版《上海钱庄史料》)

　　林老板早就想带女儿来看望谭家人。其目的只是借便把女儿介绍给依然还单身着的谭宗三。其实在此之前,他已经借各种机会,让女儿接近谭宗三。一度甚至都准备让女儿到盛桥镇去挂牌开业,就在谭宗三的那个小旅馆里长期包租两间房子,安营扎寨,悉心周旋到底。林老板的女儿长得不难看。高个,秀腿,戴一副金丝边眼镜,披一件黑呢立领的欧式大氅,尖头漆皮女靴,总是擦得明亮至极。薄薄的嘴唇角上也总是带着一种没有读过专科学堂的女人所不会有的微笑。但谭宗三总是很讨厌她。讨厌她那种微笑,因为她总是用这种微笑来表明她早已洞察一切,并表明她正以极大的忍耐宽容着她面前这些完全不值得宽容的可怜的生灵。他讨厌她任何时候都能找到一个合适的契机,不着半点痕迹地告诉您,她在专科读书时,曾代表全体女生给行政院某副院长献过包括康乃馨和马蹄莲在内的一束鲜花。而后再次不着半点痕迹地把那几张合影留念的照片让您看个够。其中一张是与美国小石头城女子学院的鲍勃·张先生的合影照。不知道当年才只有十六岁的她为什么一定要穿得那么庄重去跟人合影。她一身的黑呢裙和那位鲍勃·张先生一身的浅色西服成了鲜明对照。可惜是黑白照片,否则我们还能看到那位六十五岁的鲍勃先生系的是一根大红丝织领带。当然谭宗三并非觉得她一无可爱之处。比如任何时候她都薄施粉黛。即便坐在那把仿维多利亚式高背椅上,也总是在轻轻地抖动着她那两条好看的长腿,致使钉有橡皮防滑垫的椅脚和磨光地板之间不住地发出一阵阵吱吱嘎嘎的涩牙声。她这种轻轻抖动二郎腿的姿势,还是有一定的看头的。但他还是"害怕"她。怕她不定在什么时候又要掏出那一叠眼见得越来越多的照片和签名,漾起她那一丝淡然的微笑,无休止地谈论和这些名人的交往。谭宗三很怕和这些名人来往。不要说那位副院长,就是院长大人,或总统府咨事,都曾不止一次地莅临谭家花园,拉过他的手,摸过他的头,亲切地询问过他该年度期末考试的成绩。他也曾亲耳聆听过某几位"考试院"大人跟谭老老先生热烈地议论"青鱼甩水"的最佳烹制方法和天天临睡前用热水泡脚三十分钟坚持数年壮肾固精必收奇效身有所感等等一些更无聊的话题和做派。所有这些又算得了什么?无聊嘛。所以每一次见到她时,除了向下斜瞄一眼,灼灼地想象一下被这靴子包裹住的那双玉脚神韵,必很快离开谈话现场。所以,绝对谈不上应她那位痴心的父亲所请,娶她过门朝夕耳鬓厮磨。这样的父亲和这样的女儿(类型虽各有异,但均能使玉石俱焚),这些年谭宗三几乎每个月都要遭遇好几对。这也是他后来非得"逃"到盛桥去求个耳根清净的众多原因中的一个。

  林老板告诉谭雪俦,他女儿终于获准在法大马路外滩挂牌营业,还荣获她老师赠送的一套旧律师制服,准备隔天在金陵酒家摆十几二十桌酒水,请几位新闻界的朋友和司法界的前辈来捧捧场。当年律师出庭都要穿一身专用的律师服。律师这套服装,跟唱戏的"行头"一样,都是相当有讲究的。唱戏的讲究行头要"新",而做律师的却讲究"旧",越旧越好(当然不能旧到破的地步)。"旧",证明侬资格老、经验丰富、知识面开阔、应对能力强。这和人们期待于医生的是一样的。医生总是越老越好。所以年轻的律师都希望能得到一套老律师赠送的"旧律师服",最好是著名的退休老律师赠送的他自己用过的律师服,而且在一个公开场合在某种仪式中赠送。这样的律师服本身就是经验、知识、能力和成就的象征。这样一次仪式本身也是一种身价的显示。林老板的女儿就得到了这样一套。他们准备公开举行这样一个赠送仪式,隆重推出。会有很多次镁光灯闪烁,很多颗珠泪晶莹,很多次叹息答谢、致辞。再轻轻咬住战栗的下嘴唇,再潇洒地递去温嫩的手背以供轻轻一吻,签名,送鲜花。或者在司法部长或次长或次长助理面前轻轻低头一笑,或者拢一下缎子般光亮的长发。但这一切,对于在英国也混过几年的谭宗三来说,不仅耳熟能详,而且厌恶之至。因此谭宗三送她出大门时,只是情不自禁地斜过眼去向下瞄了一眼,发现她连袜子都改穿黑色的了。这反倒使他有一点心动,并再想看一眼。父女俩的三轮车却已然踏过转弯角子,被黑白岗亭挡去。留下最后一个印象,她应该穿一件灰底薄花呢曳地长裙,戴一顶小花点大檐遮阳布帽,同时免去衬衣里的垫肩,缓冲本来尺寸就显得过分宽大的骨头架子和一点都不圆润的臀部所产生的生硬感。总之女人不应生硬。这也许是谭宗三一点很陈腐的观念。但他总认为她或者应该穿一双长筒的白线袜为好。紧紧。裹住。

走了。凝视背景。这一对父女已然消失,只剩灰白的街区和几株非棕榈属的亚热带乔木。一两条在街沿石上呆立的黄狗。他苦笑笑摇了摇头。回到"将之楚"楼,谭雪俦正在吃药。吃西药。大大小小的药瓶排了一长溜。侄夫人筱秀官对照一张医生开的药单,从每只瓶子里往外倒药片和药丸。红的黑的黄的白的咖啡色的。"吃三爆盐炒豆哉!"谭雪俦自嘲地苦笑笑,便进洗手间去解小手了。这两天不喷血,却添了一个新毛病:一吃茶、一见水、哪怕听到一点水声,就禁不住要小解。等谭雪俦进了洗手间,筱秀官忙走过来低声关照:"不要跟他讲经易门的事体。"

"晓得晓得……"谭宗三连声答应。

因为自己的便血居然跟是否留用经易门发生了这样一种莫名其妙的

关系,谭雪俦的内疚至今不但不见减轻,相反地日渐严重。更使他内疚的是,经易门真的被辞退后,他曾汹汹地责难谭宗三,跺脚,尽量地叫喊。停药两天。甚至故意吃一些活血的药。比如姜黄水蛭乳香穿山甲红花王不留行……他希望发生一场大喷血,来警示谭宗三,收回罢免经易门的成命。本以为十分虚弱的自己随后还一定会悲愤得眼前一黑摇摇晃晃站立不稳……但这一切却偏偏都没发生。相反,却时有一种自己也无法控制的轻松感,从心底冉冉升起,并向四肢关节分布漫散。这种轻松(放松)的感觉,可以说是许多年都没品味过的了。多日冰凉的脚底和后背,骤然间也都温温地有了一丝暖意。为什么?他惶惶。难道自己潜意识深处也是赞同清除经易门的?不不不不不……他一下跌坐在软椅上。他坚决不同意筱秀官要请医学院的专家来查一查经易门和自己喷血和自己那种莫名其妙的轻松感到底有啥关系。他怕别人在这件事上"瞎七搭八乱讲三千",并传到经易门耳朵里加重对经易门的精神打击。

　　后来他又要求谭宗三做出明确保证,不减少经易门的经济收入,以此来减轻自己的愧疚感。"侬要我不减少他的收入。可是……我用啥的名义给他发这钞票?师出无名啊!""我不管侬师出有名还是无名,经易门过去拿多少,现在必须还替我发给他多少。侬想的就是不要他当总管。他现在已经不是总管了。侬还要把他哪能(怎么样)?为这桩事体,伲已经逼死了忆萱……还要他……""喂喂喂喂……请侬把话讲讲清爽好啥。谁逼死了赵忆萱?!喂喂喂……""是我。是我逼死了忆萱。跟你们都没有关系。是我没有出息。是我的病连累了易门连累了忆萱……我是元凶!我是祸首!这样总可以了哦?请侬高抬贵手,放易门一条生路,可以哦?!我求求侬这位三爷叔了!"

　　如此这般,大吵。

　　奇怪的是,吵到如此程度,谭雪俦就是不喷血。后来,谭雪俦特地派人到玉佛寺"直指轩"订了一桌素斋,想为经易门宽宽心。经易门托人捎话过来说,为了谭先生的身体,暂时还是不见面的好。只要谭先生保养好自己的身体,比吃啥素斋都要使经家人开心。至于经家这边,就请谭先生尽管放心好了。不管发生什么样的事，经家人都只有一个心愿：希望谭先生身体一天比一天好，希望谭家的事业一天比一天发达。经家人决不在乎自己落个啥等样的下场。经易门这种态度，使谭雪俦愈加觉得过意不去，非要见经易门不可；便带上医生护士，亲自去经家看望。还专程到斜土路殡仪馆去看望暂厝在那里的赵忆萱，在她那个大红的棺木面前烧了一堆锡箔。经易门当然是一路陪同，恭敬小心。车到斜土路殡仪馆门口，他抢先一步下车，让家人用事先准备好的布幔封住所有的门洞和道口，以防穿堂风威胁到谭雪俦。暂厝用的大堂是个只有三面墙壁的厅，许多个砖砌的高台上陈放着别人家厝放在那里的棺木。有的，可以看出已是十好几年的"老客户"了。砖台下的枯草和棺木的朽败日久的纸钱斑驳的香烛签台，自然显出老客户们的风采。经易门让人用一整幅拼接成的白帷幕把大堂敞口受风的一面统统封闭了起来。这种事只有经易门才能想得出，同时又切实地办得如此周细。而此时此刻，经易门腰系白布带，率领着麻衣麻鞋白帽穿戴的儿子经十六，跪叩在忆萱灵位一侧，准备替忆萱向谭先生还大礼了。

香烟缭绕。缭绕……法号顿起。顿起……钟磬齐鸣。齐鸣……苍生悲戚。悲戚……

谭雪俦呜咽了。在两位太太的搀扶下，他长久地弯不下膝头。嘶嘶抽泣。自从彻底病倒以后，这是他头一次硬撑头皮走出谭家花园门槛，又走这么多路，又这么劳神伤心，几至痛不欲生。奇怪的是竟然不喷血。为如此的不喷血，他真的非常痛恨自己，觉得这个样子……实在是对不起经易门，也对不起经家三代人啊……

谭雪俦从卫生间回到房间里以后，筱秀官便忙收起药瓶，把窗帘布再往下放了半尺，避免移动中的西晒阳光直接照射谭雪俦，并替谭雪俦手头那只热水袋重新换过热水，再次哀求般地看了谭宗三一眼，请求应承不提"经易门"这三个字的诺言，这才对在一边厢侍立的两个娘姨做了手势，打发了她俩，把房间完全让给了这位等待已久的"三爷叔"。

谭宗三匆匆赶来,是要询问有关洪兴泰的事。他觉得谭雪俦长期处在当家人位置上,肯定掌握大量为谭宗三所不掌握的家族机密。退一万步说,一向不许自己兴趣过于广泛、要求自己专心做事而不去旁骛另瞻的谭雪俦对此事所知了了,今天也一定会对谭宗三提供的情况发生极大的兴趣。它毕竟跟破悉"五十二岁"一谜有直接的关系啊。他一定会相帮着出些有用的点子,来进一步查实此事。

但是,实际发生的情况却完全出乎他的意料。谭雪俦今天待他特别的冷漠(这种冷漠,谭宗三在一个多星期前就已有所感觉了)。这位卸职的当家人今天完全闭目不应。听而不闻。僵卧不动。过老半天,才突然坐起说,宗三,我俩俩再商量一下经易门的去留问题……谭宗三忙说,今朝不是讲好不谈经易门的事嘛。谭雪俦却一把拉住谭宗三的手说道,宗三啊宗三,有句话我一直想对侬讲,又怕侬不相信怕侬笑话我不敢讲。但我今朝想来想去还是觉得要讲出来。不讲出来我心不安,不讲出来我死不瞑目。

"啥话这么重要?"

"侬听我讲……谭家门里可以没有我谭雪俦,但的的确确离不开这个经易门。侬就让我喷血喷死,也一定留住经易门……几辈子人挣这份家当不容易……为了这个谭家……谭家……就算我求侬了……"

"侬的意思是讲,没有经易门,我谭宗三就管不好这个谭家?"

"话不能这么讲……"

"但意思是这个意思。对"哦?

"宗三……"

"雪俦,我晓得谭家的人都看不大起我谭宗三。我也不是一定要死赖在这个当家人位置上。我现在只想搞清楚一桩事,侬能不能帮帮我的忙,就是那个洪兴泰……"

"不要讲这个洪兴泰。"

"为啥?"

"不讲就是不讲……"

"为啥?!"

"为啥?!!"

谭雪俦就是不肯讲。搞得谭宗三很恼火。恼火也没办法。不能发脾气。于是回到自己房间,于是一直闷坐到傍晚时分。有人来敲门。居然是那位侄夫人筱秀官。传谭雪俦的话,请三叔过去坐坐。坐啥坐?他心里只有经易门。根本没有这个谭家,更没有我这个"三叔"。坐啥坐?!莫名其妙。完全莫名其妙嘛!他冲着秀官吼叫了一通,心里痛快点了;平平气,吃一口冷茶,缓和下一口气,这才再问秀官,雪俦叫我去有啥事体?秀官乖巧,只装不知道。谭宗三便说,假使没有啥大事体,明朝再讲吧。见谭宗三执意不肯起身,秀官才糯糯地垫了一句,事体大概总有一点的吧。谭宗三疑惑地打量了彼秀官一眼。这位彼秀官是常熟著名乡绅筱贵庵的独养女儿。这个筱贵庵尽走怪路子。四十岁前只做一桩事:把四乡八邻的青壮男女介绍到上海、南京做工。男的介绍去盖楼修房子,女的介绍去做奶妈。据说,建造二十四层楼国际饭店的那批青壮工,一大半是这位贵庵兄介绍过去的。而英租界公共租界里的奶妈也有一大半是通过这位"筱爷叔"的关系进入千家万户的。(法租界里的奶妈据说都捏在另一个人手里。)筱贵庵一过四十岁,就金盆洗手,老老实实回到乡下只做一桩事:养戏子。到处搜罗男旦。专门为这些他看中的男旦,成立剧社、戏班。这里甚至包括演文明戏的男旦。所谓"文明戏",也就是后来所讲的"话剧"。男旦们在她老爹房中嗲声嗲气扭来扭去。筱秀官从小就在这些男旦丛中长大。耳濡目染,使她烦透了这些"嗲声嗲气","恨乌及屋",长大后又痛恨一切戏班舞台锣鼓箫笛以及粉底霜胭脂红白缎子水袖薄底靴。嫁到谭家来很长一段时间她都不肯化妆。谭宗三一直蛮敬重这位"侄夫人",以为她有须眉气。但他哪里得知,这位侄夫人却并不怎么看得起他这位"三爷叔"。认为他缺了一点(也许还不止一点。是二点?三点?或更多点)她所看重的那种"须眉气",真正的男人气。

几分钟后,谭宗三来到谭雪俦房里。

"我可以告诉侬关于那个'洪兴泰'的事,但侬要答应我,重新起用经易门。侬那个'豫丰'小班子已经不灵了……我伲必须起用经易门了!"

"侬消息倒蛮灵通的……"

"喂,请侬不要忘记,坐在侬面前的这个人,曾经在谭家独当一面做了一二十年当家人!"

"……"

"宗三,放弃成见,老老实实承认,我伲谭家的的确确离不开经家人。侬要是答应做这个交换,我就详详细细给侬讲那个'洪兴泰'的事。其实,晓得一点洪兴泰的事,对侬也有好处。哪能(怎么样)?这笔交易,侬不吃亏。现在是侬下决心撇开那一帮子'豫丰'朋友的时候了!"

谭宗三满脸涨得通红,只是说不出话。怔怔地憋了一会儿,突然站起身,连句告辞的话都不说,就大步走了出去。

118

那天谭宗三快步回到迪雅楼,用力关上门,又快步走到那张大写字台面前,铺开一张用一百克道林纸精心印制的公文信笺,拿起蘸水笔决定发布一道"指令"。他抬起头想了想。发布一道什么样的指令?开除谁?审查谁?罢免谁?或者扣发谁的薪金?是的,谁?这道指令针对谁?谁……

脑子里一片空白。

但他觉得必须发布一道指令,心里才痛快,才过得去。一定要做一件什么事刺激一下什么人。宣告一点什么。结束一个什么。推动一点什么。阻止一个什么。但究竟是什么呢?他站着。冰冷的水晶杆的高档蘸水笔此刻显得如此沉重。那G型笔尖隐隐地闪烁着黄金的光泽。

谭雪俦居然敢当面嘲笑我。居然敢当面逼我重新起用经易门。居然敢在我面前公开断言"豫丰班子已经不灵了",公开宣称"宁愿喷血喷死,也要让经易门回谭家来当总管"。

好像,我已经不是当家人了。

这是一种什么迹象?

我主政这一段时间,谭家并没有出现更大的亏损嘛。合理的调整、运营性的变动、常规的错合……大结构还是稳定在原来的基础之上的嘛。为什么死咬着要重新起用这个经易门?

他想起小时候,父亲和大哥总是当着众多外人的面,夸奖经易门,而数落自己。从小就产生了这样的抗拒:为什么在你们眼里我总是不如这个经易门?我真的不如经易门?那你们干脆收他做儿子好了,收他做小弟好了。

总是愤愤。隐隐的酸涩。

再想到周存伯。

这家伙完全背叛了我……我应该恨他吗?也许是因为我的软弱导致了他转向。他的行为也许只不过是一种择木而栖的自救。对他个人来说,他应该有权自救。对整个谭家来说,他这样做也许还说不上是什么"背叛"。因为他的转向毕竟还没有出了谭家门。但是,周存伯,你毕竟是我请来的。你是我的朋友。我把你领进谭家门,你就一脚踢开我。这就是你周存伯的为人之道?这就是这世界的为人之道?

鲰莸还是忠诚的。要不要把这个"书呆子"提起来临时负责"豫丰小班子"?或者谁都不要,我自己去负责?黄克莹……对。还有黄克莹。他忽然非常想见一见黄克莹……她会跟他说些什么?

黄克莹也许会说,你慌什么?你面前的这几位,一个是病入膏肓的重症患者,一个是已被你免去了职务的前总管,一个是你现部下只敢背着你偷偷摸摸做一点勾当。"豫丰班子"仍在你把握下运转。还有些人虽然不是想象的那么理想,但他们总还是忠实于你在维护着"豫丰"的现状。只要你发力,无人能把你怎么样。关键是你得发力。发力。发力吧。我的男人。我的好男人。

我是个好男人吗?

他的心一颤。喔,黄克莹。你在哪里?我为什么有那么长时间没理会她了？很长很长一段时间了。只有她会那样甩动着小手,挺直了上身,用那种快速的小步子,移动着秀气的脚,走出一副勇往直前的样子。可我为什么会这么长一段时间没去看望她了？她的妮妮又怎么了？谭宗三忙放下蘸水笔,准备打电话找黄克莹,却发现自己疲惫地坐倒在大圈椅里,已经迷盹了好大一会儿。刚才是在做梦？是在梦中受到了谭雪俦的威胁？他要我重新起用经易门,也只是一个梦？他一惊。还有黄克莹……但蘸水笔确实还在手中。一百克道林纸的精美信笺还好端端地摆放在面前。鞋子上确实还带着"将之楚"楼门前草坪上的湿土。

还要不要去找黄克莹？经易门最近还来对谭宗三讲过,黄克莹跟她葛家的那个老二、她的小叔子"困过觉"。谭宗三激烈地反驳了经易门。但这些话不可能不在谭宗三心里产生巨大的副作用。要知道,谭宗三从根本上说,是个不自信的人。从小就被养成了不自信。不自信,就会多疑。多疑加上不自信,就会喜欢别人到他耳边来"嘀咕"。就容易让人搅乱自己的心。应该说,这一段时间来,他有意无意地疏远了黄克莹,跟经易门那天的这一番"嘀咕"不无关系,甚至可以说,有着直接的关系。虽然他口头上不会承认这一点。但这的确是事实。

她跟小叔子"困过觉"。

可能吗？

他曾想打电话问问她,到底有没有这样的事。很有几次,他都拿起了电话。很有几次,他甚至都拨通了电话。很有几次,甚至都听到她发出了声音,在问:"哪位?"他又慌忙地挂断了。一瞬间,他觉得自己这么做,似乎太不"绅士",太不大度,太不信任自己应该给予充分信任的一个人、一个女人。他说不上来,如何才能判断一个女人会不会、是不是在说谎。但直觉告诉他,黄克莹在他面前从未说过假话。即便她对旁人曾经说过谎、编过瞎话,但也从来没有对他这么做过。直觉告诉他,她的确非常看重自己跟他之间的这点关系,非常小心地在维护着它。是的,她真是在为我着想。真正的,而不是在训导我,逼迫我。她喜欢找背静一点的地方干净一点的地方。那种地方有亲和力。这又让我特别感动。"坐过来。那边风太大。侬哪能一点感觉都没有的啦？真叫人操不完的心。"她笑嗔，像一个唠叨的"老阿姨"。然后她自己换到风口处，把我的围巾大衣口罩礼帽手套一样一样搬到另一张空椅子上，重新叠叠好，再放上她自己的大衣围巾口罩手套。有一次，她把两条围巾，我一条蓝的，她一条白的，并排搭在椅背上。然后用一种特别的眼神看了我一眼，意思好像是在问，这样好吗？你和我，就我们两个。又有一次，她把我们两个的大衣并排放在椅背上耷拉下来。我一件黑的，她一件红的。就像两个并排躺在一起的男人女人，爱人。她自己大概也没想到会有这种效果，看了看，突然呆住了，就这么久久地看着它们，一动也不动。也许在想什么，也许什么也不想。最后回过头来看了我一眼，有点不好意思，忙低下头去吃她的冰激凌。而后突然又想起啥，很调皮地把两副手套，半插半露地分别插在两件大衣的口袋里。这样，这两件大衣更像两个唧唧哝哝相偎在一起的爱人。后来，我拿起那件黑大衣的袖子轻轻搭在那件女大衣的肩头上。她扑哧一声笑了，竟咬咬牙，把那件红大衣的袖子弯过来，一下搂住那件黑大衣的腰。这时我真喜欢看她那绝对明亮晶莹的眼神和眼神里的调皮。我知道，她这时正等着我去做下一个动作，以便把这场由我开始的"游戏"继续下去。但我不愿意放弃此刻注视她那双眼睛的机会。惶惶的我，也总免不了要顺下眼睛去看她那双脚。她会赌气地藏起她的脚，把它们交叠起来深深地收藏进椅子的下边，故意不让我看。她心里是清楚的，我特别喜欢看她那双小巧的脚，真的很喜欢。

……

我经常会失去这种恬和。我也经常遗弃这种恬和。我本是个散淡的山人。我本该拥有恬和。但实际上并不总是这样。也不能总是这样。不能。不能。我们被迫拥有太多的"不能"。想到这里，似乎夜已很深了。应该再为自己冲一杯奶粉，吃两块饼干。好像饼干听里还有几块五仁云片糕。所谓"五仁"，就是五种果仁。比如瓜子仁、核桃仁、松子仁……是不是还有杏仁什么的，谭宗三就说不清了。这得让黄克莹来说。这种事，她总是老清楚的。

这时,从门外传来一阵窸窸窣窣的脚步声。连着一阵剥剥啄啄的敲门声惊醒了他。(怎么搞的啦,我又睡着了?刚才所联系起来的那么些跟黄克莹有关的事情,难道又都是在做梦?)他呆呆地站了会儿,收拾了一下睡袍,去开门。门外站着的却是三姨太许同兰和黄克莹。哦,黄克莹?!

黄……克……莹?

三姨太说:"我把侬送到地方了。我就不陪侬了。"黄克莹略略侧转身,赔了个笑脸,轻轻应了声,谢谢侬。三姨太迟疑了一下,似乎还想叮嘱一句什么,想想也许觉得再说什么都多余,便回过头来,一本正经地对谭宗三说了声:"三先生,打扰侬了。还没困觉?"转身走了。

"侬坐呀。坐呀。"也许是因为好长时间不见面的缘故,也许是因为第一次到谭宗三房间里来,又是单独一个人,又是夜半更深,黄克莹突然变得相当拘谨。有点尴尬。谭宗三连连让了两回座,她好像都没听见似的,只是站在门槛前一步半的地方,不敢往里边走。

这么晚了,还来"闯宫",定然是有什么大事发生!

"坐呀……坐呀……"谭宗三一阵高兴,一阵激动,又不免有点心慌。他不是没邀请过她到谭家花园来"白相"、"赏光"迪雅楼。但她都婉言拒绝了。"不要急。总有一天我会去的。"她总是笑眯眯地这样回答。

"总有一天?侬这个'总有一天',是啥个概念?"他笑着问。

"嘿……"她低下头笑笑,"比如,侬有一天不想理睬我了。那我就要进侬谭家花园去好好地看一看了。"

"既然不理睬侬了,侬还要进谭家花园做啥?"

"寻侬算账呀!"她突然咯咯地大笑起来。过一会儿,见他略显得有点沉闷起来,赶紧问,"哪能(怎么)了?真怕我寻侬算老账?算了算了。这账就记侬一百年吧。一百年后再跟侬算总账!"

但今天,却在这么一个不合适的时间,由那么一位不合适的人带着(当然,这么晚,没有熟人带着,她也进不了谭家大门)。居然不请自来了,而且事先一点招呼都不打。

她终于坐了下来。但还是拘谨。上身挺得很直。两只手规规矩矩地放在小腹前面。在回答谭宗三那个"最近侬好啃"的问题时,还在悄悄地用眼角的余光打量这个本该她很熟悉的房间。她注意到那边博物架上非常醒目地陈放着一具石雕的美人鱼。一个北欧的女孩,很长很柔软的鱼身柔柔地盘曲着。一只手支撑在一块同样雕得十分光润的岩石上,另一只手揽住很长很柔软的头发,不让它遮住很忧郁的脸部和很沉静的眼睛。这具石雕,是他俩一起在北四川路桥附近一家犹太人开的旧货店里看到的。当时两个人都很喜欢,都惊叫了一声。她说她喜欢她的柔美她的忧郁。他说他喜欢她像她。她愣了一下,反问:"啥地方像我?!"脸却微红起。但看得出,她为他认为她像她而高兴。很高兴,又有点不好意思。后来,她又问过他很多次,我真的老像那个女孩吗?他还没看见过她这么不自信过。看到她突然不自信起来,他反而挺开心的。后来两个人还在玻璃橱窗前议论了许久。他说他要买她回去。她说,太贵了。他说,贵,怕啥。难得的嘛。买回去我就可以天天看到侬了。可惜下半身雕成了鱼的样子。要是把侬的一双脚也雕上去,就更精彩了。这时,她忽然脸一红,啐了一口道,呸,黄人!不买了不买了。便推着谭宗三,匆忙离开了那爿小店。"黄人"是她发明的一个专用名词。意思跟"下作胚"相近。专用来笑嗔数落他的。不知道为什么,谭宗三平时还挺喜欢她这一声"专骂"的。每每听她数落这一声"黄人",心里总隐隐地会产生一种莫名的激动。但那天,却真让她搞蒙了,被推出十来步,强行收住脚步,问她,我哪能(怎么)又是黄人了?她却只是红脸,不作答。谭宗三一定要去买。她一定不让买。后来,他忽然明白了,问,是不是因为那个女像全裸着的缘故?他叫道,那是条人鱼。她怎么能穿衣服呢?她依然红着脸说,那我不管。她太像我了。我就不能让侬买回家去,让侬身边那些不三不四的男人天天盯着她。我心里不舒服。

但他后来独自又去了一趟,还是把"她"买了回来。不过,他也不愿让他身边那些杂七杂八的男人就这么看"她"。买回来后,便用一小条轻柔的白纱从"她"瘦削的肩上披裹下来,特别把那一对赤裸的初乳遮了起来。

这时的黄克莹会意地瞟瞥了谭宗三一眼后，不好意思地低下了头去。

谭宗三却略有些尴尬地回避了她这友好的一瞥。他当然是"心中有鬼"。因为在非常"无聊"、非常非常想念她的时候，他常常会悄悄揭开那条白纱，久久地呆看着那凝脂般的脸颊和幼笋般的初乳，还有那极其匀称的后背和圆润的肩头，甚至还会伸出一两根手指去轻轻地轻轻地触摸、摩挲。

黄人……

他常想，她说得真对。真好听。

沉默。

"侬吃茶呀。"

"好的好的……"

又是沉默。

几分钟后，谭宗三终于搞清了黄克莹今晚破例找上门来的真正原因。

她是来向他报告一个重要情况的。

那次在梅家大宅跟经易门失之交臂后，她急于找到经易门，搞清一个疑问。她要搞清，那次经易门为什么急于见她，另外，前一阶段她和经易门之间，还出了一点不大不小的事，也使她急于要见到他。当时，她按经易门曾留给她的一个电话号码，给经易门打电话。打了好几次，都没人接。有一次，很晚很晚了，电话铃响了半天，咔的一声，总算有人来接了，却是个陌生的男人声，粗里粗气地告诉她："经嘎里（姓经的家伙）老早就退房间了。侬搞啥搞?!"未等她再问下一句，就把电话挂断了。这使她很感意外。甚至诧异。"退房间"？难道这电话号码是旅馆房间里的？经易门在外头"包房间"？这倒是新鲜事。经易门为啥要在旅馆里包房间？他也有这种"花花肚肠"？她不相信。他包房间，肯定不会是"女色"方面的缘故。经易门没有这种必要，不是说他不想女人，而是说，即使有时候为了解解闷，"轧一下姘头"，他现在也根本用不着花这个冤枉钞票，在外头开房间。经家那么大一幢小洋房。夫人死了，儿子跑了（经十六最近跟经易门大吵了一场，愤然"出走"了）。满楼空着，只留一个老娘姨。老娘姨在他家已经做了几十年。可以讲忠心耿耿,对经家发生的一切都只长眼睛耳朵不长嘴巴。白天黑夜收拾好房间,从来也不上二楼去打扰。平时就只在厨房间里待着。就像楼里那匹老黄猫一样。退一万步讲,经易门就算有那种在外头开房间搞女人的"癖好",也不会把这种房间的电话号码告诉黄克莹啊。所以,直觉告诉黄克莹,经易门租旅馆包房间,一定是在召集一些人在筹划某种"行动"。直觉又告诉她,经易门的活动一定是跟谭家有关系的。一定是受命于谭家"另外一些人"(在黄克莹心里,一直把谭家的人分成两部分,一部分是谭宗三的人,另外一些就是反对谭宗三的或者即便不反对,但心里是不接受他的)。为此,这个"行动"必定跟谭宗三有关。或者更直截了当地说,就是针对谭宗三的。黄克莹早就有这样的担心,谭家花园不会平静。天生不安分的她,再加上对谭宗三的关切,使她迫不及待地想掌握这里的"奥秘",迫不及待地要见经易门。她先打听到经易门家的地址,到家里去试探。他果然不在家。这一点她料想到了。老娘姨没让她进门。这一点她也料到了。丰肥却又矮小黝黑的老娘姨只打开大门上方一扇巴掌那么点大的小窗,跟她说了几句话。一股强烈的樟木朽板和雪里蕻咸菜炒毛豆子再加上那种刨花水再加上旧地毯发霉的气味一起涌出来。这一切她统统都想到了。事先还编了一个理由,让这位老娘姨相信她是《新闻报》的一个女记者,应约来采访经易门的。"阿拉经先生从来不在家里见啥记者的……"老娘姨嘀咕,但是在接过黄克莹从小窗洞里塞进去的两包上等兰州水烟丝和一百声"谢谢侬喔,老阿婆"以后,还是把经易门的去向告诉了黄克莹。

果不其然,经易门带了一帮人在三马路上一幢黑黢黢的花岗岩大楼里,正在组建一个类似"豫丰班子"那样的新工作班子。她走过那长而又狭窄的楼道。敲开那么多扇雕花桃花心本门。从一个大厅走向另一个大厅。楼梯铁扶手上的锈斑弄脏了她雪白的丝织手套。由那位表情圆滑的老茶房操作的栅栏式老式电梯,总是在咯噔咯噔颤动。而且老茶房身上发散出来的那股浓烈的烟垢牙垢和廉价雪花膏气味,让她几乎要窒息。大楼的底层大厅是黄豆和铜期货交易场所。本该拥挤着无数长衫布履或西服皮鞋,今天却清静得让人吃惊。而四楼以上专供各公司租用的楼层里(二楼三楼是为交易所服务的饭店舞厅旅馆),却人来人往熙熙攘攘得可以。不断有人在暗地的匆忙中茫然地撞着或挤着黄克莹。

经易门这个"豫丰班子",租用了刚停业的"楼顶花园"小型舞厅,用板壁将它分隔,改装成五六个小写字间。所有的落地窗自然都用长长厚厚的窗帘布遮蔽。为数不多的几盏壁灯,光线又十分暗淡。那时的上海还没有开始日光灯管可用。各个小写字间里使用的都是那种铜底座的绿玻璃灯罩台灯。所以一眼看过去,给人的感觉,好像到了朦胧的海底,东一搭西一搭地闪发着暗暗的绿色荧光。

这儿的"戒备",显然要比"豫丰"那边森严得多。一上楼梯,经易门便设了个"卡",派两个扮成"茶房"的"门卫"专在这儿查验"派司"。黄克莹没有派司,原以为要经一番周折,却没料想,她一走进过厅,那两个"茶房"中的一个就迎过来问:"侬阿是黄小姐?"原来,黄克莹一离开经家,那个老娘姨立即给经易门打电话,作了报告。经易门根据老娘姨的口头描述,马上判定此女子,就是黄克莹,并对门卫作了安排。让他们不要阻拦,人一到,马上请进。

那几天里,经易门正需要有人向谭宗三去透露一点他这边的"情况",以便向谭宗三发出一点警示。

但当场,经易门没跟黄克莹说什么,只是跟她略略寒暄了两句,借口有急事要办,把黄克莹打发了,但又跟她另约了时间,说是要"好好谈一谈"。当天晚上经易门果然如约前往一家老式茶馆店跟她见面。看样子他跟茶馆店老板相当熟悉。人还没有到,特备的小房间里,茶水点心就已经全部上齐。

他虽然越来越忙,但看上去气色却越来越好。一件毛哔叽的深藏青旧中山装,虽然不能说怎么挺括,但也相当干净。气度也恢复了从前那样的自如,甚至更显从容勤谨,待人也更谦和。

这次见面,让黄克莹越发感到紧张。经易门依然没有对白天她所看到的一切作任何解释。闲聊了好大一会儿。聊得黄克莹都想告辞了,他这才突然把话题一转,问起"三先生"。他问黄克莹,最近见过"三先生"哦。"三先生"身体好哦。然后稍稍沉默了一会儿,开始回忆他和"三先生"两人小时候发生的种种"趣事"。开始大谈他从小至今对"三先生"始终不渝的感情和尊重。滔滔不绝地说了将近一个多小时。说得黄克莹真的是"目瞪口呆",不知他"这一把"里"到底押的是一个什么宝"。他不止一次地说到"在这个世界上,恐怕再没有啥人能像我跟'三先生'那样好过,却又造成过那么多的误会。这的确一直让我,也让谭家门里的大多数人非常非常痛心"。而后又沉默了。又过了一会儿,他突然抬起头,眼睛也湿润起来,支吾着说了这么一句让黄克莹惊心动魄的话:"谭家门里所有的人本来是真心寄希望于'三先生'的。事体做到现在这个地步,实在是……实在是不得已……我想黄小姐和'三先生'都是能理解我经某人的苦衷的……"然后就不说了。足足有好几秒钟时间,一动不动地看着黄克莹。用他执着却又想表示一种无奈的眼神递过一个明白无误的信号:今天我约见你,就是要你把我这种"不得已"的心情带给"三先生"。对于即将发生的这场大变动,我经易门不是不能去抵御,而是不该抵御,也无法抵御。一切勿谓易门言之勿预。一切只有请"三先生"好自为之了。

……

黄克莹惊异。精明而又十分有分寸的经易门虽然毫不掩饰地向黄克莹流露了这些重要的情绪,但在实质问题方面,比如他(们)对谭宗三究竟已做了些什么,还将发动些什么,却一点也不肯透露。守口如瓶。后来,她只得又去找许家两姐妹。从她俩嘴里也只得知,最近谭家的那些"老妈妈"和"老奶奶"们频频在谭家祭祖祝寿用的"灵阁堂"聚会,而且分期分批约见了她们那些在银行界主事的本家人。这些活动一概都瞒着许家两姐妹,没让她俩参加。所以她俩无法得知更详尽的情况。但这样一个大印象是有的,那就是,谭家肯定要发生一场大的变动了。

119

　　黄克莹最后还提供了一个情况:所有这些反对谭宗三的聚会活动的主召集人,不是别人,正是那位谭老老先生的五姨太、谭家众人的五奶奶、谭宗三的生身母亲姜芝华。

　　哦,"……河沙饿鬼证三贤。万类有情登十地。阿弥陀佛身金色。相好光明无等伦。白毫宛转五须弥。绀目澄清四大海。光中化佛无数亿。化菩萨众亦无边。四十八愿度众生。九品咸令登彼岩。"南无阿弥陀佛……

120

　　黄克莹说完后,有十几分钟时间,谭宗三一直保持着沉默,没有说话。最近以来,他感觉出谭家内部有变化,感觉出雪俦和经易门暗中有活动。他也意识到,无论是"变化",还是"活动",矛头的指向,均冲着他谭宗三。但他万万没有想到,在背后主导着这一切的竟会是自己的那些"妈妈"和"奶奶"们。而召集这些"妈妈"和"奶奶"们来反对他的,竟会是他的生身母亲。他真的有些想不通了。他真的有些接受不了了。他从来没有对她们表示过不尊重啊。还是在盛桥的时候,他哪次回上海,不去她们各位的房间里请安问候?哪次不给她们带回一些刚摘的枇杷刚捞的河蟹河虾大黄鱼还有通州城馒头巷里的脆饼云片糕……如果一定要说有什么疏忽,那就是他很少(或者应该说是从来也没有)向她们报告过什么请示过什么,也不假装一副毕恭毕敬的样子,去向她们讨教一点处理大事的办法(即便请教完了并不真的去实行)。特别让她们不能容忍的是,他当家后,曾就谭家的未来,跟重病在床的谭雪俦长谈过,也找东西管事房一些早已退休在家的老账房先生长谈过。但迄今为止,却没有跟她们中的任何一位做过一次实质性的长谈。你觉得你这么做是实事求是。因为这些"妈妈"和"奶奶"们虽然经常跟金融界和商界的朋友来往,但她们确确实实没有从事过金融活动,也没做过什么大的生意,更不懂什么机械制造电气工程。她们中间连会打算盘的都不多,更不要说使用计算器和计算尺。对谭氏集团如此庞大的经营活动,他觉得她们不可能向他提出什么肯綮的建议。他觉得只要我心里真正尊重她们,认真安排好她们的生活,让她们过得舒服宽裕,就没有什么必要再去花那份时间去跟她们装腔作势周旋。反正都是自家人嘛!有那份时间和精力,还不如让她们在牌桌上多摸两圈多和几把哩。对哦?!

难道我说的不是实话?

是实话。

但因此你让"妈妈"和"奶奶"们觉得你看不起她们,跟她们不贴心,把她们当成了只是一点土特产品便能打发了的"乡下老太太"。要知道,她们不是一般人家的"妈妈"和"奶奶",而是具有谭家老太太和老老太太身份的"妈妈"和"奶奶"。她们对此当然要感到"愤慨"。她们有理由觉得你这个新当家人"不可靠",有理由觉得"谭家头上(特别是她们头上)这块天要塌下来了",更有理由采取一切必要的措施,防止"这块天塌下来"。

特别是,最近你处理的那档事,让她们,尤其是让你这位生身母亲更加感到无比的失望。当时上海市府为扶植本地橡胶制品工业,由经济资源开拓委员会和地产局联合牵头,要对本市国产的橡胶制品进行一次总评品大颁奖。也可以说这是对本市橡胶制品工业从无到有从小到大五十年历史的一场总检阅。不仅为橡胶制品界注目,也为一切业界的一切同仁所注目。为确保这次评品的权威性,由市府出面,邀请各界强力人物组成奖评委员会。同时为确保评品的公正性,参加奖评委的企业界人士必须是和橡胶制品业没有任何连带关系的,而且还从南京北平天津请了一些大学教授参加。庞大的谭氏集团从没有涉足过橡胶业。谭宗三当然地入选奖评委。为确保整个过程不受干扰,又特地把全体评委拉到杭州找了个宽敞的别墅住下,甚至把电话都卡了。限制评委的行动自由。不得随意出入大门。当然,晚间的舞会还是开得蛮热闹的。请来的那些舞女也是蛮娇媚漂亮的。特地安排的昆曲折子戏专场和电影专场,也都颇受苦寂中的评委欢迎。但即便如此,评奖还是进行得十分艰苦。特别是进行到最后阶段,谭宗三发现,评委们的发言离工艺技术、产品质量和市场销售成绩等方面的考评已越来越远,评品淘选已成了橡胶业以外的某种"需要"和"力量"之间的较量。对此,谭宗三不仅感到意外,而且十分厌倦,甚至愤愤。都已经"隔离"到杭州来了,怎么还没有隔开?难道一定要隔到新疆沙漠里去,才能真正隔开?他听那些充满言外之意的发言,总觉得头脑胀痛得厉害,浑身乏力。有两次小组评议,都没去参加,索性躲在客房里称病。或到楼后的林间小道徜徉。在进行总评议的前一天傍晚,母亲姜芝华突然驱车赶来找他。他大为吃惊。"侬……侬哪能(怎么)寻得到我的?"他问。母亲得意地笑笑,说:"这侬就不要管了。明天你们阿是要进行总评议了?""啊……侬哪能(怎么)晓得的?"他更吃惊。"有人要我来跟侬传话,最后投票时,侬一定不能投金鹿牌轮胎。"

"这算啥意思?"

"这是法纪委章主任让我带话过来的。"母亲压低了声音说道。

"法纪委他管人家橡胶业的事,做啥?"

"金鹿牌的老板总归有啥事体得罪了法纪委的长官。"

"我一个人投否决票,也左右不了整个局面。"

"人家法纪委的人已经算过票数了。只要再加上侬这一票,就肯定能把金鹿拉下来。"

"侬拿了法纪委多少钞票?"

"啥人敢拿法纪委的钞票?能让他们开开心心笑一笑就蛮好了!"

"连一个法纪委都要来干预评奖。今后工商业界还有啥好日子过?"

"宗三!"

"哩哩。"

"侬听清我讲的没有？这桩事体,是侬大姆妈托我来办的。大姆妈的嫡亲弟弟是法纪委第三监察室的副主任。年纪已经到了。今年要是再提不上正职,一过年就只有退休回家一条去路了。他希望为法纪委出点力……再争取一把……"

"他这样争取,人家金鹿牌老板几代人五十年的努力不就全部泡汤了？一个企业五十年。这是啥滋味？我伲谭家不清楚？"

"宗三,我再讲一遍,这是大姆妈托侬办的事体！"

"我晓得了,侬回去哦。"

"宗三……"

"我晓得了。"

但容易激动的谭宗三,在最后关口,还是没把"大姆妈""小姆妈"的托付放在心上,一激动,还是投了金鹿的赞成票。

大姆妈长叹。母亲也长叹。不听招呼,不懂上层政治活动的规矩,怎么能容忍他主政谭家？假如容忍了,又怎么预料谭家的今后啊……

最后的决定是在谭宗三从杭州返回上海的前一天晚上做出的。大太太(大姆妈)对姜芝华说,看来不下决心是不行了。姜芝华说,我听大太太的。大太太说,儿子是侬的,大主意要侬来拿。这是逼她做姿态。姜芝华犹豫了几秒钟。她暗想,不管她同意还是不同意,大太太是一定要把宗三搞下来的。因此,明智的选择,当然是跟着大太太走。于是她镇静了自己,很坚定地说,我是谭家的人,我当然听大太太的。大太太赞赏地点了点头,说,好。那这桩事体就交给侬,还是由侬这个做娘的出面去做。今后不管是不是宗三来当家,侬的待遇不变。只要我活着一天,"将之楚"楼里就有侬住的地方。姜芝华回答说,谢谢大姆妈。

……

情况就是这样。

"侬快拿主意呀！"黄克莹着急地催促谭宗三。她原以为,谭宗三在听说了这一切以后,会变得非常激动、激愤。这一向以来,他的性子虽然变得越来越慢,越来越内向,但一旦被激起,他还是能做到不顾一切不及其余的。他还是有很多的真诚。这一点,她还是有所了解的。有些男人一旦过了三十岁,往往连最必要的真诚和勇气都不再拥有。谭宗三作为男人,本来就不算太有勇气。但他的确有许多人少有的真诚。即便看到他那样热烈地"没有出息地"亲吻自己的鞋子的时候,黄克莹还是从中感觉出了一种难得的真诚。她希望能用自己"夜闯谭家"的行动,激起他。他拥有真诚,再激起一点勇气。作为现任的当家人,他还是拥有一切必要的手段和方法,来制止这暗中进行的"倒阁"行为。最起码也可以做一些保护自己的事,同时也保护自己的至亲友好。

但他却使黄克莹十分意外地一直保持着沉默,怔怔地沉默着。

第八部分

121

不一会儿,楼下突然有人叫门。黄克莹不想让人看到她这么晚了还在谭宗三房里,便拿起坤包,慌慌地喘喘地问:"有后门哦?"

"做啥要走后门?"谭宗三似乎还没从刚才的愣怔里"清醒"过来。

"有人来了。"

"来了就来了。吓啥?"

"哎呀侬……"

"侬啥?"

"宗三!"黄克莹突然这么急叫了一声。然后一怔。谭宗三也一怔。因为他俩交往这么长时间,黄克莹还从来没有叫过他一声"宗三"。没有这么公开表示过亲近和知心。

"对不起……"黄克莹脸红了。而这时脚步声几乎已快到了楼梯口了。而且不止一个人。

"他们会不会是冲着我来的?要抓一个正着?"黄克莹脸色忽而更苍白了。眼睛瞪得很大,很惊恐。

"抓啥?侬在我房间里做啥了?"

"侬还搞不懂？他们现在就需要这种事体,好把侬搞臭!"

"哈……"

"宗三,侬不要再打哈哈了。他们已经决定要把侬从谭家当家人的位置上拉下来。这种时候,他们随便啥恶毒龌龊的手段都用得出来的!他们会把侬讲得老难听老难听,也会把我讲得老难听老难听……侬赶快想想办法……宗三宗三宗三!"

"把我从当家人的位置上拉下来……哈哈。拉嘛……我本来就不想做……"

"宗三宗三宗三……"黄克莹急得真的要哭了。

谭宗三苦笑着又发了一会儿呆,转身去拉开通里间的门。黄克莹忙跑了进去,关门时,还特地叮嘱了一声道:"一定不要让他们进这间房间来。一定!"同时慌忙地把她吃茶的杯子收了进去,把她坐过的椅子翻过的画报都重新放回原位,把一切都收拾得好像从来就没人来过的一样。

122

从院门那边响来的脚步声一上了楼梯,骤然间就显得缓慢滞重了。一步一顿。三步一息。从脚步声喘息声和相随的劝慰声听出,来者并不止一位。等谭宗三出门去看时,来者已爬完楼梯,正由人搀扶着,在楼梯口大喘。黑黢黢静悄悄的过道,把他们长长的影子一折三弯地铺排在厚重的菲律宾木护墙板上,仿佛是一群奇形怪状的扁平物,在身后窥探警视。

来者竟是谭雪俦。

"侬这是做啥？漏夜出动。不要命了?"谭宗三赶快把他扶进房间,搀上床,并从壁橱里抱出一床擦刮里全新的鸭绒被包住他的下半身。又从雕花罩落背后的那个小博物架上取来一个什锦缎百宝匣。从匣子里取出一丸蜡封的冰香九生丸。拿一把嵌珠骨柄裁纸刀细细地剖开蜡丸。顷刻间房间里便盈溢一股沉郁沁人的药香,仿佛百年老药堂祖传药柜的深暗处。从中取出两颗金橘般猩黄、赤豆般大小的药丸,递给雪俦,让他赶紧地放到舌根底下含着。

谭雪俦许久没有走出过"将之楚"大门了,加上又一气走了这么"长"的路途、上了这么"高"的楼梯。特别是跟老太太们商定了(谋划了)一定要重新起用经易门以后,止不住地又开始大量出血,体力再度急剧下降。所以这一刻真的很累,很疲软。他仰靠在绵软的大靠枕上,阖目细细地体味舌根下那两粒冰香丸的味道和力道,待自己稍稍缓过点精神,再开口说话。正式开口前,他先把那几个随侍左右的茶房、娘姨,统统打发了;而后又要了一壶毛尖,亲自颤颤巍巍地回了两下,这才倒出半杯碧澄青黄的茶汤,过了过嘴,去掉些药味,只留下一点冰香和茶的苦涩清甜在舌尖和齿颊间。

谭雪俦本来是不想再来跟谭宗三说什么了。这么多年,他知道跟谭宗三说什么也是白说。所谓"江山易改,禀性难移"。但他犹豫许久,还是决定来。他觉得有些话,不管谭宗三能不能听得进去,还是应该跟他讲讲清楚。不管全家人怎么看不惯这位年轻的"宗叔",他总归还是"谭家人"。而且还是活着的谭家男人中,"辈分"最高的一个。该讲的话不讲,是我谭雪俦的不对。讲了不听,便是他谭宗三的不对了。宁可天下人负我,莫叫我负了天下人。这也是被全家人称道的谭雪俦做人的一个基本准则。

应该说,要不是谭宗三在杭州执意不听招呼,又派人肆意追查洪兴泰的老底,也许谭家的那许多位老太太老老太太还下不了这个决心坚决更换他下来。当然,谭宗三从小到大有一系列的事都让她们看不惯。这一回只不过是总爆发。

说到这里,谭雪俦喘了两口,又歇了一会儿。然后继续说道,洪兴泰不是一个好人。他不配做我们的祖宗。不要说他活过了五十二岁,就算他活过了五百二十岁五千二百岁,也不能翻这个案。

洪兴泰到底有啥不好?谭宗三问。

侬不要再问这个洪兴泰了,可以哦? 在这桩事体上,侬已经伤了谭家所有的长辈的心,让她们忍无可忍了!

看来,是这些长辈抛弃了洪兴泰和我们本来的这个"洪"姓? 这个洪兴泰到底做了点啥,让他后来的子孙这样讨厌他?

宗三,侬能不能听我一句,侬不要再讲这个洪兴泰了!

嘿嘿……有趣。子孙开除不肖父兄,另立宗门。少见……真是少见。

我今朝夜里来,是要跟侬商量两桩事。一、请侬立即停止调查洪兴泰的活动。不要再没事找事,硬要把眼前的谭家和当年的洪兴泰勾连在一道……二、立即停止豫丰别墅里的一切活动。

总算正式下命令了。好啊。谭宗三苦笑着调侃道。

"豫丰"的一切业务统统停下来,接受清理整顿。这是老太太们的一致决定。

那个联合投资银行呢?

所有的一切,统统停下来。

雪俦,老太太们不懂,难道侬也不懂? 联合投资银行已经搞到八九不离十的地步。这样一停,伤了各股东的积极性,以后再想取得这些金融界大亨们的信任,再来搞这样一个专为我伲谭家投资的机构,几乎是不可能的了。失去这样一个机会,谭家要想重新振作,就要多用十年廿年的时间。

停。这是最后决定。

决定? 恐怕还要提醒各位一声,谭家的当家人到目前为止还是不肖子孙的我。没有我的签字盖章,你们在外头所有银行里设的账号根本不起任何作用。

这一点,侬也不要太自信了。我问侬,侬的图章阿是一直放在周存伯那里的? 我已经让他把侬的图章交给我们了。我们已经用侬的图章通知各银行,从现在开始,谭家的一切账目往来,从"豫丰"转入"泰康"。

哈哈……真好……连我的图章都偷过去了。真好……既然这样,侬还要来找我做啥? 用我(叹气)? 杀我(叹气)? 用我杀我。既知今日,又何必当初？

侬是不是也应该问问自己,既有当初,又何必今日?!

问得好。问得好。既有当初,又何必今日。哈哈。问得好问得好。

气话嘛,就不要再讲了。没有人要"杀"侬。我已经跟几位老太太商量定了,谭家当家人还是让侬做。不过,请侬在这几份文书上签个字。

啥文书？

一份,任命经易门为新谭氏公司的总经理。一份,撤销"豫丰"工作班子。第三份是关于原豫丰员工的遣散重编……

为啥不给周存伯任命点啥呢？

这个……以后再讲。

为啥要以后再讲？老太太们不是都非常喜欢他吗？谭宗三淡笑。

这侬就不要管了。

我"豫丰"的那一班人马,你们准备哪能(怎么)处置？

这桩事体,老太太们觉得,交给易门去办就可以了。

交给经易门办？他们是我的人！

宗三……

我到底还算不算谭家的当家人？

宗三……侬不要这样逼我……

是我在逼侬？还是侬在逼我?!

不要让我再讲第二遍了。侬应该明白,所有这些事体,不是我一个人做得了主的。

一个人不一个人,我现在全明白了,在你们心里,我根本没有经易门重要。在你们眼睛里看来,谭家可以没有这个谭宗三,但不可以没有那个经易门……

这个局面是侬自己造成的！

现在的局面是,只要我不在这份任命经易门的文书上签字,谭家门里就容不得我这个子孙。谭家门里就没有我谭宗三一口饭吃。阿是这样？

……

侬讲呀,阿是这样?这时,谭宗三充分激动起来。拍着桌子,对谭雪俦吼道,侬回去告诉老太太们,我谭宗三不吃这口谭家的饭,今朝也不会签这个字的。大不了,我重回盛桥镇。我还住我的小旅馆!

宗三啊宗三……侬哪能(怎么)好这样讲?大家都是在为谭家着想……为谭家着想……

请侬不要再跟我讲这个"为谭家着想"。我谢谢侬这个"为谭家着想"了。我真的谢谢了!说完这句话,谭宗三居然冲过去拉开房门,指着外头黑乎乎的夜色,对谭雪俦大叫道,侬现在可以走了!走!走!走呀!

123

佛教四大经典之一的《维摩诘经》像黑的静水湖。冰凉的夜气更像静的黑水洋。在《维摩诘经》"不思议品第六"中,开卷便讲了这样一个故事。说舍利弗走进维摩诘的经室,见屋内没有多余的座位(床位),很是纳闷。"长者维摩诘知其意",便问他,怎么了,你是为求"法"来的,还是为争"座位"来的?舍利弗脱口而出道,我当然是为求"法"而来的。于是维摩诘说道,对啊,为求法都可捐躯不顾生命,又何况"座位"的有无和"座次"的高低呢?由此,维摩诘还谈了一整套如何正确处理"法"和"色受想行识"两者之间关系的理论。

谭宗三始终未能搞明白的便是这么一个浅显的道理:普天之下,大道无形。大法无位。大意无构。大地无边。他始终未能进入这"大道""大法""大意""大地"境界,却又偏偏要活着,还要想方设法活过那艰难的五十二岁,怎能不痛感生如刀绞针扎?

木凸

124

　　这里,我必须插叙一段我离开上海参加革命队伍前所结识的某一个人的故事。我结识的这"某一人"后来成了我的上级。也就是说,多年后,我奉命到通海地区处理谭宗三一案,是他奉命来复查我的工作。在要不要枪毙谭宗三这个关键问题上,我和他发生了激烈冲突。最后当然是他的意见占了上风。最后,谭宗三是按他的意见,被枪毙了。我被他认定,在处理谭宗三问题上犯了极严重的错误。他让我写检查,耐心找我谈了很多次话,很冷静地引导同志们帮助我批判我,但是到最后组织处理阶段,他却又在暗中保护了我。也就是说,按我所犯错误的程度和性质,在当时的历史背景情况下,我本应受到极严厉的处罚,甚至有可能送交军事法庭审判,但他把所有这些上报材料都压了下来。对我说,你去学习吧。我给你争取一个调干生的名额,去上海,还是去北京,你自己决定。学上几年,你就会比我强了。至于我们之间的这场争论,我知道你心里并不服气。可以搁置起来。存疑。存异。现在全国形势发展很快。容不得我们"坐而论道"。十年二十年后再说吧。或者一百年两百年后再说。即便到那时候,历史判决我错了,我也不后悔。我想我充其量无非充当了一个历史清道夫的角色。任何一个大变迁的年代,都需要有人来担当这样一种清道夫的角色。可惜的是,我只不过是一个微不足道的小清道夫。在这场必不可免的历史大变动中,只起了一点太小太小的作用。作为"清道夫",自身都不会有什么太好的结局。但我仍有理由自豪,理直气壮地去迎接未来。天明同志,抬起头,向前走,勇敢地去迎接未来。

　　随后,他让警卫员抬来两只木板箱,还拿来一件蓝布面的狗皮袄。皮袄是送给我的。因为我最后选择了去北方上大学。从理论上说,北方是需要皮袄的。(最后形势突变,我并没上成大学。火车开到徐州,一封加急电报,就把我们这一批一百四十六个原准备进入人民大学各系科学习的部队调干生,全部留在了离车站不远的一个军事接待站,三天后,便转乘一列军火弹药车,走陇海线,停停开开,七八个昼夜,开往兰州,和在那儿待命进军大西北的二十二兵团总部会合。我最终落脚在祁连山山丹丹军马场奉命接管了一个由马步芳军队留下来的图书馆,全馆由一百来本破旧的经书戏报唱本二十来副麻将牌半箱子羊拐骨和一抽屉各式各样的女人照片组成。还有一箱半手榴弹和两支半步枪。还有两个自称只有二十五岁但看样子绝对已超过四十岁的"女馆员"。但在后来的岁月里,我却利用了各种各样可以利用的机会,读遍了能找到的所有的俄国小说。并认真读了郭沫若先生和范文澜同志写的全部历史著作,做了将近六十万字的心得笔记。这自然是更后一个阶段的事情了。)那两个木板箱,是托我替他带回家去的。木板箱里装着这两年他在通海地区工作期间在各县收集到的一些碑帖名砚字画善本。另有两个大棉花团包着一对明万历年间的斗彩瓷碗。它们在日本古董市场上被称作"大明赤绘"。据说是极难得的珍品。在民间已相当罕见。他说,会有警卫员帮着送上船,也通知了上海方面来接船。只麻烦我一路照看一下,然后亲手交到他父亲手里即可。"这么值钱的东西,看来我还要依父亲打收条不可。否则以后查起来,哪能(怎么)讲得清?"我开玩笑说。他只是默默地笑了笑,没接我这话头。半个小时后,我就离开了通海军管会这个幽深的大宅院。傍晚的雨正淅淅沥沥地下个不止。军管会的车都出外勤去了,即便不出外勤,这时也不会用来送我去船码头。我毕竟是"犯了错误"的人。军管会里仍有不少同志,对他不加任何组织处理就这样"放走"我,而感到难以理解。警卫员找来一辆排子车,套上一匹老马,先把我的铺盖卷抬上车,再小心地放上那两个木板箱。警卫员先拉着车走了。我想到他办公室去告一下别,但我又不想让其他同志撞见,便装着路过的样子,从他办公室窗前的走廊里匆匆走过,同时顺便从开启着的窗子里,向里边很快瞄了一眼,确证里头只有他一个人,这才走回来,再去敲门。

他似乎在起草什么通知,立即放下笔,问了声:"这就走?"但他没有马上起立,只是怔怔地呆坐了一会儿,这才站起来,从他那只特别宽大的写字台的一角绕出,握住我的手,稍稍晃了一晃。不知道为什么,我总觉得他那一瞬间的神情有一点阴郁。随后他说:"我就不送你了。"我忙说:"不用不用。我只是来跟你说一声,我走了。"他再没答话,又沉默了一会儿,便轻轻说了声"走吧",就一动不动地站在阴暗的廊下,只是目送我。那种阴郁一直为我所不解。后来我才得知,其实他那天也得到上海局的紧急通知,要他马上去汇报谭宗三一案的详情。上海局最高领导层里对最后到底该不该枪毙谭宗三这个"误入政界"的前商界巨子,产生了相当大的分歧。而最后下决心枪毙谭宗三的他,最后是否一定能得到上海局方面的肯定,尚在两可之间。万一得不到肯定,下一步能不能回到通海来继续主持工作,那就更难说了。

也许,正因为前景突然变得不明朗起来,他才决定让我替他把木箱带回去。这样做,显然要稳妥得多。

一直到走出大门,我始终感觉到,他那目送我的眼光一刻也没游离过我的后背,始终灼灼地盯着我。

125

现在让我们再度把注意力集中到上海东北角虹口公园附近的一条大弄堂里。陈实就住在这条弄堂里。下面发生的事,将跟陈实有极大的关系。

这是条蛮清静的弄堂。平常少有人进出。一两块残缺的空场子。三两棵五月开花的合欢树,盛开一种羽毛状粉色小花,密密地蓬松而又对称地排列在小叶子之上,仿佛一层飘拂的羽纱。有时在第七个黑铁门门口(这条弄堂一共只有八个黑铁门)站着一条狗。一站就是一两个钟头不声不响盯着你。特别要提一笔的是,弄堂到底有一家小西餐馆(也就是在第八个黑铁门里头),很幽静地挂着一块重彩漆绘招牌。招牌底下总是停着一辆老式微型私家车。外形像甲壳虫。德国名牌福斯。谭宗三搞不懂,西餐馆开在如此僻静深远的场所,怎么会有生意?但事实上却生意火爆。甚至深夜,其他黑铁门里不再透出灯光时,它的窗口还依然亮着,亮得很淡,同时又很淡地传出肖邦的某一首练习曲或盖希文的《蓝色狂想》。据说这家西餐馆是一个紫色沙龙。又是一个只为自己的会员提供服务的俱乐部。小客厅的壁炉里火舌飘飘忽忽暖暖融融。弹琴的是店东的小女儿。她总穿着紫色长裙,总有一种温和的微笑。只要你需要,餐后,白发苍苍的店东会欣然陪你打几副桥牌或"沙蟹",或者跟你聊上一两个小时,帮你解解各种各样的烦闷。如果您是虔诚的基督徒,到时候墙上会挂起圣母圣子升天图;如果您是佛教徒呢,到时一定出现一个佛龛,一定香烟袅袅烛光荧荧。在不做生意的日子里,你会看到那位腰背硬朗神情矍铄的店东一手由小女儿挽着,另一只手里则极有风度地拿着根镶银象牙柄的"斯迪克",在虹口公园的林荫道上慢慢地散着步。这时你会发现,这一对父女神情都极其冷峻。这位只有二十一二岁的小女儿,是不该冷峻的。她长得那么的丰腴圆润,似乎她身上的任何一根线条单独引申出来,都可以演化成地平线上那一轮晶莹的小月亮,或圣诞节夜晚那灿烂夺目的灯彩。但她往往却穿着老式的曳地长裙或缀有花边的深色宽腿长裤,一切又都显得那么陈旧灰暗。还偏爱穿一双厚底粗跟的磨砂皮旧凉鞋。都说这位白发店东曾经是复旦大学的一位教授。不管侬相信还是不相信,反正我相信。

　　谭宗三喜欢这条弄堂,喜欢到这里来听已经结过四次婚的陈实谈女人。但今天来,却不是为了听"女人"。今早天还没亮,陈实就打电话叫醒了他,让他赶快到这里来一趟。啥事体?电话里讲不清爽,侬来了就晓得了。

　　放下电话,谭宗三在床上又闭起眼睛稍稍躺了一会儿。已经有两三个晚上没有好好休息了。迪雅小院的某一棵树上肯定新落了一只啄木鸟,总是在这灰蒙蒙的清晨剥啄出一连串清脆刺耳而又空洞的声音,让人仿佛觉得,房后便是重叠的蛮荒大山和连片的阴森古林。有枯藤缠绕,有流水淅沥。更有千年昏涯绵绵。

这几天，他一直在想，下一步，自己应该怎么办。要不要在接受经易门和老太太老老太太们条件的前提下，继续留在谭家门里享用这顶"当家人"的桂冠？生身母亲的"发难"，更是伤透了他的心。他委屈。你们觉得我不是你们期待的那种人，但你们为什么不扪心自问一下，现在的这个"谭宗三"，究竟是啥人造成的？这使我想起六七十年后，在遥远的大西北一个农场场部旁听人们公开审讯一批"红卫兵"罪犯。那是在一个破旧的小礼堂里。墙皮上的黄粉和檐板上的棕漆早剥落殆尽。本可以坐六七百人的观众席里那天只稀稀落落地坐了二三百人。但在礼堂外的林带里却聚集了千八百人。三五成群。揣着干粮。口袋里装着没炒过的生葵花子。一排排破旧的自行车。卸了套的马在大车排子跟前悠闲地嚼着带苞谷豆的草料。我进了礼堂。我很想看看这些年轻的罪犯，当年的狂热分子。听说两派的头头今天同时出庭受审。这实在是一个很有趣的场面。我原想他们一见面就会对骂。但没料想他们很平静，走到栏杆前还很友好地对视了一眼，只是碍于审判委员的面子和法庭纪律，才没有跟对方握手。那是个临近冬季的秋末。提早半个多月降下的一场大雪，把当天的气温骤然降到了零下八九度。我看到两个受审的年轻人中一个已裹上了一件军棉大衣，另一个穿的是一件很旧的灰呢短大衣，脖子里包着一条很脏很皱的围巾，脚上穿着很厚的毛袜子和一双很笨重的大头鞋。他俩的脸色都很不好，头发都刚剃过，都没戴帽子，口袋里都揣着很厚一份自己写的辩护词，但那天他们都没得到机会念自己的辩护词。审判进行到一半，便停电了。礼堂里一下变得非常黑暗。工作人员忙拿来长木棍挑开遮在窗户上的布幔，也没起多大作用。窗户离地太高，况且室外本来就浓云密布天色阴沉。他们根本看不清辩护稿上的字，只得放弃这个稿子。在黑暗中我听到他们试图背诵那份稿子，但却背得断断续续嘀嘀哝哝毫无次序。后来我听见其中的一位叫了起来。大概是针对台上审判委员会中的某一位的。这一位委员大概在几年前做过这一位的老师。农场里常有这种事。在开展一场运动后，就有一些教师被调进机关。教师是农场里最有文化的一个群体。搞运动偏偏需要一些有文化的人整理材料,担任工作组秘书那样的角色。一些经过审查、被认为是政治上比较可靠的教师就这样进了工作组,受到工作组领导的赏识。运动结束,工作组撤离时,这些领导也就把这些教师带走。下一步就从政。我不知道这个同志是否也是经历了这样一个程序而离开学校最终当上了审判委员的。但这时,他的确严正地坐在台上审理着自己当年的学生。(按规定,他应该回避。但农场里往往没那么多顾忌。)我听见那个学生叫道,我们如果不是那么听领袖的话起来造反,也就不会走到今天这个地步。但是许多年来,是您一直在教育我们,要听话。特别是一定要听领袖的话。我们是按您说的去做的。老师。我们真的是按您说的去做的。

礼堂里一片寂静。那是不流动的凝固。最后一个瞬间的黑暗。

后来我们听到从主审台上传出断断续续的斥责声:"你这是什么态度?想不想从宽处理?!啊?想不想从宽处理?"

礼堂里又开始嘈杂起来。

一直到所有的人都离开,我还没有走。我正需要这片黑静。我静坐着,想,大约每过多少年,我们就要面对这样一种"驱逐"和"审判"?五十年?一百年?我想一百年里至少也要遭遇两次或三次吧……

儿子按母亲的要求长成了,到头来母亲却反而看不上这个儿子。学生按老师教的去做了,最后还是由老师来主审。

这样的事,轮到谭宗三头上,他的心情当然是平静不下来的。

在"豫丰班子"尚未完全溃散前,他本可以对老太太们作一次有效的反击。当然,反击也并非易事。最近得到的消息,几家大银行突然间都中止了和"联投"的往来。并在上海金融界引起强烈的连锁反应,各家银行也相继暂停了对"豫丰"的信贷业务。这一变故在谭氏集团内部引起了相当的慌乱、怀疑。这怀疑当然直指谭宗三。怀疑他是否具有那种必备的左右局面的应变能力。

即便不组织抵抗,也应该询问关心一下"豫丰"同仁们的近况。他们毕竟是你招聘来的。他们曾聚集在你的大旗之下。你要躺倒,也得先把他们做妥善安排。否则像现在这样,将他们置于一种惶惶不可终日的境地中,你……你老兄于心何忍?于心何安!

但他没有做。

不是不知道要这么做,也不是不能这么做,而是不愿做,不肯再这么做了。

他觉得没有意思了。沧海桑田。沧海桑田。一切都是沧海桑田啊。有什么意思?

三天来,他一次又一次地站到窗槛前眺望"豫丰"(站在迪雅二楼的敞廊上,能很清楚地看到"豫丰"那一片猩红色的铁皮大屋顶),想象那里正发生着的和可能发生的一切。他知道经易门一定会起用周存伯去策划"豫丰"员工的倒戈。他听说经易门已经下令,只要"豫丰"的员工自愿,他将一律留用。条件极其简单,只要到"泰康"重新填写一份就职申请表就可以了。据说多数"豫丰"人都还没有去"申请"。他们还想见一见"三先生",等"三先生"的一句话,才愿意做最后的决定。也有不少"豫丰"人对谭雪俦和老太太们的做法是否正派,表示异议,由此反而增加了对谭宗三的同情。还有人秘密致信向他表示慰问。这样的信件,每天至少可收到一封至两封。

也有个别的人对这个突变的局面,向他表示相当激烈的态度。比如陈实,比如鲰荛。鲰荛的妹妹三月甚至给他打过一个相当慷慨激昂的电话。长篇的陈述后便抽泣得说不下去。虽然如此,总体来说,还是让谭宗三感到失望。就像上次经易门被罢免非没有在谭家花园内引发让人担心的动荡一样,这次他的突然失势,也没有在"豫丰"出现那种应有的"动荡"。绝大多数人都用一种忐忑的木然的平静,隐忍了局面的突变。不管他们内心是怎么看待这一次又一次的突变的,他们都一律地用"忍受"来对待了。都在等着看"下一步",并根据将要出现的"下一步",来一点点改变自己。而不是由自己立即去做出"下一步"来改变已经发生的这一步。那种群情激奋"高呼""三三三三——"的场面仿佛已是隔夜的幻觉。是在肥皂沫里吹起来的七彩泡泡。那天谭雪俦坐着轮椅,由经易门陪同,到"豫丰"去宣布,从今以后,由经先生来跟大家"共事"。现场出现的只是一片异乎寻常的寂静。依然只有潮湿的东南风在拼命搜刮那些生了锈的铁杆路灯灯柱。只有坐落在那棵朴树上的几只硕大的鸟窝还在大幅度地摇晃以表示自己对风的感受。当天晚上,迪雅楼里的电话铃声也没有像预料的那么频频不断。外地的只有盛桥方面的老宋和已去地区担任行署专员的老萨打来电话问了一下情况。陈实鳓鲞各打来一次。(张大然亲自到迪雅来了一次,委婉、恳切、简略地谈了自己许多的无奈。看样子他是准备去"泰康"申请再就职了。)打电话来以示慰问的,更多的倒是那些女性朋友,比如黄克莹。比如三月。比如几位女医生、女演员、女记者。意外的是那个小姑娘黄畹町,也怯怯地打了个电话,说了两句宽心的话,还神秘地问,侬晓得我是啥人哦?谭宗三答了声,晓得。她惊喜地叫了一声,真的?侬还记得我?!等到深夜。风便变得轻描淡写了。老黄猫从墙头上悄悄溜下,又爬上高高的香樟树,在它那些茂密的枝叶丛中悄悄地伸展开那根略嫌肥厚的腰背,遥望布道中的惠恩堂。没有管风琴。

　　所以,对于谭宗三来说,似乎已没有什么好留恋的了。唯一还让他牵挂着的,便是那个"五十二岁"的大问号。他拜托鳓鲞和陈实加紧替他查实。今天陈实打来电话,是不是又有所进展了呢?

126

　　但今天陈实急急忙忙把谭宗三叫到自己家,却不是为了那个"五十二岁"谜案。

　　陈实喜欢摆弄电器。家里专门有一个房间堆满了各种各样的无线电音响元器件零部件和工具,墙壁是用带有吸音孔的纸浆板装修的。各种各样的方棚(变压器)喇叭音箱扩大器电烙铁漆包线大大小小真空管焊锡万能表和示波器,再加上一卷卷一根根电源线声源线,跟随便哪一家电料行的工房间绝无差别。前四个妻子跟他分手,都有这方面的原因,无法忍受他的杂乱。但一开始时,她们却又都是因为了他的这一点"爱好"而被他吸引住的。上海女人都希望自己的男人在场面上吃得开,回到家里又有很强的动手能力。这种动手能力又只能限制在家庭生活所必需的范围之内。超越了,她们就要跟侬"寻相骂",甚至"打相打"。最近一年多,陈实热衷组装唱机听唱片。谭宗三经常到这儿来听他新搞到的唱片。在两面墙改装成的壁柜里,储存的全是经典名片。百代、百老汇、大中华、美盛、宝丽金、大西洋,等等等等。最近他又结交了几个电工朋友,组装市面上新出来的录音机。前两天刚组装成了一部最新式的钢丝录音机,由这部钢丝录音机身上引出一件无法解释的怪事,才急着把谭宗三叫来,让他也一道来赏析此怪事。

谭宗三匆匆驱车赶到陈实家。天还不算最亮。得知只是叫他来听一首从一部新装成的钢丝录音机里录到的歌,谭宗三真是哭笑不得。

"兄弟啊,人家在火里,侬倒还在水里笃悠悠呐。"

"侬还是听了之后再跟我翻面孔。"陈实是个精瘦的小个子,方脸,很脏的一部胡子,皮肤又有点黑,说起话来依然带一点浦东腔。他张开十根手指头,起码有六七根贴上了白胶布。这都是在使用电烙铁和锉刀时留下来的伤口。谭宗三早就讲过他,侬啊,活脱就像个工匠师傅。真搞不懂了,哪能会有嘎许多(那么多)女人看上侬这根浦东萝卜干的啦?!陈实嘿嘿一笑答道,这就叫,鸡啄米,鸭吃谷,各有各的福。

陈实花了大半年时间装的这部钢丝录音机可以直接把收音机里的音乐录下来。不是通过话筒录声音,而是通过连接一根音频线,直接从收音机里把还是电波状的音乐收录下来。这种技术在今天已然很普通,但在当时,确实还应算是充满想象力的一种尝试。试录了三四天都很成功。鲰荛的妹妹闻讯赶来,也要录一支歌,录到一半,出了点问题,莫名其妙烧掉两只真空管。她急煞。赶到中央商场去淘了一圈,淘到两只旧货回来焊上。谁知道,出鬼了。再试录的时候,居然录到一些很古怪的声音。录到一首从来没听过的歌。电台里从来没播过。陈实反复听了好几遍甚至打电话到电台去问,电台方面斩钉截铁地回答,这肯定不是他们播放的,而且从来也没有听说过这首歌。他们让陈实再查一查波段和频道,搞清楚到底是哪一家电台播出的。陈实一查,发现这个频道上过去从来也没有出现过任何电台。他当场有点呆掉了。最后又去查了一大堆资料,也没有查到。请三月来帮他查外文资料,也查不到。

"少见多怪!侬查不到的歌就是怪歌?侬以为侬是啥?侬查不到的多着哩!"谭宗三愤愤,还在为陈实拿莫名其妙一首歌来打扰他而发恨。

"可是连电台里专门搞音乐的人,也不晓得。"

"晓得不晓得,又有啥关系?"

"当然有关系。后来搞清了……"

"陈老兄,侬不要发痴了。我今朝没有情绪跟侬搅这首歌……"

"宗三,侬耐心点。假使毫无价值,我绝对不会来打扰侬。你听我讲下去。现在已经搞清,这首歌是二三十年后的一首歌。简直叫人不敢相信……"

"神经病!"

"真的。昨天晚上,我伲又录到这首歌。还录到一个这家电台播音小姐的一段话。她讲,这是公元一千九百七十年流行在英国的一首著名歌曲……"

"发高烧!这位小姐是啥辰光的人?她哪能会晓得二三十年后的事体?"

"怪就怪在这里啊!听这位播音小姐的口气,她好像也是在一千九百七十一年……因为有一段话讲得老清楚的,她说,去年的这个时候,也就是一千九百七十年的夏天……"

"是不是侬有啥朋友在电台里跟侬开愚人节玩笑?"

"绝对没有。"

"是哦?"

听陈实这么一说,谭宗三真有点"不寒而栗"了,顿时手臂上的汗毛管都一根根地竖了起来,心里直打战。他让陈实马上放这首歌给他听。听下来的确是一首从没有听过的歌。一种完全陌生的风格。几个粗哑浑厚的男人。但又肯定不是爵士。很会吹萨克斯管的谭宗三,读大学时就

341

很熟悉起源于黑人心中的这种音乐,包括他们教堂里的那种圣咏。还有布鲁斯。但这一首肯定不是。它很让人动心。用查克·贝瑞(C. Berry)的话来说,这是一种"超越贝多芬,并把这一消息告诉柴可夫斯基"的音乐。再仔细听下去,歌中反复唱着:"Let it be Let it be……"其他歌词则有点含混,一时听不太清。这时,鲰荛激动万分地打电话来说,又找到了一批有关"洪兴泰"的材料。相当完整。要谭宗三立即回"豫丰"。谭宗三对陈实说:"侬马上替我把这首怪歌的歌词清晰地录下来,然后,马上送过来。"上车时,他把鲰荛的妹妹三月带走了。

走出弄堂口,天色才刚刚大亮。卖马奶的乡下人牵着瘦弱的白马,还讲究地在马背上盖一块白布。摇动喑哑的铃铛。有轨电车从江湾五角场开出。雾正在散去。谭宗三让车夫先把三月送回家。三月下车时,回过头来看了谭宗三一眼,问:"为啥一路上一句话也不跟我讲?"宗三一怔,忙反问:"是吗,我一句话都没跟侬讲?""我哪能又得罪了侬这位三老板?"三月涨红了脸再问。久病的她不论遇到大事小事都好激动。一开口,脸就涨得通通红。"我真的一句话都没跟她讲?"谭宗三不想正面和三月发生什么冲突,赶快探过身,装着去问车夫。三月却板着脸已经下车去了。

127

谭宗三赶到"豫丰",没有见到鲰荛,只见到鲰荛留在那里的一张便条。便条上说为了保险起见,他把新得到的这些材料,存放到另一个地方去了。"见条速到平沪商场宫家来找我。切切。"

"这家伙,有病!"心急如焚的谭宗三扑一个空,恨恨地啐了一口,赶紧上车又往"平沪商场"赶去。

所谓"平沪商场宫家",是鲰荛未来的"老丈人"家。说起来还真难以让人相信,这样一个"天才读书人"鲰荛,最后居然会找到这样一个"丈人老头",又死迷住那样一个"弄堂千金"宫小红。也真可谓"冤冤相报,一物降一物了"。

宫小红的父亲是平沪电影院的账房先生。

平沪电影院坐落在当时还算是比较冷僻的上海西区。像那样的末流影戏馆,上海起码有好几百家,甚至还要多一些。它们大都地处偏僻的下只角。门前没有大马路。周围没有大饭店大商场。跟单开间门面的馄饨店茶叶店为邻。不等天色完全冷透,一只只糖炒良乡栗子摊头就已经在它大门口一字摆开。一到晚上,摊头上点的都是一盏盏咝咝作响的电石灯,同时发出一股老怪异的化学气味。但平沪跟别的那些三流影戏馆有一点不同,它坐落在一个跟它同名的商场里。这个平沪商场是由一大片低矮陈旧的小店家组成。商场和影戏馆同属一个老板。每天夜里,最后一场电影刚散场,还不到十一点,它已经像这世界上最疲惫最衰弱的一个老人,瘫倒在女用人端来的滚烫的洗脚水跟前了。关掉最后一盏灯,大门口漆黑一团。留一地棒冰纸。几张说明书被踏进了烂泥浆里。几十年后今天的上海,电影院里不再卖说明书。但那时候是卖的,介绍剧情。介绍明星。印一两幅模模糊糊的剧照,或明星头像,最后留一点空地,再印上两句吉祥而又特别庸俗的广告语。一个半裸的西洋女人,咧着嘴,一手叉腰,一手撩开浴衣下摆,展示两条长腿上全体模糊的性感,代表一家连裤丝袜进口商社向您老全家恭贺新禧。

鲫䲞从小就收集了很多这样的说明书。满满一抽屉。或者还要多。他这样做,绝不是为了那些条由浅蓝或粉红点子组成的大腿。不是的。我这么说,并不是要把他矫饰成一个多么"儒道"的人,连模糊的或不模糊的大腿都不喜欢看。不。他看。准确地说,别的男孩子(或男青年)喜欢做的和必定要做的事,一般来说他都喜欢。有时只是没时间做。或不舍得在这种事情上花时间。没那么多时间。或者说,还没无聊到这种程度。他收集这些说明书是别有原因的。

那时父亲还没被聘为教授。家里住的是祖父留下的房子,还得靠出租其中的一间,才能补上家用和他学费方面的亏空,甚至还不够。父亲在教书写书之余，还得厚着脸皮，去一些老朋友手里承揽一点文稿校对的活儿，贴补家用。在这种情况下，他当然不能再开口向家里讨钱去看头轮影院上演的每一部新影片。但是谈论评点每一部新影片，几乎是他就读的这所私立贵族中学同学之间最重要的话题之一。（往往是头大头轮影院演过，第二三天，这种讨论就会在校内火爆地进行开来。）他对外一直声称自己的父亲是"教授"，既不愿被排斥在这种火爆之外，也不愿让同学们看穿这么个"教授"之家，居然困窘到连头轮电影都看不起的地步。于是他想到花极少的钱买说明书。先了解剧情。再从报章杂志上读有关新片的文章，再读广告栏里张贴出来的新片剧照，再加上他奇特的联想、绝对出色的临场应变能力，他居然成了全校绝对第一流的"影评专家"。像谭宗三那样家里拥有几部电影放映机、从来是把新片租到自己家里来放映的富公子，听他吹电影时，也只有目瞪口呆的份。一直到父亲真的当上教授，翻倍地增发了他的零用钱后，他特地从枫径镇"丁义兴"买来二十只吃酒人最欣赏的"丁蹄"，烫了一大壶黄酒，准备了一长篇谢罪状，请来平日里经常在一起评电影的那些同学，向他们公布事实真相，并把辛苦收集了多少年的电影说明书，总起当众付之一炬，并大声诵读：

"呜呼吁嚱兮同窗罔极之情，助我信我兮爱惜弥殷。念之望之兮祈我高腾，愧余有负兮砚友之心。"

演出了极为悲壮的一幕。把那些同学感动得一个个全都想起立默哀。

周存伯张大然陈实一度看中平沪这块地皮，建议谭宗三，在这里为"联合投资银行"建一座高层写字楼，用意有二：一、在上海重塑谭氏集团形象；二、把谭氏集团的影响推进到沪西地区。也是开发西部嘛。

经过"豫丰小班子"一再权衡，决定分阶段实施。由存伯负责此计划工程方面的各项事务；大然负责疏通市府区府军方警方青帮红帮白道黑道各方关系；陈实当然是沟通金融界和新闻界的关系。

但最棘手的事，还要算跟平沪老板的交道。

这平沪电影院和平沪商场的老板跟宫小红的阿爸是堂兄弟关系。讲起来,宫小红的阿爸、那位"宫账房",还是这位"宫电影"、"宫商场"的堂阿哥。当初是这位堂阿哥把堂阿弟从宁波乡下带到上海来学生意的。这位"宫账房"一度也发达过。在沪西地区小有名气。商场和电影院,最早都是他办起来的。后来染上了抽大烟的毛病,麻将台子上手气又不好,一输再输,不仅输掉了商场,也把电影院输在了麻将台子上,最困窘的时候,真正是难为情,居然"出矿"自己的"小老婆"给人做奶妈来为自己赚一点老酒钱和小菜钱。一张老脸真的只好塞到裤裆里去算了。这种苦日子一直过了好几年。逼到最后,总算戒掉了"抽"和"赌"的毛病。后来才知道,当初暗中出资从自己手里盘进商场和电影院的,正是那位被自己带出道的堂阿弟。堂弟瞒了他几年,就是要让他吃点苦,戒掉这些要命的恶癖。好在商场和电影院没落到外姓人手里。从此他就老老实实心甘情愿在堂弟手下做一名账房先生。倒也平安无事。四十五岁以后,还得了一个聪明伶俐的宝贝女儿。真是阿弥陀佛观世音菩萨。

但这两年,无论是商场还是电影院,却越来越不景气。不是上海做商场和电影生意的都不景气,而是这一个商场和这一个电影院不景气。

照理说,电影院建在商场里,电影院为商场招徕顾客,商场吸引顾客去看电影。两者应该是如鱼得水相辅相成。生意应该做得比没有这个条件的商场或电影院更加火爆才是。

为什么应该火爆,却没火爆起来?

问题就出在这平沪商场太破旧了,太不上档次了。

当初"宫账房"年轻,头子活,人缘好,用相当便宜的价钱从一位青帮朋友手里买下了平沪这块地皮,一时不晓得做啥才好,就盖了几间平房,租给几位到上海来做小生意的宁波同乡。消息一传出去,众多宁波同乡来找他。他就不断地盖些小平房租给他们。种种的小百货生意也就因此在这地面上做了起来。从衣帽鞋子,到针头线脑、香烟洋火、搓板脚桶。还开了一两爿小笼馒头店、一两爿相命馆。一两家南货店专卖宁帮糕点、糟醉土产。靠西北角,还开了一家混(澡)堂。都是一些实实在在,却又做不了大场面的店家。这种店家吸引不了大多数年轻人。而看电影的大多的又是年轻人。这样，电影院的生意越来越清淡，也显得越来越破旧。本来想看看电影再去逛逛商场的人，一看，这电影院那么破旧，也不来了。商场的生意也越发清淡。本该相辅相成的两者，现在反而相克相死了。

宫账房站在平沪电影院二层楼上往下看，那些店家的屋头顶像一片旧鞋底。那时他就想到应该平仓"卖"掉这个商场，另谋生路了。

但是，他做不到。商场电影院早已不是他的了。他当初就是因为头脑子太活，才摔了大跟头。现在再没有人相信他的点子了。虽然他这次的点子分明是对的，也没人相信。或者说，不敢相信。而拥有这商场电影院的那位堂弟当初就是靠"老实本分"才渐至殷实的。一辈子坚信，"老实本分"是唯一能帮助他们宫家摆脱困境的康庄大道。但他却不知，今天的上海，浑然跟几十年前不同。只靠老实本分，似乎已难以在生意场上渡难关求发达。两人为这件事也吵过几次。甚至拍过桌子红过脸。但每次，只要堂弟一揭堂哥的那张底牌，说他：侬聪明，有办法，当初为啥还要靠小阿嫂卖自己的奶水来赚侬的老酒铜钿？这位堂哥就再没话可说了。

鉴于这种情况，"豫丰班子"的人考虑许久，居然把说动那位"堂弟"出卖地皮的重担，交给从来不出去搞外交的鲰荛头上。说穿了，这里的原因其实也简单。当时鲰荛正跟宫家那位千金谈恋爱。"豫丰班子"的人都相信"特洛伊木马"的古训。凡事都可以从内部攻破。

鲰荛自己也讲不清自己为啥偏偏会迷上这位"弄堂千金"（三流影戏院老板的掌上明珠）。分明是个任性到了极点的小娇娇。只想困懒觉的小白狸。因贪吃珍珠米（老玉米）已然开始发胖的小馋猫。一个每天都要把一串栀子花白兰花挂在蚊帐钩上而不喜欢把它们戴在头上或别在衣襟上的女学生。这是个冷静下来想想几乎一无是处的女孩。要知道她上学期英语只考了二十八分。要知道，当年他自学英语，只花了半年时间，就能横扫圣约翰和复旦交大校园里那些天之骄子。他自学德语，又把由德国教授一统天下的同济学子全部灭到装聋作哑的地步。对于高雅的法语，他只花了四个月时间就能自如地对话，冒充留法回来的"硕士"，应聘当上了法商让·伊可先生家两个小男孩的家庭教师。这样的天才居然自甘堕落和毁灭在一个"二十八分"手中！一个充满理性的强者，却要完全拜倒在一个几乎完全谈不上理智、通体只剩下那火辣辣感性的女孩子脚下。真叫人"匪夷所思"。但他还是没法劝阻得了自己。她和他周围那些为他已十分熟悉的女性（她们充满了学问，而又"诡计"多端）太不一样了。他太喜欢她的这种"充满了感性"的"存在方式"。她太让他激动了。每天都受到极大的刺激、惊异。她从不允许他在约会时迟到。只要一过约定时间，你还没到，她绝对马上把专为他买的一大堆小吃食品统统扔进垃圾桶里，转身就走，连一声"bye-bye"也不给。

"约会还迟到？侬有啥了不起？侬以为侬是美国总统？菲利浦亲王？还是那个自以为天下所有的女人都会看相（看中）自己的西门庆？哼。哼。"她这么说。但只要他能提前几分钟，她又会高兴得扑过来，搂住你的脖子，叽叽喳喳乱叫。

在黑暗中，她总是那样的毫无顾忌，那样地贴近你，踮起小小的脚尖，那样真诚而又贪婪地打量着你疲惫的眼睛。她不许四周的太平门发出任何一点声响。（她喜欢在散场后的影戏院观众席里跟他约会。）她用她的尖叫驱赶那些想进场来做任何事的员工。她是老板的侄女。谁都得听她的。然后四周围就彻底地安静下来了，安静得就像深海的海底那般雄厚凝重。每次她的心跳得那么厉害。喘出的气都那么火烫。她拉着你冰凉的手，有时就紧紧抱着你的后腰，一动也不动地把脸贴放在你胸口上。轻轻地叫着你："半年……半年……哦，好半年……再给我吟一段法文诗。要多多的。别停下。念吧。接着念。念下去。哦……念下去……抱紧我……侬为啥会有那么好的记性呢？为啥么？（她把这"么"字拖得老长）说呀。阿能把侬的记性给我一点吗……我只要一点点……一点点……真的。一点点就够了……哦，别松开我……哦，半年……半年……臭半年……让我咬侬一口，好吗？我咬了……真的咬了……"有一次，她壮起胆从他衬衣领子里伸进手去，颤颤地摸了他一下后背，心跳得差一点要晕过去；后来大红起脸喘喘地对他说："你也摸一下吧。哦，别这样……不是前头。是后头。后头。"

……

他也曾无数次地告诫自己,不要再去理睬她。更不要因为她的年轻——是的,她只有十九岁——而毁灭了自己漫长而挚深的爱的历程。但自从结识了她以后,再走到任何一个没完没了地总在表演着自己的矜持和慎微的女孩面前,他就怎么也产生不了那种他已然尝到的激动。她是那样的缺少矜持,但又那样的坦诚、炽烈。

哦,炽烈。

……

锅红了。

鲰荛曾见过小红的阿爸。那是一个俗气到不能再俗气的小老头。他一面在听你说话,一面又斜起眼睛关注着煤球炉上的开水壶是否已经在喷气;同时又在听弄堂里叫卖旧皮货的人所报的价钱;同时也在听小红的奶娘(也是他家的老娘姨,兼他的老相好)在厨房间里窸窸窣窣挪动的声音;同时还在听售票窗口的动静;同时又在注意他们家那只最老的黄皮猫的去向。自从戒掉恶习后,他便养开了猫。养六只。全是老得爬不动的。他每天都踢它们。听它们尖叫,然后给它们喂鸡内金鸭肫肝猪下水白煮羊头。同时他还在关注小红娘在隔壁房间里到底在做啥。小红娘从苏北到上海已经十八年了,一张嘴依旧"拉块拉块"的,一句上海话还不会讲。他不许她学。怕她学会了上海话,出去轧姘头。他虽然一个月才洗一次头,但每天都要搽老牌子玫瑰花露生发油。他口口声声叫你"小阿弟",却最怕你到了吃饭时间还不肯告辞。他在鲰荛面前装出一副老前辈的样子,懒洋洋地伸长了一副短腿,躺在藤椅里说话。长长的手指甲里却全部嵌满了黑黑的油泥。他跟你说,霞飞路上最大一爿旧货店出两万块洋钱来买他房间里这套红木家具。实际上他房间里最值钱的是那只插鸡毛样帚的瓷瓶,收旧货的开价二十五块。他把别人臭骂了一顿。收旧货的说,侬要再骂一句,我要肯出二十四块都不是人。他不骂了。改成低声讨价。最后终于以二十四块三角七成交。他觉得他赚了三角七。在跟自己那位老堂弟的关系上,他也是这样。得知是被这位堂弟暗中盘去自己的商场电影院,他一方面是真心感激他的"保护",一方面又不甘心不服气。总是有点冷言冷语。但又慑于堂弟的"一身正气",不敢在行动上真有所越轨。他的确在尽自己最大的能力管理着堂弟托付的账务。同时又天天运丹田气吃豆腐浆,甚至天天跟弄堂口对过老虎灶里那个老本根学长拳,要练一个"元始真如,先天至精,一灵炯炯……"以图万一。这万一究竟是什么,他也说不清。只是当商场影院真正安静下来时,依然是那一片旧鞋底似的屋头顶在仰受每年一度黄梅好雨久久的拨弄时,他总是越发地躁动不安;并在一度的消瘦后,再度丰腴、黑胖,只是比从前更容易出虚汗,出那种腻腻的油汗,往往在衬衫和汗衫上留下一块块永远也洗不去的黄斑。

　　小红的娘每天要出去买小菜,顺便在外头吃一副大饼油条,留出两个钟头的空当。他会趁机溜进小红奶娘的房间里去。他喜欢她的肥硕。喜欢她的有力。喜欢她的随和。喜欢她始终如一在羞涩和大方之间游移。他喜欢躺在她粗大的两腿之间,把头依靠在她软枕似鼓凸的双乳上面,阖上眼,由她去慢慢捡拾去他那在鬓间渐显渐多的一茎茎白发。常常这样,又能获取一个极惬意的回笼觉,直到小红娘忍耐的敲门声剥啄响起,催他去漱口揩脸吃刚买回来的早点。

　　忍受这里的一切,对于从小至大一直依赖于,也被训导得十分理智的鲰荛来说,在心理上所要付的代价,当然是可想而知的大。现在让人担心的是,一旦他充分得到了那些毕竟是缺乏底蕴,又基本无甚内涵的"炽烈"和"坦诚",还有那种种可爱的"任性"后,能不能持续长久地产生各种"激动",并且继续持久地为此付出常人难以想象的代价?

　　回答只有两个字:难说。说不定几年后,"天才鲰荛"觉得人世间也就无非如此了,于是陪着小红"老姆"(老婆)一起吃"珍珠米"熬绿豆汤津津乐道于探讨哪种进口吊袜带价钱更"合算",同时陪着"丈人老头"养黄皮老猫试用各种进口的猫饲料,同时开始再度收集收藏那些印有模糊性感照片的电影说明书。一过四十岁,开始同样地丰腴黑胖,出更多的虚汗和油汗,在衬衫上留下更多洗不去的黄斑,热衷于结交拜访比他更年轻的文化名人。一过四十五岁,就得准备一柄放大镜了。等等等等。

所有这一切的今后走向,的确都难以预料。但今天,他却认定把刚得到的这箱材料,存放在小红这里,是最可靠的。

128

这箱有关洪兴泰的材料是经易门的儿子经十六交给鲰荛的。

那天阿部等了三个礼拜,不见那个姓赵的女人带着她那位奇特的儿子来签订租房契约,有点急了,也有点火了。他还从来没有这样真心等待过一个"房客"。他从来也没有把来租他房子的各色人等真当一回事过。从烟纸店小开,到金城银行襄理,用苏北话来讲,他跟他们,无非都是"说说玩玩"的。只有这一回,他当真了,但对方却把他"玩"了。更让他恼怒的是,自己竟然没法把这母子二人彻底忘掉。(不。不要说彻底。只要淡忘一些,也做不到。)他到上海这么些年,还从来没有一个女人能在他心里停留过三天。他也不会允许一个中国女人在自己的心里逗留三天。或三天以上。现在已经整整三个月了,甚至更久了,他还在等待。即便是今天,他一面下决心,一旦这对母子再次在他小楼门前出现,他要极尽侮辱之能事,让这两个中国人永远"记牢"他这个叫"阿部"的日本太郎,一面却还在瞟瞥雨中的窗外,瞟瞥着那个曾被那个姓赵的女人在那一天的雨夹雪中站立了整整五六个钟头的地方。

她的姿色甚至都不及他家当年在北海道雇佣过的那几个女佣。他不喜欢干瘦的女人。尤其不能忍受干瘦还偏偏自信倔强的女人。那不是女人,是大报郊区小山丛里的刺棘棵。他对女人并没有深入的研究,也没有任何异样的癖好。(比如他的三叔就只喜欢大脚趾和其他四个脚趾都长得一般齐、一般短小圆浑匀称的女人。而他的二弟却只喜欢嗓门粗哑、上嘴唇上长一层黑黑茸毛,一说话就咬着牙齿直跺脚的女人。)他呢,并没有多少跟异性赤诚交往的体验，只觉得女人就得白润、圆润、娇润。再加上一点装腔作势，扭扭腰肢，说些一连串的"不不不不不"，或者玩些抿起小嘴偷偷一笑的小伎俩，同样可爱得可以。而这一位，干巴巴，还那么自信，还不愿装腔作势，凭什么？

而那个儿子，一说起话来就结巴，脖梗一耸一耸，也耸不出一句完整的话，更是平常得不见一点特色。类似的男孩，在下午四点到五点之间，或上午十一点二十二分左右，随便在上海哪一个馄饨摊头上，你都可以很随便地搜罗到一大把。

但恰恰是这两位，却偏偏让他心里燥热不止。

他从赵忆萱身上感受到的是异样的执着。这是在中国女人身上开掘"顺从"时，往往能得到的最多的一种共生矿体。阿部觉得中国男人缺的正是这玩意儿。执着到哪怕抚哭就地正法的丈夫。不敢。一睁开眼，阿部总觉得自己满眼瞧见的都是那类提着鸟笼、拎着长衫下摆、礼节周到、笑容可掬、昨儿个赤诚山呼大清皇上万岁万岁万万岁、今儿个紧着拥戴民国领袖幸甚幸甚幸幸甚，曾几何时为不得不留发编辫续胡尾而哭得死去活来，又曾几何时又为不得不伤及这父母天地君亲赐之发肤体例而再次哭得死去又活来的男人。男人啊，中国男人，您怎么了？怎么了怎么了怎么了……上海县洋枪队射杀新党党人时，赶快上起排门板、吹灭煤油灯、搂着三寸金莲钻进棕棚床底下的是您；一旦光复赶快架起梯子爬到店门上，把店牌上的"满汉全席""满汉首饰""满汉茶食""满汉娇娘""满汉出屎坑""满汉油炸臭豆腐干"一律改成"新汉全席""新汉首饰""新汉娇娘""新汉油炸臭豆腐干"的也是您……您不觉得在您自鸣得意的"新"字里，涸出的是别人的血腥吗？哦，您是一个拥有阳具的人。阳具，它伟大而又壮烈，它本该伟大而又壮烈。它必将永远伟大而壮烈。它恢宏炽热地出现在地平线上，就是为的支撑这容我们生存发展的一番天和地的啊。您不觉得在您裤裆里悠闲着的，只是一根半死不活半干不湿的泥鳅吗？

哦，男人。

阿部那天一下就发觉,赵忆萱的儿子上得楼来,眼睛只盯着房间里最老式最古旧最灰暗最锈迹斑斑最歪歪斜斜的东西看个不休。在楼下客厅里的时候,他就只注意阿部随手放在当间长条案右首上的那几块瓦当。后来,一直在瞟瞄阿部放在藤椅扶手把上的那部宋朝《元祐党籍碑》的拓本。起初,他只以为十六七岁的孩子,看个新鲜。后来居然看个不已,他以为他喜欢写大楷字,才对碑帖这么感兴趣。问的结果,才知道他根本就不练毛笔字。他只是对各种各样碑帖的版本样式感兴趣。对鉴别碑帖感兴趣。"小小年纪,你……懂……鉴别?"阿部觉得可笑。

小经易门红了脸,不作任何辩解,只是恋恋不舍地把那本《元祐党籍碑》轻轻放回藤椅扶手上,回到母亲身后去了。

"你说说。说说。我这本《党籍碑》是真是假?"

"……"孩子看了看母亲。

"大人跟侬讲话,侬有啥话,就老老实实讲出来。不要做得这么不懂事。"母亲嗔怪道。

小经易门又一次红了脸,再次把认定的目光投向藤椅扶手。而后说:"价……价……价值……价值连……连……连城。"

"为什么?"

"什……什么为……为……为什么?这种……这种……碑帖,早先有两只……版……版子。一只版是……是……宋徽宗老……老……老先生亲笔,一……一……一只版子是……是……蔡……蔡……蔡京老先生亲笔。这两块碑后来……后来……都毁掉了……毁了……老可惜的。以后行世……行世……的,都为后刻。根据徽宗蔡京亲笔刻的碑,一……一……一塌刮……刮……刮子,只存世了两三年。行世的拓……拓……拓本极少。能流传至今的拓……拓……拓本就更少了。相当值铜钿。看也看……看……看不到。侬这本就是……就是……就是……徽宗亲笔。真的是他亲笔。亲……亲……亲……亲……亲笔……"说到最后一句,他激动得满脸通红,垂下一副蒲扇般的大手,微弓起那根瘦高的脊背,两眼闪出湿润的柔光,把一种注入了极端向往的倾斜和颤抖,在全身的涌动中展开;并且毫不掩饰自己对碑帖拥有者阿部的全部钦羡、全部敬佩和全部谦恭。微微喘息。所有这一切,都跟一个年仅十六岁的孩子,在此时此刻此情此景中应显达的和能显达的气质,毫不相干。

也许还不能说阿部那天受到了震惊。但在送走这母子俩以后,他的确忽然间觉得失去了啥,在好长一段时间里,都不知道做啥才好。天光暗淡。雨中的雪完全让位给了冻豆似的雨珠。马路对过的屋头顶一片一片地只剩下一阵灰蒙蒙的平移,包括灯光。他让自己入静,咽一口气到丹田,反复寻找赵忆萱站过的不同位置,回想赵忆萱的影子、声调、神情。她一绺淋湿了的额发曾遮掩去半边眼睛,剩下的半边里,依然闪烁着某种干热。这种眼神可以从挂在欧洲最古老的城堡大厅墙上找到。那是些蒙着灰尘的油画。金碧辉煌但却斑斑驳驳。哦,一种被牢牢制约了几十年的干热,在灰尘后头闪烁。他想象跟这样的"女大公"一起滚倒在路易十六式大雕花木床上度过那惊涛骇浪般的销魂之夜。谁说我阿部不想要女人?!他想象她的痉挛和疯狂(假如她的确还能疯狂起来的话)。她会板起脸,打他的手心。挺直了腰,走来走去。坐着马车来到海岬一角。在那片长满了高大的麻黄树的沙滩上,寻找古船的碎帆。他喜欢听她发号施令的声音。这声音像一块块棕色的花岗岩,又像月光下洒落在防波堤上的碎玻璃片那样,永远具备一种凝固的流淌的魅力。他要轻轻吻她后背,让她战栗着并拢颀长的双腿。然后轻轻抚摸她指尖。跪在她面前。仰起头来注视她。让她窸窣作响的裙摆轻轻摩挲着他那粗糙而又焦黄的脸庞。他甚至喜欢她长期不理他。每天都端着老式的铜座子煤油灯,把咖啡送到她门口。只要能隔着厚重的门板依旧听得到她穿着软底拖鞋在里边焦躁地踱着步;然后冲出来,带着清莹的泪花,冲向对面的沙丘。他要把她因此而留下的每一个脚印窝窝,都灌满最昂贵的波斯水银。带刺的灌木丛从容地钩破五色满金卧水蟒袍料。

他向往过这样的女人吗?

哦,的确能让他完完全全地跪下的,他愿意跪下。愿意放弃了一切,但必须能因此又得到一切。是的是的。只要她总是能闪烁起那种干热的光泽,贞定着那类迷蒙的执着,点燃起那样隐蔽的疯狂,留下那一片队伍麇集的冷漠。啊,她应该就是那条最伟大最古老的三桅船,高扬着凯旋的战旗,缭绕着从不消失的硝烟,驶进红海或渤海湾。而卑微的他,只是一个为她启动舵轮或收紧桅索的跷脚船长。

你在哪儿?

女人。

锅红了。

阿部把长期跟玩古董的中国人周旋,当作一种玩弄中国的游戏。打开这幢小楼的每一扇房门,你都可以看到,他这些年从中国人手里搞到的中国古董。(准确地说,是中国的旧货。更准确地说是一部六七千年的中国生存史。蟋蟀罐。鼻烟壶。端砚歙砚秦砖汉瓦砚。自然还有百十方瓦当。从一字的"卫""关"瓦当,到二字的"君子""西庙"瓦当,到三字的"有万熹""益延寿",四字的"长生未央""与天无极",五字的"鼎胡延寿保",一直到十二字的"维天降灵延元万年天下康宁"瓦当,应有尽有。还有几百锭名墨。其中包括上千元一锭的大明众妙斋带彩漫堂椿朝朝染翰墨。包括八百元一份的漆皮白绢套八锭明宝笏斋千秋真鉴墨。还有紫檀木家具。花梨木家具。楠木家具。乌木家具。黄杨木家具。少不了宜兴紫砂壶。少不了八百件永乐窑祭红瓶。少不了吴十二炼成的宣德炉,其色如好女子肌肤,融融从黯淡中发奇光,而玉毫金粟,隐跃于肤里,"迥非他物可比方"。在另一间房间里存放的则是皮货,妆蟒绸缎,绫罗纱绢,竹葛夏布。阁楼上收藏的是史部要籍,从《左氏春秋》《竹书纪年》到《二十四史》,石刻法帖,手抄宋书,一应道佛经诀总计六百三十六部套。加上一部残缺的《永乐大典》《四库全书》,统统装在规格一律的樟木箱里。他从来也没有翻阅过它们。他知道中国文人雅士向往"一日不可不对清音",他从他们手里搞到十二架十三徽古琴,有叫"清角绕梁"的,有叫"绿绮凤凰"的,也有叫"春雷秋籁"的,等等等等,因为没有地方单独存放它们,只好都放在了那十几只樟木箱子的上头,再蒙上一大块白布。他专门收集清朝官员的顶戴花翎。收集中国古人束袍服用的铜玉带钩。收集木变石戒指。收集达官贵人用过的眼镜。收集犀角器物。各式铜佛。千手观音。欢喜菩萨。另有五百方印石,全都塞在了一个旧皮箱里。还有一千二百粒据说是慈禧殉葬的珠子和一个翡翠西瓜。至于那些金丝银丝编的蝈蝈笼和唧岭子盒、洋表自鸣钟、玉如意、赤金碗碟、珊瑚朱砂沉香折扇、娇深暗黄龙汤碗五彩百幅玉堂春瓶青釉描金皮球花盘……)

这就是中国。
他在玩着中国。
中国的男人也在玩着中国。
别忘了他还有五箱子古钱币。专门辟了个房间存放古字画、十二本《当谱》。
但他只喝最便宜的砖茶。那是一种必须煮来喝的低档茶。煮开来以后,叶片绝对有大拇指大。叶梗则几乎能用来当顶门杠。他喜欢它无与伦比的浓配苦涩,喜欢它的粗野,就像那些北海道的渔夫,带着满身的鱼腥味和一双湿透了的靴子,在拥挤不堪的小酒馆里,搂着四个奶膀子两个大屁股的老板娘,拍击着让狂风吹得摇摇晃晃的板壁和火炉,"呀呀哩来……呀呀哩来"地吼唱着。

女人和古董,几乎是他所认识的所有那些有身份、有头脑、有财力,有家底的中国男人的全部归宿、全部追求。如果可能,再加上一点必要的权力。人前的吆五喝六,人后的一醉方休。
而这个小经易门几乎是这一切的一切。绝对的绝对。绝对的提纯。绝对的浑然。绝对的凝铸。最精彩的化身化石化合化一。最中国的中国。他喟然惊叹了。

129

母亲死后,经十六变得愈加沉默。很有几天,他漫无目的地在大街小巷里穿行。只低着头,快步走。由着雨淋湿头发。由着三轮车黄包车带铃铛的有轨电车脚踏车和一把把钢骨黑布洋伞撞他。有时他长久地站在电车轨道中间,看着被雨淋湿的钢轨,暗暗发亮的钢轨,弯曲远去的钢轨,被人跨来跨去的钢轨,继续负重。他不愿离开这两条湿漉漉的钢轨。以至电车当当地向他驰来逼近,都不愿走。马路两边的人向他大声叫喊。一个老太太买小菜从这儿路过,看见这场面,吓得几乎要昏倒,小菜篮子掉下来,塌棵菜蘑菇田螺五香豆腐干滚了一地。有两个胆子大一点的冲上前去拉他,也都被他推开。他在继续前行的电车面前步步倒退。跟跟跄跄地倒退。差一点被自己的长衫后裾绊倒。

130

那天经易门回家特别晚。谭雪俦找他谈话,请他设法接管"豫丰",再度出山。他听着,一句话都不说,很快开始哽咽。哽咽了好大一会儿,仍然不说话。谭雪俦说,侬有啥委屈,对我讲。他摇摇头。谭雪俦说,侬还有啥难处,也对我讲。他还是摇摇头。谭雪俦说,侬有啥要求,也可一并提出来。他继续摇摇头。只是哽咽得更加厉害。委屈,真的是委屈。又过了十几分钟,经易门才慢慢地平静下来,从口袋里掏出一份"备案",放在谭雪俦面前,说,这是前一段空闲时,我随时想到随手记下来的几件应该急办的事。侬看看。不一定有用。至于接管"豫丰"的事,请容我再想一想……谭雪俦忙说,易门,这桩事体,包括姜老太太在内的全体老太太和老老太太都反复斟酌过了,无论如何要请侬看在谭家的面子上,再费心一趟……经易门忙做了个手势,请谭雪俦不要再说下去。这时谭雪俦真有点急了,说,要不要让老太太和老老太太亲自来求侬?经易门一听,连声叫道,不不不……千万千万不可以。说着,眼泪再次哗哗地滚落下来,而后长叹一声道,我只是不想伤害"三先生"。谭雪俦说,宗三那边,我会去安排的。侬放心。经易门摇了摇头说,快四十年了,我真的觉得有点对不起"三先生"……

"侬有啥对不起他?这话从何讲起?真要讲对不起,应该是他对不起侬。"谭雪俦不解地反问。

经易门没解释,只是坐直了上身,呆呆地看着谭雪俦。谭雪俦没等到答案,也就没再继续追问。对于他来说,最重要的事当然不是要搞清在谭宗三和经易门两人之间究竟是谁对不起谁,而是尽快地组织力量,收拾谭家门内这一向以来被谭宗三搞紧张了的人事关系和搞散了的经营局面。

"易门,我晓得,请侬再度出山,实在也是为难侬。但为谭家着想,侬就再做一次难人吧。只有如此了。我想,侬会给我这个面子的,不用再请老太太来出面求侬了。"谭雪俦十分恳切地说道。

经易门无法再拒绝。

离开"将之楚"楼时,已快到十一点。楼前那块草坪尽头有一排七叶桉树。经易门又在树下静静地站了好大一会儿。这桉树有一种并不为所有人都喜欢的气味。但当年谭老老先生坚持要种这么一排,说它能驱虫。从种下它们起,到现在,几十年过去了。它们已长成崔嵬参天的大树。站在这一排桉树下,正面可见"将之楚"那永不衰败的姿容,稍稍侧一下头,又可看见"迪雅"楼那简朴清秀的身影。经易门跟谭宗三一样,早就暗暗地喜欢上"迪雅"的这点与众不同。他甚至奢想过,把东西两管事房搬到"迪雅",多次设想过,早晚只剩自己一个人时,单独和"迪雅"和树梢上那清淡的霞光在一起的情景。当然他很快排除了自己的这个想法。除了为谭家做事以外,他从不在谭家的任何人面前表露任何一点个人欲望。他把这一点,作为自己的立身之本、以不变应万变的致胜关键。

十一点二十分。他想去"迪雅",跟谭宗三说几句什么。已经走到

"迪雅"小院那精致的月洞门前了,抬头看看楼上的灯光,却又收回了去按门铃的手。几十年来,他一直想能真正地跟同龄的谭宗三平等地谈一谈。他一直想得到谭宗三真正的原谅和理解。一直想真正接近谭宗三。也一直把未能取得这种理解和接近,视作自己一生最大的失败。说来恐怕谁也不会相信,对于经易门来说,谭家门里没有一个人能比谭宗三更让他感到牵挂,更让他动真情。谭家门里的一切,都融汇了他经家三代人的心血。这里当然也包括他经易门的努力。但奠基的,不是他。谭家之所以有今天,首先要说的是经老老先生辅佐了谭老老先生,而后要说的是经老先生辅佐了谭老先生和谭先生。十多年来,作为第三代的他参与了父辈的这种辅佐;后五六年,东西两管事房甚至可以说基本都已在他掌管之下。但能说他创始了什么?不能。唯独一件,那就是"谭宗三",是经他的辅佐"长成人的"。这么些年,他从未放过一切可能的机会,暗自努力,要在谭宗三身上"创造"一个成就,为谭家做出一个完全由他做出的"贡献"。可以说,他鞠躬尽瘁了。但却不能"死而后已"。因为他……最终还是失败了。

这也是刚才谭雪俦要他再度出山去接管"豫丰班子"时,他要哽咽、他要"复杂"要百感交集突涌出一股内疚自责之心的根由:他没创造好一个"谭宗三",每每是这样,当谭家人当着他的面责备感叹谭宗三的不争气时,他总感到是在责备他,责备他的无能他的失职,他没能做好一件谭家门最需要他做,却又偏偏没有能做好的大事……

他常常想去问谭宗三,这究竟是为什么?问谭宗三,你到底是怎么一回事?再问谭宗三,在你我之间,究竟应该谁恨谁?要知道,我一生最大的唯一的失败是你给造成的……是你啊……

当然,经易门永远不会恨谭宗三,更不会去当面责问。他,只想取得谭宗三的谅解、理解、接近。永远是这样。

十一点四十六分。他回到自己家。掏钥匙开门。怎么也开不开。斯匹林锁从里头给卡死了。他用力敲了两下门,也不见有回应。但门里分明是有人。有声音。等他再敲门时,门里果然有人叫喊了。"十六,是侬阿爸……是侬阿爸呀……让我去开门……"这是老娘姨。"侬敢!"这是儿子经十六的声音。

"十六!十六!侬在做啥?!"经易门叫了两声。冷汗一下从额头上渗了出来。这些日子,他已有预感,儿子要出事。儿子在憋着一股劲、一股气。经易门见自己叫喊也不管用,急得在门廊下转了两圈。他不敢用太大的声音,更不敢使用蛮力去撞门。因为这儿临着马路。邻居们都是一些有身份的人。他不愿公然出丑。这几个月,在背后议论经家的人已经不少了。他不想在大局刚有一点转机的时候,再给别人添个口实。但怎么进门呢?该死的英国式小别墅四处都做得特别结实。低矮一点的窗户外又都焊上了铸铁窗栏。后门也是用两寸厚的实心橡木木板做成的。水落管上都装着防盗贼攀爬的倒扎刺。(即便没有这些防护设施,让经易门从水落管上爬进楼去,这想法似乎也太夸张了一些。)

就在经易门怎么也想不出有效办法解决眼前这道难题时,忽听得门里一阵扑腾响。难以确定到底是碰倒了椅子,还是砸翻了花盆。总之是扑扑地乱了两下,门被人打开了。是披头散发的老娘姨,一见经易门,就只知惊慌失措地叫喊:"经先生……经先生……"经十六冲下楼来拦阻,但没来得及,这时也差一点跌出门,跟父亲撞个满怀。

"畜生,侬想做啥?"经易门一把护住老娘姨,瞪大眼问。

"那根钉子呢?"从来不敢跟父亲正面交锋的经十六,今天居然也瞪大了眼反问。

"啥钉子?"经易门一愣。

"还有啥钉子?!"儿子大叫起来。

"畜生,侬想做啥?!"经易门一边骂,一边四下打量。这才看清,整幢楼里都被翻了个底朝天。正厅里挂的那张全家福照片上,也被剜出了一个大洞。好像是把怀抱幼时十六的忆萱,剜了去。

经十六今天在家,把原来属于妈妈的东西,全都一一地搬进了自己房间。连用过的被褥枕头、碗筷调羹、梳妆用品、衣服鞋帽……全部。无一遗漏。现在他想向父亲要的那根"钉子",是母亲死后,钉在棺材上的钉子。忆萱生前总叫"气闷",最怕关窗、关门。尤其怕大暑天要落大雨却又落下不下来时的那种天气。这种时刻,她特别难受,常常要对经易门说,我以后死了,侬千万不要给我盖棺材盖。我怕气闷。这次替她入殓,按习俗,棺材盖要钉七根一虎口长的铁钉。但钉第七根时,经易门却不让钉了。在场所有的亲戚朋友都不懂他为什么要这样。尤其不懂这个历来最循规蹈矩的人,怎么会在自己夫人如此重大的一件事情上偏偏做出这种越规的举动。人们只以为他伤心过度了,便没去计较。只见他从丧工手里极郑重地接过那根钉子,窸窣地藏进内衣口袋。以后的好几天,总看见他在夜很深的时候,捧着这根钉子,坐在忆萱的遗像前,念念有词地说着什么。许多亲戚朋友都听不懂他说的是什么意思。能听懂,而又为这句话动容的只有两个人,一个是儿子十六,一个就是这位老娘姨。这两人听懂了他在问忆萱:"侬还气闷哦?侬还气闷哦?"

儿子恨父亲。他觉得是父亲"逼"死了母亲。他忍了这么长时间,今天实在忍不住了,便突然行动。他不能容忍这个"逼"死母亲的人再沾染母亲任何一点东西。

"侬交出来!交出来!"他对父亲叫道。在搬完了别的东西后,他寻找这根钉子。他要亲自为母亲保存这根钉子。不只是因为他天生有那样一种收藏的癖好。在经十六看来,由这根钉子的空缺所造成的那一点"空隙",是母亲和这个世界唯一的"通道"。只要攥着这根钉子,似乎就能保证母亲能顺畅地呼吸。这几乎和母亲的生命同等重要的东西,当然不能让逼死母亲的人把攥着。

"交出来,侬!交出来!"他青白起脸对父亲叫道。并准备父亲扑过来打他。经易门曾不止一次地用藤条抽打过他。在刚学会走路的时候,以及长成了大孩子以后,都打过。

但那天,经易门没有采取任何武力手段镇压儿子的反叛。

他理解儿子。十六岁的儿子。

他战栗了一下。颓然坐倒在门厅的一把花梨木靠椅上。两行清泪潸然而下。过了几分钟,只见他索索地把手伸进中山装,从里边那件绒线背心的口袋里,掏出一只布包;再打开布包,便是那根已开始有点生锈的钉子。

　　几个月来,经易门无时无刻不把这根钉子带在自己身边。是的,他知道,忆萱的死,跟他是有关系的。他要为忆萱看护好这根钉子,为忆萱留住这一点点透气的通道,让她的"后半辈子"不再感到气闷。他常常梦到,自己在一遍又一遍地问忆萱:侬还气闷哦?还气闷哦……而忆萱却只是在前边飘飘忽忽地走着,不搭理他。

　　那一箱关于"洪兴泰"的材料,正是小十六在翻找这根钉子时,从经易门的房间里翻找出来的。

第九部分

131

材料都存放在一只小小的樟木箱子里。

鳅荛从这只特制的小樟木箱里取那些材料的时候,特地还戴了一副雪白的纱手套。小樟木箱里存放的是"洪兴泰"时期重要账簿二百六十八本。有十来本放在箱子底部,让水润湿过。有七八本是空白的。大部分都有虫蛀的洞眼。让谭宗三惊奇的是,有人在他之前,已仔细翻阅过这批账本。其中有四分之一的账簿上都留有此人的批语。这部分账簿恰恰是"洪兴泰"摆脱"红铜工"劳作地位、初创坊店,渐趋发达而最后又突然破产,不得不离开上海这个大转折时期的记录。此公在这部分账簿上下了很大的工夫,说明他是个内行。从批语的内容看,还可看出此公好像也是要从中寻找谭家的什么奥秘……这人是谁?肯定不是谭雪俦。字迹不对。也不是谭雪俦的父亲、谭老先生。更不会是年代更久远的谭老老先生。因为所有的批语都有一个共同的特征:没有被水沤没有被虫蛀。即便写在被水沤过的页面上,墨色也是鲜亮的,字迹也是清晰的。至于那些写在被虫蛀过的页面上的,那就更明显了:都是着意绕开了避过了那些蛀洞写的。看批语的用语造句习惯、行文口气和所提及的一些发生在当代的经济事例来看,更说明,此公必是个近人。是在这批账簿被水沤虫蛀后很久,才来批注这批账簿的。

当然,谭宗三一猜就猜到,此公就是经易门。

经易门认真研究过谭家的历史?认真研究过这位洪兴泰?为什么?谭宗三没有继续追问下去,他现在急于知道这二百多本账簿对搞清这位洪兴泰到底起什么作用。他掸了掸沾在袖子管上的一点灰土,问。

当然有用场。鲰荛答道。

啥用场?

大用场。

啥等样的大用场?

侬所想弄清的问题,基本上都可以从这几百本账簿里寻到答案。

是哦?快讲。

首先,现在可以认定洪兴泰是破产以后才离开上海的。

破产之前,他手里已经有多少资产额?

按规银算,大约三百万两。

三百万?侬不要搞错哦!侬讲过他刚到上海来混日子的时候,只不过是个穷哈哈的"红铜工"!

"三百万"是从账上查出来的。不是我瞎讲的。

这一点……跟他最后能活过五十二岁有啥关系?

应该讲一点都没有关系。谭家后来的几个当家人所拥有的资产,都大大超过这个数。但他们照样没有活过五十二岁。

从账簿上能看出他到底活到几岁?

大概是六十七岁。

何以见得?

最后一本账簿的最后一笔账记了为他做丧事的开支情况……

他自己记自己的丧事开支?!见侬大头鬼!

我又没有讲这笔账是他自己记的。但记这笔账的人最后落款时写下了当年的年号。由此可推算,他享年六十七岁。

木凸

363

最后为他办这场丧事,一共花了多少银子?

一塌刮子花了三两多银子。

三两多?一个拥有三百万家产的人,办丧事只花了三两银子。侬是不是搞错人头了!

的确只有三两多。其中一两八钱还是向人家借的。当时他的确已经变得老穷老穷了。他离开上海的时候还欠了一屁股债。从各方面汇总过来的情况看,这位洪兴兄好像还是被人赶出上海的。离开上海前后,他在同行同帮同乡当中可以讲已经信誉扫地。被大家一致认为是一个人品相当不好的人。

他居然活了六十七岁?

是的。

这……怎么让人理解呢?一个人品相当不好的人,反而活过了五十二岁?

……

现在我们暂且不去细表他们如何往下议论的,也略去他们对这二百多本账簿、近五万个数据的分析判断综合推理存疑追踪提取精髓的过程,先来判明一下这"旧账簿"到底能不能拿来作历史考证的依据?假如能作依据,又能发挥多大的作用?一九三六年有人在上海《大晚报》上这样论述:"账簿中的记录无非是零零碎碎的日用账,用过以后不是搁置着听其霉烂虫蛀,便是视为废物抛进字纸篓,任何人未曾注意到这种簿籍的重要性。实则,旧账簿尽有文献的价值,也足以和其他的古籍互相媲美……府志、县志,以及各种记事都记的比较巨大而重要的事情,至于家庭琐碎情形和他个人的嗜好等便可从旧账簿中考察出来……"这位先生本人就只靠了两本旧书摊上所得的账簿,写出万余字清末上海县一位知县的生活考。不仅考据出当时县署衙门内生活的种种、知县大人的社交婚姻状况、官场陋习,甚至考察出该知县大人患有"小肠气的毛病",还考证出"老爷他会抽鸦片,又爱喝高粱酒;虽然有时也喝五加皮或外国的香槟酒,但高粱的消费却大为可观。统计在任三十五个月中共买二十八坛高粱,另外还有人送了四坛。那时一坛足装四十多斤,三十二坛约有一千三百多斤,平均每天怕要喝一斤五六两的样子。"这位知县大人还"宰过两回鹿,一回麋鹿,是为了自己,还是为了老太太宰的,那就不可考了。"(摘自由柳亚子叶恭绰两先生作序的《上海研究资料》一九八四年上海书店版五二八、五二九、五三一、五三二等页)

132

为此,这一夜,谭宗三在灯下守着这二百多本旧账簿,一直没有睡觉。睡不着。

133

洪兴泰离开上海的前一天,整整在外滩踯躅了大半夜。走?还是不走?留?还是不留?他甚至想到过跳黄浦。一纵身。扑通一响。一了百了。百了一了。不要再跟他们狗皮倒灶勒煞吊死了。就像大弄堂对过学红帮裁缝的那个北方侉子经常讲的那样:操,死又能把老子咋的?告诉侬,老子在北方已经留了根儿了(指他那三个儿子)。这时洪兴泰想,其实我也已经有了儿子。但光有儿子算个啥嘛!要是做不出别的事,只不过多一根撒尿的管子而已,几十年后也只不过为这世界多增一只坟墩头一堆臭皮肉!!而已。而已。他用自己一只大而有力的手紧紧抓住四方码头大门口那根煤气灯灯柱。煤气灯那幽蓝昏暗的灯光并不能告诉他此时此刻拴泊在四方码头上的那只驳船为什么久久摇晃不停。

到上海那年他二十岁。有人说他是杀了他那位十八岁的"家主婆"后,逃出来的。真是笑话至极。她的确是死在我手里的,但不是"杀"的。

十五岁我从只种大麦荞麦山芋蚕豆的乡下跑到十八里外的县城。在城关南市梢一家木行里当了一名小伙计。木行临河。它必须临河。装卸木头方便。它所需要的各种各样长的短的粗的细的木头，或者结成木排，或者捆在几十丈长的沙船上，从长江进芗河。从芗河进县城。那片芦苇统统割干净。弯弯曲曲的木排才能停靠在木行后门口。两岸蚕豆花开紫盈盈。紫盈盈。永远忘不了的是夏日的夜晚，那田野里蒸制薄荷油的一个个大锅大灶一个个烟火缭绕。赤膊大汉慢慢吞吞唱山歌。大脚踏在小脚上。在木行里做到十八岁，刚刚满师，他上了船。那是一条经常停在木行后门口的芦篷船。船上人翻制修补铜吊铜勺铜脚炉铜烛台铜的汤婆子……夏天它悄悄地撑走。西北风刚刚刮过来，它又悄悄地撑回来了。只靠它那一点小小化铜炉（土制坩埚）里杏黄的小火苗还养不活全家人，有时还要靠做许多的麦芽糖出去叫卖赚点油盐钱。十六岁的她抱起一大团黏糊糊的麦芽糖向一根木桩上扔去。拉回来。再扔。再拉回来。这样才能把麦芽糖内全部的韧性都启发出来。几十几百次地扔和拉，汗水就这样湿透了她脊背上那件补过的花布衫。第一次帮她扔麦芽糖时，他就趁机摸了她。他没法制止自己心里的那种涌动。就像他没法制止自己渴望从大麦地走向县城，又从稳定的木行雇员生涯里跳出来走向这条整日摇晃不定的小木船。他心里总在涌动什么。当天晚上她父亲就把后舱那块有被褥的铺位让给了他和她。他把她蒙进那条蓝花老布面被子里，不容她作任何挣扎，而后脱光了她。当时他还不懂她为什么会抖得那么厉害，一面紧紧地抱住他，一面却哭个不停。这样的哭泣后来又发生过两次。一次是在她父亲死的当天，另一次发生在办完丧事的一个月后。他不管她怎么哀求苦恼，也一定要卖掉这条小木船带她一道去上海。他已经烦透了在几个县城小镇之间来回摇晃。但那天晚上他还是不懂她为什么要哭得那么厉害那么持久。我带你到上海去！不是要把你卖进窑子！我满可以把你一个人扔在乡下，自己一个人轻轻松松去上海。但我舍不得你。懂吗？我要你！懂吗？但她还是哭。他愤怒了，抡起一根铁棒向那个化铜炉砸去。他甚至还想要砸碎这条破船。化铜炉上方的小搁板上敬供着她阿爸的灵位。铁棒抡得稍嫌高了一点,一跷头把那块神圣的灵牌捎带上了。于是灵位牌飞了起来。于是她惊叫一声扑过去,在半空中接住灵牌,连人带牌一起跌倒在化铜炉上。说时迟那时快,人到铁棒头跟着也抡到。她来不及躲闪也不知道要躲闪,一铁棒本来是去砸化铜炉的,这一刻却闷闷地砸在了她后脑勺上。从二十岁到六十七岁,他为自己整整辩护了四十七年。我没有杀她。我是喜欢她的……我是真正喜欢她的……

洪兴泰用一具草编的棺材收殓了她,应付了保甲的纠缠,他还买了一只擦刮里新(崭新)的小皮箱拎在手里。把岳父留下来的那点铜条铜片换了一双半新不旧的皮鞋,把才一岁的女儿托给了嫂子,几天后去了上海。几年后阿哥死了。阿嫂带着他的女儿到上海来找他。他娶了自己的嫂子,又不等女儿长到十四岁,强令女儿嫁回乡下,替他看守阿哥留下来的那一间房子和一亩半菜地。阿嫂为他生了一个儿子。满月后第一次来月经,落水得了个毛病,以后再不能为他生小人。刚开始他去撑船,也做过木工生活,揽不着生活的时候,也往沙船上卖土。(沙船走海路,空船行驶遭遇大风浪,便可能翻船,所以,事先就得装土压舱。)卖土,当然是无本生意。主要是在卖自己的力气、血汗。一担土一百五六十斤。从天亮挑到天黑。肩头的两块肉疙瘩就是这样挑起来的。后来也帮砌房子的人做小工。后来做高档家具卖给外国赤佬。多少年来中国"大好佬"(有钱有势的人)都喜欢深色家具。红木乌木铁梨木。用到枣木榆木,外头就要涂四十遍(至少也要二十五遍)深色"擦漆"。有谁看到过有浅颜色的仿明家具吗?没有。合身分合风水,只有深颜色才显得稳重。但他偏偏把家具都漆成浅颜色。因为他打听到外国人喜欢浅颜色比如奶油色、米色、象牙色。这样他开始赚到第一笔大钱。有了自己的两间平房。买点老酒吃萝卜干,吃从乡下带出来的蚕豆、腌小鱼。日逐地在上海西北角里他的细木工生活出了名。刚办起来的圣约翰大学小教堂里的本堂神甫请他去修圣器。他去了,精心做了一个月零七天。一分工钱都不收人家的。只要求这位本堂神甫把他介绍到小北门一家"天主教徒"开的铜器作坊去做学徒。他看中了"红铜工"这个行当。他再次向往船。再次要把生意做到船上去。但这次他瞄准的不是"小破木船",而是外国人开的豪华邮船和铁壳子火轮、快轮。他相信眼前这条貌似黏滞的黄浦江,最终会给他带来好运。

做这一切之前,他想跟阿嫂商量。阿嫂说,我不懂。侬自己拿主意。他说,我晓得自己拿主意,但我想跟侬商量。我想跟你讲讲心里话。我希望有人跟我讲讲心里话。我一天做到晚。我太吃力了。我希望有人跟我讲讲话。我想听几句肉麻的贴心话。我想听。想听。侬懂哦?懂哦?!!他大吼。把小囡吓得哇哇大哭。阿嫂抱起小囡,送到他面前,说:"侬打。侬打呀。侬这个十三点。B拆开。侬这个杀人不眨眼的强盗胚!侬把我娘俩统统打死算了。"他拿起一把铁榔头,"哐"的一声,砸在水缸上,然后就大步走了出去。然后就听见阿嫂在他背后大哭大叫:"侬这个死不掉的,这只水缸又犯着侬啥啦?侬这只猪头三瘟棺材……"

没处说话。没人说话。

经常是这样。他要说话!可没处说话。没人说话。他只得花两个铜板,坐一条小舢板摆渡到浦东。那里有他熟悉的茅草棚、麦田、蚕豆花。可以闻到一阵阵他想吃的咸带鱼炖豆腐的味道。沿着田埂,沿着防波堤,沿着破旧的铁匠铺子撒下的煤屑路,对抗着八九级大风,他一直向前走。听着黄浦江水哗啦啦。他一直向前走。一堆堆石头。一只只粪坑。一丛丛芦苇。一片片水塘。一声声野鸭嘎嘎叫。一点点船火悠悠起。他一直走到涨满烂泥的滩头上,一直走到双脚踏进黄浦江水里。左边是待修的大木船。右边是一堆生了锈的大铁锚。灰暗的江水。灰暗的天空。他真想拿起一桶桐油统统浇到自己身上,然后划一根洋火。他要在这黄浦江里点燃一支"人肉蜡烛"。让它火火地冲天烧起。让整条黄浦江江面上统统漂满从他身上熬出来的那种亮晶晶的"人油"。哦,黄浦江,侬为啥不开口跟我讲讲贴心话?侬给那么多人带来那么多的好运,侬今生今世又能给我带来啥呢?

带来啥?

带来啥?

……

在没有租到合适的房子之前,他曾经在四方码头上的一个小铁皮屋里住了好几个月。这个小铁皮房子原先是水警们用来看守码头用的,搭建在一只小木排上。小木排拴在码头桩脚上,真的是比一只狗棚大不了多少。连一张单人床也放不进去。原先房子里就只放了一张铁脚台子、一把铁脚凳子、一只脸盆架子。除此以外,便再放不进别的东西,连那只烧开水用的煤油炉都只能放在门外,底下垫了好几块大青砖。房间里的墙壁上原先挂着一个老式的报警器。一个双筒望远镜。房间的外墙上则常年拴着一根长长的竹篙。竹篙头上戴着一个尖利的铁钩子。缆桩上还拴着一只小划子。这竹篙和划子都是水警打捞浮尸用的。那时候,经常有人用"跳黄浦"的办法来表示自己的怨恨或绝望。上海人开始也经常喜欢这样讲,侬去呀,黄浦江上又没有加盖头(子),一些帮会里的人也喜欢用"倒插荷花"的办法来惩治那些他们认为必须惩治的人。所谓"倒插荷花",就是把人捆得结结实实的,嘴里塞满棉丝,背上再压块石头,扑通一声扔进黄浦江里。"荷花"即便"倒插",总有一天也要上浮。所以,打捞江面上的浮尸,便是水警们一项躲不掉的生活。就是在这个日夜晃动的小屋里,他和他的阿嫂和他的儿子一住多半年。推开经常要锈住的窗户,迎接滚滚而来的朝雾。吹过一阵带有一点煤烟味的凉风。是竖萧横笛花船夜,踢踢踏踏摆渡客。这一段不是人过的日子,却偏偏给他们留下了难以忘怀的印象。也许正是因为难以忘怀吧,两年后,早已跟他搬进平房去住了的阿嫂却跟着一个当时结识的、后来又退了役的水警私奔了。扔下了他的,当然也是她的儿子。而正是这个儿子后来视他为耻辱,联合了家族中其他有力量的人,把自己的"洪"姓,改作了"谭"姓。当然,那已是十年或二十年后的事了。

134

天亮时分,一阵急促的敲门声,陈实给谭宗三送来了那首歌词的文字记录稿。原稿是英文。鲰荛便问:"要我帮侬翻译哦?"谭宗三此时心里正别扭着,听鲰荛这么一问,立即反问:"我这个英国留学生就那么不中用?"昨晚,谭宗三翻来覆去研读那些旧账本,到后半夜才上床;上了床,脑子里仍在翻腾"洪兴泰",怎么也睡不着。起来又吃了好几次茶,上了好几次卫生间,光着脚在地板上来回走了好长一段时间,总算有了点困意,再上床。可以说刚刚睡着不久,却又被陈实叫醒。难受。只得起床,披件睡袍,从热水瓶里哗哗倒出大半瓶隔夜的热水来洗个脸提提神,又转过身来问陈实,记一首短短的英文歌词,何以要花费这么长的时间。侬的英文程度就真的差到如此地步?陈实说,我的英文程度可能要比你们差一点,但花这么长时间的主要原因是原版上没录清楚,听起来太吃力。"所以我又重录了一遍。""又重录了一遍?那个神秘的电台又播音了?"谭宗三吃惊,忙放下咖啡杯。"是啊。我开着机器,整整等了四个多钟头,才又等到它。要不哪能(怎么)会到现在才来呢?"陈实做出一副通宵未合眼的样子,朝床上一倒,四仰八叉地狠狠伸了个懒腰。

这次侬听清它到底是哪一家电台了吗?谭宗三追问。

没有。陈实又伸了个懒腰。

它没报自己的台名?

没有。

怎么可能?在重播这首歌以前,它总归要说点什么吧。不能一上来就播歌吧?一点开场白都没有?

开场白有啊。听不清。背景声太杂乱。好像在一个集市上或课堂里或教堂门外,也可能在车站码头。男人女人老人小人。乱哄哄。一点也听不清。

怎么可能这样？

那我怎么知道。

谭宗三拿起记录稿。陈实突然惊叫了一声。那记录稿上的字原都是他手写的,但现在却全变成打字机打的了。纸还是那张纸,字迹却全变了。但从写完的那一刻起,这张纸片从没离开过他。谁能不换纸片只换纸上的字迹？一开始,谭宗三和鳡鳌都不相信陈实。但见陈实咬牙切齿地发誓,这才半信半疑。经过仔细辨认,这字迹是用一部非常老式但却又非常结实耐用的"奥林匹亚"牌德国打字机打出来的:

Let it be(《让它去》)。The Beatles(披头士。甲壳虫。)1970。England(英国)。

面对这突然的转换,在场的几个人脸色顿时都变白了。"哪能(怎么)一桩事体？侬不要吓我们！"

这时,倒是谭宗三镇静。从掌握了更多的"洪兴泰"的情况后,他的内心正在起着一种为外人暂时还觉察不到的变化。"1970 年……真的是 1970 年。"

"7……70 年？哪能会得(怎么会)是 7……70 年？"鳡鳌惊异。

"阿会是侬家主婆弄松(捉弄)侬？"小红拿过记录稿来细看了一眼,"侬家主婆会打字哦？"

"她当然会打字。"

"侬看看！侬看看！"

"可……她昨天晚上根本就不在家。"

"阿会得(会不会)她回来时,侬正好困着了呢？她就跟侬开了这样一个不大不小的玩笑？"

"第一,昨天一整夜我都没合过一眼,没困过一分钟。我太太也……一晚上没回来。第二,我太太从来不用这种老爷打字机。侬不晓得她有多少时髦,恨不得连草纸都要用进口名牌货,哪能(怎么)肯用这种老爷打字机？多少没面子喔！"

"这记录稿一直没离过侬身？"鳡鳌沉静地问道。

"没有啊。我是根据草稿用钢笔誊了一遍……"

"确确实实记清楚的?"

"确确实实记清楚的。"

"那张草稿还在不在?"

"当然在。"

"在哪里?"

"在我家里。"

"侬赶快去把它拿来。"

于是乎,由鲰莞陪着,陈实立即驱车再度回到虹口家里。从一堆电器零配件里寻出那张草稿,立即又赶回平沪商场后院。谭宗三迫不及待地问:"哪能(怎么)样?"脸色苍白的二位哆嗦着把取回的那份草稿递给谭宗三。谭宗三接过来一看,霎时间也愣怔住了,那原先被钢笔勾勾改改、圈圈画画,并留下不少墨涂涂的草稿此时也干干净净变成了一分打字机稿,并同样注明了"1970年"的字样。

"真出鬼了。我家里分明就没有这种老式打字机!"陈实惴惴地说。

"不是鬼。是有人要提醒我们……"

"人?什么人?要提醒我们什么?"

"……"

谭宗三没有再回答。只是埋头去用心读这首歌的歌词。

……当我发现自己被深深的烦恼纠缠住的时候,
玛莉姨妈就用她那智慧的语言对我说,让它去。
当我被困在黑暗之中的时候,
玛莉姨妈就小声地劝告我,让它去、让它去、让它去……
……Let it be,Let it be,Let it be……

深深的烦恼。让它去。让它去。深深的烦恼。

他拿起那份草稿,轻轻地读着。读着。读了一遍又一遍。然后就跟陈实,一起回到虹口,他让陈实打开机器,他想直接听听那个神秘电台的声音。

听到晚上,他才让陈实关掉那台机器,而后说,他想在"电工房"里安安静静地单独坐一会儿。等陈实鰂荛小红,还有闻讯赶来的三月大然,都走了,他关灭了灯,打开录音机,在黑暗中又放了一遍 *Let it be*。

后来的十几天里,他几乎每天下午都到陈实家来,收听那个神秘的电台播音。(不再只是 *Let it be*。而是其他的声音。很新鲜。很奇怪。很宏大。又很杂乱。无法理出个头绪。又无法不让自己投入。)他让他们一起来听,有一次甚至请来周存伯。还有一次,单独跟黄克莹在这个电工房里听了一下午。还有一次,把母亲姜芝华请来,听了一会儿。大部分人仍然不相信这个声音是几十年后的声音。少部分人相信,多听了几次,只觉得杂乱,并无太大的意思。只有他越听越来劲。黄克莹倒是愿意陪他一起听。但后来的很多次,他还是只愿自己一个人听。一边听,一边想一点什么事情。听的结果想的结果,当然包括认真研读那一箱子洪兴泰材料的结果,使所有原先熟知他的人都发现(觉察)到,他身上正点点滴滴地发生着某种不可逆转的变化。用大然的话来说,好像看到大学时期的那个谭宗三,隐隐约约又从水底里浮出来了。

"侬不要吓人喔!啥叫从水底里浮出来?'三先生'又不是落水鬼!"宫小红裹着一块极大的纯毛披巾,把两只脚盘缩在自己身下,坐在一只旧沙发的角落里,嗔责道。这段时间以来,因为跟鰂荛的那些朋友来往多了,她身上也发生了一些明显的变化。比如唇膏不再涂得那么红了,更多的时间里,甚至都不涂了。也不每天换一套衣服了。更多的时间里,只是用一件白衬衣和一条灰裤子来打发自己,或者就裹上这样一条色彩浓烈的纯毛披巾,用她年轻而火烈鸟似的眼神专注地看着那些"大哥哥""大姐姐"争论她完全听不懂的问题。然后等他(她)们走了以后,便抱住鰂荛的后腰,反复追问:"啥意思啦?啊?到底啥意思啦……"

135

一个月后,谭宗三不顾所有亲戚朋友的劝阻,放弃了自己在谭家门里仍拥有的一切,给谭雪俦留了一封很长很长的信,再次回到了盛桥。

后来我多次找谭家的人,想看看这封信。但他们都推说不知道谁保存着这封信,都说,只是听说过这封信,但没亲自看过。看过此信的少数人说,信始终由谭雪俦亲自保存着。信写得非常委婉痛切。充满了亲情。充满了一种努力的向往。少见的认真。

"向往?认真?谭宗三?"我以为我听错了。

"是的。这封信,字字句句都充满了一种过去在他身上少见的精神。"

"可能吗?"

"我们当时也都奇怪,也都在问,这怎么可能?但事实的确是这样。雪俦先生看了这封信,竟然哭了。经易门看了这封信,也说,看来我们还是不了解'三先生'。我们太浅薄了……"

可是信呢?

在谭宗三离开上海后的第二个月,谭雪俦就病故了,享年五十一岁零十个月。去世前,他对身边的许多事情都作了明确的交代,就是没有交代这封信的下落。而一直守候在他身边、事后又受命整理他遗物的人,也想不起来当时到底是否看到过它;更不要说,还能记得起来,到底把它归置到哪里去了。发生这样的事,在当时那种情况下,实属正常。因为对于他们来说,当时确有太多太多太重要太重要的事情要张罗、归置、交代,不太可能还分得出心来顾及一封从表面上看来跟整个谭家的前程并没有什么直接关系的信件。更何况写信人已远离了谭家命运旋涡的中心。

他们问我,这封信真的有那么重要吗?

当时,军管会正要求我尽快提出最后的报告,对到底要不要枪毙谭宗三一事,明确表态,并详陈自己的看法。随着时间的推移,军管会内部,关于到底要不要枪毙谭宗三,分歧也越来越大。军管会的几位主要领导,觉得此事不能再拖下去了。拖得越久,分歧恐越难弥合。得当机立断了。

当然,不管这封信写什么、写得怎么样,对我,以及别的相关人士做出什么样的"最后决定",都不会起任何作用。枪毙不枪毙谭宗三,主要还得依据他来到通海县担任伪职以后的"罪行"来定。但我还是想在作出我的最后决定、投出我那并非不重要的一"票"前,看到这封信。我想搞清楚谭宗三究竟是因为什么,才决定再次离开谭家,并再次来到通海这样一个僻远的小县城里,寻找自己的"新路"。(关于这个"新路"的说法,也是我在调查中方才得知的。鳅茏三月告诉我,谭宗三在离开上海前多次跟她说过这样的话,我要找我自己的新路去了。我要走一条新路了。而且,说的时候,表情是很沉稳的,眼睛里是闪着自信的光点的。有时甚至还表现了一种鲜活的兴奋。)

因为我有那样的身份,且又担负那样的责任,我便得以合法地"搜查"了谭家。我和我的助手,在谭家人悉心的配合下,翻遍了谭雪俦相关的全部遗物,却到底也没能找到那封"最后的长信"。

136

那天刚吃罢中午饭,军管会分工联络文艺口的秘书小胡来通知我,军管会几位主要首长邀请我晚饭后一道去礼堂里看歌剧《白毛女》彩排。

"晚上有你的节目?"我看她今天特别地兴高采烈,还穿着一身崭新的军装,打着一副崭新的绑带,一般情况下不束的武装带,今天也束了起来,便猜测道。

"哎呀,他们硬要我在戏里扮演一个八路军。我怎么行嘛。"她红起脸笑道。这时我才注意到,她认真地把挺长的一根大辫子剪了,剪成男孩似的短发,又全掖进了军帽里,猛一看还真有点英武气。

"还是太秀气了。不像个军人。"我故意逗她。

"那怎么办呢?"她着急地跺着脚问。

"晚饭多吃两个包子。好好地撑他一撑。"我捏紧了拳头在她小而尖的鼻子前用力地晃了晃。通海军管会食堂的素包子远近闻名。皮薄馅多,个头还特别大。虽说有句话在北方特别流行:"包子好吃不在褶子多。"但通海军管会包的这包子褶子就是比别人的多,还特别细密匀称,像一叶叶整整齐齐紧挨在一起的花瓣,特别能引起人的食欲。虽说是素菜馅的,但选用上好的矮棵青菜。肥,且嫩。只用菜叶,一点菜帮也不要。在开水里焯过,细细地剁碎。拌进剁成细丁状的豆腐干香菇粉丝蛋皮苔菜味之素麻油,可能的话再放一点水发的海蜊子干而通海地区恰恰有广阔的滩涂。在随便哪一个渔民家里都能收集到陈年的海蜊子干及其他海货。上海局的首长来通海视察检查工作,头一顿也往往点名要这种"素菜包子"吃。两只包子一大碗麦糊粥,再加两瓣生蒜一碟米醋一碟葱花拌本地产的海蜇皮一碟酒呛小螃蜞最多再加一碟盐水花生仁,个别的再加一只当地有名的砂锅菜:栗子红焖鸡,也就吃得老满意的了。所以通海地区的老百姓一直到现在还这么讲:当年的首长的的确确好伺候。而我在通海的那段日子里,几乎每隔一两天就要吃这么一顿包子。不吃,还真想它。

"那……晚上他要不吃包子又怎么办呢?"小胡想了想,又着急起来。那时候的年轻人对首长的指示总是十分认真。有时候你即便是在跟他(她)开个玩笑,他(她)们也会拿来十分认真地对待。

"那好办。我来做给你吃!"说着,我便拿拳头"用力"地往她小嘴边"捅"去。吓得她忙伸出双手推拒,并笑着叫道:"陆主任,侬老坏的!老坏的!"

小胡留下一串清脆的笑声,蹦蹦跳跳地走了。院子里顿时阴凉起来。也清静许多。其实,当年在上海局协助主管首长在新解放区建立正常司法秩序,并具体分工管辖通海地区治安事宜的我那时也不过才二十来岁。换一句话说,二十来岁的我,手中已经掌握了相当的刑罚大权。通海地区判处十五年以下刑罚的,只要有我的签字,即可生效。判处十五年以上至死刑的案子,也得先经我复核认可(比如这次的谭宗三案),方能报请上海局政法委终审。因此,说当时的我实际上已掌握了一定的生杀大权,并不为过。正因为这样,机关里像小胡那样的年轻同志,都尊称我"陆主任"。其实我什么"主任"也不是。唯一的一个正式行政头衔是"上海局局办室通勤组"的副组长。正因为这样,我常常要求自己用更多的时间来反问自己,你还有可能做得更好一点吗?有没有更好更稳妥的方案和方法来处置当下的这个案子?我总记着中学里那个腿有点罗圈、个子又特别矮的女几何老师挥动硕大的三角板对我们说的一段话:只能用老师讲的一种方法来求解一道题的人,他虽然也能得到一百分,但仍只能算一个庸才。假如能用老师讲的三种方法来求解,那是敏才。而能用到五种以上,其中的一两种又是老师从来也没有讲过的,方是真正的奇才。她讲完,我和几个同学就故意大叫一声"哎哟",并"瘫倒"在课桌椅下。女教员冲过来问,你们几个啥毛病?我答道,我想想我完了。这辈子肯定是庸才了。(其实那时我是班上几名功课最好的同学中的一个。)为此教导处还给我记了一个过。多年来,从她那儿得来的那些几何学知识,差不多又都还给了她。但她讲的这段并不算深奥的"奇才论",却使我久久难忘。为此,每当需要我拿起笔给一群人"朱批"断生死时,我总要求自己留出一段时间来给自己"踩一踩刹车"。"停一停。想一想","想一想有什么更好的'解题'方法,哪怕是'老师'所没有讲过的"。这使我总是比同时代的同龄人要显得年长、老成。正因为这样,跟一些刚参加工作的大学毕业生面谈时,我就特别不愿意跟他们谈及自己的年龄。因为那样总要引起许多误会,惊诧。你想,能不惊诧吗?同样的年龄,我看上去却要比他们大个十来岁。同样的年龄,他们还处在理想的(十分稚嫩和空泛的)激情中,刚开始接近这场伟大的革命,而我却已经实实在在地在操作着这革命的某一部分了,而且还将毫不含糊地带领他们向前进。

那天"搜索"完谭雪俦的房间,一无所获地出来,助手告诉我,有个"妇女同志"要见我。我满心不悦地问,哪个单位的?助手告诉我,而且还是个没单位的"家庭妇女"。我打发助手去接待。助手说，那位女同志一定要见你。你还是见一见吧。我火了。我说，全上海一百万妇女统统提出要见我，你也统统把她们带来？那几天，我心情特别不好。还不只是因为找不到那封"长信"。主要是因为一些有关于我的议论传到了我耳里，搅得我心里挺乱。这种议论有来自上边的（如果没有上边的这一部分，我心情自然要好得多），也有来自同级的和下级的。议论是多种多样的。但主调是，似我这样复查"谭案"，迟迟做不出决定，在当前飞速发展的形势面前，不仅显得滞后，不敷急需，客观上也有碍于形势的进一步发展。因此，我的精神状态和工作方法，应该被认为是有害的。起码也是不对头的、不能提倡的。虽然还没有人直接找我谈话，但议论的确是越来越多。甚至还有的传说，上边已经在考虑，要不要派人来接替我的工作。

助手当然清楚我这一向的心情（和处境），便没再跟我犟嘴。而在以往，他是常常要跟我犟嘴的。因此，当我向停在谭家大门口的那辆吉普车走去的时候，他就按我的吩咐，去接待那位"妇女同志"去了。那位"妇女同志"就在大门口站着。我没想仔细打量她，甚至都不想让她发现我。只是在伸手去拉车门、弯腰上车之前，惯性地用眼角的余光，向她所在的方位飞快地扫视了一下。我说的"惯性"，并非"性心理"方面的，也就是说并不是因为那边站了个女人，我作为一个成年男子，就得习惯性地去"扫视"那么一下。虽然这种情况在我身上，过去也经常发生。但那一天的确不是。我只是觉得她眼熟，只是想判别一下，是否真的眼熟。这种眼熟的感觉，产生得非常怪异。一方面觉得眼熟，一方面又觉得不可能。虽然觉得不可能，却又非常想再看她一眼。她个子中等偏高，年届三十而稍嫌丰腴。她不像当年上海许多的同年龄段的女子那样，把曾经是卷烫的头发挽起个马尾，用一段灰蓝的窄布条拢扎在脑后，而依然保留了那个烫卷的原样。但看得出是精心修剪过的。匀匀地剪到耳根处，修去了齐肩的部分。在衣着方面，她也不像当时大部分赶新潮的女子似的赶紧换上蓝色的大翻领双排扣列宁装，依然穿一件旧式对襟夹袄，压得板平起褶，让人总感到走近她便能闻到一股樟脑气味。质地的上乘、做工的精良，仅凭胸前那一排盘香纽扣和那一圈出现在袖口和襟边的金丝拉绒滚边,也应该说,在四五年前,甚至一两年前,仍是上海各中式客厅里许多主妇们啧啧称道的时装。只是下身,我不知道她为什么竟穿了件并不合体的蓝布工装裤。不仅过于肥大,也略嫌粗短。鞋和上衣也并不搭配,是一双圆口的搭襻黑布鞋。我很想知道她穿的是一双什么样的袜子。但又不便盯着人家的脚细看,粗略地一瞄之下,只知是一双高档的白色锦纶丝袜之类的东西。总之,通体还没能来得及形成一种新的和谐。这大概是那时代曾发生在许多女人男人身上的一个共同景观。我觉得她一直在看着我。即便当我的助手走近她,开始询问她时,她也还在打量我。那目光并不怨恨,也不自卑,但总想表达一种执着的愿望,又不想强加给别人。

直觉告诉我,她就是黄克莹。后来一问,果不其然,就是她。

不一会儿,助手匆匆走来,对我说:"她还是坚持要见您。"

这时,我已决定见她,但口头上还在问:"什么事?"

"她说替谭宗三带了个很重要的口信给您。"

"是吗?"我边说边启动,转身向黄克莹走去。但这时,助手反倒拦住我。他有了疑问,不赞成我见她了:"谭宗三目前正处在严密拘留审查期间,除我们工作人员以外,他根本见不到任何一个外人,怎么传得出口信来给她?再说,我们在通海经常见谭宗三。他有天大的事,完全可以直接找我们,根本没这个必要绕这么一个大弯,先把口信传给她,再转告过来。我看她是别有企图。还是不见的为好。"

我笑着,反问,你说她能有什么"企图"?

他说,那难说。

我继续笑着问,就算她有什么"企图",像她这么一个女子,还能把我们怎么样?

他想了想,不好意思地笑了,说,那倒也是。

根据我对谭宗三的了解,我相信他向她传出了口信。既有这个必要,也有这个可能。我的理由是:

一、谭宗三最近虽然跟我已熟悉到能基本"无话不说"的地步。但还有一些深层次的东西,碍于他难于彻底放下的那最后一点"绅士架子"和"面子",仍然不好意思当面向我提出。比如像"请求宽大"之类的话,不到最后关头,他还是说不出口的。甚至可能即便到最后关头,当面他也说不出口,需要由别人来"转告"。

二、这家伙被拘留后,在看守中间的"人缘"居然还不错。造成这个局面,有多方面的原因。首先是因为前一段通海地区军管会因为没有得到上海局方面明确的指示,最后将如何处置他,便在拘留条件上,给了他一些特殊的"政策",比如,住单间,可以长时间地单独在一个小院里散步,房间里有床有被褥枕头床单枕巾,还有写字桌板凳热水瓶煤油灯(灯的使用是有限制的。过了每天限定的使用时间后,便由看守拿走。因为煤油和火都是危险品),等等。为此,可能给看守们造成某种误导,以为可以对他更宽松一点。另一方面,也有他本人的因素。比如,他长得颀长、白净。衣着和谈吐举止又都很文静。平时即便在拘留室里,也总是穿着一件中长的黑呢大衣,或者要一些书报来看,或者随便写些什么,或者跟看守们随意地聊(那时有关方面还没有禁止看守们跟他说话);从气质上看,他更像一个学者,而少有常见的那种政客们的圆滑和官僚们的蛮气。自身又顶着个"英国留学生"的头衔和"头一个在押的伪县长"的身份。即便出于好奇,这些看守私下里也都比较愿意接触他。还有一点,可能也不是不重要的。这些看守都是通海当地人。而谭宗三在通海伪政府任职的两年期间,虽说是"县长",但实际的政务是由两个年龄比他大得多、在通海已待了很多年的副县长在做着。他也就管一点在那个战乱的岁月里已没多少事可做的文教卫生。没有做太多的事,也就没什么太多的"恶行"流播于市井间。所以,如果说通海人对他谈不上有什么特别的好感,的确也谈不上有什么特别的恶感。故而这些看守恨他不起来。再加上前面说到的几个因素,一旦他提出要求,再给一点什么好处,在那几个看守中间,完全能找到愿意为他往外传话的人。

我当然想知道,他托黄克莹传过来的究竟是一个什么口信。同时我也想知道,这些年,这个黄克莹又怎么了。

她显然已经认不出我这个曾跟她做过邻居的"小伙计"了。

"吃茶。"我指了指她面前的那个青花茶杯,对她说。

"谢谢。"她忙折起身,点了一下头。

"谭宗三倒蛮有本事的嘛。越过我们重重警戒线,把口信传给了你。啊?"我凝视着她,微微地笑道。

"啊……"她稍显得有些慌张。

"你在哪个单位工作?"

"我……我没有……我是……家庭妇女……家庭……"她歉疚地一笑,竭力想镇静下自己,但还是慌张。显然这是她第一次面对一个新政府的"大官",且又肩负如此重任。"我……先向侬认个错,"她突然这么说,"我……刚刚……我实际上……我实际上没有替谭宗三带啥口信……"

"是吗?"我心里开始不高兴起来。

"我欺骗了领导。我不应该。但我的确有话要跟领导讲。的确是关于谭宗三的……"她两只手不由自主地在胸前用力绞扭着。两眼却直瞪瞪地哀切地盯着我。

居然跟我耍花招。我马上站了起来,一边向外走去,一边打起官腔:"有事,跟我助手谈。"

"一定要请侬亲自听一听。首长……"她叫了一声。

我在门口站住了,侧转过一点身,斜脱着她说道:"到底为谭宗三带了口信没有?"

"没有……"

"你居然用这种手段……"

"我欺骗首长。我不应该。可是我想见侬。我真的有情况要向侬报告……"

"今天没有时间了。以后再安排吧,找我助手。"

"首长!求求侬了!"她尖叫着,扑通一声,竟双膝跪了下来。

谭宗三离开上海前的那个晚上,总算把黄克莹再次叫到了"迪雅"

381

楼。在这以前的几天里,他多次给黄克莹打电话,提出要见她,都让黄克莹拒绝了。为此,他特地驱车到黄克莹的住所去找过她,也让黄克莹拒绝了。被黄克莹关在房门外头。

"我当时对他放弃上海的一切到通海去,真的是非常想不通。为啥要这样做?他完全没有必要这样做嘛。他从来都不是那种热心从政的人。更不是那种为了从政就甘心放弃一切的人。我开始以为他是厌烦了谭家内部的争斗,被这场争斗吓退了才走的。所以就不想见他。我恨他不争气。不像一个男人。我恨他……还因为……因为……有一天晚上,他突然到我住的地方,跟我讲了许多他那个姓洪的祖宗的事体……他那样兴奋、激动、坐立不定……他讲他从这位姓洪的祖宗身上忽然悟到了许多过去不晓得的做人的道理……忽然间看到了他们谭家几代男人身上到底缺少了啥。他甚至认为,这一点跟他们谭家男人几代都活不过五十二岁有直接的关系。他讲他要重新开始做人。他讲以后的日子一定是老有意思的。因为他从陈实那里听到了许多种二三十年后的声音(当时我真觉得他神经有点不正常了)。他被那些完全陌生而又新奇的声音所打动、吸引。他感到自己在跟几十年后的人打交道。在跟他们交流某种精神。他忽然看透了眼前的许多事体。从这些声音的活力里,他似乎也悟到了一点怎么才能活过五十二岁去的'道理'。他觉得他应该是另外一个人,另外一种人。而且那天他还……他还……"说到这里,她突然不说了,眼睛里闪出一种异样的热力。灼灼的。但又有一点羞涩。但很快又消失。

(后来才知道,就在那天晚上,谭宗三跟黄克莹发生了第一次肉体关系。整个过程来得那么突然、"蛮横"。完全不让黄克莹有半点推拒的可能。他让黄克莹感到那样的震惊、欣喜,始终处于半昏迷的状态。他逼到她面前,突然握住她的手。心跳得几乎要撞破胸壁。而后就把他的脸埋在了她肩头,完全被从她衣领里渗出的那股无法言喻的清香温热窒息了。胸口一阵阵隐痛般地喘息。全身的血都在往外涌涨、凶挺。他只是要瓦解。进入。瓦解了自己。也瓦解另一个人:女人。她是他所爱的。长久所爱的。他只求在进入中融合。彻底地把自己融合进她的身体。像两片在坩埚中接受高温熔煮的铜片,从两片,渐渐熔变成了一摊晶莹的铜液。不再分你我,不再有你我,不再计较你我。到什么时候都只有一片。一个。一团。一气。一种。他恨那些阻隔着他和她的衣物。他惊异她所有的那些隆起和圆润。他感激她居然把作为一个女人最羞于付与人的都付与了他。同样感激她把一个女人最强烈地要付与爱人的都付与了他。他应该怎么来报答她呢?怎么用一生的努力来报答这种付与、支撑这种付与呢?他永远不能忘记她痉挛般的搂抱和梦呓般的战栗。她把他护举到了云端,而后又慢慢地倒下和尽情地打开。他不能忘记那种炽烈的震颤。他只是记不住那一刻,她在他耳边轻轻地究竟絮叨了些什么。抽泣些什么。喷发那些滚烫的气息。呼唤着什么。)

"你今天到底想跟我说什么?"

"谭宗三当时的的确确已经决定要留在上海认认真真从头开始做一番事体。后来突然改变决定去通海从政,肯定不是他本人的意思。肯定受到了某些反动派的煽动。我一个远房姑夫来邦寅,还有盛桥原来的镇长萨重冰,还有类似的一些旧社会政界的老朋友可能都在他这桩事体上起了很坏的作用……希望领导明鉴。千万不能只追究他一个人的责任。"

"但是根据我们的调查,在去通海从政的问题上,谭宗三并不是像你说的那样是被动的,是让人唆使去的。另外还有一点,请你也要分清。政府对过去从事过伪职的人,并非采取一概都要法办的政策。要不要法办、给予什么样的惩罚,主要还要看他在从事伪职期间,对人民犯了罪没有,犯了多大的罪、什么性质的罪。我们在上海市政府各机构里留用了不少伪职人员,就是一个明证嘛。"

"政府英明。这个我晓得……"

"谭宗三到通海从政以后,你去看过他没有?"

"没有。"

"真的?根据我们掌握的情况,你是去看过他的。"

"那不是在通海,而是在盛桥。"她脸涨得通红,辩解道。

"去看过他几次?"

"一次……"

"撒谎。"

"可能两次……"

"两次?"

"最多不超过三次……"

"到底几次?"

"四次。但这几次,跟谭宗三都没有肉体的接触。没有。真的没有。"

那天,黄克莹一再说假话。谭宗三离开上海后,她多次去看过谭宗三,不仅到盛桥去看他,也到通海去看他。谭宗三在盛桥期间,她去了绝不止四次。更不像她说的那样,从那一次以后,和谭宗三便再也没有发生过肉体的关系。事实是,在盛桥期间,她每次去,都和谭宗三发生肉体关系。这一点不仅有当时在那个小旅馆里当差的许多人做证,连贴身在谭宗三身边伺候的那个老茶房倪志和对此也提供了有力的旁证。他说,有时候黄克莹到盛桥来,一住就是一两个月。帮着谭宗三策划在盛桥办厂,办技工学校。到上海拉订单。到苏北好几个县里去收购棉花,推销谭宗三试制的轧花机。从表面上看,她跟谭宗三在小旅馆里各住各的房间。但实际上,她总是在谭宗三的房间里过夜。有无数次,他半夜去给"三先生"送夜宵,看见她还在"三先生"的房间里帮着算账。早上去送洗脸水,看见她还睡在"三先生"的被窝里不肯起床。据倪志和说,在谭宗三再次决定放弃盛桥,去通海从政时,黄克莹的确跟谭宗三大吵过一场。的确分房住了好几个月。这期间他俩再没有发生肉体关系。自从"三先生"到通海以后,黄克莹就去得少了。据老倪记得的,好像只去了一次。而且一去就吵,吵得相当厉害。那一次,他俩当然没有同房。黄克莹住在通海县城东大街裕新客栈二楼的包房里。"三先生"当然还住在县政府的院子里。倪志和记得,那次吵过后,两个人关系还相当紧张。黄克莹走,"三先生"都没有去送,只是让倪志和送了一封信给她,还给了她一张二千块银圆的汇票。这让黄克莹非常伤心。看完信,便连信带汇票都让老倪统统退了回去，一分钱也没要，还让老倪带了一句话给"三先生"，说，侬谭宗三今生今世也不会好了。侬总有一天要后悔的。他俩究竟为啥好了又不好？"三先生"究竟为啥又要放弃盛桥而去通海从政？黄克莹最后说的那个"后悔"，到底是指什么？所有这一切，老倪就说不清了。"总归是那个姓黄的骚货、狐狸精不好呗！"这是谭家老用人倪志和的结论。

在这期间，经易门定期到盛桥和通海城来向谭宗三"报告"谭家各企业经营的情况，依然还是把谭宗三当谭家的"当家人"对待。谭宗三虽然一再对他说，侬不用来找我，只要向老太太和老老太太们报告就可以了。但经易门还是定期来，不管谭宗三想听不想听，听了以后，会不会作相应的指示，他都定期来。因为这是老太太和老老太太们吩咐的：不管"三先生"自己怎么样，你们还是要把他当谭家的当家人看待。

137

洪兴泰连着做了几件几乎让所有的人都觉得是不可理喻的事，于是把自己逼进了绝境。他的确有点疯魔。大起大落。大开大合。大悲大喜。大是大非。

先说这样一件事。当时有家源昌机器五金厂，老板叫祝慎斋。此人世居无锡，先祖做过几任小官。后，祖上弃官从商，在无锡城里首创钉铁油麻商店，专营冶锅日用器具。太平天国事起，全家被毁，遂往上海老闸桥亲戚开的一家冶坊见习。渐至发达。后，独资创办源昌。还办了一家碾米厂，继又跟人合办机器面粉公司、机器纺织公司、机器皮革打包公司。总计个人出资二百零一万。按当时农工商部报请皇上恩准的嘉奖条例，为办实业，出资超过二百万者，即可"特赏二品顶戴"。于是在光绪三十三年十二月二十三日，由当时的农工商部"专折奏奖。奉旨特赏二品顶戴"。领道台衔。我记得在小说的上半部，已经说过，这道台衔好比现在的省军级。即便在当时，也实在是不能算小干部了。况且还兼任上海商务总会的议董、锡金商务分会总理等公职。可谓龙凤呈祥,炙手可热。虽说他最早办厂的那一千二百元资金,全是他夫人陪嫁带过来的。为博这个"特赏二品顶戴"上报的那个"融资二百零一万"里,也掺有一大部分"水分"(这做法,在当时并不少见。详情可见上海人民出版社一九六一年出版的《上海民族机器工业》一书)。但不管怎么说,此公在当时还应该算是一个出色的不可多得的实业家。起码还应算作是"做实业"的先行者。

那天祝老板到外滩德国总会跟工部局的几个部门长碰头。所谓碰头,也就是小聚一趟。月初跟工部局这几位实权人物"小聚"。月中跟金融界几位巨头的秘书"小聚"。月末应酬的是青龙会会首、红鞋老七。斧头党之类。每月的这几次例行"小聚",就是天崩五雷轰也不能耽误的。每年花在这种"小聚"上的钞票可以讲不是一笔小数目。不是小数目也得花。这里是没有什么道理可讲的。那天他显得特别高兴,一回到公馆,还没有等差使丫头帮他脱掉皮袍子,换上拖鞋,坐下来舒舒服服吃一口热茶,就慌急慌忙地派人派车到华合盛总柜上把洪兴泰请到公馆,告诉他一个"特大"的好消息。他为他从工部局揽到一个生活,翻铸一批公寓楼水落管生铁附件。有四百多两银子的生意可做。估计能盈利二百多两。再去借个二百多两,就可以在新问路一带盘到一爿不大不小的翻砂厂。洪兴泰一直想自己办一爿厂,不愿再像眼门前这样,常年地浪荡在外做"苦力"。用一句俗话讲,就是真要为自己的后半世好好筹划筹划了。祝老板拍着他的肩膀说,只要侬肯做,一句话,所缺的二百多两银子,统统包在我身上(这可是太省心了。到外头去借,"驴打滚",二百多两银子,一天的利息就要二两多)。祝慎斋之所以要这样做,当然不完全是为了洪兴泰。多年来他苦于膝下没有儿子只有女儿,几个大女婿又不太有出息,将来都不是做当家人的料。现在只剩一个小女儿还"待字闺中"。十分自然地,他就把注意力热切地集中到这位年轻能干,又依然独身的洪兴泰身上。他的想法是,花个二百两银子让他独立办个小厂试一把。万一仍不是个当家人的料,以后就不必睬他了,无非白扔了这二百两银子,免得再招一个"丧门女婿"回家生不完的闲气。但祝慎斋认定洪兴泰是一块好料。这笔投资绝对不会亏本。再说,他也探过小女儿的口气。看来年纪已经二十出头的小女儿,心里也蛮看得上这个长得又高又大又粗又壮的洪兴泰。有人到她面前搬闲话,说这个姓洪的赤佬"跟自家的阿嫂生小人。不是好东西",她还为他辩护:"他跟阿嫂生小人的时候,阿哥老早死掉了。这样做虽然不大好,但真的也不好全怪他的呀……"祝慎斋的小女儿长得不算好看,脸太狭长,颧骨太高突,嘴巴也太大了一点,皮肤也嫌太黄了一点。但身材好,高高个,细柳腰,穿一件带披肩的紧身旗袍(一定要荷花袖)、一双半高跟的白皮鞋,上下三轮车,面带微笑,稍稍一弯腰,用几十年后流行上海的一句话来讲,真是"勿要太嗲喔"。更令人奇怪的是,每每听人说洪兴泰"跟自己阿嫂生小人"时,她非但不厌恶,心里还总生出一种说不清道不明的冲动。她喜欢洪兴泰的这种"野性"。每每得知洪兴泰到家里来了,她就坐立不安,总要找出许多借口,到客厅门口去转一转,听一听,看一看。在背后目送他走远。她无法想象自己万一嫁了像那几个姐夫一样"温吞水"的男人,后半生的日子怎么熬得下去。

其实真的嫁了"温吞水",那日子也照样过。千千万万。长叹一声。也白头到老。中国出"温吞水"。

那天打发了人去接洪兴泰,慎斋公捧了杯热茶,就兴冲冲去找小女儿说话。他要先让小女儿高兴高兴。有时候在公司里开董事会,他脑子里会突然一片空白,人就发起呆来,怔怔地看定一个地方,想半天才想起,今天出门时小女儿叮嘱的某一句话别忘了。这个女儿从小到大,从来不要她妈梳头,更不要梳头娘姨梳。刷完牙洗完脸,拿起一把木梳就往她爸爸房里跑。不管这时爸爸在做啥,看报、算账、剔牙烫脚,还是接电话发电报……总之只要她一到,他就得赶快把手里那一切与宝贝女儿梳头"无关"的东西统统扔开。扔得慢了,宝贝女儿就会上来替他扔。那扔起来可就不客气了。不管扔他什么,他都会十分高兴。仍然会梳出她最满意的发型。每每驱车经过南京路白玫瑰金皇后四联大方美容厅,他都要"本能"地、"职业性"地认真打量那橱窗里陈列的各种发型照片。在比较回顾中认真改进自己的技术。彩色的更好。一直到十八岁,她还常常光着两条腿,抱着自己的枕头,快步跑到爸爸被窝里去睡回笼觉。不许爸爸起床。还把整个身子团团地蜷起来,偎缩在爸爸的怀里。弄得一早来请示有关事项的账房先生睁不开眼睛,更不敢探头探脑瞎看。慎斋的大老婆、这几个女儿的生身母亲,对小女儿的这种任性真是敢怒而不敢言。只敢在背后唠叨两句。慎斋心里却舒服极了。慎斋处处谨慎圆滑,在外头以善于赔笑跟人周旋而闻名于海上。却偏偏要女儿的一个任性率真。有时他发起狠来把女儿亲得满床乱滚乱笑由着女儿把牛奶杯咖啡壶拖鞋睡衣都扔到他脸上。然后他再慢慢地为女儿梳起那长长的前刘海,把这天不怕地也不怕的女儿柔柔地抱在怀里。他自己感到战栗。

但是这一对父女万万没想到洪兴泰断然拒绝了他们的好意。说老实话,对他的拒绝,连最有名最精明的大生机器厂顾老板都想不通。慎斋的小女儿把自己所有的照片统统撕碎。把所有的高跟皮鞋统统扔出窗外。洪兴泰对她说,我只是不愿去做那个小翻砂厂的老板。又不是不想跟侬结婚。去去去去去去去……在一连说了七八个"去"字以后,她用力把洪兴泰踢出了门。并把房间里最后一面穿衣镜也敲得粉碎。

洪兴泰不是不知道,凭他的精明能干,盘下这爿小翻砂厂,到江南制造局再挖几个技工,买进几台八尺东洋车床,不用两三年,就可以再去盘一家大翻砂厂。或者去做冷气机。老吃香的。就是仿制日本人的中桐牌轧花机,每台也可获利十元左右。一天做个四五台。销往棉花的主产地苏北。一年下来侬想一想,就会是一个啥等样的局面?!而且他相当喜欢祝老板的这位小女儿。甚至喜欢她黄苍苍脸颊上的那几颗不怎么显眼的白麻皮。喜欢她瘦高。喜欢她任性。他喜欢骑"野马"。他就是喜欢瘦瘦高高的女孩。乳房要瘪的。屁股要尖的。脚板要大的。嘴唇要厚的。皮肤要又黑又黄。只要她肯撒疯。哪怕她还会咬人,一下蹿到侬背上把侬当马骑。也可以。他就是不要雪白粉嫩一只洋囡囡。死样怪气温吞水。当他得知阿嫂跟那个小白脸巡警跑了,一脚把那个铁皮小屋顶的水上小房子房门踢出一只大洞,冲进去,一时间真不晓得要做啥。也可能要杀人。只是在房间里团团转，但嘴里却一连迭地在叫好。好。蛮好。好。蛮好。好。蛮好。好……但是，不管祝老板的小女儿怎么让他再一次动了真心，他的格言就是，真正的男人绝对不能把女人放在头一位。他一贯这么认为。不要江山要女人的男人不是真男人。只不过是头种公牛种公驴。只不过多长了一根东西。而已。而已。他现在就是憋了这一口气。从去年憋到今年。他已经为十七八条外国轮船修过引擎间的各种机器。在内燃机方面，他修过英国的"Blackton""National"，德国的"Benz"……还修过美国的"惠斯顿豪斯"、德国的"西门子"电机……进黄浦江最大的一只外国邮船是伊丽莎白号。伊丽莎白号上的"老轨"（引擎间领班工长）和那位爱尔兰籍的"古得麻司"（舵工）都相当佩服他的技术，请他到外滩海员俱乐部酒吧间里吃过老酒。但他最生气的就是海关的那条规定，不管中国人有多大本事，都不得在二十丈以上的轮船上做"老轨"。操那起来。这算啥名堂经？！吃大闸蟹，不要连壳吞喔！我洪兴泰就不临侬这个盆（不买你这个账）！！我就要到侬二十丈长的大轮船上去做一趟"老轨"。实际上做"老轨"，一个月并不能多拿多少块银洋。在经济收入方面根本不能跟自己开厂比。但他洪兴泰就是要别别这个苗头。拿二百两换一个"二十丈"。有面子啊。崭啊。

二十丈。洪兴泰。

洪兴泰这人就是喜欢出风头。走极端。凡是他欢喜的就喜欢得要死要活。不喜欢的连瞄一眼都不肯。比如他要吃本帮菜。特别喜欢去那种被当地人称作"饭店"的中小型本帮菜馆。一进门长长的柜台上摆满各式荤素菜碟尽供挑选。"白斩鸡""拌芹菜""炒三鲜""拆炖""秃肺""肉丝黄豆汤""草鱼粉皮"……但他只吃"红烧圈子"。或者"圈子草头"。"圈子"，也就是西安人所谓的"葫芦头"、北京人说的"肥肠"。有学问的广州人叫它"猪肠"，显得那么浅明透彻直奔主题。这只菜是上海滩上最出名的本帮菜馆老正兴创制的。老正兴做出来的"圈子"，有人这样写道，"色似象牙。酥烂肥糯"。再配上碧绿生育的草头（金针菜）。咬一口。嚼一嚼。绝对能让侬重新回到江南三月田野水牛五月麦黄十月阳春。回到徘徊在小镇窄街的阴雨和准吊脚楼的倾斜和黑暗之中。一股朽木和腐叶和盐水笋和三爆炒豆的叫卖声和再度细雨。(其实应该用"再度细雨"这个题目来写一部畅销言情小说。洪兴泰老喜欢看这种小说。喜欢到租书摊上租那种把一本旧小说分钉成十分册后再出租的小说。用他特别粗大的手指头蘸着口水去翻页。)后来发迹了,手里有了三百万雪花银,他还是喜欢吃"圈子"。有一次,请一位新西兰船长到红房子吃有名的"烙蛤蜊"。等这道红房子名菜端上桌来,他的名菜也到了,还是那只"圈子草头"。专人从老正兴用一种特制的洋铁皮罐头把一客"圈子草头"送了过来。即便是在外滩德国总会大摆宴席,在晶莹闪亮银制水晶制阿姆斯特丹制刻花玻璃器皿餐具和大朵小朵玫瑰矢车菊郁金香石竹花丛中,他还是要专人从老正兴替他用洋铁皮罐头送"圈子"。他还定规要这个送"圈子"的人穿一身两尺半短打。对襟排风扣。扎脚裤。千层底布鞋。黑缎子小瓜皮帽。手提双层湘竹细篾红漆提梁笼。肩搭一条白毛巾。从一进德国总会大门起,就一声长喝涌出丹田:"来哉来哉——洪先生的'圈子'来哉——"一直喊进大餐间。要的还是那种小碎步,上身前倾,身动腰不动人晃笼不晃,似水上漂草上飞。右手还托着一瓷壶洪兴泰最喜欢吃的绍兴加饭和一只带托盘的建窑兔毫碗。快走到洪兴泰跟前了,只听一声咣啷响,那只托盘打着转不偏不倚,刚刚好飘落在洪兴泰面前。待又一声咣啷,那只极名贵的兔毫碗已稳稳当当地落在了盘子里。而这时这个送菜送酒的人离洪兴泰足足还有两三步远。那盘子和名碗可以说是"飞"过来的。紧跟着一个跨步,高举低斟,上上又下下,那烫热的黄酒带着一股袅袅热气一条沙拉拉细声,筛入碗中,却不见有半点溅出。此时全场已然掌声雷动。再等把那一小罐圈子敬上,揭开罐盖,只见两段翡翠般莹洁的葱段铺排在玉雕般的"圈子"上再加上星星点点的姜末大料龟板陈皮十三里香一片叫好声蜂起更似戏院子里的碰头彩一般红亮。这一刻,洪兴泰那个高兴、得意。这一沁沁妙不可言、言不可传、传了又无法意会得尽的快感又岂止在这一口半口"色似象牙""酥烂肥糯"的咀嚼吞咽之中呢?!

他就是要赚一个"与众不同"啊。假使都"同"了,这世界为什么还要多一个我?阎罗王翻开那么一厚沓"生死簿",为什么还偏偏要打发我到这人间来现世?要我来就是争这一个"与众不同"的啊!

从账上看出,"阿嫂"出走之后,洪兴泰至少又和五六个七八个女人有过极其密切的来往。全是有夫之妇。全是命妇贵妇名媛闺秀甚至还有节烈之妇一类的。有一位居然还是天锋女校校长。她娘家人是上海沙船业公会监理会会长之后。其实她娘家祖上并没有人做过沙船生意。只因为当初上海沙船行中的人要建沙船公会,她娘家人慨然捐了一大块地皮给他们。不仅满足了公会建房所需的地皮,还有多余的卖出充作其他开支。沙船公会由此得以顺利建立。于是一方面立碑以示永志,一面又专门为她娘家人设立了这个世袭的"监理会会长"一衔。实际上在公会内,并没有什么"监理会"这样一个部门。完全是名誉的心理的你来我往虚设的。

但从账上又看出,他跟这些名贵的女人绝无"借旅馆开房间"式的往来。查不到一笔这类开支的记录。他知道她们曾经是正经人家的"千金",现任大富大贵的夫人。她们什么都懂。对家内外国内外一切事情都能发表周详而不一定中肯的评点。她们也经常在传说一些南京方面重大的人事变动消息。一天有时要翻好几种报纸和内部资讯。第一代人看《字林西报》(或《北华捷报》)、老《申报》;第二代的看《文汇》《新闻》《时事新报》;再晚一点的,在看以上几家老报以外,还要看《大陆报》和《大晚报》。刊物方面往往只看《剧艺画报》和《沪剧周刊》。还有一份一九三一年创刊的《戏世界》。总部在汉口。同时发行上海版。周信芳俞振飞陈去病程君谋齐如山齐菊禅等人常为它撰稿。发表过《三代伶工录》《国剧沿革简史》和梅兰芳的《侬行自我批判》。她们当然要请名伶到家做客。各有几位做医生的朋友、当建筑师的熟人。最后,对别人动辄的呵责和颐指气使更是她们经常要修的"正果",但对丈夫的老部下和亲信往往又特别地温和体贴。他曾经非常有兴趣跟她们来往。他想知道在"名贵"的牌子下长大的人,尤其是女人,都是些什么"货"。自己没有名贵过,当然

木凸

想知道"名贵"究竟是什么。后来发现,她们中,多数都很一般。只不过是挂满了各种各样会闪光的小零碎。一旦摘去那些小零碎,她们甚至比普通人还要普通。更无能。她们都很寂寞(太奇怪了。她们怎会寂寞?看起来她们是那么忙碌,往往一天要赶好几个"场子")。又极度的眼高手低。她们不可能也不愿意随意地跟一些俗男子往来。她们内心往往有很高的向往,很强的躁动。又很谨慎。她们渴望强有力的庇护,也渴望一种强有力的侵入打破沉闷,并责备这种侵入。她们希望这两者最完美地统一。后来又发现,她们跟他来往纯属"好奇"。纯属为了给自己解解厌气。纯属为了使唤(这样用词也许稍嫌刻薄)一个有点特色、又有点趣味的男子陪她们过一个没法过的下午。有一次,她们中的一位,把他请到自己家,客厅里静静的只有那些非常有特色的黄杨木雕和楠木木雕在闪发着沉稳的光泽。她跟她那位在外当领事的先生刚回国不过三四个月。谈话中他发现她竟非常了解他。能说出他许多的"轶事"。她说她比他大三个月,于是就一口一个"小阿弟"。叫一声小阿弟,就要用她那并不算细巧的大拇指和食指夹起他腮帮子上一块肉,用力晃两晃。她跟他大谈她在国外的生活。拉起他的手,帮他看手相。与其说是在研析手纹,还不如说是细捏细摸他的手心。有时还有意无意地把手伸到他大腿上。拍两拍。有一次很长时间都把手放在他肩头上,说话的瞬间,不是拍他脸颊,就是摸他脖梗,或者就夹他的腮帮。但他又发现,她从来不许他靠近她坐。有一次他去倒开水,一定要从她身体的近旁经过,她也是在他走近她之前,赶紧往后退了一两步。他心里很不舒服。等她再次把手放到他腿上来时,他一把抓住了她的手,并也学她的样,把另一只手放到了她的肩膀头上。她好像开水烫了脚尖似地跳起来短促地尖叫了一声,然后就,退后。苍白。喘息。不安地看着他。像是在看一个混蛋。并突然说起普通话来了,喃喃道:"怎么会是这样……怎么会是这样……"他慢慢走过去,笑着学她的普通话问:"怎么是哪样啊?"她脸色更加苍白,更惴惴不安地看着渐渐逼近的他,却做出一副冷静的样子,双手交叉起来抱护住自己的胸部,说:"洪先生,我是十分尊重你的……希望你也尊重你自己……"他走到她面前,很不习惯地咬着舌尖,用那种洋泾浜普通话轻轻地说道:"是吗?其实我也老尊重你的。"同时却伸出手去摸了她一下。胸被她护住了,就稍稍弯了一下身,摸了她一下腿。她"哇"的一声大叫起来,连连叫骂:"流氓……勿要面孔……"而他这时已经往外走去了。听到骂声,便回转身笑道:"侬再骂一声。侬要再敢骂我一声,我就敢当场剥光侬!不相信,请当场试验。"她一下合上了嘴,大睁双眼,颓然跌坐在一把意大利藤椅上。最后他告诉她:"小阿妹,要白相面首,到二马路仝阳春去敲门。懂哦?!"

每每研析到这里,谭宗三总感觉到洗澡水太热。洗澡间太闷。其实洗澡水并不热。澡缸周围也没有布满那种妨碍呼吸的蒸汽。但他还是在澡缸里一动不动地呆坐了好几十分钟。大汗淋漓。他把账簿全部锁进"豫丰"的地下室。不许任何人接触。他曾经想过,要把它们全部带到通海县去,抽个空闲时间,将它们细细地加以整理一遍。但就在他离开上海的前两天,它们突然从地下室全部失踪了。他立即猜到是谁指使干的。而且不等他找上门去,谭雪俦就派人来叫他了。

"侬别的事体可以不听我的。这桩事体,我希望侬不要太任性。侬能不能为谭家留一点面子?侬以为把这个洪兴泰张扬出去,老光彩的?"

"侬觉得老不光彩的?"谭宗三反问得非常平静。也许正是他此时的平静引起了谭雪俦极度的反感和不安,他竟然一下从躺椅上站了起来,并拼全力叫了一声"宗三!"后面一阵燥热,马上喷出一盆鲜血,眼门前立刻迸出万朵金花,人便天旋地转般地倒了下来。

洪兴泰因为不断跟这些名贵女人来往,被人砍过一斧头吃过一闷棍,住过两三次医院。但他最后被赶出上海还是因为"倒卖"黄家弄地皮。

据法华乡志记载:黄家弄前身"本是一大片丛林,无所谓市也。从英商开辟马路后,渐成市集,(但)贸易不甚畅旺,不过春去走马暑夜纳凉之一境耳"。现在仍有一二千棚户人家住着。假如加以搬迁规划葺筑整理,凿方池植佳木，构洋楼建堂榭。设唐花坞，置敦雅阁，布彻夜灯光；揽名优价，邀娇歌姬，成一方胜景。既可备车供游客做周匝游，亦可兼售茶点酒肴尽小酌兴。"游资每人十个铜板，茶资每碗两个铜板，果品则按时价论值。"弹子房跑马场书场戏棚门票另算。肯定是一笔有保证的大收入。如果围着这个游乐场，再建一批新式里弄房或石库门房一批商场柜台写字间待租待售，那肯定就能做成沪西赫赫一"大亨"了。这当然使历来就热衷于赶新潮的洪兴泰兴奋得搔首弄姿拍案而起，立即备帖去拜访市民政总长和英国驻沪总领事。同时委托英泰利洋行具体交涉一应有关事宜。不过数月，地契和执照统统到手。打桩工随后开进工地。众多棚户人家搬迁一事，也进展顺利。此时他却又突然……（诸位看客，请一定注意这"突然"两字。这个人一生中常常会突然发生这种特别让人意外的"突然"事件。他常常要心血来潮。突然眼睛发亮。突然面孔通红。突然匆匆向前走去。突然又向后凝视。突然不再突然。突然又要突然。假如你以为他这些"突然"，全部都是即兴之作，是冲动的残余，那的确只能说明你太不了解他。他在你作夜游时静思。他在你答记者问时自责。他在你出入豪门巨宅时踯躅。他在你觉得他根本不可能做出这样的事情时，偏偏把它做了出来，于是你感到"突然"。你又何尝想到，他早已在自己心中为这"突然"哭过多少次，笑过多少次，绝望过多少次，又疯狂过多少次?!！为了让你感到一次"突然"，他觉得自己真的是"死"过了多少次啊！正是你们不相信他这种人能做出这些事，所以才会感到突然。为了报复你们这种"看不起"，他就是要用一次又一次的"突然"打击你们。看到你们酸溜溜的一笑、不尴不尬的一怔。一方面心不甘情不愿地走上前去祝贺、一方面又在挤命挖空心思地寻找一个又一个的"但是"来自欺欺人时，他真是高兴啊舒畅啊，恨不能冲出去仰天大叫三声："一定要……一定要……一定要……"）

他"突然"找到营造厂老板和工程主办，要他们在原先的总体规划中，加进一座铁工厂或机器厂。加进一爿附设技工学堂的冶金研习所。也就是说，他突然又想到要在这游乐场旁边再增建一个"沪西金工研习区"。所有的人都呆掉了。铁工厂是会有大烟囱的。是要有小火车呜呜叫的。要有冲天炉轰轰轰的。要有煤栈一年四季随风飘起满天的煤屑。这不是黑色的花朵。在这种情况下谁还会有那种兴致带着心爱的女人和家人来此地游玩消闲?更会有谁到这儿来租房长期居家过日子办商场度假日享受煤灰和呜呜呜轰轰轰?但他们不知道洪兴泰的心思。一辈子没得着机会好好读书的他,平生只钦羡一种人,那就是坚守清贫而又埋头做学问的人。他最想给自己加的头衔是"校董"。他最想做的一件蠢事就是到马路上拉住一个人,问他,侬是不是读书人做学问的人?是的?好,我那里还有最后的十个铜板,请侬拿去买一只大饼买一碗鸡鸭血汤再买一根洋蜡烛,夜里好点着了再去看书写文章……他没法抑制自己心里的那种冲动。他被"金工研习区"这几个字深深吸引。他想象自己带上一个喜欢的女人,驾着美国造的四轮马车,辘辘地驶进研习区。而那些年仅十五六十七八的研习生或研修生,受他奖学金呵护多年,如今一律穿黑色立领制服、胸前别一枚研习区三角形蓝底白字徽章,整齐划一地挥动戴白手套的右手,并用左手接受他颁发的毕业证书和方形学士帽。煤灰四散那就没办法了?啧!给煤栈加盖一个大棚。加盖了大棚,侬这个煤要卖到多少钞票一担?不盖大棚,我在四周种草栽树。种草栽树就不增加侬成本了?真正的好草皮要多少钞票一方,侬算过这本账哦?再说,一棵树苗长起来,要等多少年才能派到用场?侬等得及哦?侬肯定等不及,就要去买现成的大树来栽。侬又晓得买一棵大树要多花多少钞票?这成本打上去,侬这煤又要卖到多少钞票一担?等等等等。

但他执意要实现这个"突然"。十个股董气走了八个。资金急剧减少。营造合同虽然没有中止,但一心要做的两件事里,肯定只能做一件了。或者办游乐园,或者办"金工研习区"。熊掌和鱼是绝对不能兼得的了。这一晚上他拼命喝了一个醉,下决心建铁工厂,暨研习区。他说,人活一世,最难得的不就是做一件非常应该做,但别人又做不了或不想做或不敢做的事吗?吊毛灰。我……洪……洪兴泰……洪兴泰……来做。我要让你们认得一下啥……啥……啥叫洪兴泰……

这时他千不该万不该,做了一件在任何时候都不该做的事:违背初期跟那一二千个棚户人家所签订的搬迁合同,不仅减少了搬迁费的数额,而且还赖账。拖欠着不给。他的确不是不想给,而是手头太紧,一时间拿不出。他想到一些大的钱庄去贷。一方面这笔款子的数额实在太大,不容别人慷慨大方。再一方面,这些钱庄老板历来都看不起他这样的人,因为他在他们心目中,属于那样一种"既没有家底也不靠关系更没有来头完全单枪匹马靠一时的运气拳打脚踢混出来"的人。在融资信誉分级上,他是被划入"尽量不要与之打交道"的末等丁级的。再加上他那桩"闯到名女人家里强摸人家大腿"的"丑事",正在各个大小客厅大小花园大小餐桌上传得沸沸扬扬不可开交,所以,即便能筹来这笔巨款的庄家,也不肯帮这个忙。不想因为他,而在上海滩上弄臭了自己。

这时候,一心想做事的他,仍可以咬着牙把工程继续下去。但切忌不能把摊子铺得太大。一定得讲一个轻重缓急,分一个要害利弊。比如你可以先搬迁这一二千户棚户人家。先把地皮买定。先做一两件在众人当中漂漂亮亮讲得响的事。先把自己的脚跟立牢,方可徐图其他。看来他还是"不成熟"。还是缺乏"历练"。还是太急。还是"匪气未尽"。文化根底不足。他也想先做搬迁事,但不想执行合同。想走"捷径"。请青龙会的龙头出面去威胁,强迫那些住户在限期内迁出。这就铸就了不可挽回的大错。其实他应该知道,当时住棚户区的,自然都是无奈的赤贫者。赤贫者中的多数是靠挣几分血汗钱来谋生。但也有极少数不耐烦挣血汗钱的,想做白相人,"老克拉",便加入拆白党——用现在的话来说就是黑社会,做黑吃黑生意,也是靠拳头过日子的。而且不只是拳头,还有斧头和棒头,是货真价实的"地头蛇"。他没有去问问这一部分人买不买你的账。于是,青龙会出动。一个晚上混战,酿成沪上特大的"强龙要压地头蛇"事件。伤亡近百人。这个事件又被那五六个女人的丈夫和原先准备要跟他合作的那八九个股董利用,打着为贫民伸张正义的旗号,雇请了从日本留学回来的大律师把洪兴泰告到会审公廨。同时买下各大小"新闻纸"同一天的广告版,以整版篇幅刊登一句话"苍天为谁行道?"一时沸扬不止。三个星期后的某一天,洪兴泰坐着马车去赴某夫人的约会,刚进酒馆豪华包间,就被一帮蒙面人冲散,那女人被劫,他被打断四根肋骨一根鼻梁骨同时还被砍断了一条腿。第二天各大小"新闻纸"同时刊登他血流满面躺在地上的照片和那位夫人遗留在现场的一件黑披风的照片。那天的日报实在好卖。接着当天晚报又"抢滩登陆",赫然登出几个跟他有过"交情"的女人照片。真正鸭屎臭啊。但洪兴泰不服气。打断我四根肋骨又怎么样?二十四根肋膀骨里还有廿根是好的哩!披露我桃色内幕又怎么样?我就不相信出一泡狗屎就能把人变成狗了。再说,男人女人,两相情愿。侬有本事,先去把自己的老婆管管好哦!洪兴泰就这一百多斤!咬碎盘牙往肚皮里咽,就是要建这游乐场和金工研习区。既然从来没有人把铁工厂和游乐场往一作堆建,今朝我洪兴泰就来做一做这个"天下第一人"。

　　后来他觉悟了,觉得自己千不该万不该,最大的不该是不该去得罪那一二千户穷兮兮的棚户人家。得罪谁也不能得罪他们啊。洪兴泰,侬当年不也是一个住棚户的穷光蛋吗?于是他想到要向他们致歉,通知各大报纸用同样大的篇幅刊登他的致歉声明。这件事,在当年的上海,他又做错了。欠考虑啊。他应该想到,在报纸上发表声明公开认错致歉,这种绅士做派是只会在绅士当中才收得到预想效果的。但是今朝侬面对的难道是"绅士"?洪兴泰呀洪兴泰,侬真是聪明一世,糊涂一时了啊。侬怎么想不到,侬一旦公开认错,那些非绅士的"绅士"更是要把侬当成一条"落水狗"来对待了。果不其然,那天,当他撑着拐杖,去找祝慎斋,想求这位当初青睐过自己的大老板,划一点头寸给自己,去付清那些棚户人家的搬迁费。求他们再让出地皮。继续工程。祝慎斋那天对他还算是客气的。只是不作声。不点头也不摇头。闷声不响三支烟工夫过去了,洪兴泰这时才开始感到事情有点不对头了。开始心慌。他清楚,祝慎斋这里是他最后一只透气孔了。这只透气孔关煞,他洪兴泰面前就只有"死路"一条。(谁让你公开认错的?!如果三天之内再不能把这些棚户人家请出工地,所有的营建承包商都会来跟你算账,要你赔偿停工损失。另有几位承包商已经开始发难,要以你"故意撕毁合同,造成重大经济和精神损失"为由到英租界法庭起诉,索赔一笔巨额赔偿。)想到这里,他什么也顾不得了,双膝一软,居然扑通一声跪倒在祝慎斋面前……

但事到如今,跪也晚了……

新闻界当然不会放过洪兴泰这"亡命徒"千金难得千载难逢的"一跪"。第二天一早,全市所有的"新闻纸"都用头版刊登了祝慎斋洪兴泰的正面大幅照片,并且配发了祝家客厅的照片,特别标明"箭头所指即洪兴泰下跪处"。

洪兴泰觉得,他应该离开上海了。

"洪兴泰走了"。这是最后一天的最后一份小报在最后一版的最后一条花边新闻中所讲的最后一句话。

该离开上海了。

138

这里有两件事,还要补充说明一下。洪兴泰当时也曾想到,上海滩上的中国人待他勒煞吊死落井下石,是否到外滩的某几家外国银行去看看,能不能从那些"外国赤佬"手里搞一些贷款。他总觉得,本地的中国人跟他过不去,是因为多年来积存了一些恩恩怨怨。而那些"外国赤佬"跟他没有这方面的龃龉,只要能找到几个比较可靠的中人(经济担保人),说不定他们还肯帮这个忙。倒是有好几家外国银行都表示愿意跟他谈这件事。后来因为找了好长一段时间,找不到人愿意来为他做担保,那些"外国赤佬"一个个地也只好表示"爱莫能助"了。但有一家"文化色彩"比较浓烈,竟然在没有合适贷款担保的情况下,愿意出资帮他筹建这个附带铁工厂的"金工研习区"。但得附加一些具体条件。比如,金工区的设计建造,要聘请他们国家的设计师和工程师来做。主要建筑材料和未来那个铁工厂的主要设备,要从他们国家进口。未来金工区工程技术方面的"总负责"和研习区的"总教头",要由他们国家这方面的人员来担任,等等等等。他都同意了。他说,可以可以。我不管侬到啥地方去"借"种,只要生下来的小人姓我这个"洪",就可以了!最后又提了两个条件,把他惹火了。对方说:一、我这贷款,不要你还了。算我入股。金工区算我两家合办的。(他愣了半天,咬咬牙,答应了。)二、金工区要用我银行的名号注册。(啥个?啥个?侬再讲一遍!)今后要称呼这个金工区为"达兰士尼金工示范区"。(啥……啥个?我们两个生下来的"小人"不姓"洪",要姓侬"达兰士尼"?)绝子绝孙的,侬是不是也太不把我当人了!他娘的槌子!侬晓得我是啥人?我是洪兴泰!侬晓得啥叫"洪兴泰"哦?他娘的槌子!给我滚!滚!听见没有?Scram! Cheat! Swine!("滚开!骗子!猪!")他不仅是大开骂口,而且还操起桌上的墨水瓶就向人家雪白的高档衬衣上扔了过去。差一点把人家的桌子都给掀翻了。最后英雄似的大步走出了人家的商务总会。回到家,身边的一些人劝他,侬管将来这金工区叫啥名字,现在最重要的是搞到钞票比啥都要紧……他一瞪眼,搞到钞票比啥都要紧?叫侬阿姐跟人困觉,侬愿意哦?这……这是两桩事……那些人红起脸辩解道。啥两桩事?他拿出一点钞票跟侬阿姐困觉跟侬老婆困觉,将来生下的小人都是他的。十年二十年五十年以后,整个上海整个中国全部挂满了他的招牌,侬就是他的孙子。重孙。懂哦?黄鱼脑袋!猪脑子!到马桶间里去好好开开窍哦!那些人还想说些什么来劝他。他已不想再听了,只是挥挥手,让他们出去。这些人只得暗自叹着气,索索地退了出去。

这一晚上,他在窗前整整坐了一夜。到天亮时分,人们再见他,发现一向精神抖擞中气十足的他,居然疲惫沮丧又黄瘦衰弱得像是大病了一场似的。经过一夜翻来覆去的盘算,他知道在自己面前剩下最后的一条生路,只有去求那个他本不该去求的祝老先生了……而他已经意识到,走通这条生路的希望只有万分之一……

离开上海。回到乡下,他把唯一的希望都寄托在当时已经十五六岁的儿子身上。他在通州城里租最好的房子,让他进最好的私塾。请最好的家庭教师。保证儿子只跟最有学问的人来往。儿子的举止越来越文质彬彬,谈吐越来越有规有矩,结交的一些朋友也的确越来越有层次越来越有品位。但同时他却不无诧异地觉到儿子跟他也越来越疏远了。时不时地会从儿子嘴里迸出这样一句责难:"阿爸,侬怎么这样不懂道理?"或者什么也不说,只是厌烦地斜他一眼,拿起自己的书转过身就走。是的,这个在任何一个外人面前都像一个"狮子"似的老人,在自己的儿子面前,却总是像一个充满了期盼的"绵羊",而且还是一只"母羊"。但随着时间的推移,儿子却越来越多地采用那第二种方式来对待他,那就是斜着眼看他。更少听到从他嘴里叫出一声"阿爸",更不要说用一点时间来跟他谈谈学校里的事朋友间的事或自己对将来的设想盘算。洪兴泰的心在隐痛。他盼着儿子能称呼他一声"阿爸",能跟他"讨论"一点什么,哪怕跟他吵架。是的,他感觉出来了,儿子现在连跟他吵架的愿望都没有了。已经不屑于跟他吵了。但他还是有自己的安慰,那就是看到儿子在读自己根本读不懂的诸子百家或大部头英文书的时候,儿子在跟别人探讨自己根本听不懂的话题的时候,儿子在结交自己已然不可能去结交的那种高档朋友的时候……他还是热辣辣地感到自豪。我的儿子。是的。这是我的儿子啊。望着儿子那越来越挺拔的身影,他还是感到了无限无悔无恨的一种安慰……

他不知道这里究竟发生了什么。看看周围,别人家的儿子,并不都是这样对待自己父亲的啊。

儿子终于读出道了。而且将去上海。儿子忙着跟镇上所有的熟人告别,唯独想不到跟父亲好好聊一聊。甚至到了临上船的前一夜都不安排时间跟父亲面对面地坐一会儿。那一夜儿子回来时,已是午夜时分。他实在熬不住了,走进儿子房间问,明朝走?儿子嗯了一声。他又问,都准备好了?儿子还是嗯了一声。再问,还缺啥不缺?儿子不嗯了,却木木地看了他一眼,眼圈突然一红,便转过身去,说,我要困觉了。侬回侬房间去哦。他犹豫着问,能允许我再问一句哦?儿子啊,我这个做阿爸的,这些年到底有啥对不起侬的地方？请侬讲一讲。

儿子高大却又瘦弱的背脊战栗了一下。嗒然低下头去。站着。却依然不回答。

儿子……他颤颤地又叫了一声。

儿子还是不回答。

侬看不起我……看不起我……侬……他在心里挣扎着。拼命地挣扎着。突然，(对不起，又是一个"突然"。对不起……他虽然老了，但毕竟仍然是一个"洪兴泰"。)他嗖地一下，从袖子管里抽出一把雪亮的尖刀，往那张老式的铁梨木台子上一插，并哐的一声，把横挡在自己和儿子之间的那把老式靠背椅一脚踢开，冲过去一把揪住儿子，把他扳转过身，面对自己。

"侬讲，我到底有啥对不起侬！侬要讲得出，是我这个老不死该死，我今朝就用这把刀捅杀我自己。侬要是讲不出，那么侬就不要走了。今朝夜里就是侬做人最后一个日子。我洪兴泰没有侬这个儿子。我也不要侬这个儿子了！侬讲！"

瞪大的眼睛里布满了血丝，仿佛在往外滴血。

儿子抖得越来越厉害。过了好大一会儿，才轻轻说了句："侬先松开手……"

而后，他又呆站了一会儿，这才去自己的行李堆里取出一个小樟木箱子，吃力地抱它过来，放在洪兴泰面前，索索地从腰带上取下一串钥匙，打开箱子，而后，便往后退了一步，等着父亲自己去翻看。

小樟木箱里存放的正是那两百来本旧账簿。而放在那些账簿上头的，又恰恰是那一沓当年刊登有"洪兴泰丑闻"的几十份大报小报。

这是两年前，学堂里一位跟儿子作对的同学，偶然间得到了这些旧报，偷偷塞到儿子课桌里的。两年来，儿子一直保存着、隐忍着，独自吞噬着这巨大的耻痛。后来他便搜寻家里的"藏品"，找到了这一箱账簿，又从这里，详尽地窥知了父亲当年的那么些隐秘。

怎么解释？

儿子啊,你让我怎么向你解释这里全部的辛酸和悔恨。全部的梦想和涌动。全部的虚伪和卑劣、全部的不甘和无奈……全部的全部……渗透在这全部里的每一滴血珠和眼泪……

但是……

他知道已经无法解释了。既没有这个时间,也……没有这个必需的通道了……晚了……即便全部从头讲起,今天的儿子也不会同情昨天的自己了。这些年,正是我自己费尽心机用尽心血把他培养成这么一个"有头有脸"的人。而我早就应该想到,这样的人是肯定会看不起那个"洪兴泰"的。当我拼命把他往那一堆文绉绉酸溜溜的人群中送的时候,就应该预想到这一点。但我还是送了。应该承认,在经过了这全部的几十年后,我自己从心底里也是希望他不要再成为"洪兴泰",而应该成为那种看不起"洪兴泰"的人。做一个"洪兴泰",实在太吃力了。我不希望儿子活得太吃力。现在目的已经达到了,最后的苦果也已经尝到了,侬还能怪啥人呢?

沉默。

十分钟。二十分钟。三十分钟……

"这些新闻纸和旧账簿……侬统统要带走?"他喃喃地问。

儿子点了点头。

"为啥?"他又问。

"为啥?放在这里,让别人得去了,侬以为光彩?好看?!"儿子突然爆发,冲着他大喊了一声。

他干干地咽了一口口水,只能张口结舌。儿子说得对。他老了,糊涂了,这些东西留在他手里,不保险。但是……但是……但是什么呢?他怔怔地看了一眼那小箱子里的东西。那是他全部的一生……一桩桩……一件件……一坨坨……一摊摊……他心里抖抖地哽咽;又觉得,就这么让儿子带走,那里似乎还缺少了一点什么……缺什么?他眼前一亮,一晃,头一晕,几乎来不及细想,便操起刀在自己的手掌心上深深划了一刀。黏稠的血顿时鲜红腥热地顺着那些深峻的掌纹漫出并奔涌,甚至攀升上手背,翻越过虎口。血似乎再一次惊动了儿子。他张开嘴,刚想叫喊,刀当啷一声从父亲手里掉落在地,紧跟着就看到父亲把满是腥血的手,深深插进那小樟木箱子里,由它四窜、涎流。同时看到的,还有,老泪。

没有别的给你了。就这一点脏血。父亲的"脏"血。

几分钟后,当他再一次感到头要晕起来的时候,便抽出手,匆匆回了房间。

这一晚上他以为自己会睡不着的,但周折许久,终于倒在床上后,却依然呼呼睡去。但等天明,猛然惊醒,想起儿子应该上船了,再跳起,再冲到儿子房里,早已人去屋空了。儿子啊……儿子……你最后都没向你老父亲告一下别啊……不告别……你不告别就不是我儿子了?不。不。你不告别也是我儿子。你永远都是我的儿子。儿子……儿子……儿子……

但不久,从上海方面传来消息,儿子在上海一家报纸上刊登声明,改洪姓为谭姓。并郑重布告各亲熟友好,该声明自即日起生效。

139

黄克莹这一点没说错,谭宗三在研读完了能到手的全部洪兴泰材料后,自己也说不清究竟是为什么,突发地从心底鼓起了一股极想做事的强烈愿望和抑制不住的激情。忽然想把所有的围墙都刷成乳白色,或做成白色的木栅栏。把所有的窗帘都换成白色的。在每一个窗台上都放上一盆郁金香、万年青、接骨木。他长时间凝视自己的手。手掌心上的纹络。他想,自己的这只手上缺少了什么?缺那种一刀下去流放自己"脏血"的悲壮?缺挥动棒褪向"柑锅"砸去的勇烈?缺把着帆索从旧镇的小河道驶向大上海的辉煌?缺死的折磨和生的努力?缺那种即便被自己儿子遗弃也绝不后悔、绝不低头认输的倔强?他摆脱不了的是什么?他一无所有的是什么?是的。我还没有能真正做成一件事。我总在遵照别人的教导在规范自己。十岁……二十岁……三十岁……四十岁……以至走近那五十二岁的大限前……我不愁吃不愁穿不愁别人都愁的一切,我只要老老实实规范我自己就行了。对于我来说,命运只不过是两个字:"听话。"特别是要听经家人的话。或者说是四个字:"遵照执行。"特别是要遵照执行经家人的"指示"。但因此我还剩下什么?剩下一个不能活过五十二岁去的身躯,和一双什么也不是的手。我不是男人。不是父亲。更不是丈夫。也不是真正意义上的庄园主,同样也做不了真正意义上的奴才。我是什么?

我曾被一本好书激动过,也被一场出色的音乐会打动得噫吁唏嘘。我曾为一位优秀朋友的优秀而大声疾呼,也为一位不那么优秀的朋友突然画出一幅优秀的素描或水彩而四处奔走。我急于去看一幢新发现的明朝老屋。在那个长满青苔的天井里徘徊终日直至新月初上。我为一个熟人的百货公司新开业而衣冠楚楚。精心喷洒上男士专用的香水。我能流畅地说出近三十年出产的所有的名牌汽车的性能。我知道法式大菜和俄式大菜最根本的区别。我甚至能提前十天知道南京方面将发表谁为皖南特别水利资源公会会长,提前半年得知上海芳达集团董事长女儿出嫁那天将穿法国哪家公司提供的婚纱……

我为所有这一切激动。但我为自己的某一个想法激动过吗?如果这个想法完全是我自己的,我一定会犹豫。一定会迟疑。一定会再三地追问自己,可能吗?还要追问,他们(或她们)会怎么看待我这个想法?我看看墙上的挂钟,看看楼后的竹林,看看西斜的太阳,看看新买回的那尊美人鱼雕像……看看我自己那双什么也不是的双手……最后一定会这样想:还是算了吧,惹那些麻烦做啥?还是赶紧去参加张医生家的小型聚会吧。听说张医生的小姨子从曼彻斯特回来了,带回来交关(许多)拍得老好的照片……还带回来两瓶老好的"马芬尼酒"……

就是这样。

……

那天,黄克莹在谭宗三床上睡得从来没那么香甜过。从极度的熟睡中醒来时，却发觉谭宗三早就醒了，一直睁大了眼睛，在灰蒙蒙的氤氲中看着几乎是半裸着的自己，忙羞红了脸，用力推了他一把，窣窣地躲进另一条被子。谭宗三却像一条缠人的鳗鱼似的，紧跟着"游"了过来，轻轻地从背后抱住她，轻轻地吻着她光裸着的肩头，轻轻地说了句："对不起……"黄克莹背过手去，轻轻搂住他头发蓬松的头，过了好大一会儿才说："我把一切都给了你……以后，我们之间应该不讲什么对得起对不起……"谭宗三忽然想起了什么，一下兴奋起来，腾地一下坐起，却把被子整个都拱翻了，把依然还没穿衣服的黄克莹一下都亮了出来。黄克莹啊地急叫了一声，忙用双手捂住自己的前胸，并把全身蜷曲成一团，夹紧了双腿，一边急着往被子底下钻，一边啐嗔道："侬神经病?! 疯疯癫癫的，把人统统亮出来……"她这反应把谭宗三吓了一大跳，只得赶紧拉过被子，替她严严地盖上，并连声说："对不起对不起……"刚才黄克莹说到"已经把自己的一切都给了你"，他想到，何不趁此机会，劝黄克莹跟自己一起到盛桥去呢？两个人白手起家在盛桥做一番事。苦，是他俩。甜，也是他俩。在那爿纱厂的后身租一个平房小院。隔着不高的砖墙，日逐地听纱厂低匀的机器轰响，看盘旋的管道淌下生锈的黄水。冬天在小客厅的煤球炉上蒸雪白松软的馒头。长久地看着窗外漫天飞舞的雪花，回顾曾发生的一切。当然还得买一只最好的收音机。七灯落地，自带留声机。假如陈实能帮他再装一只同样也能收录到几十年后的声音的机器，那简直就是十全十美了。还有一点也是一定要考虑到的，小院离学校不能太远。这样，妮妮读书就方便多了。他甚至想到，一定要在盛桥镇上开一爿钟表店。墙上挂满各式各样的新式老式钟表。让它们滴滴答答地统统走起来。即便不落雨不刮风不下雪不打雷的日子里，自己也可以整天听见它们在滴滴答答地走动。一切的寂静都在这走动中消失。一切的差异也在这同样的走动中消失。一切无法达到的和已经达到的和不屑达到的也都在这同样的走动中消失。他要让三个房间，或四个房间的墙上都挂满大大小小的钟表。努力使盛桥镇所有的房子都刷上白漆，建上白色的木栅栏。

但一提起"去盛桥",黄克莹就要反问:"为什么不能留在上海做事?"就要反问:"阿是他们赶侬了?""阿是侬没有这个留下来做事的勇气?"她帮他分析,上海侬有这么大的一份家当,有这么雄厚的基础;现在不管哪能(怎么样),他们(她们)还没有取消侬"当家人"的资格。侬应该利用这个有利条件,在现有的基础上,去做侬应该做的事体。

"我就是不想要这个基础……"他说。

"侬这不是自讨苦吃嘛?!"

"我就是要自讨苦吃。试这一把。"

"试一把?侬不是毛头小伙子了……"

"侬觉得我已经老了?侬嫌我老了?"

"宗三,我今朝已经把自己的一切都交给侬了。我要嫌弃侬老,哪能(怎么)会这么做?现在是商量哪能(怎么)做对侬更好。侬要冷静一点……"

"冷静冷静冷静。我已经冷静了三十年了!我已经没有第二个三十年了!"

"宗三……"

"好好好……不要吵了。今朝是我俩的好日子。我们结合。不要吵。"

"我也不想跟侬吵。"

"不吵,就好。"

"别吵……"

"别吵……"

第十部分

140

第二天刚吃过早饭,我正一边在长满杂草的院子里散步,一边想着怎么给上海局方面起草那份《关于谭宗三一案的最后处理意见》,从敞开着的窗子里,传来急促的电话铃声。电话是上海局方面打来的,说有关领导对谭案的久拖不决,已经感到很不安了。为此他们派出了一个检查组来检查"谭案"的复查情况。让我做好充分准备,接受检查,认真汇报。而且特别强调,这个检查组是代表上海局的。让我一定要服从他们的领导,配合好他们工作,执行他们就谭案所做的一切决定。最后还反复告诫我,一定不要跟检查组"顶牛"。

放下电话,好长一段时间,我心里都感到不舒服。这个电话表明上边对我前一阶段的工作不满意,而且还不是一般的不满意。他们曾一再指出,形势发展迅猛,战局急速扩大深入,被我俘获逮捕在押急待处理的"伪县职以上的行政官员"越来越多,而且肯定还会更多。稳准狠地处理好这一类案件,已成了稳定新区局面,进一步团结新区广大人民群众,彻底粉碎旧的统治机器,发展人民战争胜利成果的一个重要组成部分。希望我尽快从中摸索出一整套正确处理"县职以上伪行政官员"的经验、办法,为上边制定相关政策方针,提供翔实的依据。而各地区也急需这方面的工作"样板"。并多次提醒我,千万不要死抠住"谭宗三究竟为什么一定要放弃上海如此优越的条件,到通海地区去另辟蹊径"这一类细枝末节不放。因为谭宗三究竟出于什么动机来通海(盛桥),对最后的判决(定性量刑),不起决定性的作用。最后起作用的,还是要看他到底犯了罪没有、犯了多少多大什么样的罪。

　　从理智的层面上说,我承认,上海局有关领导的这个指示是正确的。我一度也是想这么做的。但是,随着与谭宗三接触的渐多、渐至深入,我越来越没法抑制自己的这种愿望:想全面地搞清他到底是一个什么样的人。我越发觉得这个人跟我们以前接触过的那些"伪县长"的确有某种程度的不相似处。的确不能等同类比,而以此及彼。他在盛桥的初期和中期只是办厂办店。参与某些社会活动,也只是办学搞商会。后期担任盛桥商会会长一职,兼任了县参议院参议。频频来往于通海县城和盛桥镇之间,主办了好几次颇有政治色彩的活动,显得相当的活跃。自从踏出大学校门以后,很少再出头露面在众人面前夸夸其谈大发议论的他,居然又经常地在这样的大型集会上,发表一两个小时的"演讲"。从市镇建设谈到反共戡乱。在此期间,他甚至捐了一大笔钱给"八监"和"女子模范三监",让他们从国外订购最先进的警报系统,以防范和镇压在押犯的"暴乱"。这时,应该说,他走到了他人生的最"高峰期"。突然……的确是突然,他又萧瑟了。沉闷了。灰暗了。称病了。卸职了。不出门了。脱下了笔挺的黑哔叽中山装。换掉锃亮的黑牛皮皮鞋。三月不食肉。半年不见客。我访问过当时给他看过病的医生。调阅过他的病历。一切证据都证明,他当时并没有病。他只是不想干了。但他的不干,又绝非出于政治的原因,因为不久,他就接受了"县长"的任命,去了通海。据说(后来我也查实)就在他将去通海而尚未去通海的那一段时间里,黄克莹频频从上海来劝阻他。最多时,一周之内居然来三四次。据提供旁证的老倪说,她到盛桥来,真是比上海人跑南京路还勤快。老倪还证实,到最后两次,谭宗三便闭门不见。他们之间因此也彻底"闹翻"。"唉,其实现在看来,黄小姐这个人还是蛮好的。一直劝'三先生'不要去当这个伪县长。被'三先生'关在门外,还不肯走。敲门啊敲门。不断地问,侬到底为啥。到底为啥。我伲在盛桥做得老好的,侬为啥又扔下那里的一切要去做这个短命的啥'县长'。侬自己也不忖忖,侬是这个做'县长'的人?到底发生了啥事体,侬跟我讲呀。侬不要闷在心里作践自家。侬不相信别人,还不相信我?我晓得侬一定又碰到啥为难事了。侬这副样子还要去当啥县长,叫人哪能(怎么)放心?宗三。宗三。侬听见哦?"黄克莹真是为他呕心沥血。

黄克莹在门外几乎叫喊了有一个多小时,最后把手都敲红了,嗓子都叫哑了,又叫了一声:"谭宗三,侬真是叫我失望!"

据老倪说,黄克莹刚走,谭宗三就把他叫进房。他看见谭宗三躺在藤榻上,泪流满面,手边放了一封刚写好的长信。问老倪:"黄小姐走了?"老倪唯唯道:"走了。""东西都带走了?"(他说的"东西",是指黄克莹在盛桥生活期间置备的日常生活用品。)"统统带走了。"老倪答道,并递上一把热毛巾,待谭宗三擦过,便轻声问:"阿要我去把黄小姐追回来?"谭宗三听后,只是轻轻地摇了摇头,说了句:"不要再让她失望了……"老倪这时赶紧说了句:"啥失望。我看黄小姐这个人就是不懂事。'三先生'去做县长,有啥不好?要她在这里罗里啰唆……"他本想顺便讨好一下谭宗三,说完后,还得意兮兮地斜过眼去看谭宗三的反应,却见谭宗三正狠狠地瞪着他,吓得他拿起湿毛巾就往外走。刚走到门口,又被谭宗三叫住,让他赶紧去码头,把这封信送给黄克莹:"一定要寻到她。把信交到她手里。"他反复关照。但等老倪小心翼翼地把信藏进内衣口袋里,出门叫了辆"二等车",急急赶到码头,还没在熙熙攘攘的旅客群中找到黄克莹,他却又派人截住了老倪,把信要了回去。

"你不知道他信里写的是什么?"我问。

"那我哪能(怎么)会晓得呢?当时就是'三先生'允许我看,我也看不懂。我……嘿嘿……不瞒侬首长……我不识字……嘿嘿……"老倪哈着腰,一边说,一边凑过来拿起热水瓶,替我把茶杯里的水续满了。

谭宗三在通海县政府里,只是个"傀儡"。实际政务由两位年龄要比他大得多、在通海已待了许多年的副县长操作着。而他在通海两年不到,留下的人缘还不错。过年过节常叫县政府的厨师傅做上一桌菜,把大院里做杂活的那些下人,叫来吃上一顿。这样的事,在提倡和争取人与人之间平等相待几十年后的今天,似乎已并非罕见,但要是想到这是发生在几十年前的当时,应该是不太容易做得到的,是要引起哗然的。他还会亲自去拜访属下的科长科员,尤其关注县城街道的清洁。常常大清老早的就站在县城那个唯一的十字街心,亲自督察晨起的洒扫事宜。下午四五点,他会带着一两个秘书人员,逐条街巷地检查垃圾的堆放和清倒情况。凡是随意堆放和不按他的规定清倒垃圾的,他的处罚也很简单:打扫公共厕所三天。通海县县城在他治理下,虽然别的方面一无建树,但的的确确变得十分干净。他被拘留后,也是这样。自己的拘留室,总是收拾得十分整洁。衣物用品,陈放得井井有条。被带进拘押室后的第一天,问他有什么要求。他就提出,一是要几根钉子,钉在墙上,以便挂他的大衣和外衣。第二,是多给两瓶热水。他每天要擦洗。一天不洗就不得过。一开始,这两个要求都给驳回了。钉子和滚烫的热水都是危险品,是绝对不能给的。他居然激动起来:"没有钉子,你叫我怎么挂衣服?衣服总是要挂起来的嘛!不给热水,给点温水行不行?请你们上峰来,我要问问他,我这点请求是不是算最起码的?!"后来经过特批,同意每天给他俩瓶温水,但关于钉子的请求,还是坚决驳回了。

　　从这个人住拘留室居然还提出要钉子挂大衣、要热水天天擦洗,可以看出他的"幼稚""天真"。事到这一步,他似乎还不太明白自己处境的严峻(或险恶)。但除了这"钉子"和"热水",他在别的事情上却又从来不计较,没听他提出过任何异议和请求。他总是穿得十分整洁,很温和地笑着,很平静地在特地"圈"给他的那个小院里默默地走动。一圈。一圈。又一圈。砖缝里冒出来的每一点杂草,随时发现便随时都拔净。说话仍是那么的缓慢和轻柔。有一次他这样对我说(他能说一口相当标准的普通话),您知道吗,我有几个最要好的大学同学,踏出校门这些年,居然都失去了一条臂膊。有一次,他们对我说,你不要笑,总有一天,你也会失去一条臂膊的,跟我们一样变成一个独臂人。当时我真笑他们怪,笑他们痴,笑他们幼稚可笑。现在看来,怪的痴的,幼稚可笑的,大概还应算是我了……说着,他用右手拍了拍自己的左胳膊,好像即将就要失去的便是这条左胳膊似的。

但他却没有意识到,这一回他可能失去的,将远远不止是一条胳膊。

141

关于如何处置谭宗三的最后争论发生在检查组到达通海县城的当天下午四点五十分左右。助手进门来告诉我,他们到了,请我马上过去汇报。我拿起头天晚上就准备好的汇报提纲及盛放有关材料的一个厚厚卷宗,向外走去的时候,特意地看了一下表。这完全是下意识的动作。但我有这样的预感,即将发生的争论,不仅将最后决定谭宗三的命运,也将决定我自己的命运。参加任何会议,在踏进会场前,我都没有临时看一下时间的习惯。但那一天我的确留心地看了一下。我好像特别在乎这个时间似的。

四点五十分。走进小会议室那个红漆大门时,我又止不住地看了一下。

142

检查组一共十二个人。四个是正式成员。其余八个中,除一个负责检查组的日常生活交通联络后勤供应外,那七个,是警卫。配的一式的汤姆式冲锋枪。最近连续接到加强内卫警戒的紧急通知。滨海地区已发生多起国军残部和流窜的海盗土匪袭击残杀我政府工作人员的恶性事件。

通海县县城里也从昨天起实行宵禁。并加强了武装巡逻。

小会议室原先是这大宅里的西餐厅。保留了那张硕大的椭圆形橡木大餐桌,而把那两个做工尤其精致的玻璃酒柜抬走了。现在一边墙头贴着中国革命领袖的相片,另一边墙头贴的是国际共产主义运动领袖的相片。既然是汇报会,按惯例,与会的同志应围着大会议桌坐一圈。但今天的气氛却有点特别。检查组和地区军管会的那几个主要负责同志都靠里坐在一边去了,而把靠外的那一边,留给我一个人坐。这情景似乎有点像是要"审讯"我,又有点像十几年后发生的那场"文化大革命"排座位。革命的领导同志在主席台上自动坐左边,而被认为或自认为是"保守的""反动的",则一律坐右边。

也许是无意识的。

但我还是跟他们开了个玩笑,放下手中的汇报提纲和那一厚本卷宗后,笑着问道:"怎么,看这架势,今天好像开的是审判会?审谁呢?"

有几位同志不无有些尴尬地笑了笑。

但很有几位同志却依然声色不动地坐着。

倒是那位检查组组长扫了自己身边的那几位一眼,泰然地笑了笑道:"是啊,都挤一边干吗?我这边又不发糖。散开散开。"

于是有人拿起自己的茶杯和记事本钢笔,坐到了我这边来。于是气氛顿时松缓活泛了许多。点烟的点烟。沏茶的沏茶。有了动静。但低哑的笑声里却依然渗透着弥漫着笼罩着某种不自然。

当天的汇报会,就在这样怪异的气氛中,一直开到晚上十点四十分。整整开了六个小时左右。

大食堂把已经热了好几次的晚饭送到小会议室里,已是十一点差十分。

我说我胃不舒服,不想吃,想早点休息,便拿起笔记本和那个厚厚的卷宗,头都不回地走了。小会议室里的气氛刚刚由于"包子"和"麦牺粥"变得祥和活跃起来,我这一走,又突然寂静了尴尬了,继而又愤愤了。我知道我不应该走的。我知道无论怎么样,我都应该留下来陪他们一起吃完这顿饭再走。我知道我这样"感情用事",丝毫无补于问题的解决,而只会加重其严重程度。但我还是忍不住要走。在这六个小时中,除了一开始的那三十分钟因为要听我汇报,必须让我来讲以外,后来的五个多小时几乎再没容我讲一句话。我几次用眼神暗示那位主持会议的"副专员",希望能容我对某些关键性问题,作一些必要的解释。但这位老练而又年轻的"副专员"却只当没看见。

我离开上海前,政法委和上海局的首长都召见了我,就如何处理"谭案",给了一个总方针,那就是既要从快,又要慎重。强调了要在慎重的基础上从快。要通过处理谭案,不仅要给新解放区各阶层人民一个震动、一个振奋和一个教育,还要切实有利于团结新区的最大多数,孤立和打击最少数,有利于巩固稳定和发展那里的新局面。我觉得我在通海期间是努力贯彻这个方针的,是衷心拥护这个方针的。我作为受命来全权处理此案的人,在没有被褫夺这个处理权以前,应该有权决定我自己的工作方法(比如多次找当事人或相关人员单独谈话),有权决定相应的工作进度和工作侧重点。即便工作过程中出现了几分偏差和迟缓,绝非有意对抗,更非阴谋破坏。况且,谭宗三的问题,的确有它的特殊性。他任伪县长时间不长。即便在职,也没被当心腹使用。对此他是不满的,痛苦的。他对国民党政权的腐败有一定的认识。一九四七年盛暑,昆明发生国民党特务枪杀民主人士李闻二教授事件后,他在盛桥和通海的一些公开场合,多次慷慨陈词,提请有关方面应广开言路,深纳民意,以求政清人和。他一度甚至还筹划着要在县政府院子里立一个闻一多的塑像,受到过伪省府和南京最高方面的严厉训斥和追查。

慎重对待一个,就能团结和瓦解一片,其威力可能比动用一个师一个军的兵力还要大。这方面的经验,我们不是曾多次传达推广过吗?

为什么到我这儿就不能这么做、做了就好像犯了大罪一般?

我没直接回房间。我不想回房间。我直接走向海堤。我听堤外的大海訇訇作响。漆黑一片的海面上什么也看不见。我只能感受到大海发起冲击时引发的震撼、颤动。

不一会儿,我觉得身后有人走了过来。

"不吃饭,观海景,好雅兴。"是那个年轻的"副专员"。

我没有回答。我也不想回答。我怕我一张嘴,就会跟他"顶"撞起来,而上海局有关领导的指示十分明确,不许我跟他顶牛。

"走。上我那儿坐一会儿。"他发出邀请。

"太晚了吧。要处分,也等明天吧。"

"谁要处分你?你这情绪不对。"

"我知道我不对。"

"你不知道!"他的声音突然严厉起来。

我不做声了。我知道我不能做声,不能张嘴。

"走。"他几乎在下命令了。

他没住在军管会大院里。我们原先为他在这个大院里准备了一个套间,地方还算宽敞,找人谈点什么也方便。他不要。偏偏提出要住南城的"文香阁"。军管会的一个副主任笑着对他说道:"朱专员,看来您对我们通海城的情况是熟透熟透啊。"他没正面回答这位副主任的调侃,只是打听:"原先收藏在文香阁里的那几部线装书,像《四部备要》《四部丛刊》,还有《纲鉴易知录》《古文释义》《白话四书》《清史稿》《唐诗全解》……都还在吗?"那位文化程度并不算高的副主任对这个什么《备要》《知录》的,可太不在行了,便只得回头去问身边的秘书:"在不在?啊?"

"文香阁"是当初江南名士文徵明建来送给金陵城里一位通海籍名妓的。此阁建来十分精妙。东西宽不足两丈,南北却有三四十丈长。纵向依次布置了厅堂榭园竹石池林,真可以用得上石涛的那句话:"搜尽奇峰打草稿。"其间自然少不了还要布置一座专供那位名技居住的闺楼。闺楼虽非镶金嵌银,通体只用楠木雕镂而成,却显得尤其华贵而淳厚。楼早改作藏书用。园子则被荒草野荆所累。副专员看中这里的一种意味,只让人收拾了最后一井那月洞门门楣上题有"宛在"两字的小院住下。三小间平房一间做了卧室。一间做了会客室。一间住了警卫员。并把检查组其他的同志,也安排在相邻的小院里了。

房间刚用石灰水粉刷过。一桌一椅一个老旧的板箱式书柜,再加一个带蚊帐的大床。没有一件是多余的,没有一处不是收拾得干干净净的。军管会送来的那床大红花团锦簇绸面的新棉被,连同那条八斤重的新棉褥,都让他叠起来放在床脚边一张大方凳上了。他用的是一套他自己带来的被褥。一条套在军用黄布被套里的褥子,极薄极薄。一条铁灰色的军用毛毯。落雪天,最多也只允许再压上一件军棉大衣。他从来不许自己喝热水。从来不许自己在晚饭时吃荤腥。即便在允许自己吃荤腥的中午,也从来不许自己吃两个以上的荤菜。一般总是在炒青椒或炒葫芦瓜片时,稍稍地放进几片肉,或者蒸几条小咸鱼。他从来不允许自己在十二点以前上床。上床前,他总要做一篇日记。日记本是他自己用毛边纸装订起来的。早上五点三十分准时起床。二十分钟跑步。五十下俯卧撑。还有一套独到的健身操:拍打全身。噼噼啪啪拍通了全身的经络血脉。切实贯彻中医的一个基本理论,通则盛。然后是一个冷水澡。拼命用干毛巾把全身擦红。再雄赳赳气昂昂地去吃早点。一杯冷开水。两个蒸山芋。或一杯冷开水,一大碗老麦稀粥。尽可能地再吸一个到两个生鸡蛋。他觉得鸡蛋里所包含的营养,用两个字便能说尽,那就是:全部。他还有一个习惯也是别人难以想象的,每月都要在月尾的那两天里,吃一点大黄,让自己彻底地泻一下。攻下泻火。清理。排毒。因此他总是感到非常通畅。非常兴奋。非常"自以为是"。不管是谁,只要跟他一起工作上几天,就会感觉出他身上自有一种非凡的魅力,的确吸引你。同时也让恨他忌他的人更恨他更忌他。非常想不理睬他但又常常想偷偷瞄他一眼,注意他一切动静。

　　我走进他房间时,他已经让我的助手把我的晚饭送了过来。然后他挥挥手,把我的助手打发了,也把他的警卫打发了,让这寂静到不能再寂静的"文香阁""宛在"小院东偏房里只剩下我和他。

木凸

143

　　我不知道我该怎么来向你们讲述随后一个小时里，在我和他之间发生的那一场我想激烈，但却怎么也没激烈起来的争论。这的确关系到一个人的生死。但他始终取兵临城下之势，有力地有效地控制了这场争论。让这场争论在一边倒的情势下直至结束。

　　在这一个小时零八分钟的争论中，只有十八分钟是用来谈谭宗三的问题的。也就是说，他只用了十八分钟时间，就在这根本问题上，把我"搞定"了。搞得我哑口无言，目瞪口呆。心如刀绞，却又无奈。他早在十多天前，就秘密派人来到盛桥和通海，调查谭宗三的问题。他单刀直入，开门见山。很快就掌握了某些我至今都没能掌握的重要情况。"人渣"，这就是他对谭宗三那样的一类人的最后评价、结论。"你要控制住自己的情绪。你的问题要害就在，一直在同情着这个谭某人。你至今还没摆脱你身上那一点'上海学生味'。你要明白你现在已经不是上海小弄堂里的学生仔了。不要总是让自己身上的那个'上海学生味'左右自己。不要老是摆脱不了'上海屋檐下'那点霉朽味儿。把你年轻的头颅伸出这个旧屋檐。太阳就在你面前。一定要明确，我们面对的是中国两千年来制造的一切污泥浊水。我们要清理。清理。不断地清理清理再清理。"然后他问我最近读些什么书。他告诉我，有两本书是一定要反复读的。一本是《联共（布）党史》。"这是我们唯一可借鉴的经验。所以得一遍又一遍地读。还有一本小说。读过《怎么办？》吗？"

　　"读过。"

　　"谁写的？"

　　"车尔尼雪夫斯基呗。"

　　"呗什么呗？不少人读书不记作者名。这是个很不好的习惯。你总算还不错，记住了这个作者的名字。这是个值得所有的人记住的名字。

这本书你读了几遍？"

"一遍。"

"一遍？"他笑着叫喊了起来，"那我就郑重相劝，你一定得读一百遍。至少也不能少于九十九遍。"

然后，他就从他随身带着的那个小书箱里，取出他那本开明书局出版的《怎么办》。书精心地用牛皮纸做了个新的封面。凡是破损的地方，也都用一种很薄的近似半透明的"米花纸"细心地粘贴平整。缺行掉句的地方甚至都用正楷毛笔小字一一补上。十几分钟后，他又突然把话题转向了他自己（而我这时，依然还着急着那个"谭宗三"。我想立即去找他）。他那么有兴味地激动地讲述着他自己。使我感到很多时间里，他其实是很寂寞的。特别内心是很寂寞的……

这样，他整整讲了四十分钟。

最后我唯一记住的是，他家原籍山西霍州府。那是个出煤、出羊羔馍、流行吃莜面饸饹的地方。也是当年黄帝大战蚩尤确立华夏胜局的主战场之一。那里的人习惯把"几个人"，说成是"几位人"。把"这个孩子"，说成"这颗娃"。把小女孩统称作"圪爪女"，把小男孩戏称作"夹尻的"。那里的乡民喜欢擂鼓。他们说黄帝打败蚩尤后，留下了一大批带血的战鼓，日后便化作了这里无数的"塬"和"峁"。也许还有那种叫作"岗"的东西。他们祖祖辈辈在这塬上和峁上种下了无数的小麦和莜麦。还有荞麦开着连片的白花。蹚过那清澈的汾河湾，又翻越那绵亘的西山吕梁。那年他父亲随着他祖父从山西来到上海。后来为什么再没回山西，他就说不清了。他也不想说清。

144

后来我就走了。送我出门时，他紧紧地握着我的手，叮嘱道："汲取教训。"我犹豫了一下，问："组织上准备怎么处分我？"他笑了笑反问道："你想要什么处分?"我没回答。他沉默了一会儿,而后说道:"处分的问题,相信组织吧。"接着,外边便下开了小雨。

　　我没回宿舍。我那个助手还一直在门厅的暗处等着我。见我索索地走出,他竟喜出望外地扑来,连声问:"没事吧?没事吧?"我愣怔着反问:"什么事?"他一时间居然都不知再说什么才好,只是眼眶湿润了,直直地看着我。我知道他担心的是什么。在当时斗争的环境下,也曾发生过那样的情况,谈话谈到最后,立即下令隔离审查接受谈话的那一方。简直比住院治疗还要简便,不用办任何手续,就可以立即把人带往拘留室或禁闭室。而刚才我走进"宛在",看见在院门口站着两个荷枪实弹的警卫时,心里并不是没这么预料过。但那时我只想去力争。我所要力争的,似乎还不只是那个"谭宗三",还为了一种潜在的意愿,一种惶惑,久久未能抹去的惶惑。

　　但此时,我却只想赶快走出"文香阁",见一个人。我想直接责问这个人,甚至大声呵斥、痛骂这个人。这个人就是谭宗三。

　　朱"副专员"刚才告诉我,谭宗三在通海期间,曾奸污蹂躏了十多名劳动妇女。在县长任上,他还多次签署了搜捕我地下工作者的命令。小张岛上那个"省八监"用他捐助的钱,从美国进口了一台专门用来处决人犯的电椅,宋邦寅用它杀害了十多名我被俘的高级干部。

　　你知道吗?

　　朱"副专员"问。

　　电椅的事和签发搜捕令的事,我都知道。命令和行动,都是别人筹划起草好了,只不过让他签一个字而已。买电椅,他事先并不知情。事后用它干些什么,宋邦寅也不会跟他商量。这两件事我都讯问过他。他也都如实招来了。但奸淫那么些妇女,而且又是劳动妇女……我不知道。他也没交代过。

　　但……我直接的第一个反应就是,这个,可能吗?谭宗三?他?

　　但我没问出口。我知道,这时我得越发谨慎才是。千万不能再给人造成那种错觉:我仍顽固地在为谭宗三辩护。我知道这个办事极精干实在的"副专员",手中没有确凿的证据,是不会轻易这么说的。我等着他拿出证据来。果不其然,几分钟后,他便从那只上了锁的铁皮保险柜里,取出十二个卷宗。一个卷宗里记录着一个受害女人的材料。

这些材料以它无可辩驳的强大的真实性,告诉我,确实是十二个妇女。更让人无法理解的是,这十二名女子,没有一个是稍有点身份的。十二个里边有七个几乎是半文盲。有两个读过半年初中,当时在县府文秘室做誊录抄写文印等极一般的差使。但那已是十二人中文化程度最高的了。还有一点也很特别,这十二名女子几乎全都是这个"县衙门"的低级差役。或者是厨子(还是白案上的助手),或者是洗衣工(只管洗大件粗作),或者是清洁工(属于她的管理区只到前堂和前院为止),或者是只管烧水灌热水瓶的(谭宗三用的开水还不归她供应)。或者是她们的姐妹、连襟或……有一对甚至是母女。他把人家母女俩都占用了!

我真的有点不敢相信了。

这真的是连"禽兽"都不如了!

这些女子,有好几个我是见过的。不仅说不上有什么姿色,有的甚至连五官都没搭配匀称。翻起的厚嘴唇和往外龇出的长牙和过多的生发油雪花膏。绝对让人"惊疑"。(当然也有长得还算是匀称的。但也仅此而已。根本谈不上气质和修养。)而且她们中年龄最小的也要比谭宗三大两岁,最大的已经比他大了七八岁。而且她们平日里根本无法接近"县长大人"。前面已经说过,她们的工作范围最接近谭宗三的也只能到达前堂。而前堂离谭宗三的办公室和卧室,还隔着一个很大的中院。中院两厢排列着一系列县府最重要的科室机构。这些只做粗活的女人要想在众目睽睽之下穿越这漫长的中院,去接近"谭县长",不是几乎,而是绝对没有这个可能。

他怎么把她们"搞上手"的?

他为什么要只盯着这样一些女子?

通海县城虽然只有八九万人,在规模上绝对无法跟上海相比。但它建城的历史却远比上海悠久。地处长江口。可以说代有名人雅士涌现。

419

也出过不少足以传世的名女子。当时谭宗三即便因为跟黄克莹失和,心里烦恼;退一万步说,按男性社群中的惯例,要找"精神寄托",县城里也并不缺少各种有品位的女子包括大家闺秀和小家碧玉。有洁身自好大门不出二门不迈的千金,也有十分开通开明、在交往中绝不会以结婚来要挟对方的职业女性。还有那种自认是心比天高、命比纸薄,而又不甘如此、继续在四处出击的"红颜知己"。如此这般,以谭宗三的一切,何至于要在那样的女人中浪掷自己?

难道真的像北京人说的那样,嗨,您就别想不通了。人家好的就是这一口嘛。难道……他真是某种心理变态狂患者?

是我把他看得过于简单了? 还是过于复杂了?

是我过于把他当作一个"人"来看了,还是我还没有在足够细微和深入的程度上,把他当作一个"人"来看?!!

我顿挫。迟疑。并迎着越发密集的雨点走去。

145

谭宗三是那天下午五点得到通知,要给他更换监室的。没有了单独的小院。单独的铁门。没有了带盖的马桶。双倍的温水。也没有了写字桌和温暖的煤油灯。新监室只有一个七平方米的窄长的空间。他不知道应把自己的那些衣物放在哪儿。特别是他还写了一些东西。他自己视之甚为珍贵的东西。押送他到这边监室来的几位班长都走了以后,他还抱着那一小包东西,呆呆地坐在黑暗中,久久地没能从这突如其来的打击中回味过来。我不知道,各位看客是否有这种"被拘留或被感化或被隔离审查"的经历。只要有一次这种经历的,我相信就一定会记起,在这种情形下,人的某一部分神经会变得异常地敏感、脆弱。提讯的人脸上多了一丝温和还是少了一丝温和、在某一个问题上是多问了一句还是少问了一句、问的时候是抬起头问的还是低着头问的、听的同时是作记录的还是没作记录、作记录时是认真记的还是只不过勾勾画画在做做样子的……甚至当天的晚饭是早十分钟送来的还是晚十分钟送来的;你都会十分在意,并都会引发一连串惊心动魄的心理涟漪和排闼而来的情感震荡。况且,几位班长带他过来时,给他上了手铐(这在以前从来没有过)。后来走的时候,却又没有替他取下这铐子。一开始他还以为他们忘了。他叫了他们一下。(他以为还像前一阶段似的,甚至还可以跟班长们开开玩笑。)他们没回头。他以为他们没听见。于是他又叫了声:"张班长……"这一下,无论如何是应该听到了的。因为"张班长"的脚步突然停顿了一下,还以非常快的速度回过头来斜瞄了他一眼,而后,却以更快的速度,走出门去,并以从来没用过的大声,碰上了铁门,并咔嚓一声上了锁。

这就很清楚地表明,他们不是忘了,而是奉命把这副铐子"留"在他手腕上。

这说明什么?

什么?

什么?

他呆住了。

事后我得知,年轻的朱副专员一到通海,一下车,首先就奸污那十几名妇女的事,提讯了谭宗三,几分钟之内,谭宗三就全部承认了,并在口供笔录上签了字。副专员拿到这签字后,立即以加急电的形式,向上海局有关领导作了汇报,并下令马上把谭宗三转移到看管更为严密的监号里。然后才带着他那一个组的人,到小会议室来听取我的"汇报"。而我那时候,却还什么都不知道哩!

我失职。的确是严重失职。

我怎么没想到,他还干了那样一种混账事情呢?

可是……

可是什么?

还有什么"可是"的?

我匆匆走进谭宗三的新监室。助手在我身后端着一盏煤油灯。陪同我走进监室的还有那两位大胡子值班看守。谭宗三慌慌地站了起来。脸色显得格外地苍白。怀里还抱着那一小包东西。即便是这样，他也没忘了惶惶地拉一下袖口，想在我面前遮掩一下腕子上那副黑黢黢的熟铁锻打的手铐。

"坐……"几秒钟后，他稍稍恢复了一点平静，又本能地显露出他那股"文静的"和"绅士的"风度气派，淡淡地（虽然多少已有了一点尴尬）笑了笑，先把那个小包安放到地铺上，然后挺直了一下上身，用友好的（虽然也已多少带上了一点讨好的）目光，去跟其他那几位打了个招呼。新监室里连一张板凳都没有。坐什么坐？他很快知道自己说漏了嘴，歉疚地看看我。但看到我一直板着脸，他脸上那勉强流露的微笑也立即收敛去了。

寂静。大约有几秒钟时间。

这一刻，我突然觉得自己匆匆赶来这举动，实在非常可笑。我难道还要责求一个已被拘禁在押的"人犯"对我完全"真诚老实"？难道我还要对谭宗三说，我对你如此宽宏大度，你却待我如此不仁不义？我还要责问他什么？他从来没有向我保证过他在这一方面是"干净的"。只是我从来没想到要从这方面去追查他。

不知是因为新监室长久未住人，故而格外阴冷，还是因为当时气氛过于紧张，我看到他瘦高的身子在昏黄的光影中，索索地战栗着。

我知道，这时我说什么都不适当，都可能被多事的人认为我在暗示谭宗三一些什么，因而汇报到检查组去。还有一点也不是不重要的：不能让这种沉默保持得太久。太久的沉默也可能被认为一种暗示。于是我什么也没说，赶快退了出来，出了院门，才回头去对值班看守说了句："一切都要严格按检查组吩咐的办。不要疏忽了。"

这时我看到我那个助手终于松了一口气。大概他也一直在为我担着心，至此才认为我总算把这一件本不该做的事弥补了过来。

第二天一早，还没到开饭时分，那两个值班看守中的一个匆匆来找我。替谭宗三带来一小包东西。我定睛一看，就是昨晚他一直抱在怀里的那一小包。我一面拆包，一面问："他还说什么来着？"

"这家伙昨晚一宿没睡,一直坐在拘留室那张硬板床上,一声不哈地面对着高高的小窗户发呆。后来又趴在木板床上写了很长时间。今早,天不亮,他就要我把这一包东西送到你这里来。话嘛,倒是有一句。他说,他实在是对不起您。真的是非常非常对不起您。"

看来,他已经敏感到,可能要对他进行最后的处决了。这种时候,他会把什么东西交给我呢?我赶紧拆开了包。

包里大致上是两件东西,一件是他近些年来写给黄克莹,却又不知为什么并未寄出的几十封信。还有一件,是一封写给我的信。

一定要看。无论如何也要看。紧急中,我突然想到了一个办法,在我看完这小包里的东西前,不许助手和那个看守离开我跟前。由他们两个人作证,将来在任何人面前,都能说得清这件事。迨我一看完,立即再让这位看守把它送给检查组。

好主意。

就这么办。

我原以为看完这一小包文字性的东西,最多也就一两个小时了。但实际上最后看完,却整整花了我一天的时间。有些信是工整地写在信纸上的,有些却是写在旧报纸字里行间的空隙处。字极小,极紧密,看起来极吃力。但从中毕竟能看出一点谭宗三这个人最后几年经历的一段心路。

我想全部摘抄是没有必要的。还是择其要,摘一点吧。

146

尊敬的陆先生阁下:

提起笔,我真的不知道该怎么来写完这封对我来说应该是今世最难写的一封信。我知道,留给我的时间无多。对于像我这样一个为这个世界留下太多缺憾和罪孽的人来说,我无法面对你今晚的责难,更无法面对你包含在这些责难里的惋惜。我希望自己能平静地接受你们对我的最后惩罚。最后走向毁灭。但我还是觉得有这个必要给你写完这封信。我不是要求得到谁的宽恕,更不是要为自己作什么辩解。我知道,任何辩解对于我来说都已经是多余的了,也是不足取的了。我之所以要这么做,只是要求得一个倾诉权,说一说我最想说的一些话。以我几十年来如此富有显赫的家境身世,要说我从未得过充分的真正的倾诉权,也许谁也不会相信。是的,几十年来,没有人对我说过,你不拥有这样的权利。更没有人对我说,闭上你的嘴。但是,在我生存的环境中,的确没有人需要别人的倾诉,更没有人愿意倾听别人的倾诉。人们不把倾诉和倾听倾诉当作活得更好更和谐的一个必要的前提。我就在这种没有倾诉的絮叨里长大变形。以至到今天,以一个戴罪之身、将被凌迟之人来要求倾诉,实也是可悲之至,可笑之至。

几年前我二度离开上海来到盛桥。我当时唯一的目的,是寻找一个合适的环境,重新开始自己的生活。当时我真的只是想做一个有用的人,能真正做成一两件事的人。起码也要证明,我能像我的某一位先祖那样,是个有勇气做事的人。也想以此证明,我是能够有别于谭家其他男人的。我到盛桥通海,的的确确没有政治方面的企图,更不想自陷于堕落。如果是为了政治,或寻找堕落,我完全可以留在上海。以我当时在上海已拥有的那些,无论是搞政治,还是搞堕落,怕都要比到盛桥和通海方便顺当百倍千倍。所以说,不管你们相信还是不相信,后来发生的这些种种既让人愤恨,又让人难以启齿的事,的确不是我原初的本意,也非我一向孜孜以求的。后来之所以发生这样的"灾变",的确是有它必然的原因。这个原因我没有对任何人讲过。我不是有意隐瞒。我只是怕人嘲笑,也怕伤了那些真正亲近我,而又有望于我的人的心。

说起来,事情还是在盛桥的后期发生的。前期,我做得还算顺利。计划在盛桥办一个纱厂一个酱坊一个花纱布门市和一个珠算讲习所,除了那个纱厂的规模不似原计划的那般大,其他的应该说都还算如意。于是我准备趁热打铁,按五千吨级码头的规模扩建盛桥的木堡港,并筹建一个股份有限的轮船公司,兼搞客运和货运。我以为事情应该比我刚到盛桥那会儿更加的顺当,但没料想,各种障碍却铺天盖地般涌来。后来我才搞清楚,在初期,盛桥方面的人和上海方面的人都不给我障碍,是因为他们双方都以为我到盛桥来,无非是像上一次那样,在上海闲得太久了,上苏北来花点钱,玩一把,玩够了自然会回上海去过他们所要我过的那种安生日子。对他们既构不成威胁,更谈不上危害。盛桥方面的人不了解情况,甚至还以为我当时仍掌着谭家的实权。他们想通过帮我的忙,日后从谭家的其他生意中得到更大的回报。一直到让我当上盛桥的商会会长。后来他们双方一看,事情完全不像他们想的那样,我真要在盛桥扎下根来了,真要脱离上海的那个谭家门了,他们双方的打算都要落空了。于是开始对我用真功夫了。处处为难我。不要说新建中的码头举步维艰,连已建成的那几爿厂店作坊,用电用水用人用料都成了问题。连我这个当会长的召集个例会,一度都无人问津。应该说,这时发生的一切,才是正常的,才是我要做事的真开端。我只有冲破了这一层障碍,才能说真正奠定我自己做事的基础,也才真显示我要独立做事、能独立做事,真有别于谭家那些只会依赖别人、看别人脸色过日子的男人。白天、在人前,我也是这样鼓励我自己的。但到了晚上、到了人后,我却无法控制自己了。我惶恐。我忧虑。我思前想后翻来覆去。我吃不下饭。我设想种种方案,怎么去让那些对我不高兴的人重新高兴起来。我受不了周围的人对我不高兴不满意。我怕看到他们对我板着脸。我又一次堕入以往的那种困境:每做一件事,都要不由自主地想到别人会怎么看我。我整天捉摸着周围人的脸色。我不敢出门。我甚至都怕接电话。我忽然开始怀念起我在谭家时非常痛恨的一个管家。我总在想,要是他在我身边就好了。他一定能解决这些难题。我命令自己不要这样想。我知道我这样想,就显得我太无能太软弱也太不是个东西。但我还是制止不住自己。连我一个最好的女友(就是您知道的那个黄小姐)也劝不住我。为此我们大吵了几场。我所有的老毛病都开始泛滥了。这一点尤为甚。关起门来,在自己亲人熟人面前,显得特别厉害,也任性,但在外人面前,却又显得特别软弱、无能、怕事。而且我控制不住自己。真的控制不住自己……

你不知道我过去是多么恨我们谭家的那个总管。没想到我一旦开始独立做事，我却会那样地在潜意识中期盼着他祈求于他。发现这一点后，我觉得我这个人真的没指望了。我对我自己真的失望了。我真的发觉，我改变不了了。我谭宗三说到底，还是一个谭家人，一个不折不扣的谭家男人。我无法改变我这个姓了。我无法换尽我血管里的血了……它们来自我那根弯曲的脊髓，那根谭家为我制造的脊髓。我甚至觉得我要再在盛桥待下去，我马上就要像我的那位大侄子一样，止不住地大出血了。我又不好意思打退堂鼓回上海，这才求助于我那两个政界的朋友，把我安排到了通海……

克莹：

明天你那位远房姑夫将派一艘专船来接我去盛桥。他本来打算亲自来上海接我的。但不久前，他接到通知，南京方面已决意要调他去司法部任职。这件事酝酿已久，但中间几经周折，历时不短，持异议的也不少。现在高层总算有了决断，就得赶快把该办的手续办了，以免夜长梦多再生变故。其实对于他的能不能来接，我实在是并不在意。我真正在意的是，你能不能理解我此次的行动。你应该明白，放弃上海，对于我来说，绝对是一件非常不得已的事。而要到苏北那样一个地方，去说一声从头开始，也绝非易事！这一次我不是任性。不是在耍少爷脾气。不是。莹，你一定要明白，我从来没有这么激动过。我从来没有感受过这种生的冲动，行的向往。我真的我觉得我非常想做事。向往船，向往风，向往跟水手聊天。在风浪三四级，又下着中量雨的情况下，坚持在甲板上散步，瞭看望远镜……按原先的计划，船先到小张岛，当晚就住在你姑夫家，并由几位副典狱长出面为我接风。第二天，把盛桥、木堡港和"省八"和"女三"以及小张岛小镇上所有名流士绅都请来，搞一个大型聚餐会，还要为我举行个盛大的舞会。把前几年刚办起来的盛桥护士学校高班女生，请一二十个来，助助兴。但我都拒绝了。不是担心你因此会"吃醋"。不是的。我想尽快去盛桥。我在盛桥的那位老朋友萨重冰,也于本月接到新的委任令,将奉调通州专区行署任专员。我必须在他离开盛桥前,仔细地跟他谈一谈我在盛桥的打算。有一些事,比如未来新建工厂的厂址、地皮购置的价格,厂内一些重要办事人员的推荐等等,都还需要他的大力协助才行。

  你什么时候到我的身边来?
  我想你……想你……我想我们的那一天……
  那天我走近一道多刺的篱笆
  金红的矢菊竟然开满了那小小的花园
  那天我走进那座古老的磨坊
  石磨下转动的竟是耀眼的钻石
  那天我回眸,回眸高地的起伏
  黑色的云团却像黑天鹅撩动的涟漪
  那天我祈祷风的漩涡雨的泪滴和绿叶的连续
  郁金香竟然焕发出玉液琼浆的气息
  那天我闭着眼睛
  看到的却是太阳
  那天我低着头
  却走出了百世不逮的无何有之乡
  那天我拥抱的是你娇小的足迹却不必再追忆梦的缠绵
  那天我无须痛恨的是固有的"遥远"和"猜疑"
  却不怕依赖"期待"和"渴望"来标志那分分秒秒中的自己
  哦,那天……一个再造的我
  那天……一个被你再造的世界……

尊敬的陆先生阁下:
  再造的幻灭,对我自是一个无法抗拒的打击。由宋邦寅和萨重冰安排,我到通海县当了个伪县长。这样的安排虽然把我处于"傀儡"的境地,但由于它毕竟免去了我"逃回"上海、在我那个庞大的谭家家族面前出丑的尴尬,我还是心甘情愿地接受了,于是在那两位副县长的挟持下,过起了某种心安理得,却毫无激情的日子。如果说,前些年,我在谭家时,还有挣扎,还能知道恨。那么到这时,经过这又一次跌宕,我已经没有了任何挣扎,也没有了任何恨。但因此,我也分裂得越发鲜明。人前,我是文质彬彬一个拥有着英国留学资格的县太爷。我衣着得体,举止有节。煞有介事地似乎也"平时有藜藿不采之威,监事有折衡千里之势"。况且进退有度。但到人后,我躁动。我自卑。我绝望。我靠睁着眼睛做白日梦来满足那所有一切达不到的愿望。我无法面对任何一个稍有一点头脑的女子。我既怕她们的不理解或不愿理解,又怕她们那种我无法满足的计较,更怕她们患有似我一样的"分裂"痼疾。我知道她们的内心比我充实。她们对人生比我有更圆详的安排。我怕在与她们长久的接触中,暴露了我的贫乏、苍白。我怕她们终究会瞧不起我。我想念黄小姐。她来了,我又气她前一段的不来,执意不见她。她真的不来了,我又躁动得无法安生。后悔得无法安生。我从来没有像那一阶段似的体会到人那么深重的焦虑……厌倦……

克莹:

今天你走了。五点半。我看着表。也看着窗外的浓雾。我想我听到了那一刻把你带到远方去的轮船发动声。它带走我全部的奢望。我奢望这一刻电话铃会响起。她说,船抛锚了。她说她不走了。明天。后天。或者永远不走了。但是电话没等到。你终于还是走了。我不知道今后在没有你的日子里,我将等待什么,盼望什么。没有雾的木堡港。没有雾的夏天。没有雾的梦乡。我不愿问你为什么一定要走。我知道应该让你走。你是那么向往无拘无束,阳光,山谷,瀑布,那么向往绿茵高坡和大河落日。我知道你是属于它们的。你应该是林中的小鸟。是那个巨大的睡莲。是那条久久没人走过的林中小道。那个长满青苔的大树。那个永远也不会生锈的铁皮烟囱。那根弯弯的鹿角。如果有可能,你会光着脚走遍所有那些没人的角落。比起你这一种年轻,我的确感到我很老很老了。我被这世界尘封得太久太久了。我的骨骼涩涩地生响,仿佛那辆停留在巴音格勒草原上的太古老的木轮车。

　　现在我能对你说的,就是你走了以后,我将只能靠回忆来过日子。靠追问来填充……

克莹:

　　你走后的这几天,我遭遇着从未有过的烦恼。真是无可奈何。但的确也有一个好处,那就是它逼得我不得不静下心来想一想看一看我们俩一起走过的这一段奇异的路。我让自己处在一个最挑剔的"坏老头"的位置上反复想,我的结论还是,我做了一回最幸运的男人。她的确是上帝一次完美的创造和最大方的恩赐。在认识你以前,我从没想过我还要去争取什么。该有的我都有。该有的,别人都会替我安排。即便我不想要这种安排,他们也不会允许我不要。我学会了不去争取。我学会了等待和接受。我终于厌倦了,逃到盛桥。这时,上帝偏偏把你派到了盛桥。从那以后……是的,从那以后,我猛然觉出,我还要争取。我还缺少着什么。我需要着什么。我才开始仔细地想,怎么才能得到我不能缺少的。怎么才能去争取我必需的。我才深切地感受到,内心具备涌动,才是人最大的快乐。其实,有很多次我生过你的气。生气时,我也曾想做一桩什么事来报复你。但是,每每地一听到你的声音,一见到你的身影,我便不能自持,就无法进行报复。出现在我面前的你的任何一个举止,都会立即融化了我。我只有悉心地去注视、谛听,去补足多日来的缺憾,再也想不到别的什么,而曾有过的怨愤、龃龉、不快,都抵不上这一刻的满足、惬意。为什么?难道这就是我该得到的?哪怕受你的"欺凌""虐待",也心甘情愿?年轻的女子千千万。温情的女子也千千万。娇小的女子同样千千万。为什么我独丢不开你?难道只是一种新鲜感?几年的悱恻缠绵,按说已经谈不上"新鲜"了。但那种思念那种盼望那种融化那种沸腾却还跟那年的四月一样!一切都仿佛刚开始一样。真是美妙无比啊。这究竟是什么？你能告诉我吗？你能告诉我,你身上的这种魔力到底是什么？

也许只有这时刻我才能冷静
我需要冷静地自问
是什么使我燃烧了一千个日日夜夜
化成了浓郁化成了清淳化成最原始的图腾
我自问,我曾有过那样的一生吗
在陌生的马路上夜晚拥有了一双弱小的手一颗滚烫的心
我自问,我经历过那样的丛莽吗
从不计较后果也不计算前程只奉献一件旧衬衣
我自问,面对无数个低矮的窗户我真的无须自卑
我自问,我是否就是那个生活在图画里的人
我自问,从此我果然将自诩为宙斯那般的至尊
凯旋的罗马勇士也不会有如此闪耀的生命
没有承诺,无须约定
一起轻轻地向前移动便引发了山背后的电闪雷鸣
无须约定,没有承诺
远远地翘首从这一年的冬夏到再一年的秋春
于是轻轻地轻轻地隆起
于是煌煌地煌煌地弥漫
于是消退下千百年的眷恋
于是在晨雾的清新中我们拥有了最古老的甜蜜和艰难
于是我只求你闭上眼
你闭上眼的时候我行走在蔚蓝色的交响乐里
于是我只求不要拥有另一个清晨
我心头最美的诗句便是你每一片脚印
我没法想象你曾经叹息
假如真的叹息我将把它编织成一个笨重的摇篮

养育我从未有过的儿女

……（这中间有两行被涂抹掉了）

哦，不要，不要让我匍匐在你娇小的脚下

不要

不要

不要

不要让我再度变得那样地贫瘠

不要让我拒绝未曾到来的思念

不要让我每日地编织第一千零一个遥远

不要不要不要……

尊敬的陆先生阁下：

请你相信，我在写下这最后的几行字的时候，丝毫没有要开脱自己的打算。但后来，我的确只有在和那些粗俗至极的女人一起时，我才是平静的，又是疯狂的。我不必担心什么，不必计较，不必失去，但又完全不是了我自己。请你相信，我此刻的心情是悔恨的，我不能再活一次。我对不起那些被我玷污了女人。我真的是禽兽不如。但我并不能向新政府说明我究竟为什么一定要这样。这表示我依然愚鲁蠢笨。没有觉悟到应该觉悟的东西。船漏了。很长时间了。我的确不是一个好水手。我感到极度的疲乏。她们自己走向我。当我召唤的时候。这是一些污浊的瞬间。真的不堪回首。但是人又怎么能长期地麻木呢？他们总在东张西望。总是需要的。我曾经回顾过许多，也翻阅过一些精装的外文原版书籍。有时真的是她们自己来敲门的。当然，先得有我的暗示。一切的丑行在进行之中都是说不清楚的。但我的确感到了极度的疲倦……对不起，我写得太乱了……太乱了……

克莹：

有时我一个人默默地呆坐着，又回到那最初的日子去。我在问我自己,人们常说,人是不应该执着于索取的。是吗?我回顾我自己。我其实是个贪得无厌的索取者。我需要。我渴望。我空白。我燃烧。我需要抓住一双小手。我不能没有它。我其实是很软弱的。有时我很累。我太想听到有人真切地说我两句好话。(哦,莹,我这一生,说来也许你不相信,只有太多的训斥,太多太多的"不"……)我要甜言蜜语。我要有人用清纯的气息吹拂着我,让我合上那酸涩的眼皮。我常常想躲进一个人的怀里。她知道什么时候该对我说,躺下吧。你够了。什么时候又能轻轻地叫醒我说,你该走动走动了。雨已经停了。我需要这样一双小手。这样一口清纯的气息。带着绿色的清纯。我们在火海中同行。也一起去洁白的沙滩。我是一个粗鲁的人,不善于深思的人,一个想到要做什么就得做什么的人,一个任性的却又常常自卑的人。一个不能离开那双小手的人。我怎能不向她索取?我怎能不把她整个地融进?

莹,你又走了十来天了。在这些日子里,我仍然像以往一样,不想问自己为什么要如此地思念你,而只想找个地方,让自己悉心地去想念那个"野孩子"想念她的真诚她的任性她的热烈她的痴心她的"臭美"……还有她的那一双小脚脚她的那双小手手她的羞涩她的呻吟她的缠绵她的呢喃她的狂热她的直入她全部的战栗。她总要我闭上眼睛,可我每次都没有闭上眼睛。我怎么能闭上眼睛呢?我怎么能回避这上帝的赐予?我思念你每次向我的敞开。那是一种全身心的敞开。它使我每每想到这样的时刻,就激动不已。我感动的是一个人的信任,一个人(我不想强调是"女人"),这是最可珍贵的。我为什么会值得她那样的信任?我对得起她吗?她那样向我敞开了她自己。这是她的血肉灵魂精华意气欲念真元……这是大自然。这是人,这是世界,这是生存的本身,这是极致是阴阳太极……我屡屡地被人所需。我能有一刻不被所需而纯粹是我自己吗?我能拥有一种绝对富有的空白吗?请给我空白,给我一个苦丝德梦娜。我是一个自私的摩尔人。

(这里又夹着另一张纸片,好像写得更早一些。甚至都没有抬头称呼。但从上下文的口气看,依然是写给黄克莹的。)

……

谭雪俦这两天病情又恶化了,又不能下床了,好不容易止住的血,又开始滴滴答答了;便血便得他连说话的力气都没有了。这一段日子总是有人来送各种各样的补品,送得连我都心烦了。房门吱吱呀呀地响。你总可以看到在他小书房那个阴暗的角落里,一张长长的条桌。条桌的一头,堆满了别人送来的人参阿胶黄芪龟板鳖甲龙眼黑芝麻和一盒盒九福药房的"补力多""百龄机",中法药房的"赫力王""普健龙"和南市导授堂的"艾罗(Yellow)补脑汁",还有一瓶瓶乳白色的滴剂鱼肝油,把这些统统加进去,还是止不住他的血。这些日子,谭家充满了中药汤剂的气味。呼进的……呼出的……

可惜你从没看到过他伸出一支细长苍白的手指,在我面前哆哆嗦嗦地摇晃的样子。一个一米八几的大个子男人,没有多少时间,就缩成了一米五几的干瘪小老头。

站在他的病床前,我常常想哭。

我不是要吓你。因为我必须让你知道,这就是我将来的样子。我必须让你知道谭家的男人没有一个是能逃过这一关的。

我一直想知道,当我也这样躺在病床上的时候,你会用一种什么样的眼光来看我呢?

我害怕你的厌恶……

尊敬的陆先生阁下:

也许我根本就不该用这封信来打扰您。您是我的法官。您将决定我的生死。除了将来在最后的审判面前相对,除了陈述和申辩我的案情,我知道我与您不该再有什么别的来往。我觉得我一直是遵守了这个"规定"的。但经历了昨天下午的变化后,我知道我最后的时刻已经到了。对我的最后的审判,在你们内部已经进行过了。在这种情况下,我觉得我可以对您说一句案情以外的话,那就是我十分地感谢您。感谢您在这一个时期长达几个月的交往中,在最后的结论做出来以前,您一直保持着那样一种姿态,即:把我当作一个"人"来了解来理解。从没有随意地对我说过一个"不"字。这种待遇,我一生中,即便是在极荣华富贵颐指气使的往日里,也是极其难得的……

克莹:

　　我在所有将要倒塌的小街巷里寻找
　　寻找那烤红了的屋顶和屋顶的烤红
　　你说你再也不离开我
　　于是我在那块冒火的大地上种下一千年后的忐忑和躁动
　　雨意并没有那么浓
　　我曾经想凝固白云苍狗绿肥红瘦
　　也曾想笑煞吴山前越山后江潮的无谓汹涌
　　不堪频听的离鸿相应,须信道的是情多必病
　　酒未斟到却偏偏的愁肠还醒,一夜苏堤蒙霜冻
　　雨意并没有那么浓
　　你说你再也不离开我啊
　　可我还是找不回我要的那一分钟
　　你说你从此后再也不让偌大一个夜留下那样一个亘古的空
　　可我又怎能追随古北口外那不再回头的朔风
　　要知道,雨意并没有那么浓
　　……

147

　　虽然情况紧急,(头一天晚上截获情报,称,长山东泗以外海面上,发现有十几艘来历不明的"渔船"在聚集。)第二天一早,还是按惯常的做法,在东门外临海大堤内的大荒场上召开了万人公判大会。只是浓缩了

各项程序,加快了各枝节间的节奏。而高大的主席台,深蓝色的侧幕条,海风鼓动,还有事先准备好的麻绳和"斩条",还有绑在高高的细木杆上的高音喇叭,还有老式的真空管扩音机。这都与以往的公判会相同。唯有一点,今天的会场特别安静。黑压压的人群分片地坐满了大堤上下坑洼漫延的土坡,都把棕红的芦芽和黑褐的荆条坐在了屁股底下,都想看"县长审县长"。(根据上海局指示,今天的大会,由通海县出面召集。由该县我方新任县长主持。老百姓说"县长审县长"。)

　　谭宗三自然是知道要开公判会了。自然是紧张。虽然前两天他就觉得会有这样的结果,但一旦真的要来临,他还是想到,自己依然还不满五十二岁。但又觉得也不一定。昨晚,军管会主管司法的首长"接见"了他。肯定了他这一段时间来的"认罪态度",鼓励他到明天的公判大会上还要以这样的态度"接受人民的判决",要把"最后的陈述"讲诚恳了。甚至还说到了"你在盛桥当商会会长和后来到通海当伪县长时期所做的也不全是坏事"。这样的肯定,又来自这样的高层,在整个被拘押期间,还是第一次。军管会领导走了后,他足足有两三个小时平静不下来。一遍又一遍地回忆着这位领导说过的每一句话。想从这里寻找到充分的迹象来判断明天最后的判决是绝对的死,还是可能的活。

　　当然,最让他意外的是,居然让他会见来自上海谭家花园的人。他非常慌张。在接见室足足等了有半个多小时。一直止不住上身的颤抖。但仍要求自己坐得笔直挺拔。他听见军管会的首长在隔壁房间里跟"来自上海谭家花园的人"谈着什么。声音是温和的,时而才有那么一两句高昂的话,突然让他惊惧兴奋。他没有去猜想那个"来自上海谭家花园的人"到底是谁。现在对他来说,最重要的是,上海谭家花园来人了。他这时才忽然恍悟到,在这段漫长的时间里,自己是那么的想念这座"花园"。在这段时间里,自己一直说不出口的一个心愿其实就是想回一次上海,再去看一看自己的这个"谭家花园",看一看"迪雅"。希望再站在"迪雅"身边,倾听院后高大的毛竹林在风中轻声絮语。为什么从前对曾拥有过的这一切都那么的掉以了轻心、不以了为然呢?他责备自己,甚至轻轻地摇了摇头,眼眶竟然湿润起来。这时,隔壁的谈话声中断了。而后就有脚步声向这边响来。他的心急剧地跳了起来。一瞬间他又不敢去看那个"来自上海谭家花园的人"了。他想回避、躲避。慌慌地站起。想低下头去。转过身去。想请求看守和管教为自己去掉手铐。想大声喊叫,我谁也不见。不想见……但他没叫。呆呆地站着,直瞪瞪地望着接见室那扇早已斑驳狼藉的木门,害怕而又焦急地等待着。那个人。

人终于出现了。竟然是经易门。他心里一阵哽咽。一阵酸涩。差一点掉下眼泪来。是经易门使他镇定了下来。经易门穿着一套灰蓝色的斜纹布中山服。很少穿布鞋的他,今天穿的是一双旧的布鞋。手里提着一个小包。人依然是那么的瘦长,但非常奇怪的是一点都不显老,仿佛还是当年三十多岁那时的模样。稍稍有点不同的是,临来通海前,把日常戴着的那块"欧米茄"金表摘了下来,换上了一块老式的泰国表。进门以后,他很平常地看了谭宗三一眼,好像他们天天见面似的,只平淡地说了句,这里条件蛮好嘛。然后就回过身去对陪同他来探视的一位工作同志说,谢谢政府关照。然后坐下来,对谭宗三说,侬气色不错嘛。听说侬这里的伙食也不错。我对谭家门里的人讲,用不着带啥吃的东西的。侬看,老太太就是听不进去。真是多此一举。一边说,一边把那个小包打了开来。小包里果然都是些吃食东西。是些腌腊和谭宗三平日里用早饭时喜欢吃的皮蛋。腌腊和皮蛋当然都是检查过的。皮蛋一只只都切开了。然后经易门又说了些开导的话,大意是让谭宗三接受政府的教育,好好地交代自己的问题。不一会儿,那个陪同的工作同志就走了。说,你们谈。然后对经易门指了指墙上那个挂钟。意思大概是让他掌握好时间。经易门忙站起来点了点头。一直目送着那个工作同志走出了门,听到门哐的一声关上,接见室里只剩下他和谭宗三两人时,才回到座位前,木然地坐了下来,神情也顿时大不似刚才那样的自然、平淡。只是看着谭宗三,久久不语。忽然伸过手来一把抓住谭宗三,眼泪竟唰唰地流淌了下来。谭宗三有点惊异了。只觉得他不断地抚摸着他冰凉的手背,而后就摸到他的手铐上,就一直停留在那铁做的硬环上,用力地抓着,微微地摇晃着,轻微地哽咽着。这样大概有一分钟的时间。他突然收回了手去,忙掏出那块雪白的手绢,擦去泪痕,哆哆嗦嗦地从小包里掏出一点零碎小吃东西,甚至还有两只乔家栅的双酿团,说了句:"侬吃哦。"

谭宗三不动。

经易门又说了句:"侬吃一点哦。"

谭宗三还是不动。

经易门眼圈便又红了,说了声:"老太太的身体都蛮好。侬放心。"

谭宗三微微点了点头。这时他只想问问上海大面上到底还发生了一些什么样的事。谭家门里最近又哪能(怎么样)了。他想知道,自己的拘审给谭家门里的其他人带来什么影响没有。他推开那些小吃东西,刚想张嘴问,只见经易门忙做了个手势,让他不要多问。并慌慌地蘸了点茶水,在那张旧桌面上写了"最后"两个字。

"最后"。

脑子已有一点木讷的谭宗三一时间不明白这两个字到底是什么意思,露出满脸的疑惑看着经易门。

经易门接着又写了同样的两个字:

"最后"。

再一次直直地看着他。

这时,谭宗三似乎有一点明白了。脑子里一下嗡嗡地震响起来。一股寒气从下腹部涌上,蜂拥到全身,直至指尖。眼前即刻间便有一点模糊了。他只听见经易门在他耳边用一种非常非常轻的声音在不停地说着什么。说着。说着。说着。说着。甚至抽泣着。又说着……并一直紧紧地握着谭宗三的手。但谭宗三一句也没听清。而后,经易门赶紧从桌面上抹去了这几个字。赶紧站了起来。离谭宗三远一点。再远一点。因为这时,他听到门外有脚步声响过来了。并最后热切地看了谭宗三一眼,用力向他点了点头。

回监室后,谭宗三还在想着那"最后"两个字的意思。解释仍可能是多样的。晚饭挺正常,只多给了一份菠菜豆腐汤,并没有临终餐的丰盛。

饭送来时,看守们还"破例"地为他取下手铐。半个小时。用这点时间洗漱,还可以余一点时间抡圆了双臂,甩甩手,松一松筋骨,活络活络血脉。

当然,细细一想,也还是能觉出一点不祥的征兆。那个主管司法的首长,都快走到拘留室的门口了,又回转身来问了一句,你还有什么要求吗?谭宗三当时没反应过来,只是连声回答,没有没有,我一切都蛮好。现在想起来他为什么突然要问我还有什么要求呢?什么叫"还有"?我提过别的要求吗?没有。那他为什么要说"还有"?好像我已经提过许多许多,现在最后……最后……再宽容我一次,最后允许我再提一次要求。

是这个意思吗?

最后。

骤然间他有点心慌起来。他突然想起,今天是星期三。是看守老唐去码头接儿媳妇的时间。老唐的儿媳妇在南通大生纱厂上班。星期四厂休。星期三晚上回来。老店总归要到长途汽车站去接。星期四晚上再送她走。老唐的儿子在朝鲜打仗。接送儿媳妇的事只好有芳老店了。看守管教喜欢跟老唐寻开心。星期五上班时分,大家总要摁住老唐,在他头上脸上手上脚上,寻出些"伤痕",然后就逼他"坦白",星期四在家里做了啥。为啥挨打、挨了谁的打。极端老实的老唐,总是憋红了脸,喃喃地回答,还有谁,吃你娘打呗。于是大家就大笑,说,老唐什么时候把儿媳妇升格当娘了?但今天他为什么不走?为什么总在自己的号子门口转悠?还有其他几位看守管教,好像都到了下班时间都应该走了为啥还不走?是告别?这几个老看守都是"留用人员"。都曾偷偷跟他讲过,政府不会对他怎么样的。难道今天他们得到了什么坏消息?

死倒没有什么。就是五十二岁……还是有点心不甘……就是能让我再回一次盛桥就好了。他想起自己那个小旅馆。二楼拐弯角上那个空房间。推开落地窗,走上木板大阳台。能看到许多人家的后院。后院里长着五月槐。远处便是麦田。青的紫的。五月里还会有那沁香的薄荷。他要把黄克莹接到小旅馆里。他要再一次紧紧地抱住她。走过那长长的红地毯。走过那闪亮的铜管乐队。走过徐家汇天主堂。唱。唱。耶稣救救我。耶稣救救我。同时走过十六铺那充满咸鱼味道的"弹阶路"（卵石路），走进那个雅静小咖啡馆。周存伯考进了华丰航空公司当会计主任。鲰荛跟小红结婚后三年，病发而不治。三月跟一位亲戚去了香港。张大然好像重新开了一爿家具店最后他娶的不是跟他相好多年的房东太太女儿，而是房东太太本人。至于陈实，走过去。不知道出了点什么事，被注销了上海户口，迁移到安徽一个茶林场劳动。后来在那儿娶了一个小学教师，自己也做了一个小学教师。但他还经常来信而且只有他还经常来信，经常谈起当年一道收听那未来的躁动的歌曲未来的呼声。那首教导他们不要在意悲哀的摇滚。Let it be。后来究竟是动了一下什么那个钢丝录音机再也收听不到那些古怪遥远未来的声音了呢？他真是怀念那些声音。是的，不为别的，即便只是为了那些属于未来的声音，也应该多活几年。走出上海去试一试自己。几十年来，我从来就没有过未来。Let it be。走过去。穿一件旧衣服。再穿上那件黑呢大衣。再当着那扑面而来的海风，对着那黑压压一片拥挤着的来看"县长审县长"的民众，大声宣布，小生家贫本姓洪……

　　走过去……止住浑身的战栗……止住脚筋的虚软……抬起沉重的眼皮……Let it be……Let it be……

　　而后，枪声响了。他没听到。只觉被什么猛地击撞了一下。头部轰地一下很热很红地涌上。就有什么东西往外跑。非常嘈杂的脚步声。一扇很宽厚的门开了。一长匹暖流从类似玻璃的一大块天幕上缓缓。缓缓。缓缓。缓缓。缓缓。缓缓……凝固。

　　周围真的很美好。天从来没这么蓝过。自己仿佛依靠在一棵翠玉雕砌成的石榴树上。云彩飞快地从枝丫间掠过。还有蓝色的一团一团的风。树上缀满了晶莹的水钻和红蓝宝石。他觉得风正在渐渐地吹散自己，从脚部开始。或者换一种说法，自己正在慢慢地融入这温暖的风团之中，也从脚部开始，并随着这扩散得越来广阔的风团云团，流进那根浮动着的地平线，就像跌落的瀑布或被吸进漩涡眼中的巨流。他看见自己被融化成乳白色的雾霭般的清淡。真的很清淡。他甚至特别的自豪。在风驰电掣般掠过大地上空的时候,他正视了他曾那么熟悉的每一双眼睛。正面地诚挚地恳谈般地说透了所有的遗恨。但似乎又没有谈到恨。只是说了些展望。无言地把百年后的展望闪电般浏览。全都有一双温暖的手。统统举起来,仿佛希腊古剧场两旁的歌队。戴荆冠穿灰袍的男声部和戴桂冠穿白袍的女声部。吟诵一首无字的歌。缓缓行进。但突然间,心区一阵剧烈的疼痛,使他不得不强忍住颠踬,从地平线上抬起头来。这时,他身体的大部都已化成了雾霭,和沼泽草原上的洼地融为一体,他艰难地抬起那颗仅剩的头颅。这是一颗硕大的黑灰色的头颅,支撑在同样变得十分粗壮的颈脖子上。

他看见有两个人向他走来。

模模糊糊地很难看得清楚。他最后一次挣扎。一个看清了,是黄克莹。(为什么不带着她的妮妮?)另一个……就只能凭感觉了。飘飘忽忽的……不知为什么,这时他居然非常非常希望这另一位是……经易门。是的。他想再看一看他,经易门。

148

我离开通海前,曾特地找了城里几位最有名的老中医,就所谓的"五十二岁"问题,作了一次专门的咨询。他们不相信。后来我又找了几个西医。也不信。后来我在人大做"调干生",跟我们的几个校医也谈过这件事。他们就更不相信了。他们甚至要追问我这种荒唐言论的来源。我就赶紧走开了。事实上,这几十年,我走遍大江南北,也真的再没听谁说过谁家的男人一概地活不过多少岁的事。中国男人的平均寿命是实实在在地得到了极大的提高。我一直想淡忘了这件"荒唐事"。在大多数的日子里也的确把它淡忘了。只是有一回,那是在北京。下午五点多钟光景。冬日的夕阳像一盆被人放凉了的热水懒懒地散着白光。我走过虎坊桥。当时的广安门内大街还没得到如今的改扩建,依然还是一派北京老城的景象。就像是老上海的南市区或老北门。曹家渡。但我喜欢北京的南城。从来也没喜欢过什么王府井东单西单。因为比起上海天津武汉广州繁华的商业街区,它们实在算不了个什么。而老北京的南城,确确实实是全世界独一份儿的。我从珠市口大街往西来,经过著名的晋阳饭庄,正要通过虎坊桥十字路口往南拐去,却被一个人重重地撞了一下。我哎哟了一声,回头想跟人理论理论,却见那个撞我的人慌慌地朝我点了一下头便向北拐了。一面之下,我心里一痉。此人脸熟。肯定在哪儿见过。我正在苦苦追思,那人却慌慌地向琉璃厂去了。我忙跟了过去。一路走,一路想。心里突然一亮,是他?"这个人个头虽然不高,穿着固然黯旧,但举止谈吐无一不显示出他内心的清朗和精细……"是当年谭雪俦画下来,让大家依样去找的那个?是让那位程宝霖先生暗暗惊叫,"忙回到自己家里,从阁楼上翻出一部涵芬楼刻本《北窗吟稿》;拍去函套上的灰尘,拿青蓝细布用心包好,悄悄送到谭先生跟前",就在卷首画着的那个?"那个头戴花翎、身穿朝服、佩戴朝珠,端坐中堂的"叶大人?这些年,我一直在翻阅《北窗吟稿》。收集着有关中国的地方史料。我熟悉那幅"绣像画"。

拿叶大人的"尊像"和眼前刚见到的那个汉子一比照,简直叫人不敢相信,这二者竟如此相像。甚至可以这么说,让一百多年前的叶廷眷大人摘去顶戴花翎,脱去朝服朝靴,再让他换上半新旧的二尺半短打衫裤,活脱脱就是眼前这个故意撞我一下的"家伙"。

这怎么可能?

他干吗要撞我?是有话要对我说?是想告诉我什么?

我定定神,紧紧步子,跟了上去。我想这一回我一定要看个分明,问个清楚。我不愿让"五十二岁"这样的荒唐说法再在心里搅扰一百年。眼见他走进了一家古瓷古砚店。这时,我与他相距也就只有十来米八九米了。一会儿工夫,我也追进了店堂。店堂并不大。他不在。也不见。再回顾四周。仍不见。左找,不见。右找,也不见。女店家甚至斩钉截铁地说,没有这样的人进过店门,更别说有这样的人出了后门。因为这家店的后门半个来月前就封死了。只等市政府派古建队来做整条街的大翻修。

那……人呢?

人呢?

我转过身,突然听到了一种古怪的声音。木凸。木凸。木凸。木凸木凸木凸木凸木凸木凸木凸木凸……
木凸木凸木凸木凸木凸木凸木凸木凸……
木凸木凸木凸木凸木凸木凸木凸……

后　记

　　写完《木凸》的最后一行字,我曾在自己那间并不算宽裕的书房里徘徊了许久,说不上是喜是忧,是沉重还是如释重负,只是木然,只是不知如何是好。真是一旦分手,却又难舍难离。

　　当初,《木凸》发表,朋友中就有暗觉"诧异"的:陆天明这家伙往常手里的活儿挺"慢"。一部二十来万字的《桑那高地的太阳》、三十多万字的《泥日》,都得花三四年时间经营。这一回,居然在《苍天在上》之后不到一年,就又拿出了一部三十多万字的《木凸》,真是"一反往常"啊。其实他们有所不知。《木凸》,原本就写在《苍天》之前。那时间就已经折腾了两年,搞了两稿。后来半中间插进《苍天》,不得不停下。虽说停下,但只要一有可能,我仍会去"谭家门里"走动,或窸窸窣窣地翻检,或闭目回顾酝酿,积攒种种与它有关的新的苦恼,或激动,感喟。再加上最后为定稿而用去的这一年时间,那么,说《木凸》前前后后差不多花去了我五年时间才终得面世,实在是并不为过。

　　五年,的确是够慢的了。够折腾的了。而且就像在写《泥日》时一样,除了为职业所"迫",不得不写一点电视剧以外,我几乎把所有的时间都给了它们。在此期间,我再不写其他任何文学类型的文字,稍稍夸张一点说,甚至都再也没有享受过除睡眠以外的任何一种"休息""休假"。我之所以如此地"竭诚",甚至可以说"竭诚"到有点"愚骛"的地步,不只是因为我天生就写得"慢",该着在一部大作品上多花些时间;主要还是想能写出一点、留下一点"真东西"。我希望几十年、或者更长的一段时间后,人们在非常市场化的奔波喘息之余,假如有兴趣再来寻索中国文库,再打开《桑那高地的太阳》《泥日》《木凸》时(当然也包括《苍天》),能发出这样一种感慨:这些作品,每一部都的的确确表现了一个真正存在过的"中国",真正发生过的中国人生,蕴有某一类文学家的真诚思索、竭诚奋争和探寻。当然也包括此类文学家对语言表述艺术的种种追求和探索。是那种竭力想体涵巨大历史的真文学。

我做到了吗?

我总在忐忑之中。所以,我时时告诫自己,慢一点没什么,甚至涩一点都没什么,但一定要真,要深。一定要沉住气。拿出的每一部作品都应该有点新东西。既不要沿袭了以往的别人,更不要"抄袭"了曾有过的自己。多少总要造出一点"特色"。也就是说,总还是要在某一点上求得一点突破,起码也应该是对自己某一点的突破。求得一点真正的进步。就像我在《泥日》后记里曾说到过的那样,不断地打破那个陈旧的"我",释放出一个肯定在更新着的,对历史对时代,最终是对人民负责的真正在独立思考着的"我"。

我做到了吗?

依然是一番忐忑。

警怵。